SFV

Joseph Heller

Gut wie Gold

Roman

S. Fischer

Aus dem Amerikanischen übersetzt
von G. Danehl

Die amerikanische Originalausgabe erschien 1979
unter dem Titel ›Good as Gold‹ bei
Simon and Schuster, New York

Umschlagentwurf: Hannes Jähn
Satz: Gutfreund & Sohn, Darmstadt
Druck: Gutmann, Heilbronn
Printed in Germany 1980
ISBN 3 10 031403 4

Ich widme dieses Buch
den braven Familien
und
den vielen arglosen Freunden,
deren Anregungen, Unterhaltungen
und Erfahrungen
darin eine so große Rolle spielen.

Ich habe seinen Piephahn im Portemonnaie

Lyndon B. Johnson
als Führer der Mehrheit im Senat

Solltest du je vergessen, daß du Jude bist,
wird ein Christ dich daran erinnern

Bernard Malamud

Die jüdische Selbsterfahrung

Gold war bereits des öfteren aufgefordert worden, etwas über die jüdische Selbsterfahrung zu schreiben. Das stimmt übrigens nicht, er war ganze zweimal aufgefordert worden, zuletzt von einer Dame in Wilmington, Delaware, wo er – gegen Honorar – aus seinen Büchern und Essays und auf besonderen Wunsch auch Gedichte und Kurzgeschichten vorgelesen hatte.

»Wie kann ich über die jüdische Selbsterfahrung schreiben«, dachte er auf der Rückfahrt nach New York im Zug, »wenn ich doch nicht weiß, was das ist? Ich habe nicht die geringste Ahnung, was man da schreiben könnte. Wann habe ich mich je als Jude gefühlt? Ich glaube, ich habe nie einen waschechten Antisemiten getroffen. In Coney Island gab es überhaupt nur Juden. Daß ich einer bin, habe ich erst als Erwachsener gemerkt. Man könnte auch sagen, ich dachte, alle Leute sind Juden, und das kommt aufs selbe raus. Schön, am anderen Ende von Coney Island gab es Italiener, und bei uns in der Nähe auch welche, deren Kinder mit uns zur Schule gingen. Das waren die Ausnahmen. Und Iren mit deutschen Zunamen, die bei uns im Block wohnten. Die paar Kinder von Italienern und Skandinaviern in meiner Klasse hatten an jüdischen Festtagen Unterricht und sahen aus, als fühlten sie sich deshalb benachteiligt. Die habe ich bedauert, denn ich hielt sie für die Minderheit. Manche Iren hatten übrigens einen Hund, was bei Juden damals nicht üblich war, und im Hinterhof hielten sie Hühner. Auch in der Hauptschule hatte ich nur mit jüdischen Kindern Umgang, und die Lehrer waren wohl allesamt Juden. Im College das gleiche. Erst in Wisconsin, beim Sommerkurs, fand ich mich plötzlich unter lauter Nichtjuden, und das war nicht im mindesten unerfreulich, sondern bloß anders. Auf der Columbia-Universität fühlte ich mich dann wieder ganz heimisch. Das war vor der Promotion. Meine engsten Freunde waren selbstverständlich Juden: Lieberman, Pomoroy, Rosenblatt. Ralph

Newsome war die einzige Ausnahme; daß er kein Jude war, hat mich nie gestört, und ihn auch nicht. Wo also anfangen?«
Er fing bei Lieberman an.
»Wessen jüdische Selbsterfahrung?« fragte Lieberman, ein ungeschlachter Rotschopf, dem die Haare ausgingen, mit offenkundigem Argwohn, als Gold ihm das Projekt vortrug.
»Meine natürlich.«
»Und warum nicht meine?« Liebermans Äuglein funkelten. Sein Schreibtisch war mit Typoskripten übersät, und zahllose schwarze Fettstifte lagen herum, dick wie seine schmuddeligen Finger. Lieberman hatte auf dem College nichts sehnlicher gewünscht, als später einmal eine Zeitschrift für ausgewählte intellektuelle Leser herauszugeben. Das tat er jetzt, es reichte ihm aber nicht. Neid, Ehrgeiz und Schwermut zerfraßen die wenigen guten, wenn auch unsichtbaren Eigenschaften, die ihm womöglich angeboren waren. Großzügigkeit gehörte nicht dazu.
Gold äffte ihn amüsiert nach: »Ich soll einen Artikel über dich schreiben, den du in deiner eigenen Zeitschrift publizierst?«
Mürrisch sah Lieberman ein: »Das geht nicht.«
»Den mußt du schon selber schreiben.«
»Schreiben kann ich nicht. Davon habt ihr mich überzeugt – du und Pomoroy.«
»Gewöhn dir die rhetorischen Fragen ab.«
»Das kann ich nun mal nicht. Was schwebt dir eigentlich vor?«
»Genau weiß ich es noch nicht.« Gold wich Liebermans Blick aus. »Etwas Solides, Nüchternes, Gescheites darüber, was es für Leute wie dich und mich bedeutet hat, hier geboren und aufgewachsen zu sein. Selbstverständlich berücksichtige ich die kulturellen Konflikte zwischen den Traditionen unserer aus Europa stammenden Eltern und den hiesigen Sitten und Gebräuchen.«
»Hör zu.« Lieberman brach einen seiner dicken Stifte in Stücke und wanderte im Zimmer auf und ab. »Nüchtern und solide ist unsere Zeitschrift genug, und gescheit sind unsere Leser selber. Was ich von dir zu diesem Thema erwarte, ist was mit Schmiß, mit Pfeffer. Unter uns, die Zeitschrift ist meist langweilig, so langweilig, daß ich nicht weiß, wie ich weitermachen soll. Wie war dir zumute, als du zum ersten Mal einen unbeschnittenen Schwanz gesehen hast?

Wie fühlt es sich an, eine Goite zu vögeln? Sowas brauche ich.«
»Wie kommst du auf die Idee, ich vögele andere als Jüdinnen?«
»Na, denk dir was aus, falls dir die Erfahrung abgeht. Tatsachen interessieren uns nicht, wir brauchen Meinungen.«
»Wie viele Zeilen willst du, und was zahlst du dafür?«
Lieberman überlegte. »Sagen wir, fünfzehn bis zwanzigtausend Wörter. Ich könnte eine ganze Nummer um dieses Thema herumbauen und spare Redaktionskosten.«
»Dafür verlange ich sechstausend Dollar.«
»Dreihundert kannst du haben.«
»Unter zweifünf mache ich es nicht.«
»Und mehr als siebenhundert kriegst du nicht. Dafür kommst du aufs Titelblatt. Groß.«
»Sagen wir fünfzehnhundert.«
»Sagen wir tausend. Das ist für uns schon sehr viel.«
»Dann gib mir jetzt gleich sechshundert. Und die dreihundert für ›Nichts‹.«
»Das ist noch nicht gedruckt.«
»Das Honorar war bei Ablieferung fällig«, sagte Gold empört. Lieberman hatte vor Monaten einen Artikel gekauft, den Gold im Auftrag eines bekannten Sexmagazins geschrieben hatte. Das Magazin hatte ihm aber den Artikel zurückgegeben, weil nicht einmal den bescheidensten geistigen Ansprüchen seiner Leserschaft genügend – eine Begründung, die Gold unerwähnt ließ, als er Lieberman das Manuskript anbot. Der Titel lautete im vollen Wortlaut: »NICHTS GELINGT WIE GEPLANT«, und Gold wartete denn auch immer noch auf das versprochene Honorar. »Dann druck den Artikel endlich, er erregt vielleicht Aufsehen.«
»Ich warte, bis ich das Geld für dein Honorar beisammen habe.«
Lieberman stieß ein Staccato-Lachen aus und ließ sich behutsam in seinem Sessel nieder. Über seine eigenen Witze amüsierte er sich immer. »Ich habe übrigens deine Besprechung gelesen«, fuhr er dann in gedehntem, mißbilligendem Ton fort. »Die über das Buch des Präsidenten.«
Gold parierte: »Und ich deine.«
»Ich fand sie recht interessant.«
»Ich deine nicht.«

»Du legst dich nie fest, wenn du nicht mußt«, stieß Lieberman nach. »Mir scheint, dir fehlt der Mut, offen für diese Regierung einzutreten.«
»Dir hingegen fehlt er nicht.« Gold wartete, bis Lieberman nickte, als nähme er ein verdientes Lob entgegen. »Immerhin habe ich einen Anruf aus dem Weißen Haus bekommen. Anscheinend hat meine Besprechung dort allgemein gefallen, mithin wohl auch dem Präsidenten.«
Aus schierer Menschlichkeit unterließ Gold es, zu erwähnen, daß schon die Rede davon war, ihm ein Regierungsamt anzutragen. Lieberman zu foltern, machte Spaß, ihn zermalmen hieß womöglich zu weit gehen.
Lieberman musterte ihn aus bösartigen Schweinsäuglein. »Das hast du dir ausgedacht«, sagte er endlich entschieden.
»Du erinnerst dich an Ralph Newsome?«
»Der ist im Handelsministerium.«
»Aber jetzt gehört er zum Stab des Weißen Hauses. Und der hat mich angerufen.«
»Warum ruft mich keiner an und gratuliert mir zu meiner Besprechung?«
»Vielleicht ist sie keinem in die Hände gekommen.«
»Der Präsident kriegt ein Gratisexemplar von jeder Ausgabe.«
»Dann hat deine Besprechung vielleicht nicht gefallen.«
Lieberman erinnerte sich düster: »Newsome hat mich nie leiden können. Aber mit dir war er dick befreundet. Ihr habt ja auch gemeinsam ein Stipendium bekommen.«
»Nicht gemeinsam. Gleichzeitig. Jeder seins. Leiden konntest *du* ihn nicht.«
»Er ist Antisemit.«
»Das bezweifle ich stark.«
»Frag ihn doch! Der ist zu dumm zum Lügen.« Lieberman schüttelte unerwünschte Erinnerungen ab, die sich auf ihn gesenkt hatten wie Staub, und mit gekünsteltem Eifer sagte er: »Zu deinem Thema fällt mir noch was ein, und du kannst davon profitieren. Liefere mir vierhundert Zeilen fürs gleiche Geld, und ich bringe das Zeug in zwei Ausgaben. Wenn es flott geschrieben ist, mit genügend Sex, hast du Material für ein Buch, das zum Bestseller werden könnte.

Neger, Drogen, Abtreibungen, jede Menge Unzucht zwischen den Rassen – Pomoroy reißt dir das aus den Händen, du wirst sehen.«

Pomoroy machte statt dessen ein sorgenvolles Gesicht, und wenn er das machte, bot er den Anblick eines sitzenden Kadavers, bedrohlich und einschüchternd, in zerknautschtem Hemd, Anzug aus grünem Waschsamt und mit großer Brille. Pomoroy war ein gesetzter, unglücklicher Mann von achtundvierzig Jahren, ebenso alt wie Gold. Er hatte sich zum Cheflektor in einem blühenden, leicht anrüchigen Buchverlag emporgedient, und je größer sein Erfolg, desto trüber seine Ansichten. Pomoroy glaubte zu wissen, warum das so war. Was er da machte, war nicht, was er sich erträumt hatte, aber was anderes wollte ihm nicht einfallen.

Vor Zeiten hatte er in seinem trübsten Ton einmal gesagt: »Wer so rasch aufsteigt wie unsereiner, kann bald nicht mehr höher.« Und Lieberman hatte, wie nicht anders zu erwarten, widersprochen.

Pomoroy lachte selten und sprach meist leise. Lachte er, dann in dem vergeblichen Versuch, einen besorgten Autor zu ermutigen. Es stehe längst nicht alles so katastrophal, wie es den Anschein habe. Er ließ sich nichts vormachen und hatte selbst nicht nötig, anderen was vorzumachen.

»Wovon redest du eigentlich?« fragte er, als Gold verstummte.

Gold wurde es unter Pomoroys ausdruckslosem Blick unbehaglich. »Von einem Buch. Einem Buch, das genau in dein Programm paßt. Man ist an mich herangetreten, ich soll eine Art grundlegende Studie schreiben.«

»Wer ist herangetreten?«

»Mehrere Zeitschriften. Findet sich nichts Besseres, wird Lieberman die Serie bringen, das hat er zugesagt. Es handelt sich um die Selbsterfahrung der Juden in Amerika. Heute.« Gold sank das Herz, er hielt aber eisern durch. »Du verstehst – was es für Menschen wie dich und mich, für unsere Eltern, Ehefrauen und Kinder bedeutet, hier geboren zu sein und zu leben. Soweit ich weiß, hat das noch keiner gemacht.«

»Hunderte haben das schon gemacht«, berichtigte ihn Pomoroy. »Ob allerdings schon jemand wie du, ist mir im Moment nicht gegenwärtig.«

»Siehst du. Ich kann das Thema flott und eingängig abhandeln, das

Buch fände großen Absatz. Unter besonderer Berücksichtigung der Sexualität selbstverständlich.«

»Ich stelle mir ein gelehrtes, präzise recherchiertes Buch vor, das bei Studenten und Bibliotheken gefragt ist. Unter besonderer Berücksichtigung der psychischen und sozialen Aspekte selbstverständlich.«

Gold sank in sich zusammen. »Da steckt doch kein Geld drin.«

»Ich garantiere dir zwanzigtausend Dollar. Fünftausend kannst du schon diese Woche kriegen, die setzen wir als Unkosten für Forschungszwecke ab und rechnen sie dir auf deine Tantiemen an.«

»Sagen wir lieber sechstausend. Und wann kriege ich mehr?«

»Fünftausend. Sobald du mir zweihundert Seiten Typoskript vorlegst.«

»Zweihundert Seiten?« wiederholte Gold gepeinigt. »Das kann ja eine Ewigkeit dauern!«

»Auch Ewigkeiten vergehen«, bemerkte Pomoroy.

Gold verließ innerlich jubelnd Pomoroys Büro. Jedes Jahr zu Herbstanfang überschlug Gold, wie er durch den Winter und den folgenden Sommer kommen und noch einmal das Schulgeld für einen Sohn in Yale und einen in Choate aufbringen könnte, die nur Teilstipendien hatten. Die Privatschule für seine zwölfjährige Tochter kostete ebenfalls. Das Kind lebte zwar daheim, war aber aufsässig und stets in Gefahr, hinausgeworfen zu werden. Gold brauchte diesmal außer seinem Professorengehalt 28 000 Dollar. Tantiemen und Honorare für Vorträge dürften 8000 einbringen, blieben 20 000. Lieberman hatte er eben eintausend abgenommen, und Pomoroy 20 000. Dafür schuldete er Pomoroy ein Buch. Hatte er das Material erst einmal beisammen, war das rasch heruntergeschrieben. Juden waren ein Kinderspiel, gut wie Gold.

Mein Jahr im Weißen Haus

Belle, Golds Frau, hatte in seiner Abwesenheit für Freitag eine Einladung zum Abendbrot mit Vater und Stiefmutter bei seiner Schwester Ida angenommen; Gold selber hätte unter einem Vorwand abgelehnt.

So aber fragte er voll düsterer Vorahnungen: »Alle? Haben Muriel und Ida sich wieder vertragen?«

»Offenbar.«

Sein Vater und seine Stiefmutter mieteten alljährlich in Florida eine möblierte Wohnung, wie Gold vermutete, mit geheimer finanzieller Unterstützung von seinem älteren Bruder Sid. Gold wünschte von ganzem Herzen, arktische Eisstürme möchten die Alten schon vor dem Wochenende mit heulenden Schneeböen nach Florida vertreiben. Verstohlene Bemühungen, die beiden zum Kauf einer Eigentumswohnung dortselbst zu veranlassen, waren im Gange, beflügelt von der Hoffnung, sie würden im Frühjahr später an- und im Herbst früher abreisen. In diesem Jahr weigerten sie sich besonders hartnäckig, den Termin der Abreise festzulegen. Die jährliche Hitzewelle, bei Juden die hohen Festtage genannt, anderswo als Indianersommer bekannt, war gekommen und gegangen. Golds Vater fand immer neue jüdische Festtage. Gold hoffte, wenigstens Sid möge wegbleiben, war aber auch in dieser Hinsicht schon im voraus auf eine Enttäuschung gefaßt. In Gesellschaft seines Vaters und seines Bruders waren Momente äußersten Mißbehagens, wie er sie jetzt schon fürchtete, unvermeidlich. Sein Vater setzte ihn herab und beleidigte ihn; Sid legte seine Leimruten so geschickt aus, daß Gold unweigerlich daran kleben blieb. Seine Hilflosigkeit weckte im Laufe der Jahre in ihm widerwillige Bewunderung für Sids Geriebenheit und Tücke. Sid war jetzt zweiundsechzig, vierzehn Jahre älter als Gold. Der Vater war zweiundachtzig. Gold erinnerte sich noch sehr lebhaft daran, daß Sid ihn eines Sommertages vorsätzlich auf Coney Island verloren hatte, weil er hinter den Mädchen her war. Das geschah auf der Surf Avenue unweit von Steeplechase, und eine der älteren Schwestern, Rose, vielleicht auch Esther oder Ida, mußte ihn bei der Polizei abholen. Gold durchschaute, was da mit ihm angestellt worden war, und litt immer noch darunter.

Die letzte Vorlesung der Woche hielt er freitags nach dem Mittagessen. Bildung und Erziehung war eines der Wissensgebiete, auf denen er bei Leuten, die nichts davon verstanden, für sachkundig galt. Ganz im Gegensatz zu seinen Studenten lag Gold nichts daran, über das Wochenende zu verreisen, und er wußte aus Erfahrung, daß er die Zahl seiner eingeschriebenen Zuhörer kleinhalten konnte, wenn er mindestens eine Vorlesung auf den Freitagnachmittag legte. Im allgemeinen verging ein halbes Semester, bevor Gold jedes Interesse an seinem Lehrgegenstand verlor und seine Studenten zu verabscheuen begann. Doch diesmal fing das Semester gleich so an.

Vom College in Brooklyn nahm er die Metro nach Manhattan und schaute in der kleinen Wohnung, die er sein Studio nannte, nach, ob alte oder potentielle neue Freundinnen etwas für ihn hinterlassen hatten. Seine älteste Freundin schrieb, nächsten Monat werde sie voraussichtlich einen Tag in die Stadt kommen und sie freue sich darauf, von ihm zum Essen ausgeführt zu werden. Das war Gold sehr recht; Kaffee und belegte Brote konnte er heraufkommen lassen, und Whisky war stets vorrätig. Der Portier händigte ihm einen dicken Umschlag aus, adressiert an Dr. Bruce Gold, und er sah gleich, es handelte sich um die verspätet abgegebene Hausarbeit eines übereifrigen Studenten. Das Gewicht des Umschlages stimmte ihn unfroh: ein dickes Manuskript, und er mußte es lesen. Er telefonierte mit Belle, um zu hören, wann man aufbrechen müsse.

Ein Taxi brachte sie gegen Ende der Stoßzeit von ihrer Wohnung im Westteil Manhattans nach Brooklyn. Belle war stumm, Gold langweilte sich. Nebel und Dunkelheit senkten sich auf den Strom. Belle hielt in einer Tüte die schwere Kartoffelkugel auf dem Schoß, die sie vormittags zubereitet hatte.

»Sieh heute ausnahmsweise mal nicht aus, als wünschtest du dich anderswohin«, wies sie ihn an, ohne den Kopf zu wenden. »Such ausnahmsweise mal keinen Streit mit Sid. Rede ausnahmsweise mal

zwei Worte mit Victor, Irv, Milt und Max. Und vergiß nicht, Harriet einen Kuß zu geben.«
»Ich rede immer mit allen. Und Sid sucht Streit mit mir, nicht umgekehrt.«
»Der unterhält sich bloß, und nicht mal mit dir.«
»Er legt es darauf an, mich zu provozieren.«
»Ich lenke ihn ab.«
Gold fuhr mit der Zungenspitze unter die Oberlippe und gab sich Mühe, all seinen Unwillen auf das Buch zu konzentrieren, das er seit einem Jahr über Henry Kissinger zu schreiben plante. Der Gegenstand war aber so wenig fesselnd, daß seine Gedanken schon wieder bei dem bevorstehenden sinnlosen Wirrwarr waren, als das Taxi in Brooklyn ins Tageslicht hinausfuhr.
Er fühlte sich scheußlich.
Alle anderen würden sich amüsieren. Einzig er sah bei solchen Gelegenheiten seine Loyalität einer strengen Prüfung unterworfen, die er nur hinnahm, wenn ihm keine brauchbare Ausrede einfiel. Niemand würde dort sein, dem er gern begegnet wäre; an der Unterhaltung würde er sich nicht beteiligen können, und falls er Vater und Bruder überhaupt je hatte leiden mögen, tat er es jetzt jedenfalls nicht mehr. Gegenüber den vier älteren Schwestern empfand er hin und wieder so etwas wie Dankbarkeit oder Mitleid; Sitz und Tiefe des Gefühls waren bestimmt von seinen Erinnerungen an ihr Verhalten nach dem Tode der Mutter und in den vorangegangenen Jahren. Alle wußten, daß er als Autor ein gewisses Ansehen genoß, und keiner konnte sich das erklären.
Golds Abneigung gegen Mahlzeiten im Familienkreis, sein Widerwille gegen jede Form von Familiengefühl reichten mindestens bis in die Zeit seines Übergangs von der Hauptschule aufs College zurück. Damals zog er nach Manhattan. Daß er das College der berühmten Columbia-Universität besuchen durfte, schmeichelte ihm ungemein, und daß er zugleich fünf Schwestern und einem Bruder entkam, von denen er sich sein Lebtag eingeengt und nicht genügend gewürdigt fühlte, war eine rechte Erleichterung.
Als er mit Belle ging, prahlte er: »Eigentlich wollte ich ja in Israel kämpfen und das College derweil sausen lassen. Ich hatte aber an der Columbia-Universität ein Stipendium.«

Ihm war nie eingefallen, für Israel zu kämpfen oder das College sausen zu lassen. Auch hatte er kein Stipendium, sondern sein Vater bestritt die Kosten, und das Geld dafür dürften, wie ihm jetzt klar war, Sid und drei seiner älteren Schwestern dem unberechenbaren alten Mann zugesteckt haben. Daß Muriel, die vierte, sich je von einem einzigen Dollar getrennt hätte, der nicht ihr selber oder ihren beiden Töchtern zugute kam, war nie bekannt geworden.
Joannie, die jüngste Schwester, wohnte in Kalifornien. Sie war schon vor Jahren pflichtvergessen von zu Hause fortgelaufen, um Mannequin oder Filmstar zu werden, und derzeit mit einem arroganten Geschäftsmann aus Los Angeles verheiratet, der nur ungern den östlichen Teil seines Vaterlandes aufsuchte und außer Gold die ganze Familie geringschätzte. Joannie flog nun mehrmals im Jahr allein nach New York und besuchte nur wen sie sehen wollte.
Unübertrefflich gute Zeugnisse und Aufsätze mit besten Zensuren rückten Gold früh in den Mittelpunkt der Aufmerksamkeit. Muriel, ihm im Alter am nächsten, ließ ihre schlechte Laune heute meist an Ida aus, war damals aber auch zu ihm gemein. Ida war das Musterkind und ermahnte Gold, sich in der Schule größere Mühe zu geben, obschon alles, was er tat, erstklassig war. Derzeit fürchtete Gold gelegentlich, verrückt zu werden, wenn die ältesten Schwestern Rose und Esther ihn mit Ehrfurcht und Zuneigung überschütteten. Offenbar erfüllte er alle Erwartungen, die er geweckt hatte. Schauten sie ihn an, strahlten sie vor Liebe, und er wünschte, sie unterließen das.
Als er noch aufs College ging, steckte Rose, wie er sich erinnerte, ihm häufig einen Zwanzigdollarschein zu und Esther ebenfalls. Wie Sid waren beide sogleich nach der Schule arbeiten gegangen. Ida durfte das College besuchen und Lehrerin werden. Sie schenkte ihm jeweils Fünfdollarscheine samt einer Gebrauchsanweisung. Rose und Ida waren nach wie vor Angestellte, Rose Sekretärin in der Anwaltskanzlei, wo sie während der Depression ihre erste Stellung gefunden hatte, Ida stellvertretende Rektorin einer Volksschule. Militante Schwarze und Kinder spanisch sprechender Eltern, die ganz offen verlangten, alle Juden sollten verschwinden, brachten Ida schier um den Verstand.
Esther war seit zwei Jahren Witwe. Über Nacht wurde ihr Haar

weiß und fing an auszugehen. Gelegentlich redete sie unbestimmt davon, wieder eine Stelle als Buchhalterin annehmen zu wollen. Sie war aber schon siebenundfünfzig und viel zu schüchtern, sich zu bewerben. Muriel, deren Gatte Victor als Fleischgroßhändler gut verdiente, unterschied sich merklich von den anderen Schwestern. Sie färbte die Haare schwarz, um graue Strähnen zu verbergen, und spielte Poker mit Freundinnen, die auch zu Pferderennen gingen. Sie war Kettenraucherin, sprach mit heiserer Stimme, hatte grobe Manieren und verstreute überall Zigarettenasche, die Ida, von Ordnungsliebe besessen, selbst in Muriels eigener Wohnung zusammenfegte, was sie mit tadelnden, hochgesinnten, von Verachtung triefenden Kommentaren begleitete.

Zwischen Sid, dem Erstgeborenen, und Gold, dem einzigen anderen männlichen Nachkommen, standen also diese vier älteren Schwestern, eher schon vierhundertfünfzig Schwestern, denn sie wimmelten unentwegt mit Fragen, Ratschlägen, Tadeln und Trostworten um ihn herum. Ida ermahnte ihn, langsam zu kauen, Rose sagte übers Telefon, die Straßen seien vereist. Gold hielt sie allesamt für altmodisch und naiv, ohne das geringste Gespür für die greifbare Nähe der Sünde und des Bösen. Ausgenommen Sid, wie Gold einfiel, und folglich auch dessen Frau Harriet. In seinen behenderen Jahren war Sid einmal in San Franzisko erwischt worden, als er angeblich in San Diego geschäftlich zu tun hatte, auch einmal in Acapulco, als er hätte in San Franzisko sein sollen, und in Miami auf einem Hausboot statt in Portoriko im Hotel. Seit er über die Mittel verfügte, verstand Sid es, sich mühelos in Hotels zu bewegen.

Jetzt verreiste er nur noch für Kurzurlaube mit Harriet, oder er besuchte winters den Vater in Florida. Sid war groß und breit, hatte viel weiches Fleisch und trug das graue Haar gescheitelt. Im Gesicht sah er dem Vater ausgesprochen ähnlich, der allerdings klein und untersetzt war und dessen dichte weiße Borsten zu Berge standen, was ihn einer Comic-Figur gleichsehen ließ, die starken elektrischen Schlägen ausgesetzt wird. Gold selber, mager, verkrampft und dunkelhaarig, hatte Schatten um die Augen und ein krabbenartiges, nervöses Gesicht, das Frauen anziehend und sexy fanden. Sid wurde widerstandslos alt, er trug weiße Hemden zu einfarbig blauen oder grauen Anzügen, breite blaue oder kastanienbraune Hosenträger, während ihr anspruchsvoller, autokratischer alter Protz von Vater, der ehemalige Schneider Julius Gold, von Jahr zu Jahr mehr einem großspurigen Hollywood-Magnaten ähnelte; er bevorzugte Polohemden aus Kaschmirwolle und elegante Blazer. Unerklärlicherweise schien Sid den Vater mehr und mehr liebzugewinnen. Gold erinnerte sich, daß Sid vor Zeiten von Hause weggelaufen und einen ganzen Sommer fortgeblieben war, um den exzentrischen Einfällen und den giftigen Prahlereien des herrschsüchtigen Alten zu entgehen.

Gold und Belle waren unter den letzten Ankömmlingen in Idas Wohnung am Ocean Parkway; wenige Minuten später kamen dann noch Muriel und Victor. Irv, der Gatte Idas, machte den herzlichen Gastgeber. Er war Zahnarzt und betrieb seine Praxis über einem Farbengeschäft auf dem Kings Highway. Gold hatte bereits Mühe, die Anwesenden voneinander zu unterscheiden. Es war eine Art Wettstreit. Er schüttelte rasch hintereinander Irv, Victor, Sid, Max, Milt und seinem Vater die Hand, und der einzige Unterschied bestand darin, daß er sich von einem zum andern Mal bedrückter fühlte.

Roses Gatte Max, der leicht zuckerkrank war, schlürfte zaghaft von seinem Mineralwasser. Im übrigen tranken die Männer, aber auch Muriel, Whisky, die übrigen Damen Saft. Belle war in der Küche verschwunden, um das Auspacken der Kartoffelkugel zu überwachen und Ida zu helfen, die Belle vermutlich gleichzeitig zu vertreiben suchte, sie mit Aufträgen überhäufte und tadelte, weil sie sie nicht rasch genug erledigte. Alle Anwesenden, sein Vater nicht ausgenommen, hatten mindestens ein Kind, das ihnen schwere Sorgen machte. Gold nahm ein Glas Bourbon von Irv entgegen und machte sich daran, den Damen die Wange zu küssen. Harriet nahm seine Begrüßung ohne Begeisterung entgegen. Seine Stiefmutter erlaubte ihm, näherzutreten, indem sie über ihrem Strickzeug nickte und das Gesicht neigte. Gold beugte sich mit vorgestreckten Armen über sie, ganz darauf gefaßt, daß sie ihm eine ihrer Stricknadeln in den Hals rammte.

Golds Stiefmutter, die aus einer alteingesessenen jüdischen Familie im Süden stammte und Verwandtschaft in Richmond und Charleston hatte, erschwerte ihm gewohnheitsmäßig das Dasein in der ausgefallensten Weise. Sprach er sie an, antwortete sie häufig nicht. Dann wieder sagte sie: »Sprich nicht zu mir.« Sprach er nicht zu ihr, trat sein Vater herzu, stieß ihm in die Rippen und befahl: »Los, sprich mit ihr, oder bist du dir zu gut dafür?« Sie strickte unentwegt mit weißer Wolle. Als er ihr eines Tages ein Kompliment machte, weil sie so schön stricke, sagte sie bösartig, sie häkele, und als er sich das nächste Mal nach ihrer Häkelarbeit erkundigte, versetzte sie: »Ich häkele nicht, ich stricke.« Oft beschied sie ihn zu sich, nur um ihn wegzuschicken, und manchmal trat sie dicht an ihn heran und machte: »Kräcks, kräcks.«

Wie darauf zu antworten sei, wußte er nicht.

Golds Stiefmutter strickte an einem endlosen Gebilde, das für einen Schal zu breit war, für jede andere Verwendung aber zu schmal. Es war gut anderthalb Meter breit und vermutlich einige tausend Meilen lang, denn sie strickte an diesem Gegenstand schon, als sie Golds Vater kennenlernte. Gold sah im Geiste dieses locker gestrickte breite Band sich aus der Strohtasche entrollen, der Wohnung entgegen, die Sid jedes Jahr an der Manhattan Beach in Brooklyn für das Paar mietete, und von da die Küste entlang bis nach Florida und weiter in unvermessene Regionen. Es fehlte ihr niemals an Wolle und niemals an Platz in der Strohtasche für das fertiggestellte Produkt. Der Faden kam durch eine Öffnung in der Tasche ans Licht, das fertige Fabrikat, was es nun auch sein mochte, verschwand, womöglich auf immer, in einer anderen Öffnung.

Als seine Neugier so stark wurde, daß er sie nicht mehr bezähmen konnte, fragte er: »Was soll denn das werden?«

»Das wirst du noch sehen«, antwortete sie geheimnisvoll.

Er fragte den Vater: »Was strickt sie eigentlich, Pa?«

»Kümmere dich um deine eigenen Angelegenheiten.«

»Ich frage ja bloß.«

»Stell keine zudringlichen Fragen.«

»Was strickt sie eigentlich?« fragte er seine Schwester Rose.

»Wolle«, antwortete Belle.

»Weiß ich doch, Belle, aber was soll das werden?«

»Gestricktes«, sagte Esther.

Golds Stiefmutter also strickte Gestricktes und strickte endlos. Nun fragte sie: »Gefällt dir meine Wolle?«

»Wie bitte?«
»Gefällt dir meine Wolle?«
»Ja, selbstverständlich.«
»Das sagst du aber nie«, schmollte sie.
»Mir gefällt deine Wolle«, sagte Gold und zog sich verwirrt in einen Sessel unweit der Tür zurück.
Er hörte, wie sie zu seinen Schwägern Irv und Max sagte: »Er sagt, ihm gefällt meine Wolle, aber ich glaube, er schwindelt mich an.«
»Wie war deine Reise?« erkundigte sich seine Schwester Esther liebevoll.
»Angenehm.«
»Wo warst du?« fragte Rose.
»In Wilmington.«
»Wo?« fragte Ida, die gerade mit einem Tablett vorbeikam.
»In Washington«, sagte Rose.
»In Wilmington?«
»In Wilmington.«
»In Washington.«
»In Washington?«
»In Wilmington, im Bundesstaat Delaware«, stellte Gold klar.
»Und wie war die Reise?« fragte Ida, auf dem Rückweg vorbeikommend.
Gold fürchtete um seinen Verstand.
Bevor Rose antworten konnte, sagte Esther: »Er sagt, sie war angenehm«, und näherte sich einem Kaffeetisch, auf dem sich gehackte Leber, gehackte hartgekochte Eier und Zwiebeln häuften, die mittels kleiner Messer auf Cracker, Roggenbrot und Pumpernickel geschaufelt wurden.
»Hast du hübsche Frauen kennengelernt unterwegs?« fragte Muriel. Muriel als die jüngste der anwesenden Schwestern war verpflichtet, immer auf der Höhe der Zeit zu sein.
»Diesmal nicht«, erwiderte Gold und grinste, wie es von ihm erwartet wurde.
Muriel glühte, Irv kicherte, und Victor, der Gatte von Muriel, schaute peinlich berührt drein. Rose musterte eindringlich ein Gesicht ums andere. Gold argwöhnte, sie sei schwerhörig geworden und wisse es womöglich nicht. Max, ihr Gatte, Angestellter bei der

Post, nuschelte seit neuestem, und Gold fragte sich, ob das außer ihm wohl jemandem aufgefallen sei.
Esther brachte ihm einen vollen Teller und einen Salzstreuer. Mit bebender Stimme verkündete sie: »Dies alles habe ich für dich zurechtgemacht, und hier ist dein alter Salzstreuer.«
Gold wand sich.
»Verwöhn ihn doch nicht so«, sagte Muriel barsch und ließ Asche von der im Mundwinkel hängenden Zigarette auf ihren Busen fallen.
Die Frauen in Golds Verwandtschaft waren überzeugt, er liebe alle Speisen stark gesalzen.
»Streu kein Salz drauf, bevor du gekostet hast!« schrie Ida quer durchs Zimmer. »Ich habe reichlich gesalzen.«
Gold hörte nicht hin, sondern fuhr fort, Salz über den Cracker zu streuen, den er in der Hand hielt. Andere Finger zerrten die übrigen Stückchen von seinem Teller. Esther und Rose brachten mehr. Sid schaute amüsiert zu. Gott, was für Visagen, dachte Gold. Wie viele Menschen! Und alle, alle fremd. Seit neuestem sogar Belle. Und ganz besonders seine Stiefmutter.
Die erste Begegnung mit seiner Stiefmutter würde er nie vergessen. Sid war zur Hochzeit nach Florida geflogen und kam mit dem Paar zurück, denn er wollte in seinem Haus in Great Neck einen Empfang für sie geben. Als alle einander vorgestellt waren, trat ein unbehagliches Schweigen ein, und niemand schien etwas sagen zu wollen. Gold trat vor und machte den tapferen Versuch, die Stimmung aufzulockern.
In seiner förmlichsten Art fragte er: »Und wie wünschest du, von uns genannt zu werden?«
»Es wäre mir lieb, ihr behandeltet mich, wie meine eigenen Kinder mich behandeln«, erwiderte Gussie Gold ebenso förmlich wie er. »Ihr alle sollt mir sein wie meine eigenen Kinder. Bitte, nennt mich Mutter.«
»Ganz wie du wünschest, Mutter. Willkommen daheim unter deinen Kindern«, sagte Gold.
»Ich bin nicht deine Mutter«, blaffte sie.
Gold lachte als einziger. Die anderen hatten wohl gleich gemerkt, was ihm entgangen war: Sie war irre.

Golds Stiefmutter hatte als Kind gelernt, daß man sich beim Essen nicht zusehen lassen darf, und sie betrat das Eßzimmer stets mit Strickzeug und Strohtasche. Um einen Tisch, der zehn Erwachsenen Platz bot, drängten sich jetzt vierzehn, und Gold wußte, daß er nicht als einziger mit den Knien gegen die Stützen der Tischplatte stieß. Insgeheim lamentierte er: Ich habe öfter an solchen Mahlzeiten teilgenommen, als ich mich erinnern mag. Idas Tochter war ausgegangen, der Sohn auswärts im College.

»Auf dem Tisch sehe ich«, begann Sid mit so umfassendem guten Willen im Ton, daß Gold sich schon verkrampfte, weil er die bedrohliche Nähe eines verborgenen Stachels ahnte, »Belles Kartoffelkugel, Esthers Nudelpudding, Muriels Kartoffelsalat und Roses...«, er verstummte zögernd.

»Von mir sind die Mazzeklöße«, sagte Rose errötend.

»Roses Mazzeklöße.«

»Und meine Wolle«, ergänzte die Stiefmutter.

»Und deine Wolle.«

»Gefällt dir meine Wolle?« Es schien, als fordere sie kokett Sids Lob heraus.

»Die schmackhafteste Wolle der Welt, ohne Zweifel.«

»Ihm gefällt sie nicht«, sagte sie mit einem Blick auf Gold.

»Doch gefällt sie mir«, protestierte Gold schwach.

»Er sagt nie, daß sie ihm gefällt.«

»Mir gefällt deine Wolle.«

»Mit dir habe ich nicht geredet«, sagte sie.

Victor lachte lauter als die anderen. Victor war überzeugt, Gold und Irv schauten insgeheim auf ihn herab. Dies stimmte, doch hatte Gold nichts gegen ihn. Victor, roten Gesichtes und stämmig wie ein Bulle, war besonders lieb zu Muriel und mochte Belle gern; gab es schwere Sachen zu transportieren, durfte man sich darauf verlassen, daß er einen Lastwagen und Arbeiter vorbeischickte. Er hielt sich im Sitzen wie im Stehen so vorbildlich, daß er den Eindruck machte, seine Haltung koste ihn enorme Kraft. Gold war überzeugt, Victor werde als erster einem Herzinfarkt erliegen.

»Ich habe den Honigkuchen gemacht«, schmollte Harriet. »Bestimmt ist er nichts geworden. Eigentlich sollte er mit Gelatine überzogen sein, aber Gelatine hängt euch bestimmt zum Hals raus.«

»Und Harriets Honigkuchen.«

»Viel zu viel Kohlehydrate«, ächzte Max, der nicht nur zuckerkrank war, sondern auch einen unregelmäßigen Kreislauf hatte. Sorgenfalten auf der Stirne, lehnte Max alles ab bis auf Hühnerbeinchen, etwas Fleisch vom Hühnerflügel, eine Scheibe Rostbraten, von der er das Fett entfernte, und grüne Bohnen.

Milt, Esthers fast stummer Verehrer, bediente sie bei Tische. Sie ließ das in steifer Haltung wortlos zu, ohne ihn anzusehen. Milt, der ältere Bruder des verstorbenen Geschäftspartners ihres Mannes, war ein behutsamer, aufmerksamer Mensch, der in Gegenwart der übrigen Familie kaum je sprach. Er war fünfundsechzig, älter als Sid, und nie verheiratet gewesen. Mit einer beinah schwungvollen Bewegung plazierte er einen weiteren Löffel von Esthers Nudelpudding auf deren Teller, sodann einen Löffel auf den eigenen. Esther dankte ihm mit einem nervösen Lächeln.

Es gab auch Fleischklöße und Gestopftes und in einer tiefen Schüssel Kartoffelbrei getränkt mit Hühnerfett und bestreut mit gebratenen Zwiebeln, den Gold gern ganz allein verschlungen hätte.

»Was gibt es Neues?« fragte Ida ihn.

»Nichts.«

»Er schreibt ein Buch«, sagte Belle.

»Ach, wirklich?« fragte Rose.

»Schon wieder ein Buch?« schnob sein Vater verächtlich.

»Das ist aber mal hübsch«, sagte Esther.

»Ja«, sagte Belle.

»Worüber?« fragte Muriel ihn.

»Über die jüdische Selbsterfahrung«, klärte Belle sie auf.

»Wie hübsch«, sagte Ida.

»Worüber?« wollte der Vater wissen.

»Über die jüdische Selbsterfahrung«, antwortete Sid und rief dann laut über den ganzen Tisch: »Wessen Selbsterfahrung?«
»Wessen was?« fragte Gold mißtrauisch.
»Wessen jüdische Selbsterfahrung?«
»Das weiß ich noch nicht.«
»Er schreibt auch eine Artikelserie«, sagte Belle.
Gold sagte mit spürbarem Widerstreben: »So ganz allgemein.«
»Was heißt denn das?« Golds Vater wollte sofort alles wissen.
»Es ist ein Buch übers Judesein«, sagte Belle.
Golds Vater grunzte. »Was versteht er davon?« brüllte er sodann. »Der ist ja nicht mal in Europa geboren!«
»Es handelt sich ja auch darum, wie es ist, in Amerika Jude zu sein, wie man sich in Amerika als Jude fühlt«, sagte Belle.
Golds Vater ließ sich nur eine Sekunde lang verblüffen. »Davon versteht er auch nichts. Ich bin hier schon viel länger Jude als er.«
»Er kriegt Geld dafür«, sagte Belle beharrlich. Gold wünschte, sie möge den Mund halten.
»Was zahlen sie dir?« wollte Golds Vater wissen.
»Eine ganze Menge«, sagte Belle.
»Wieviel? Was für ihn eine Menge ist, ist für andere vielleicht ein Dreck. Stimmt's, Sid?«
»Recht hast du, Pop.«
»Was zahlen sie dir also?«
»Zwanzigtausend Dollar«, sagte Belle.
Gold sah, daß diese Zahl tiefen Eindruck machte, besonders auf seinen Vater, der eine teilnahmslos enttäuschte Miene aufsetzte. Gold selber hätte vermieden, eine Summe zu nennen. Max und Rose und Esther, vielleicht sogar Victor und Irv dürfte sie sehr hoch vorkommen. Sie alle würden das für einen puren Glücksfall halten und nicht daran denken, daß das Buch auch Arbeit verlangte.
»Das ist wirklich hübsch«, bemerkte Rose.
»So viel ist es nun auch wieder nicht«, brummelte Golds Vater mißgünstig. »Ich habe zu meiner Zeit mehr verdient.«
»Und mehr vertan«, setzte Gold in Gedanken hinzu.
»Manche Leute schreiben Bücher fürs Kino und verdienen daran noch wesentlich mehr«, sagte Harriet abschätzig, und Sid kicherte leise.

Gold wollte schon entgegnen, als Belle sagte: »Na ja, es ist ja auch bloß der Anfang. Und fünftausend bekommt er extra für Recherchen. Die werden nicht mal vom Garantiehonorar abgezogen.«
»Wie hübsch«, sagte Esther schnell, bestrebt, Gold zu Hilfe zu eilen. »Das ist doch wirklich sehr hübsch.«
»Und was heißt das genau?« fragte Sid mit ernster Miene.
»Das ist schwer zu erklären«, sagte Belle.
»Nein, gar nicht.«
»Aber das hast du selber gesagt.«
»Ich wollte es erklären, aber du hörst ja nie zu.«
»Streitet nicht«, stachelte Harriet die beiden bösartig an.
»Das bedeutet«, begann Gold und wandte sich hauptsächlich an Sid und Irv, »daß fünftausend vom Verlag auf Allgemeinkosten gebucht und nicht gegen mein Honorar verrechnet werden, selbst wenn die Kosten in dieser Höhe nicht anfallen. In diesem Falle erhöhen sich die Tantiemen.«
»Habe ich das nicht eben gesagt?« fragte Belle.
»Es klingt sehr vorteilhaft«, bemerkte Esthers ältlicher Verehrer Milt schüchtern, und Gold fiel ein, daß er Buchprüfer war und mithin sachverständig.
»Bruce«, ließ Irv sich vernehmen und legte Daumen und Zeigefinger ans Kinn. Seit seine Zahnarztpraxis stagnierte, hatte Irv in der rechten Wange ein Zucken befallen, das ihm gelegentlich das Aussehen gab, als lächle er grundlos. »Du wirst doch keinen von uns in deinem Buch erwähnen?«
»Selbstverständlich nicht«, beschwichtigte Gold. »Warum sollte ich?« Am Tisch atmete man erleichtert auf. Dann gab es lange Gesichter.
»Warum nicht?« wollte Golds Vater wissen. »Wir sind wohl nicht gut genug?«
Wenn Gold mit dem Vater streiten mußte, versagte ihm immer noch leicht die Stimme. »Es ist eine ganz andere Sorte Buch.«
»So?« bellte der Alte, bäumte sich einige Zentimeter auf und richtete auf Gold einen Zeigefinger, den er krümmte wie eine Klaue. »Na, du Schlaumeier, da weiß ich aber eine Überraschung für dich. Ohne mich wird aus dem Buch nichts. Das hab ich früher schon gesagt, und das sage ich jetzt. Das hab ich dir von Anfang an gesagt.

Du bist der Sache nicht gewachsen.« Von einer Sekunde zur anderen verfiel er aus cholerischer Streitsucht in heiterste Selbstgefälligkeit, lehnte sich zurück und neigte ein wenig den Kopf zur Seite.
»Richtig, Sid?« fragte er, wandte den Kopf und blickte von unten herauf seinen Sohn an.
»Recht hast du, Pop.«
Julius Gold schlug die Augen nieder und gestattete sich eine narzißtisch wohlgefällige Miene.
Mit deplazierter Feindseligkeit langte Gold nach der Schüssel mit Kartoffelbrei und lud sich den Teller noch einmal voll. Schurken, alle beide, dachte er dabei. Und können sich gegenseitig nicht leiden.
Seine Schwester Rose fragte strahlend: »Und hast du nochmal was aus dem Weißen Haus gehört?«
»Nein«, sagte Belle, bevor Gold antworten konnte, und Harriet schaute hocherfreut drein.
»Er ist aber schon zweimal angerufen worden, nicht bloß einmal«, bemerkte Esther.
»Nicht direkt vom Weißen Haus«, berichtigte Gold. »Ein Studienfreund, der jetzt im Weißen Haus beschäftigt ist, hat mich angerufen.«
»Das kommt aufs gleiche raus«, sagte Ida. »Er ist jedenfalls im Weißen Haus oder nicht?«
»Wo er war, als er anrief, weiß ich nicht«, bemerkte Gold leicht sarkastisch.
»Im Weißen Haus«, versetzte Belle ungerührt. »Ralph Newsome heißt er.«
»Herzlichen Dank«, sagte Gold, »beinahe hätte ich den Namen vergessen.«
»Nie von ihm gehört«, sagte Harriet.
»Er gehört zum Mitarbeiterstab des Präsidenten«, sagte Muriel, und an Gold gewendet, »das stimmt doch?«
Gold senkte den Kopf auf den Teller und schwieg.
»Ich bin mal am Weißen Haus vorbeigegangen, als ich noch ein entzückendes kleines Mädchen war und in Richmond wohnte«, erinnerte sich Golds Stiefmutter. »Mir kam es schmutzig vor.«

»Er hat doch gesagt, dein Buch gefällt ihm?« nahm Esther den Faden wieder auf.

»Nicht mein Buch«, erklärte Gold unbehaglich.

»Seine Besprechung des Buches, das der Präsident geschrieben hat«, sagte Belle.

»Dem Präsidenten hat sie bestimmt auch gefallen, darauf möchte ich wetten«, sagte Rose.

»Hat sie«, sagte Belle. »Deshalb wird ihm ja auch ein Posten angeboten.«

»Vom Präsidenten?« fragte Ida.

»Nichts ist mir angeboten worden«, sagte Gold wütend. »Jedenfalls vom Präsidenten nicht. Man hat bloß gefragt, ob ich mir vorstellen könnte, nach Washington zu kommen. Nichts weiter.«

»Das klingt aber sehr nach einem Angebot«, bemerkte Irv.

»Siehst du?« sagte Belle.

»Was hast du gesagt?« fragte Max eifrig.

»Er hat gesagt, er muß es erst bedenken«, sagte Belle.

»Ich habe dir gesagt, du sollst darüber nicht reden.«

»Wenn schon«, sagte Belle. »Es sind schließlich deine Verwandten. Du hast gesagt, wenn sie dir einen guten Posten anbieten, nimmst du ihn wahrscheinlich.«

»Und du hast gesagt, du ziehst nicht nach Washington«, sagte Gold.

»Tu ich auch nicht«, bestätigte Belle.

»Zwanzigtausend?« platzte Golds Vater plötzlich laut wiehernd heraus, »mir hätten sie eine Million geboten!«

Asche, klagte Gold innerlich heulend, und kaute wütender auf dem Brei und dem Stück Brot herum, als ihm bewußt war. Die Speise! Zu Asche wird alle Speise in meinem Mund! Mein ganzes Leben war es so mit dem Vater.

Von Anfang an. Gold verfiel ins Grübeln. Als ich sagte, ich will Kaufmann werden, sagte er, bleib auf der Schule. Als ich studieren wollte, sagte er, lern Kaufmann, mach Geschäfte! »Wozu Zeit vergeuden? Nicht was du kennst, ist wichtig, sondern wen du kennst.« Ein schöner Vater das! Sage ich naß, sagt er trocken, sage ich trokken, sagt er naß. Sag ich schwarz, sagt er weiß, und sag ich weiß, sagt er... die Neger sind noch unser Untergang, die Grundstückspreise gehen in den Keller! Fertig. Damals handelte er mit Grundstücken. Der unter alles einen gebieterischen Strich setzende Ausruf »Fertig« erzeugte in der Familie augenblicks gehorsames Schweigen, und alle schreckten davor zurück, es zu brechen, auch Golds Mutter.

Golds Vater machte kein Hehl daraus, daß er Gold für einen Schmock hielt. Es wäre nicht gerecht, zu behaupten, Golds Vater sei von ihm enttäuscht, denn er hielt ihn immer schon für einen Schmock.

»Vom ersten Tage an«, fuhr der Alte in einer Art von umgekehrtem Vaterstolz fort und so, als sei Gold nicht anwesend, »wußte ich, daß aus dem mal nichts Richtiges wird. Und hab ich recht gehabt? Nur gut, daß seine Mutter nicht mehr erlebt hat, daß er geboren wurde.«

»Pop«, berichtigte Sid taktvoll, »als Mama starb, ging Bruce schon in die Hauptschule.«

»Und nie wurde eine bessere Frau geboren«, erwiderte Golds Vater, nickte mehrmals wie verzaubert von seinen Erinnerungen und funkelte sodann rachsüchtig seinen Jüngsten an, als wäre der daran schuld, daß sie mit neunundvierzig Jahren gestorben war. »Und hingerafft«, schloß er matt.

Als Gold einmal in Florida bei ihm zu Besuch war, zerrte er ihn über die Straße, einzig um ihn Bekannten mit dem Satz vorzustellen: »Hier, das ist meines Sohnes Bruder, aus dem nie was Rechtes geworden ist.«

Sein unumstößliches Urteil über Gold – übrigens über fast alle seine Mitmenschen, Sid eingeschlossen – lautete: ihm fehlt der Sinn fürs Geschäft. Trotz einer nicht zu überbietenden Menge von Fehlschlägen in mehr Gewerben und Unternehmungen, als Gold wußte, hielt er sich für einen Erfolgsmenschen von seltenem Spürsinn und zögerte niemals, den Kenner zu spielen, einerlei, ob es sich um die Geschäfte von General Motors oder die von Sid handelte. Sein hellsichtigstes wirtschaftliches Urteil des Jahres bezog sich auf das Großunternehmen American Telephone and Telegraph und lautete: »Denen fehlen die richtigen Leute an der Spitze.«

»Ein großer Laden ist das schon«, sagte Julius Gold, »bloß verstehen sie nichts vom Geschäft. Wenn mir alle diese Telefone gehörten,

na, da könntet ihr was erleben. Keine Firma käme ohne mich aus.«
Sein diesjähriger Aufenthalt in New York, angeblich einer Zahnreparatur wegen, hatte im Mai begonnen. Obwohl unbeugsamer Atheist, schien er sonderbarerweise entschlossen, sämtliche jüdischen Festtage hier zu verbringen, und nannte immer neue, von denen nie jemand gehört hatte.
Als sein Vater Schemini Azeret vorkehrte, sagte Gold mißmutig zu Belle: »Er liest offenbar in dem beschissenen Talmud.« Belle tat, als höre sie nichts. »Oder er denkt sich welche aus.«
Bei Harriet stieß Gold auf gleichgeartete Antipathie Julius Gold gegenüber, nur überstieg ihre die seine noch. In der Woche vor dem Eintreffen ihres Schwiegervaters murrte sie bösartig: »Wozu denn das? Gibt es in Miami etwa keine Zahnärzte?«
Das Bündnis war, wie Gold wußte, zerbrechlich und nicht von Dauer, denn seit einiger Zeit ging Harriet systematisch auf Distanz zur Familie, als bereite sie sich umsichtig und vorausschauend auf alles Erdenkliche vor. Harriet mußte eine verwitwete Mutter und eine ältere unverheiratete Schwester unterstützen.
Golds Vater war knapp einssechzig groß und das Opfer überraschender Anfälle von Weisheit. »Geld regiert die Welt!« schrie er etwa ganz unerwartet und absolut unmotiviert, und seine zweite Frau fügte gleich ganz andächtig hinzu: »Ihr solltet immer auf eueren Vater hören.«
»Geld regiert die Welt!« schrie er auch jetzt ganz unvermutet, als wäre er soeben mit dieser brennenden Offenbarung aus einer Trance erwacht. »Das ist das einzig Gute, was ich von den Christen gelernt habe«, fuhr er mit ungebrochener Beredsamkeit fort. »Roastbeef ist besser als gekochtes Rindfleisch. Und Lendenstück besser als Rindsschulter. Das verdanke ich ihnen auch. Hummer sind dreckig, die haben keine Schuppen und kriechen am Boden. Nicht mal schwimmen können sie. So, das wär's. Fertig.«
»Ihr müßtet mehr auf euren Vater hören.« Der ermahnende Blick seiner Stiefmutter ruhte am längsten auf Gold und auch am strengsten.
»Und was verlangt er von mir?«
»Er macht alles verkehrt«, sagte sein Vater. »Eines habe ich allen

meinen Kindern beigebracht«, fuhr er fort, als wende er sich an die Kinder anderer Leute, »nicht darauf zu achten, was *ein* Dollar wert ist, sondern tausend, zehntausend. Und alle bis auf einen« – mit einer geradezu atemberaubenden Mißachtung der Tatsachen und zur Verlegenheit aller Anwesenden unterbrach er sich, um einen mörderisch angewiderten Blick auf Gold abzuschießen – »haben ihre Lektion gelernt und sitzen jetzt im Fett, insbesondere Sid hier und die kleine Joannie.« Bei der Erwähnung seiner Jüngsten, die so zeitig ausgerissen war, verschleierte sich sein Blick. »Auf guten Rat habe ich mich immer verstanden und nun, wo ich alt werde« – Gold traute seinen Ohren nicht, als er diesen lachhaften Prahlhans von zweiundachtzig Jahren das aussprechen hörte –, »wo ich alt werde, falle ich keinem zur Last, außer meinen Kindern.«

Gold, dessen Galle überlief, hatte keine Bedenken mehr zurückzuschlagen. »Ich will nicht protzen«, sagte er, »aber als ich vor sieben Jahren bei der Stiftung tätig war –«

»Das bist du aber nicht mehr!« schnitt ihm sein Vater das Wort ab. Gold kapitulierte erschauernd und starrte auf seinen Teller, als Rose, Muriel und sämtliche Schwäger entzückt Beifall klatschten, während Esther und Rose sich vor Lachen bogen. Gold kam der entsetzliche Verdacht, man werde demnächst auf die Stühle steigen und jubelnd die Hüte schwenken. Sein Vater lehnte sich mit dem bekannten Lächeln der Selbstbezauberung im Stuhl zurück und ließ die Lider zuklappen. Gold zwang sich ein Grinsen ab. Niemand sollte ahnen, wie zerschmettert er sich fühlte. Und dann. Dann redete Sid.

Ohne jede Warnung, salbungsvoll wie ein Rabbiner und in den Anblick von Esthers Gestopftem versunken, das er halbwegs zwischen Teller und Mund auf seiner Gabel hielt, begann er: »Sehet dieses Kind«, und Gold fühlte sich noch elender werden. »Dank güt'gem Walten der Natur, erfreut's die Klapper, kitzelt es ein Halm.«

Gold sah blitzschnell seine Niederlage voraus. Es hieß nun Schach, matt, Partie verloren, vom ersten Zuge an stand seine Niederlage fest. Ob er den Köder aufnahm oder nicht, er war geliefert, und er konnte nur staunend zusehen, als Sids Kriegsplan sich langsam um ihn her entfaltete, symmetrisch und harmonisch wie Kreise im Wasser.

Die anderen waren von Sids Redegabe, von seiner pantheistischen Weisheit tief beeindruckt.
»Klingt ganz gut«, murmelte Victor.
»Finde ich auch«, sagte Max.
»Sehr hübsch, nicht wahr?« sagte Esther.
»Ja«, stimmte Rose zu. »Wunderhübsch.«
»Seht ihr, wie gescheit mein Ältester ist?« sagte Golds Vater.
»Ihr solltet mehr auf euren ältesten Bruder hören«, sagte Golds Stiefmutter und zielte mit der Spitze ihrer Stricknadel auf Golds Augen.
»Es klingt wirklich ganz wunderschön«, stimmte nun auch Ida ehrfürchtig zu. Ida, die altjüngferliche Lehrerin, galt für die Intelligenzbestie in der Familie. Gold, der College-Professor, war nur eine Novität. Ida schaute Gold fest an und fragte: »Findest du nicht, Bruce?«
Kein Entkommen.
»Ja«, sagte Belle.
Gold fand sich zweifach, dreifach, vierfach, vielleicht auch fünf- bis sechsfach in der Klemme. Erwähnte er Alexander Pope, den Dichter, protzte er mit seinen Kenntnissen. Tat er es nicht, würde Sid ihn als Ignoranten entlarven. Berichtigte er das Zitat, stand er als Pedant da, als mißgünstig und zänkisch. Gab er überhaupt keine Antwort, mußte Ida das als beleidigend empfinden, denn sie wartete ebenso darauf wie die anderen. So, klagte er bei sich, behandelt man keinen Absolventen der Columbia-Universität, keinen Doktor der Philosophie, der erst kürzlich vom Weißen Haus belobigt und für einen hohen Posten in Aussicht genommen worden ist. Ah Sid, du gemeines Arschloch, lamentierte der gelehrte Doktor der Philosophie und künftige Regierungsbeamte stumm, wieder hast du mich reingelegt.
»Pope«, murmelte er schließlich widerstrebend und hielt den Blick standhaft auf Idas Fleischklöße gerichtet.
»Was?« blaffte sein Vater.
»Pope hat er gesagt«, informierte Sid ihn teilnehmend.
»Und? Was heißt das?«
Gold verkündete laut: »Der Vers stammt von Alexander Pope. Nicht von Sid.«

»Seht ihr, wie gescheit unser kleiner Bruder ist?« sagte Sid und kaute zufrieden.
»Er hat ja nicht gesagt, daß es von ihm ist«, verteidigte Harriet ihren Mann. »Oder?«
»Egal, von wem es ist, es ist einfach schön«, gab Ida lehrhaft zu bedenken.
»Ja«, sagte Belle.
»Ist es etwa weniger schön, weil es von Alexander Pope stammt und nicht von Sid?« wollte Irv wissen.
Belle schüttelte entschieden den Kopf, Victor, Milt und Max taten es ihr gleich.
Gold fand sie allesamt grauenhaft. »Das war aber impliziert«, sagte er verstockt, »und im übrigen stimmt das Zitat nicht ganz.«
»Brucie, Brucie, Brucie«, ließ Sid sich vernehmen, die verkörperte Nachsicht und Vernunft. »Du rechnest mir doch wohl ein paar falsche Wörter nicht an?« Gemurmel und Kopfschütteln. »Aber wenn du es so genau nehmen willst, korrigieren wir sie.«
»Sid«, brüllte Gold, »du verficktes Stinktier machst dich wieder über mich lustig!«
Die folgenden Momente wurden spannend. Die Damen senkten den Blick, und Victor, der schmutzige Redensarten in Gegenwart von Frauen nicht duldete, wurde noch röter, so als bezwinge er nur mit Mühe seinen Zorn, und richtete sich drohend auf. Sodann sprang Golds Vater vom Stuhl und kreischte ungläubig: »Verfickt hat er gesagt?« Seine Stimme wurde so schrill, daß es klang, als kreische ein Huhn in höchster Not. »Verfickt! Umbringen tue ich ihn! Alle Knochen breche ich ihm! Los, helft mir hin zu ihm!«
Ida stellte die Ordnung her, indem sie streng befahl: »Laßt Bruce in Frieden, alle. Dies ist meine Wohnung, und ich dulde hier keinen Streit.«
»Du hast recht«, flehte Rose, eine füllige, gutartige Person mit Sommersprossen auf dem Nasenrücken. »Bruce ist bestimmt noch ganz erschöpft.«
»Von seiner Reise nach Washington«, fügte Esther an.
»Wilmington«, sagte Belle.
Sid leckte sich mit triumphierendem Blick die Lippen und langte nach dem zweiten Stück von Harriets Honigkuchen.

Auf dem Rückweg im Taxi hatte Gold Sodbrennen und Kopfschmerzen. Er erinnerte sich weit zurückliegender Mahlzeiten, da sein Vater als der absolute Tyrann, der er war, am Tische thronte und mit todbringendem Finger wie mit einem Szepter auf das deutete, was er gereicht zu haben wünschte, und jeder sich beeilte, ihm alles zuzuschieben, was ungefähr in der Richtung stand, in die er deutete. »Nicht das. Das!« brüllte er. Er ließ sich nicht herbei, Genaueres zu sagen, und die Aufforderung war um so schwieriger zu befolgen, als er ein wenig schielte. Erspähte er an Tellern, Tassen, Schüsseln, Platten, leeren oder vollen, einen winzigen Riß oder eine Bruchstelle, fegte er sie vom Tisch.

»Von angeschlagenem Porzellan esse ich nicht«, verkündete er dabei wie ein gekränkter Monarch. Gold sah im Geiste Mutter und Schwestern ängstlich das Geschirr auf Schäden prüfen und alles ausrangieren, was ihm nicht vor Augen kommen durfte.

Er sagte nun leise und mürrisch: »Dabei haben die beiden sich nie leiden können. Sid ist von Hause weggelaufen, weil er ihn nicht mehr ertragen konnte. Damals ging er noch zur Schule. Den ganzen Sommer über ist er fortgeblieben.«

»Ich glaube nicht, daß Sid ihn je verabscheut hat.«

»Ich muß mal Rose danach fragen. Jetzt verwöhnt er ihn, als wären sie immer die besten Freunde gewesen. Du unterbrichst mich übrigens häufig, merkst du das?« warf er ihr vor, in seine Ecke des Taxis hingeflegelt, das Gesicht in eine Hand gestützt.

»Ich unterbreche dich nie.« Aus Belles Haltung sprach Starrsinn, nicht Trotz, sondern die stumpfe, hausgemachte Weigerung, auch nur einen Schritt zu weichen, einerlei, was es koste. »Du hast gesagt, du kannst nicht leiden, wenn man dich unterbricht. Also unterbreche ich dich nie.«

»Dann widersprichst du mir.«

»Wie kann ich dir widersprechen«, staunte Belle ungerührt, »ich rede doch immer als erste.«

»Du antwortest auf Fragen, die an mich gerichtet werden.«

»Nun, es ist doch gleich, wer antwortet.«

»Deine Antworten widersprechen aber manchmal meinen.«

»Und das dürfen sie nicht?«

»Nein.«

»Nie?«
»Nein.« Gold sprach streng, Mißverständnisse sollte es nicht geben. Belle erwiderte mit einem Heben der Schulter.
»Und zum Abendessen sehen die mich so schnell nicht wieder. Vielleicht nie mehr.«
»Drei Wochen nicht. Dann essen sie alle bei uns«, sagte Belle. »Ich habe sie eingeladen. Du hast gesagt, du bist zu Hause.«
»Dann sag ab«, befahl Gold.
»Bleib doch weg. Rose hat Geburtstag. Und ich veranstalte eine Überraschungsparty für sie.«
»Zu ihrem sechzigsten?« Seinem Ton war zu entnehmen, daß er den Plan, Rose zu überraschen, für lächerlich hielt.
Falls Belle darauf erwiderte, hörte er es nicht. Zwischen ihnen lag ein Abstand, den beide nicht wegzureden suchten. Er war dankbar dafür, daß sie ihn nicht nötigte, darüber zu sprechen. Belle war eine pummelige Person, beinahe so alt wie er, und wie sie so dasaß, die Tüte mit der leeren Kugelform im Schoße wiegend, kam sie ihm noch kleiner und rundlicher vor. Sie hielt den Kopf gereckt, nüchtern, als wolle sie sagen: Ich weiß selber, daß ich alt werde und nie eine Schönheit war und nicht mehr weiß, wie ich dich glücklich machen kann. Mir gefällt das auch nicht. Tu, was du willst.
Gold starrte über den Strom hinweg auf die Lichter in den Häusern von New Jersey und war froh, daß er nie dort hatte leben müssen. Bald, so sann er friedevoll, werde ich Belle los sein; Ralph hatte nämlich noch etwas gesagt, was seine Lage verbessern konnte: Nirgendwo steht geschrieben, daß der Gatte die Gattin erst verlassen darf, wenn das jüngste Kind ins College kommt.
Belebt von der ermutigenden Aussicht auf baldige Trennung von Belle, gestattete er seinen Gedanken, sich in freudiger Erwartung dem geheimen Projekt zuzuwenden, das er so rasch nicht vor Pomoroy oder Lieberman zu entschleiern gedachte. Ein weiteres Buch. Nun, da er den Roman endgültig beiseite gelegt hatte, würde er desto rascher beginnen können.
Kissinger.
Wie er diesen zischelnden Namen liebte und verabscheute.
Abgesehen einmal von seiner Eifersucht, die ungeheuerlich war, haßte er Henry Kissinger, seit dieser in die Öffentlichkeit getreten

war, und haßte ihn unvermindert noch jetzt, ein ebenso von der Vernunft wie vom Gefühl bestimmtes Urteil, freilich nicht originell genug, den Friedensnobelpreis oder einen Pulitzerpreis für detektivische Entlarvungsarbeit zu verbürgen. Doch glaubte Gold, unter einem ganz besonderen Aspekt ein Buch über Kissinger schreiben zu können, das ihm beide Preise eintragen mochte. Er besaß Karteikästen, gefüllt mit Kissingers Publikationen und seinen öffentlichen Äußerungen, dazu Ausschnitte aus Zeitungen und Zeitschriften, die alles enthielten, was über Kissinger gesagt worden war. Er sammelte auch Zeitungsausschnitte, die sich auf schriftliche und mündliche Auslassungen David Eisenhowers bezogen.

Manchmal kam ihn die Versuchung an, beide Sammlungen zu mischen. Manchmal fand er es geradezu schwer, sie getrennt zu halten.

Gold ärgerte sich mehr und mehr darüber, daß von seinen Bekannten so gut wie niemand jene Publikationen las, in welchen die meisten seiner Arbeiten erschienen. Wurde sein Name aber in einer einzigen Ausgabe von ›Playboy‹ oder ›Ladies' Home Journal‹ erwähnt, nahm sogleich die gesamte Welt davon Notiz. Sogar Lieberman. Sogar Pomoroy. Sogar sein Vater und seine Stiefmutter, die in New York einzig die ›Times‹ und die ›Daily News‹ und in Florida überhaupt keine Zeitung lasen. Sie hörten mit Vorliebe die Rundfunknachrichten und schauten sich alte Filme im Fernsehen an, wobei es ihnen geradezu aberwitzige Freude bereitete, seither verstorbene Schauspieler und Schauspielerinnen zu identifizieren und sich die näheren Umstände ihres Ablebens ins Gedächtnis zu rufen.

»He, du Großkopf«, rief sein Vater durchs Telefon, und sogleich begann Gold zu welken. »Ich sehe, du wirst wieder mal im ›Playboy‹ erwähnt. So toll findet der Kerl dich nicht, was?«

»Wie kommst du darauf?« fragte Gold gekränkt. »Er hat mir ein hübsches Kompliment gemacht.«

»Schon, schon, so steht es da«, sagte sein Vater. »Aber ich kann zwischen den Zeilen lesen.«

Von Gussie dazu aufgefordert und begleitet, begab Golds Vater sich nach dem Abendessen, einerlei in wessen Wohnung er sich befand, vors Fernsehgerät und betrachtete alte Filme mit der Wachsamkeit eines Hüters toter Seelen. Die Filme als solche scherten ihn wenig. Ihm allein war die Verantwortung aufgebürdet, Buch zu führen.

»Der ist hin«, schrie er dann, begeistert wie der grimme Schnitter persönlich und als bekomme er eine weitere Trophäe für seine Sammlung zu fassen. »Hundert Jahre ist das her. Das Alter hat ihn weggerafft. Erinnerst du dich an den Verteidiger? Gestorben. Herz-

anfall. Tod augenblicklich eingetreten. Sieh mal den Großen, der alle rumstößt. Weißt du, was aus dem geworden ist?«
»Tot?« erkundigte Golds Stiefmutter sich zart und blickte von ihrer Wolle auf. Gold mußte an Madame Defarge denken, die zu Füßen der Guillotine strickte.
»Und wie, Baby«, sagte Golds Vater. »Unter der Erde. Der stößt keinen mehr rum. Der sieht sich die Radieschen von unten an. Selbstmord. Man wollte es damals zwar vertuschen, aber mich täuscht man nicht.«
»Wenn mir recht ist«, sagte Golds Stiefmutter, »ist die alte Gouvernante da unterdessen auch verschieden.«
»Klar, ist sie«, stimmte Golds Vater zu. »Krebs. Ganz zerfressen. Und der Taxifahrer da, der komische? Tot. Tot wie ein Türnagel. Schlaganfall. Zwanzig Jahre ist das her vielleicht. Paar Wochen so hingedämmert, dann ade, schöne Welt. Und der bestechliche Bulle? Begraben. Auch unter der Erde. Verbrannt, glaube ich. Irgendwas mit Whisky. Das war ein Vejgele.«
Das war also ihre Lieblingsbeschäftigung, auch wenn sie zu Gold auf Besuch kamen. Gold saß mit zusammengebissenen Zähnen dabei, solange er es aushielt, und entschuldigte sich dann damit, daß er seine Vorlesungen vorbereiten müsse. Belle, dies muß anerkannt werden, blieb unerschütterlich sitzen und erwies ihnen die gleiche gastfreundliche Rücksicht, die sie auch der eigenen verwitweten Mutter bezeigte.
»Das ist kein Jude«, entschied Golds Vater eines Abends in Golds Wohnzimmer, als er schon wieder in den Nachrichten den Außenminister Henry Kissinger in die Kameras der Bildreporter lächeln sah, während er abermals einem Flugzeug entstieg. Golds Vater glotzte Gold an, als fordere er ihn heraus, Widerspruch zu wagen. »Nein, meine Herren. Ein Cowboy will er sein, hat er gesagt, ein einsamer Cowboy, der in die Stadt reitet, um sich die bösen Buben zu kaufen, er ganz allein. Hat er doch gesagt, was? Na, kein Cowboy war jemals Jude.«
»Nie im Leben«, bestätigte Golds Stiefmutter.
»Zeig mir einen!« verlangte Golds Vater. »Schafhirten, schon möglich. Aber Cowboys? Nie.«
Und Gold fragte sich, ob der Schöpfer, als er Moses auf jenem um-

wölkten Gipfel die Gesetzestafeln gab, in seiner Weisheit und Barmherzigkeit nicht wenigstens eines seiner Gebote mit einer Frist versehen hatte, die dann irgendwo bei der Übersetzung vergessen worden war, nachdem der müde alte Patriarch den Abstieg angetreten hatte nach einem Tage, der auch für ihn recht zermürbend gewesen sein dürfte. War es denn möglich, den Vater zu ehren, der einen ständig beleidigte und jetzt mit einer dreifach Bekloppten verheiratet war?
Kurz nach diesem Besuch seines Vaters legte Gold das Dossier Kissinger an und entwarf unter strengster Geheimhaltung seinen Feldzugsplan. Das Dossier wuchs ungemein rasch. Die Ausschnitte betreffend David Eisenhower sammelte er, weil er einfach nicht widerstehen konnte. Aus dessen Dossier las er sich vor:

> Watergate verdanken wir unter anderem, daß Mr. Nixon nicht mehr uneingeschränkt als Musterknabe gilt. Mir hat diese Vorstellung ohnedies nie gefallen. Das Image der Regierung Nixon gehört quasi zu meiner Erbschaft, und ich selber halte mich ebenfalls nicht für einen Musterknaben. Ich bin eine umstrittene Persönlichkeit, und es freut mich, daß ich den Geruch der Heiligkeit bis zu einem gewissen Grade ablegen darf. Ich bin eben nicht bloß ein Musterknabe.

Möglicherweise sträubte sich Gold erstmals nach dieser Lektüre das Hirn. David Eisenhower war immerhin der wahrscheinlich bekannteste Amherst-Absolvent seiner Generation. Gold war geradezu dankbar dafür, dieses Zitat ausgeschnitten zu haben. Es mochte ja sein, daß seine Arbeit, die er sehr wohl für unbedeutend und in jedem Sinne des Wortes für widerwärtig intellektuell erkannte, ihm eines Tages Zeit ließ, eine Komödie zu schreiben, falls er Lust dazu hatte.
Seither erlebte Gold bei der Lektüre von Zeitungen und Zeitschriften noch so manches höchst Erstaunliche.

> Viele Gruppen von jugendlichen Zwischenrufern und Schlägern trieben sich ungehindert zwischen der 125 000-köpfigen Menge herum, die sich zum Tage der Menschlichkeit am Denkmal von

George Washington versammelt hatte; sie schlugen 600 Personen zusammen oder beraubten sie.

Das alles schnitt er aus, es sträubte ihm das Hirn.

Gold war der Verfasser von sechs Sachbüchern, deren erstes gewissermaßen echt war, wenn auch nichts weiter als seine ausgewalzte Dissertation. Die kürzeren Arbeiten waren in vier Sammelbänden erschienen. In zwei dieser Sammelbände fanden sich je vier oder fünf recht scharfsinnige Aufsätze, in denen er wirkungsvoll etwas Originelles vortrug. Der dritte Band enthielt einen langen Essay über das symbiotische Verhältnis von kulturellem Fortschritt zu sozialem Verfall, der oft nachgedruckt worden war und auch derzeit noch von Kommentatoren beider Parteien gern zitiert wurde – von denen, die für sozialen Verfall plädierten, wie von jenen, die dagegen waren. Der vierte und neueste Band war wertlos. Gold selbst hielt von seinen Arbeiten noch weniger als die penibelsten Kritiker, denn er kannte wesentlich genauer als sie die Quellen, aus denen er schöpfte, ja aus denen er geradezu seine Sprache bezog. Derzeit plante Gold einen neuen Sammelband, bestehend aus Artikeln, die in früheren Bänden enthalten waren.
Seine Kurzgeschichten waren manieriert und banal, und es war ihm recht, daß sie in obskuren Zeitschriften mit niedriger Auflage erschienen. Seine Gedichte, das schwante ihm, waren einfach grauenhaft, deshalb bot er sie wenig gelesenen Zeitschriften in Praetoria und auf der Insel Wight an, auch englischsprachigen Universitätsblättchen in Beirut, Spanien und Teheran. Er unterhielt sich über seine Gedichte vorsichtshalber nur mit Leuten, die sie nie gelesen hatten. Ein Mangel seiner Kurzgeschichten und Gedichte lag darin, daß sie Abfallprodukte waren, und zwar Abfallprodukte von seinen eigenen Werken. Seinen Roman, mit dem er beinahe drei Jahre hindurch immer wieder gekämpft hatte, gab er endlich nach Seite eins auf. Der Roman leitete sich ab von einem Gedicht, das Gold vor sieben Jahren geschrieben hatte und das seinerseits die Ableitung von einer brillanten Auslegung der Werke Samuel Becketts durch einen jungen Engländer war, die Gold für sein Leben gern selber verfaßt gehabt hätte.

Es galt zwar unterdessen als ausgemacht, daß von Golds Verwandten niemand verpflichtet war, seine Werke zu lesen, doch betrachteten alle ihn mit verblüffter Ehrfurcht, ausgenommen seine Stiefmutter, die gern sagte, ihrer Meinung nach sei bei ihm eine Schraube locker.

Jeder Haushalt besaß eine Sammlung seiner Werke und jener Zeitschriften, in welchen seine Buchbesprechungen und Artikel erschienen. Esther und Rose hatten überdies Sammelalben angelegt. Ida, praktische Pädagogin, die sie war, vereinte Literatur und Bildende Kunst, indem sie in der Diele und im Wohnzimmer hübsch gerahmte Schutzumschläge seiner Bücher aufhängte. Belles Mutter klebte die Titel seiner Werke außen auf ihre Koffer. Selbst Harriet und Sid stellten seine Arbeiten gut sichtbar in ihrem geräumigen Haus in Great Neck zur Schau, und zwar auf einem polierten Büffet, auf das man stracks zulief, wenn man das Haus betrat. Mehr aber auch nicht. Hätte er außer dem Titel und dem jeweils ersten Satz lauter Obszönitäten geschrieben, keiner hätte das bemerkt. Nicht einer, auch nicht Belle oder seine Söhne oder seine ehrgeizlose zwölfjährige Tochter wurden von seinen Gedanken über die Tücken der Wahrheit, seine Vorstellung von der idealen Universität, seinen Theorien über die Genese der Kultur oder den bevorstehenden Weltuntergang im mindesten gefesselt. Wenn seine Stiefmutter wieder einmal bemerkte, ihrer Ansicht nach leide er an einer Verrenkung der Hirnwindungen und habe eine Schraube locker, war dem meist gerade die Erstveröffentlichung einer seiner Arbeiten vorhergegangen.

Gold seinerseits meinte, daß sie im gleichen Tempo wie der Vater die Tassen aus dem Schrank verlor und daß nicht mehr viele drin waren.

Einzig Joannie und ihr Gatte im fernen Kalifornien schienen zu begreifen, wer er wirklich war, und schätzten sehr, daß er bei Personen, die ihm nie begegnet waren, in hohem Ansehen stand. Jerry lud Leute ein, wenn Gold zu Besuch kam, sorgte dafür, daß er aufgefordert wurde, Vorträge in Synagogen und Kirchen zu halten, vor Bürgervereinen und Handelskammern, in Los Angeles wie in Beverly Hills. Gold lehnte unweigerlich ab. Jerry, dieser arrogante Leistungsmensch, galt für so wohlhabend, daß er kein Honorar für

Gold vorschlagen konnte, und Gold war ein zu erfolgreicher Gelehrter, um selber anzudeuten, daß er niemals einen Vortrag halten würde, ohne dafür bezahlt zu werden.

Man könnte bestenfalls sagen, daß die Verwandten längst aufgegeben hatten, herauszubekommen, was er da eigentlich schrieb und warum. Ihre Anschauungen waren schlicht. Bildung schätzten sie, je mehr, desto besser. Hätte Gold das gewollt, er hätte diese Überzeugung mit einem einzigen Donnerschlag zunichte machen können. Sie gingen lammfromm zu jeder Wahl, auch Vater Julius, als sei diese ihre Handlung von Bedeutung, doch für die Verwaltung ihres Landes zeigten sie keinerlei Interesse. Gold interessierte sich ebenfalls nicht im geringsten für die Verwaltung, doch täuschte er Interesse vor, denn Politik und Verwaltungsreform gaben die lohnendsten Diskussionsgegenstände ab. Wählen tat er nicht mehr, denn er sah beim besten Willen nicht, daß allgemeine Wahlen für den demokratischen Prozeß von Nutzen sind, doch auch dies durfte er nicht bekannt werden lassen, denn das hätte jenes Bild beeinträchtigt, das er von sich als einem radikalen Gemäßigten entworfen hatte.

Gemäßigt war Gold in so gut wie jeder Hinsicht: Pomoroy zufolge trat er für feurige Behutsamkeit und bahnbrechende Untätigkeit ein. Innerlich kochte er oft vor Neid, Frustration, Empörung und Verwirrung. Die Trennung der Rassen war ihm ebenso zuwider wie die Aufhebung der Rassentrennung. Weder Frauen noch Homosexuelle durften seiner Meinung nach im geringsten verfolgt oder auch nur belästigt werden. Andererseits lehnte er sämtliche Gesetzesvorlagen ab, die auf Gleichberechtigung in welcher Form auch immer zielten, denn weder mit Frauen noch mit Homosexuellen wünschte er vertraulich auf gleichem Fuße zu verkehren. Dafür hatte er gute Gründe. Es waren gefühlsbestimmte Gründe, und Gefühle, so schloß er, insbesondere seine eigenen, konnten die Vernunft in ihrer höchsten Form darstellen. Überall häuften sich Probleme, für die er keine passende Lösung wußte, doch behielt er diesen peinlichen Tatbestand für sich und bewahrte in der Öffentlichkeit unerschütterlich eine verbindliche Haltung. Er urteilte so ausgewogen, daß er fast allen tragbar schien.

Gold konnte jetzt mit dem rechten Schwung über Politik, Diplomatie, Wirtschaft, Bildungswesen, Krieg, Soziologie, Ökologie, Sozialpsychologie, Popkultur, Belletristik und Theater sprechen, auch über Kombinationen aller dieser Themen in endloser Abwandlung, denn er besaß jene Erfindungsgabe, die dazu befähigt, alles zu allem in Beziehung zu setzen.

Gold war flexibel und in seiner Meinung so wenig festgelegt, daß er – mit einigen kleinen Änderungen der Betonung – den im wesentlichen gleichen Vortrag vor einer Zuhörerschaft aus reaktionären ältlichen religiösen Fanatikern halten konnte, den er tags zuvor mit Erfolg einem Kongreß junger Maoisten dargeboten hatte. Gold war imstande, anhand von Pressemeldungen zu belegen, daß ein ehemaliger Gouverneur von Texas nicht aller Punkte wegen verurteilt wurde, welche die Anklage ihm vorwarf. Mit Hilfe dieses Materials bestärkte er eines Abends ein aus Millionären bestehendes Publikum in seinem Argwohn, die Bundesregierung habe es auf alle reichen Texaner abgesehen, und mit ebensolchem Erfolg gab er am darauffolgenden Nachmittag, keine dreißig Meilen entfernt, jungen Jurastudenten zu verstehen, daß die Justiz in Anwesenheit reicher Politiker nicht etwa blind ist, sondern einfach wegschaut. Die Studenten zahlten ihm für diesen Vortrag siebenhundert Dollar, die Millionäre einen Dreck.

Die Millionäre waren ihm lieber.

Während des letzten Wahlkampfes um die Präsidentschaft hatte Gold zugelassen, daß sein Name unter denen der Spender erschien, die ganzseitige Wahlanzeigen für die Kandidaten beider Parteien finanzierten. Für die Anzeige, die den Kandidaten der Demokraten anpries, ging man ihn um fünfundzwanzig Dollar an. Die andere Anzeige wurde insgeheim zur Gänze von der Republikanischen Partei bezahlt, Gold schloß daraus, daß die Republikaner die menschenfreundlicheren seien; er rutschte unmerklich etwas weiter nach rechts und beschrieb seinen Standpunkt als den der Mitte. So weit wie Lieberman allerdings ging er nicht. Der trat für eine totalitäre Plutokratie mit repressiven Polizeimaßnahmen ein, vorausgesetzt, die Leute an der Spitze waren gut zu Juden, wie er selber einer war, und ließen ihm seinen Anteil. Das nannte er Neokonservatismus. Lieberman war versehentlich als einer der Spender für die Anzeige der Republikaner genannt worden (die diese heimtückisch selber bezahlten), und er raste, als er sah, daß Gold für nur fünfundzwanzig Dollar mehr seinen Namen zweimal in der Zeitung lesen durfte.

Ebenso wie Lieberman liebte es Gold, seinen Namen in der Zeitung zu lesen. Was die Politik anging, so erschöpfte sich sein Interesse daran in dem Wunsch, ihm möge jenes vielversprechende Regierungsamt zufallen, das Ralph ihm in Aussicht gestellt hatte. Hinsichtlich der mit einem solchen Amt verbundenen Bürde hatte Gold weder Illusionen noch Bedenken; die aufzuwendende Mühe galt einzig dem Bestreben, es nicht zu verlieren. Als sich die Gelegenheit bot, das Buch zu rezensieren, das der Präsident verfaßt hatte, zögerte er nur einen Moment.

Niemand ahnte, daß ein solches Buch in Arbeit war, und selbstverständlich überraschte es Gold, daß ein Präsident nach so kurzer Amtszeit bereits seine Erfahrungen als Staatsoberhaupt zu Papier brachte. Es gelang Gold indessen, auch diesen Umstand in seiner wohlbedachten Rezension von *Mein Jahr im Weißen Haus* in günstigem Licht darzustellen, indem er den Präsidenten dafür lobte, daß er willens sei, vom ersten Tage an mit all denen in enger Verbindung zu bleiben, die Gold einer glücklichen Eingebung folgend seine »weltweite Wählerschaft« nannte. Dieser Terminus brachte Gold mehr ein, als er erwartet hatte. Der Präsident gebrauchte ihn zweimal täglich auf seiner Blitzreise durch jene Teile der Welt, in denen er verhaßt war und denen er sich von der besten Seite zeigen wollte. Die Journalisten sahen sich aus ethischen Gründen genötigt, jedesmal, wenn sie diese Formel erwähnten, Gold als Urheber beim Namen zu nennen. Gold selbst wußte nicht, was sie bedeuten sollte.

Eine noch größere Überraschung war der Anruf von Ralph Newsome, der ihm im Namen des Weißen Hauses danken wollte.

»Und wo läßt du derzeit dein Licht leuchten?« erkundigte sich Gold. Ralph klang immer noch überzeugend aufrichtig. Seit sie beide sieben Jahre zuvor Stipendiaten der Russell B. Long-Stiftung gewesen waren, hatten sie einander aus den Augen verloren.

»Ich bin jetzt im Weißen Haus«, sagte Ralph. »Ich gehöre zum Stab.«

Gold war beeindruckt. »Wie kommt es, daß ich deinen Namen nie gesehen habe?«
»Du hast ihn wahrscheinlich gesehen, ohne es zu merken«, sagte Ralph. »Ich werde ziemlich häufig als Informant erwähnt. Als ungenannter Informant.«
»Im Ernst?«
»Ja. Du mußt wissen, ich gehöre zum engsten Kreis, Bruce, und von dem, was ich zu tun habe, dringt sehr wenig nach draußen. Mein Prestige ist erheblich gestiegen, seit man hier weiß, daß ich dich gut kenne«, fuhr Ralph fort. »Der Präsident war äußerst erbaut von deiner Rezension.«
»Dann sag ihm, daß mich das sehr freut. Sag ihm, ich habe mir die größte Mühe gegeben, ihm gerecht zu werden.«
»Das ist dir gelungen«, versicherte Ralph, »und er weiß es. Sehr gelungen, möchte ich sagen. Wir haben eine Menge Rezensionen bekommen, richtige Lobeshymnen à la Lieberman, aber die Leute, die das geschrieben haben, wollten alle was dafür. Nicht eine einzige Rezension war so sachbezogen und ausgewogen wie deine.«
»Ich hoffe nur, ich bin nicht allzu scharf rangegangen«, sagte Gold.
»Gerade so viel wie nötig«, beruhigte ihn Ralph. »Dieser Präsident ist sachlicher Kritik mehr als zugänglich, Bruce, und was du zu sagen hattest, fand er durchaus nützlich. Insbesondere was seine Diktion und die Gliederung seiner öffentlichen Ansprachen angeht. Es scheint fast, als könntest du dich besser als jeder andere in ihn einfühlen.«
»Nun, das eine oder andere war mir schon etwas rätselhaft, Ralph.«
»Zum Beispiel?«
»Offen gesagt, Ralph –«
»Ich bitte um Offenheit, Bruce.«
»Nun, die meisten Präsidenten schreiben ihre Memoiren erst nach dem Ende ihrer Amtszeit, und der jetzige scheint damit am ersten Tage begonnen zu haben.«
Ralph stimmte dem bescheiden lachend zu. »Das war mein Einfall«, gestand er. »Auf diese Weise kann er gleich mehrere Bestseller schreiben. Jedes Jahr einen womöglich. Das hat mir bei ihm nicht geschadet, wie du dir denken kannst.«

»Da ist noch etwas, das ich lieber unerwähnt gelassen habe.«
»Und das wäre, Bruce?«
»Nun, Ralph, er muß einen großen Teil seiner Arbeitszeit im ersten Amtsjahr diesem Buch gewidmet haben, und doch ist nirgendwo im ganzen Buch erwähnt, daß er an dem Buch schreibt.«
Ralph räusperte sich leise. »Ich fürchte, diesen Punkt haben wir übersehen. Gut, daß du ihn unerwähnt gelassen hast.«
»Woher nimmt er die Zeit zum Schreiben?«
»Nun, jeder von uns leistet seinen Beitrag so gut er kann. Selbstverständlich helfen wir ihm nicht bei seinem Buch, aber wir entlasten ihn von all dem Krimskrams, mit dem ein Präsident nun mal behelligt wird. Das Buch hat vom ersten bis zum letzten Wort er selber geschrieben.«
Gold sagte, er begreife.
»Dieser Präsident versteht es ausgezeichnet, Verantwortung zu delegieren, Bruce. Andernfalls hätte er sein Buch nie abschließen können. Er wäre ungefähr so dran gewesen wie Tristram Shandy, als er versuchte, seine Lebensgeschichte niederzuschreiben. Erinnerst du dich noch an Tristram Shandy, Bruce, und daran, daß du mich deine Arbeit hast abschreiben lassen?«
»Oh ja«, sagte Gold, eine Spur pikiert. »Du bekamst die bessere Note, und dein Aufsatz wurde sogar gedruckt.«
Ralph erinnerte ihn: »Alle Arbeiten, die ich von dir abschrieb, wurden besser zensiert als deine! Also Bruce, dieser Präsident hat unheimlich viel zu tun. Er muß alle möglichen Dinge schneller erledigen, als er sie in seinem Buch schildern kann, auch wenn er sich ganz darauf beschränkt, nur das zu schildern, was er eigentlich tun müßte. Und darum braucht er jede erdenkliche Unterstützung. Hast du je daran gedacht, Bruce, im Regierungsdienst tätig zu sein?«
Gold erfuhr in diesem Moment, wie es ist, wenn das Herz einen Schlag aussetzt. »Nein«, erwiderte er mit fester Stimme. »Sollte ich das?«
»Es macht ungeheuren Spaß, Bruce. Du wirst überall eingeladen und lernst jede Menge Frauen kennen. Sogar Schauspielerinnen.«
»Und was für einen Posten könnte ich übernehmen?«
»Das ist im Moment schwer zu sagen. Ich muß mich mal erkundi-

gen. Immerhin hast du die nötige Qualifikation und die Gabe, das passende Wort am passenden Ort zu sagen, und genau das brauchen wir. Im Moment kann ich nichts versprechen, aber bestimmt ist es was sehr, sehr Ordentliches, falls du einverstanden bist, es in Erwägung zu ziehen.«

»Ich ziehe es in Erwägung«, sagte Gold, als er wieder Luft holen konnte.

»Dann werde ich mal diplomatisch auf den Busch klopfen. Die Reaktion ist ganz bestimmt günstig für dich. Ich treffe hier häufig Andrea Biddle Conover. Erinnerst du dich an sie?«

»Selbstverständlich.«

»Dachte ich's doch. Die war in dich verliebt, damals, als wir bei der Stiftung waren.«

»Keine Spur.«

»Oh doch. Sie ist es immer noch. Mir war immer so, als wäre was zwischen euch im Gange.«

»Nie«, widersprach Gold bedauernd. »Sie hat nie etwas angedeutet.«

»Dazu ist sie zu schüchtern.«

»Ich mochte sie sehr.«

»Und sie fragt immer nach dir.«

»Wie geht es ihr?«

»Gut, und sie ist so reizend wie eh und je, groß und hübsch anzusehen, munter und gescheit. Und sehr, sehr reich, abgesehen einmal von ihren wunderschönen Zähnen.«

Gold verzog die Lippen und pfiff lautlos. »Grüße sie ganz herzlich von mir. Sag, ich habe mich nach ihr erkundigt.«

»Mache ich. Bist du noch immer mit Belle verheiratet?«

»Selbstverständlich.«

»Dann grüße sie herzlich von mir.«

»Tue ich. Und grüß du Sally von mir.«

Ralph fragte: »Welche Sally?«

»Deine Frau! Bist du nicht mit Sally verheiratet?«

»Himmel nein! Seit meiner Scheidung von Kelly bin ich mit Elly verheiratet. Die Trennung von Norah war juristisch etwas kompliziert, aber zum Glück hat Nellie –«

»Um Gottes willen, Ralph, nicht so schnell!« Es war reine Not-

wehr, was Gold protestieren ließ. »Du sträubst mir ja das Hirn!«
»Was sagst du da?«
»Du sträubst mir das Hirn.«
»Bruce, das ist eine phantastische Wendung«, sagte Ralph geschäftsmäßig. »Eine verdammt gute Formel. Ich glaube, das Verb sträuben ist bislang nie auf diese Weise benutzt worden. Wir können daraus für uns ganz gewiß großen Nutzen ziehen, vorausgesetzt selbstverständlich, daß du uns die Formel zur Verfügung stellst.«
»Ralph –«
»Entschuldige mich einen Moment, Bruce. Ich muß mir das aufschreiben, und zwar den genauen Wortlaut.«
»Du sträubst mir das Hirn.«
»Die erste Fassung hat mir besser gefallen.«
»Das war die erste Fassung.«
»Na, dann muß es auch so reichen.« Ralph klang enttäuscht. »Was wolltest du eben noch sagen?«
»Ralph, du sträubst mir das Hirn!«
»Genauso war es!« rief Ralph ganz aufgeregt.
»Es ist wörtlich dasselbe!« versetzte Gold.
»Stimmt, Bruce. Ein Glück, daß wir es noch gepackt haben. Und wie sträube ich dir das Hirn, Bruce?«
»Mit deinen Nellys und Kellys, Norahs und Ellies. Ich dachte immer, Sally und du, ihr seid füreinander gemacht.«
»Ja, ganz recht, waren wir auch«, sagte Ralph leicht erstaunt.
»Und ist die Ehe schiefgegangen?«
»Aber nein, es war eine ganz wunderbare Ehe.«
»Warum habt ihr euch dann scheiden lassen?«
»Nun, offen gestanden, Bruce, ich sah nicht recht ein, warum ich mich an eine ältliche Frau mit vier Kindern binden soll, auch wenn es sich dabei um meine Ehefrau und meine eigenen Kinder handelt. Kannst du mir dafür einen Grund nennen?«
Selten war Gold so rasch zu einem Entschluß gelangt.
»Vergiß nicht, Andrea Conover auszurichten, daß es mich ungemein gefreut hat, von ihr zu hören, Ralph, und daß ich hoffe, sie demnächst wiederzusehen.«
»Wir sprechen bald wieder miteinander.«

»Es würde mich freuen.«
Golds Herz raste vor Erregung. Er hatte Visionen. Er wußte, daß er zehnmal gescheiter war als Ralph, und daß er es im Regierungsdienst tausendmal weiter bringen würde als jener, hatte er nur mal den Fuß in der Tür. Und wenn Ralph sich nach seiner Scheidung von Kelly und Norah und Nellie mit Ellie verheiraten konnte, gab es keinen zwingenden Grund für ihn, Gold, mit Belle verheiratet zu bleiben.
An diesem Punkte war Gold in seinen Erwägungen angelangt, als das Telefon wieder klingelte.

»Es sieht günstig aus«, sagte Ralph munter. Es waren kaum mehr als fünf Minuten vergangen, und Gold stellte sich vor, wie Ralph diplomatisch auf den Busch klopfte, indem er was in den Korridor schrie. Nur war Ralph viel zu fein erzogen, um zu schreien. »Du sträubst mir wirklich das Hirn mit deinen treffenden Ausdrücken. Du sträubst übrigens allen das Hirn. Erst denkst du dir ›weltweite Wählerschaft‹ aus, und nun sträubst du das Hirn. Ich habe die Formel an einigen Leuten ausprobiert und denen damit tatsächlich das Gehirn gesträubt. Wir alle sind der Meinung, dich sobald als möglich hier für uns tätig werden zu lassen, falls wir uns dafür entscheiden, dich überhaupt tätig werden zu lassen.«
»Und an welche Art Posten denkst du dabei?«
»Das kannst du dir aussuchen«, antwortete Ralph, »es hängt nur davon ab, was gerade frei ist, wenn wir dich einstellen. Unser Personalkarussell rotiert.«
Gold wehrte liebenswürdig ab: »Na, na, Ralph, das ist doch nicht dein Ernst.«
Ralph klang wieder leicht erstaunt. »Und warum nicht, bitte?«
»Könnte ich Senator werden?«
»Das ist ein Wahlamt.«
»Gesandter vielleicht?«
»Nicht sofort. Wir möchten dich zunächst mal in Washington haben. Du mußt wissen, unser Bedarf an College-Professoren ist enorm, und aus Harvard können wir keine mehr beziehen, nach allem, was die uns angetan haben. Die Wähler würden das nicht dulden.«

»Wie wär's mit Columbia?«
»Keine Einwände. Meines Wissens assoziiert hier niemand Columbia mit intellektuell. Brooklyn ist natürlich perfekt.«
»Was hätte ich zu tun?«
»Was du magst, vorausgesetzt, alles was du sagst und tust, liegt auf unserer Linie, einerlei ob du damit einverstanden bist oder nicht. Du hättest völlige Freiheit.«
Gold war verwirrt. Er sagte behutsam: »Kaufen lasse ich mich nicht, Ralph.«
»Du wärest für uns auch nicht interessant, wenn wir das könnten, Bruce«, erwiderte Ralph. »Der Präsident kann Ja-Sager nicht leiden. Was wir brauchen, sind unabhängige, integre Köpfe, die mit unseren Entscheidungen übereinstimmen, sobald diese gefallen sind. Du hättest, wie gesagt, freie Hand.«
»Ich könnte mir denken, daß ich bei euch genau am richtigen Platze wäre«, entschied Gold.
»Ah, das freut mich. Junge, Junge, stell dir vor, wir zwei wären wieder beieinander! Das wird großartig, Bruce. Erinnerst du dich, wie wir uns früher miteinander amüsiert haben?« Gold erinnerte sich an nichts dergleichen. »Wir werden die Sache so rasch als möglich vorantreiben, müssen allerdings behutsam vorgehen. Im Moment kann überhaupt nichts geschehen.«
»Ich brauche ohnehin etwas Zeit«, bemerkte Gold geschmeidig. »Ich müßte unbezahlten Urlaub beantragen.«
»Richtig. Aber sag vorderhand nichts. Wenn was daraus wird, soll es in Form einer wichtigen amtlichen Verlautbarung geschehen, die aber unbedingt geheim bleiben muß.« Gold versuchte, einen scherzhaften Unterton in Ralphs Stimme zu erhaschen, doch lauschte er vergebens. Ralph fuhr unverändert sachlich fort: »Falls deine Ernennung nicht auf allgemeine Zustimmung stoßen sollte, handeln wir uns damit von allen Seiten Kritik ein, bevor wir sie aussprechen. Findet die Ernennung Beifall, müssen wir mit stärkster Opposition der Gegenpartei, beider Flügel unserer eigenen Partei und auch der Mitte rechnen. Aus diesem Grunde ist es günstig, daß du Jude bist.«
Das Wort Jude empfand Gold wie einen betäubenden Schlag. »Warum...«, gelang es ihm gerade noch zu fragen, »warum ist es günstig, jemanden zu ernennen, der jüdisch ist, Ralph?«

»Weil das die Sache an beiden Enden erleichtert, Bruce«, erklärte Ralph unerschüttert nüchtern. »Juden sind derzeit beliebt, daher scheuen sich die Wähler, etwas gegen sie vorzubringen. Und falls der rechte Flügel darauf besteht, ist es immer gut, wenn man einen Juden zum Rausschmeißen hat.«

Gold sagte gespielt lässig: »Ein Blatt vor den Mund nimmst du nicht gerade, Ralph, wie?«

Ralph nahm Golds Einwand nicht zur Kenntnis, sondern ging arglos darüber hinweg: »Du mußt zugeben, das ist immer noch besser, als auf deren Linie einzuschwenken. Und das wäre dann der richtige Moment, dich zum Botschafter zu machen, falls ein geeignetes Land in Europa gerade einen braucht. Du könntest in diesem Fall übrigens auch Oberkommandierender der NATO werden, wenn du möchtest.«

»Ralph, Ralph, ist das wirklich dein Ernst? Ich könnte Oberkommandierender der NATO werden?«

»Ich sehe nichts, was dagegen spricht.«

»Mir fehlt doch alle militärische Erfahrung.«

»Darauf kommt es meines Wissens nicht an, Bruce. Vergiß nicht, der NATO gehören auch andere Länder an, und da findet sich bestimmt der eine oder andere, der was davon versteht.«

Gold sah in Widerspruch keinen Nutzen. »Ich zöge einen Botschafterposten wohl doch vor«, sagte er nur.

»Du hast die Wahl. Aber das liegt in ferner Zukunft. Ich rufe dich gleich wieder an, es kann allerdings etwas dauern. Mach dir mal jetzt weiter keine Gedanken, Bruce. Und ruf mich hier nicht zurück, Privatgespräche werden nicht gern gesehen.«

Es vergingen fünf Tage, während derer Gold an nichts anderes denken konnte. Als die zweite Woche begann, kam ihm ein böser Einfall, der sich nicht verscheuchen lassen wollte, ein verderbliches Stück ätzender Wahrheit, das er zuerst aus dem Munde eines mürrischen schwarzen Studenten gehört hatte, der im vorigen Semester bei ihm durchgefallen war.

»Trau keinem Weißen.«

Je länger Gold über sein Gespräch mit Ralph nachdachte, desto mehr neigte er dazu, den Botschafterposten dem Oberkommando über die NATO vorzuziehen. Das Soldatenleben reizte ihn wenig: Wo etwas explodieren konnte, fühlte er sich nicht wohl. Und die Kenntnisse, die man beim Militär sammelt, kommen einem bestenfalls beim Camping zustatten. Dann sah er sich genötigt zuzugeben, daß er wahrscheinlich keinen dieser beiden Posten bekommen würde. Ralph hatte für nichts garantiert. Belle verkündete standhaft, sie werde nicht nach Washington umziehen, falls er dort ein Amt übernähme, und er verließ sich darauf, daß sie Wort hielt.
Immerhin – einen Botschafterposten stellte er sich recht reizvoll vor in den Phasen wollüstiger Tagträume, die lange Perioden ereignislosen Enttäuschtseins unterbrachen. Es fiel ihm leicht, sich in üppig ausgestatteten Villen, in Mayfair, Kensington oder Belgravia zu sehen, nicht mit Belle verheiratet, sondern mit einer schmachtenden, bildschönen, köstlichen, jungen, englischen Blondine edelster Abkunft. Einem schwebenden Engel von altersloser, durchgeistigter Schönheit, der ihm Tee mit Würfelzucker auf einem Tablett servierte. Sie war hochgewachsen, anmutig, rundschultrig, hatte zarte Gliedmaßen, blasse perlfarbene Haut, schmale, veilchenblaue Augen, strahlend und von faszinierender Tiefe, und sie betete ihn an. Er seinerseits machte nach Belieben Gebrauch von ihr. Reden tat sie nie. Jüdin war sie nicht. Man hatte getrennte Schlafzimmer, zahllose Salons, und Ankleidezimmer dazwischen. Er trug den lieben langen Tag seidene Morgenröcke. Das Frühstück wurde ihm ans Bett gebracht.
Als eine zweite Woche verstrich, ohne daß Ralph sich rührte, begann Gold mit der Arbeit an dem Buch, das er Pomoroy schuldete, und mit der gekürzten Fassung desselben Buches, die er Lieberman schuldig war. Er wußte nicht, mit welchem Projekt anfangen.
Seine Mutter war tot, also konnte er über sie schreiben: eine junge Frau, eigentlich ein junges Mädchen, die mit Sid, der damals noch klein war, und der noch jüngeren Rose das ungastliche Land der Russen verließ, in Begleitung jenes jugendlichen Gernegroß von Gatten – lieber Himmel, war er etwa damals schon so gewesen? –, um in der Fremde zu leben und dort zu sterben, bevor sie das fünfzigste Jahr erreichte. Daß Rose ebenfalls noch in Europa geboren

war, hatte er ganz vergessen. Die Mutter lernte die englische Sprache nie so gut, daß sie hätte lesen oder die Kinder mühelos verstehen können, wenn diese untereinander englisch sprachen. Er erinnerte sich, daß sie lange Zeit einen übelriechenden Wickel um den Hals getragen hatte – litt sie damals an einem Kropf? Danach mußte er sich erkundigen. Und er hatte sich geniert, mit ihr auf der Straße gesehen zu werden. Seither wanderten Menschen aus Portoriko, aus Haiti und Jamaica ein, die Schwarzen verließen Harlem und vermengten sich mit Gruppen, die vom Süden und Westen vordrangen, und Gold kam sich vor wie belagert, er fürchtete eine Invasion, seine Sicherheit war bedroht, er wurde mehr und mehr an den Rand gedrängt, nichts war von Dauer.

Seine Ehe mit Belle war so gut wie tot – wenn er nur begreifen könnte, was dies bedeutete. Er wußte nicht, was die Leute meinten, wenn sie sagten, ihre Ehe sei tot, es sei keine wirkliche Ehe mehr. Waren Ehen denn jetzt etwas anderes als früher? Oder lag es daran, daß die Menschen und ihre Umgebung sich verändert hatten und daß jede Veränderung auch eine Verschlechterung bedeutete? Dabei kam ihm ein Einfall für einen weiteren Artikel, und er schrieb in Druckbuchstaben auf einen Zettel:

VERÄNDERUNG = VERSCHLECHTERUNG

von

Bruce Gold

Er heftete den Zettel an das Merkbrett über seinem Schreibtisch im Studio und machte sich auch für diese Arbeit Notizen, während er darauf wartete, daß Ralph von sich hören ließ.

Veränderung = Verschlechterung

Sie alle waren vor gut dreißig Jahren an der Columbia Universität in New York zusammengekommen. Ralph stieß verspätet mit einem Abschlußzeugnis von Princeton zu ihnen, Pomoroy ging verfrüht ab, ohne den Doktorgrad, doch nach Ablegung aller Zwischenprüfungen und Bestehen des mündlichen Examens. Pomoroy schätzte seine Begabung und seine Bedürfnisse ganz realistisch ein und dachte nicht daran, eine Dissertation anzufertigen, deren Thema ihn nicht wirklich lockte; statt dessen nahm er den besten Job, der sich ihm bot. Er begann als Lektoratsassistent bei einem kleinen Schulbuchverlag. Jetzt war er Cheflektor eines großen Buchverlages, wo er vermutlich gut gedeihen und seine Tage beschließen würde.

Pomoroy war der Lektor, an den Lieberman sich regelmäßig zuerst wandte, wenn er wieder einmal einen verschmierten Haufen bekritzelten Papiers beisammen hatte, aus dem sich, wie er meinte, ganz sicher ein bedeutendes Buch machen ließ, und Pomoroy war auch der Lektor, der ihn als erster verächtlich abwies. Lieberman hatte einen Roman begonnen, drei Autobiographien und etliche scharfsinnige Untersuchungen anstehender Probleme, die, so fand er, von den Leuten, welche mit ihrer Lösung beauftragt waren, unbedingt gelesen werden müßten. Gold wandte sich nur dann an Pomoroy, wenn er dort bessere Aussichten witterte als anderswo. Pomoroy war kein Narr.

Harris Rosenblatt, auch ein jüdischer Bekannter aus jener Zeit, war ein bemühter, phantasieloser Schwachkopf, der eine Privatschule in Manhattan absolviert hatte, die ihren Schülern Blazer und einen kurzen Haarschnitt verordnete und sie zwang, Hals und Ohren zu waschen. Dank eisernem Fleiß bestand Harris Rosenblatt sämtliche Prüfungen mit Auszeichnung und brach seine auf das Doktorat gerichteten Bemühungen ab, als der unabwendbare Mißerfolg nur noch ein knappes Jahr entfernt war. Er heiratete bald darauf und betätigte sich in einer geheimen Abteilung der Investmentfirma, die Verwandten seiner Frau gehörte. Er war außerstande zu beschreiben, was in dieser Abteilung eigentlich vorging. Er tat sich hervor bei einer Arbeit, die er nicht verstand und deren Sinn ihm unbegreiflich blieb, und war derzeit ein geachteter Präsidentenberater in Steuerfragen; sein ganz unparteiischer, aber strenger und knapp formulierter Ratschlag lautete unweigerlich: »Gleichen Sie den Haushalt aus.« Und für diese wenigen Worte genoß Harris Rosenblatt in Kreisen der Hochfinanz und in der ersten Gesellschaft geradezu Verehrung.

Pomoroys beißender Beschreibung zufolge hatte Harris Rosenblatt seinen idealen Lebensraum gefunden, eben jenen, in dem er, darwinistisch betrachtet, einzig überleben konnte: drei Pfund menschliche Gehirnsubstanz reglos auf einer Fläche spezieller Finanzkenntnis verteilt, die zu klein war, um genau vermessen zu werden; ein Spalt, zu versteckt, als daß je ein irritierender Lichtstrahl eindringen könnte. Gold vermutete, daß Lieberman seine Einladung ins Weiße Haus zur Zeit des Krieges in Vietnam Harris Rosenblatt verdankte. Nur wenige Menschen außer dem Präsidenten luden Lieberman zum Essen in ihr Haus ein. Und wenn das Weiße Haus sich so wenig wählerisch zeigte, war Lieberman nicht der Mensch, die Gelegenheit sausen zu lassen.

Vor Pomoroy und Gold hatte er taktlos und triumphierend damit geprahlt. »Ich bin zum Essen ins Weiße Haus eingeladen worden, bloß weil ich einen Krieg unterstützt habe. Könnte ich dafür öfter im Weißen Haus essen, würde ich jeden Tag einen Krieg befürworten.« Er geriet in Verwirrung, als Gold wie Pomoroy mit unverhohlenem Abscheu vor ihm zurückwichen. Gold kannte Lieberman schon von Kind auf und hatte ihn nie leiden können. Es bereitete ihm nun große Genugtuung, sagen zu dürfen: »Weißt du, Maxwell, offen gestanden, ich habe dich nie leiden können.«

Lieberman verlangte auf der Hauptschule von jedermann, ihn Maxwell zu nennen. Jetzt war ihm der Name zuwider, und Gold genoß es sehr, ihn zu gebrauchen, insbesondere in Gegenwart anderer Personen, die Lieberman nur bei seinen Initialen M. G. kannten und den Namen Maxwell mit Entzücken vernahmen. Erst im College wurde Lieberman so affektiert, einzig seine Initialen unter alles zu setzen, was er schrieb, selbst unter seine Hausarbeiten. Im Gespräch und bei Diskussionen im Rundfunk, zu denen er gelegentlich gebeten wurde, wollte er bei seinem zweiten Vornamen, Gordon, genannt werden oder bei dem forschen Spitznamen Skipper, mit dem er sich schmückte, als er die fünfundvierzig bereits hinter sich hatte.

»Skipper«, wiederholte Pomoroy säuerlich, als entdecke er ein Stück Zitronenschale zwischen den Zähnen. »So heißt du doch gar nicht.«

»Das ist eben mein Spitzname.«

»Oh nein, das ist er nicht. Man gibt sich nicht selber einen Spitznamen, Lieberman, man inspiriert andere, sich einen auszudenken. Was du nun auch bist und wer du noch zu werden hoffst – unterbrich mich nicht, du glatzköpfiger, vollgefressener Clown, ich habe deinen Namen oft genug auf der Liste von Teilnehmern an Veranstaltungen gelesen, bei denen Faschisten und Antisemiten die Hauptredner waren! –, ein Skipper bist du nicht und wirst du nie werden.«

»So pflegten meine Freunde mich zu nennen«, schmollte Lieberman.

»Keine Spur.« Gold blickte nicht von dem Sandwich mit Putenfleisch auf, das er aß. »Du hast niemals einen Spitznamen gehabt. Ich wohl, du aber nicht. Ich wurde eine Weile Brillenschlange genannt. Dich rief man Schmerbauch, aber das war eine Beschreibung, kein Spitzname. Und Freunde hast du nie welche gehabt. Ich hatte auch keine, aber mehr als du hatte ich allemal.«

»Ich war dein Freund.«

»Den ich nicht mochte. Ich habe dich nur geduldet, wenn sonst niemand mit mir spielen wollte.«

Lieberman und Gold wohnten als Kinder vis à vis in Wohnblöcken ohne Fahrstuhl unweit der Surf Avenue, und Gold hatte für Lieberman ebensowenig übrig gehabt wie andere Jungen für Gold.

Gold verbrachte große Teile seiner Kindheit so gut wie im Exil. Wählte man die Mannschaften für Wettspiele aus, wußte Gold erst, ob er mitmachen durfte, wenn die Spielführer beim Bodensatz angelangt waren. Durfte er, hätte er vor Dankbarkeit am liebsten geheult. Ging man Samstag nachmittags gruppenweise ins Kino, konnte er nie damit rechnen, zum Mitkommen aufgefordert zu werden. In den ersten fünfzehn Jahren seines Lebens hätte er niemals auch nur eine Sekunde gezögert, seinen frühreifen Verstand gegen die Freundschaft der ortsansässigen Taugenichtse oder Rädelsführer wie Fleckie Weinrock und Fishy Siegel einzutauschen. Fishys älterer Bruder Sheiky, im Sommer Eisverkäufer ohne Gewerbeschein und Straßenhändler mit Modeschmuck im Winter, besaß heute Millionenwerte in Computer- und Rückversicherungsaktien und kontrollierte viele weitere Millionen, die in Grundstücken und Genossenschaftsbauten angelegt waren.

Man stelle sich vor!

Es war hauptsächlich Roses und Esthers gewissenhafter Fürsorge zu danken, daß Golds Sehschwäche zeitig genug erkannt wurde, und er war in dieser Gegend wohl das erste brillentragende Kind. Sogar Muriel und Sid nannten ihn Brillenschlange. Vielleicht bekam er deshalb in der Grundschule die besten Zensuren, weil er als einziger sehen konnte. Lieberman war von Anfang an ehrgeiziger. Schon mit acht Jahren warf er sich prahlerisch in die Brust. In der dritten oder vierten Klasse sagte er zu Gold: »Wenn ich mal groß bin, werde ich richtig dick. Ich werde der dickste Mann der Welt.«

Das also war eines der frühesten Lebensziele Liebermans – dick zu werden. In jeder Klasse bemächtigte er sich sogleich aller unvergebenen Posten, sei es der des Tafelwartes, Papierkorbentleerers oder Klassenboten, und endlich errang er die in dieser Phase erreichbare Spitzenposition eines Chefs der Schülerlotsen. Wenn Lieberman seine Plakette ansteckte, konnte er vor Kraft kaum gehen, und niemand zeigte so viele Schüler wegen Übertretung der Straßenverkehrsordnung an wie er, bis Fishy Siegel ihm eines Tages drohte, er werde ihm die Nase einschlagen, wenn das nicht aufhöre. Fleckie Weinrock drohte ihm das gleiche an. Lieberman heulte. Und am selben Nachmittag legte er seine Funktion bei den Schülerlotsen nieder.

Lieberman aß und redete unablässig. Als er neun war, disputierte er unbedenklich mit alten europäischen Juden am Strandweg von Coney Island über Sozialismus, Faschismus und die Arbeiterbewegung. Das Argument, dessen er sich bezeichnenderweise bediente, lautete: die wissen ja nicht, wovon sie reden.

Mag sein, Pomoroy hatte Unrecht, als er bemerkte, Lieberman wäre gern eine Frühgeburt gewesen, nur um den andern ein Stück voraus zu sein, aber ganz falsch war das wohl auch nicht. Immer noch konnte Lieberman die Pfoten nicht vom Essen lassen, nicht von seinem und nicht von fremdem, obschon er nicht mehr dick sein wollte. In der Schule hatte er nie ein Wahlamt inne, weil sich niemand fand, der ihn vorschlug, den Vorschlag unterstützte oder ihn wählte.

»Ist mir doch egal«, verkündete Lieberman in der fünften oder sechsten Klasse und hielt mit Mühe die Tränen zurück. »Wenn ich groß bin, werde ich der dickste Minister. Ich werde erster jüdischer Außenminister. Ich wette, ich lerne sogar den Präsidenten persönlich kennen.«

Dann verzogen Liebermans in das benachbarte, aber feinere Viertel Brighton Beach. Als Gold in die Abraham Lincoln-Hauptschule kam, war Lieberman bereits dort und eine Klasse höher. Irgendwie hatte er eine Klasse übersprungen und sammelte Lorbeeren als Musterschüler und Schmock. Er gehörte zu den Redakteuren der Schulzeitung und eines literarischen Blättchens. Bald darauf leitete er unangefochten beide Redaktionen. Er war aktiv in der Politik und führte bei Debatten diejenige Partei an, die regelmäßig unterlag.

Gold ging ihm aus dem Wege. Liebermans wegen verschmähte er das literarische Blättchen der eigenen Schule und schickte zehn seiner kurzen Gedichte an die ›Saturday Review of Literature‹. Sechs wurden abgelehnt, vier aber angenommen zum Stückpreis von zehn Dollar. Lieberman lief blau an. Er schwor sich, er werde Gold niemals verzeihen, auf eigene Faust vorgegangen zu sein, ohne ihn zu beteiligen. Um Gold auf seinen Platz zu verweisen, schickte er fünfundzwanzig seiner eigenen Poeme an die ›Saturday Review of Literature‹ und bekam neununddreißig zurück.

»Als ob ich mir was daraus machte«, höhnte Lieberman. »Wenn ich mal groß bin, werde ich reich. Ich werde berühmter als alle andern. Ich heirate eine reiche, weltbekannte Erbin. Nie werden mir die Haare ausfallen. An jedem Finger trage ich Ringe. Ich werde ein er-

folgreicher Politiker, Bürgermeister und Senator und Gouverneur von ganz New York. Ich werde ein mächtiger Millionär. Wenn ich mal groß bin«, schwor er, »lege ich ein Mädchen um.«
Statt dessen ging er aufs College.
Er war immer noch feist. Sein Haar allerdings war nicht mehr so üppig. Was er aß, aß er immer noch mit beiden Fäusten. Er schlang herunter, was andere auf ihrem Teller hatten.
Pomoroy stammte aus einer gebildeten, in Massachusetts ansässigen Familie. Harris Rosenblatt hatte, wie gesagt, in Manhattan eine Privatschule besucht und strenge, stolze deutsch-jüdische Eltern, die am Riverside Drive wohnten. Nach den Vorexamen stieß Ralph Newsome aus Princeton kommend zu dieser Gruppe; seine vermögenden Eltern wohnten in Michigan.
Es war nicht zu verhindern, daß Lieberman jede Vorlesung störte. Er unterbrach, um Streit zu entfesseln, er erhob nichtige Einwände, die er mit großer Geste vortrug, er brüllte die Antwort auf jede Frage heraus. Studenten und Professoren lernten bald, daß es besser war, ihm weiten Spielraum zu lassen, als sich mit ihm anzulegen. Gestandene Professoren erbleichten, wenn er sich als Hörer bei ihnen einschrieb, und abgebrühte Veteranen, Marineinfanteristen vom pazifischen Kriegsschauplatz und Überlebende der Rundstedt-Offensive, änderten wortlos ihr Programm, wenn sie ihn in der ersten Vorlesung in ihrem Hörsaal erblickten. Viele wählten andere Studienfächer. Manche Leuchte der Wissenschaft kam dank Lieberman zu Entschlüssen, die lange fällig oder nie gefaßt worden waren – Scheidung, Mord, Nervenzusammenbruch, vorzeitige Pensionierung, Berufswechsel oder wenigstens Wechsel der Universität. Und als Lieberman schließlich gemeinsam mit Gold und Ralph Newsome alle Prüfungen abgelegt hatte und, mit dem Doktorhut versehen, den Campus von den Stufen der Bibliothek her mißmutig überblickte, sagte er abschätzig: »Eine erstklassige Universität ist das auch nicht mehr. Wir hätten lieber in Yale studieren sollen.«
Er übersah dabei absichtlich, daß sie allesamt von Yale abgelehnt worden waren. Alle, außer Ralph, der selbstverständlich überall angenommen worden wäre. Ralph aber wählte Columbia, weil er ein Weilchen in New York wohnen wollte und weil er mit Recht

vermutete, er werde dort jemanden wie Gold finden, der ihm etwas von der zu leistenden Arbeit abnahm.
In seiner bekannten melancholischen Stimmung sagte Pomoroy beim letzten gemeinsamen Essen zu dritt: »In Wahrheit hat keiner von uns viel zustande gebracht.«
Und Lieberman, der ihm diese Worte nie verzeihen wollte, begann mit der Arbeit an einer weiteren Autobiographie.

Gold, der auf der gedeckten Bahn im CVJM acht Runden von insgesamt zweiundsiebzig zurückgelegt hatte, ohne tot umzufallen, wollte es scheinen, der eigentliche Jammer sei darin zu erblicken, daß sie alle drei praktisch vom Augenblick ihrer Geburt an einen aufsehenerregenden Erfolg angestrebt hatten. Als er stetig auf der ovalen Bahn dahinstampfte, der Schmerz aus der Brust in die Nieren wanderte und sich dort einnistete, knurrte er vor sich hin: »Richtige Ziele haben wir keine. Immerhin, besser man schießt auf Scheiße als auf nichts.« Gold wiegte sich in dem Aberglauben, wenn er die ersten acht Runden überlebte, ohne daß Blutgefäße platzten, würde er auch die übrigen bis zum Ende durchhalten, den Todesengel zwar im Nacken, doch wieder einmal abgehängt. Die Bahn war beinahe leer, und das war ihm lieb. Wenn er an mehreren Tagen der Woche seine knochenerweichenden drei Meilen herunterfetzte, kamen ihm die besten Gedanken, und dort befreite er sich auch vorübergehend von der in ihm brodelnden Aggressivität und dem tödlichen Selbstmitleid, die täglich in seiner Seele zu einer Pfütze zusammenliefen. Humpelte er nach dem Duschen angekleidet von dannen, war sein Neid auf dem Umweg über Leibesübungen in Euphorie verwandelt worden. »Keine Enttäuschung ist so bitter«, überlegte er, als er die letzte Runde der ersten Meile unter die Füße nahm und den Krampf in seinen Wadenmuskeln spürte, »als wenn jemand, der kein bißchen besser ist als man selber, mehr erreicht.« Noch achtundvierzig Runden. Heute kein Sodbrennen. Seine Wadenmuskeln würden sich bald so gut anfühlen wie seine Nieren schon jetzt, und die Sehnen an beiden Knöcheln würden bei jedem Aufsetzen des Fußes laut aufheulen. Als nächstes war dann ein qualvolles Ziehen in der rechten Leiste zu erwarten, sodann ein stechender, aufwärts schießender Schmerz, der seinen Sitz im

Blinddarm hatte und durch Leber, Brust und Schulterblatt ins Schlüsselbein und in den Hals fuhr. Jede Leidensstation auf diesem Wege wurde getrennt registriert. Ein weiterer Gedanke, der ihm beim Dauerlauf kam, war, daß das eine beschissen öde Art sei, die Zeit totzuschlagen. Seit er vor einigen Jahren mit diesen anstrengenden Übungen begonnen hatte, konnte Gold den Geschlechtsverkehr mit mehr Vitalität, Stehvermögen und Selbstbeherrschung ausführen, und er hatte viel geringeren Spaß daran. Auch blieb ihm nun weniger Zeit für solche Sachen, und er war nach dem Laufen viel zu sehr von Schmerz und Entkräftung geplagt, um danach zu lechzen. Seinen Lustgewinn suchte er dann lieber in einem Nickerchen. In den Morgenstunden erwachte er nicht mehr von Rückenschmerzen, die hatte er jetzt ununterbrochen den ganzen Tag lang.

Gold, Lieberman und Pomoroy hatten durchaus Grund, Großes zu erwarten, doch die eigentlichen Stars kamen dann überraschend anderswo her, und bevor sie es recht merkten, waren sie abgeschlagen. Alle hatten bekommen, was sie sich wünschten, und waren unzufrieden damit. Lieberman wünschte sich eine kleine Zeitschrift für Intellektuelle und hatte sie. Gold erhoffte sich eine anständige Professur in New York samt einigem Ansehen als Autor, und hatte beides. Pomoroy wollte Lektor werden und war es. Alle hatten Erfolg, und alle fühlten sich als Versager.

Gold gab nicht mehr vor, das Wesen des Erfolges zu verstehen. Er kannte die notwendigen Bestandteile: Keine.

Oder vielleicht doch eines:

Tumbes Glück.

Harris Rosenblatt mit seiner seelenlosen Konzentrationsgabe und der absoluten Unfähigkeit zu denken war jetzt jemand, mit dem man zu rechnen hatte. Er war Mitglied protestantischer Vereine, die keine Juden aufnahmen, und im Vorstand jüdischer Vereine, die nur Deutsche aufnahmen. »Gleicht den Haushalt aus« war augenscheinlich der wortgewaltigste und womöglich einzige Rat, den er zu geben wußte. Und Sheiky aus der Neptune Avenue, der Schulschwänzer, vorzeitige Abgänger und liederliche Eisverkäufer, besaß Millionen und legte sich mit Nelson Rockefeller an, als beide an einem Diner für geladene Gäste teilnahmen, das während der Gouverneurswahlen stattfand. Rockefeller kandidierte, und er begrüßte Sheiky von der Neptune Avenue mit den Worten: »Na, alter Freund, ich wäre Ihnen für Ihre Unterstützung dankbar.«

»Was schaut dabei raus für mich?« fragte Sheiky. Er hielt die Hände in den Hosentaschen, denn nie im Leben würde Sheiky aus der Neptune Avenue sich verleiten lassen, jemand zu begrüßen oder jemandem die Hand zu schütteln, der womöglich etwas von ihm wollte.

Rockefeller wich verblüfft zurück.

Ein eifriger Wahlhelfer mit rötlichem Gesicht antwortete vorlaut: »Eine saubere Bürokratie.«

»Und wer möchte die schon?« fragte Sheiky freundlich grinsend zurück. »Die Bürokratie ist mir gerade recht, so wie sie ist.«

Sid, der häufig diesen Auftritt schilderte, war ebenfalls eine Anomalie in dem unberechenbaren Katalog des Erfolgs. Als Junge war er still und schwierig, zeigte wenig Ehrgeiz und bekam in der Schule nur durchschnittliche Noten. Als er 1945 vom Militär entlassen wurde, erwarb und verbesserte er gewisse Patente für Wäschereimaschinen. Er dachte sich weitere Maschinen aus, dann gründete er eine Firma für Textilverarbeitung. Jetzt hatte er reichlich Geld und ging damit sehr viel großzügiger um, als seiner Frau Harriet recht war.

Als Junge hatte er nach der Schule und in den Ferien gearbeitet. Damals wurden die roten Lieferwagen der Wäscherei Brighton, wo er beschäftigt war, noch von Pferden gezogen. Sid fürchtete sich vor den Pferden. Als er mit der Schule fertig war, trat er als Gehilfe eines Aufsehers ein, denn jede Arbeit war ihm lieber als die in dem Schneiderladen, den sein Vater in den unsicheren Jahren nach 1929 immer wieder mal eröffnete. Irgendwann in diese Zeit fiel jener Sommer, in dem er von zu Hause fortgelaufen war. Wenn es ging, arbeitete er auch noch sonntags und samstagsabends als Garderobier bei geschlossenen Veranstaltungen in irgendwelchen Festsälen. Die Sonntagsarbeit tat er ungern, und auch den Smoking, den er zu diesem Zwecke mieten mußte, trug er ungern, doch man lebte nun einmal in der Großen Depression. Das Einkommen des Vaters war unsicher, seine Tätigkeit unbeständig. Rose und Esther gingen, kaum daß sie alt genug waren, nach der Schule als Verkaufshilfen zu

Woolworth und standen im Sommer als Verkäuferinnen in Würstchenbuden am Strand. Sie alle mußten im Bedarfsfall die von Julius Gold bearbeiteten Anzüge und Kleider zur Kundschaft tragen und auf Barzahlung bestehen. Niemand hatte Kredit.

Julius Gold verkaufte immer mal wieder das Schneidergeschäft im Erdgeschoß des Wohnblocks, wo er mit den Seinen hauste, und kaufte es zurück. In der Wohnstube stand ein Radio Marke Atwater-Kent, und Golds gehörten zu den frühesten Telefonbesitzern im Block – der Apparat stand im Laden. Auch hatte niemand außer Julius Gold sieben Kinder. Mit unbeirrbarem Scharfblick verkaufte er sein Geschäft jedesmal an Untüchtige oder Invaliden, und wenn sein neuester Vorstoß in die höhere Welt des Handels und der Fabrikation wieder einmal zuschanden geworden war, konnte er das Geschäft für nicht mehr als die bloße Miete zurückkaufen. Golds Mutter war eine gute Schneiderin und Näherin, und wenn sie nicht gerade einkaufen ging oder Hausarbeit verrichtete, beschäftigte sie sich im Laden. Der Schneiderladen war eine betriebsame Filiale der darüber liegenden Wohnung; Rose, Esther, Ida und Muriel verschlangen hier in der Essenspause ihre belegten Brote und tranken Milch dazu, oder sie schleppten große Flaschen Brauselimonade aus dem Bonbonladen gegenüber an. Gold erinnerte sich ganzer Vormittage und Nachmittage, die er müßig auf dem gekachelten Fußboden hinbrachte; seine kleine Schwester Joannie lag draußen vor dem Ladenfenster in ihrem Kinderwagen, solange die Sonne dort hinreichte, die Mutter saß an der Singer-Nähmaschine oder stach mit dem Fingerhut auf dem Zeigefinger die Nähnadel in den Stoff, während sein Vater muntere Schlager summte oder sang, planlos im Laden umherfuhrwerkte oder den Bügler mit grauenhaften Verwünschungen überschüttete. Gold erinnerte sich undeutlich an katastrophale Zeiten vor dem Zweiten Weltkrieg, als sein Vater sich urplötzlich für einen hochtalentierten Sänger hielt und an Wettbewerben teilnahm oder als Amateursänger beim Rundfunk aufzutreten suchte. Die Älteren schienen von Angst und Schrecken befallen zu sein. Nach dem Krieg mußten sie – diesmal auch Gold – eine weitere Schande erdulden, als sich herausstellte, daß Joannie und ihre Freundin sich in einem Vergnügungspark nahe der U-Bahnstation in zerfetzten rosafarbenen Nachthemden im Bett zur

Schau stellten, aus dem sie zu purzeln hatten, wenn ein Kunde mit seinem Ball ins Schwarze traf. Nach dieser Entdeckung herrschte im Hause wochenlang Totenstille. Joannie war gerade achtzehn geworden. Und dann brannte sie mit dieser Freundin durch, um an Schönheitswettbewerben teilzunehmen, vor Urlaubern in Ferienhotels aufzutreten und als Schauspielerin, Tänzerin oder Mannequin ihr Glück in Florida, Kalifornien und sogar in Kuba zu machen. Seine Mutter war damals bereits gestorben. Schon in den Jahren vor dem Kriege kränkelte sie, der Schneiderladen wurde 1942 geschlossen. Golds Vater hatte sich mit einigen Leuten zusammengetan und führte auf einem Dachboden in der Canal Street Unteraufträge für Rüstungsfirmen aus; sie bohrten Löcher in Schablonen für Kleinteile, die in den MG-Kanzeln jener Bomber Verwendung fanden, die Sid als Gemeiner der Luftwaffe in Nordafrika wartete. Sein Vater wollte expandieren, er wollte die Kanzeln ganz bauen – »Brauchen wir etwa die Unternehmer?« – und zankte sich wütend mit seinen Partnern. Rose heiratete Max, sie und Esther fanden jede eine richtige Anstellung, Rose eben jene, in der sie fortan blieb. Ida ging aufs College, Muriel und Gold gingen auf die Hauptschule. Sein Vater, so kam es Gold später vor, wenn er mürrisch an diese Zeit dachte, war vermutlich weit und breit der einzige Mensch, der an Rüstungsaufträgen Geld verlor.
Sid wurde Waffenmeister, er verlud Bomben in Flugzeuge, gurtete Munition, wartete die Bordwaffen. Zum ersten Mal kam er mit Nocken, Federn, MG-Schlössern, elektrischen Schaltern und hydraulischen Vorrichtungen in Berührung und war davon ganz fasziniert. Das MG vom Kaliber 50 inspirierte ihn förmlich. Aus den Maschinengewehren wurden dann seine ungefährlichen Wäschereimaschinen.
»Was für Köpfe!« sprach Sid versonnen im Patio seines Hauses in Great Neck. »Maschinen entwerfen! Ein Metallteilchen tut etwas, das ein anderes Metallteilchen veranlaßt, etwas anderes zu tun. Ich schwöre bei Gott, ohne die Maschinengewehre wäre ich nie auf die Wäschereimaschinen verfallen.«
»Und wer hat dir dabei geholfen, Sid?« erinnerte ihn sein Vater, der sein Lob gesungen hören wollte.
»Du, Pop. Aber Sheiky aus der Neptune Avenue hat das Geld ge-

geben. Und Kopotkin mit den Schlittschuhen hat den größten Teil der Arbeit gemacht. Nach dem Krieg hatte er seine eigene Maschinenfabrik.«

»Und du hast ihnen getraut, du Tropf?« sagte Julius Gold. »Wie konntest du wissen, daß sie dich nicht bestehlen würden?«

Sid ging gutartig über diese Fragen hinweg. »An so was habe ich eben gar nicht gedacht. Es kann auch sein, daß damals Freunde einander nicht bestahlen, Pop.«

Endlich raffte er sich dazu auf, in gütigem Ton zu sagen: »Ich finde, du solltest eine Eigentumswohnung kaufen.«

Der alte Mann war augenblicks ganz Ohr. »Ich bleibe nie so lange in Florida, daß es sich lohnt.«

»Du könntest sie in der Zeit, die du hier bist, vermieten und bringst dadurch alle Kosten ein.«

Der alte Mann sog umständlich an seiner Zigarre. »Erklär mir die Sache ausführlich, wenn du nächstes Wochenende bei uns zum Essen bist. Du kommst auch«, sagte er zu Gold.

»Du wirst sehen, so geht es«, murmelte Sid lächelnd, faltete die Hände über dem Bauch und versank tief aufseufzend in seinen Liegestuhl.

Gold ließ sich von Sids zufriedener Miene nicht täuschen. Er war überzeugt, irgendwo in Sid klaffe wie ein tiefes Loch das Bedauern darüber, nicht auf dem College gewesen zu sein. Aber für Schulabgänger von Sids Alter war damals an einen Collegebesuch nicht zu denken. Das äußerste, was man erhoffen konnte, war, bei Eignungsprüfungen für den öffentlichen Dienst besonders gut abzuschneiden, etwa bei der Post, so wie Roses Max. Max wurde Zweitbester im ganzen Staat New York. Sein Bild erschien in der Sonntagsbeilage der ›Sunday News‹. Seither war er bei der Post.

Die einzige Ausnahme in der gesamten Nachbarschaft war der bescheuerte Murshie Weinrock, der vier, fünf, sechs Jahre lang die Abendkurse des Colleges besuchte. Bis zum Zweiten Weltkrieg. Da wurde er eingezogen und gleich aufs Swarthmore College abkommandiert, wo er sein letztes Studienjahr absolvierte, und anschließend nach Harvard zum Medizinstudium geschickt. Man sieht, tumbes Glück. Wäre nicht Adolf Hitler gewesen, Murshie würde heute noch die Schnipsel im Putzwarenladen seines Onkels

zusammenkehren. Statt dessen wuchs seine Internistenpraxis in Manhattan ihm schier über den Kopf. Dr. Murray Weinrock nahm alte Freunde immer bevorzugt dran.
Gold suchte ihn Mitte der Woche auf. Der ehemals magere Murshie war jetzt ein übergewichtiger, gehetzter Kettenraucher und sah stets überarbeitet aus. Gold gegenüber legte er Anfälle eines Humors an den Tag, den Gold nur als gespenstisch, wenn nicht gar als lasterhaft bezeichnen konnte.
»Du siehst wirklich miserabel aus.«
Gold, seiner jährlichen Untersuchung wegen ohnehin recht niedergeschlagen, sagte: »Herzlichen Dank, Mursh. Du ebenfalls.«
»Wie fühlst du dich?« fragte Mursh Weinrock drängend mitten in der Untersuchung, »ich meine jetzt, in diesem Moment?«
»Scheußlich. Du hast mir dieses Ding da in den Arsch geschoben.«
»Seit wann hast du den Husten?«
»Seit du mir den Spatel in die Kehle gestoßen hast.«
In dem Raum mit dem Elektrokardiographen beugte sich die große, hübsche, stets auf ihre Würde bedachte, niemals lächelnde schwarze Praxishelferin Lucille, die Gold seit Jahren kannte, über ihn und verkündete unheildrohend: »Ich weiß genau, daß Sie die Frau vom Doktor vögeln. Liegen Sie gefälligst ruhig, sonst kann diese verfickte Maschine nicht tun, was sie soll.« Gold fühlte, daß alle Kraft ihn verließ. Lucille war eine vortrefflich ausgebildete Technikerin und konnte korrekter sprechen als er. »Wenn Sie nächstes Mal zum Röntgen kommen, richte ich die Maschine auf Ihre Eier. Habe ich nicht gesagt, Sie sollen gefälligst still liegen? Wenn Sie nächstes Mal in die Flasche pinkeln, tue ich vorher Gift rein und sage niemand was davon. Dann schneidet der Doktor Ihnen beide Nieren raus.«
Im Untersuchungszimmer sagte Weinrock, als er die Kurve des Elektrokardiogramms betrachtete, mit düsterer Miene: »Aha, das könnte was Ernstes sein. Sieht ganz so aus, als hättest du meine Frau gevögelt.«
»Wie geht es Mildred überhaupt?« Gold wand sich. »Du hast vergangene Woche meinen Vater untersucht.«
»Er sagte, ich mache alles verkehrt.«
»Wie steht es mit seiner Lunge?«

»Sauber wie ein abgenagter Knochen. Gut wie Gold. Eingeweide hat er wie ein gesunder Halbwüchsiger. Du kannst davon essen.«

»Für diese Bemerkung könnte ich dich glatt aus dem Fenster schmeißen«, sagte Gold. »Findest du nicht, er wäre in einem wärmeren Klima besser aufgehoben?«

»Nur wenn ihn friert. Der Alte ist kerngesund. Er hat Arthritis in Füßen und Hüftgelenken, und die Arterien verkalken allmählich, deshalb fühlt er sich meist jämmerlich.«

»Warum habt ihr Arschlöcher noch kein Mittel dagegen gefunden?« murrte Gold.

»Die Biologie verbietet es. Die Natur verabscheut das Alter.«

»Jeden Morgen frißt er Heringe und gebackene Kartoffeln. Und griechische Oliven.«

»Na und?«

»Bekommt ihm das denn?«

»Bekommt es ihm nicht, weiß er es eher als wir. Überleg mal, Bruce. Dein Vater ist jetzt über achtzig. Sollen wir ihm etwa Babynahrung geben? Reden wir lieber von dir. Immer noch keine Geschlechtskrankheiten?«

»Du wärest der letzte, der das von mir erfährt.«

»Der Patient bestreitet, geschlechtskrank zu sein.«

»Bei dir bekomme ich eine Vorzugsbehandlung, was?«

»Inwiefern?«

»Du weißt genau, was ich meine. Du und Lucille, Ihr behandelt die anderen Patienten bestimmt nicht so wie mich.«

»Sondern?«

»Für jemand, der hochgradig nervös ist, bist du das perfekte Beruhigungsmittel.«

»Wieso nervös?«

»Es kann sein, daß ich bald ein hohes Regierungsamt übernehme. Das muß aber unter uns bleiben.«

»Wen interessiert das schon!«

»Nur immer so weiter.«

»Siehst du gelegentlich mein faules Brüderchen?« Gold antwortete mit einem Kopfschütteln auf diese Frage nach Fleckie Weinrock. »Fleckie hat, glaube ich, nie im Leben auch nur eine Stunde lang wirklich gearbeitet.«

»Blödsinn, Mursh. Überleg doch mal, seinen Spitznamen hat er bloß gekriegt, weil er als Fleckentferner bei meinem Vater im Laden gearbeitet hat – allerdings nur anderthalb Tage, wenn ich's recht bedenke.«
»Noch mit sechzehn Jahren tat er so, als könnte er sich nicht selber die Socken anziehen. Immer mußte ihm jemand im letzten Moment behilflich sein, damit er rechtzeitig in die Schule kam. Damals« – Dr. Murray Weinrock schwenkte mit der Drohgebärde eines alttestamentlichen Propheten den Zeigefinger – »damals wurde mir klar, was Kain gegen Abel gehabt haben dürfte, und meine Sympathie gehörte fortan ihm. Wäre ein Rindsknochen zur Hand gewesen, ich hätte ihn hundertmal totgeschlagen. Faulheit ist mir ein Greuel. Aber jetzt mal im Ernst. Dein Gewicht ist in Ordnung, Herz und Blutdruck auch. Sid könnte abnehmen und müßte sich Bewegung machen, das gilt aber auch für mich.«
»Und die ständige Müdigkeit?«
»Du treibst es zu toll. Hör auf, meine Frau zu vögeln.«
»Manchmal kann ich einfach nicht widerstehen.«
»Such dir lieber ein kesses kleines Mädchen.«
Gold war anderer Meinung. Er glaubte, die meisten Frauen fänden am Geschlechtsverkehr erst mit ungefähr dreißig Jahren Spaß, doch diese wertvolle Erkenntnis durfte er leider nicht veröffentlichen, solange er Professor, verheiratet und seine zwölfjährige Tochter noch keine dreißig war.
Sid hatte zwar keine kaufmännische Lehre durchlaufen, doch was eine Fusion ist, wußte er besser als Gold. Ohne auch nur tief Luft zu holen, übernahm er das letzte Handelsunternehmen des Vaters, eine Lederwarenfabrik kurz vor dem Bankrott, ließ sie auf Nimmerwiedersehen zwischen den eigenen Firmen verschwinden und zauberte einen Überschuß herbei, der dem Vater gestattete, sich mit einem festen jährlichen Einkommen zurückzuziehen, berstend vor Selbstgefälligkeit, unbeschreiblich aufgeplustert. Er legte das großspurige Wesen eines Mannes an den Tag, der sein Lebtag den Erfolg nicht nur fürs tägliche Brot hält, sondern zum Erfolg geradezu geboren ist. Überdies versorgte Sid ihn noch mit weiteren Geldmitteln, ganz wie die meisten Geschwister. Gold hatte sein Teil zur Beschaffung des guten Gebrauchtwagens beigetragen, mit dem

Gussie den Alten in Florida herumkutschierte. Julius rechnete das alles ausschließlich Sid an.

»Sid hat es so eingerichtet, daß ich erst Arbeitslosenunterstützung und dann Rente bekommen habe.«

»Wenn er sich ein bißchen mehr angestrengt hätte, könntest du jetzt Fürsorgeempfänger sein«, witzelte Gold.

Als Gold klein war, arbeitete Sid bereits während der Schulferien, an Wochenenden und nachmittags nach der Schule. Als Gold die Hauptschule besuchte, war Sid in Afrika beim Militär. Als Gold ins College eintrat, wurde Sid vom Militär entlassen und hätte auf Staatskosten studieren dürfen, doch war er da schon einunddreißig Jahre alt. Sie hätten das erste Semester gleichzeitig begonnen, und Gold hätte ihn im mitleidlosen, exhibitionistischen Wettbewerb, der zwischen Studenten üblich ist, zur Schnecke gemacht. Gold entgingen nicht gewisse Ungereimtheiten: Sid, der geopfert hatte, klagte nie, während er, Gold, profitiert hatte und sich dauernd beklagte. Gold war sich weniger Dinge gewiß, doch eines wußte er genau: auf jeden ihm bekannten Menschen, der Erfolg hatte, kamen mindestens zwei, die befähigter, charakterfester und klüger, doch verglichen mit jenen Versager waren.

Und er wußte noch etwas: er befand sich in einer Klemme. Er sah sich vor einem Gewissenskonflikt, der nicht mehr lange verborgen bleiben konnte. Was er sagte, klang jetzt immer ungemein human, doch konnte er die Menschen in Wahrheit nicht mehr ausstehen.

Er verlor den Geschmack an der Menschheit. Was war denn schon liebenswert an ihr? Ihm gefiel kaum noch was. Gut, Geld und Ruhm, nun ja. Die Todesstrafe vermißte er, doch durfte er das nicht zugeben. Es gab eine ganze Liste von Grundsätzen, Anliegen, Methoden und Idealen, an die er nicht mehr glaubte; und obenan rangierte eine ständig wachsende Rubrik von Freiheiten, darunter so unantastbare wie die Freiheit von Lehre und Forschung, von sexueller und politischer Betätigung. Alternativen boten sich keine. Selbst wenn er seine Phantasie aufs äußerste bemühte, wollte ihm nicht einleuchten, daß die Gründerväter dieses gewollt hatten. Entweder war Gold rückschrittlich, oder die Zivilisation machte Fortschritte zum Schlimmeren.

Oder beides.

Nichts jedenfalls ging voran wie gewünscht. Auf die Länge gesehen, war einzig der Mißerfolg mit Gewißheit vorherzusagen. Alles andere war Zufall. Gute Absichten wurden zuschanden, böse Absichten wurden nicht besser.

Das amerikanische Wirtschaftssystem war barbarisch und brachte folgerichtig in allen Bereichen der Kultur eine Barbarisierung und die Zementierung des Schwachsinns mit sich. Technologie und Hochfinanz waren auf Massenproduktion von Armut eingestellt und erzeugten diese mit zunehmender Schnelligkeit; es war dies das einzige Produkt, dessen Wachstumsrate in den letzten fünfundfünfzig Jahren niemals zurückgegangen war, weder was den Umfang noch die betroffene Bevölkerung anging. Der Kommunismus stand als graues, trostloses, winterliches Gefängnis am Ende einer Sackgasse, aus der die Rückkehr unvorstellbar schien. Und dies nach einer gelungenen Revolution. Was gab es sonst noch? Den Imperialismus, diesen verläßlichen Drachen? Der Rückzug des Kolonialimperialismus hatte den emanzipierten Völkern weder Frieden noch Wohlstand noch Freiheit gebracht, sondern Unterdrükkung, Korruption, Krieg und eine widerborstige Mehrheit in den Vereinten Nationen, die es jetzt nicht nur auf Amerika abgesehen hatte, sondern auf Amerikaner wie Gold. Was noch?

Staatlicher Gesundheitsdienst?

Gold führte noch eine andere Liste.

Neue Klassen von Verbrechern bildeten ein ineinander verflochtenes System; die medizinische Forschung schuf etwas noch Schlimmeres, nämlich die lange Lebensdauer, mehr und mehr alte Leute, die von der Gesellschaft nicht gebraucht wurden, nichts zu tun hatten und nicht geehrt wurden. Wie lange noch würden erwachsene Kinder hoffen, daß Eltern eine Operation lebend überstanden? Was würde Gold selber empfinden, wenn sein Vater sich wieder einmal operieren ließ? Wie Sid, Rose und Esther darüber dachten, war ihm klar, doch für sich selber, für Muriel, ja auch für Ida wollte er die Hand nicht ins Feuer legen. Auch nicht für Joannie, jetzt eine geheimnisvolle Fremde, eine ferne wesenlose Person, die keiner so gut verstand und keiner so wenig kannte wie er.

Die Arbeiterbewegung war mit den Streiks der Müllabfuhr und den gigantischen Rentenfonds, die bei Banken profitabel angelegt waren, an ihr Ende gelangt. Zwischen Ursache und Wirkung, Mitteln und Zwecken schien keine einleuchtende Verbindung mehr zu bestehen. Die Weltgeschichte glich einem Müllsack voll zufälliger Begebenheiten, der im Wind geplatzt war. Watt mit der Dampfmaschine, Faraday mit dem Elektromotor und Edison mit der Glühbirne hatten doch gewiß nicht beabsichtigt, zu einer Brennstoffknappheit beizutragen, die ihre Länder eines Tages den Arabern und ihrem Öl auf Gnade und Ungnade auslieferte?

Die erreichten Resultate waren in nichts verwandt mit den angepeilten Zielen. Vor einem oder anderthalb Jahrzehnten war Gold als Sachverständiger in Prozessen gegen Henry Miller und William Burroughs aufgetreten, denen Erregung öffentlichen Ärgernisses durch obszöne Schriften vorgeworfen wurde. Jetzt wimmelte es von Massagesalons, überall gab es pornographische Filme zu sehen, Zeitungen und Magazine wurden feilgeboten, die wirklich obszön waren. Der Gymnastikclub im Souterrain des Hauses, in dem er sein Studio hatte, verwandelte sich allmählich in einen Massagesalon, und man eröffnete ihm grob, daß seine Mitgliedschaft nicht mehr erwünscht sei.

Als er mit Martin Luther King in Alabama und auch anderswo so loyal gegen die Rassentrennung protestierte, kam ihm nicht in den Sinn, daß sein eigenes Wohnviertel sich jählings zum Schlechten verändern und er genötigt sein könnte, seine Kinder auf teure Privatschulen zu schicken, um sie vor den mit der zwangsweisen Integration und dem gemeinsamen Bustransport aller Rassen verbundenen körperlichen Bedrohungen und vor den Folgen des immer schlechter werdenden Unterrichtes in den öffentlichen Schulen zu schützen. Daß Weiße jemals die Minderheit sein könnten, war ihm nicht eingefallen.

Gold bezweifelte nie, daß Diskriminierung Andersfarbiger ein Greuel war, unrecht, abscheulich, grausam und erniedrigend. Im Innersten aber wußte er, daß es ihm früher, als er sich sicher fühlen durfte, besser gefallen hatte. Für ihn war das Leben sehr viel angenehmer gewesen, als es viel schlimmer gewesen war. Es war eine Tatsache und änderte nichts an der guten Absicht, daß viele von denen, die wie er gegen die Rassentrennung protestiert und sich für die Integration stark gemacht hatten, gerade jene waren, die von dem erhofften Erfolg die geringste Benachteiligung zu erwarten hatten. Gold bewohnte ein Haus mit Portier, und die Sommerferien verbrachte er an Orten, wo es nur wenig Neger gab. Wären welche aufgetaucht, er hätte den Urlaubsort gewechselt. Als er sich das eingestehen mußte, gestand er sich auch ein, daß er ein Lügner war und ein Heuchler. Ein Lügner, das war er gewesen.

Idas sechzehnjährige Tochter sollte zwangsweise die Hauptschule in einer Gegend besuchen, in der sie weder Freunde finden noch sich ungefährdet bewegen konnte, vielmehr würde man sie dort hassen und mißhandeln, wenn sie töricht genug wäre, sich da aufzuhalten, und nur Idas Einfluß bei der Schulbehörde konnte sie vielleicht vor diesem Schicksal bewahren. Und das auch nur, wenn ein anderes Mädchen ihren Platz einnahm. Gold konnte da einfach nicht raten, doch sein Gefühl sagte ihm, kein Gesetz dürfe derartiges erzwingen. Es ging nicht mehr allein um Gleichberechtigung. Die war eine saubere, klare Sache gewesen; jetzt war sie vermengt mit Gewalttätigkeit, Verbrechen, Feindschaft, Aufruhr, Ächtung. Da es zu dieser Frage von allen Seiten viel zu sagen gab, bedauerte er aufrichtig, daß es solch eine Frage überhaupt gab. Antworten wollten sich nicht mehr so bereitwillig einstellen wie früher, und nichts war mehr so eindeutig wie es geschienen hatte. Es ging eben nichts mehr wie vorausgesehen. Nichts lief reibungslos. Nichts gelang wie geplant.

›Nichts gelingt wie geplant‹ lautete die Überschrift seines Artikels, und es überraschte ihn nicht, daß Lieberman ihn sofort druckte, nachdem Gold ihm den Rest seines Honorars entrissen hatte.

Gold schickte Ralph vier Exemplare, und Ralph rief ihn tags darauf daheim an.

»Was hat er gesagt?« fragte Gold gierig.

»Dina war am Apparat«, sagte Belle, die eben von ihrer nachmittäglichen Tätigkeit als Psychologin an einer öffentlichen Grundschule heimkam.

»Er hat aus dem Weißen Haus angerufen«, sagte Dina.

»Und was hat er gesagt?«

»Richtig nett war er am Telefon. Ich hätte mich gern länger mit ihm unterhalten, er hatte aber zu tun.«

»Muß ich dich denn erst prügeln? Was hat Ralph Newsome gesagt?«

»Er will heute abend noch mal anrufen. Wenn du möchtest, darfst du den Apparat in meinem Zimmer benutzen.«

Gold nahm den Anruf bei geschlossener Tür in seinem Arbeitszimmer entgegen.

»Ah, Bruce«, sagte Ralph, »ich kann dir gar nicht beschreiben, wie sehr du uns das Hirn sträubst. Falls wirklich nichts gelingt wie geplant – und deine Begründungen dafür sind sehr einleuchtend –, hat der Präsident genau den Vorwand, den er braucht, um gar nichts zu tun.«

Gold war zwar überrascht, doch auch geschmeichelt. »So hatte ich das noch gar nicht betrachtet«, gestand er.

»Wir machen Fotokopien. Sämtliche Mitarbeiter aller Behörden sollen den Artikel lesen, allerdings haben wir den Stempel GEHEIM aufgedruckt, folglich darf niemand ihn lesen. Es wäre besser gewesen« – Ralph senkte die Stimme zu einem sanften Vorwurf – »du hättest ihn uns vorher gezeigt, dann hätte der Präsident sich als Verfasser ausgeben können. Allerdings wirkt es vielleicht noch überzeugender, wenn er auf dich als auf einen Experten verweisen kann. Sei also nicht überrascht, Bruce, wenn er dich morgen zitiert. Das dürfte einiges Hirnsträuben erregen.«

»Hat der Präsident den Aufsatz gelesen?« konnte Gold, dessen Hirn sich sträubte, sich nicht enthalten zu fragen.

»Ah, das nehme ich mit Gewißheit an«, erwiderte Ralph wie stets unerschütterlich gelassen. »Bestimmt weiß ich es natürlich nicht.«

»Selbstverständlich hätte ich euch den Artikel erst vorgelegt, nur nahm ich nicht an, daß außer dir sich jemand dafür interessieren könnte.«

»Bruce, ich kann gar nicht nachdrücklich genug betonen, wie hoch wir dich hier schätzen. Und besonders jetzt. Nichts gelingt wie geplant – mein Gott, fürwahr eine ungeheuerliche Vorstellung. Alle hier brennen darauf, dich als Mitarbeiter zu gewinnen, sobald weiter oben darüber entschieden wird, ob du hier als Mitarbeiter willkommen bist. Kommst du?«

»Als was?« fragte Gold, der bereits wußte, daß seine Antwort ein feuriges Ja sein würde.

»Ich weiß nicht recht«, sagte Ralph. »Als Sprecher könntest du bestimmt gleich anfangen.«

»Als Sprecher?« Gold kamen plötzlich Zweifel. »Was ist ein Sprecher?«
»Ach, das weißt du doch, Bruce. Ich zum Beispiel war Sprecher, wenn ich nicht gerade was anderes war. Regierungssprecher, ungenannte Quelle, Behördenkreise – so was ähnliches wie ungenannter Informant. Hast du denn niemals etwas über mich in der Zeitung gelesen?«
»Ach ja«, verteidigte sich Gold, »jetzt weiß ich.«
»Ich komme wirklich häufig in die Zeitungen. Das ist das Schöne daran, wenn man ein ungenannter Informant ist. Nach einem oder zwei Monaten kannst du dann aufrücken.«
»Wohin?«
»Mindestens könntest du ein Bewährter Mitarbeiter werden. Als Bewährter Mitarbeiter darfst du jederzeit eine Lagebesprechung abhalten, wenn wir eine ansetzen. Nach oben sind deiner Karriere keine Grenzen gesetzt. Mach dir klar, Bruce, die derzeitige Regierung besteht fast nur aus Leuten, die sich eingedrängt haben.«
Gold spürte einen Unterton, der ihn möglicherweise hätte kränken müssen. »Ich dränge mich niemandem auf, Ralph«, sagte er leise.
»Das ist ein Punkt für dich, Bruce, daß du nicht so aufdringlich bist wie andere.«
»Was für andere, Ralph?«
»Andere, die sich aufdrängen«, sagte Ralph mit so freundlichem Gleichmut, daß Gold daraus schloß, er sei ungerechtfertigt empfindlich gewesen. »Könntest du sofort anfangen?«
»Was würde ich verdienen?«
»Soviel du willst. Niemand kommt nach Washington, um Geld zuzusetzen.«
Golds nächste Frage klang mitleiderregend. »Müßte ich unbedingt namenlos bleiben?«
»Nur anfangs. Bedenk mal: wenn wir dich als ungenannten Sprecher benutzen wollen, dürfen doch nicht alle wissen, wer du bist, oder?«
»Das stimmt wohl.«
»Warum kommst du nächste Woche nicht auf einen Tag rauf, und wir bereden die Sache eingehend?«
»Rauf?« fragte Gold etwas verwirrt.

»Ach, entschuldige.« Ralph lachte leise. »Ich meine natürlich runter. Seit ich unentwegt mit Senatoren aus dem Süden zu verhandeln habe, kommt mir vor, daß die ganz unten hausen und wir ganz oben.«
»Hör mal, Ralph«, sagte Gold, »das klingt ungemein eingängig, und wenn es dir nichts ausmacht, benutze ich diese Wendung in einem Artikel.«
Ralph war geschmeichelt. »Aber gar nicht, Bruce. Nur nenne bitte nicht meinen Namen. Du kannst dir vorstellen, welchen Ärger ich kriege, wenn ich so zitiert werde.«
»Keine Sorge, ich gebe den Satz mit Vergnügen als meinen eigenen aus.«
»Andererseits«, sagte Ralph leicht gekränkt, »würde ich gern auch ein bißchen davon profitieren. Schließlich habe ich ihn mir ausgedacht.«
»Wie soll ich das anstellen?« fragte Gold verwirrt. »Wie soll ich dir diese Äußerung im Druck zuschreiben, wenn du nicht willst, daß dein Name erwähnt wird?«
Die Antwort ließ nicht auf sich warten. »Könntest du nicht einen Sprecher als Urheber bezeichnen?«
»Ja, das könnte ich.«
»Sehr schön, Bruce. Meine Frauen und Kinder werden stolz auf mich sein. Andrea Conover wurde übrigens knallrot wie ein Schulmädchen, als ich deine Grüße ausrichtete. Sie möchte dich brennend gern wiedersehen.«
»Wann soll ich kommen?«
»Ich rufe dich Montag oder Dienstag an, vielleicht auch Mittwoch, Donnerstag oder Freitag. Ist dir klar, Bruce, daß die einzige Tochter von Pugh Biddle Conover nicht zu verachten ist?«
Gold gedachte keinen Moment, sie zu verachten.

»Na?« Belle musterte ihn aufmerksam, als er in die Küche kam, um weiterzuessen. Dina beobachtete ihn ebenfalls.
»Möglich, daß ich kommende Woche nach Washington muß. Man will da meine Meinung hören.«
Belle war nicht dumm. »Handelt es sich um eine Stellung?«
»Das muß unter uns bleiben«, warnte er sie.

Belle hob eine Schulter. »Wem soll ich schon davon erzählen? Deinen Verwandten?«
Dinas Gesicht glühte. »Ich erzähl's Leo Lieberman. Sein Vater platzt vor Neid.«
»Und wenn dann nichts draus wird?« fragte Gold.
»Dann sage ich, du hast abgelehnt«, sagte Belle.
»Weil ich mich nicht kaufen lassen wollte?«
»Aber ja.«
»Genau das sage ich auch«, schwor Dina.
»Nun ja«, gestand Gold, »es handelt sich um ein Regierungsamt.«
Später, im Schlafzimmer, sagte er zu Belle: »Ich dachte, du willst nicht, daß ich ein Amt in Washington übernehme? Hast du nicht gesagt, du bleibst auf alle Fälle hier?«
»Das tue ich auch«, sagte Belle.
»Vielleicht überlegst du es dir noch.«
»Auf keinen Fall.«
Sie hatten getrennte Betten, der Nachttisch stand dazwischen. Nun schlüpfte er in ihr Bett.

Nichts gelingt wie geplant

Gold trank seinen Martini aus und empfand eine starke Spannung. Fast beleidigte es ihn, daß die Dame, mit der er zu Mittag aß, seine Schwester war – so beschwingt fühlte er sich.

»Esther sagt, du schreibst ein Buch über Juden«, sagte Joannie. Kalter Lachs mit Gurkensalat und grüner Mayonnaise war für Gold der nächste Gang. Man lunchte im St. Regis, und Joannie zahlte. Sie war schlank und braungebrannt, trug helle Kleider, ihr Haar war vom besten Coiffeur getönt, und sie schien in glänzender Form.

»Esther?«

»Die ruft ungefähr jede zweite Woche an und hat nichts zu sagen. Jerry gefällt nicht, daß du dieses Buch schreibst.«

»Bist du deshalb hergekommen?«

Sie schüttelte den Kopf. »Er möchte wissen, warum du nicht über was anderes schreibst?«

»So groß ist die Auswahl nicht, Joannie.«

»Toni«, berichtigte sie ihn.

»Was stört ihn denn?«

»Wir verwenden in Kalifornien viel Zeit darauf, einer den anderen vergessen zu lassen, daß wir Juden sind. Unter anderem deshalb haben Jerrys Eltern ihren Namen geändert.«

»In Fink?«

»Früher hießen sie Finkelman. Jerry spendet einen Haufen Geld für beide Parteien, und er meint, er hat Aussichten, Richter zu werden.«

»Er ist doch aber kein Jurist?«

»In Kalifornien brauchst du nicht Jurist zu sein, um Richter zu werden«, belehrte ihn Joannie. »Jedenfalls wird ihm das versichert, wenn man ihn um Wahlkampfgelder angeht.«

»Und gleichzeitig gehört ihr allen jüdischen Gemeinden in Südkalifornien an«, spottete Gold.

»Nicht aus religiösen Gründen, sondern einfach als Mitbürger«, erwiderte sie. »Wir achten scharf darauf, niemals zu beten.« Sie stocherte lustlos in ihrem Salat. »Gestern war ich bei Pop.«
Gold fragte unwillig: »Wie geht's ihm?«
»Er war recht still.« Sie lächelte reuig. »Er meint immer noch, es sei seine Schuld, daß ich von Hause weggelaufen bin. Er sagt, ihr drängt ihn, in Florida eine Eigentumswohnung zu kaufen, damit er das ganze Jahr dort bleibt. Ich riet ihm zu tun, was Sid vorschlägt.«
»Morgen besuchen wir ihn«, bemerkte Gold freudlos. Er legte das Besteck hin und spürte, wie das Blut ihm ins Gesicht stieg. »Herr im Himmel, Joannie –«
»Toni.«
»Toni, du ahnst nicht, was wir ausstehen, wenn er hier ist. Er denkt, wir sind noch eine Familie und er ist das Oberhaupt. Mich kommandiert er herum wie einen Schuljungen. Ich habe einfach keine Zeit, drei-, viermal die Woche den Abend mit der Verwandtschaft beim Essen zu vergeuden. Und die anderen auch nicht. Wir mögen uns untereinander nicht so sehr. Jeder hat unterdessen eigene Kinder und eigene Freunde. Laß ihn mal eine Weile zu dir nach Kalifornien kommen.«
»Jerry kann ihn nicht ertragen.«
Gold entgegnete im gleichen Ton: »Das weiß er. Und Gussies Kinder ertragen ihn auch nicht. Deshalb dürfen sie nicht nach Richmond. Es ist einfach unmöglich, daß er selbstherrlich verfügt, bei wem von uns er wohnen will, wer ihn wann wohin zu fahren hat und wer außer ihm jeweils eingeladen wird. Ich glaube fast, in den vergangenen Monaten habe ich ihn öfter gesehen als seinerzeit über dem Laden in den fünf Zimmern, wo wir alle zusammengepfercht waren. Jedes Jahr kommt er zeitiger und bleibt länger. Dieses Jahr über die jüdischen Festtage. Schemini Atzereth – hast du jemals davon gehört? Ich auch nicht. Ich schwöre, er denkt sich seine jüdischen Feiertage aus.«
Joannie lachte. »Findest du das nicht komisch?«
»Nein. Und du fändest es auch nicht komisch, wenn du ihn und seine verrückte Frau auf dem Halse hättest.«
»Gussie ist süß.«

»Verrückt ist sie wie ein Eichkater.«
»Zu mir ist sie lieb. Und gescheit ist sie auch.«
»Sie hat nicht alle Tassen im Schrank«, schmollte Gold. »Beide haben nicht mehr alle Tassen im Schrank. Immer, wenn ich sie sehe, fehlt wieder eine.«
»Sie hat mir gute Ratschläge gegeben, Rezepte aus dem Süden«, berichtete Joannie. »Einen Hund soll ich mir anschaffen. Sie sagt, wenn man keine Kinder hat, weiß man nicht, worüber man reden soll, also braucht man einen Hund. Man soll, wenn man zu zweit ist, auch nicht bei Tisch einander gegenübersitzen. Und nichts essen, was Geräusche macht, vor allem nichts Knuspriges, und kein Fleisch, das lange gekaut werden muß.« Dann verfinsterte sie sich. »Es stimmt schon, wir haben keine Kinder und keinen Hund, also wird unentwegt von seinen Grundstücksgeschäften geredet und seinen Versicherungsabschlüssen, und von den Leuten, die er nicht leiden kann. Wir sitzen einander beim Essen gegenüber und haben es satt, uns anzustarren. Er macht wirklich grauenhafte Geräusche beim Essen und ich auch. Wenn bei Tisch nicht entweder das Radio oder der Fernseher auf vollen Touren liefe, wären wir wohl lieber tot. Sechs Minuten dauert so eine Mahlzeit und kommt uns vor wie eine Ewigkeit.«
Gold wurde beklommen zumute, Mitleid und Verlegenheit bedrängten ihn. Sie war immer noch seine kleine Schwester. Er beugte sich vor und berührte ihre Hand mit dem Zeigefinger.
»Hör zu, Joannie –«
»Toni.«
»Du heißt Joannie.«
»Ich habe meinen Namen legal geändert, als ich Schauspielerin wurde.«
»Bist du je aufgetreten?«
»Es ging nicht. Manchmal war ich als Chorusgirl engagiert. Ich konnte aber nicht tanzen.«
»Bleib noch über Sonntag und komm zu Roses Geburtstag zu uns.«
Sie lehnte sogleich ab. »Ich will mich vor der Rückreise noch mit jemandem in Palm Beach treffen. In der Herde kann ich euch nicht ausstehen. Gestern war ich zum Essen bei Rose, Max und Esther,

und nachher treffe ich Ida. Mit Sid habe ich gesprochen, auf Muriel kann ich verzichten, habe sie aber angerufen. Ich glaube, sie war hinterher beim Poker nicht mehr in Form. Behandelt sie Victor jetzt besser?« Gold deutete an, dies sei nicht der Fall. »Rose wird langsam taub, glaube ich.«

Es erleichterte Gold, daß sein Eindruck bestätigt wurde. »Und Max nuschelt. Ist dir das aufgefallen?«

»Rose sagt, er trinkt jetzt schon tagsüber.«

Gold war überrascht. »Er dürfte überhaupt nicht trinken. Mir hat sie nichts davon gesagt.«

»Wahrscheinlich hast du nicht gefragt. Sie behauptet, das hält ihn ruhig.«

»Dabei war er immer nett zu uns. Unser erster Schwager.«

»Wie würdest du dich wohl fühlen, wenn du nach vierzig Jahren auf dem Postamt plötzlich Angst vor der Pensionierung kriegst?«

»Bestimmt nicht gut«, gestand Gold. »Und ich würde mehr trinken, als ich tue.«

»Jämmerlich. Keiner von ihnen hat je die Stellung gewechselt. Unter anderem bin ich deshalb so früh wie möglich aus Coney Island abgehauen – ich konnte den Gedanken nicht ertragen, arm zu sein. Der Vater meiner Freundin Charlotte, mit der ich durchgebrannt bin, um Schönheitskönigin zu werden, war Schuster. Stell dir vor, man hätte heute einen Vater, der Schuster oder Schneider ist.«

»Bist du jemals Schönheitskönigin geworden?«

»Ich wurde immer nur dritte oder vierte. Ich war nicht üppig genug.«

»Haben sie was von den Kindern erzählt?«

»Fragst du denn nie nach denen?«

»Dieses Thema vermeiden wir gern.«

»Norma lebt derzeit in San Franzisko mit einem abgebrochenen Psychologen zusammen, macht Sozialarbeit und beendet ihr Studium, wenn man das glauben darf. Ich glaube ihr kein Wort. Allen ist angeblich Musiker und steckt irgendwo in Spanien oder Nordafrika, aber du weißt so gut wie ich, daß er hascht und überdies wahrscheinlich schwul ist, auch wenn es sonst niemand weiß. Eines Tages kommt ein Brief, und man erfährt, er ist gestorben. Rose glaubt, es liegt daran, daß sie immer arbeiten gegangen ist. Sie hat ein bißchen geweint und Max auch.«

»Deshalb frage ich nie. Sag ihr, meiner Meinung nach ist es nicht ihre Schuld. Kindern, deren Mütter nicht auf Arbeit gehen, passiert das gleiche.«

»Du solltest sie öfters besuchen.«

»Soviel haben wir uns nicht zu sagen. Und seit Mendys Tod macht Esther mich nervös. Sie klammert sich an.«

»An was?«

»An nichts. Sie könnte bei einem ihrer Kinder wohnen, beide würden sie gern zu sich nehmen.«

»Die sind nicht wie wir.«

»Stimmt«, sagte Gold. »Wenn sie doch bloß diesen Milt heiraten wollte.«

»Er hat ihr noch keinen Antrag gemacht. Übrigens sagte sie, du bekommst möglicherweise einen Posten in Washington.«

»Das steht noch dahin. Was würde denn Jerry dazu sagen?«

»Das kommt darauf an«, reagierte Joannie freundlich, trotz des etwas höhnischen Tones, den Gold gebraucht hatte. »Steht viel über dich in der Zeitung, wäre es ihm recht. Wenn nicht, würde er lieber mit einem Professor angeben.«

»Ich will sehen, was ich tun kann«, witzelte Gold. »Sag Jerry, er soll sich des Buches wegen keine Gedanken machen, Bücher werden sehr wenig gelesen, und meine so gut wie gar nicht. Ich werde ihn gewiß nicht erwähnen und will vermeiden, jemanden wie ihn als Beispiel anzuführen.«

»Und ich?«

»Ja, weißt du, Joannie…«

»Toni.«

»Ich habe fünf Schwestern, einen Bruder, drei Kinder, eine Frau, einen Vater, eine Stiefmutter und mehr angeheiratete Verwandte, Neffen und Nichten, als ich im Kopf behalten kann. Es wird sich nicht vermeiden lassen, daß der eine oder andere sich annähernd abgeschildert fühlt. Ist das der Fall, ist es ihnen peinlich. Lasse ich sie weg, fühlen sie sich übergangen. Die Schwierigkeit liegt darin, daß ich über die Selbsterfahrung der Juden in Amerika schreiben muß und selber nicht weiß, was das ist. Sprach Mama je mit dir über Sex?«

»Ich war doch erst neun, als sie starb.«
»Woran starb sie eigentlich?«
»Nach einer Operation.«
»Krebs?«
»Glaube ich nicht. Frag mal herum.«
»Was hatte sie eigentlich am Hals? Sie trug doch immer einen Wikkel?«
Joannie wußte es nicht. »Daran erinnere ich mich nicht. Du mußt die andern fragen. Wir beide waren die Kleinen. Wenn du wissen willst, wie meine jüdische Selbsterfahrung aussieht, sage ich es dir gern.« Gold rieselte es kalt über den Rücken. »Sie besteht in dem Bestreben, keine Jüdin zu sein. Heutzutage spielen wir Golf, betrinken uns, nehmen Tennisunterricht und lassen uns scheiden, ganz wie normale Christen. Wir benutzen schmutzige Redewendungen, vögeln herum und begehen Ehebruch.«
Gold wich entsetzt zurück. »Bitte, sprich nicht so mit mir«, tadelte er sanft, ja flehend. »Ich fühle mich dabei unbehaglich.«
»Das liegt an *deiner* jüdischen Selbsterfahrung.«
»Vögelst du wirklich so viel in der Gegend herum?« fragte er.
»Seit ich mit Jerry verheiratet bin, nicht mehr«, antwortete sie, »dafür tue ich Schlimmeres: Ich esse Schweinefleisch.«

Julius Gold nahm den Vorschlag, eine Eigentumswohnung zu kaufen, von Anfang an reserviert auf. Gold trug einen Mantel, Schal und lederne Handschuhe, Harriet hatte ihren Wintermantel bis oben hin zugeknöpft und zog die Wollmütze über die Ohren, als Sid den Wagen vor dem Hause in Manhattan Beach zum Stehen brachte. Er selber hatte einen leichten Regenmantel an.

»Brrr – kalt ist es«, sagte Gold.

»Eisig!« sagte Harriet.

»Finde ich überhaupt nicht«, sagte Golds Vater mit einer ausdruckslosen Miene, die gleichwohl deutlich von Geringschätzung kündete. Er trug eine hellblaue Wolljacke über dem dünnen Sommerhemd und schlurfte in marineblauen Samtpantoffeln umher, deren jeder sein Monogramm in Gold aufwies. »Nach hinten hinaus ist es vielleicht wärmer«, sagte er ohne Betonung.

Wortlos ging er voran ins Erdgeschoß, hinaus auf die in der Sonne liegende Veranda. Man hatte einen schönen Ausblick aufs Meer und auf die Sheepshead Bay, wo an den Bojen Fischerboote dümpelten, die vermietet wurden. Die Brise, die sich gelegentlich fühlbar machte, war im höchsten Grade bekömmlich.

»Möchtet Ihr Decken haben?« fragte Golds Stiefmutter überaus freundlich und nahm auf einer Bank Platz. Sie trug einen flachen Strohhut, von dessen breiter Krempe bunte Samtbällchen baumelten, und wirkte fröhlich verblödet.

Sid ließ sich in einen Liegestuhl sinken und wandte das Gesicht beseligt dem Himmel zu. Es war Zeit anzufangen.

»Die Stadt«, gackerte Harriet elegisch, »geht schnell und immer schneller vor die Hunde.«

»Ist mir nicht aufgefallen«, sagte Julius Gold.

»Jede Menge Verbrechen.«

»Hier in der Gegend nicht«, versetzte der kampflustige alte Mann.

»Mir hat noch keiner was getan.«
»Aber in der U-Bahn und auf den Straßen«, brummte Sid.
»Da gehen wir nicht hin.«
»Wie steht es mit der Müllabfuhr?« fragte Gold.
»Glänzend«, erwiderte seine Stiefmutter, die es einzig auf ihn abgesehen zu haben schien. »Fragst du dich vielleicht, was ich da stricke? Vielleicht eine Wolldecke für dich. Damit du es an kalten Tagen wie heute warm hast.«
Gold zog den Mantel aus, Harriet knöpfte ihren auf und nahm die Mütze ab.
»Auf die Müllabfuhr achten wir nicht«, sagte Golds Vater. »Wir haben kaum Abfälle.«
»Wir essen ja so wenig«, sagte Gussie.
»Ich habe Söhne, die mich mittags zum Essen einladen«, sagte Golds Vater. »Und Töchter, die mich gern jeden Abend bei sich am Tische sehen.«
»Manchmal sind wir einfach zu müde, um zu kommen.«
»Biete ihnen was zu trinken an«, befahl Golds Vater seiner Gattin. »Gib ihnen die Gläser mit den angeknabberten Rändern, nicht mir.«
Sid wollte Bier, Gold Sodawasser, Harriet sagte, sie warte bis zum Tee.
»Nun sieh sich einer meine beiden Söhne an«, sagte Julius Gold angeekelt. »Einer fett, der andere mager.« Gold hörte dieses Kompliment mit Wonne, doch fuhr sein Vater fort: »He, du Dummkopf, warum nimmst du nicht endlich zu? Du siehst aus wie eine Bohnenstange.«
Gold, neuerlich mit seinem Schicksal bekannt gemacht, seufzte fatalistisch. »So ist nun mal die Mode. Wußtest du das nicht?«
»Die Leute werden denken, ich kann dich nicht satt machen.«
»Kann ich überhaupt nichts tun, was deinen Beifall findet?«
»Nein.«
Sid sagte mit spürbarem Widerstreben: »Ich habe da von einer Eigentumswohnung gehört.« Er rappelte sich ächzend hoch, nahm einen Stuhl und rückte näher an seinen Vater heran. »Klingt wie ein gutes Geschäft.«
»In Lauderdale?«

»Hallandale.«
»Mir gefällt es in Miami Beach.«
»Da gibt es auch eine günstige Gelegenheit.«
»Und?« Der alte Mann grub in seinen Taschen nach einem Streichholz für seine Zigarre. »Dann kauf doch.«
»Ich meine für dich.«
»Für mich?« Aus der Überraschung, die sein Vater an den Tag legte, hätte jeder schließen müssen, das Thema sei noch nie erwähnt worden. »Weshalb löcherst du mich mit Eigentumswohnungen? Such mir eine anständige Mietwohnung wie immer.«
»Es ist aber vernünftiger, zu kaufen als zu mieten, Pop.«
»Ich soll ein Eigenheim haben? Wieviel Hektar Land sind dabei?«
»Zwölftausend«, sagte Gold.
»Muß ich die mit anderen teilen?«
»Wieviel Grund und Boden brauchst du? Willst du etwa Weizen anbauen?«
Sid stellte richtig: »Land ist nicht dabei, Pop. Es ist bloß eine Wohnung. Aber die würde dir und Gussie gehören. Du kannst dann in Florida bleiben, solange du Lust hast.« Sid schwitzte, aber nicht nur, weil es heiß war.
»Das tue ich doch jetzt schon. Und mein Geld ist in hochverzinslichen Papieren angelegt. Warum kaufst du nicht für dich?«
»Das täte ich gleich, wenn ich in Florida wohnte.«
»Das tue ich doch auch nicht«, sagte sein Vater schroff. »Ich mache da nur Ferien.« Und milder: »Na, Professor, was meinst du dazu?«
»Ich täte, was Sid vorschlägt.«
»Ich kann's mir ja mal ansehen«, stimmte Julius zu.
»Wann?« wollte Harriet wissen.
»Sobald ich zurückfahre. Noch ist es hier ja angenehm warm.«
»Pop«, redete Sid ihm zu. »Es wird aber schon kalt. Vor zwei Jahren bist du bis in den November geblieben und hast eine Lungenentzündung bekommen.«
»Bronchitis.«
»Lungenentzündung war es.«
»Es war Grippe.«
»Und wurde Lungenentzündung. Pop, glaub mir, das Geld ist in

der Wohnung ebenso gut angelegt wie in hochverzinslichen Papieren. Eine Investition gut wie Gold.« In diesem Moment pfiff der Wasserkessel. Harriet ging mit Gussie nach drinnen. Sid senkte die Stimme: »Sag Harriet nichts davon, Pop, aber ich strecke das Geld vor. Probier es mal aus, und wenn es dir gefällt, kaufst du die Wohnung von mir. Steigt sie im Preis, machst du dabei einen Profit, geht der Preis zurück, trage ich den Verlust. Was meinst du dazu?«
»Ein fairer Vorschlag«, erklärte der Alte. »Ich muß ihn noch gründlich überdenken.«
Unwillkürlich holte Sid hörbar Luft, und Gold verkniff sich ein Lachen. »Pop«, flehte Sid, »wir müssen dich endlich irgendwo unterbringen.«
»Habe ich genügend Geld dafür?«
»Das hast du.«
»Dann tue ich, wie du sagst, Sid«, kapitulierte Julius voller Resignation und Vertrauen. Gold empfand plötzlich Mitleid mit dem Alten, weil er so fügsam war. »Aber erst wollen wir's uns ansehen, ja? Zusammen.«
»Ja, zusammen«, versprach Sid. »Wann?«
»Das brauchst du bloß zu sagen. Wann findet die Abschlußprüfung statt?«
Sid war ganz verwirrt.
»Welche Abschlußprüfung?« fragte Gold.
»Die von deiner Tochter, du Dämlack.« Dieser verächtliche Ausruf ließ die Frauen herzueilen. »Die von meiner Lieblingsenkelin Dina. Weißt du noch wer das ist? Die legt doch bald ihr Abschlußexamen ab.«
»In fünf Jahren«, versetzte Gold mit stahlharter Stimme. »Falls überhaupt.«
»Wechseln die Kinder heut mit dreizehn nicht mehr die Schule?«
»Nicht, wenn sie auf eine Privatschule gehen. Und Dina hält vielleicht gar nicht so lange durch. Deine Lieblingsenkelin ist nicht gerade eine Leuchte in ihrer Klasse.«
»Nun, wenn das so ist, müssen wir die Wohnung vorher ansehen. Aber ich verspreche nicht, sie zu kaufen, Sid. Du bestimmst den Termin. Sobald die Festtage vorbei sind, können wir meinethalben jederzeit losfahren.« Weh ist mir, klagte Gold stumm, wieder die

Feiertage? »Nein, nein, ich und Gussie, wir nehmen vor den Festtagen ungern das Flugzeug.«
Gold sprang auf. »Was sind denn das für Feiertage?« verlangte er zu hören. »Wann findet dein Schemini Azeret eigentlich statt?«
Den Blick, mit dem der Vater ihn ansah, empfand er als Besudelung.
»Ist schon vorbei, Dummkopf. Eine Woche ist das her, vor Simchas Tojre.«
»Also welche Feiertage fehlen noch? Worauf warten wir?«
»Schabbes Berejschis.«
»Schabbes Berejschis?« Gold blieb der Mund offen stehen. Selbst von seiner eigenen Stimme gesprochen, klangen die Worte unglaubhaft.
»Na, wie denn nicht, du dürrer Schejgez, das kommt nach Simchas Tojre, du Tropf. Und sowas soll in Washington was werden! Simchas Tojre hast du wohl nie gefeiert? Willst du etwa, daß ich vor Simchas Tojre ins Flugzeug steige? Und daß ich die Meinen jetzt verlasse, vor Schabbes Berejschis? Ich hub dem Bader in Bud.«
»Dein hiesiges Jiddisch verstehe ich nicht«, sagte Golds Stiefmutter.
»Er hat uns beide im Bad«, übersetzte Gold nervös und suchte darüber hinwegzusehen, daß Sid seine Demütigung ungemein belustigte.
»Du bist Atheist, Pop«, protestierte er. »Sid und ich durften nicht mal Bar Mitzwa halten.«
»Ich bin Jude«, entgegnete sein Vater und streckte seinen Daumen in die Höhe. »Ich bin jüdischer Atheist.«
»Mama durfte freitags keine Kerze anzünden.«
»Manchmal schon.«
»Und jetzt kennst du plötzlich sämtliche Feiertage. Was ist Simchas Tojre, was bedeutet dir dieser Feiertag?«
»An Simchas Tojre«, antwortete sein Vater kühl, »wird die Lesung der Tora in der Synagoge beendet.«
»Und was ist Schabbes Berejschis?«
»Schabbes Berejschis«, antwortete sein Vater und sog lächelnd an seiner Zigarre, »ist der Tag, an dem sie mit der Tora von vorn anfangen.«

Golds Aufschrei kam aus tiefstem Herzen: »Wie lange dauert das?«
»Ein Jahr«, sagte sein Vater und schnipste Zigarrenasche über das Geländer. »Und wenn sie beendet ist, kommt wieder –«
»Schabbes Berejschis?«
»Du sagst es, mein Goldjunge. Aber keine Sorge«, sein Vater sprang federnd auf, »euren Winter verderbe ich euch nicht. Oder meinst du etwa, ich verbringe den Winter in dieser elenden Stadt, wenn ich statt dessen in Florida eine Eigentumswohnung haben kann? Ich soll in Grundstücken investieren? Gut, ich investiere in Grundstücken.«
»Wann?« fragte Harriet wieder.
»Nach dem nächsten Samstag. Schabbes Berejschis. Ich verspreche es. Und jetzt laßt uns essen gehen. Gussie, meine Schuhe. Und setz einen anderen Hut auf.«
Gussie kam in einem zerknautschten Filzhut mit geknickter Truthahnfeder zum Vorschein, in dem sie aussah wie Robin Hood. In Gold weckte der starke Geruch des Meeres ungeheuren Appetit auf Krabben, Hummer, Muscheln, Flundern oder Seebarsch.
»Gehen wir zu Lundy essen, der ist gleich in der Nähe, und wir kriegen dort guten Fisch.«
»Was ist daran so gut?« fragte sein Vater.
Gold ließ sich auf keinen Streit mehr ein. »Also dann ist er eben nicht gut.«
»Und ich soll Fisch essen, der nicht gut ist?«
»Schwarz«, sagte Gold.
»Weiß«, sagte sein Vater.
»Weiß«, sagte Gold.
»Schwarz«, sagte sein Vater.
»Kalt.«
»Warm.«
»Lang.«
»Kurz.«
»Kurz.«
»Lang.«
»Freut mich, daß du dich noch an dieses Spiel erinnerst.«
»Wer sagt, es ist ein Spiel?«

Gold bereute fast, daß er lachte, denn Harriet warf ihm einen giftigen Blick zu. Auch Sid bekam einen ab, weil er kicherte. Sid ignorierte Harriet und blinzelte Gold vertraulich zu.

»Sid«, sagte Julius ängstlich, als er mit kleinen, schlurfenden Schritten zum Wagen ging, »du sagst dem Kellner Bescheid, ja? Gib ihm vorher ein hohes Trinkgeld, er soll wissen, wir sind wer. Sag ihm, ich habe mein Lebtag nicht von angeschlagenem Porzellan gegessen, auch nicht, als ich arm war.«

Am Abend von Roses Geburtstagsfeier war Gold gespannt wie eine Feder und wartete darauf, daß die letzten Gäste gingen, noch bevor die ersten überhaupt gekommen waren.

»Ich möchte auf meinen Gastgeber und jüngsten Sohn trinken«, sagte Golds Vater aufgeräumt. »Sid meint, es wäre nicht nett, dich vor deiner Frau und deiner Tochter zu beleidigen, also sage ich weiter nichts.« Alle außer Gold lachten. »Du würdest also deine Lehrtätigkeit aufgeben?«

»Lieber heute als morgen.«

»Deine Studenten denken bestimmt ebenso.« Sein Vater neigte den Kopf ein wenig und lauschte mit hingerissener Bewunderung dieser seiner schlagfertigen Antwort nach. Dabei summte er vor sich hin.

»Ich bin jedenfalls froh, daß ich nicht bei ihm studieren muß«, sagte Harriet boshaft.

»Er läßt die Studenten richtig durchfallen«, sagte Dina voller Ehrfurcht.

»Jetzt nicht mehr«, berichtigte Gold. »Es ist einfacher, sie durchkommen zu lassen. Dann sieht man sie nie wieder.«

Gold gratulierte sich zu dem Einfall, die Bar in der Diele installiert zu haben; er drückte sich da so lange als irgend angängig herum, füllte dann ein Glas randvoll mit Bourbon und gab einen einzigen Eiswürfel hinein.

Als Gold ins Wohnzimmer schlenderte, hörte er Sid versonnen sagen: »Ein wahres Glück für uns, daß wir zufällig auf einem Planeten leben, wo es Wasser gibt.«

Gold fühlte sich innerlich zu Stein werden und sah, daß die saftige Scheibe Stör mit der bronzefarbenen Kruste auf seinem Teller sich vorübergehend in etwas Unappetitliches, einer rohen Sardine Ähnliches verwandelte.

»Wieso?« fragte Victor.
»Hört zu, wenn Sid von Wasser redet«, befahl sein Vater schläfrig. »Wenn er sich auf etwas versteht, dann auf Wasser.«
Gold schaute seinen Vater verstohlen an, bemerkte aber an ihm kein Anzeichen einer Verschwörung. Er zog die Gabel aus dem Stör und stach damit in einen kleinen Berg roten Kaviar, fest überzeugt, daß er auf Ida, ja auch auf Irv rechnen konnte, um Sid endlich einmal festzunageln; schließlich bewohnen wir nicht ›zufällig‹ diesen Planeten, der Wasser hat, sondern ohne Wasser hätte die Art sich nicht entwickeln können.
»Andernfalls«, sagte Sid zu Victor und sog genießerisch erst den Duft, dann den Geschmack von Räucherlachs auf Pumpernickel ein, »andernfalls wären wir alle ganz schön durstig.« Er lächelte Gold herausfordernd an und fuhr mit entwaffnender Lässigkeit fort: »Nicht nur hätten wir nach einer guten Mahlzeit von Truthahn, Steak, Roastbeef oder Hummer kein Wasser zu trinken, es gäbe auch keinen Tee und keinen Kaffee, geschweige denn Sodawasser.«
Und woher kämen wohl Truthähne, Steak, Roastbeef und der Hummer ohne Wasser, du Blödkopf? fragte Gold stumm. Er wartete darauf, daß Ida ihren Bruder zur Schnecke machte. Ida aber, sah er zu seinem Entsetzen, lauschte so hingerissen wie Max, Milt und die übrigen. Die militanten Schwarzen an ihrer Schule hatten schon recht – rausschmeißen sollte man sie!
Sid setzte seinen Angriff verwegen fort; er stellte Golds Selbstdisziplin auf die härteste Probe. »Wir müßten dann Wein oder Bier trinken.« Er schob ein halbes hartgekochtes Ei in den Mund. »Denn Wein und Bier werden aus Trauben und Hopfen gewonnen«, erklärte er geduldig, »und davon gäbe es bestimmt jede Menge, da wette ich drauf.«
Gold wußte nicht, wie man sich das anatomisch vorzustellen hat, doch fühlte er, wie sich ihm der Magen umdrehte. Er hatte zu lange gezaudert. Aus Erfahrung kannte er das Arsenal der Vergeltungswaffen, die Sid auf jeden Widerspruch von Gold bereithielt. Sie wurden mit rührseliger Demut abgefeuert, die töten konnte, und reichten von einem gekränkten, ergreifenden: »Also habe ich einen kleinen Irrtum begangen«, bis zu dem stolzen: »Da seht ihr, was

akademische Bildung ist.« Die anderen glaubten Gold keinen Moment, wenn er Sid vorwarf, seine Irrtümer mit teuflischem Vorsatz zu begehen. Gold spielte den Unbekümmerten. Er hatte sich geschworen zu schweigen, und er hielt seinen Schwur.
Und Sid ließ sich mit der Miene des Siegers gegen die Stuhllehne sinken, vertilgte die letzten Vorspeisen von seinem Teller und ging daran, die Walnüsse zu knacken, die Belle in Schüsselchen gehäuft hatte und die zunächst als Tafelschmuck dienen und erst später geknabbert werden sollten.
Gold hatte der Versuchung widerstanden, die Krise war vorüber, und er gab sich überstürzt der Lockung hin, die gehackte Leber, geräucherte Austern und roter Kaviar boten. Er häufte alles auf seinen Teller, legte noch eine Scheibe Käse dazu, eine weitere Scheibe Stör und Krabben. Dann holte er sich nochmal Bourbon an der Bar. Max trank zur Feier des Tages schottischen Whisky, seine Wangen waren rot und eingefallen, und er übte im übrigen Enthaltsamkeit. Bislang hatte er sich mit Karottenscheiben und rohem Blumenkohl in winzigen Mengen begnügt.
Als Gold wieder ins Wohnzimmer kam, sagte Sid: »Es ist wie ein Wunder, wenn man es recht bedenkt. Es gibt so viele Planeten – sechs, sieben oder acht? Wieviele sind es jetzt gerade, Bruce?«
»Zweiundvierzig.«
»Zweiundvierzig Planeten«, fuhr Sid fort, ohne eine Miene zu verziehen. »Und nur unserer hat Wasser.«
»Ein wahres Glück, daß wir zufällig gerade hier leben«, stimmte Victor zu.
Gold machte sich diese irrige Vorstellung zu eigen: »Mir tun all die Menschen leid, die auf anderen Planeten leben müssen«, sagte er.
»Leben denn Menschen auf anderen Planeten?« fragte Ida.
»Falls ja, haben sie bestimmt großen Durst«, sagte Sid.

Rose war sprachlos gewesen, als sie mit Max und Esther eintraf und die anderen zur Feier ihres Geburtstags vorfand. Sie begann gleich zu weinen. Dann lachte sie, wollte sich über den von ihr selber erzeugten Lärm hinweg verständlich machen und rief mit rasch heiser werdender Stimme: »Ach, Belle, Belle!« Wieder und wieder warf sie sich auf die kleinere Schwägerin, und umarmte sie dankbar und erdrückend. Max strahlte, sein versorgtes Gesicht spiegelte eine Beseligung, die Gold seit Maxens Verlobung und Hochzeit nicht mehr wahrgenommen hatte. Roses Reaktion verblüffte ihn stark, und er empfand ungewohnte Zärtlichkeit für sie. Rose war eine große, füllige Frau. Er erinnerte sich nicht, sie je lachen, weinen oder sie so ungehemmt reden gehört zu haben. Bei der Beerdigung von Esthers Gatten Mendy hatte sie laut geweint, und sie mühte sich immer noch nach Kräften, Esther darüber hinwegzutrösten, daß sie Witwe geworden war. Das breite Gesicht mit den dunklen Sommersprossen, gleichsam in Freude gebadet, war plötzlich das einer alternden Frau. Esther wirkte noch älter. Sid sah jünger aus als beide, und alle drei begannen einander auf gespenstische Weise zu ähneln, die so verschiedenen Gesichter sanken nach vorgezeichneten Verfallsmustern alternd in sich zusammen. Eines Tages würde auch Gold so aussehen.

Außer Joannie waren alle anwesend, sogar Muriel, die ihren Ärger über Ida bezwang und einen Pokerabend mit den Freundinnen aus South Shore, Long Island opferte. Muriel war stets verbittert und egozentrisch gewesen – nebbich eine Verbissene, hätte Golds Mutter gesagt, eine Beobachtung, die mehr von Trauer als von Mißbilligung eingegeben war. Vermutlich hatte sie sich auf der Fahrt nach Manhattan wieder mit Victor gezankt. Gold hegte gewisse Vermutungen betreffend Muriel, die er lieber für sich behielt. Er hatte bei zu vielen verheirateten Frauen gelegen, als daß er die Zeichen hätte übersehen können.

Hauptgerichte waren Truthahn und Roastbeef. Wären Harriet oder Ida die Gastgeberinnen gewesen, es hätte auch einen Schinken gegeben. Victor hatte zu Beginn der Woche ganz überraschend zwei große Rippenstücke bester Qualität anliefern lassen. Alle stimmten darin überein, daß Belle und Harriet bei der Zubereitung von Roastbeef nicht zu übertreffen waren. Von den weißen Saucen der Angelsachsen hielten sie nichts. Sie verstanden mit Knoblauch, Paprika, Salz und Zwiebeln umzugehen. Harriet brachte zwei Schüsseln mit einem Brei aus Süßkartoffeln und einer Art türkischen Honigs, für den Gold sein Leben ließ, zwei Krümeltorten, eine Form mit Moosbeeren und einheimischen, moussierenden Wein. Mit Ausnahme von Golds Stiefmutter fühlten alle Damen sich neuerdings aufgerufen, in der Herstellung von bestimmten Gerichten miteinander zu wetteifern, auf die sie sich besonders gut verstanden oder zu verstehen glaubten; sie wurden angehalten oder glaubten sich angehalten, diese jeweils mitzubringen, wenn die Familie in der Wohnung eines Verwandten zum ausgiebigen Sonntagsfrühstück, zum Mittag- oder Abendessen zusammenkam. Bei so emsiger Tätigkeit so vieler Damen waren Reibungen unvermeidlich und gekränkte Gefühle die Regel.

Harriet tat sich im Backen hervor, und es ärgerte sie jedesmal, wenn sie mit ihren Käse-, Schokoladen- und Mokkatorten anrückte und feststellen mußte, daß schon Kuchen gekauft worden war; bei Ida und Muriel wurden gar gâteaux St. Honoré eigens angeliefert, und daneben verblaßten ihre Produkte notgedrungen. Esthers Spezialität war Gestopftes und Nudelpudding; seit sie allein lebte, dehnte sie ihr Repertoire auch auf Kartoffel- und Käseblintzes aus, experimentierte mit anderen Gerichten als Gestopftem, ohne zu ahnen, daß sie mit geschabter Leber und Kohlrouladen Idas traditionellen Wirkungskreis betrat und daß sie mit gehacktem Hering gegen Rose offensiv wurde, die unübertroffen in der Zubereitung aller Meerestiere, Suppen, Mazzeklöße und überhaupt jeder Art Klöße war. Rose ertrug schweigend die unbeabsichtigte Kränkung, Ida litt hörbar darunter, und Esther erbebte vor Reue. Niemand nahm es mit Belle im Halbgefrorenen auf. Nichts war demütigender, als am Telefon vernehmen zu müssen, daß ein Gericht, das man zuzubereiten anbot, bereits einer anderen in Auftrag gegeben worden war. Muriel, die jüngste der im Osten verbliebenen Schwestern, verstand sich darauf, alltägliche Speisen für den Gourmet zuzubereiten, manchmal sogar Sachen aus der Dose, amerikanische Kost, Thunfisch etwa in einer crêpe, einer gegrillten Pizzakruste, einer brodelnden Kasserolle, Hühnersalat mit Kapern und starken Kräutern; Lachsmousse; und dann eine Spezialität, die so recht noch keinen Beifall gefunden hatte: jüdisches Cornedbeef-Haschee fast ohne Kartoffeln, und statt des Cornedbeef Gehacktes mit Tomaten, was, auch ohne den Ketchup, der weisungsgemäß darübergegeben werden mußte, schon aussah wie ein riesiger Hackbraten. Muriel gab häufig kleingehackte Anchovis an Krautsalat oder anderen Salat, den sie fertig kaufte. Ida verabscheute Anchovis und behauptete standhaft, sie müsse sich danach übergeben. Muriel sagte dann, das solle sie ruhig tun. Muriel überlegte oft in lauten Selbstgesprächen, ob Ida und Irv zusammen mehr verdienten als Victor, nahm die eigene Frage gleich auch als Antwort und für gewiß, daß Ida sich über sie erhaben fühle. Idas Kinder wollten aufs College gehen, Muriels Töchter hatten keine Lust dazu, besaßen aber bewundernswerte Spezialkenntnisse hinsichtlich eigens entworfener Kleider, Schuhe, Handtaschen und Gepäckstücke mit dem Etikett des Designers. Bezeichnenderweise entdeckte Ida zuerst, daß die Hauptbestandteile von allem, was Muriel auftrug, entweder billig im Handel oder durch Victor gratis zu haben waren. Gold lobte die Damen dafür, daß ihm noch keine gefüllte Kalbsbrust vorgesetzt hatte. Man stimmte wortlos darin überein, daß Rose die Gutartigste, Esther die langsamste Denkerin, Harriet jetzt die Ungeselligste, Ida die Wählerischste, Belle die Verläßlichste und Muriel die Egoistischste war. Joannie war die Hübscheste, doch wurde das selten erwähnt. Muriel, die breite Armreifen und Ringe trug, brachte wieder einen ihrer gigantischen Hackbraten und stellte ihn zu Truthahn und Rippenstücken auf den Tisch; ausgenommen Golds Stiefmutter, mußten alle davon kosten und in Entzückensschreie ausbrechen, wollten sie vermeiden, daß Muriel den Nudelpudding von Esther und Idas Klößchen schlecht machte oder allen vorwarf, daß sie sich wie immer gegen sie verschworen hätten. Da Ida nur wenig älter und Gold nur wenig jünger war als sie, hatte Muriel, eingeklemmt zwischen diesen beiden von Leistungswillen beflügelten Geschöpfen, die Privilegien eines jüngsten Kindes nicht lange genug genossen, um zu wissen, daß es so etwas gibt.

»Abendessen«, sagte Dina.

»Und ich habe nichts mitgebracht!« lamentierte Rose.

»Du bist ja auch der Ehrengast«, tröstete Max.

»Es soll doch eine Überraschung sein«, tadelte Ida.

Im Eßzimmer erwartete Gold ein neuer Schlag, denn Belle hatte Esther mehrere Exemplare von Liebermans Zeitschrift gegeben, und Esther legte soeben eines neben jedes zweite Gedeck, aufgeschlagen bei ›Nichts gelingt wie geplant‹ mit dem abstoßenden, dunklen Porträt des Autors, das Lieberman stets benutzte, weil er es vor Jahren einem schmarotzenden, trunksüchtigen Illustrator für ganze 12 Dollar 85 abgekauft hatte. Als Gold jetzt diese Zeitschriften erblickte, wußte er, was es heißt, buchstäblich im Boden versinken zu wollen. Sein Kopf schwamm, und er umklammerte mit beiden Händen die Stuhllehne, denn er spürte, daß ihm die Knie weich wurden. Ach, Esther, du arme umnachtete Törin, klagte er stumm, voller Mitleid und Verzeihen. Ringsum entstand unterdrücktes Stimmengewirr, und Gold wandte den Blick von Esthers beseligtem Gesicht und ihrem schneeweißen Haar.

Allen, die fragend grunzten, erklärte Esther: »Wieder ein Artikel von Bruce.«

Der Beifall, insofern davon die Rede sein konnte, wurde stehend gespendet, Esther hatte noch nicht Platz genommen. Ihr Mund bebte, ein neuartiges Phänomen, das sich hin und wieder ihres Unterkiefers zu bemächtigen schien und ihr kalkweißes Gesicht noch verschüchterter erscheinen ließ. Von den Zähnen im Unterkiefer waren viele falsch, und der alte Milt, der erkannte, wie schutzbedürftig sie war, trat nach einem Blick auf Gold loyal neben sie.

»Ist das nicht reizend?« Auch Rose klatschte. Belle, die Golds Blick auffing, zuckte ratlos die Achseln. Dina verhielt tückisch am Platz, statt, wie ausgemacht, in ihr Zimmer zu flüchten.

Golds Stiefmutter informierte Golds Vater: »Wieder eine Schraube locker.«

Und dir fällt wieder eine Tasse aus dem Schrank, entgegnete Gold stumm. Einige Gäste hatten seinen Artikel bereits überflogen und vertieften sich in die Anzeigen auf der Rückseite, in denen Bedürftige nach Sexualpartnern suchten.

»Und nach dem Essen«, sagte Esther, »schreibt er jedem eine Widmung darauf, wenn wir ihn darum bitten.«

»Bitte, Esther«, flehte Gold. »Du bringst mich wirklich in Verlegenheit.«

»Und anschließend«, fuhr Esther fort und nahm endlich Platz, »gehen wir alle heim und lesen seinen Artikel.«

»Denkst du«, sagte Harriet.

»Darf ich um etwas Truthahn bitten?« sagte Gold.

»Wir müssen bald ein zweites Bücherregal anschaffen«, sagte Muriel. »Gibt es hier keine Aschenbecher?«

Die kleinere Ida blickte sie von unten herauf zürnend an und wedelte den Rauch weg. »Diesmal ist er jedenfalls schon näher an der Front«, stellte sie fest.
»Kriegt er da mehr Geld?« fragte Irv.
»Wo?« fragte Gold knapp.
»Näher an der Front.«
»Nein«, sagte Belle.
»Geld kriegt er dafür?« fragte Victor.
»Ja«, sagte Belle. »Nimm dir vom Roastbeef, Victor. Und fangt bitte alle an zu essen.«
»Von allem ist reichlich an jedem Ende des Tisches«, sagte Ida und hielt Gold aufgeschnittenes Roggenbrot mit schwarzen Körnern unter die Nase.
»Nimm dir vom Brot, Brucie. Es ist deine Lieblingssorte.«
»Hast du uns nicht verboten, ihn Brucie zu nennen, als er einundzwanzig geworden ist?« erinnerte sie Muriel. Gold lehnte das Brot stumm kopfschüttelnd ab. Die wohlriechende Lockung der knusprigen schwarzen Körner brach ihm beinahe das Herz. Auch die buttergelben Bratkartoffeln mit der dunklen Kruste und den winzigen Zwiebelstückchen wollte er ablehnen, die alle jene herrlichen, dem Bratensaft beigegebenen Gewürze aufgesogen hatten. Selbstkasteiung vermittelte ihm wie die selbstauferlegte Strafe des Jogging ein Gefühl der Tugendhaftigkeit und versetzte ihn in üble Stimmung.
»Ich verstehe das einfach nicht«, sagte Max nachdenklich und zweifelnd. »Den Titel, meine ich.«
»Meiner Meinung nach ein ganz schlimmer Fehler«, ließ Dina sich vernehmen. Sie aß im Stehen. Nachdem sie die ganze Woche geklagt hatte, mit den Verwandten könne sie es nicht aushalten, fand sie es jetzt offenbar unmöglich, sich loszureißen.
»Klar«, sagte Milt. »Ein Fehler. Ich nehme an, du wolltest sagen, nichts ist so erfolgreich wie der Erfolg. Stimmt's?«
»Nein«, sagte Belle.
»Was ich ausdrücken wollte«, sagte Gold und schlüpfte in die plüschene Robe des Pädagogen und Propheten, »ist: Nichts steht so bombenfest wie der Mißerfolg. Auf die Länge gesehen, können wir zuverlässig nur auf Mißerfolge bauen.«

»Auf die Länge zu sehen, kann ich mir nicht leisten«, sagte sein Vater. »Ich bin etwas kurz geraten.«
»Könnten Sie das freundlicherweise näher erläutern, Herr Professor?« sagte Sid mit vollem Mund.
»Du brauchst nur zu lesen, was da steht«, sagte Gold ebenfalls kauend.
»Ach, Daddy«, fiel Dina ein, »lesen tut das ja doch keiner.«
»Dina, willst du endlich verschwinden, wenn du nicht bleiben willst!«
Belle versuchte ein Ablenkungsmanöver: »Keiner hat Esthers Nudelpudding probiert.«
Arme langten über den Tisch wie Baggergreifer, um von Esthers Nudelpudding zu nehmen.
»Und keiner ißt von meinem Haschee«, sagte Muriel.
»Und ich habe nichts mitgebracht«, lamentierte Rose.
»Harriet übertrifft uns alle«, sagte Belle.
»Und Belle kommt ihr gleich«, ergänzte Ida.
Dina flüchtete.
»Soll das heißen«, fragte Irv und umklammerte die Schüssel mit dem Kartoffelbrei, nach der Gold gierte, »daß der Mißerfolg schon feststeht, wenn ich einem Patienten den Zahn aufbohre, um ihn zu füllen?«
Gold übte Nachsicht. »Irv, du füllst doch nicht Zähne, weil du gern Löcher bohrst. Wenn du einen Zahn füllst, weil du mit dem Geld, das du dabei verdienst, ein Auto kaufst, das dir heute nacht auf dem Rückweg im Tunnel stecken bleibt, dann ist dir nicht gelungen, was du geplant hast, nicht wahr?«
»Das ist aber sehr an den Haaren herbeigezogen, Bruce.«
»Naja, Zähnebohren kommt in meinem Artikel nicht vor. Gibst du mir mal die Schüssel?«
Ida warf ein: »Bevor wir uns eine Meinung bilden, sollten wir anständigerweise den Artikel lesen.«
»Da kannst du lange warten«, sagte Harriet. »Und daß er nach Washington berufen wird, glaube ich erst, wenn er abfährt.«
»Bitte, Harriet, möchtest du ein einziges Mal den Mund halten?« bat Gold.
Harriet sagte zu Sid: »Ich hab doch immer gesagt, er ist zu sehr verwöhnt.«

»Von mir nicht«, prahlte Muriel. Diese Behauptung war überflüssig. Muriel hatte Victors Heiratsantrag – ihren ersten überhaupt – angenommen, nachdem sie acht Monate Verkäuferin gewesen war, und seither verwöhnte sie einzig sich selber.
»Bruce ist nicht verwöhnt.« Idas Eilfertigkeit, wenn es galt, ihm beizustehen, verursachte Gold unweigerlich ein Schwächegefühl. »Man hat ihm Vergünstigungen eingeräumt, denn er hat gezeigt, daß er sie am besten nutzen konnte. Mir übrigens auch. Er braucht sich nicht zu schämen, bloß weil er Sachen schreibt, die keiner versteht.«
Golds Wangen glühten vor zunehmender Wut. »Irv, wirst du endlich die gottverdammte Schüssel weiterreichen?« Er spießte eine Scheibe Roastbeef auf. »Victor, leg mir ein Stück Hackbraten auf den Teller, bitte. Und von den Bratkartoffeln. Mit Zwiebeln, Zwiebeln! Ida, gib mir zwei Scheiben Brot.«
Victor freute sich, gefällig sein zu können, und sagte dabei: »Das Cornedbeef ist in Wahrheit Filet Mignon.«
Gold verhungerte schier, hatte aber keinen Appetit. Wenn ich je wieder heirate, sagte er verzweifelt bei sich... und wurde von seinem Vater unterbrochen, der hustete, um sich Aufmerksamkeit zu verschaffen, und über den Tisch gebeugt ärgerlich sagte: »Was du da gemacht hast mit dem Kerl, war eine Beleidigung für mich und die gesamte Familie. Ist er reich?«
Gold war sprachlos. »Was heißt, was ich gemacht habe?«
»Mit dem Kerl.« Sein Vater zog ein strenges Gesicht.
Gold blinzelte erst. Dann sagte er: »Wen meinst du?«
»Du weißt, wen«, begann Julius seine Strafpredigt. »Frag nicht, wen! Ich werd dir schon geben, wen. Idiot der. Zur Schule bist du mit ihm gegangen, etwa nicht?«
»Mit Lieberman?«
»Mit wem sonst, du Hampelmann! Ich muß ihm sagen, wer.«
Victor kicherte, und Sid sah dem auf Gold gerichteten Angriff lächelnd und wohlwollend zu. »Wie kommt es –« hier nahm Julius Gold eine elegante Haltung ein und legte den Kopf zurück, augenscheinlich aus keinem besseren Grunde, als waagerecht über seine Knubbelnase wegschauen zu können – »wie kommt es, daß die in Coney Island wohnten, wenn sie reich waren?«

»Die waren nicht reich.«
»Sein Vater war besser als ich? Was hat er gemacht?«
»Eier hat er durchleuchtet. Im Eiergeschäft war er.«
»Und ich habe Fabriken besessen«, behauptete Golds Vater. »Im Krieg habe ich MG-Kanzeln für Bendix gefertigt. Rüstungsfabrikant war ich.« Er redete langsamer und nickte dazu. »Einmal bekam ich für meine Leistungen eine kleine Belobigung, denn ich hatte nur ein kleines Unternehmen. Eine Mantelfabrik hatte ich, und im Grundstückshandel war ich tätig. Ich hatte ein Lederwarengeschäft und habe mich mit einem Vermögen zur Ruhe gesetzt. Frag Sid. Vor vielen Jahren war ich im Pelz- und Gewürzhandel, im Schiffbau. Import und Export.« Sein Blick schweifte in die Ferne, und es schien, als rede er kindisches Zeug. »Mir gehörte ein schöner Wohnblock in einer miesen Gegend, und die Banken nahmen ihn mir weg. Schneiderläden haben mir gehört, immer derselbe, aber das Geschäft ging nicht gut, deshalb habe ich es immer wieder verkauft. Auf der Mermaid Avenue hatte ich eine große Lebensmittelhandlung, bevor sie pleite machte. Mit meinem Supermarkt war ich meiner Zeit voraus. Auch einen Laden für Sanitärbedarf hatte ich mal, mit Kunden, die operiert worden waren, und ich wußte, wie man mit den Leuten redet, das könnt ihr mir glauben, ich wußte, was man sagt, wenn man verkaufen will. Zum einen sagte ich: ›Einen schönen Arm hätte ich für Sie‹, und zum nächsten: ›Wer hat Ihnen das Auge angedreht?‹ Ich war von allen der Beste, aber leben konnte ich nicht davon, also ging ich in die Hochfinanz. Während der Depression, als keiner Aktien kaufen wollte, habe ich an der Wallstreet gegen Kommission mit Wertpapieren gehandelt. Im Baugewerbe war ich, als keiner ans Bauen dachte, und technischer Zeichner war ich schon, als es das noch nicht gab. Viele wissen auch heute nicht, was ein technischer Zeichner ist.« Er ließ den Blick anklagend auf Gold ruhen. »Und da ist ein Eierdurchleuchter was Besseres als ich?«
»Hab ich das etwa gesagt?«
»Wie kommt es dann, daß er dich für sich arbeiten läßt und du nicht ihn für dich?«
Endlich begriff Gold. »Er läßt mich nicht für sich arbeiten. Ich bin freier Schriftsteller, und er ist Redakteur.«

Sein Vater machte eine bedrohlich erfreute Miene. »Hast du das hier geschrieben, oder hat er?«
»Ich.«
»Hat er dir gezahlt oder du ihm?«
»Er mir.«
»In meinen Ohren klingt das wie bezahlte Arbeit«, sagte sein Vater mit souveräner Verachtung. »Möchtest du er sein oder lieber du?«
»Lieber ich.«
»Möchte er lieber du sein oder er?«
»Er möchte sicher lieber ich sein.«
»Sid?«
»Da könnte er recht haben, Pop.«
»Ach, was du schon weißt«, sagte der alte Mann und schüttelte angewidert das Haupt gegen Sid. »Du bist genauso blöde wie er. Jahrelang sitzt du mit deinen Wäschereimaschinen rum. Wie American Telephone and Telegraph, immer noch mit den alten Telephonen. Nie hast du einen Plan gehabt. Dabei hab ich dir hundertmal gesagt, einen Plan muß man haben.« Sein Vater fand eine Zigarre. »Für dich kann er recht haben, für mich –« sein Vater riß das Streichholz an, »zählt bloß das Geld. Wer zahlt, schafft an. Er zahlt, du mußt für ihn arbeiten, er ist besser als du. Sein Vater war schon Eierdurchleuchter, als ich bloß MG-Kanzeln für Bendix gebaut habe, so ist das. Fertig.«
»Jetzt hör auf, Papa, ich bin, verdammt noch mal, achtundvierzig Jahre alt.« Gold wollte endlich zurückschlagen.
»Fluche gefälligst nicht, ich erlaube an meinem Tisch nicht, daß geflucht wird.«
»Der Tisch gehört mir, und ich fluche, wann es mir paßt. Ich bin Professor am College und schreibe Bücher. Ich bin Doktor der Philosophie. Ich trete im Fernsehen auf. Man bezahlt mich dafür, daß ich Vorträge halte. Aber du, du redest mit mir, als wäre ich ein Kind oder ein Trottel. Ihr alle tut das. Aber in Washington gibt es Leute, die wollen mich dringend haben.«
»Als was denn, bitte?« lachte sein Vater höhnend.
»Als Tourist«, witzelte Max, und Gold spürte, wie der Kampfgeist ihn verließ. Ah, Max, wehklagte Gold stumm, nicht auch noch du.
»Damit er das Denkmal von Washington betrachtet«, kicherte

Milt, und das war die lauteste Äußerung, die man bislang von ihm vernommen hatte. Offenbar begann er, sich in seiner Rolle als Verehrer Esthers heimisch zu fühlen.
Gold war den Tränen nahe. Bald schon, so grübelte er verzweifelt, werde ich darüber entscheiden, ob Bomben fallen oder nicht, aber hier bin ich hilflos. »Also gut«, kapitulierte er schmählich vor seinem Vater, der dazu bloß nickte, »du hast recht, und ich habe unrecht. Reden wir weiter vom Wasser.«
»Frag Sid«, sagte sein Vater, »wenn er sich auf was versteht, dann auf Wasser.«
Esther sprang bereitwillig ein. »Wenn ich im Winter aus dem Fenster sehe«, sagte sie, »sehe ich manchmal Eis stromauf treiben. Wie kommt das?«
»Das kommt«, sagte Sid, »weil das Eis leichter ist als Wasser und deshalb nach oben drängt.«
Einen Augenblick lang war Gold sprachlos. Das Blut schoß ihm ins Gesicht, und er verlangte mit kalter Wut zu wissen: »Glaubst du wirklich, das Eis treibt deshalb aufwärts?«
»Etwa nicht?« fragte Sid.
»Glaubst du wirklich, daß aufwärts oben ist?« platzte Gold heraus und deutete wütend nach Norden.
»Aufwärts ist also nicht oben?« fragte jemand.
»Klar ist aufwärts oben«, sagte jemand anderer.
»Was sonst, ist es etwa unten?« fragte wieder ein anderer.
»Norden meine ich«, berichtigte Gold sich schreiend.
»Glaubst du wirklich, etwas liegt höher, weil es nördlicher liegt?«
Sid schaute gelassen lächelnd zu und ließ andere seine Sache verfechten.
»Deshalb fährt man doch im Sommer dahin.«
»Kühler ist es.«
»Auf der Karte liegt Norden immer oben«, klärte Ida ihn auf.
»Ich rede aber nicht von einer Karte.«
»Deshalb fließt Wasser immer zur Mitte der Karte«, sagte sein Vater mit einer Gold herabsetzenden Arroganz. »Da ist es breiter. Da gibt es Platz.«
»Und wenn ihr die Karte von der Wand nehmt«, höhnte Gold, »fließt das Wasser runter!«

»Aber nein, du Dummchen«, sagte seine Schwägerin. »Auf einer Karte gibt es doch kein richtiges Wasser.«
»Eine Karte ist doch bloß ein Bild.«
»Ich weiß, sie ist bloß eine Abbildung«, heulte Gold entsetzt, »ich habe es ironisch gemeint. Ich habe eine Frage gestellt, keine Behauptung ausgesprochen.«
»Aber wenn du die Welt umdrehst«, ließ Sid mit tückischer Miene in die auf Golds Ausbruch folgende verschüchterte Stille fallen, »was meinst du wohl, was dann passiert?«
»Nichts«, heulte Gold.
»Nichts?« fragte Sid.
»Dann wäre der Nordpol der Südpol«, sagte Muriel.
»Und der große Bär würde Kopf stehen.«
»Man würde nach Süden fahren, wenn es einem zu warm wird.«
»Die Niagarafälle würden aufwärts fallen.«
»Und das nennt er nichts.«
»Nichts würde passieren!« hörte Gold sich kreischen. »Bergauf wäre immer noch bergauf. Bei Planeten gibt es kein oben und unten, verflucht noch mal. Ich gehe jetzt und komme nie wieder! Was ist? Was ist? Was ist? Was ist?« schrie er mit schriller, inbrünstiger Ungeduld die unbekannte Person an, die seine Schulter berührte.
»Für dich«, sagte Dina.
»Was ist für mich?«
»Der Anruf!« Dina verdrehte die Augen mit Märtyrerinnenmiene. »Wieder der Mann aus dem Weißen Haus. Du darfst in mein Zimmer gehen.«
Gold verlor allen Lebenswillen. Er war von der irrigen Vorstellung besessen, Ralph und die Staatsoberhäupter in allen Hauptstädten der Welt wären Zeugen des soeben beendeten schandbaren Auftritts geworden. Fernsehkameras hatten alles aufgezeichnet. Woodward und Bernstein würden ein Buch über ihn schreiben. Er war ruiniert.
Dina half ihm auf die Füße. Ida stützte ihn. Als er durch die Küche in Dinas Zimmer wankte, flehte er um Gnade.
»Ralph?«
»Moment, Schatz«, sagte eine Frauenstimme, üppig und warm wie fließender Honig.

»Bruce?«
»Ralph?«
»Der Präsident der Vereinigten Staaten hat jetzt definitiv entschieden, daß er dich als Mitarbeiter haben will«, sagte Ralph. »Morgen früh um sieben Uhr dreißig empfängt er dich im Weißen Haus. Dann bietet sich dir die Gelegenheit zu näherer Bekanntschaft.«
»Ich kann morgen früh nicht im Weißen Haus sein«, krächzte Gold, »um zehn habe ich eine Vorlesung.«
»Die erreichst du noch rechtzeitig. Es sind nur anderthalb Minuten für diese Unterredung angesetzt. Wenn du sofort zum Flugplatz fährst, bekommst du noch das letzte Flugzeug.«
»Das geht nicht, meine Schwester feiert ihren Geburtstag bei uns.«
»Der Präsident hätte dir seine eigene Maschine geschickt, aber die benutzt seine Frau gerade zum Einkaufen. Du müßtest ein Privatflugzeug chartern.«
»Ich weiß nicht, wie man das macht, Ralph. Würde der Präsident sehr ärgerlich sein, wenn ich morgen nicht komme?«
»Ärgerlich nicht, Bruce. Nur sehr enttäuscht, obschon er es gar nicht erfahren wird, denn ich schiebe dann jemand anderen in diese anderthalb Minuten, und er wird den Unterschied nicht merken.«
»Mittwoch ginge es«, bettelte Gold.
»Dann ist er in China.«
»Mach endlich Schluß!« zischte Golds Tochter von der Tür her wie die tödlichste aller Vipern, »ich erwarte einen Anruf!«
»Scher dich raus, du Flittchen, oder ich bringe dich um!« erwiderte er im gleichen Ton und bedeckte die Sprechmuschel mit der Hand.
Dina hüpfte fröhlich davon. »Er soll nach Washington kommen!« verkündete sie laut.
»Komm trotzdem«, meinte Ralph. »Wir können dann miteinander reden. Andrea wird dich vermutlich zum Abendessen mit Beschlag belegen. Geh in ein erstklassiges Hotel, für den Fall, daß man dich erkennen sollte. Es sei denn, du hast in Washington Freunde, bei denen du wohnen kannst.«
Gold wartete volle fünf Sekunden mit angehaltenem Atem, bevor

er sagte, er wolle ins Hotel gehen. Benommen kehrte er ins Eßzimmer zurück.

»War es wirklich der Präsident?« fragte Rose flüsternd.

»Und er soll gleich kommen, sofort«, sagte Esther zu Harriet, die dasaß wie bestraft.

»Einer seiner Berater«, sagte Gold.

»Der Präsident hat haufenweise Berater«, bemerkte Harriet grob.

»Dies ist jedenfalls sein bester«, bekam sie von Ida zu hören.

»Ich kann es gar nicht erwarten, Bruce in Washington zu besuchen«, sagte Muriel und verlor Asche von der in ihrem Mundwinkel hängenden Zigarette. Gold empfand mehr als bloßes Entsetzen.

»Wir könnten ihn alle zusammen besuchen und die Kinder mitbringen.«

»Das wäre mal nett, nicht wahr, Max?«

»Er kann mir vielleicht eine Gehaltsaufbesserung verschaffen.«

»Bruce«, ließ Ida sich tadelnd vernehmen, »falls du wirklich nach Washington gehst, muß ich dir vorher was sagen: Esther, Rose, Max, Irv, Muriel, Victor und ich, wir finden alle, du bist zu mager.«

»Dürr war er immer schon«, sagte sein Vater abschätzig. »Ich hab ihm gesagt, zu dünn, aber er hört ja nicht. Wenn er Schlafanzüge trägt, sieht man bloß einen Streifen.«

»Sid hat ihn doch immer mit was aufgezogen – was war es bloß noch?« fragte Emma Bovary.

»Geh doch in die Fechtmannschaft, du bist so dürr, dich treffen sie nicht«, sagte Echo.

»Weißt du noch, als er heulend nach Hause kam, weil er in der Schule nicht mitsingen durfte?« fragte Natascha Karilowa.

»Und wie ulkig er mit der Brille aussah«, fiel Aurora ebenso neckisch ein. Gold erwachte aus seiner Benommenheit und begriff, daß er Muriel, Ida, Rose und Esther, seine Schwestern, Emma Bovary, Echo, Natascha Karilowa und Aurora genannt hatte. Es waren eben einfach zu viele. Er packte die Gabel wie einen Dolch und hieb sie brutal in das letzte Stück Roastbeef, während Belle und einige der anderen Damen mit dem Abräumen des Tisches begannen.

»Wann fährst du?« fragte sein Vater.

»Mittwoch«, knurrte Gold und kaute verbissen.
»Für wie lange?«
»Am Freitag hat er Vorlesung«, sagte Belle.
»Nimmst du Belle mit?«
»Nein«, sagte Belle entschieden. »Mittwoch habe ich in der Schule zu tun.«
»Noch ist es nicht soweit«, sagte Gold.
»Was für eine Stellung bekommst du?«
»Ich kann es dir wirklich noch nicht sagen. Und recht wäre sie dir ohnehin nicht.«
»Selbstverständlich nicht.«
»Reden wir also von was anderem.«
»Gern«, sagte Sid. »Von Geiern zum Beispiel.«
Golds Gesicht erstarrte. »Warum das?«
»Die sind wie die Lilien auf dem Felde.«
»Sid, du Lumpenhund –«
»Entschuldige dich!« kreischte sein Vater und richtete sich kerzengerade auf. »Entschuldige dich sofort dafür, du Lumpenhund, daß du so ein gemeines Schimpfwort benutzt hast!«
Gold wanderte in die Küche ab.
Hier fand er Rose bereits wieder in Tränen aufgelöst. »Ich kann es nicht ändern«, erklärte sie Ida, »aber es ist das erste Mal, daß für mich eine Feier ausgerichtet wird.«
»Was soll denn das heißen?« sagte Ida. »Weihnachten und Geburtstage sind doch immer gefeiert worden.«
»Sogar mein Geburtstag«, erinnerte sich Gold.
»Aber ich habe immer alles vorbereitet«, schluchzte Rose ganz von Freude überkommen und brach erneut in Tränen aus.
Esther nickte. »Poppa hatte immer was anderes zu tun, Mama hat gearbeitet und war oft krank. Also blieb alles an Rose hängen. Sie hat immer alle Parties arrangiert.«
»Esther hat mir geholfen«, schnuffelte Rose. »Aber speziell für mich hat es niemals eine Party gegeben.«
»Ich finde, es war allerhöchste Zeit«, sagte Belle und reichte Rose eine Tasse Kaffee. »Glück und Segen zum Sechzigsten, Rose.«
Gold hatte einen Kloß im Hals. »Rose«, sagte er, räusperte sich und nahm ihr den Kaffee weg. »Ich gebe mir Mühe, mich zu erinnern.

Besinnst du dich noch darauf, wie Sid mich verloren hat und du mich von der Polizei abholen mußtest?«

»Das war nicht ich, das war Esther. Ich verkaufte damals Malzmilch und Süßigkeiten auf der Strandpromenade. Esther hat dich abgeholt.«

»Und was war das für ein Aufstand zu Hause, Junge, Junge«, sagte Sid und nahm beim Hereinkommen ein Stück Gebäck vom Tisch. »Ich habe gesagt, du seiest mir weggelaufen.«

Gold verschlug es die Sprache. »Wie konntest du nur!«

»Na hör mal, ich war der Älteste, und so großen Spaß hat es schließlich nicht gemacht, auf euch alle aufzupassen. Damals war ich hinter den Mädchen her, du weißt ja.« Er blickte sich rasch um, doch Harriet war nicht zu sehen.

Ida begriff. »Ich habe Muriel und Bruce auch nicht gern in die Schule gebracht.«

»Und mir war es zuwider, auf Bruce aufzupassen«, sagte Muriel. Und Gold hatte keine Lust gehabt, auf Joannie aufzupassen.

»Weißt du auch, wie man Roses Geburtstag in ihrem Büro gefeiert hat?« fragte Max mürrisch. »Überhaupt nicht.«

»Das ist mir egal.« Rose tat seine Klage mit einem gutmütigen Achselzucken ab. »Die wußten ja nichts davon. Übrigens bin ich froh, daß ich da noch arbeiten darf in meinem Alter.«

»Deshalb habe ich ja auch Angst, mich nach einer Stelle umzusehen«, sagte Esther, und wieder zuckte ihr Unterkiefer, was dem blütenreinen Kinn den Anschein gab, als sei es zerbrechlich.

Rose nahm kleine Schlucke Kaffee. »Wißt ihr noch, wie schlimm die Zeiten waren, als wir anfingen? Und trotzdem hatten wir eine Menge Spaß. Zwei Jahre hat es gedauert, bevor ich eine feste Anstellung fand.«

»Ich kriegte nach der Schule schon schneller was«, sagte Esther.

»Du warst so hübsch«, sagte Rose. Esthers Augen verschwammen.

»Ich dagegen war immer groß wie ein Pferd. Junge, Junge, damals war es wirklich schlimm. Es gab kaum Arbeit, und für Juden schon gar nicht. In den Stellenanzeigen stand oft, Juden sollten sich nicht bewerben.«

»Ich gehörte zu den ersten Juden im Postamt«, prahlte Max mißmutig.

»Und Victors älterer Bruder war einer der ersten jüdischen Polizisten«, sagte Muriel. »Alle übrigen waren Antisemiten. Deshalb hat er da aufgehört und ist ins Fleischgeschäft eingestiegen.«

Rose sagte: »Ich und meine drei Freundinnen, Gertie, Beatie und Edna, wir vier gingen jeden Morgen in die Stadt auf Stellungsuche. Achtzehn waren wir erst. Man mußte zu den privaten Arbeitsvermittlungen gehen, denn bloß durch die bekam man Arbeit, und sie behielten ihre Prozente vom Lohn ein. Für Juden waren die Zeiten weiß Gott schwer, erst die Depression, dann der Hitler, und hier lauter Antisemiten. Eine große Agentur, ich weiß nicht mehr, wie sie hieß, ließ uns wenigstens in ihrem Warteraum sitzen. Aber von Zeit zu Zeit hieß es, alle Jüdinnen können nach Hause gehen, es gibt für sie keine Arbeit. Dabei suchten wir bloß Halbtagsarbeit oder was zur Aushilfe. Ich habe dann später, wenn ich das Formular auf einer Agentur ausfüllen mußte, immer Protestantin hingeschrieben. Was das ist, wußte ich nicht, bloß, daß es was Gutes ist. Man hat gemerkt, daß ich Jüdin bin, so wie ich aussehe, aber es war ihnen dann schon gleich. Wenigstens konnten sie mich losschicken. Einmal bekam ich für drei Wochen Aushilfsarbeit. Schöne Arbeit! Gleich haben sie mir im Kaufhaus ins Gesicht gesagt, daß ich Jüdin bin, aber die Arbeit habe ich bekommen. Vielleicht weil keiner sie haben wollte. Ganz draußen in Newark war das, in New Jersey, fünf Dollar hab ich am Tag verdient. Zehn Cent kostete die Hin- und Rückfahrt mit der Straßenbahn, und fünfundzwanzig Cent brauchte ich fürs Mittagessen. Wenn ich die U-Bahn unterm Hudson nahm, kostete es jeweils noch mal zehn Cent. Jeden Tag hab ich Mama meinen Lohn abgeliefert, sie hat aber fast nie alles genommen. Etwas hat sie davon immer in meine Schublade gelegt und für mich gespart.« Gold überlegte, daß Rose schon zehn Jahre älter war als seine Mutter bei ihrem Tode. »Und Sid arbeitete bei der Wäscherei Brighton mit all den Pferden, vor denen er Angst hatte. Weißt du noch, Sid?«

»Aber ja, ›Hüte dich vor den Rössern‹, sagte Mama jedesmal wenn ich aus dem Hause ging.«

»Den ganzen Tag sorgte sie sich«, erinnerte sich Rose. »›Wie kommt ein Jude zu einem Pferd?‹ sagte sie oft und schüttelte dabei so kläglich den Kopf. Auch um mich machte sie sich Sorgen, bis ich end-

lich abends zu Hause war. Zwei Stunden brauchte ich von Coney Island bis Newark, und dort mußte ich im Schaufenster stehen und Putzmittel demonstrieren, einen Mop und eine Bürste und solch Wachs. Das war für mich eine schlimme Zeit, denn die Leute blieben stehen und sahen mir zu. Ich mochte es nicht, wenn man mich ansah, aber dafür wurde ich nun bezahlt. Dann fiel mir ein, daß wir in Newark Verwandte haben, meist sind es welche von Mama, und ich schämte mich schon vorher, falls einer vorbeikommen und mich sehen würde. Den ganzen Tag saß mir das Herz in der Kehle. Aber damals waren fünf Dollar am Tag eine Menge Geld und reichten dann für viele Tage, wo ich wieder arbeitslos war und von neuem was suchen mußte. Den Mop konnte ich mit dem Rücken zum Fenster gebrauchen, aber wenn ich die Bürste benutzte, mußte ich mit dem Gesicht zur Straße stehen. Ich weiß heute noch nicht, ob jemand von den Verwandten mich gesehen hat, nur daß ich gräßliche Angst hatte. Ich weiß auch noch, was wir vier zu Mittag aßen, wenn wir in die Stadt auf Arbeitssuche gingen. In der 42. Straße gab es eine große Cafeteria, Pershing glaube ich, hieß sie. Und da haben wir dann immer eine Portion Cornedbeef Haschee bestellt und vier Tassen Kaffee.«
»Hat es so gut geschmeckt wie meins?« fragte Muriel.
Rose warf den Kopf zurück und streckte die Arme zum Himmel. »Grauenhaft schmeckte es. Cornedbeef Haschee war uns zuwider. Nicht deins, aber das war das einzige Gericht, das man leicht in vier Teile teilen konnte, es war billig und machte satt. Dann legten wir für eine Schachtel Zigaretten zusammen, jede nahm fünf Stück. Nachmittags gingen wir je zwei und zwei entweder Schlangestehen vor den Kaufhäusern oder zurück in die Agentur. Es gab auch Stellen im öffentlichen Dienst, aber wir dachten, dafür sind wir nicht schlau genug, oder die haben keine Stellungen, wie wir welche suchen. Tippse oder Verkäuferin, mehr Möglichkeiten sahen wir nicht. Und wir wollten unbedingt zu Hause wohnen. Damals zog man nicht einfach aus.« Gold dachte an die beiden Kinder von Rose, doch Rose, ganz fortgerissen von ihrer eigenen Rede, sah da keine Parallele. »Wir suchten also und suchten, und bevor ich in die Anwaltskanzlei kam, wurde ich Verkäuferin in der 14. Straße bei Hearn. Hinterm Ladentisch habe ich gestanden, und da stünde ich

heute noch, wenn der Etagenchef nicht immer die Verkäuferinnen in den Po gekniffen hätte. Ich war darüber furchtbar wütend und die anderen Mädchen auch. Eines Tages sind wir alle wie verabredet an derselben Stelle zusammengelaufen, und als er kontrollieren kam, habe ich ihn mit einer Nadel gestochen. Er hat nicht rausbekommen, wer ihn gestochen hat, aber ich dachte immer, er weiß es, und fürchtete mich so sehr, daß ich nicht bleiben konnte, und als Mama sagte, gut, hör auf, habe ich was anderes gesucht. Wir sind jeden Tag meilenweit durch die Stadt gelaufen, um Fahrgeld zu sparen, doch waren wir lustig und haben viel Spaß gehabt, trotz dem Cornedbeef Haschee, und da habe ich mir geschworen, wenn du eines Tages anständige Arbeit findest, gibst du die freiwillig nie auf, deshalb bin ich heute noch bei der Firma, wo ich als Stenotypistin damals angefangen habe. Ich wollte nie wieder auf Stellungsuche gehen.«
»Zweiundvierzig Jahre«, brummelte Max, aber mit gedämpftem Stolz im Ton. »Und die Anfängerinnen kriegen heute fast ebensoviel bezahlt wie Rose.«
»Das ist mir einerlei«, sagte Rose gutherzig. »Als ich die Kinder hatte, bekam ich Urlaub, und wenn nötig, durfte ich halbtags arbeiten. Ich fürchte immer noch, daß sie mich eines Tages rauswerfen und daß ich mir was Neues suchen muß.«
»Jetzt?« spottete Max, »jetzt hättest du das nicht mehr nötig.«
»Ich hoffe, ich darf bleiben, bis du auch pensioniert bist. Dann können wir uns vielleicht in Florida eine Eigentumswohnung kaufen, in der Nähe von Pop und Gussie.«
»Dürfen angeheiratete Verwandte hier auch rein?« fragte Irv und drängte sich in die Küche. »Ich hätte gern Kaffee.«
Belle scheuchte alle hinaus. Als Dina, zwischen Belle und Esther gehend, die Geburtstagstorte hereintrug, war Gold zum Heulen zumute, und er fürchtete, er müsse weglaufen. Zum Glück waren die Lampen aus, damit die flackernden Kerzen gut zur Wirkung kamen. Eine Extrakerze sollte Glück bringen.
Als sich dann alle zum Gehen anschickten und Rose sich von ihrem Vater verabschiedete, sagte dieser: »Meine Rose, die war immer die Beste. Nie hat sie mir Kummer gemacht.«
»Das sieht ihm wirklich ähnlich«, murrte Gold leise, »die ganze Menschheit beurteilt er danach, ob ihm wer Kummer macht.«

Rose war auch diejenige, die am schlechtesten weggekommen war. Sogar Esther hatte besser abgeschnitten: der kleine Mandy war zwar streitsüchtig gewesen und starrsinnig, doch er hing an Esther und hinterließ bei seinem Tode vor zwei Jahren einiges Geld. Ihre beiden Kinder, von denen eines in Boston wohnte und das andere in Philadelphia, waren nicht damit einverstanden, daß Esther für sich allein in der Nähe von Rose lebte, statt bei einem von ihnen.
Max und Rose konnten die Geschenke allein nicht bewältigen, und Victor half ihnen, sie einzupacken, während Gold immer neue Tragetaschen anschleppte. Zu Muriels Geschenk, einer im Preis herabgesetzten Alligatorhandtasche, legte Victor noch ein Dutzend Steaks und eine marinierte Zunge. Das Hauptgeschenk war eine Kreuzfahrt durch die Karibische See samt reichlich Taschengeld. Sid bestritt den Löwenanteil, doch hatten alle etwas dazugegeben, und Sid konnte sich vor Harriet damit rechtfertigen, daß die ganze Verwandtschaft zusammengelegt habe. In der Karibischen See war es warm. Eine Reise nach Europa hätte Rose an ihren Sohn erinnert, und ein Aufenthalt in Kalifornien an ihre Tochter. Weder Rose noch Max waren je im Ausland gewesen, auch nie geflogen.
Irv sagte zu Gold: »Wie ihr euch gegenseitig was vormacht, kann einen schon amüsieren.«
Gold war entsetzt. Lieber Himmel, so also konnte man das auch sehen.
»Totlachen kann man sich über euch«, stimmte Milt zu.
Sie gingen erst, nachdem alle Damen – ausgenommen Muriel und Golds Stiefmutter – gemeinsam Eßzimmer und Küche aufgeräumt, die letzte Pfanne gewaschen und der Geschirrspülmaschine die letzte Ladung Teller einverleibt hatten. Als dann vor dem endgültigen Abschied betretenes Schweigen eintrat, fand Gold Gelegenheit, die schlimmsten Befürchtungen der Seinen zu beschwichtigen und sie in denkbar aufgeräumter Stimmung ziehen zu lassen.
»Bruce«, Esther faßte sich endlich an der Tür ein Herz, während die anderen trübselig umherstanden, »falls du wirklich nach Washington gehst, wirst du uns doch dort keine Schande machen?«
Gold fürchtete sich fast zu fragen: »Schande? Wodurch?«
Esther verließ an dieser Stelle der Mut, und andere sprangen für sie ein.

»Du wirst doch nicht republikanisch wählen?«
»Nie«, antwortete er.
»Auch keinen republikanischen Kandidaten unterstützen?«
»Selbstverständlich nicht.«
»Auch nicht, wenn er ein Jude ist?«
»Dann schon gar nicht.«
»Gott sei Dank«, sagte seine Stiefmutter.
Dina, die mit untergeschlagenen Beinen bei Belle auf dem Bett saß, sagte: »Tante Rose habe ich nie so glücklich gesehen. Hast du sie je so viel lachen gehört?«
»Ich bin froh, daß ich die Geburtstagsfeier für sie ausgerichtet habe«, sagte Belle.
Gold war ebenfalls froh darüber. Belle war eine gute Frau, und Gold meinte, er werde sie sehr vermissen, falls er mal eine brauchte.

In Ralph Newsomes Büro in Washington glänzte alles, ausgenommen sein Hosenboden. Gold wurde am Fahrstuhl von einer hübschen jungen Dame in Empfang genommen. Sie reichte ihn an eine bildschöne Frau von etwa dreißig Jahren weiter, die glattes schwarzes Haar hatte und deren Kleid auf geradezu behexende Weise an ihrer unglaublich geschmeidigen Figur haftete. Sie geleitete ihn in Ralphs Vorzimmer, wo ihn Ralphs Sekretärin erwartete, eine sonnige, kokette Person von atemberaubend sinnlicher Wärme, die ihn durch ihre verführerische Herzlichkeit und einen zärtlichen Händedruck sogleich für sich einnahm. Alles und jedes strahlte einen so intensiven Glanz aus, daß elektrisches Licht in dieser Umgebung gewiß überflüssig war.

Ralph war kaum gealtert, er war immer noch schlank und groß, bewegte sich lässig, hatte Sommersprossen und trug das rotbraune Haar seitlich gescheitelt. Am deutlichsten war Gold in Erinnerung, daß Ralph nie so ausgesehen hatte, als müsse er zum Friseur oder komme gerade von dort. Sein Hemd war tailliert und wies ein Monogramm auf, die Hosen wirkten frisch gebügelt. Irgendwie war er immer noch der einzige Absolvent von Princeton, der Gold – oder Golds Bekannten – je begegnet war.

»Ich hoffe, du hast gestern einen netten Abend verlebt«, begann Ralph arglos. »Die Stadt birst schier vor gut aussehenden Frauen, die so ziemlich zu allem bereit sind, wenn sie sich gut amüsieren.«

Gold erwiderte knapp: »Ich war müde, als ich ankam, und wollte mich nur ausruhen.«

Dies war gelogen. Gold hatte den Abend damit verbracht, rastlos und verzweifelt von einem Aufenthaltsraum seines Hotels zum anderen zu wandern, in der Hoffnung, irgendwer möchte ihn erkennen und ihn anderswo hinführen, zu jungen Frauen, die so liebrei-

zend waren wie eine jener drei, die ihn eben willkommen geheißen hatten.
»Ich freue mich aufrichtig, dich zu sehen, Bruce«, sagte Ralph, »es ist ganz wie früher, findest du nicht?«
Gold schwieg. Es war ganz und gar nicht wie früher. »Der Präsident wird mit Vergnügen hören, daß du mich heute besuchst, falls er je davon hört. Du sträubst ihm jedenfalls das Hirn, soviel ist gewiß. Unter der Glasplatte auf seinem Schreibtisch im ovalen Arbeitszimmer hat er deine Besprechung von ›Mein Jahr im Weißen Haus‹ liegen und kann den lieben langen Tag darin lesen, während wichtige Konferenzen über Landwirtschaft, Wohnungsbau, Finanzen, Hungersnöte, Gesundheit, Bildung und Wohlfahrt und andere Themen stattfinden, für die er sich nicht interessiert.« Ralph sprach in vollem Ernst. »Ich habe gehört, daß er neben einem gerahmten Zitat von Plinius an der Wand im Frühstückszimmer eine Vergrößerung deiner Maxime ›Nichts gelingt wie geplant‹ aufgehängt hat. Das mahnt ihn täglich, sich nicht zuviel vorzunehmen.«
Gold gab eine behutsame Antwort. »Das freut mich.« Dann zögerte er. »An dem Buch ist immer noch so manches, was ich nicht verstehe.«
»Gerade das findet er ja an deiner Rezension so ausgezeichnet. Er fürchtete schon, du könntest ihn durchschaut haben.«
»Durchschaut?« Gold rutschte unbehaglich auf seinem Stuhl hin und her.
»Nun ja. Wir wußten doch alle, daß er nun wirklich über sein erstes Jahr im Weißen Haus nicht viel schreiben konnte, zumal er ja dauernd mit Schreiben beschäftigt war. Vermutlich möchte er dich hier haben, sobald du alles Nötige arrangiert hast, obschon er vermutlich nicht will, daß du schon Vorbereitungen triffst. Soviel steht fest.«
»Und als was, bitte?« fragte Gold.
»Das liegt ganz bei dir, Bruce. Du kannst dir unter den unbesetzten Posten, die wir dir zur Verfügung stellen, wählen, welchen du willst. Im Augenblick ist nichts frei.«
»Ralph, du bietest mir nichts Handfestes an. Was kann ich realistischerweise erwarten?«
»Das Äußerste. Du kannst sogar ganz oben anfangen, an der Spitze.

Es kommt vor, daß ganz oben etwas frei ist, weiter unten aber nichts. Ich glaube fast, Sprecher und enger Mitarbeiter können wir überspringen und dich höher einstufen, es sei denn, das ist unmöglich. Du bist zu berühmt, als daß wir dich als anonyme Quelle verwenden könnten, wenn auch nicht sehr viele Leute wissen, wer du bist. Hast du schon was Neues angefangen?«

»Ich arbeite an einem Buch für Pomoroy und Lieberman und plane einen kurzen Artikel über Erziehung und Bildung.«

»Wie ich dich beneide«, murmelte Ralph. Gold beäugte ihn mit Abneigung. »Wovon handelt das Buch?«

Diese Frage benahm Gold den Atem. »Es handelt von Menschen in Amerika. Von Juden.«

»Die Stimmung ist günstig für so was. Du solltest dich mit dem Buch beeilen, solange es Zeit ist.«

»Zeit wofür?«

»Zeit, das Wagnis einzugehen. Der Artikel über Bildung könnte hilfreich sein. Wir stellen eine Regierungskommission zu Fragen des Bildungswesens zusammen, und der sollst du angehören.« Ralph drückte auf die Taste seiner Sprechanlage. »Dusty, Schätzchen, bringen Sie doch mal die Akte Gold, ja?«

»Gleich, Süßer.« Die bildschöne Frau brachte Ralph einen Hefter, der absolut nichts Geschriebenes enthielt. »Hier ist sie, Teuerster.«

»Danke Ihnen, Liebste.«

»Was für ein Prachtstück«, sagte Gold, als sie gegangen war. »Und Dusty ist ein aufregender Spitzname.«

»So heißt sie wirklich. Ihr Spitzname lautet Süße.«

»Du nennst sie aber nicht Süße.«

»Wir sind hier schließlich in einem Büro«, ermahnte ihn Ralph wohlwollend. »Nun also, sehen wir mal, was wir da haben.« Ralph schrieb auf das eingeheftete leere Blatt Sprecher, Informant und Enger Mitarbeiter. »Wir haben erwogen, dich als Gehilfen des Pressesprechers zu verwenden, doch die Burschen von der Presse würden gleich wissen wollen, was jemand wie du auf dem Posten eines Gehilfen des Pressesprechers zu suchen hat. Möchtest du Sekretär werden?«

»Das ist durchaus nicht, was mir vorschwebt«, sagte Gold steif.

»Maschineschreiben kann ich auch nicht.«

»Aber doch nicht diese Sorte Sekretär«, lachte Ralph. »Ich meine« – er suchte nach Worten – »Wie heißt das doch gleich? Ein Posten im Kabinett. Staatssekretär eben. Tippen und stenografieren brauchst du da nicht, dafür hättest du Mädchen wie Dusty und Rusty und Misty. Möchtest du dem Kabinett angehören?«

Gold war mehr als versöhnt. »Ist das wirklich möglich, Ralph?«

»Ich sehe nicht, warum nicht«, lautete Ralphs Antwort. »Allerdings müßtest du vielleicht als Unter anfangen.«

»Als Unter?«

»Wenn mir recht ist, rangiert ein Unter etwas oberhalb von Stellvertreter und Assistent, aber etwas unterhalb von einem Außerordentlichen. Es kann auch umgekehrt sein. Das scheint niemand mehr ganz genau zu wissen.«

»Ich könnte wirklich als Unterstaatssekretär anfangen?«

»In Washington steigt man rasch auf und kann nicht tief fallen, Bruce. Wie wäre es mit dem Ministerium für Arbeit?«

Gold, der festeren Boden unter den Füßen fühlte, zögerte bewußt, bevor er seine Abneigung zu erkennen gab. »Lieber nicht.«

»Das kann ich dir nicht verdenken. Wir wäre es mit dem Ministerium für Inneres?«

»Das klingt so nach Innereien.«

»Vielleicht lockt dich das Transportwesen?«

Gold schnitt eine Grimasse. »Das klingt auch wieder nach Arbeit.«

»Handel vielleicht?«

»Da muß ich an Straßenhändler denken.«

»Du hast ein vorzügliches Urteil. Wie gefiele es dir, Botschafter bei den Vereinten Nationen zu werden?«

»Da kann ich nur lachen.«

»Und wie wäre es mit dem Schatzamt?«

Gold spitzte die Ohren. »Was meinst denn du dazu?«

»Das hat schon eine gewisse Atmosphäre.«

»Was müßte ich dort tun?«

»Das könnte ich herausbringen. Harris Rosenblatt weiß genau Bescheid. Die Leute dort sind fast alle sehr reich und scheinen sich aus Geld was zu machen.«

»Ich mache mir ebenfalls was aus Geld.«
»Die verstehen aber was davon.«
Gold verzichtete mit Bedauern. »Dann würde ich mich da kaum wohlfühlen. Man hält mich für einen Pazifisten und radikalen Reformer.«
»Aber für einen konservativen radikalen Reformer, Bruce«, erinnerte ihn Ralph.
»Stimmt.«
»Stell dir vor, wie segensreich du im Verteidigungsministerium wirken könntest.«
Gold hatte eine Eingebung. »Vielleicht als Verteidigungsminister?«
»Sehr gut, Bruce, genau der Posten für einen Pazifisten.«
»Ich bin aber nur in Friedenszeiten Pazifist.«
»Wir wollen das mal festhalten.« Ralph setzte es auf seine Liste. »Dann käme noch Direktor vom FBI oder der CIA in Frage.«
»Müßte ich da eine Pistole tragen?«
Das glaubte Ralph nicht und notierte beide Möglichkeiten.
»Lauter gute Posten, Bruce. Jemand, der sich so auf Publizität versteht wie du, könnte deinen Namen fast ebenso häufig in die Zeitungen bringen wie den des Außenministers.«
»Wie wäre es überhaupt mit Außenminister?« fragte Gold.
»Ein guter Einfall.«
»Müßte ich da nicht spezielle Kenntnisse mitbringen?«
»Aber nicht die Spur.« Ralph schien verwundert darüber, daß Gold überhaupt eine derartige Frage stellte. »In Regierungsämtern zählt Erfahrung nichts, und Kenntnisse werden nicht vorausgesetzt. Falls man aus der Vergangenheit überhaupt etwas lernen kann, Bruce, dann, daß man seine Chance ergreifen muß, wenn sie sich bietet.«
Gold fragte bekümmert: »Und gereicht das der Welt zum Segen?«
»Nichts gereicht der Welt zum Segen, Bruce. Ich dachte, das wüßtest du. In deinem letzten Artikel hast du doch ausdrücklich darauf hingewiesen. Und jetzt muß ich mal ganz offen sein«, fuhr er etwas betreten fort. »Du brauchst wahrscheinlich eine passendere Frau.«
»Passender als Belle?« Gold war freudig erregt.

»Es tut mir aufrichtig leid«, sagte Ralph ernst. »Für das Landwirtschaftsministerium oder das Arbeitsministerium wäre Belle durchaus passend, nicht aber für das Außen- oder Verteidigungsministerium.«
»Belle und ich sind uns schon lange nicht mehr sehr nahe«, vertraute Gold ihm an.
»Nun, das höre ich mit Freuden. Versuch es einmal mit einer großen Frau, Bruce. Du selber bist eher klein, weißt du, und es könnte dir nützlich sein, eine große Frau zu haben.«
»Würde ich neben einer großen Frau nicht noch kleiner wirken?« fragte Gold.
»Nein«, sagte Ralph. »Sie würde neben dir größer aussehen. Das nun wiederum hebt deine Statur und läßt sie kleiner wirken. Andrea Conover wäre perfekt.«
»Ich bin mit ihr für den Abend verabredet. Ist sie groß genug?«
»Ah ja, durchaus. Und ihr Vater ist ein todkranker Berufsdiplomat mit Geld wie Heu und den besten Verbindungen. Mach ihr einen Antrag.«
»Heute abend?« zierte Gold sich lachend. »Ich habe sie seit sieben Jahren nicht gesehen.«
»Na und?« Ralph lachte aufmunternd zurück. »Scheiden lassen kannst du dich immer. Andrea ist eine äußerst tüchtige Mitarbeiterin des Rechnungshofes. Ihretwegen dürfen wir keine privaten Telefonate mehr führen. Weißt du, Bruce« – Gold stand auf, denn Ralph war aufgestanden – »recht betrachtet sind dies unsere goldenen Jahre, Jahre, in denen Männer wie wir allen Frauen zwischen sechzehn und fünfundsechzig gefallen. Ich hoffe, du bedienst dich nach Kräften. Viele haben eine Schwäche für Männer deiner Art.«
»Meiner Art?« Die Euphorie, die Gold durch seine Adern hatte rieseln fühlen, gerann.
»Ja«, sagte Ralph.
»Was meinst du mit: meine Art?«
»Die Art Mensch, die du bist, Bruce. Warum?«
»Meine Art im Gegensatz zu welchen Arten?«
»Zu der Art Mensch, die du nicht bist. Warum fragst du?«
»Na, lassen wir das.« Dann entschloß sich Gold aber doch zum

Sprung in die kalte, trübe Brühe. »Lieberman hält dich für einen Antisemiten.«

Ralph war total verblüfft. »Mich?« fragte er gekränkt und erstaunt. »Ich wäre aufs höchste betroffen, Bruce, wenn ich denken müßte, ich hätte je etwas getan oder gesagt, was diesen Eindruck bei dir erweckt.«

Ralph war ganz aufrichtig, und Gold war tief zerknirscht. »Hast du nicht, Ralph. Tut mir leid, daß ich es überhaupt erwähnt habe.«

»Ich danke dir, Bruce.« Ralph war versöhnt, sein hübsches Gesicht strahlte förmlich vor Gutwilligkeit, und er sagte schmunzelnd: »Hör mal, auf der Universität habe ich von dir abgeschrieben. Dir ist es praktisch zu verdanken, daß ich die Prüfungen bestanden habe. Was Lieberman betrifft, so halte ich ihn einfach nicht für einen besonders netten Menschen.«

»Das ist er auch nicht«, lachte Gold, »und ich kenne ihn seit meiner Kindheit.«

Die Atmosphäre war wieder ganz entspannt. Ralph nahm die Akte. »Ich lasse das jetzt von Dusty tippen. Wir haben heute ein gutes Stück Arbeit geleistet, findest du nicht?«

Gold war dessen weniger gewiß, doch hatte er seine Aussichten nie zuvor so zuversichtlich beurteilt. Er warf einen Blick aus dem Fenster auf das regierungsamtliche Washington und kam sich vor, als blicke er ins Paradies. Von der Tür her gesehen, wirkte die weite Bürolandschaft besänftigend, die einheitlichen Schreibtische dösten geruhsam im Schein indirekter, niemals flackernder Leuchtröhren, schulterhohe Wände aus Milchglas trennten die Arbeitsplätze, jenseits des Korridors lagen Büros, ebenso imposant wie das von Ralph, und überall regten sich gleichsam verträumt friedevoll schaffende Menschen, die in jeder Hinsicht einwandfrei waren. Die Damen ausnahmslos sonnig und chic – keine einzige hatte Übergewicht –, die Herren in Schlips und Jackett, jedes Hosenbein tadellos gebügelt. Falls im Kerngehäuse dieses Paradieses der Wurm saß, entging er doch dem wachsam zynischen Auge von Gold, der sonst allüberall nur Schutt und beginnenden Verfall sah. Gold konnte durch eine Grapefruit hindurchsehen und sagen, ob sie innen rosa sei.

Ralph, der seine Gedanken las, bemerkte: »Es wird dir hier gefallen, meinst du nicht?«

»Ist es hier immer so?«

»Gewiß doch«, versicherte Ralph. »Es ist hier immer so, wenn es so ist wie jetzt.«

Es gelang Gold, seinen Sarkasmus zu unterdrücken. »Und wie ist es, wenn es nicht so ist?«

»Nicht wie, Bruce?«

»Nicht so.«

»Dann ist es anders.«

»Wie anders, Ralph?«

»In unterschiedlicher Weise anders, Bruce, es sei denn, auf die gleiche Weise, und dann ist es wie jetzt.«

Gold konnte sich nicht verkneifen zu fragen: »Lachen die Leute nicht oder schmunzeln sie nicht wenigstens, wenn sie dich so reden hören, Ralph?«

»Wie, Bruce?«

»Mir kommt es so vor, als ob du alles, was du sagst, relativierst, wenn du nicht gar deinen eigenen Behauptungen selbst widersprichst.«

»Findest du?« Ralph bedachte Golds Worte gewissenhaft. »Mag sein, daß ich gelegentlich ein Oxymoron verwende. Das tun, glaube ich, alle. Übrigens habe ich bei einer Konferenz auf höchster Ebene auch schon mal eine Äußerung getan, die alle komisch fanden. ›Legen wir doch ein paar Vernichtungslager an‹, sagte ich, und da haben alle gelacht. Warum, weiß ich heute noch nicht. Ich meinte es ganz ernst.«

»Ich muß jetzt wohl gehen«, sagte Gold.

»Ja, das mußt du wohl. Ich würde für mein Leben gern mit dir zu Mittag essen, Bruce, darf aber nicht die Gelegenheit versäumen, endlich mal allein zu essen. Schade, daß du nicht übers Wochenende bleiben kannst, obschon ich nicht sehe, daß sich dadurch was ändern würde. Alma möchte dir rasend gern ihr Terrarium zeigen, aber Ellie würde sich furchtbar aufregen.«

»Alma?«

»Meine Frau.«

»Was ist denn aus Kelly geworden?«

»Du meinst gewiß Ellie.«

»Na?«

»Ein Jahr älter ist sie geworden, Bruce. Und von ihrem Kaiserschnitt ist ihr eine haarfeine Narbe geblieben. Ellie mag es nicht gern, daß Alma und ich schon als Ehepaar Einladungen geben, solange noch niemand weiß, daß wir geschieden sind.« Zu der jungen Blondine in seinem Vorzimmer sagte Ralph: »Dusty, sagen Sie Rusty und Misty bitte, daß ich Dr. Gold persönlich zum Aufzug bringe. Christy soll schon in mein Büro kommen. Sagen Sie ihr, ich sei geil.«

»Aber gern, Schatz. Adieu, Süßer.«

»Wer ist Christy?« fragte Gold.

»Die Hübsche. Ich glaube, du bist ihr nicht begegnet.«

»Und was soll dieser Dr. Gold-Scheiß?«

Ralph senkte die Stimme. »Das macht einen besseren Eindruck. Jeder weiß doch, daß Professoren nichts verdienen, Doktoren aber jede Menge. Hoppla, da geht ja eine. Hast du den bildschönen Arsch gesehen, Bruce? Grüß mir Andrea. Du findest sie vielleicht eine Spur prüde, aber in Wahrheit ist sie gut wie Gold. Es ist bestimmt nicht einfach, das einzige Kind von Pugh Biddle Conover zu sein, mit all seinem Geld und seinen vielen Pferden. Die reiten wirklich, mußt du wissen.« Ralph betonte letzteres so, als halte er Reiten für eine geschmacklose, ungesunde Tätigkeit. »Und grüß Belle von mir. Wie geht es den Kindern?«

»Gut. Eines ist noch zu Hause.«

»Schlimm«, sagte Ralph. »Laß dir einen guten Rat geben, Bruce, der direkt vom Obersten Gerichtshof kommt, nicht amtlich selbstverständlich. Das Urteil wurde mit sieben Stimmen bei einer Enthaltung gefällt. Ein Richter war nämlich schwer betäubt. Wirst du geschieden, verlange auf keinen Fall das Sorgerecht für die Kinder, auch nicht das sogenannte Besucherrecht. Überlaß die Initiative den anderen, sonst glaubt man am Ende noch, man tut dir einen Gefallen damit, daß man dir erlaubt, Zeit mit den Kindern zu verbringen. Daß du keinen Gefallen daran findest, wirst du nämlich bald genug entdecken.«

Man näherte sich den Aufzügen, und Gold konnte seine Neugier nicht mehr bezwingen. Seine Hände verkrampften sich nervös, als er fragte: »Was machst du hier eigentlich, Ralph?«

»Ich arbeite, Bruce. Weshalb fragst du?«

»Ich muß mich doch an was halten können, Ralph, das wirst du einsehen? Ich möchte noch das eine und andere wissen, bevor ich so große Veränderungen in meinem Leben vornehme.«
»Dem steht gewiß nichts im Wege.«
»Was für einen Posten hast du, Ralph?«
»Einen guten, Bruce.«
»Was machst du genau?«
»Was man mir aufträgt.«
»Kannst du deine Arbeit nicht präziser bezeichnen?«
»Ich gehöre zum inneren Kreis, Bruce.«
»Heißt das, du darfst darüber nicht sprechen?«
»Aber nein, ich darf dir erzählen, was ich will. Was möchtest du wissen?«
»Wem bist du untergeordnet?«
»Meinen Vorgesetzten.«
»Hast du selber Kompetenzen?«
»Gewiß, sehr große sogar.«
»Wer untersteht dir?«
»Meine Untergebenen. Habe ich die Erlaubnis meiner Vorgesetzten, kann ich tun und lassen, was ich will. Ich bin mein eigener Herr. Schließlich bin ich nicht wirklich mein eigener Herr.«
»Nun denn«, sagte Gold, »wie stehen meine Aussichten?«
»So gut sie stehen müssen.«
»Besser nicht?« witzelte Gold.
»Nicht in diesem Moment.«
»Wann soll ich mich mit dir in Verbindung setzen, Ralph?«
»Sobald ich dich anrufe. Pugh Biddle Conover kann dir nützlich sein, wenn er dann noch lebt«, rief Ralph ihm nach, während die Türen des Fahrstuhls sich schlossen.
Als die Kabine abwärts sank, brodelte es in Golds Hirn von Phantasien künftiger Größe. Außenminister? Direktor der CIA? Eine innere Stimme warnte ihn: Sei nicht narrisch. Wie kommt jemand wie du auf den Posten des Außenministers? Und was wäre daran so verrückt? erwiderte er dieser Stimme kühn. Größere Schmocks als ich sind Außenminister gewesen.
Als er aus dem Gebäude trat, blieb einzig ein unangenehmes Gefühl zurück: Rangeschmissen hatte er sich.

Als Gold sieben Jahre zuvor Stipendiat der Senator Russell B. Long-Stiftung gewesen war, arbeitete Andrea Conover an einem hauswirtschaftlichen Forschungsprojekt und war für ihn zu alt. Jetzt, mit fast fünfunddreißig Jahren, war sie gerade richtig. Junge Mädchen hatten für Gold keinen Reiz mehr. Seit alle alles miteinander trieben, konnte Gold nur noch sein vorgeschrittenes Alter und seinen bedeutenden Ruf als unbedeutender Intellektueller für sich als Liebhaber ins Feld führen. Mehr wollte er auch nicht sein. Oralen Verkehr hatte er nie gemocht.

Andrea war größer als in seiner Erinnerung. Oder er war geschrumpft. Sie zahlte für das Essen und die Getränke mit einer Kreditkarte und vertraute ihm schüchtern an, sie verrechne das alles als Spesen beim Obersten Rechnungshof. Gold fragte sich, was ihr an ihm so gefallen mochte. Sie war bei weitem die schönste Frau, mit der er je beisammen gewesen, dazu die reichste, und gehörte überdies der ersten Gesellschaft an. Ihr Haar war blond, die Augen waren blau, die Nase war gerade und schmal, die Stirne breit. Ihre Haut war hell, absolut makellos. Für Gold, der soeben dem letzten seiner drei Kinder die Zahnregulierung angedeihen ließ, waren Andreas prachtvolle Zähne von überragender symbolischer Bedeutung. Ihre Haltung und der Muskeltonus waren gut.

»Sie müssen lernen, besser von sich zu denken«, sagte er einmal während des Essens zu ihr und nahm für einige Momente ihre Hand locker in die seine. »Schließlich – wenn Sie sich nicht schätzen, wer soll es dann tun?« Befangenheit und Umsicht hinderten ihn, diesen Ausspruch dem Rabbi Hillel zuzuschreiben.

Andrea war scheu und respektvoll, und Gold wußte nicht recht, wie man mit Frauen umgeht, die solche Eigenschaften aufweisen.

Als das Taxi vor ihrer Eigentumswohnung hielt, fragte er, ob er auf ein letztes Glas mit hinaufkommen dürfe. Sie willigte augenscheinlich erleichtert ein, wie er glaubte, dankbar dafür, daß er die Initiative ergriffen hatte. Die Wohnung war für eine einzelne Bewohnerin sehr geräumig, selbst für eine von Andreas Größe, und ihr überraschend aufgeräumter Zustand deutete auf die tägliche Anwesenheit einer tüchtigen Putzfrau hin. Die Möbel waren scheußlich, ausnahmslos viel zu große Stücke.

»Ich habe das alles mitgekauft«, vernahm er erleichtert. Gold fand es günstig, daß sie sich neben ihn aufs Sofa setzte, nachdem sie ihm ein Glas Cognac gereicht hatte.

Sie nippte an ihrem Wodka und sagte einigermaßen verschämt: »Damals, bei der Stiftung, habe ich immer gemeint, Sie mögen mich nicht. Das ganze Jahr hindurch.«

»Wirklich? Ich habe Sie immer gern gehabt. Ich dachte, Sie mögen mich nicht.«

»Ich mochte Sie immer.«

»Das hätten Sie mal sagen sollen.«

»Ich dachte, Sie verabscheuen mich. Ich dachte, Sie sehen mich überhaupt nicht.«

»Na, hören Sie mal.«

»Wirklich, Dr. Gold –«

»Nennen Sie mich Bruce«, unterbrach er.

Sie errötete. »Ich weiß nicht, ob ich das fertigbringe.«

»Versuchen Sie's.«

»Bruce.«

»Na also«, lachte er.

»Sie sind so unterhaltsam.«

»Warum hätte ich Sie verabscheuen sollen?«

»Weil Sie wußten, daß ich Sie gern hatte.«

»Ich wußte nicht, daß Sie mich gern hatten. Ich dachte, Sie verabscheuen mich.«

Sie reagierte eine Spur übererregt, als werde ihr etwas Grauenhaftes zum Vorwurf gemacht. »Warum sollte ich Sie verabscheuen?«

»Ich weiß nicht recht«, sagte Gold und sah, daß seine Hände sich unruhig bewegten. »Ich hatte damals einer alleinstehenden jungen Frau, die so sensibel und gescheit war wie Sie, und noch dazu Dr. phil., nichts anzubieten.«

»Das hätte mir doch nichts ausgemacht«, entschuldigte sie sich seelenvoll. »Ich war so stark von Ihnen beeindruckt. Alle waren von Ihnen beeindruckt. Sie waren immer so schnell und herrisch und sexy.«

»Sexy?« Gold war baff.

»Aber ja, alle Mädchen fanden das.«

»Und halten Sie mich immer noch für sexy?« fragte Gold.

»Oh ja.« Wieder errötete sie.

Gold fragte sich, was er jetzt tun solle. Er lachte laut und stieß sie mit dem Ellenbogen an, so recht kameradschaftlich, dann strich er mit dem Handrücken leicht über ihre Wange, gleichsam scherzhaft und absichtslos, wie um seine Ungläubigkeit zu unterstreichen. Ihre Reaktion überraschte ihn. Statt ihn abzuwehren oder ihm auszuweichen, wie er es mehr oder weniger von ihr erwartete, lehnte sie sich gegen seine Hand und rückte ihm auf dem Sofa näher. Gleich darauf küßten sie sich. Gold tastete blind umher, weil er sein Glas absetzen wollte, und schüttete Cognac auf seine Hose. Dann nahm er sie in die Arme. Ihre Hände umspannten seinen Hinterkopf. Wieder wußte er nicht, wie es bei einer Frau wie Andrea weiterging. Er nibbelte an ihren Ohren und an ihrem Hals, wie auf der Suche nach erogenen Zonen. Das war, wie er aus Erfahrung wußte, Zeitverschwendung. Entweder waren alle Zonen erogen oder keine, und auch darüber wollte er eines Tages schreiben, sobald weder Belle noch seine Tochter an seinen Kenntnissen Anstoß nehmen würden. Er bemerkte schuldbewußt, daß seine Gedanken abirrten, und richtete seine Aufmerksamkeit wieder auf Andrea. Er drückte sie an sich, wie um die mit Abirrungen verlorene Zeit einzuholen und tat, als ringe er erregt nach Luft. Leise stöhnend küßte er ihre Augen und wartete darauf, daß etwas passiere. Andrea ließ die Hand in seinen Schoß fallen und umfaßte seinen Penis. Da wußte er, er saß im Fett.

Gold erwachte verliebt und wundergläubig. Andrea schien gegen seine knochige Brust und die sehnigen, behaarten Gliedmaßen nichts einzuwenden zu haben. Er duschte, und nach einem Frühstück, das er mit nichts als einem gelben, modisch um die Hüften geknoteten Handtuch bekleidet einnahm, zog er sich gemächlich

an. Er bereitete den Kaffee, während Andrea überreife Bananen über Frühstücksflocken schnitt. Auf seinen Vorschlag hin tat sie noch Rosinen daran. Bei seinem nächsten Besuch wollte er ihr eine Kaffeemühle, ein Pfund seiner Lieblingsmischung Kaffeebohnen und eine französische Filterkanne aus Steingut mitbringen. Wenn es nötig war, verstand Gold sich aufs Kochen. Dann wollte er sie mit irischen Haferflocken vertraut machen.
»Wirst du mich überhaupt wiedersehen wollen?« fragte sie, am Toilettentisch sitzend.
»Selbstverständlich.«
»Viele Männer wollen nämlich nicht.«
»Viele Männer?« Gold, der auf der Kante ihres Bettes hockte, hielt inne, eine Socke halb übergestreift.
Sie nickte sanft errötend. »Ich meine, nicht in meiner Wohnung. Aber ich werde häufig ausgeführt, und die Männer sagen immer, sie wollen wieder mit mir ausgehen, lassen sich aber nicht mehr blicken.«
»Warum nicht?«
»Wenn ich das wüßte! Du willst wirklich wiederkommen? Ich würde es verstehen, wenn du nicht willst.«
»Ich möchte gern nächste Woche wiederkommen.«
»Du könntest bei mir wohnen, ich werde dir nicht im Wege sein.«
»Ich hatte gehofft, daß du mir das anbieten würdest.«
Es freute sie offenbar. Ihm war es rätselhaft. »Ich bin so froh, daß ich dir gefallen habe«, sagte sie. »Hab ich's recht gemacht?«
»Andrea, so etwas darfst du niemals fragen«, verwies er sie. Sie hatte es alles andere als recht gemacht, doch war Gold viel zu gewitzt, um jetzt daran zu rühren. »Ich glaube, ich bin verliebt in dich.«
Wieder war Gold davon verblüfft, daß so viele große, gutaussehende Frauen sich in kleine Männer verlieben, wie er einer war, gierige, egoistische, berechnende Männer. Andrea wußte vielleicht nicht, daß er habsüchtig und berechnend war, doch daß er kleiner war als sie, dürfte sie mindestens ahnen. Die Erklärungen, die sich aufdrängten, waren für keinen von beiden schmeichelhaft. War es denkbar, daß jemand, der sich so genau beobachtete wie er, Quali-

täten besaß, von denen er nichts wußte? Es war möglich, denn die nackte Andrea war ganz so wunderbar, wie er sie sich vorgestellt hatte, und es schien, als bete sie ihn an.

Im Morgenlicht waren ihre Augen lavendelfarben. Die Beine waren lang und gerade, die Hüften schmal, ihre Umklammerung war kraftvoll, und die helle Haut hatte einen goldigen Schimmer, der, wie er fand, einen herrlichen Kontrast zu seiner dunkler pigmentierten Haut abgab. Sie liebte seine dunkleren Farben. Die Haare auf seiner Brust fand sie bezaubernd. Er sah mit der Miene eines Privilegierten zu, als sie ein Baumwollkleid überstreifte und das Haar ausschüttelte. Daß sie reich war, fügte der Leidenschaft, die er sich vorgaukelte, noch eine besondere, aus Vitalität und Sinnenlust zusammengesetzte Dimension hinzu. Gold fiel ein, bei Ernest Becker gelesen zu haben, nichts gleiche an Häßlichkeit dem Fuß, doch kamen ihm Andreas Füße mit Schuhen oder ohne ebenso wenig bemerkenswert vor wie die eigenen.

»Als ich jung war«, sann sie laut, während sie eine dünne goldene Kette am Hals befestigte, »hätte ich gern Modell gestanden. Und das möchte ich wohl auch heute noch. Ich wollte nicht Kleider vorführen, sondern nackt posieren.« Sie schmierte ein wenig Make-up auf Lippen und Lider. »Als dann die vielen pornographischen Zeitschriften herauskamen, wäre ich gern darin abgebildet worden, noch lieber hätte ich in Schweinchenfilmen mitgewirkt. Stundenlang habe ich vorm Spiegel gesessen und Pimmel geleckt. Ich meine, so zur Probe, für die Kamera. Wie die Fotomodelle in den Anzeigen für Kosmetika. Ich glaube, ich konnte es schon recht gut. Möchtest du mal sehen?«

»Ich muß nach New York zurück«, erwiderte er so unbeteiligt wie möglich.

»Man muß nur die Lippen etwas bewegen.«

»Um eins habe ich eine Vorlesung.«

»Es dauert doch bloß eine Minute, Dummchen«, sagte Andrea und bewegte die Lippen geringfügig über dem herausgedrehten Lippenstift. »War das nicht gut?«

»Ja«, sagte Gold. »Ausgezeichnet.«

»Als Kind war ich richtig dumm«, fuhr Andrea fort. »Das einzige Kind von Pugh Biddle Conover. Als ich von Hause fortging, wußte ich nichts. Ich mußte *zwei* Pensionate besuchen, ehe ich aufs College gehen konnte, und dann drei Colleges. Die anderen Mädchen redeten andauernd von Sex, und ich verstand kein Wort. Ich weiß noch, ich konnte und konnte nicht begreifen, warum jemand an einem Schwanz lutschen möchte.«

Gold erstarrte. In knapp zwei Tagen in Washington lernte er, benommen vor Staunen, mit jenen bizarren Überraschungen fertigwerden, denen er, wie er annahm, öfter und öfter begegnen würde.

»Ich kann mir vorstellen, daß jemand, der nicht Bescheid weiß, es verwirrend finden muß.« Er zog die zweite Socke hoch und die Schuhe an.

»Nachdem ich mal dahintergekommen war, fand ich es natürlich ganz fabelhaft. Letzten Sommer, als ich mit einem Verehrer daheim am Schwimmbecken saß, passierte etwas Sonderbares. Ich kratzte mir die Hornhaut vom Fuß, mit so einem Kratzding, weißt du, und da steht er doch ganz plötzlich auf und sagt, ich will dich nie wiedersehen. Er fuhr weg, ohne seine Sachen mitzunehmen oder sich von Daddy zu verabschieden. Verstehst du das?«

Gold stellte sich hinter sie und streichelte ihre Schultern. »Saßet ihr dicht beieinander, als du dir die Hornhaut abschabtest?«

»Ja, nebeneinander am Becken.«

»Macht das Schaben ein Geräusch?«

»So wie Sandpapier.«

»Dann hätte ich mich vielleicht ganz ähnlich verhalten.«

»Ich verstehe von solchen Sachen nichts.«

»Ich bringe dir alles bei.«

Andrea preßte seine Hand hingerissen an ihre Lippen. Gold fragte sich, ob sie verrückt sei. »Bald«, sagte sie, »falls du mich dann immer noch sehen willst –«

»Ich will dich auf alle Fälle wiedersehen.«

»Möchtest du nicht zum Wochenende auf Besuch zu Daddy kommen, bevor er stirbt? Sein Landgut ist wirklich sehenswert.«

»Woran leidet dein Vater eigentlich?«

»Das sagt er nicht. Vor sechs Jahren hat er einen elektrischen Rollstuhl angeschafft, und da sitzt er seither drin. Am Wochenende kommen haufenweise Leute, zum Jagen und zum Reiten.«

»Sie schießen richtig?«

»Fasanen und Wachteln. Manchmal auch Hasen und Rehe.«
»Nicht auf Menschen?«
»Noch nicht. Ich glaube, mein Vater wird dir gefallen.«
»Und ich will dir ersparen, meinen je kennenzulernen«, sagte Gold.

»In unserer Familie«, bemerkte am Abend dieses Tages Golds Vater im bequemsten Sessel in Golds Wohnzimmer, »gibt es keine Scheidungen.«
»Warum nicht?« fragte Dina.
»Weil ich es nicht erlaube, darum«, sagte der alte Mann. »Golds lassen sich nicht scheiden. Todesfälle kommen gelegentlich vor, aber keine Scheidungen.«
»Laßt ihr euch denn nie scheiden?« fragte Dina ihre Eltern.
»Nur über meine Leiche«, antwortete Golds Vater.
»Dann schon lieber tot«, setzte Gold trocken hinzu und stierte aus blutunterlaufenen Augen auf das jeweils sprechende Familienmitglied.
Den Tiefpunkt dieses Tages, der für Gold so glorreich begonnen, dann aber sich stetig verdüstert hatte, stellte die Entdeckung dar, daß Gäste zum Abendessen eingetroffen waren. Rose und Max waren in die Stadt gekommen, weil Rose eine Geschwulst in der Brust hatte, die sich bei gründlicher Untersuchung zum Glück als leicht absaugbare Zyste erwies. Belle, die beide zu dem von Murshie Weinrock empfohlenen Krebsspezialisten begleitete, nahm sie mit nach Hause, und Irv und die anderen stießen später dazu. Golds Nerven hingen in Fetzen. Er wollte endlich wieder an die Arbeit gehen.
»Wann fängst du in Washington an?« fragte sein Vater.
»Das erfahre ich nächste Woche, wenn ich wieder dort bin.«
»So habe ich mir das vorgestellt«, höhnte Julius Gold befriedigt. »Was könnte man einem Juden wie dir schon für einen Posten anbieten?«
»Admiral.«
»Dann würden sie mich zum Kommodore machen«, schoß der Alte zurück. »Soviel gesegelt hast du schließlich nicht.«

»Und wie oft bist du gesegelt?«
»Ich bin immerhin mit dem Schiff den ganzen Weg von Antwerpen herübergekommen, aus Rußland, mit Sid und Rose. Von Zar Nikolaus. Und du?«
»Schon gut, Kommodore«, seufzte Gold und rang sich ein Lächeln ab. »Wir sind alle müde. Vielleicht könnten wir uns heute abend mal etwas still verhalten.«
»Der muß noch lange genug still sein«, bemerkte Golds Stiefmutter.
Golds Vater hob sich halb aus dem Sessel, und sein Gesicht zog sich fast zu einem Punkt zusammen. »Was soll das denn heißen?« wollte er wissen.
Golds Stiefmutter, ganz an ihre Strickerei hingegeben und in dem breitkrempigen rosa Baumwollhut, den sie auch während des Essens nicht abgesetzt hatte, noch gespenstischer als sonst wirkend, erwiderte ihm: »Bei uns in Richmond war es üblich, daß man einem Kind, das seine Eltern aufforderte, stillzusein, entgegnete: ›Ich werde noch lange genug still sein müssen.‹ Meist sagte das die Mutter. Damit meinte sie selbstverständlich, sie werde schon bald sterben und dann nicht mehr reden.«
Nach einem Augenblick bestürzten Schweigens knurrte der Alte: »Ich bin keine Mutter. Und ich sterbe auch nicht so bald. Also sei bitte still.«
»Sie wird noch lange genug still sein«, ließ Dina sich vernehmen.
»Danke dir, Kind.«
Julius Gold wandte sich mit zutiefst angewiderter Miene von seiner zweiten Frau ab und sagte zu Gold: »Du kommst Sonntag zum Essen zu uns. Sid auch.«
»Nicht an diesem Wochenende.« Gold schüttelte den Kopf. »Ich habe Hausarbeiten zu korrigieren und einen Artikel fertigzumachen.«
»Noch einen Artikel?«
»Es scheint sich wieder eine Schraube zu lockern«, sagte seine Stiefmutter.
Gold hätte sie gern umgebracht.
Irv grinste mit den übrigen. »Wovon soll denn der neue handeln?«
»Von Bildung und Erziehung.«

»Bist du dafür oder dagegen?« fragte sein Vater.
»Dagegen.«
»Es wird auch Zeit, daß du endlich zu Verstand kommst. Dir hat die Bildung wenig genützt. Also, du kommst am Sonntag. Ich habe da noch Fragen wegen der Rückfahrt nach Florida.« Er sah sich gereizt im Zimmer um. »Weshalb ist Sid nicht da?«
»Vielleicht ist er nicht eingeladen worden.«
»Warum ist er nicht eingeladen worden?«
»Du hast uns vielleicht nicht gebeten, ihn einzuladen.«
»Muß ich extra darum bitten?«
»Ich habe ihn eingeladen«, sagte Belle, »sie waren aber schon verabredet.«
Der alte Mann schluckte diese Neuigkeit trübselig. Rose gähnte, und Max meinte, es sei Zeit, aufzubrechen.
»Nicht so schnell«, widersprach der alte Mann. »Am Fernsehen kommen heute abend zwei tote Veugeles, die ich mir ansehen will.«
Irv beteuerte, er werde den Alten rechtzeitig daheim absetzen.
Gold verschwand blitzartig in seinem Arbeitszimmer, bevor der letzte Gast gegangen war, und machte sich daran, seine privaten Arbeiten aus dem Haufen von Papieren auszusortieren, die er für das College erledigen mußte. Dabei schätzte er gefühllos die mutmaßlichen Auswirkungen der ins Auge gefaßten Scheidung ab. Belle konnte gut allein fertig werden. Sein Vater würde gekränkt sein. Sid wäre es einerlei, und die Schwestern würden betrübt sein. Seine Stiefmutter mochte sich seinethalben aufhängen. Die Kinder sollten sehen, wie sie damit zurecht kamen – wozu hatten sie ihre Psychotherapeuten. Seit die beiden Jungen aus dem Hause waren, fand er sie erträglich. Dina war ein anderer Fall, eine Heimsuchung, die ihm eigentlich, wie er meinte, hätte erspart bleiben sollen. Da schlenderte seine zwölfjährige Tochter herein und sagte:
»Mom ist echt sauer, meinst du nicht?«
»Nicht daß ich wüßte«, Gold blickte nicht auf.
»Versuch nicht, mich anzuscheißen. Sie will nicht, daß du nach Washington gehst, oder?«
»Sobald ich's weiß, sage ich dir Bescheid.«
»Blödsinn, Daddy. Sieh dich lieber vor, wenn du wieder einen Ar-

tikel schreibst. Der Mist, den du vergangenes Jahr über Kindererziehung in ›Ladies Home Journal‹ veröffentlicht hast, hat mir mächtig geschadet.«

»Das war scherzhaft gemeint.«

»Aber keiner hat das mitgekriegt.«

»Diesmal kriegen sie's mit.«

»Wie ist die Überschrift?«

»Bildung und Wahrheit oder Wahrheit in der Bildung.«

»Verstehe ich nicht.«

»Verschwinde.«

»Warum muß ich eigentlich zur Schule gehen, wenn du von Bildung nichts hältst?«

»Damit du aus dem Haus bist.«

»Ich wäre lieber anderswo, denn mit dir und ihr unter einem Dach ist man wirklich nicht auf Rosen gebettet.«

»Bring mal ein ganzes Jahr lang gute Zensuren nach Hause«, drängte Gold, »dann beschaffe ich dir ein Stipendium für ein Internat. Ich schreibe dir sogar deine Hausarbeiten.«

Sie schüttelte den Kopf. »Kommt nicht in Frage. Auf Teenagersex bin ich noch nicht scharf. Außerdem habe ich nicht vergessen, was du meinen Brüdern angetan hast, als sie von Hause weggingen. Ein Arbeitszimmer und eine Bibliothek hast du aus ihren Zimmern gemacht.«

»Schlafen können sie immer irgendwo, wenn sie heimkommen.«

»Auf dem Fußboden. So leicht wirst du mich nicht los. Ich habe übrigens dem kleinen Lieberman erzählt, daß du nach Washington gehst.«

Gold lächelte erwartungsvoll. »Was hast du ihm gesagt?«

»Daß der Präsident dir einen Posten als Bürgermeister oder Gouverneur geben will.«

Gold knallte den Bleistift auf die Tischplatte. »Herr im Himmel! Bringt man dir denn überhaupt nichts bei in dieser beschissenen Schule, auf die ich dich schicke?«

»Man möchte schon«, gestand Dina gelassen, »aber ich bin für die zu schlau. Daddy, ich warne dich. Noch ein Artikel über mich, und ich reiß dir den Arsch auf.«

Den ersten Absatz seines Artikels hatte Gold bereits auf dem Rückflug von Washington niedergeschrieben, und nachmittags beendete er einen ersten Entwurf im Hörsaal, als er eigentlich seine Vorlesung halten sollte. Ganze Stapel von Heften mit Hausarbeiten seiner Hörer waren irgendwann durchzuarbeiten. Wäre ein Biograph aufgetaucht, Gold hätte sich ihm gegenüber als magenleidend und viel geplagt bezeichnet. Als er am späten Vormittag mit dem Taxi vom Flugplatz her im College eintraf, war er tatsächlich körperlich und geistig in genau dieser Verfassung. Die Erinnerung an sein Liebesabenteuer mit Andrea gehörte schon einer nicht wiederzuerlangenden Vergangenheit an.
Er war unrasiert und unvorbereitet. Seine Post warf er größtenteils sofort weg. Die Grüße von Kollegen, die erstaunt waren, ihm zu begegnen, erwiderte er mit mürrischem Nicken.
Gold verbrachte auf dem Campus stets nur soviel Zeit wie unbedingt nötig und nahm niemals an Fakultätssitzungen teil. Er setzte großzügig Sprechstunden an, die er nicht einhielt. Besprechungen mit Studenten fanden nur nach Vereinbarung statt, und er traf keine. Am liebsten waren Gold jene Hörer, die seine Vorlesungen strichen, bevor sie begannen. Am wenigsten konnte er Studenten leiden, die regelmäßig erschienen und pünktlich ihre Hausarbeiten ablieferten. Ihre Arbeit interessierte ihn ebenso wenig wie seine eigene. Er kam fünf Minuten verspätet in den Hörsaal und verteilte zur allgemeinen Bestürzung Formulare für schriftliche Prüfungen.
»Heute«, eröffnete er den Anwesenden ohne Umschweife, »halten wir eine jener unangekündigten Prüfungen ab, von denen ich wohl schon gesprochen habe. Behandeln Sie eine Frage, die zu einer gründlichen Erörterung des Stoffes führen würde, den wir bislang durchgenommen haben.«
»Wie lautet die Frage?« erkundigte sich eine Studentin in der ersten Reihe.
»Denken Sie sich eine aus. Die Benotung hängt davon ab, wie ergiebig die Frage ist und wie zutreffend die Antwort. Anfangen.«
Gold leerte seine Mappe. Von einem Gummiband gehalten, plumpste ein Stapel Hefte auf den Tisch, die Hausarbeiten eines anderen Kurses, die, wie er mit sinkendem Mut erkannte, von der Psychologie der Soziologie in der zeitgenössischen amerikanischen Litera-

tur und der Soziologie der Psychologie des englischen Romans des 19. und 20. Jahrhunderts handeln sollten. Diese Arbeiten stammten von den Teilnehmern eines Kurses, den Gold einzig angesetzt hatte, um Studenten der Psychologie und Soziologie in die Literatur zu locken, unter der Vorspiegelung, sie könnten so, ohne Mehraufwand an Arbeit, gleich drei Fächer zugleich meistern. Ihm wurde klar, daß er jene Arbeiten bald wie einen Mühlstein würde mit sich herumschleppen müssen. Weil er weiter nichts zu tun hatte, las er noch einmal den ersten Absatz des Artikels, den er im Flugzeug auf einen gelben Block geschrieben hatte, fand ungemeinen Gefallen an seiner treffenden Art, mit Ideen und Worten umzugehen, und griff beschwingt zur Feder. Er kam rasch voran. Gerade wollte er die Schlußgedanken zu seinen Erörterungen über Bildung und Wahrheit in einem letzten Absatz niederlegen, als der erste Student ihm seinen Aufsatz brachte. Es war ein bleicher, schlaksiger junger Mensch, der ein gewebtes Käppchen mit Kreismustern trug.

»Mr. Epstein«, rief Gold ihn leise an, als er auf Zehenspitzen an ihm vorüberging.

»Sir?«

»Auf welche Schule sind Sie gegangen?« Beide flüsterten.

»Herzliah Jeschiwa.«

»Richtig. Die kenne ich gut. In Brighton, nicht wahr?«

»Nein, Sir, in Borough Park.«

»Haben Sie je von einem Feiertag gehört, der sich Schemini Azeret nennt?«

»Ja, Sir, der kommt gleich nach Jom Kippur.«

Gold schnalzte enttäuscht mit der Zunge. »Und Schabbes Berejschis?«

»War vergangene Woche, Sir. Das ist aber eher ein Kalendertag als ein Feiertag, Sir.«

»Tun Sie mir einen Gefallen, Mr. Epstein. Beschaffen Sie mir eine Liste aller jüdischen Feier- und Kalendertage für dieses Jahr. Ich kann Ihnen vielleicht auch bald einmal gefällig sein.«

»Gern, Sir. Ich hoffe, Sie nehmen es mir nicht übel, wenn ich sage, ich bin von Ihrer Vorlesung enttäuscht.«

Gold seufzte voller Verständnis. »Ich ebenfalls. Aber worüber haben Sie zu klagen?«

»Angekündigt ist Monarchie und Monotheismus in der Literatur vom Mittelalter bis zur Moderne.«
»Und?«
»Es ist aber offenbar einzig von den historischen Dramen Shakespeares die Rede.«
»Wir kommen bald zu seinen großen Dramen«, erklärte Gold munter. »Wir behandeln alle außer ›Othello‹ und den römischen Dramen. In ›Othello‹ kommt leider kein Monarch vor, und die Römer waren keine Monotheisten.«
»Die Ankündigung im Vorlesungsverzeichnis ist unzutreffend.«
»Weiß ich doch«, sagte Gold. »Ich habe sie ja selber abgefaßt.«
»Und war das etwa anständig?«
»Nein. Aber es war womöglich gescheit. Wir sind der Meinung, wer sich für Literatur interessiert, soll Shakespeare lesen, und wir wissen, daß kaum ein Student das tut, es sei denn, wir kleben ein anderes Etikett drauf.«
»Ich interessiere mich aber überhaupt nicht für Literatur. Ich interessiere mich für Gott. Englische Literatur habe ich bloß belegt, weil da so viele Kurse in Theologie und religiöse Offenbarungserfahrungen angeboten werden.«
»Sie sind irregeführt worden«, sagte Gold. »Wäre ich Ihr Studienleiter, ich hätte Sie gewarnt.«
»Sie sind mein Studienleiter, bloß in Ihrem Sprechzimmer sind Sie nie.«
Gold wich seinem Blick aus. »Dafür bin ich immer im Hörsaal. Falls Sie möchten, dürfen Sie den Kurs aufgeben.«
»Meinen Sie, ich sollte Religionswissenschaften studieren?«
»Nein, auf keinen Fall. Dort werden Homer und Milton gelesen. Falls Sie sich für Gott interessieren, versuchen Sie's mit Psychologie. Soweit ich weiß, haben die Psychologen sich seit neuestem auf die Religion geworfen.«
»Und wo finden die Vorlesungen über Psychologie statt?«
»Bei den Anthropologen. Bald wird sowieso alles mit der Urbanistik zusammengelegt, also nehmen Sie am besten gleich das. Aber beeilen Sie sich, sonst könnte es sein, daß wir uns dort in ein, zwei Jahren wieder begegnen und Sie Shakespeares historische Dramen noch einmal lesen müssen.«

Gold betete inständig darum, Epstein möge den Kurs aufgeben und ihm ersparen, den Aufsatz zu lesen.
Gold betete ferner um einen ordentlichen Lehrstuhl bei den Urbanisten, wo er das doppelte Gehalt bei halber Vorlesungszeit erhielte. Er zweifelte kaum daran, daß er in Washington Erfolg haben würde, fände er nur den Einstieg, denn auf Diplomatie und Palastintrigen verstand er sich meisterlich. In dem Konflikt, der hier gerade tobte, und bei dem es darum ging, Studenten anderer Fakultäten für die Geisteswissenschaften zu gewinnen und solche, die Geisteswissenschaften studierten, für ein spezielles Studium der Anglistik, erwies Gold sich als unbezwinglicher Stratege. Er verfaßte die verlockendsten Ankündigungen im Vorlesungsverzeichnis, und niemand verstand wie er, neue Lehrgegenstände einzuführen, die gleich allgemein beliebt wurden. Gold war der Architekt einer illegalen und geheimen Politik der Entspannung, die es Professoren für Deutsch erlaubte, Studenten, die von Hause aus Spanisch oder eine Sprache des Orients sprachen, Nachhilfestunden in Englisch zu geben, wofür ihm dann bei wichtigen Abstimmungen der Fakultät ihre Stimmen sicher waren. Dies führte dazu, daß Italien und Spanien auf schwachen Füßen standen, die Klassik verwaist war und Frankreich isoliert. Rußland war ebenso im Niedergang begriffen wie Geschichte, Volkswirtschaft und Philosophie. China verpuffte wirkungslos, einzig die Kurse in chinesischer Kochkunst erfreuten sich steigender Beliebtheit. Mit dem erfolgreichsten aller Schachzüge wurde die vergleichende Literaturwissenschaft von allen Übersetzungen abgeriegelt, während Gold und seine Anglisten nach Belieben den gesamten Kontinent plündern konnten zugunsten erhebender Vorlesungen über Themen wie Dante, Hölle, Feuer und Faulkner; Durch Hölle und Hochwasser mit Hemingway, Hesse, Hume, Hobbes; Hinduismus und andere östliche Religionen: Abkürzung auf dem Weg nach Indien; Blake, Spinoza und zeitgenössische Pornographie in Amerika; Sex in der Literatur der Welt und Amerikas; oder Die Bedeutung von Frauen, Schwarzen und Drogen für Sex und Religion in Film und Literatur. Dank Golds Betriebsamkeit war es tatsächlich möglich, die Prüfung in Anglistik abzulegen, wenn man vier Studienjahre ausschließlich mit der Betrachtung ausländischer Filme im verdunkelten Hörsaal

verbracht hatte und sich von keinem anderen Licht erleuchten ließ als von dem der Lampe des Projektors. So fortschrittliche Neuerungen hatten zur Folge, daß die Anglisten zu den wenigen gehörten, die auf ständig steigende Hörerzahlen verweisen und mithin mehr Lehrpersonal beanspruchen durften; zum Teil wurde der Bedarf durch eben jene Professoren gedeckt, deren Fach eigentlich Deutsch war, die aber den Eingeborenen von Hongkong und Portoriko Nachhilfestunden in Englisch gaben. Gold hatte seinen Frieden mit den Hunnen gemacht und stand bei den Vorgesetzten in hohem Ansehen.

Die misanthropischen Freuden, welche solche Leistungen ihm eintrugen, nahm Gold düster und gedämpft entgegen. Seine Anstellung war nicht gefährdet. Seine Kollegen achteten ihn hoch, und das gefiel ihm nicht. Bald schon würde man ihn zum Ordentlichen Professor auf Lebenszeit ernennen, und darauf hatte er keine Lust. Lieber wollte er frei sein. Gold genoß am College ähnliche Vergünstigungen wie im Familienkreis; schwieg er, nahmen die Verwandten an, er denke; ging er nicht zu den Fakultätssitzungen, hielt man es für ausgemacht, er habe Wichtigeres zu tun. Wie ein Pantoffeltierchen, das blind, aber unaufhörlich Nahrung aufnimmt, hatten die Anglisten unter Golds Führung und auf sein Betreiben sich mehr und mehr vom Terrain der Urbanisten angeeignet, und zwar mittels einer Reihe von Kursen, die Gold erdachte und unter dem Etikett Neuer Realismus, Probleme amerikanischer Städte in der Literatur ankündigte.

Gold wußte nicht genau, was unter Urbanistik zu verstehen war. Aber daß er diesen Dreck ebenso gut erledigen konnte wie jeder andere, das wußte er genau.

Gold, der eisern alle Versuche, eine Unterhaltung im Flugzeug anzuknüpfen, abwies, die nicht von attraktiven Frauen ausgingen, hatte sich morgens, kaum daß er in der Maschine saß, gierig wie ein Habicht auf seine ›New York Times‹ gestürzt. In Washington rief er noch vom Flugplatz Andrea an und nahm sich vor, sie auch von New York aus anzurufen, um sie wissen zu lassen, wie sehr sie ihm fehlte. Er vertiefte sich bald in einen der wichtigsten Teile der Zeitung, der ihn auch am meisten interessierte, nämlich die Neuigkeiten aus der Gesellschaft. Das Leben in New York war ohne ihn munter weitergegangen. Er las:

»Es ist zum Sterben«, heulte Jan Chipman, die sich mit ihrer Schwester Buffy Cafritz und den Ehepaaren Carleton Varney und Harold Reed auf einem Bänkchen drängte. »Ich kann nicht glauben, daß mein Mann sich auf den Boden setzt, um einer Modenschau zuzusehen.«

Gold glaubte es durchaus. Mit spitzen Fingern trennte er die Meldung aus der Seite und verwahrte sie so sorgsam zwischen den Blättern seines Taschenkalenders wie ein europäischer Busschaffner sein Wechselgeld. Er wollte Gebrauch davon machen, womöglich in seinem Buch über Juden. Er erinnerte sich, auf der ersten Seite eine interessante Meldung aus der Politik gesehen zu haben, und blätterte zurück:

Heute vormittag wehrte der Präsident in Indianapolis Vorwürfe ab, er sei ein schwacher Präsident und lasse sich herumstoßen. »Wer im Glashaus sitzt, soll lieber nicht mit Steinen werfen«, warnte er auf einer Pressekonferenz.

Gold riß auch das heraus. Kein Zweifel, dieser Präsident brauchte ihn. Im Wirtschaftsteil sah er, daß die Geschäfte gingen wie üblich, daß die Wirklichkeit der Freien Marktwirtschaft ewig unveränderlich blieb, wenn er den Schlüsselsatz auch zweimal lesen mußte, um seiner Sache ganz sicher zu sein:

Marktbeobachter glauben, daß die Zentralbank die Kreditaufnahme erschweren wird, da die Gefahr eines wirtschaftlichen Aufschwungs zunimmt.

Unter Bildung und Erziehung war zu lesen, daß die Verbrechen in Schulen um 55 % angestiegen waren.

Die Zahl der in öffentlichen Schulen begangenen Verbrechen und Gewalttaten, einschließlich tätlicher Angriffe auf Lehrpersonal, hat im Herbst stark zugenommen. Diese Verbesserung folgt auf ein starkes Ansteigen der Verbrechen in dem Schuljahr, das mit dem vergangenen Juni endete.

Gold hatte plötzlich eine brillante Idee für den Anfang seines Artikels ›Bildung und Wahrheit oder Wahrheit in der Bildung‹. Er schrieb:

> Bildung ist die drittgrößte Ursache menschlichen Elends in der Welt. Die größte ist selbstverständlich das Leben selbst.

Hier mußte er innehalten. Was die zweitgrößte sein mochte, ahnte er nicht. Tod klang verlockend. Tod nach dem Leben klang entweder sehr gut oder sehr schlecht. Es hörte sich glattzüngig an und mochte als Scherz mißverstanden werden. Doch wollte er das Risiko auf sich nehmen. Er ging mit einem weiteren wirkungsvollen Artikel schwanger, der ihm massenhaft Bewunderer eintragen konnte, mehr als je zuvor. Er schloß die Augen und lächelte. Nie wurde Gold zu einer Modenschau eingeladen, doch das würde bald anders werden. Ob es Mr. Chipman gestern abend wohl gefallen hatte, auf dem Fußboden zu sitzen, und ob er Lust hatte, es wieder zu tun? Es betrübte ihn, daß nicht berichtet wurde, was Buffy Cafritz ihrer Schwester geantwortet hatte; das war womöglich nun auf immer verloren. Gold war ein geübter Tagträumer, und so malte er sich aus, wie es wohl wäre, gemeinsam mit Ralph um den Präsidenten zu sein, Andrea zu heiraten, die Wohnung in Washington mit ihr zu teilen, ihre noch reicheren, noch attraktiveren Freundinnen zu vögeln, in der Kommission für Bildung und Erziehung zu sitzen und ein überbezahlter Professor der Urbanistik zu sein. Es war zum Sterben.

Bildung und Wahrheit
oder
Wahrheit in der Bildung

»Brillant« war eines der Wörter, mit denen Andrea Biddle Conover Golds ›Bildung und Wahrheit *oder* Wahrheit in der Bildung‹ lobte, »umwerfend« war ein weiteres und auch »blitzgescheit«. Gold fand ihren lebhaften Beifall brillant, umwerfend und blitzgescheit. Eigentlich zeigte er seine neuen Arbeiten nur Redakteuren, doch war er bislang noch nie so eng mit einer atemberaubenden Frau verstrickt gewesen, deren akademische Qualifikation besser war als seine eigene, denn nicht nur hatte sie am Smith College ihr Diplom, in Yale ihren Master und in Harvard ihren Doktor gemacht, sondern auch ein Jahr in Cambridge Vorlesungen auf ihrem eigenen Wissensgebiet gehalten, der Hauswirtschaftslehre.
Bei seinem zweiten Stelldichein mit ihr in Washington entdeckte Gold, daß Andreas Bademantel aus weißem Frottee ihm zu weit war. Zwar konnte er die Ärmel so hochkrempeln, daß seine spinnenähnlichen Hände und Unterarme sichtbar wurden, doch im übrigen warf der Mantel gefährliche Falten, war viel zu lang, und er zog ihn hinter sich her wie eine unordentliche Schleppe. Auch erkannte er besorgt, daß seine Verhältnisse ihm nicht erlaubten, so oft nach Washington zu kommen, wie er wünschte; es fehlte an Geld wie an Zeit.
»Falls du mich nicht wiedersehen magst, habe ich dafür durchaus Verständnis«, erklärte sie ihm gutwillig.
Diese hartnäckige Beteuerung klang nicht angenehm in seinen Ohren. »Ich will dich unbedingt wiedersehen«, erwiderte er feurig, »ganze Wochenenden möchte ich mit dir verbringen, aber ich weiß im Moment einfach nicht, woran ich bin. Ralph will nicht, daß ich ihn im Büro anrufe, und zu Hause anrufen soll ich ihn auch nicht. Er behauptet, du erlaubtest keine Privatgespräche von Diensttelefonen.«

Sie seufzte. »Mit dir würde ich ihn schon telefonieren lassen, du Dummerchen.«
»Er wäre womöglich verärgert«, erwog Gold düster.
»Wenn du willst, kann ich ihn abhören.«
»Du ihn abhören?«
»Aber ja doch, du Dummerchen«, lachte Andrea, als sie sah, wie ungläubig er dreinschaute. »Alle kann ich abhören.« Gold vermerkte, daß sie ihn bereits zum dritten Mal Dummerchen nannte. Noch eine Eigentümlichkeit, die er demnächst rigoros würde ändern müssen, und er schaute nicht ohne Rachsucht in eine Zukunft, da er mehr und mehr die Rolle des Mentors und Zuchtmeisters übernehmen wollte.
»Dr. Gold –«
»Bruce«, verbesserte er.
»Bruce –« Andrea erglühte jedesmal, wenn er solcherart seine peinliche Aufmerksamkeit bekundete – »mein Vater kann da vielleicht behilflich sein. Aber vorher würde er sich vergewissern wollen, daß wir es ernst meinen miteinander. Er hat schon vielen Männern geholfen, die mich dann nie mehr sehen wollten.«
»Wieviel ernster können wir es denn noch meinen?« jauchzte Gold und stolperte über die Falten des Bademantels, als er quer durchs Wohnzimmer hechtete, sie zu umfangen.
Gold war in Liebe entbrannt. Andrea war hinreißend in jeder Situation, in jeder Be- oder Entkleidung und zu jeder Tageszeit. Während Gold seinen Artikel verbesserte, las Andrea – die Brille stand ihr vortrefflich – die Hausarbeiten seiner Studenten. Sie kritzelte mit dünnem Bleistift Bemerkungen an den Rand, die er nur mit Tinte nachzuschreiben brauchte. Er sah bereits ein endloses, ungestörtes Idyll vor sich. Andrea war hingerissen von seinen irischen Haferflocken und reagierte mit sehr zufriedenstellenden Entzückensschreien auf die frisch gemahlene Mischung aus Mokka, Java und *à la française* gerösteten Kaffeebohnen. Ungeteilte Wonnen hielt die Zukunft bereit. Sie würde die Arbeiten seiner Studenten korrigieren, sein Konto ausgleichen, die Unterhaltszahlungen an seine Frau überweisen. Im Frühjahr wollte er Mazzebrei für sie bereiten.

Mit bewundernswerter Selbstüberwindung beschränkte Gold seinen Artikel auf viertausend Wörter und schickte diese gekürzte drollige Fassung seiner Einfälle an einen Redakteur von ›Times Magazine‹, der ihn seit einem Jahr um einen Beitrag anging, diesen nun aber umgehend zurückschickte und Gold unaufgefordert riet, ihn auf vierzig Zeilen zusammenzustreichen, eine bessere Überschrift zu suchen und das Ganze einem anderen Redakteur desselben Blattes einzureichen. Gold wußte mit Bestimmtheit, daß er diesen Menschen bis zum letzten Atemzug mit seinem Haß verfolgen werde. Er reduzierte den Artikel um einhundertzwanzig Zeilen und schickte ihn an das angegebene Ressort, wo ein unbezähmbarer junger Redakteur ihn entzückt entgegennahm, sich für gesegnet erklärte, eine so inhaltsträchtige Arbeit aus so verehrter Hand zu erhalten und sodann von Gold verlangte, noch zweihundert Zeilen zu streichen und die Überschrift zu ändern.

»Eine zustimmende Aussage wäre der rätselhaften Geziertheit weit überlegen, die Ihrer nicht würdig ist, Professor Gold, ganz und gar nicht würdig. Benutzen Sie lieber Ihren letzten Satz als Überschrift.«

Gold strich weitere zweihundert Zeilen, beharrte aber auf der Überschrift und bekam von der ›New York Times‹ einen Scheck über hundertzwanzig Dollar dafür. Eine knappe Woche nach Erscheinen seiner gekürzten Fassung wurden zwei Leserbriefe abgedruckt, die sich damit befaßten. Der erste war herzlich zustimmend gehalten und stammte von einem Neunzigjährigen aus Massachusetts, der sich rühmte, seit seinem Schulabgang vor achtundsiebzig Jahren kein Buch, kein Gedicht, kein Bild angesehen oder an irgendwas gedacht zu haben, außer an sein Einkommen und an seine Gesundheit, was er nicht eine Sekunde bedauere.

Der zweite war eine giftige Attacke von Lieberman, der Gold »moralischen Nihilismus und bilderstürmerische Heiligtumsschändung, ... einen beleidigend herausfordernden Standpunkt, der allem diametral entgegengesetzt ist, was wir als gute loyale Amerikaner hochhalten« vorwarf und ihn verächtlich aufforderte, diese Vorwürfe zu widerlegen, »falls er es wagt«. Gold sah mit Entzücken zum zweiten Mal seinen Namen gedruckt und jubelte darüber, daß man ihn bereits zweimal wegen seines Artikels angerufen hatte.

Der erste Anruf kam aus dem Senat des Staates New York. Gold wurde aufgefordert, einen Gesetzentwurf zu befürworten, der die Streichung sämtlicher Zuschüsse für Schulen in Gemeinden des Staates vorsah, in denen Bedürftige lebten.

»Sie verstehen gewiß, Dr. Gold, daß dieser Entwurf auf einer glänzenden Idee beruht – fast alle Fürsorgeempfänger werden auf diese Weise genötigt, den Staat zu verlassen.«

Gold bezwang sich. »Ich weiß noch ein besseres Rezept«, sagte er nur. »Man könnte doch per Gesetz die Unterstützungszahlungen ausschließlich jenen Personen zukommen lassen, die außerhalb des Staates leben, statt wie jetzt den hiesigen Bedürftigen.«

Gold hatte schon manche positive Reaktion verursacht, doch nie eine positivere als diesmal. »Ich halte das für die beste politische Lösung, von der ich jemals gehört habe, Gold! Möchten Sie nicht in den Senat kommen und uns helfen, den Entwurf durchzubringen?«

»Ich fürchte, nein.«

»Dann werde ich mich als den Urheber bezeichnen.«

Der zweite Anruf kam von Ralph. »Ich dachte daran, dich gleich anzurufen, kam aber nicht auf den Einfall. Du mußt im Kongreß den Standpunkt der Regierung vertreten. Du hast uns soeben die Munition geliefert, die wir brauchen, um endlich alle Bundeszuschüsse zum Bildungswesen zu streichen.«

Gold fühlte sich grauenhaft. »Das war nun nicht gerade mein Plan, Ralph«, warf er schüchtern ein. »Ich will die Bildung verbessern, nicht abschaffen.«

»Nun ja, Bruce, nichts gelingt wie geplant«, ließ Ralph ihn wissen. »Können wir das Bildungswesen auf dem derzeitigen miserablen Niveau halten und zugleich die Kosten senken, würden wir es damit doch erheblich verbessern, nicht wahr? Du brauchst vor dem Kongreß nichts zu vertreten, was deinen Überzeugungen widerspricht, Bruce. Sag einfach die Wahrheit.«

»Die Wahrheit?«

»Auch wenn du lügen mußt.«

»Das«, überlegte Gold, »ließe sich wohl machen.«

»Der Präsident wird sich mächtig amüsieren. Besonders gefallen hat ihm deine Feststellung, daß nur ein unwissender Bürger ein guter Bürger sein kann. Du bist wirklich ein Genie, Bruce.«

Gold schrak zusammen. »Das war ironisch gemeint, Ralph.«
»Ich fürchte, das hat hier keiner bemerkt.«
»Meine Sarkasmen werden neuerdings überall für bare Münze genommen«, klagte Gold.
Ralph meinte achtungsvoll: »Es mag daran liegen, daß du wie alle großen Künstler der Wahrheit näher bist, als du weißt. Deine Ernennung zum Mitglied der Kommission für Bildung und Politische Wohlfahrt ist jetzt ausgemacht. Nächste Woche, sobald wir deinen Artikel mit einigen Änderungen, die uns eingefallen sind, für das Sitzungsprotokoll verlesen haben, erfolgt die Bekanntgabe. Selbstverständlich ändern wir nur mit deinem Einverständnis. Ich möchte so gegen zehn Zeilen streichen und deinen letzten Satz als Überschrift benutzen. Und als Verfasser soll darunter stehen Dr. Bruce Gold.«
Gold widersprach bekümmert: »Ralph, ich bin kein Doktor.«
»Immerhin Doktor der Philosophie.«
»Das bist du ebenfalls, Ralph. Wie gefiele es dir wohl, wenn die Leute plötzlich alle Doktor zu dir sagten?«
»Mir wäre es entsetzlich, Bruce, ich bin schließlich kein Deutscher.«
»Ich auch nicht, Ralph. Meine Eltern waren Russen.«
»Wo liegt da der Unterschied?«
»Zwischen Deutschen und Russen, Ralph?« fragte Gold.
»Ach, du weißt schon, wie ich es meine.«
»Da bin ich gar nicht sicher, Ralph. Inwiefern sind Deutsche und Russen dasselbe?«
»Beide sind Europäer, Bruce. Ich dachte, dies sei dir bekannt.«
»Das war es auch«, sagte Gold immer noch niedergedrückt. »Nicht einmal Anton Tschechow wurde Doktor genannt.«
»Es geht doch bloß um die Verlesung für das Parlamentsprotokoll, Bruce«, redete Ralph ihm zu. »Außer dem Schriftsetzer liest das niemand, und der ist meist blind.«
»Ich käme mir lächerlich und aufgeblasen vor, Ralph. Kissinger wurde Doktor genannt, und was man von dem gehalten hat, weißt du. Nein, Ralph, das kann ich nicht zulassen.«
»Und ich muß leider darauf bestehen.«
»Und es ist meine Art, allem Zwang Widerstand entgegenzusetzen.«

»Dann laß mich dich überreden.«
»Gut. Überreden lasse ich mich.«
»Ich kann dir gar nicht sagen, Bruce, wie uns die Aussicht belebt, daß du zu uns kommst. Du hast schon jetzt einen Standard etabliert, unter den keiner von uns mehr absinken möchte. Wir nennen ihn den Gold-Standard.«
Und dazu lachte Ralph nicht.
Daher lachte auch Gold nicht. »Was zahlt ihr mir, Ralph?« fand Gold endlich den Mut zu fragen. »Ich müßte unbezahlten Urlaub nehmen.«
»Nichts, fürchte ich.«
»Nichts?«
»Nur Spesen bis zu tausend Dollar pro Tag.«
Nie im Leben war Gold so nahe daran gewesen zu jodeln. »Das klingt aber recht beträchtlich«, bemerkte er mit gelassener Objektivität.
»Es langt nicht mehr so weit wie früher«, sagte Ralph mitfühlend und beschämt. Er dämpfte nun die Stimme ein wenig. »Du kannst natürlich eine gefälschte Abrechnung einreichen und behältst dann ein bißchen übrig. Sollte jemand mithören, so bitte ich, das als Scherz aufzufassen. Sag aber Andrea nichts. Wenn es um Staatsgelder geht, ist sie wachsam wie ein Falke. Stimmt's, Andrea? Manche Kommissionen bestehen übrigens eine ganze Ewigkeit.«
Tausend pro Tag für die Ewigkeit fand Gold keineswegs kümmerlich.
Ein Abgeordneter aus Louisiana, dessen Namen Gold nie gehört hatte, las seinen Artikel im Parlament fürs Protokoll vor. Als Gold am Morgen darauf die ›Times‹ aufschlug, sah er verblüfft seinen Artikel neuerlich dort abgedruckt, diesmal unter anderer Überschrift und versehen mit einer Anmerkung:

Berichtigung

Vergangene Woche erschien an dieser Stelle ein Artikel versehentlich unter der Überschrift »Bildung und Wahrheit *oder* Wahrheit in der Bildung«, als dessen Verfasser irrtümlich Bruce Gold genannt wurde.

Richtig muß es Dr. Bruce Gold heißen, kürzlich zum Mitglied der Regierungskommission für Bildung und Politische Wohlfahrt ernannt. Da weite Kreise an Dr. Golds Standpunkt interessiert sind, bringt die ›Times‹ gern diese Richtigstellung und druckt bereitwillig den Artikel ein zweites Mal unter der zutreffenden Überschrift ›Sag Ja zum Leben‹.

Es traf ein weiterer Scheck von der ›New York Times‹ ein, dieser über hundertfünfundzwanzig Dollar. Gold meinte selber, er genieße nichts so sehr, wie Geld mit der Post ins Haus geschickt zu bekommen, und an Tagen, da dies geschah, war er kaum je unglücklich. Er fragte sich in heiterster Laune, ob wohl ein zweiter Leserbrief von Lieberman abgedruckt würde.

Lieberman hatte sich seit dem letzten Mittagessen mit Gold neue Fettpolster und Saucenflecken zugelegt, dafür fehlten seinem karottenroten Schopf mehrere Strähnen. »Hast du meinen Artikel in der ›Times‹ gelesen?«, fragte er.
»Was für einen Artikel?« fragte Gold.
»Den Leserbrief, mit dem ich deinen Artikel zerfetzt habe«, entgegnete Lieberman. Die Tische im Delikatessen-Restaurant waren klein und standen dicht beieinander. »Jedenfalls hast du eine Entgegnung gar nicht erst versucht. Dabei hatte ich bereits eine vernichtende Antwort für dich und das gesamte feige Gesindel fertig, das sich hierzulande liberales Establishment nennt.«
»Dann bring sie doch in deiner eigenen Zeitschrift«, schlug Pomoroy vor.
»Kein Mensch liest meine Zeitschrift«, klagte Lieberman ganz zerknirscht.
»Dann arbeite sie doch in deine nächste Autobiographie ein«, schlug Gold vor. »Wenn die erscheint, bin ich wahrscheinlich schon ein bekannter Staatsmann.«
In Liebermans Blick glomm so etwas wie Haß. »Wieviel Leute sitzen eigentlich in diesem Ausschuß?«
»Acht«, sagte Gold. In Wirklichkeit waren es fünfundzwanzig.
Lieberman, der seinen Käsesandwich unmanierlich herunterschlang, versetzte mit der eisigen Höflichkeit eines alten Diplomaten: »Ich sage dir gleich, daß ich die Gegenposition beziehen muß. Ich werde in meiner Zeitschrift vernichtende Leitartikel und Glossen schreiben.«
»Aber niemand liest deine Zeitschrift«, erinnerte Gold ihn.
»Ich habe Freunde in Washington.«
»Nein, hast du nicht«, berichtigte Pomoroy.
»Immerhin wissen dort einige Leute, wer ich bin.«

»Eben deshalb hast du keine Freunde«, konstatierte Gold, und wie immer verschaffte es ihm Genuß zu bemerken, wie eifersüchtig und ressentimentgeladen Lieberman reagierte.
Nun war Lieberman an der Reihe zu lügen. »Offen gestanden, ich würde nicht im Traum erwägen, einen solchen Posten zu übernehmen.« Dabei grunzte er schadenfroh und bespuckte Ärmel und Aufschläge seiner Wolljacke mit Brocken von Hackfleisch und geschmolzenem Käse. Er verrieb sie mit dem Daumen im Gewebe und leckte den Daumen dann ab. »Es sei denn, ich führte den Vorsitz im Ausschuß, verfaßte selber den Bericht und hätte direkten Zugang zum Präsidenten, so oft ich es für nötig halte. Meinethalben darfst du das Ralph erzählen.«
»Ralph wird untröstlich sein«, meinte Gold.
»Mit einleuchtenden Argumenten wäre ich allerdings noch umzustimmen.«
»Darüber wird in den Straßen der Stadt großer Jubel herrschen«, bemerkte Gold.
Pomoroy, wie üblich schweigsam und umdüstert, schlürfte mit einem langen sterilisierten Löffelchen seinen aromalosen Joghurt wie Medizin und betrachtete Lieberman mit mühsam unterdrücktem Mißfallen.
»Wo bleibt mein Buch?« bemerkte er endlich und kam damit zum eigentlichen Zweck dieser Zusammenkunft.
»Ich habe schon ein neues angefangen«, warf Lieberman ein.
»Fast fertig.« Gold achtete ebensowenig auf Lieberman wie Pomoroy.
»Ich entnehme daraus«, sagte Pomoroy, »daß du noch nicht angefangen hast.«
»Es hat doch keinen Zeck anzufangen, wenn man nicht weiß, wie man aufhören soll, oder? Das verlangt später nur unnötige Änderungen im Text. Ich möchte immer gern im voraus wissen, zu welchen Schlußfolgerungen ich komme, ehe ich mir die Mühe mache, sie zu begründen.«
»Und kennst du sie bereits?«
»So ziemlich«, versicherte Gold. »Zum Beispiel weiß ich, daß es eine ganze Reihe von Büchern zum Thema jüdische Selbsterfahrung gibt, aus denen ich bedenkenlos abschreiben kann.«

»Das wollte ich dir gerade raten.«
»Es kann sein, daß ich mehr Geld brauche. Deinetwegen habe ich nämlich den Roman beiseite gelegt.«
»Erst möchte ich was von deiner Arbeit sehen.«
»Ich könnte dir die Titel der Bücher nennen, aus denen ich abzuschreiben gedenke.«
»Von eigenständiger Forschung hältst du wohl nichts mehr?« spöttelte Pomoroy.
»Im Gegenteil«, versetzte Gold. »Eben darum studiere ich ja die Arbeiten anderer so genau.«
»Ich frage mich gelegentlich«, seufzte Pomoroy, »ob Verleger, Autoren und Philosophen auch früher schon so widerwärtige Gespräche geführt haben. Dann fällt mir ein, was alles ich von ihnen weiß, und mir wird klar, jawohl, das haben sie. Nun aber mal im Ernst: Hast du eine Vorstellung davon, wann du fertig wirst? Ich mag diese Dinge nicht mehr so leicht nehmen wie früher.«
»Offen gestanden, nein«, antwortete Gold aufrichtig. »Laß mir noch einen Monat Zeit, um das Material zu sichten. Falls mir etwas einfällt, brächte ich gern gewisse ganz persönliche, aber bedeutsame Elemente in diese Arbeit ein.«
Gold aß appetitlos seinen Fruchtsalat mit Quark. Lieberman hatte einen Jumbo-Cheeseburger bestellt, belegt mit magerer Pastrami, Corned Beef, Zunge, Putenfleisch, gehackter Hühnerleber, Schweizer Käse, grünen Zwiebeln, dazu Pommes-frites und Malzmilch mit Schokolade. »Ich wollte, ich hätte einen so guten Stoffwechsel wie ihr«, bemerkte er, bevor er seine Bestellung aufgab. »Dann wäre ich auch so mager.« Er benutzte zum Essen immer noch beide Hände, stopfte sich voll und spie gleichzeitig um sich, wobei er seine Rede weder unterbrach, um Luft zu holen noch um zu schlucken. Die Suppe hatte er schon zu sich genommen, den Löffel in beiden Händen, und seinen übergroßen Sandwich umklammerte er selbstverständlich ebenfalls mit allen zehn Fingern.
»Ich mache dir ein Buch in vier Wochen, und es wird bestimmt besser als seins«, versprach er Pomoroy.
»Wie kannst du nur eine so hohe Meinung von dir haben, Lieberman, wo doch jeder, der dich kennt, eine so geringe Meinung von dir hat?«

Lieberman kaute nachdenklich und bedachte, was er da soeben vernommen, als handele es sich um einen Antrag an den Vorsitzenden eines Gerichtes und nicht um eine Beleidigung.
»Ich bin schließlich Herausgeber einer der größten kleinen Zeitschriften im Lande.«
»Mit einer verkauften Auflage von sechzehn Exemplaren«, sagte Gold.
»Man sieht auf dich herab«, sagte Pomoroy.
Darauf Lieberman: »Ich weiß mehr und bin gebildeter als neunundneunzig Prozent der Bürger der Vereinigten Staaten, was auf die Weltbevölkerung umgerechnet mehr als hundert Prozent bedeutet.«
»Das gilt auch für uns«, sagte Pomoroy.
»Das reicht nicht«, sagte Gold.
»Reicht nicht?«
»Nicht für dich jedenfalls, Lieberman«, sagte Pomoroy. »Ist dir eigentlich nicht klar –«
»Nenne mich bitte Skipper«, unterbrach Lieberman.
»Ist dir eigentlich klar, Lieberman, daß du der einzige Mensch bist, über den ich von Dritten noch nie ein gutes Wort gehört habe?«
Lieberman erwog bedächtig diese Information: »Nie?«
»Bruce, du kennst ihn von Kind an.«
»Nicht eigentlich«, korrigierte Gold. »Eine Weile wohnten wir im selben Block. Es war aber ein großer Block.«
»Du warst immerhin mit ihm auf der Grundschule.«
»Bloß ein paar Klassen. Liebermans sind dann umgezogen. Nach Brighton Beach.«
»Aber auf der Hauptschule hast du ihn gekannt.«
»Er war eine Klasse über mir.«
»Trotzdem. Du kennst ihn seit undenklichen Jahren. Hast du je gehört, daß jemand etwas Gutes über ihn gesagt hätte?«
»Nein«, sagte Gold wahrheitsgemäß. »Skipper hat es stets an Charme, Begabung, Witz, Intelligenz und Verbindlichkeit gefehlt.«
»Ihr seid beide im Irrtum«, berichtigte Lieberman. »In meiner Klasse war ich immer der Beste.«
»Der Zweitbeste, du Lügner!« sagte Gold. »Der Beste war ich.«
»Ich hatte ein Stipendium für die Columbia-Universität.«

»Hattest du nicht«, verbesserte Gold wiederum. »Und ich hatte auch keines, obschon wir beide behaupteten, Stipendiaten zu sein. Und einer kommunistischen Organisation hast du auch nie angehört, hör also auf, mit deinem Austritt zu renommieren.«
Lieberman, der nie im Leben Kommunist gewesen war, fühlte sich jetzt stets ungeheuer geschmeichelt, wenn man ihn zu seinem Sinneswandel beglückwünschte; nicht ganz so wohl allerdings war ihm, wenn man ihn bei Veranstaltungen von Reaktionären entdeckte, die sich Konservative nannten, Veranstaltungen, wo Antisemiten und Neofaschisten als Redner auftraten oder unter den Gästen prominentere waren als er. Der stark beleibte Lieberman mit den Hängebacken und dem Doppelkinn war ganz dafür, die Bomber loszulassen und es mit jedermann in jedem Winkel der Erde aufzunehmen. Krieg mit Rußland oder China fürchtete er keinen Moment, fürchten tat er bloß Pomoroy und Gold.
Getrieben von einem Fünkchen Hoffnung auf Anerkennung, behauptete er nun: »Als Autor habe ich mich ungeheuer verbessert. In Fragen der Außenpolitik gebrauche ich einen kraftvollen Wortschatz und scheue weder Epigramme noch Paradoxa.« Aus den Tiefen seines schmuddeligen Gewandes brachte er die nächste Ausgabe seiner Zeitschrift zum Vorschein und blätterte darin, bis er die gesuchte Stelle fand, die regelmäßig von ihm verfaßte Kolumne, diesmal mit der verwegenen Überschrift: *Offene Worte eines furchtlosen Herausgebers. Von M. G. Lieberman, Herausgeber.* »Jetzt hört euch mal an, was ich auf der Pfanne habe«, rief er mit wachsender Erregung und bereitete eine Lesung vor. »Schluß endlich mit den rhetorischen Fragen.« Und er begann: *»Was also ist jenen zu erwidern, die da meinen, dieser Kurs könne uns zum Krieg führen? Darauf erwidere ich unerschütterlich: Nun, so möge er denn zum Krieg führen!* Na? Wie gefällt euch das? Nichts als Verachtung und Tadel für die schwächlichen Nerven des sogenannten liberalen Establishment.« Und er konnte sich nicht verkneifen anzumerken: »Der Satz stammt übrigens von Henry Kissinger.«
»Den hast du von mir«, warf Gold empört ein, der ihn seinerseits einer abfälligen Beurteilung des ehemaligen Außenministers in der ›New Republic‹ verdankte; eben jener Beurteilung, die in Gold, zusammen mit den wahnwitzigen Mutmaßungen seines eigenen Va-

ters, erstmals den geheimen Verdacht erweckt hatte, Henry Kissinger sei in Wahrheit kein Jude.
»*Unser Widerstandswille erlahmt*«, zitierte Lieberman sich weiter, »*während der Rußlands zunimmt.* Und hier noch eine Perle. *Sind wir willens und bereit, zum Mittel des Krieges zu greifen, wenn unsere Lebensinteressen bedroht sind, so müssen wir, behaupte ich, zu diesem Mittel auch dann greifen, wenn sie nicht bedroht sind, um Freund und Feind gleichermaßen verständlich zu machen, daß wir nicht davor zurückschrecken.*«
Er ließ die Äuglein über das Blatt schweifen und zitierte mit sichtlicher Genugtuung: »*Wozu Atombomben und Bomber bauen, wenn man nicht gewillt ist, sie auch zu benutzen? Das ist reine Verschwendung, und genau an diesem Punkt verliere ich die Geduld mit allen, die sich scheuen, jene großen Opfer auf sich zu nehmen, die wir nun einmal darbringen, jene Verluste zu tragen, die wir erleiden müssen.* Stimmt was nicht?« Lieberman wich angstvoll verstört vor den steinernen Blicken seiner Tischpartner zurück, in denen er sich unerwartet als widerwärtiges Subjekt gespiegelt sah.
»Falls du fortfährst, so zu reden«, ermahnte ihn Pomoroy sanft und verzehrte die letzte Scheibe seines Apfels, »darfst du dich bei uns nicht mehr blicken lassen.«
Plötzlich hatte Lieberman Tränen in den Augen. »Entschuldigt bitte«, sagte er und ließ den Kopf hängen. Er war so tief getroffen, daß er zu seinem Kaffee auch noch Käsesahnetorte bestellte.
Als der Kellner gegangen war, fragte Pomoroy: »Wen meinst du eigentlich, wenn du ›wir‹ sagst?« Und er schaute Lieberman mit einem wütenden Blick durch seine Schildpattbrille an.
Lieberman brauchte lange, eine Antwort auszudenken. »Die Regierung.«
»Die Regierung ist Einzahl. ›Wir‹ hingegen ist Mehrzahl. Wenn du von der Regierung, von Vaterland und Tradition redest, tust du das auf eine abscheuliche, ekelhafte, nationalistische Manier. Deine Vorfahren haben in Rußland Hühner gerupft.«
»In Mähren«, berichtigte Lieberman.
»Wer, bitte sehr, sind diese wir, die bereitzustehen haben, Opfer zu bringen und Verluste zu ertragen?«
»Mit wir«, sagte Gold, »meint er die anderen. Dieser Schleimscheißer.«

»Ich kann mich auch ändern!« beteuerte Lieberman mit sprechenden Handbewegungen. »Falls nötig, bin ich flexibel.«
»Wie flexibel du sein kannst, weiß ich genau«, warf Pomoroy ihm höhnisch vor, und Lieberman wurde rot. »Ich las deinen Namen kürzlich wieder in der Gästeliste einer Faschistenveranstaltung. Das übersteigt nachgerade mein Fassungsvermögen.« Pomoroy war ebenso verblüfft wie angewidert. »Was geht eigentlich in deinem Kopf vor, wenn du antisemitischen Reden zuhörst? Woran denkst du?«
Lieberman sagte schüchtern mit niedergeschlagenen Augen: »Ich sage das kleine Einmaleins auf.«
»Klatschst du Beifall?« fragte Gold.
»Nein«, antwortete Lieberman. »Ich schwöre, daß ich während der gesamten Dauer des Banketts buchstäblich auf meinen Händen sitze.«
»Und womit ißt du?« wollte Gold wissen.
»Es war mehr bildhaft gemeint.«
»Warum sagst du dann ›buchstäblich‹?« fragte Pomoroy.
»Worte bedeuten dir wohl nichts?« stieß Gold nach.
»Ich muß mal pinkeln gehen.«
»Sehet diesen Menschen«, sagte Gold. »Da geht er hin, und nichts an ihm berührt den Betrachter angenehm. Dabei ahnt er nicht im mindesten, daß er ein Hanswurst ist.«
Pomoroy ließ sich so leicht nicht ablenken. »Du übernimmst also einen Posten in Washington?« fragte er, und Gold fand es schwer, seinem Blick standzuhalten. »Was wird dann aus dem Buch, das du mir schuldest?«
»Das Buch kann davon nur profitieren. Enorm sogar«, antwortete Gold etwas beklommen. »Wie oft kommt es wohl vor, daß ein Jude, der von armen Einwanderern abstammt, ein bedeutendes Regierungsamt übernehmen darf?«
»Nur allzu oft«, sagte Pomoroy und fing an zu weinen. »Mein Vater ist senil. Er kennt mich nicht mehr, und wenn ich ihn im Pflegeheim besuche, sagt er die sonderbarsten Sachen. Er nennt mich Herr Doktor oder Herr Vorsitzender und ahnt nicht, weshalb ich ihn besuche. Letzte Woche hat ein Blinder ihn mit seinem Stock verprügelt, und er weiß es nicht mal. Er hat Zucker, und wahrscheinlich

müssen ihm beide Beine amputiert werden, aber er wird nichts von alledem begreifen. Ich kann ihn nicht im Heim lassen und nicht nach Hause nehmen. Ich will seinetwegen meine Ehe nicht ruinieren. Ich weiß gar nicht, weshalb ich ihn überhaupt noch besuche. Verwandte und enge Freunde habe ich nicht, und außer dir kann ich mit niemand darüber sprechen.«

»Verwandte habe ich haufenweise«, sagte Gold, »aber reden kann ich auch mit keinem. Mein Vater ist jetzt zweiundachtzig und mag nicht zurück nach Florida. Ich will aber nicht, daß er hier krank wird. Seit fünfzehn Jahren rechne ich jede Minute damit, daß ihm was zustößt. Ich fürchte, es passiert ihm was, und ebensosehr fürchte ich, es passiert ihm nichts. Er kann und kann nicht aufhören, an mir herumzumäkeln, und ich habe immer noch Angst vor ihm. Seit ich denken kann, hat er es auf mich abgesehen. Für die Verwandtschaft bin und bleibe ich ein Wickelkind, alle behandeln mich wie einen Schuljungen. Und ich kann dagegen nichts machen, wenn ich nicht gemein sein will. Es stimmt schon, alle haben alles mögliche für mich getan, aber mein Schuldgefühl macht die Dinge nicht besser. Als ich aufs College ging, mußte mein älterer Bruder schon arbeiten, und er wird immer neidischer auf mich. Ich kann ihm das Maul bloß stopfen, wenn ich außer mir gerate, und genau das möchte er. Für meine älteste Schwester Rose haben wir zum sechzigsten Geburtstag ein kleines Fest veranstaltet. Dabei stellte sich heraus, daß ihr Geburtstag bis dahin nicht ein einziges Mal gefeiert worden war! Das hat mir fast das Herz gebrochen. Ich hätte beinahe geheult, dabei steht sie mir nicht mal besonders nahe. Seit über vierzig Jahren arbeitet sie im selben Büro, und jeden Tag, den Gott werden läßt, fürchtet sie, entlassen zu werden. Ihr Mann säuft sich allmählich krank. Und was ich auch tue, sie wollen alles, alles genau wissen.«

»Und warum machst du das mit?«

»Weil sie mich nicht für arrogant halten sollen. Zum Glück lebt meine Mutter nicht mehr. Zuzusehen, wie die leiden müßte, wäre schrecklich für mich. Ich liebe meine Frau nicht. Daheim ist es ebenso langweilig wie am Schreibtisch und im Hörsaal. Meine jüngste Schwester ist fünfundvierzig und lebt in Kalifornien, und es könnte sein, ich bin immer noch verknallt in sie. Sonst steht mir kein einziger Mensch in der ganzen Welt nahe. Was ich auch tue, alles langweilt mich. Reich heiraten müßte man. Wisch dir die Tränen weg, da kommt der Putz aus Mähren. Das mit deinem Vater tut mir aufrichtig leid.«

»Das ist doch schon eine sehr tragische Geschichte, die du da erzählst.« Pomoroy tat, als betupfe er nur die Mundwinkel mit dem weißen Taschentuch, mit dem er sein Gesicht bedeckte. »Wenn du nach Details suchst, die deinem Buch eine gewisse persönliche, bedeutsame Note verleihen, warum machst du nicht Gebrauch davon?« fragte er, als er die Fassung zurückerlangt hatte.

»Alles glänzend erledigt«, berichtete Lieberman prahlerisch und nahm seinen Platz mit der Haltung eines Menschen wieder ein, der sich für den Mittelpunkt bewundernder Aufmerksamkeit hält.

»Meinst du, eine Autobiographie?« fragte Gold. Aus den Augenwinkeln sah er, daß Lieberman erstarrte.

»Nein, keine Autobiographie«, sagte Pomoroy. »Ich meine: du solltest das Lebensgefühl der jüdischen Amerikaner nicht in der großen verallgemeinernden Perspektive darstellen, sondern von deinem eigenen Standpunkt aus. Der Lunapark, Coney Island, die ganze Umwelt, in der du aufgewachsen bist, der Schneiderladen deines Vaters, die Händler auf der Strandpromenade – das alles finde ich durchaus reizvoll. Ging es in Steeplechase wirklich so aufregend zu?«

»So wurde es bloß genannt. Rennen gab es da überhaupt nicht.«

»Für ein Kind muß es recht abenteuerlich gewesen sein auf Coney Island. Wenn du darüber schreibst, würde ich noch einmal einen Vorschuß in gleicher Höhe riskieren. Von jedem Buch, das du lieferst, bringe ich glatt 10000 bis 15000 Exemplare unter, und wenn wir Glück haben, könnten wir von diesem sogar 50000 absetzen.«

»Wenn ich noch mal anfangen soll, brauche ich Geld«, sagte Gold.

»Leck mich am Arsch.«

Gold bemerkte schon seit geraumer Zeit, daß es tief drinnen in Lieberman grummelte, ein Grummeln, das sich mit Gewalt Ausgang durch seinen Kehlkopf zu schaffen suchte. Jetzt war es soweit, und mit einem förmlichen Fauchen brach es aus Lieberman hervor:

»Und ich?« Sein Gesicht war von einem giftigen Grau und erinnerte Gold an einen verbeulten Aluminiumtiegel. Lieberman ließ beim Sprechen die letzten Konsonanten knattern und es klang, als teile er mit jedem Atemstoß Peitschenhiebe aus.

Gold hätte nicht sagen können, ob die Überraschung, die Pomoroy zeigte, echt oder gespielt war. »Was soll sein mit dir?«

»Ich habe schließlich auch auf Coney Island gewohnt«, sagte Lieberman. »Du hast meine neue Autobiographie noch nicht mal angeblättert, aber seine willst du gleich drucken.«

»Ach, Lieberman, Lieberman, Lieberman«, jammerte Pomoroy. »Du irrst. Ich habe deine neue Autobiographie sehr wohl gelesen, und sie unterscheidet sich in nichts von den gestelzten Romanen, die du mir früher einzureichen pflegtest. Lieberman, Lieberman – eine Katze hat neun Leben, du aber, Lieberman, hast nur eines – und über dieses dein kleines Leben gibt es bereits vier Autobiographien.«

»Diese ist aber ganz anders als die anderen«, beteuerte Lieberman. »Ich bin überzeugt, die Geschichte meines Lebens fände höchstes Interesse. Es handelt sich um liebevolle Erinnerungen. Ich verzeihe darin vielen Menschen, sogar euch beiden. Die Kritiker werden ganz wild darauf sein, weil ich so nachsichtig bin. Insbesondere gedenke ich der Jahre, die ich mit dir und Gold auf dem College verbracht habe, mit geradezu inniger Anteilnahme.«

»Derartige Erinnerungen fehlen mir völlig«, sagte Pomoroy.

Gold sagte: »Vergiß nicht in deinen innigen Memoiren zu erwähnen, daß wir auf deine Erinnerungen an uns pfeifen.«

»Was hast du doch für vier langweilige Leben hinter dir, Lieberman«, sagte Pomoroy. »Wen interessiert schon, was du seinerzeit über den deutsch-russischen Nichtangriffspakt gedacht hast oder über den spanischen Bürgerkrieg? Acht Jahre alt warst du gerade.«

»Elf«, widersprach Lieberman, »jedenfalls, als ich mich von Stalin endgültig lossagte. Und meine Ansichten waren um nichts besser oder schlechter als die der bedeutendsten zeitgenössischen Denker.«

»Immerhin waren das die Ansichten der bedeutendsten zeitgenössischen Denker«, entgegnete Pomoroy. »Wer möchte sie nun als deine eigenen lesen? Dir fällt nichts Neues ein.«

»Und fiele dir was ein, könntest du immer noch nicht schreiben«, erinnerte ihn Gold.
»Ich kann nicht schreiben?«
»Nein.«
»Warum versuchst du's überhaupt?«
»Warum läßt du's nicht?«
Lieberman schob die bebende Unterlippe vor, ein Reflex der Gesichtsmuskeln, der ihm schon in seiner Kindheit in konfliktträchtigen Lagen eigentümlich gewesen war.
Nun schniefte er: »Es hat wirklich Mumm gebraucht, mit den alten Europäern auf der Strandpromenade von Coney Island und Brighton zu politisieren.«
»Wer mußte dabei eigentlich den Mumm aufbringen?« fragte Gold.
»Es brauchte jedenfalls Mut, wenn ich aus den Diskussionen als Sieger hervorgehen wollte«, erwiderte Lieberman stolz. Er legte Gold einschmeichelnd die Hand auf den Ärmel. »Darüber solltest du mal mit Ralph reden. Ich glaube, man weiß in Washington gar nicht, wie loyal ich sein kann. Ich bin bereit, über Nacht auf Wunsch meinen Standpunkt in jeder gewünschten Richtung zu ändern.«
Gold zog seinen Ärmel an sich und runzelte dabei asketisch die Brauen; es war eine sensitive Regung, mit der er Liebermans Berührung auswich.
Pomoroy fragte verschmitzt: »Wie soll er bei Ralph ein gutes Wort für dich einlegen, wenn du verhinderst, daß er überhaupt nach Washington berufen wird?«
Lieberman war verwirrt. »Dann verhindere ich es vielleicht doch nicht.«
»Du wirst mich in deiner Zeitschrift also nicht zerreißen?«
»Darüber muß ich noch nachdenken.« Lieberman schlug ein Geschäft vor. »Versprichst du, etwas für mich zu tun, falls ich deiner Berufung nach Washington nichts in den Weg lege?«
»Dagegen spricht, soweit ich sehe, nichts.«
»Ich neige jetzt zu der Ansicht, daß ich im Staatsdienst am rechten Platz wäre. Unter uns: eine anspruchsvolle kleine literarische Zeitschrift für Intellektuelle herauszugeben, ist nicht so amüsant, wie es sich anhört. Geld verdient man kaum damit, und Prestige ist so gut

wie keines damit verbunden. Und ich habe es auch satt, mir immer wieder rhetorische Fragen auszudenken.« Breit lächelnd verriet er: »Ein Regierungsamt, in dem ich viel Verantwortung und große Kompetenzen hätte, würde mir gefallen.«
»Sieh mal an«, Gold übertrieb seine Verblüffung noch. »Wer hätte das gedacht.«
»Ich würde mich glänzend bewähren.«
Pomoroy ließ sich die drei Rechnungen geben und bemerkte nur, er sei da nicht so überzeugt. Lieberman nahm aus dem Brotkorb ein knochentrockenes Brötchen und brach es mit beiden Händen auseinander; das dabei entstehende Geräusch ließ den nervösen Kellner zusammenschrecken und mehrere nahebei sitzende Gäste angstvoll von den Stühlen springen. Noch während er die Brötchenhälften in den Backentaschen unterbrachte, suchten seine Stummelfinger wie blinde Schnecken das Tischtuch nach Krümeln ab, die er sich auf die Lippen klebte wie Flitterplättchen. Er rieb die Nase versonnen mit dem Handgelenk und fragte: »Warum sollte ich mich in Washington nicht bewähren?«
»Weil du kein Hirn hast«, sagte Pomoroy.
»Und unfähig bist«, setzte Gold hinzu. »Und selbstverständlich auch, weil du keine Freunde hast.«
»Aber schließlich bist du mein Freund«, erinnerte ihn Lieberman.
»Nicht wirklich.« Gold wich angeekelt zurück.
Pomoroy meinte: »In Washington dürfte Bruce dein einziger Verbindungsmann sein.«
»Vorausgesetzt, du zerreißt mich nicht in deinem Blättchen.«
»Willst du mein Freund sein, wenn ich dir keine Hindernisse in den Weg lege?« fragte Lieberman.
»Versuchen könnte ich's ja mal.«
»Verschaffst du mir einen beträchtlichen Zuschuß vom CIA, damit ich die Auflage meiner Zeitschrift steigern kann?«
»Verlaß dich ganz auf mich.«

Ich verliere den Überblick über das Spiel, das sich jetzt immer mehr verwickelt, sinnierte Gold, als er mit Belle nach Brooklyn zurückfuhr. Die Verwicklungen mehren sich, während ich sie mühsam zusammenrechne. Darin gleiche ich dem Präsidenten, der eine Chronik der Ereignisse seiner Amtszeit zu führen sucht, ohne mit ihnen Schritt halten zu können. Oder auch Tristram Shandy, der die verworrenen Umstände seiner Geburt und seines Lebens schildert, die holterdiepolter daherpurzeln. Fast vier Bände braucht er, sich aus dem Mutterleib ans Licht zu arbeiten, und dabei fällt er weiter und weiter zurück. Gold schätzte weder den Autor noch das Werk, gleichwohl war seine Seminararbeit, in der er den Roman mit originellen Begründungen pries, glänzend beurteilt worden. Die allernächste Zukunft sollte eine anregende Begegnung mit Andreas Vater bringen, einem Diplomaten und alten Grundherrn von Ruf, womöglich gar den Beginn einer engen Freundschaft mit dem Präsidenten der Vereinigten Staaten, der von Golds Wortgewalt so stark beeindruckt war, daß er dessen Maxime: »Nichts gelingt wie geplant« gerahmt im Frühstücksraum neben einem Zitat von Plinius hatte anbringen lassen. Wenn die Welt das nur erführe! Von Ralph würde Gold hören, ob das Zitat von Plinius dem Älteren oder Plinius dem Jüngeren stammte. Nie konnte er diese beiden auseinanderhalten, und wenn er getrunken hatte, verwechselte er sie gern mit Livius. Für diesen Nachmittag hatte er einen Wagen gemietet.

Belle saß schweigend neben ihm. Ihre Haltung bekundete eine starrsinnige Unterwürfigkeit, die ihn reizte. Ihr etwas schwammiges, rundes Gesicht war ausdruckslos, der Kopf hochgereckt. Ihm zu Gefallen trug sie Wollsachen und einen dicken Mantel. Wieder war man auf dem Wege zu Golds Vater, aber Gold hoffte kaum noch, den verstockten Despoten samt all seinen Wurzeln aus dem

Boden von New York zu reißen und nach Florida ins Exil zu verpflanzen. Nicht Überredung würde zum Ziel führen, sondern einzig eisiger Wind und eine Entzündung der oberen Luftwege. Golds Wut auf Belle steigerte sich stetig, weil sie auf alles einging, was er insgeheim ausbrütete. Wollte er sie abschütteln, konnte er das nur, wenn sie ihm Widerstand leistete, während er gegen ihre aufreizende Langmut und Duldsamkeit wehrlos war. Die Auflösung der Ehe würde also ganz allein von ihm zu leisten sein. Auf ihn würde die gesamte Bürde fallen. Warum nur zankte sie nie, machte daheim oder wenn sie miteinander ausgingen nie Fehler, die er ihr hätte vorwerfen können? Warum nur war sie so entsetzlich gutartig und praktisch, so lieb mit den Kindern, so freundlich zu seinen Verwandten? Brütend über diesem Verhängnis, fühlte er sich als Opfer einer gräßlichen Ungerechtigkeit.

Belle hielt in zwei Einkaufstüten auf dem Schoß blitzblank gescheuerte Bratpfannen und glänzende Schüsseln, die sie nach Roses Geburtstagsfeier mit heimgenommen hatte und nun zu Harriet und Esther zurückbrachte.

»Leg' sie doch nach hinten«, sagte Gold vor Antritt der Fahrt.

»Ich habe sie lieber auf dem Schoß«, wehrte sie ab.

Er wußte, daß sie ihn für den denkbar schlechtesten Fahrer hielt. Sie bot das Bild der braven Hausfrau, bereit, mit allem Haushaltsgut fluchtartig das Auto zu verlassen, sollte seine Fahruntüchtigkeit einen Unfall verursachen. Als man aus dem Brooklyn-Battery-Tunnel ans Licht kam, hatte man bereits so gut wie alle erforderlichen Worte gewechselt. Gleichwohl machte Gold noch einen Anknüpfungsversuch.

»Soll ich über Belt Parkway oder über Ocean Parkway fahren?«

»Wie du willst.«

Er wählte Belt Parkway. Seine Laune war grimmig. Schwere Wolken hingen bedrohlich niedrig am Himmel. Ihr Schatten verdunkelte das kabbelige Wasser und stimmte ihn säuerlich, selbstzufrieden und erwartungsvoll. Nichts erfreute ihn so wie die Aussicht auf kalten Regen.

»Wer hat heute früh angerufen?«

»Barry rief aus Choate an«, sagte Belle, »und Noah aus Yale.«

»R-Gespräche etwa?«

»Beide wollen Geld.«
»Schick ihnen was.«
»Interessiert dich nicht, wieviel sie wollen?«
»Nein.«
»Auch nicht, wofür?«
»Noch nicht.«
»Barry will mit einer Gruppe über Weihnachten nach Moskau.«
»Meinethalben. Wahrscheinlich kann ich ihm einen Reisekostenzuschuß verschaffen, wenn er dafür zusichert, später Russisch als Hauptfach zu nehmen.«
»Noah will mit Bekannten eine Skihütte mieten.«
»Skihütte? Soll ich etwa dafür zahlen, daß er Ski fährt?«
Gold mißbilligte das. Er selber war nie Ski gelaufen und auch nicht in Yale gewesen.
»Er sagt, wenn wir ihm das Geld dafür nicht schicken, kommt er jedes Wochenende heim.«
»Wir haben keinen Platz im Haus.«
»Immerhin dein Arbeitszimmer und die Bibliothek.«
»Beide liegen voll von meinen Sachen. Du weißt genau, daß ich dieser Tage ungeheuer viel zu tun habe.«
»Dann könnte er in deinem Studio in Manhattan wohnen.«
»Ich will ihn da nicht haben. Schick ihm das Geld.«
»Haben wir soviel übrig?«
»Ich verdiene was dazu. In Washington. Hätten wir nichts übrig, könnten wir ihm auch nichts schicken, oder? Du hast mich schon vorhin einmal unterbrochen«, hielt er ihr sehr förmlich vor.
»Wie das?« Belle war ehrlich überrascht.
»Du fragtest, ob ich wissen wolle, wozu die Kinder das Geld brauchen, und ich antwortete: noch nicht. Trotzdem hast du mir die Gründe genannt.«
»Und inwiefern habe ich dich damit unterbrochen?« wollte Belle wissen. »Du hattest aufgehört zu sprechen.«
»Ich war in Gedanken. Ich wollte sagen, du verstehst wesentlich besser als ich, mit Geld und den Kindern umzugehen, und kannst daher die nötigen Entscheidungen treffen, ohne zu fragen. Du hast meinen Gedankengang unterbrochen.«
»Woran soll ich erkennen, daß du in Gedanken bist?«

»Im Zweifelsfall bin ich immer in Gedanken.«
Gold wartete vergeblich auf eine mürrische Erwiderung, begriff dann aber, daß eine Antwort nicht erfolgen konnte, wenn Belle sich an seine Weisungen hielt. Gut möglich, daß er nie wieder ein Wort von ihr hören würde. Belle beschränkte sich darauf, ihren Widerwillen durch ein kaum merkliches, wissendes Lächeln anzudeuten. Und hinge ihr Leben davon ab, sie würde ihm keinen Anlaß zu einem Wutausbruch geben. Das spürte er. Gold hegte die gespenstische Überzeugung, einer könne die Gedanken des anderen nur allzu richtig lesen. Obschon sie wenig miteinander sprachen, wußten sie alles voneinander. Belle griff ihn unermüdlich mit Geduld und selbstzufriedenem Schweigen an. Ihm kam jetzt vor, als drücke ihre aufrechte Haltung unmißverständlich und trotzig aus: so bin ich nun mal. Als wir heirateten, war ich keine Schönheit, und selbst wenn ich jetzt versuchte, eine aus mir zu machen, könnte ich es nicht. Seine Scheidung mochte er jederzeit haben. Nur mußte er sie selber betreiben. Gehorsam und geduldige Hinnahme waren die Waffen, mit denen sie ihn bekämpfte, bedingungslose Kapitulation war ihre Angriffsstrategie, und es fiel ihm schwer zu widerstehen. Er gedachte, am folgenden Abend für Andrea schottischen Räucherlachs mitzunehmen, womöglich auch hartgeräucherten Speck. Oder war es besser, den Speck für später als weitere Überraschung aufzusparen? Heringe würden Andrea vermutlich nicht reizen, geräucherte Makrelen hingegen dürfte sie schätzen.
Als die Straße sich in weitem Bogen dem Ufer folgend nach Osten schwang, erblickte Gold in der Ferne den ausgedienten Turm jenseits der Gravesend Bay, von dem während der Weltausstellung 1939/40 Besucher mit dem Fallschirm gesprungen waren; damals war das eine Sensation gewesen, und Gold erinnerte sich mit wehmütigem Stolz dieser längst vergangenen Zeit. Man hatte den Turm später abgebaut und an der Strandpromenade von Steeplechase aufgestellt, doch die Einheimischen, die sich im Lunapark an haarsträubenderen und gefährlicheren Geräten geübt hatten, fanden den Turm nicht mehr reizvoll. Jetzt wirkte er verloren, war niemandes Eigentum, und keiner wollte ihn fortschaffen. Er erinnerte Gold ein wenig an die halb fertiggestellten luxuriösen Appartementhäuser in Manhattan, deren Erbauern das Geld ausgegangen

war und auch der Kredit; ähnliche Ungetüme, die bereits verfielen und baufällig wurden, bevor sie je ihre blinkenden Fassaden hatten anlegen dürfen. Gleich darauf kam der skeletthafte Umriß des Riesenrades in Sicht, während der kühlen Jahreszeit außer Betrieb – das einzige Exemplar seiner Art auf Coney Island, seit die Anlage in Steeplechase Pleite gemacht hatte. Dort wie anderswo waren schlimme Zeiten angebrochen. Wo vor mehr als dreißig Jahren an Sommerabenden noch die bunten Lichter des Lunaparkes flackerten, erhob sich nunmehr eine riesige Wohnmaschine aus Backsteinen, vergleichbar einem Bienenstock, und wirkte gegen den düsteren Himmel gesehen noch trübseliger als gewöhnlich. Von der Brücke über den Ocean Parkway warf Gold rasch einen Blick zurück auf die Abraham Lincoln-Schule und beklagte zum tausendsten Mal, daß ihn das Schicksal ausgerechnet gleichzeitig mit Belle dorthin verschlagen und ihn mit drei abhängigen Kindern und einer eisern anhänglichen Gattin gestraft hatte. Er bedachte aristokratisch, wenn auch recht unbehaglich in der Art eines Lord Chesterfield oder Benjamin Franklin, daß ein Mann, der jung heiratet – und ein solcher war Gold –, höchstwahrscheinlich eine etwa gleichaltrige Frau wählt, die zu altern beginnt, wenn er gerade lernt, wie gut es sich mit einer viel jüngeren Frau zusammenlebt, und dem Zenith seines Lebens entgegenstürmt. Falls er es nicht vergaß, wollte er seinen beiden Söhnen diese Binsenwahrheit einprägen. Wäre Belle doch nur launisch, geldgierig oder untreu. Aber sie war überdies auch noch gesund!

Hinter Brighton verließ er die Autobahn Richtung Sheepshead Bay und Manhattan Beach. Der schmale sichelförmige Ausschnitt des südlichen Randes von Brooklyn, den er soeben durchfahren hatte, war so ungefähr der einzige ihm vertraute Teil dieser Gegend. Alles übrige mutete ihn fremd und furchterregend an. In Gedanken sah er die verkommene Straße vor sich, die er Minuten zuvor durchfahren hatte, und in der sich eben jene uralte, vernachlässigte Polizeiwache befand, wo man ihn als Kind abgeliefert hatte, als Sid ihn einfach stehen ließ, um seinen Freundinnen nachzulaufen. Wie herzlos das doch gewesen war. Bestimmt war Gold ganz benommen gewesen, als er auf der Wache wartete. Womöglich hatte er nicht mal gewußt, wo er wohnte, als man ihn danach fragte. Zu Hause gab es kein Telefon, das nächste stand in dem Bonbonladen Ecke Railroadstreet. Wenige Jahre später bekam er jeweils zwei Cent Trinkgeld, wenn er Mädchen ans Telefon holte, deren Freunde sich mit ihnen verabreden wollten. Dieses Brooklyn war nicht nur riesig, es stank zum Himmel.

Kurze Zeit darauf fand Gold sich erhitzt und förmlich glühend auf der Veranda seines Vaters. Statt in dem Wolkenbruch, mit dem er fest gerechnet hatte, saß er in der prallen Sonne, noch dazu umfächelt von einer wohlriechenden Brise. Er knöpfte den Mantel auf. Harriet nahm die Ohrenwärmer ab, und Sid sagte: »Geier sind wirklich höchst wunderbare Geschöpfe, findet ihr nicht auch?«
Und Gold fühlte, als er dies vernahm, wie ihm der Mut sank; womöglich ließ auch der Blutdruck nach. Nach Widerstand war ihm nicht zumute. Der Sonntag war für ihn wie stets graue, öde Untätigkeit, die man benommen über sich ergehen lassen mußte, es sei denn, man spielte professionell Fußball oder besaß wie Andrea Pferde zum Galoppieren und Füchse zum Jagen. Montag wollte er sich mit Ralph treffen und mit Andrea schlafen, Dienstag vormittag sich in einer Versammlung glänzender Köpfe bewähren, derengleichen womöglich an diesem einen Tag im ganzen Land anderswo nicht zusammenkam. Hier jedoch, im Fangnetz seiner Ursprünge, mußte er sich anhören, wie Sid nach dem letzten Schluck Bier aus seinem Glase schmatzend die Lippen verzog und lässig fortfuhr: »Eines der großartigsten Naturwunder, nicht wahr? Geier, man sagt gelegentlich auch Gissarde –«
»Bussarde«, berichtigte Gold, ohne aufzublicken.
»Was habe ich gesagt?«
»Gissarde.«
»Höchst merkwürdig«, sagte Sid mit gespielter Überraschung. »Selbstverständlich wollte ich Bussarde sagen. Geier also können sterbende Tiere auf Entfernungen bis zu fünfzehn Kilometer erkennen, obschon sie sämtlich von Geburt an blind sind.«
Gold hob den Kopf mit einem unwillkürlichen Ruck und stierte Sid an wie durch eine Nebelwand. Ohne es zu wollen, fragte er scharf: »Und wer, bitte, behauptet das?«

»Sind sie etwa nicht blind?« fragte Sid.
»Nein.«
»Und wie kommst du auf diesen Einfall?«
»Wären sie blind, wüßte ich es«, sagte Gold.
»Woher wohl«, höhnte sein Vater. »Vom College etwa?«
»Sid versteht von Naturkunde mehr als er«, murrte Harriet.
»Klar«, bestätigte sein Vater. »Sid hat schließlich Erfindungen gemacht. Ich war mal Unternehmer. Jetzt bin ich Rentner.«
»Ich hätte gern noch ein Bier«, sagte Sid. Esther erhob sich mit verstörender Behendigkeit, ihn zu bedienen, was alle übrigen Anwesenden ihretwegen mit schier unerträglicher Betrübnis erfüllte.
»Woher hast du deine Weisheit?« fragte Sid seinen Bruder.
»Ich wußte es eben, so wie ich weiß, daß Termiten und Maulwürfe blind sind. Das sind sie nämlich. Geier aber nicht.«
»Sid redet nicht von Termiten und Maulwürfen.« Harriet ließ die Gereiztheit, die sie Golds wegen empfand, den anderen zukommen. »Aber er muß ja immer alles besser wissen als Sid.«
»Maulwürfe errichten Hügel.« Golds Stiefmutter ließ diese Weisheit über die Lippen, während sie ihre Wolle wie gewöhnlich mit langen Nadeln bearbeitete, die fast niemals stillestanden. Heute blühte ein winziger rosa Pickel wie ein Blutstropfen auf der bleichen Haut eines Nasenflügels. Das frischgewaschene graue Haar war nicht ordentlich frisiert, und Gold kam sie vor wie jene irre Gestalt auf dem Gemälde, das Picketts Attacke bei Gettysburg darstellt. »Und manche Leute«, fuhr sie fort, wobei sie Gold anblickte, um jeden Zweifel daran zu beheben, wen sie meinte, »machen aus diesen Maulwurfshügeln wahre Gebirge.«
»Das steht sogar in der Bibel«, bestätigte Sid, während Gold lautlos mit den Zähnen knirschte.
»In der Bibel?« Gold spitzte die Ohren wie ein Leopard. An der Universität hatte er auch Vorlesungen über die Bibel gehalten, wenngleich es ihm nie gelungen war, sich ganz durch das Alte oder Neue Testament zu arbeiten. Vieles von dem, was er da las, blieb ihm unverständlich. Das Buch Hiob hielt er für überschätzt, er fand den Text schwülstig und voller Binsenwahrheiten. Das Hohe Lied Salomonis verwirrte ihn kaum weniger. »Wo in der Bibel soll denn das stehen?«

Sid zitierte mit schallender Stimme wie ein Kantor: »Auf drei Dinge weiß ich keine Antwort: Wie findet der Vogel seine Beute? Wie wächst das Korn an der Ähre? Was treibt den Mann zur Jungfrau? Stimmt's?« Dieses stark entstellte Zitat wurde an alle Anwesenden gerichtet wie ein schlichter Appell an die Vernunft.
Gold traute zwar seinen Ohren, aber sonst niemandem. »Blödsinn«, brummelte er, und lauter: »Völlig falsch zitiert.«
Sid sagte gespielt arglos: »Na ja, wer ist schon perfekt.« Und eine Spur von Reue lag in seinem Ton.
»Und wo heißt es, daß Geier blind sind?«
»Ach, Kleiner«, Sid setzte sein Glas ab und rieb die Hände aneinander. »Schließlich bist du aufs College gegangen, gebrauche also mal deinen Verstand. Was wäre besonderes an Geiern, wenn sie sehen könnten? Würde das etwa eigens erwähnt werden in der Bibel?«
»Selbstverständlich nicht«, sagte Golds Vater.
»Bruce will ja gar nicht streiten«, entschuldigte Esther ihn, und ihre Stimme bebte mehr als gewöhnlich.
»Er beteiligt sich nur ein bißchen am Gespräch«, sagte Belle.
Wie unter einem autobiographischen Zwang sagte Gold stumm bei sich, so als diktiere er seine oder Henry Kissingers Memoiren: Meine Eltern waren arm, niemand verschaffte mir einen Vorsprung vor den anderen. Genau genommen waren wir allerdings nicht arm, und ich hatte alle erdenklichen Vorsprünge, doch nicht so viele, wie ich eigentlich verdient hätte. Mein Licht stand unter dem Scheffel, und meine Leistungen waren wegen des Elends meiner Jugend nicht, was sie hätten sein können. Alles, was ich habe, mußte ich mir schwer verdienen, ausgenommen was mir mein Vater, meine Mutter, mein Bruder und meine vier älteren Schwestern zukommen ließen. Von Nutzen war mir einzig mein Hirn, und das habe ich gewiß von anderen geerbt als jenen Personen, die behaupten, mich gezeugt zu haben. Es besteht Grund zu der Annahme, daß ich aus edlerem Blut bin, als der flüchtige Blick zeigt, und daß ich nur durch unglückliche Umstände in diese zwar strebsamen, doch ärmlichen Kreise geraten bin, Umstände, zu verwickelt, um jetzt noch aufgeklärt zu werden. Mein älterer Bruder Sid, den ich kenne, seit ich lebe, ist das Älteste von sieben Kindern, ein tüchtiger, erfolgreicher Geschäftsmann, laienhaft an naturwissenschaftlichen und

mechanischen Phänomenen interessiert, großzügig mit seinem Geld, mitfühlend und entgegenkommend im Verkehr mit anderen, zugleich aber auch ein dummes Arschloch. Er behandelt mich wie den letzten Dreck und zwingt mich, von Geiern zu sprechen.

Harriet, die sich jetzt im allgemeinen streitsüchtig und finster gab, hatte Gold anfangs mit offenen Armen und geradezu konspiratorischer Wärme begrüßt. Sie nahm ihn vertraulich beiseite und sagte: »Esther meint, Milt macht ihr demnächst einen Heiratsantrag. Du mußt da ein bißchen nachhelfen. Sie hat Rose beauftragt, über Ida von Sid herauszubekommen, ob mit der Ehe Geschlechtsverkehr verbunden sein muß.«

In Gold zog sich alles zusammen: »Und was soll ich dabei tun?«

Harriet erklärte kurz angebunden: »So etwas könntest du eigentlich wissen. Wofür bist du Professor? Sid weiß nur über naturwissenschaftliche Sachen Bescheid.«

»Kommt doch raus, ihr beiden«, rief Golds Vater mit unverhohlener Gereiztheit. »Es ist jetzt schön hier draußen auf der Veranda.«

Diese positive Wettermeldung wirkte wie das Sterbeglöckchen für alle Hoffnungen, die man auf den heutigen Besuch gesetzt hatte, und Gold spürte im feinen Adergeflecht seiner Gliedmaßen so etwas wie die nasse Kälte von Schneeregen.

Harriet setzte angesichts des vorauszusehenden Streites bereits eine feindselige Miene auf und sagte: »Ich habe Sid gesagt, falls sie Ende der Woche nicht nach Florida abreisen, dann fahre ich samt meinen Töchtern und Enkeln weg.«

Ein Bündnis mit dieser launischen, geizigen Frau von über sechzig, mit der er im Laufe der vergangenen Jahre immer wieder auf die eine oder andere Weise aneinandergeraten war, war nicht gerade nach Golds Geschmack. Er selber sah sich viril und in glänzender Verfassung, während Harriet um eine ganze Generation älter wirkte als sie war, seinem Vater im Alter näher als ihm. Er bemerkte den verkniffenen, müden Ausdruck um Augen und Mund, sah, daß die Poren ihrer Gesichtshaut gröber, ihre braungefärbten Haare dünner geworden waren. Gold, der sich recht gut der unzüchtigen Eskapaden erinnerte, die Sid mit seinen Freunden früher unternommen hatte, fragte sich, wie Sid jetzt wohl zu Harriet stehen

mochte. Daß sie nicht gut beieinander war, wußte er. Ihre Gallenblase war entfernt worden, einer ihrer jüngeren Brüder etliche Jahre zuvor an Krebs verstorben, eine Tochter, deren Ehe einigermaßen gefährdet schien, wieder mal samt Kindern aus Pennsylvania zu Besuch. Sid selber redete darüber nie. Von seinen Kindern sprach er selten, und wenn es geschah, dann mit einem ihm wohl kaum bewußten Beiklang von abfälliger Kritik und Enttäuschung. Seit je war er im Familienkreis wortkarg gewesen, womöglich in traumatischer Reaktion auf den dauernden Streit mit dem Vater, der sowohl kleinlichen Ärger als auch vulkanische Wutausbrüche mit heiserer Stimme von sich zu geben pflegte, beides ebenso niederschmetternd wie sein leidenschaftliches, wenn auch gedämpftes Vorsichhinsummen und seine gelegentlichen hemmungslos lauten Gesangsdarbietungen. Sein Repertoire reichte von schlichten jiddischen Liedchen bis zu herzhaften Imitationen amerikanischer und Gilbert- und Sullivan-Operetten, die er im Radio hörte, und rührseligen Balladen, die von unglücklicher Liebe handelten, eingereicht für den Wettbewerb, den eine Zigarettenfirma als Werbesendung ausstrahlen ließ. »Ich seeeeehne mich nach deinem strahlenden Lächeln« etwa wurde zu einer stehenden, peinlichen Formel, mit welcher er Nachbarn und Kunden zu grüßen pflegte, oder er summte, allein in seinem Laden, unsinnige Werbeverslein vor sich hin, die er ebenfalls aus dem Radio aufgeschnappt hatte: »Gesundes Lachen durch Sal Hepatica« etwa oder: »Läßt die Natur dich auch im Stich, Ex Lax erleichtert dich.«
Jetzt rückte Julius Gold die Brille zurecht – das Gestell seit neuestem seinem Status als weltgewandter Rentner entsprechend fast farblos und damit seinem dichten lockigen weißen Schopf angepaßt –, und ließ die Zigarre qualmen, als er die Verandatür aufhielt. Sid hatte sich bereits niedergelassen in einer Haltung, die anzudeuten schien, er sei zu schläfrig, einen Streit heraufzubeschwören.
Harriet also eröffnete das Gefecht, indem sie mit betonter Höflichkeit fragte: »Und wie hat euch euer diesjähriger Aufenthalt in New York gefallen?«
»Das wirst du schon noch hören, bevor wir abreisen«, lautete die Antwort.
Und damit war Harriets Offensive bereits zum Stehen gebracht.

Golds Vater trug ein marineblaues Hemd zu einer neutralen Sportjacke aus Kaschmirwolle, deren Preis Gold auf mehr als zweihundert Dollar schätzte. Ein marineblaues Tüchlein mit weißen Punkten blühte aus dem Brusttäschchen der Jacke. Gold dachte mürrisch: der Hundskopf sieht besser aus als ich. In zehn Jahren trägt er wildlederne Cowboyjacken mit Fransen an den Passen, und ich sehe dann ebenso farblos aus wie Sid jetzt. Welch eine Veränderung seit den Tagen der schmuddeligen Schneiderwerkstatt, in der der Alte wie ein Irrer in Weste und flatternden Hemdsärmeln herumrannte, Stecknadeln im Mund, das Zentimetermaß um den Hals, ein Stück Schneiderkreide in der Hand.
Gold tat, als fröstele ihn. »In der Zeitung steht, es soll schneien.«
»Nicht in meiner«, sagte sein Vater.
»In North Dakota«, sagte seine Stiefmutter.
Sein Vater fügte an: »Letzte Woche sind in Miami zwei Leute, die wir beide kannten, am Hitzschlag gestorben.«
Harriet schob nun düster entschlossen Sid vor: »Du wolltest doch über etwas mit ihm reden?«
»Über die wachsende Kriminalität vielleicht?« mutmaßte Sid.
»Damit steht es wirklich schlimm«, sagte Belle.
Gold äußerte sich weitschweifig zu diesem Thema: »Daß man Verdächtige gegen Kaution freiläßt, ist absolut falsch. Bemißt man die Kaution niedrig, begehen Gewohnheitstäter sogleich neue Verbrechen, setzt man sie hoch an, werden die Leute auf den bloßen Verdacht hin bereits eingesperrt, ohne daß man ihnen zuvor den Prozeß macht. Die Kaution ist eine veraltete Einrichtung und nicht anwendbar, wenn das Verbrechen alltäglich wird und die Vermutung der Schuldlosigkeit von vorneherein auf unsicheren Füßen steht.«
Sein Vater trommelte mit den Fingerspitzen und sagte, als habe Gold überhaupt nicht gesprochen: »Hier ist alles ebenso wie in Florida.«
»Was denn – die Preise?« riet Gold aufs Geratewohl.
»In New York ist alles sehr teuer«, sagte Harriet.
»Wir können uns das leisten«, sagte Julius Gold.
»Auf Wohltätigkeit sind wir nicht angewiesen«, sagte Golds Stiefmutter.

»Uns reicht, was wir von dir und Sid bekommen«, fuhr Golds Vater unverschämt fort, »und von meinen anderen Kindern. Sogar meine Tochter in Kalifornien schickt mir Geld. Joannie.«
»Es ist zum Sterben«, Harriet gab wieder auf.
Sid fragte schmunzelnd: »Mit anderen Worten, du und Mutter findet an New York nichts auszusetzen?«
»Manchmal ist es etwas zu kalt hier«, gab sein Vater nach kurzem Bedenken zu. »So im Februar und März. Aber abgesehen davon? Nein. Nichts. Keine Klagen.«
Gewalt! heulte Gold stumm in sich hinein. »So lange könnt ihr unmöglich bleiben«, platzte er heraus. »Vor zwei Jahren haben Mutter und du –«
»Ich bin nicht deine Mutter«, berichtigte Gussie ihn beißend.
»Sid?« Gold schaute seinen Bruder an.
»Also Pop«, sagte Sid, »allmählich wird es für Mutter und dich wirklich zu kalt hier und zu feucht.«
»Hier nicht«, widersprach Julius Gold.
»Was redest du bloß!« Golds Stimme klang schrill. »Ringsum nichts als Wasser, hinter euch die Bucht und vor euch der Atlantische Ozean!«
»Uns gefällt«, sagte seine Stiefmutter, »die jodhaltige Seeluft.«
»Hier haben wir eine trockene Kälte«, sagte sein Vater.
»Und eine ausgesprochene trockene Feuchtigkeit.«
Gold wollte wissen: »Warum darf er dich Mutter nennen, und mir verbietest du es?«
»Weil ich ihn leiden mag«, erwiderte seine Stiefmutter, ohne eine Miene zu verziehen.
»Ha, gut gegeben!« lachte sein Vater.
Gussie wurde von ihrem Triumph sichtlich befeuert. »Hier, halt das mal eine Minute.« Und sie reichte Gold Stricknadeln und Knäuel. Er mußte aufstehen, um ihr behilflich sein zu können, und drückte alles aus Leibeskräften an sich, zu Tode geängstigt bei dem Gedanken, er könnte etwas hinfallen lassen. »Ich brauche deine Hilfe«, sagte sie mit ihrem beinahe melodischen Kichern und schob ihm auch noch die Strohtasche unter die Achsel. »Du siehst, die ganze Last wird wieder mal mir allein aufgebürdet. Da.«
»Und was soll ich damit?« fragte Gold.

»Die Minute ist noch nicht vorüber«, antwortete sie.
»Brav, wieder gut gegeben!« gratulierte Julius Gold seiner Frau.
Momenju, verfluchte Gold sein Schicksal und hätte gern irgendwem einen schweren Gegenstand an den Kopf geworfen, doch mit Wolle, Stricknadeln und Strohtasche war er aktionsunfähig. Also sagte er drohend zu seinem Vater: »Ich werde kaum noch Zeit für euch erübrigen können. Ich habe oft in Washington zu tun. Außerdem muß ich meine Vorlesungen halten und mehrere Bücher schreiben.«
»Und Sid und ich«, fiel Harriet ein, »machen demnächst Ferien. Kann sein, wir fahren nach Florida.«
»Dann könnt ihr unsere Wohnung benutzen.«
Sid verbarg ein Schmunzeln. »Du hast doch keine Wohnung, Pop. Darum sind wir ja gerade hier. Über die Eigentumswohnung wollten wir ja jetzt sprechen.«
»Richtig«, erinnerte der Alte sich bereitwillig. »Ich sage ja, unsere Eigentumswohnung. Darüber reden wir später beim Abendessen.«
»Abendessen?« sagte Gold mit brechender Stimme. »Ich dachte, du hast uns zum Mittagessen hergebeten?«
»Stimmt. Ich dachte, mittags gehen wir in ein hübsches chinesisches Restaurant, ganz in der Nähe zum Abendessen. Du hast doch hoffentlich vorher telefoniert, und die wissen Bescheid, Sid? Von angeknackstem Geschirr habe ich nie gegessen, und das lasse ich mir auch von diesen schlitzäugigen Zopfträgern nicht bieten. Weshalb steht er da mit dem Strickzeug rum wie ein Idiot?« Damit war Gold gemeint.
»Ich glaube, die Minute ist vorbei«, sagte Golds Stiefmutter und entriß ihm Strickzeug samt Strohtasche. »Schließlich ist das meins.«
Tatenju, dachte Gold und warf sich in einen Sessel. An seinen Vater gewendet, fragte er herausfordernd: »Jüdische Feiertage hast du wohl nicht mehr auf Lager, wie?« Der Alte war sichtlich verstört durch diesen dreisten Einbruch in eine Sphäre, die er bislang für sein Monopol gehalten hatte. »Der nächste Feiertag ist –«, Gold kramte eine mit der Maschine geschriebene Liste aus der Tasche und fand gleich die gesuchte Eintragung.
»– ist Chanukkah«, kam sein Vater ihm zuvor und wandte sich ab, um unbeobachtet zu sein. »Und das ist erst Ende Dezember.«

Gold erhob sich lautlos und blickte seinem Vater über die Schulter. Dieser hielt eine Liste der jüdischen Feiertage in der Hand, die haargenau Golds glich. Mit ihren Listen in der Hand sahen Vater und Sohn einander gleicherweise belustigt an.

»Wo hast du die her?« fragte Gold.

»Von Taub in Miami«, sagte sein Vater. »Und woher hast du deine?«

»Von Epstein aus meiner Vorlesung ›Monarchie und Monotheismus‹. Reist ihr also endlich ab?«

»Praktisch sitzen wir schon auf unseren Koffern.«

Gold kehrte zu seinem Sessel zurück.

»Aber vor der großen Feier nicht.« Der Alte raffte sich auf wie ein angeschlagener Boxer, den der pure Trotz auf den Füßen hält. Gold sprang auch prompt wieder aus dem Sessel. »Oh nein. Soll ich etwa meine Kinder kränken? Das kommt nicht in Frage.«

Sid erholte sich als erster von diesem neuen Schachzug. »Was meinst du für eine Feier?«

»Unseren Hochzeitstag«, versetzte der Alte geradezu überschwenglich. »Habt ihr den alle vergessen? Ich und Gussie, wir haben demnächst zehnten Hochzeitstag, und auf keinen Fall wollen wir euch kränken, indem wir vor der großen Feier abreisen, die ihr schon vorbereitet.«

»Und wann findet die statt?« fragte Gold scharf. »An welchem Tag?«

Julius Gold geriet ganz plötzlich aus der Fassung und schaute seine Frau hilfesuchend an. Gussie schüttelte heftig den Kopf und lehnte damit ab, sich zu äußern.

»Am 14. November«, sagte Belle statt ihrer. »Das ist ein Freitag.«

»Stimmt«, bestätigte Julius Gold. »Am 14. November. Das ist ein Freitag. Und die Feier wollen wir auf keinen Fall versäumen. Oder?«

»Um keinen Preis«, versicherte Gussie Gold. »Nicht für alle Wolle in China.«

Golds guter Stern bewahrte ihn davor, den Mund aufzumachen.

»Gibt es viel Wolle in China?« fuhr Harriet statt dessen höhnisch überlegen dazwischen.

»Gewiß doch«, versetzte Gussie Gold. »Mehr als anderswo auf der Welt. Sie wird eingeführt, und man stellt daraus Bekleidung für die Massen her. Du weißt ja, jeder vierte Erdbewohner ist Chinese, wenn man es auch längst nicht allen ansieht.«
Golds Vater grunzte seinen Sohn Sid gereizt an: *»Emmis?«* und als Sid nickte, nahm er das unwillig auf.
Golds Stiefmutter fuhr unterdessen belehrend fort: »Dies bedeutet, daß von den jetzt hier versammelten sieben Personen fast zwei Chinesen sind, auch wenn sie nicht so aussehen.«
Diesmal schüttelte Sid den Kopf. Julius Gold biß in seine Zigarre und heizte die Glut mächtig an.
»Und wer richtet die Feier aus?« fragte Belle.
»Das ist noch unbestimmt«, antwortete der Alte und stieß Qualmwolken aus. »Rosie vielleicht, denn die wohnt in der Nähe. Vielleicht aber auch Esther, denn die ist allein und hat Zeit genug. Oder Muriel, denn sie weiß, daß wir sie nicht leiden mögen, und wenn sie die Feier ausrichten darf, ist sie vielleicht weniger eifersüchtig. Ida und Irv haben genügend Geld für sowas, wenn sie's auch ungern springen lassen. Kann sein, Sid und Harriet, denn Harriet freut sich jedesmal so, wenn ich sie und Sid besuche, stimmt's? Wo stecken überhaupt Ida und Irv und Rose und Max? Die habe ich doch auch eingeladen. Warum sind sie nicht da?«
»Das habe ich dir schon gesagt«, sagte Sid.
Belle erklärte es ihm noch einmal: »Irv konnte endlich mal Tennis spielen gehen, und Max besucht seinen Bruder.«
»Und wo ist Esther?« nörgelte Julius. Plötzlich wirkte er müde. »Was treibt sie so lange im Haus?«
»Sie deckt gerade den Tisch«, bemerkte Golds Stiefmutter unbefangen. »Sie fragte, ob sie mir helfen kann mit dem Mittagessen, und ich sagte, ja.«
Golds Vater sagte etwas verblüfft: »Wir essen doch nicht hier, wir essen beim Chinesen.«
»Danach hat sie nicht gefragt«, sagte Golds Stiefmutter. »Also habe ich auch nichts davon erwähnt.«
Diese Antwort bewirkte, daß Golds Vater seine zweite Frau mißbilligend betrachtete, als entdecke er plötzlich eine Schlinge in der normalerweise wohlgegliederten Kette der Ereignisse. »Dann sag

ihr, sie soll damit aufhören«, ordnete er ungewöhnlich ruhig an und brummelte unverständliches Zeug vor sich hin, bis sie im Haus verschwand. Sodann bemerkte er bekümmert zu seinen Söhnen: »Eure richtige Mutter war besser als die. Zwar war sie oft krank, aber arbeiten tat sie immer.«

Auf so herzergreifendes Lob zu erwidern, wäre einer Lästerung gleichgekommen. Sid wechselte das Thema.

»Pa, ich will diese Woche nach Florida fahren und ein geeignetes Objekt für euch suchen, das ihr nach dem Hochzeitstag beziehen könnt.«

»Du kannst nicht länger bleiben«, sagte Harriet, wohl schärfer als beabsichtigt. »Wir haben kein Geld dafür.«

»Kann ich nicht selber bezahlen?«

»Am Geld liegt es nicht«, verwies Sid seine Frau schroff. »Sag das bitte nicht noch einmal.«

Harriet biß sich auf die Lippe. »Siehst du, schon fängst du wieder Streit an!« beschuldigte sie den Alten.

»Ich?« Julius Gold legte eine Hand aufs Herz. »Ich fange Streit an?« Das ganze Gesicht drückte Empörung aus. »Ich doch nicht! Ich suche nie Streit. Da wäre ich der letzte. Bin ich etwa schuld, daß die Ehe deiner Tochter schiefgeht? Wirf mir nicht vor, daß ihr keiner beigebracht hat, wie man eine richtige Ehefrau wird. Ich habe ihr schließlich nicht dazu geraten, diesen nichtsnutzigen Schwätzer aus Pennsylvania zu heiraten, bloß weil seine Eltern Warenhäuser besitzen. Habe ich etwa Esther zugeraten, den verrückten Mendy zu heiraten?« Dies in dem Moment, da die glücklose Esther herauskam. Sie blieb stocksteif stehen, und das mitleiderregende Lächeln gefror auf ihren Lippen. »Ich wußte genau, mit seinem Jähzorn macht der's nicht lange. Immerzu hat er mich angebrüllt wegen nichts. Daß sie jetzt Witwe ist, dafür kann ich nichts. Es ist mir schon peinlich vor meinen Bekannten, daß meine Tochter keinen Mann hat. So ein häßliches Affengesicht, wie der hatte, da sieht man ja im Zirkus besseres. Was gibt's da zu heulen?« fragte er Esther überrascht. »Geh ins Haus, wenn du plärren willst wie ein Baby. Und nimm diese schmutzigen Gläser gleich mit rein. Eins ist angeschlagen. Nicht mal zur Beerdigung hast du mich eingeladen. Sie glaubt, ich habe das vergessen, aber ich weiß mehr, als sie denkt. Ihr meint wohl, ich würde das nie erwähnen, was?« fragte er boshaft. Die Maske war gefallen! Gold stierte ihn ungläubig an. Die rohe Grausamkeit des Flickschneiders von Coney Island war ungebrochen. Der Mann war bloß gealtert. Ein Ungeheuer, hauchte Gold stumm bei sich, warf Belle einen bösen Blick zu und funkelte sodann wütend seinen Bruder Sid an. Ein verfluchtes Ungeheuer! »Gussie, meinen Mantel«, verlangte sein Vater unbeteiligt und bewies einen Umschwung seiner Gefühle, den man bei einem nicht gänzlich Verrückten nur erstaunlich anomal nennen konnte. »Wir gehen gleich essen. Kämm dir die Haare, deine Frisur ist irgendwie verdrückt.«

Er gab einen Laut von sich, halb Ächzen, halb Schluchzen und summte in dieser Tonlage vor sich hin, bis sie im Haus war; dann ging dieses bekümmerte, ausdauernde Summen bruchlos in Worte über. »Irre ich mich oder findet ihr nicht auch, daß sie manchmal redet wie eine Verrückte?« Niemand mochte ihm widersprechen. »Wenn Scheidung bei Juden möglich wäre«, philosophierte er, »würde ich gelegentlich daran denken.«

»Auch Juden werden geschieden«, sagte Belle, die einzige der anwesenden Damen, die von Julius noch nicht beleidigt worden war.

»Richtige Juden nicht. Golds nicht. Nicht dieser Gold jedenfalls.« Der alte Mann verharrte noch einen Moment in seiner scheinheiligen und heiteren Stimmung. Sodann eröffnete er neuerlich die Beschießung. »Jemand wie Harriets verwöhnte Tochter zieht mit den Kindern zu den Eltern und will geschieden werden, oder dein hochgebildeter Mann da hat was ähnliches vor, wenn er angeblich in Washington zu tun hat und seine Frau hierläßt. Sie womöglich nicht mal bittet mitzukommen. Aber ich? Nein. Was ist los?« fragte er mit der unerschütterlichen Charakterfestigkeit der unheilbar ichbezogenen Menschen. »Weshalb seht ihr alle so wütend aus? Schließlich seid ihr hier eingeladen oder nicht?«

Sid erwiderte behutsam: »Du hast ziemlich schlimme Sachen gesagt, Pa.«

»Ich? Schlimme Sachen?« Wieder legte der Alte seine Hand aufs Herz, als er diesen Vorwurf starr lächelnd und mit unbeirrbarem Kopfschütteln von sich wies. »Nicht ich. Nicht ich sage schlimme Sachen. Habe ich jemals Ida dafür getadelt, daß sie ihr Schoßhündchen von Ehemann herumkommandiert, oder Muriel für das, was sie ihrem blöden Victor zumutet?« Er keuchte mißfällig und seine Augen funkelten. »Habe ich je ein Wort darüber verloren, daß du heimlich mit deinen dürren Mannequins nach Mexiko verschwindest, so oft, bis sogar deine erzgescheite Frau dahinterkommt? Oder daß mein Jüngster sich in Manhattan eine Absteige hält, die er Studio nennt, wo er mich nie übernachten läßt? Spät abends muß ich mutterseelenallein zurückfahren nach Brooklyn.«

»Hältst du endlich den Mund?« kreischte Gold.

»Nie würde ich den Kopf auf deine schmierige Matratze legen!«

»Möchtest du bitte endlich den Mund halten?« kreischte Gold noch einmal und fühlte sich gedrängt, ihm mit bloßen Händen den Hals umzudrehen wie einem Truthahn.

»Ich? Ich den Mund halten? Was sage ich denn so Schreckliches? Deinem Vater sagst du, er soll den Mund halten? Sid war als Junge stark wie ein Fußballer, und trotzdem hat er sein Leben lang von mir bekommen. Einmal habe ich dich gleich den ganzen Sommer über weggejagt, stimmt's?« erinnerte er sich kichernd.

»Stimmt genau«, sagte Sid.

»Nun seht doch bloß, wie warm es wird, wenn der Wind nachläßt. Warum macht hier keiner den Mund auf? Ich habe keine Lust, mit lauter Miesepetern essen zu gehen. Los, bring jemand zum Lachen, Gussie«, befahl er, als diese nun mit seinem Mantel herauskam.

Gussie gab sich Mühe. Sie näherte sich Gold mit der geschlossenen Strohtasche und bot ihm das Ende ihrer Handarbeit dar, das gut sichtbar heraushing. Ihre glänzende Gesichtshaut war blaß, beinahe durchscheinend.

»Da hast du. Ich bin fertig damit, nimm es, mein Sohn.«

»Was ist es?« Gold verschränkte instinktiv die Hände hinter dem Rücken.

»Eine Socke.«

»Eine Socke? Du hast eine Socke für mich gestrickt?«

»Ich habe schließlich nur zwei Hände. Voriges Jahr im Mai hattest du ein Loch in der Socke. Hätte ich in beiden Socken Löcher gesehen, ich hätte dir zwei Socken gestrickt.«

»Was soll ich mit einer einzelnen Socke anfangen?«

»Vielleicht kriegst du einen Fuß amputiert«, gluckste der alte Mann beifällig.
»Nimm sie nur, du Gernegroß. Nimm sie, nimm schon.«
Gold überwand sein Mißtrauen, faßte zu und zog und zog und dachte schon, er werde ziehen müssen, bis die Erde sich zu drehen aufhörte, denn was er da zutage förderte, war ein Teil jenes schlangenähnlichen Gebildes, an dem sie unermüdlich wie eine Spinne werkelte, seit sie vor Jahren seine Stiefmutter geworden war. Es war keine Socke, sondern ein übler Scherz und löste verhaltenes Lachen aus.
Gold zwang sich ein Grinsen ab. Er verfluchte sie stumm in Grund und Boden und sagte dann: »Ach, Mutter, Mutter, das ist wirklich ein guter Witz. Du bist schon sehr komisch.«
»Ich bin nicht deine Mutter«, kam blitzschnell die Antwort.
»Wieder gut gegeben!«, applaudierte sein Vater im Aufstehen.
Als die Gruppe auf dem Weg zu den beiden Autos war, die vor dem Haus parkten, fauchte Gold seinen Bruder an: »Das ist alles deine Schuld. Nächstes Jahr verschaff ihnen gefälligst eine Wohnung in meiner Gegend, und dann wollen wir mal sehen, wielange sie es da zwischen Negern, Süchtigen und Wohlfahrtsempfängern aushalten. Ich brauche übrigens dringend Rat.« Er hielt seinen Bruder zurück. »Jemand muß mir helfen, und du könntest es.«
»Nur zu, Kleiner. Alles, was du willst.«
»Du könntest damit anfangen, daß du mich nicht mehr Kleiner nennst.«
Sid war ziemlich reumütig. »Ich wußte nicht, daß dich das stört.« Er fuhr mit den Knöcheln übers Kinn, eine unterwürfige und bescheidene Geste, die ausdrücken sollte, er gehe in sich und mache sich über sich selber lustig. »Du bleibst für mich wahrscheinlich immer mein kleiner Bruder, egal, wie alt wir werden. Aber ich verspreche dir, Kleiner, ich tue es nie wieder. Was noch?«
Gold nahm diesen unbeabsichtigten Rückfall geduldig hin. »Es kann sein, daß ich das für mein Buch brauche.« Er trat scheinbar absichtslos so neben seinen Bruder, daß sein Gesicht den anderen verborgen war.
»Angenommen, ein Jude verreist für eine Weile, sagen wir nach Washington, und will dort mit einer anderen Frau zusammensein.

Kann er sich irgendwie davor schützen, daß seine Frau hinter ihm her telefoniert?«

Sid war sachkundig wie erwartet. Entzückt, eine gleichgestimmte Seele zu erkennen, riet er: »Du gehst ins Hotel und sagst, alle eingehenden Gespräche sollen notiert und dir erst am folgenden Morgen durchgesagt werden. Am nächsten Morgen rufst du im Hotel an, hörst, welche Anrufe gekommen sind, und wenn nötig, beantwortest du sie später aus dem Hotelzimmer.«

»Ich glaube, ich fürchte mich.«

»Aber nicht doch, Kleiner! Fürchten darfst du dich nicht, das ist das Schlimmste. Ist es eine nette Person, die du da hast?«

»Es geht doch nicht um mich.«

»Schade. Angst haben ist das Schlimmste von allem.« Sids Augen glänzten bei der Erinnerung an seine eigenen Heldentaten, und nun wechselte er lässig auf Golds Seite und kehrte den Verwandten den Rücken. »Ich war wochenlang in Acapulco, als ich eigentlich in Detroit oder Minneapolis sein sollte. Und einmal, als Harriet dachte, ich bin in Seattle, habe ich vier Nächte hier in Manhattan verbracht.«

»Aber in Acapulco haben sie dich einmal erwischt, stimmt's?«

Sid nickte und ließ ein leises tiefes Husten hören, das ein Lachen sein sollte. »Harriets Onkel war in Mexiko auf einem Kongreß. Aber es war mir egal, und gefürchtet habe ich mich nicht. Als sie mich rausschmiß, bin ich einfach zurück nach Acapulco, und als sie dann mit den Kindern zu ihrer Mutter zog, habe ich mir hier ein Hotelzimmer genommen und mit Sheiky und meinem Techniker Kopotkin und Murshie Weinrock herrliche Zeiten verlebt. Murshie war damals noch Assistent im Krankenhaus und brachte Krankenschwestern mit. Wenn Harriet einen Aschenbecher hinschmiß, schmiß ich einen Teller kaputt, warf sie einen Stuhl um, dann ich ein ganzes Buffet samt dem Geschirr. Als sie merkte, sie kann mir keine Angst machen, ist eine ganz passable Ehe draus geworden, finde ich.«

Nie zuvor hatte Sid soviel von sich gesprochen, so munter und belebt gewirkt. Gold hörte ihm fasziniert zu. Naturwissenschaften, Maschinenbau, furchterregende Pferde der Wäscherei Brighton, nun auch noch eheliche Untreue und absurdes Theater am häuslichen Herd – dies waren die einzigen Themen, über die er seinen

Bruder jemals sich verbreiten gehört hatte. Hinter solch strikter Zurückhaltung mußte noch mehr verborgen liegen.
Von machtvoll neuartigen Empfindungen überkommen, schlug Gold vor: »Sobald ich aus Washington zurück bin, müssen wir mal zusammen in der Stadt essen. Ich lade dich in ein Restaurant ein, wo Autoren und Leute vom Theater verkehren.«
»Das würde mich sehr freuen«, rief Sid so erschreckend bescheiden und dankbar aus, daß Gold ihn bloß wortlos anstarren konnte. »Wir haben das, soweit ich mich erinnere, bloß ein einziges Mal gemacht, nach deiner Abschlußprüfung im College. Du weißt, wir sind alle sehr stolz auf dich, Kleiner«, entdeckte Sid ihm, und Gold war neuerlich verblüfft. »Nicht jeder hat einen Professor in der Verwandtschaft.«
»Anmerken läßt du es dir jedenfalls nicht«, sagte Gold lächelnd. Harriet drückte in Sids Cadillac auf die Hupe. »Warum hast du aufgehört mit den Weibern, Sid? Fühlst du dich zu alt? Nicht gesund?«
Sid entgegnete, er sei schließlich erst zweiundsechzig, gestand dann aber errötend: »Ich bekam Angst.«
Esther, die bei Gold mitfuhr, fing wieder zu heulen an. »Es war doch nicht so, daß wir ihn nicht bei der Beerdigung dabei haben wollten«, erklärte sie, und Gold gab sich Mühe, nicht hinzuhören. »Wir wollten ihm die Aufregungen und die Anstrengungen ersparen.«
»Wie kommt es«, fragte er Belle, »daß du weißt, wann sie geheiratet haben, wenn beide es selber nicht mehr wissen?«
Belle lächelte. »Ausgedacht hab ich's mir. Und den Freitag habe ich gewählt, damit sie Sonnabend packen und Sonntag abreisen können.«
Das fand Golds Beifall. Beide Damen entstiegen dem Wagen vor dem chinesischen Restaurant auf dem Kings Highway, und Gold empfand die Viertelstunde mit sich allein, die er brauchte, einen Parkplatz zu finden und zu Fuß zum Chinesen zu gehen, als wahres Gottesgeschenk.

Als Gold sich auf seinem Stuhl niederließ, sagte Sid ohne jede vorherige Warnung: »Niemand kennt die Mündung des Nils«, nachdem er das Essen für zwölf Personen bestellt hatte.

»Die Quelle«, berichtigte Gold und setzte sich ganz hin.
»Und was habe ich gesagt?«
»Die Mündung.«
»Wie ulkig.« Sids Gesicht blühte förmlich vor listigem Entzücken. »Ich bin heute offenbar nicht ich selbst.«
»Doch, sehr sogar, du elendes Arschloch.«
»Er hat gesagt, bitte bestell auch Barsch noch«, kreischte Belle mit bewundernswerter Geistesgegenwart.
»Und die Quellen des Nils sind ebenfalls bekannt«, murrte Gold, wobei er stier das Essen betrachtete, das bereits vor ihm stand.
»Allgemein bekannt, meinst du?«
»Ich zum Beispiel kenne sie nicht«, sagte sein Vater.
»Ich weiß auch nicht, wo der Nil entspringt«, sagte Golds Stiefmutter.
»Ich auch nicht«, sagte Esther.
»Wer sich informieren will, kann das mühelos tun.«
»Du kennst sie also?« fragte Sid.
»Ja«, sagte Gold. »Welchen Nil meinst du, es gibt zwei.«
»Zwei Nile?« fragten alle Damen einstimmig.
Gold ahnte nichts Böses. »Ja. Den blauen und den weißen.«
Er schaute besorgt auf, als eine unheimliche Stille Platz griff, und erkannte an dem unbeschreiblichen Ernst der Blicke, die auf ihm ruhten, daß er schon wieder in eine Grube gefallen war. Auf den Gesichtern der Damen sah er eine Mischung aus Mitleid und Angst, und auf Esthers Wimpern erschienen bereits Tränen des Erbarmens. Gold stimmte innerlich ein Jammergeheul an und nannte seinen Bruder bei sich einen tückischen, boshaften, infantilen, muttervögelnden Schweinehund. Wieder, so dachte er, hast du deinem kleinen Bruder ein Bein gestellt.
»Zwei Nile?« knurrte sein Vater bereits verärgert und verschüttete heißen Tee aus der Tasse auf seinen Schoß. »Einen blauen und einen weißen? Was ist denn nur los mit dem Kerl?«
»Ihr werdet doch wohl noch einen Scherz verstehen«, mischte Belle sich ein, allerdings ohne viel Zuversicht.
»Stimmt etwas nicht?« erkundigte sich der großgewachsene, muskulöse Geschäftsführer mit dem bedrohlich ausdruckslosen Gesicht, der herangetreten war, um Streit in seinem Lokal zu verhindern.

Ein zweiter aussichtsreicher Bewerber für den Weltmeistertitel im Karate gesellte sich ihm lautlos bei, als eindrucksvolle Verstärkung.

»Kein Grund zur Klage«, beschwichtigte Sid jovial. »Wir möchten noch zwei Portionen Schweinefleisch. Die Suppe war vorzüglich.«

Gold, von der Zwecklosigkeit seiner Bemühungen überzeugt, nahm diese Ablenkung wahr, sich aus der Schlinge zu ziehen. »Reden wir nicht mehr vom Nil«, erklärte er kurz und bündig. »Reden wir von der Eigentumswohnung.«

Für Julius Gold kam das überraschend. Sein Unterkiefer sank herab, und seine Wangen bebten.

»Ganz recht.« Sid machte sich zu Golds Verbündetem.

»Warum soll ich nicht hierbleiben?« fragte ihr Vater und fügte weinerlich an: »Ich falle doch keinem zur Last.«

»Pa, ich will, daß du eine Eigentumswohnung kaufst.«

Der alte Mann blickte noch einmal in hektischer Verwirrung wild um sich. Sein Gesicht rötete sich beängstigend, Wut und Ratlosigkeit setzten ihm so zu, daß es schien, er ringe nach Luft. Worte brachte er nicht hervor. Übermannt von Zorn und Frustration stach er mit gekrümmtem Finger gebieterisch wie ein rasender Tyrann auf den Tisch ein und rollte die gläsern blickenden Augen nach links, dann nach rechts. Bei seiner ersten Armbewegung belebte sich wie durch ein Wunder der uralte Reflex in allen Anwesenden, und sie schoben ihm eilfertig die vor ihnen stehenden Gerichte zu. Gold hielt ihm Entenbraten, Rippchen und die Reisschüssel hin, und Esther, die neben ihm saß, stellte die riesige Suppenterrine vor ihn. Gold erkannte den feinen Haarriß in der Porzellanschüssel eine Sekunde zu spät, um durch einen Schrei das Unglück abzuwenden, und sah mit einer durch nichts zu erschütternden Gewißheit voraus, was nun geschehen würde. Der Krach, mit dem die Terrine am Boden zerschellte, klang in Wirklichkeit noch gräßlicher als in seiner verzagten Phantasie. Der Geschäftsführer war augenblicks zur Stelle, einen Ausdruck furchtgebietender Strenge und Autorität im Gesicht, diesmal begleitet von drei Kriegern mit Onyxaugen, die nicht die Spur lächelten, und diese drei kurzgeschorenen Herren wiederum waren begleitet von einer verdatterten Orientalin mit hellrot

geschminkten Lippen, die einen sehr langen, dünnen Bleistift in der Hand hielt.
»Stimmt etwas nicht?«
»Angeknackstes Porzellan?« fragte Esther.
»*Wahr geharget*«, brüllte Julius Gold den unheilvoll dreinblickenden Geschäftsführer an, als er endlich wieder Worte fand, stieß dem großgewachsenen Mann einen Zeigefinger in den Bauch und drängte ihn zurück. Der Mann erbleichte, als Julius ihn mit vorgerecktem Kopf anschrie: »Ich brauche keine Eigentumswohnung, ich wohne hier, nicht dort! Ich mache da nur Urlaub!«
Sid war schon auf den Füßen, Zwanzigdollarscheine und bombastische Entschuldigungen sprudelten wie ein Springbrunnen. Das Arschloch! wütete Gold innerlich, während er verblüffte Eltern und Kinder an benachbarten Tischen mit Einer- und Fünfernoten bestach und dabei ein hohles Gelächter erschallen ließ, das sich denkbar bereitwillig einstellte. Eingesperrt gehört er! Ins Gefängnis und nicht ins Sanatorium! Mit Handschellen an die Wand eines Verlieses gekettet, dieser jämmerliche verrückte Schweinehund, drei Meter über dem Boden!
Nach einer Weile war der Fußboden aufgewischt, und unter dem gespenstischen Vorgeben, es sei nichts Unschickliches geschehen, arbeitete man sich bis zu Ananas, Eis und Knallbonbons vor. Dabei wurde hart gefeilscht. Der alte Mann würde erst nach Florida abreisen, wenn es ihm paßte. Sid garantierte einen monatlichen Besuch, jeweils eines Familienzweiges, von mindestens fünf Tagen Dauer. O nein. Nicht genug. Dann vielleicht alle drei Wochen für sieben Tage? Nun, man wird noch sehen.
»Einen Dreck schere ich mich um ihn«, schimpfte Gold auf der Heimfahrt im Wagen allein mit Belle. »Der elende Lump soll sich meinethalben wieder eine Bronchitis holen, sich die Lunge aus dem Leibe husten. Mag er sich nur beklagen, daß er allein gelassen wird, wir besuchen ihn nicht mehr.«
»Außerdem bist du ja in Washington«, versetzte Belle knapp.
Und du kannst bleiben, wo der Pfeffer wächst, entgegnete Gold stumm und warf seiner Frau aus zusammengekniffenen Lidern einen bösen Blick zu. Jawohl, ich werde in Washington sein. Um Mitternacht flehte er Joannie übers Telefon an, gleich aus Kalifor-

nien herzufliegen und die Dinge in die Hand zu nehmen. Aber sie hatte Schwierigkeiten mit ihrem Mann, und ihr Anwalt hatte ihr geraten, keinesfalls das eheliche Heim zu verlassen.
»Die Suppenterrine hat er zerschlagen«, wiederholte Gold tragisch. »Die gottverdammte Terrine einfach hingeschmissen! Das war wohl der schlimmste Tag meines Lebens. Und dann bekam ich zum Schluß auch noch einen Knallbonbon, und der Zettel darin war wohl die gespenstischste Vorhersage, die je ein Mensch in so einem Ding gefunden hat. Als wir schließlich heimfuhren, hatte ein Witzbold sämtliche Einbahnschilder umgedreht, und ich konnte weder Belle vor dem Haus absetzen noch den Mietwagen zurückbringen. Gussie hat mir angeblich eine Socke gestrickt –«
»Eine Socke?«
»Sie hat eben bloß zwei Hände. Dabei war es dieses elende Dings, an dem sie strickt, seit wir sie kennen, und alle haben mich ausgelacht... Keiner, der mich kennt, behandelt mich mit der geringsten Achtung.«
»Aber Bruce, wir sind schließlich deine Verwandten! Sollen wir dich Herr Doktor nennen?«
»Ach, nicht bloß die Verwandten – alle Welt behandelt mich wie einen Schmock. Sogar die Lieferanten von chinesischen Knallbonbons. Gestern begegnete ich im CVJM Fleckie Weinrock, du weißt, der Junge aus Coney Island, und der nannte doch tatsächlich Belle einen Pummel und redete mit mir, als gingen wir noch zur Schule! Belle ist doch kein Pummel, wie?«
»Doch«, sagte Joannie nach kurzem Zögern. »Das ist sie.«
»Na und, ist dick so schlimm?«
»Ich hab doch nicht gesagt, es ist schlimm. Es gibt eben schlanke große Frauen wie mich, andere sind klein und... naja.«
»Schließlich ist es nicht ihre Schuld, daß sie etwas stämmig ist«, maulte Gold. »So wird man nun mal geboren. Es ist auch nicht meine Schuld, daß ich klein bin, oder?«
»Du bist nicht klein«, nahm Joannie ihn in Schutz. »Du bist Durchschnitt.«
»Durchschnitt reicht mir nicht.«
»Und was stand nun auf dem Zettel im Knallbonbon?«
Golds Jammern klang wie eine Verfluchung des Schicksals. »Alle

anderen hatten ganz normale Sprüchlein. Ich mache die verfluchten Dinger gewöhnlich nicht auf, aber ich mußte diesmal.« Er stellte Joannie dar, wie er, auf das gemeinsame Betreiben der übrigen, endlich den Knallbonbon auseinanderriß, den man ihm zugeteilt hatte, und daraus die Prophezeiung hervorzog. »Und alle fanden das ungeheuer komisch.«

»Was stand denn drauf?«

»›Du verstauchst dir den Fuß‹. Dann mußte ich den Zettel rumgehen lassen, und alle fingen wieder an zu lachen. Was ist denn, Joannie? Was ist denn das für ein Lärm? Heiliger Himmel – was treibst du da bloß?«

»Ich lache, ich kann mir nicht helfen, auch ich finde das komisch.«

Zwischen dem Umkleideraum im CVJM und der Treppe, die zu der zwei Stock höher gelegenen überdachten Laufbahn führte, gab es ein Fernsehzimmer, einen Schlafraum, Duschen, Massagetisch, Sauna und Dampfbad sowie einen kleinen Trainingsraum, wo sich normalerweise niemand aufhielt, wenn Gold am Nachmittag vorbeikam, um unbeobachtet Liegestütze zu machen und Gewichte zu heben. Eine vertraute Gestalt, der Pedikeur Karp, Vereinsmitglied, saß zusammengekrümmt im Gang des Umkleideraumes auf einem Hocker, den kahlen Kopf beinahe auf die Knie gesenkt, einem Menschen gleich, der Gott anfleht, den Kelch an ihm vorübergehen zu lassen, obschon die Aussichten dafür minimal sind. Er murmelte einen düsteren Gruß, vor dem Gold verstockt die Ohren verschloß, als er um Karp herum seinem Garderobenschrank zustrebte. Gold betrug sich im Klub gewohnheitsmäßig abweisend, er gab sich hier als introvertierter Choleriker. Als er im Sportdress auf dem Weg nach oben zurückkam, wiederholte Karp seine priesterliche Beschwörung in unverändertem Grabeston. Gold knurrte einen kurzen Gruß und ging vorüber. In dem mit Teppichen ausgelegten Korridor zur Treppe stieß er vor dem Schlafraum auf eine großgewachsene, etwas schwankende und halb verschlafen grinsende Gestalt, von deren wohlgepolsterter Schulter ein Bettlaken hing und die bei Golds Anblick schallend lachte. Gold blieb stehen und runzelte finster die Stirne. »Was willst denn du hier?«

»Ich bin Mitglied«, sagte Fleckie Weinrock, fuhr fort, glucksend zu lachen und schaute schläfrig-belustigt auf Gold herab, was diesen sogleich in eine nachteilige Position versetzte. »Und was tust du hier?«

»Ich bin schon seit Jahren Mitglied.« Gold suchte arrogant seine längere Zugehörigkeit hervorzukehren.

»Was machst du eigentlich hier?«

»Schlafen tue ich hier«, sagte Fleckie. »Mursh hat mir geraten, aus Gesundheitsgründen einem Sportklub beizutreten, und da komme ich denn mehrmals die Woche her und verschlafe den Nachmittag. In der Sauna lese ich ›Variety‹ und Modezeitschriften, manchmal lasse ich mich auch massieren. Mursh hat ganz recht. Seit ich öfters herkomme, geht es mir wesentlich besser. Und was treibst du hier?«
Gold war, als träume er. »Ich jogge.«
»Du? Na, sieh mal einer an. Wie geht's dir überhaupt?«
»Gut. Was kümmert es dich?«
»Ich weiß schon, weshalb du mich schneidest«, sagte Weinrock gutartig. »Ich schulde dir dreizehnhundert Dollar.«
»Ich schneide dich nicht. Ich verschwende überhaupt keinen Gedanken an dich.«
Weinrock erwiderte auf diese Beleidigung mit noch abstoßenderer Belustigung. »Ich kann dir meine Schulden jetzt bezahlen. Ruf mich im Büro an, und wir verabreden uns zum Essen. Wie geht's deinem Alten?«
»Was kümmert das dich?«
»Er lebt also noch? Meine Mutter hat sich gerade letzte Woche erst nach ihm erkundigt.«
»Frisch und munter ist er«, sagte Gold. »Und deiner?«
»Meiner ist tot, Bruce. Ich dachte, das wüßtest du?«
»Du schuldest mir bloß elfhundert«, sagte Gold wie um Entschuldigung bittend. »Mehr konnte ich nicht erübrigen, als du mich angepumpt hast.«
»Das hatte ich ganz vergessen.« Weinrock bearbeitete seine verschlafenen Augen mit den Fäusten. »Diese alten Herrschaften haben es wirklich in sich. Meine Mutter kann mich immer noch zum Lachen bringen. Als ich elf war, fing sie an, mich Fleckie zu nennen, weil ich bei deinem Vater in der Werkstatt aushalf. Der geht's jetzt übrigens gut.« Wie ungerecht, jammerte Gold innerlich nicht zum ersten Mal, daß offenbar die Eltern aller meiner Bekannten bei vorschreitendem Alter traktabler wurden – nur meine eigenen nicht.
»Was macht dein Bruder Sid?«
»Dem geht's gut.«
»Und deine Schwestern, Rose und Esther?«
»Auch. Weshalb fragst du eigentlich?«

»Es interessiert mich eben. Und Ida und Muriel, Kitty und Betsy?«
»Kittys und Betsys haben wir nicht.«
»Eine Verwechslung meinerseits.«
»Weshalb lachst du nur dauernd? Was ist denn so komisch?«
»Ich habe von Fishy Siegel gehört, daß du in Washington einen Posten bekommst. Es steht auch in der Zeitung.«
»Fishy Siegel liest doch keine Zeitungen«, sagte Gold.
»Aber sein Bruder Sheiky. Bist du noch mit diesem Pummel verheiratet – wie heißt sie doch gleich...«
»Ganz recht«, entgegnete Gold angriffslustig. »Und deine dürre Giraffe mit den großen Vorderzähnen? Hast du die auch noch?«
»Aber keine Spur«, sagte Fleckie Weinrock. »Die habe ich abgestoßen.«
Gold fühlte sich wieder einmal geschlagen und sagte: »Also raus mit dem Kies, den du mir schuldest, du Stinktier.«
»Redet so ein Professor?«
»Ein widerliches Arschloch, wie du«, wütete Gold, »das in einen Sportklub geht, um zu schlafen, sich massieren zu lassen und Zeitschriften zu lesen, nimmt Anstoß an meiner Ausdrucksweise? Das ist doch die Höhe. Wo ist mein Geld?«
»Ruf mich im Laden an«, lachte Fleckie wieder glucksend. »Du gehst also nach Washington und verdienst da das große Geld, wie? Dabei haben wir damals in Coney Island allesamt geglaubt, aus dir wird nie was.«
»Ich sehe das anders«, sagte Gold. »Ich werde dort gesellschaftlich nützliche Arbeit leisten.«
»Darüber lache ich ja gerade«, sagte Fleckie Weinrock.
Als Gold eine halbe Stunde später seine drei Meilen hinter sich hatte und ihn suchte, war Fleckie fort. Sämtliche Knochen beider Füße fühlten sich an wie gebrochen. Karp, der Pedikeur, wiederholte:
»Heute ist der Todesengel im Klub.«
Gold ließ sich davon so überraschen, daß er die Worte zur Kenntnis nahm. »Was?«
»Heute ist der Engel des Todes im Klub.«
»Was soll das denn heißen?«
»Am Vormittag ist hier wieder einer tot umgefallen.«

»Auf der Laufbahn?«
»Beim Squash.«
Warum geht mir das eigentlich nahe, fragte Gold sich beklommen, während er seinem Schränkchen zustrebte, um sich zum Duschen auszuziehen.
Sandalen an den Füßen, eine Plastikflasche mit Haarwaschmittel und das grüne Seifenschälchen in Händen, hörte er im Vorbeigehen Karp sagen: »Ich habe Ihre Artikel in der ›Times‹ und in einer Zeitschrift gelesen und würde gerne den einen oder anderen Einwand vorbringen, wenn Sie sich die Mühe machen wollten, mir zuvor Ihren Standpunkt genauer zu erläutern.«
Es vergingen fast zwei Minuten, bevor das Wasser heiß aus der Leitung kam. Zweimal rutschte Gold beim Duschen die Seife aus der Hand, und einmal ließ er sein Plastikfläschchen fallen. In den benachbarten Duschkabinen sangen zwei ältere Herren eifrig jeder ein anderes Lied, unmelodiös, ohne jeden Sinn für Rhythmus, einer für den anderen taub. Gold bekam Kopfschmerzen. Die Waage zeigte ihm anderthalb Pfund Übergewicht, und er hätte nur allzugern mal üppigen Stuhlgang gehabt.
Karp fragte ihn, als Gold zurückkam: »Was halten Sie von steuerfreien Schuldverschreibungen der Gemeinden, als Geldanlage, als ökonomisches Phänomen und als soziale Unbilligkeit? Haben Sie dazu was zu sagen?«
Golds Puls war verlangsamt. Beim Anziehen versuchte er abzuschätzen, welchen Schaden der heutige Lauf seinem Fleisch, seinen Knochen und seinen Nerven zugefügt haben mochte. Wieder war die rechte Seite am schwersten betroffen. Vom Nacken bohrte sich der Schmerz wie ein langer Dorn abwärts. In Schulter, Ellenbogen und Brust pochte es, die Leber fühlte sich geschwollen an und war schwer wie ein Klotz Gußeisen. In der linken Niere zuckte es fein, aber brennend, in der rechten Hüfte hatte sich etwas verhakt; er hoffte, es werde sich verlieren. Blinddarm, Leisten und rechter Hoden brannten, die Muskeln des Oberschenkels versteiften sich wie unter Druck. Hätte ihm jemand gesagt, er leide an Knochenkrebs im Oberschenkel, er wäre nicht erstaunt gewesen. An einem Zeh blutete das Nagelbett. Kurz, körperlich war er in glänzender Verfassung.

Als Gold die Jacke vom Haken nahm, sagte Karp: »Ich persönlich bin gegen jede Art von steuerlicher Privilegierung, meine aber, der Versuch einer Korrektur müsse anderwärts in der Wirtschaft zu Veränderungen führen, die ihrerseits schlimmer wären als die Ungerechtigkeit, die man beseitigen würde. Wer, meinen Sie, wird während der kommenden drei Jahre Titelverteidiger im Baseball sein, und welche Wirkung hat Ihrer Ansicht nach das Fernsehen auf die Revolution und den Konversationsstil der Kleinfamilie? Fällt Ihnen dazu denn überhaupt nichts ein?«
Ein ältlicher Handballspieler beklagte sich weiter hinten mit fistelnder Stimme: »Angeblich gehört der Klub dem Christlichen Verein Junger Männer, aber Christen sind hier kaum noch anzutreffen!«
»Als Jude hat man's schwer, finden Sie nicht?« wollte Karp von Gold wissen.
Gold schlüpfte in die Telefonzelle.
»Mr. Weinrock ist einkaufen gegangen«, sagte die dünne Stimme eines halbwüchsigen Mädchens, als Gold seinen Namen nannte. »Kann Ihnen sonst jemand behilflich sein?«
»Einkaufen? Was kauft er ein?« fragte Gold.
Das junge Mädchen legte verängstigt auf. Karp paßte Gold nahe dem Ausgang ab und höhnte: »Aaah, Sie wissen überhaupt nicht, worüber Sie reden.«
Gold eilte schwankend dem Fahrstuhl entgegen. Beide Kniescheiben schmerzten. Ein Knöchel tat ihm weh, und er humpelte in Vorwegnahme der Erfüllung jener mystischen Prophezeiung im chinesischen Restaurant, die ihm folgenden Tages zuteil wurde.

Du verstauchst dir den Fuß

»Hast du dich schon von Belle getrennt?« fragte Ralph. »Nun, dann grüße sie von mir. Aber beeil dich damit, falls du Andrea einen Antrag machen und sie heiraten willst, bevor deine Berufung ins Amt publik gemacht wird. Die morgigen Sitzungen der Kommission können für dich sehr wichtig werden, Bruce, weil niemand sonst ihnen Wert beilegt. Verhalte dich, wie du es für richtig hältst, solange du nicht von unserer Linie abweichst. Bestimmte Vorstellungen haben wir nicht, von denen gehen wir aber keinen Schritt ab. Ergreif die Zügel. Die Regierung steht vorbehaltlos hinter dir, solange das nicht notwendig ist.«

Gold traf am folgenden Tage pünktlich um halb neun zur Sitzung der Kommission ein in der optimistischen Annahme, das Schicksal führe ihn unaufhaltbar seiner Bestimmung zu. Als er niemanden vorfand, fühlte er seine Moral auf den Tiefpunkt sinken. Um zehn erschien, begleitet von einigen ebenfalls jugendlichen Gehilfen, eine bezaubernde, wohlgepolsterte junge Dame mit schwarzem, zu einem Pferdeschwanz geflochtenen Haar, um die notwendigen Vorkehrungen zu treffen, und war total verblüfft darüber, daß bereits jemand zu einer Sitzung gekommen war, die doch erst vor anderthalb Stunden hätte beginnen sollen. Sie hieß Miss Plum und hatte ihr hübsches Gesicht stark geschminkt. Eine Kette aus grünen mexikanischen Holzperlen ruhte träge zwischen ihren Brüsten. Gold verfluchte sich als Ignoranten, weil er pünktlich gekommen war. Er strich ruhelos durch die marmornen Korridore und die benachbarten Räume wie ein Tier, das einen Hinterhalt fürchtet, und flehte den Himmel an, seine Mitbrüder von der Kommission möchten endlich erscheinen. Nach einer Weile wurde ein Kaffeewägelchen in den Vorraum gerollt, dem dichtauf ein überalterter, sehr bekannter Diplomat im Cut folgte, der sich auf die Zehen stellte, um besser hinlangen zu können. Er polkte nämlich Rosinen und kandierte Mandeln aus dem Gebäck, das zu erreichen er gerade noch die Kraft hatte.

Es war bereits elf vorbei, als die übrigen dreiundzwanzig Mitglieder eintrafen, grüppchenweise in Unterhaltungen vertieft und so dicht aufeinander folgend, daß sie derselben Kutsche entstiegen zu sein schienen. Die Wände hallten wider von herzhaften Begrüßungen, in die einzig Gold nicht eingeschlossen wurde. Man blickte und schritt durch ihn hindurch, als bestehe er aus einer nebelhaften Substanz. Alle redeten einander bei ihren Titeln an. Man stellte Gold schließlich einem bei den Wahlen unterlegenen Bürgermeister vor, einem abgehalfterten alten Richter, der kaum noch sehen konnte, einem im Ruhestand lebenden Kommodore, einem abtrünnigen Priester in prächtigem Talar und dem ehemaligen Sportlehrer einer bedeutenden Universität, der ein T-shirt trug samt Trillerpfeife und Mütze und Trainer betitelt wurde. Auch Gold hatte einen Titel. Sein Titel lautete Doktor, und soweit er sehen konnte, war er der einzige unter diesen bedeutenden Persönlichkeiten, der einer Arbeit nachging – eben als Doktor, wenn auch der Philosophie, noch dazu einer, der Vorlesungen über Literatur abhielt. Daß seiner Anwesenheit so wenig Beachtung geschenkt wurde, verstörte ihn vom ersten Moment an, und seine Redegabe war gelähmt von seiner Angst, minderwertig zu scheinen. Er fragte sich nach einer Weile, ob er der einzige Jude unter den Anwesenden sei. Die Vorstellung besorgte Miss Plum mit strahlender Munterkeit und einladender sinnlicher Ausstrahlung, und es kam dabei zu handfesten Tätscheleien von seiten der älteren Herren, die am längsten in Washington lebten und tätig waren und daher die Bräuche am besten kannten. Miss Plum war viermal geschieden, und Gold merkte ihr an, daß sie keine Jungfrau mehr war. Alle Anwesenden wurden von einem ehemaligen Gouverneur von Texas in den Schatten gestellt, der dichtes Silberhaar, eine wie gemeißelte Kerbe im Kinn und den Ruf besaß, Autorität auszustrahlen.

Als Miss Plum die beiden endlich miteinander bekanntmachte, sagte der Gouverneur: »Freut mich, Sie kennenzulernen, Dr. Gold.« Die abweisenden blauen Augen, deren Blick auf Gold ruhte, waren freundlich wie Eis. »Man sagt, Sie sind ein Genie.«

»Wer sagt das?« platzte Gold heraus und bereute seine Ungeschicklichkeit auch schon, während er sie beging.
»Ein großes Genie können Sie nicht sein, wenn Sie nicht einmal das wissen«, sagte der Gouverneur und wandte sich ab. »Guten Morgen, Bürgermeister! Sie sehen glänzend aus. Auch der Vize und der Chef sehen glänzend aus. Haben Sie den Admiral gesehen?«
»Der steht drüben beim Konsul und beim Kanzler. Sie unterhalten sich gerade prächtig mit der Witwe.«
»Wer ist der Nigger?«
»Unser neuer Alibineger. Ein brillanter Stipendiat aus Oxford.«
»Kennt er seinen Platz?«
»Ganz unten, ja. Es heißt, Sie übernähmen bald wieder ein Ministerium?«
»Ho, ho, ho, Generalstaatsanwalt!« Der Gouverneur bedeutete ihm mit warnend erhobenem Zeigefinger, Zurückhaltung zu üben. »Offenbar haben Sie den Major oder den Trainer belauscht. Unterstaatssekretär könnte schon herausschauen.«
»Der Botschafter sieht blendend aus, wenn man bedenkt, daß er Vietnam, Chile, Griechenland, Zypern, die Türkei, Pakistan, China, Afrika und den Mittleren Osten losgeworden ist, finden Sie nicht?«
»Ein Stehaufmännchen. Je schlimmer die Verluste, desto schneller kommt er auf die Beine. Bewundernswerte Vitalität hat der Mann.«
Alle wandten sich um und schauten an Gold vorbei auf den tatkräftigen alten Botschafter, der in einer ganz eigenen Welt allein mit sich und dem Kaffeewägelchen Gebäck in die Taschen seines Cut stopfte, auch in die Taschen der gestreiften Hose und der perlgrauen Weste.
Gold war von der offenkundigen Indifferenz aller Anwesenden wie vor den Kopf geschlagen. Es hieß nun, entweder auf die Gesellschaft solcher Menschen verzichten oder sich an solche Schläge gewöhnen, und er wußte schon: letzteres würde es sein.
Als er Miss Plum mit sanfter Stimme sagen hörte, die Herren möchten sich doch allmählich ins Sitzungszimmer verfügen und anfangen, spürte Gold wieder den Drang, sich hervorzutun. Er hatte in der Aktentasche die Unterlagen für seine Einführungsrede,

in der er anfangs Erasmus und Montaigne und gegen Ende Kardinal Newman zitieren wollte, was ihm die dauerhafte Loyalität aller römisch katholischen Amerikaner eintragen dürfte, vorausgesetzt, man stellte ihm keine zudringlichen Fragen betreffend Abtreibung, Transsubstantiation, Auferstehung oder die Unfehlbarkeit des Papstes. Der Trainer wurde zum Ständigen Interimistischen Vorsitzenden gewählt, und der Gouverneur sagte:

»Ich beantrage Vertagung.«

»Bis auf wann?« kreischte Gold, als das Sitzungszimmer sich leerte.

»Sie kriegen rechtzeitig Bescheid, Süßer«, summte Miss Plum und legte eine weiche Hand an seinen Hals. Ihr Atem roch aromatisch, und dem tiefen Ausschnitt ihres Kleides entströmte der Duft von frisch gepflegtem Fleisch. »Man muß nicht unbedingt stundenlang arbeiten, um tausend Dollar Tagegeld zu kassieren.«

Gold hätte sie am liebsten an Ort und Stelle gebürstet. Sie führte ihn mitfühlend hinaus auf den Korridor, wo im Halbdunkel Telefonzellen standen, und umfaßte elfengleich seine Fingerspitzen mit ihren Fingern. Gold zog Miss Plum in eine Telefonzelle und preßte sie gegen sein Glied.

»Nicht hier«, sagte sie, »das ist gesetzwidrig.«

»Wo sonst?«

»Irgendwo. In Andreas Wohnung zum Beispiel.«

»Ah, Scheiße.« Trübsal vertrieb die Lüsternheit. »Sie kennen Andrea?«

»Sie sagt, im Bett sind Sie phantastisch.«

»Bin ich nicht, Andrea hat keine Ahnung.«

»Andrea nennt Sie eine machtvolle Herrschernatur und gibt Ihnen eine Eins plus.«

»Macht ist ein bekanntes Aphrodisiakum, korrumpiert aber auch.«

»Wem sagen Sie das.«

»Ich liebe Sie, Miss Plum.«

»Felicity heiße ich.«

»Aber wehe, Sie verraten mich. Dann drehe ich Ihnen den Hals um.«

Felicity Plum beraumte die nächste Sitzung schon auf den folgenden Tag an, um Gold desto früher wiederzusehen.

Bis dahin erfuhr Gold, daß die CIA für den Krieg in Afrika Söldner anwarb, und zwar las er es beim Frühstück in der Zeitung:

CIA BESTREITET,
FÜR DEN KRIEG IN AFRIKA
SÖLDNER ANZUWERBEN.

Am Vortag hatten im Kongreß Redner einer Koalition aus rechten Republikanern und Demokraten einmütig die CIA dafür gepriesen, daß sie Söldner für den Krieg in Afrika warb.

Gold war wild entschlossen, sich nicht wieder überspielen zu lassen, als er mit den anderen Mitgliedern zur zweiten Sitzung eintraf; seine Miene zeigte beinahe streitsüchtige Unverschämtheit. Er bemerkte, daß sogar Miss Plum jetzt einen Titel trug. Der Titel lautete Liebste. Gold legte ihr lässig lüstern die Hand auf die Schulter; er spürte behaartes, kaltes, zerfurchtes Fleisch und fossiliengleiche Knochen. Der blinde alte Richter war ihm zuvorgekommen.
Man trat rascher zusammen als am Vortag. Der Trainer eröffnete die Sitzung, und der Gouverneur sagte:
»Machen wir Schluß. Wir haben schon mehr Zeit an diese Probleme verschwendet, als sie verdienen.«
Ein katzengleiches Protestgejaul entrang sich Golds Kehle: »Nein? Bitte! Wir haben noch überhaupt keine Zeit darauf verwendet!«
»Und das ist wirklich mehr als genug«, sagte der ehemalige Botschafter. »Was wir je in dieser Sache tun werden, haben wir bereits getan. Gehen wir also.«
»Nichts haben wir getan!«
»Noch dazu in Rekordzeit«, kicherte der Botschafter. »Ich habe mal einer Kommission angehört, die fast drei Jahre dazu gebraucht hat, nichts zu tun, und wir haben nicht mehr als zwei Sitzungen dafür gebraucht.«
»Heute benutzt man dafür Computer«, sagte die Witwe.
»Ich stimme dem Gouverneur zu«, sagte der pensionierte Kommodore. »Ich befehle, die Arbeit der Kommission einstimmig für beendet zu erklären.«
»Ich stimme dem Kommodore zu«, sagte der Gouverneur.
»Wer dafür ist, hebe die Hand.«

»Ich bin dagegen«, sagte Gold.
»Eine Neinstimme gegen dreiundzwanzig Ja«, zählte der Trainer. »Der Antrag ist einstimmig angenommen. Wollen Sie mit mir zum Empfang fahren, Gouverneur?«
»Ich gehe frühstücken.«
»Dann sehen wir uns beim Mittagessen.«
»Gut, daß es erledigt ist«, kicherte der Botschafter. »Andererseits bedauere ich es auch, denn in die Tagegelder bin ich richtig verliebt. Und auch –«, er ballte die Hände zu Fäusten und stieß sie aneinander, »– in das gute Gratisgebäck.«
»Wir könnten doch noch wesentlich mehr tun«, flehte Gold. »Sachverständige anhören, beispielsweise.«
»Gold«, sagte der Gouverneur sehr gedämpft, und die anderen verstummten augenblicklich. »Jeder der hier Anwesenden ist sachverständig.« Selbst im Sitzen erweckte der Gouverneur jenen Eindruck von machtvoller Größe, der ihn alle anderen um mehr als Kopfeslänge überragen ließ. »In etwa drei Minuten verlassen wir das Sitzungszimmer. Sollten Journalisten auf uns warten, wenden sie sich zuerst an mich, weil ich hier die bedeutendste Persönlichkeit bin und jene Autorität ausstrahle, die seit Jahren meine besondere Ausstrahlung genannt wird. Ich bin berühmt dafür, verdammt nochmal! Ich werde also sagen, die Kommission hat ihre Arbeit abgeschlossen und unter schwierigsten Umständen ihr möglichstes getan – und daß die Wähler das schon begreifen werden, wenn sie unseren Bericht zu sehen bekommen. Falls Sie die Absicht haben, etwas anderes zu sagen, scheuen Sie sich nicht. Doch kränken Sie damit mich und alle hier versammelten Persönlichkeiten, die Seite an Seite mit Ihnen schwere Arbeit geleistet haben. Und merken Sie sich eines: Früher oder später habe ich Ihren Piephahn im Portemonnaie, da kann er all den anderen Piephähnen Gesellschaft leisten, die ich im Laufe meiner erfolgreichen Laufbahn als Politiker über Jahre hin gesammelt habe, einer Laufbahn, nebenbei gesagt, die meine Lehrer, Verwandten und Freunde überrascht und entzückt hat. Möchten Sie mich jetzt vielleicht korrigieren?«
Das wollte Gold nicht.
»Dafür bin ich Ihnen dankbar«, sagte der Gouverneur. »Sie sind wohl Jude, Gold, was?«

Keine Hölle hätte schlimmer und ihm endgültig für alle Ewigkeit verordnet scheinen können, als jene Momente, die Gold brauchte, um eine Antwort auf diese betäubende Frage zu finden. Das Wort wurde so schneidend ausgesprochen, daß es klang, als habe sich das J vor dem Vokal eingeschlichen. Gold betete innig darum, ein artusgleicher Beschützer möge eingreifen, doch seinem Gebet antwortete nur Grabesstille.

»Ich bin jüdisch, Sir«, erwiderte er endlich keck und zugleich so würdevoll, wie es ihm angemessen schien. »Falls Sie das meinen sollten.«

»Was, zum Kuckuck, könnte ich wohl sonst gemeint haben?«

»Ich war meiner Sache«, sagte Gold, »nicht ganz sicher.«

»Es schert mich einen Dreck, ob Sie Ihrer Sache ganz sicher sind oder nicht, und je früher Sie sich das hinter die Ohren schreiben, desto weniger ist Ihr Pimmel in Gefahr. He, Junge!« Der Gouverneur richtete den Blick unvermittelt auf den schwarzen Studenten am unteren Ende des Tisches. »Sie sind ein Nigger, stimmt's? Sie verstehen, was ich meine, wenn ich sage, Sie sind ein Nigger?«

Der Student richtete sich kerzengerade auf. »Ich verabscheue die Liberalen aus dem Norden, die nicht sagen, was sie denken. Woran ich bei Ihnen bin, weiß ich dagegen genau, und woran Sie mit mir sind, wissen Sie ebenfalls.«

»Und woran bin ich mit Ihnen?«

»Woran Sie wollen, Massa.«

Mit einem Seufzer der Ungeduld wandte der Gouverneur herablassend seine Aufmerksamkeit wieder Gold zu. »Hören Sie, Gold, jeder hier ist wer, und ich begreife nicht, weshalb Sie einen Hehl daraus machen wollen, wer Sie sind. Dort sitzt der Bube, da die Dame, ich bin der Gouverneur und Sie sind der –«

»Doktor!« kreischte Gold rechtzeitig genug, eine niederschmetternde Wiederholung des denunziatorischen Wortes zu verhindern. »Der Doktor!«

Der Gouverneur zeigte sich augenblicks auf seinen Vorteil bedacht. »Was sind Sie denn für einer – Knochenspezialist? Wunderheiler oder sowas? Vielleicht gar Chiropraktiker? Wie?« Er reckte einen Arm und massierte die Schulter. »Ich habe gelegentlich Schleimbeutelentzündung, da könnten Sie was für mich tun.«

»Er soll meinen Fuß untersuchen«, rief der Trainer und machte seinen Schnürsenkel auf, während der Richter mit wilden Armbewegungen Golds Aufmerksamkeit zu wecken suchte, auf sein Brustbein deutete, als sei er am Ersticken, und zugleich sein Hemd aufknöpfte. Der Konsul streckte Gold die Zunge heraus und hustete dabei, der Botschafter erhob sich, kehrte Gold den Arsch zu und nestelte an dem Bund der gestreiften Hosen.

Golds Geschrei war nun eine Mischung aus Schrecken und Verzweiflung: »Der Philosophie! Doktor der Philosophie! Ich bin Professor, Schriftsteller!«

»Scheiß auf meine Schleimbeutelentzündung«, sagte der Gouverneur und strahlte dabei die Autorität aus, für die er zurecht weltweit berühmt war, und das mit einer Promptheit, die ebenfalls weltweit Beifall fand. »Schreiben Sie den Bericht. Kann ich Sie im Wagen mitnehmen, Witwe?«

»Danke, Gouverneur, aber ich gehe mit dem Bischof beten.«

»Dann treffen Sie mich und den Botschafter später im Stadion.«

»Was soll ich nur schreiben?« unterbrach Gold ratlos.

»Was Sie wollen«, erwiderte ihm der Gouverneur, und der Botschafter rief beifällig: »Hört, hört.«

»Vorausgesetzt, es steht nichts drin, woran einer der hier Anwesenden Anstoß nimmt.« Nun trat so etwas wie Barmherzigkeit in seinen Blick, und er sagte gütig: »Gold, ein Jude braucht unbedingt Freunde in Washington, denn genau genommen hat kein Jude hier was zu suchen. Widersprechen Sie nicht – hören Sie lieber zu. Befolgen Sie in dieser Sache meinen Rat, und ich sorge dafür, daß Sie Freunde finden.«

Golds erste Reaktion darauf war Erleichterung, und seine feurige Initiative verlosch. »Wie soll ich den Bericht abfassen, bitte schön?«

»Kurz«, wies ihn der Gouverneur an, »und zugleich lang. Klar und zugleich nebulös. Kurz machen Sie ihn, indem Sie ohne Umschweife auf die einzelnen Punkte zu sprechen kommen. Lang machen Sie ihn, indem Sie sodann jeden einzelnen Punkt so relativieren, daß niemand die Relativierung von der Fragestellung unterscheiden oder auch nur im mindesten ahnen kann, wovon hier die Rede war.«

»Ich glaube, ich weiß genau«, sagte Gold, »wie Sie es meinen, Sir.«

Das versöhnte den Gouverneur. »Lassen Sie mich Ihnen die fünf Verhaltensregeln wiederholen, die meine Mama mir mit auf den Weg gab, als ich das erste Mal von unserer winzigen Farm in die große Stadt Austin wanderte. Meine Mama, Gott sei ihrer Seele gnädig, unterwies mich folgendermaßen: ›Mach nie eine anzügliche Bemerkung, bedank dich nie bei der Hausfrau für den netten Abend, wenn du eingeladen worden bist, geh nie gewaltsam mit Maschinen um, tritt nie einen Leichnam und furz nicht lange mit dem Unvermeidlichen herum.‹ Es hatte mir ganz den Anschein, Gold, als wollten Sie mit dem Unvermeidlichen herumfurzen, als Sie sich mit mir anlegten. Ich hoffe, ich irre mich da.«
»Ganz gewiß«, sagte Gold, »war es nicht meine Absicht, mit dem Unvermeidlichen herumzufurzen, Sir. Auch wollte ich nicht gewaltsam mit Maschinen umgehen. Und einen Leichnam will ich gewiß nie treten, Sir.«
Der Gouverneur legte ihm die schwere Hand auf die Schulter – eine Geste brüderlichen Verzeihens. »Machen Sie sich klar: niemand hier will Ihren Bericht jemals lesen. Ein weiterer Grund, ihn so weitschweifig abzufassen, daß er unmöglich in der verflixten ›New York Times‹ zur Gänze abgedruckt werden kann. Sonst setzen uns naseweise Journalisten noch jahrelang mit Fragen zu, auf die wir keine Antwort wissen, und die von Dingen handeln, die uns nicht die Spur interessieren. Sie kommen zum Cocktail, Sonderstaatsanwalt?«
»Nein, Gouverneur, wir gehen gleich mit dem Schwulen und dem Schatzmeister zum Bankett. Kommen Sie zum Ball?«
»Meine Frau und ich werden uns leider auf der Orgie verspäten. Aber vielleicht schauen wir zum Souper hinein.«
»Ob ich das schaffe, weiß ich noch nicht, weil der Adjutant, der Büttel und ich uns Heroin spritzen wollen. Sagen wir dem Gauner schnell noch guten Tag, und verabschieden uns vom Champion.«
»Ich bin kein Gauner«, sagte der Gauner.
Gold trauerte, weil alles schon vorbei war, und die Herren fehlten ihm bereits sehr. In straffer Zusammenarbeit hatten sie in nur zwei Sitzungen geschafft, wozu andere fast drei Jahre gebraucht hatten: nichts. Er hatte zum ersten Mal einer vom Präsidenten persönlich

berufenen Kommission angehört. Welche Freude, ja welch eine berauschende Ekstase war es doch, sich von Menschen in hoher Stellung beleidigen und erniedrigen zu lassen, die ihn ignorierten, mißbrauchten oder verachteten. Wie dankbar war er dafür, als unbedeutender Streber von einer Gesellschaft aufgenommen zu werden, die ihn ignorierte und schnitt, nicht zu Wort kommen ließ, wenn er sprechen wollte und ihn so elegant abwies, wenn er sich am Gespräch zu beteiligen suchte. Alle nahmen an Frühstücken, Banketten und Orgien teil, bei denen seine Anwesenheit noch nicht gewünscht wurde. Sie gingen mit Witwen und Prälaten ins Stadion auf die besten Plätze. Wie beneidete er sie um ihre Gewißheit, dazuzugehören, um ihre unerschütterliche Dummheit.

»Bitte einen Juden ins Weiße Haus, und du machst ihn dir zum Sklaven«, so lautete die Überschrift eines giftigen Artikels, mit dem er Lieberman heimzahlen wollte, daß er sich zum Dank für seine moralische Unterstützung eines Krieges ins Weiße Haus hatte einladen lassen. Ralph hatte ganz richtig gesehen – Gold enthüllte nur allzu oft dank Launen, Eifersucht oder blinder Intuition fundamentale Wahrheiten dieser Welt.

Und war es nicht reizend, daß man diesen Herren gestattete, die höchsten Amtsbezeichnungen, die sie je geführt, als Titel tragen zu dürfen wie Pfauenfedern am Hut? Wäre ich Präsident – wenn ich erstmal Präsident bin, verbesserte er sich in seinen spielerischen Phantasien –, werde ich jedermann für einen Tag in ein hohes Amt berufen und tags darauf wieder entlassen, und alle – ohne Ansehen der Art, des Berufes, des Herkommens, Glaubens oder Vermögens – dürfen sich fortan Botschafter, Richter, Major oder Minister nennen, und müssen nicht mehr auf die Namen Esther, Rose, Irv, Victor, Julius oder Sid hören.

Gold wurde aus seinen Tagträumen von Miss Plum aufgescheucht, die ihm mitteilte, draußen drückten sich vier Reporter herum in der Hoffnung, von ihm einige Wahrheiten zu erfahren.

Sie hätten jünger kaum sein können und umschwärmten ihn wie Motten das Licht auf der Suche nach Erleuchtung. Darunter auch eine schlanke junge Frau mit kleinem Gesicht und glattem blonden Haar, die ihn so streitsüchtig und respektlos, wie er nur je angeredet

worden war, fragte, was eigentlich er und seine Kollegen von der Kommission vorgäben, vollbracht zu haben? Gold beschloß, sie zu verführen.
»Offen gestanden, meine Liebe, ich weiß es nicht«, begann er mit eingeübter, entwaffnender Bescheidenheit, kam aber nicht weiter. Alle vier waren davongestoben.
»Das ist ja entsetzlich!« tadelte ihn Miss Plum erschreckt, und verzerrte in ihrer Angst unschön den üppigen Mund zu einer von Erregung zeugenden Ellipse, während auf Wangen und Stirn Schweißperlen traten.
»Das darf man niemals sagen.«
»Großartig war das«, ermunterte ihn Ralph am Telefon, ehe Gold noch einsam und mit Schande überhäuft aus dem Gebäude schleichen konnte. »Deine Erklärung geht bereits verschlüsselt an unsere diplomatischen Vertretungen in aller Welt.«
»Welche Erklärung meinst du?«
»Dein Motto ist bereits Eckstein der amtlichen Politik.«
»Welches Motto?«
»Dein Instinkt ist unbeirrbar, deine Worte sind voller Poesie, deine Bescheidenheit ist entzückend. Bruce, du sträubst mir das Hirn. Komm sofort zu unserer nächsten Pressekonferenz. Der Präsident hat angeordnet, dich einzuschmuggeln.«
»Wunderbar warst du!« rief Miss Plum und drängte ihm entgegen, Gold liebte sie aber schon nicht mehr und wußte, er würde nie wieder wünschen, sie gegen sein Glied zu pressen.

Er kam keinen Moment zu früh zur Pressekonferenz ins Weiße Haus und fand einen Platz, von wo er ungehindert das Pult sehen konnte, hinter dem der Pressesekretär soeben sagte:
»Ich habe etwas bekanntzumachen. Sie wissen alle, der amtierende Präsident wünscht überall klare Verhältnisse und hat geschworen, in allem die Wahrheit zu sagen. In Befolgung dieser Politik mache ich hiermit bekannt, daß ich nichts bekanntzumachen habe. Seit gestern ist nichts Neues vorgefallen.«
Verblüffte Stille breitete sich aus, bis schließlich ein ganz vorne sitzender Presseveteran fragte: »Überhaupt nichts?«
»Ganz recht. Heute nichts Neues.«

»Nichts Neues?«
»Nichts Neues.«
»Gar nichts?«
»Gar nichts, worüber zu reden lohnt.«
»Gilt das nur für Washington, Ron?« fragte jemand seitlich vom Pressesprecher, »oder auch für alle übrigen Landesteile?«
»Nur für Washington. Die übrigen Landesteile interessieren uns nicht.«
»Die übrigen Landesteile interessieren euch nicht?«
»Ganz recht.«
»Heißt das, es kommt nichts über den Präsidenten in die Presse?«
»Richtig, es sei denn, jemand schreibt über diesen Sachverhalt. Können wir jetzt weitermachen?«
»Ihre Bekanntmachung verwirrt mich etwas, Ron. Darf ich ein paar Jahre zurückgehen? Vor einiger Zeit wurde Richard Helms, früher Direktor der CIA, überführt, mindestens *einen* Parlamentsausschuß angelogen zu haben. Er wurde aber deshalb nicht angeklagt, sondern blieb weiterhin Botschafter im Iran. Können Sie dazu etwas sagen?«
»Nein. Die Regierung findet es unpassend, sich zu schwebenden Verfahren zu äußern.«
»Soll das heißen, es ist wirklich eine Untersuchung eingeleitet worden?« fragte schnell eine Journalistin.
»Das habe ich nicht gesagt.«
»Aber doch wohl durchblicken lassen?«
»Ich weiß nicht.«
Diese Antwort rief einen einhelligen Stoßseufzer der Verwunderung hervor, der überall zu hören war, und auf den ein Sturm der Erregung folgte, in dem eine einzige Stimme sich schließlich Gehör verschaffen konnte.
»Wie war das?«
»Ich weiß nicht.«
»Möchten Sie das bitte wiederholen?«
»Ich weiß nicht.«
»Sie wissen es nicht?«
»Ich weiß es wirklich nicht.«
»Heiliger Bimbam! Ron, Ron, bitte wiederholen Sie das vor dem Mikrofon. Ich muß es unbedingt auf Band haben.«

»Gern. Ich weiß es nicht.«
»Danke, vielen Dank, Ron, das war großartig.«
»Sind Sie damit einverstanden, zitiert zu werden?«
»Ich weiß nicht.«
»Heißt das, Sie wissen nicht, ob Sie sich das Zitat zuschreiben lassen wollen ›Ich weiß es nicht‹?«
»So ist es.«
»Dürfen wir denn wenigstens *das* zitieren?«
»Ich weiß nicht.«
»Ron, kennen Sie einen höheren Regierungsbeamten oder sonstwen von Bedeutung, der je gesagt hat: ›ich weiß nicht‹?«
»Ich weiß nicht. Ich zitiere Dr. Bruce Gold, derzeit noch Professor an einem College in Brooklyn, der vermutlich demnächst nach Washington berufen wird.«
»Als was, Ron? Was für einen Posten soll Dr. Gold übernehmen?«
»Ich weiß es nicht. Können wir weitermachen, bitte?«
»Sie erinnern sich noch an Henry Kissinger? Welche Meinung hatten Sie von dem?«
»Er war zweitklassig.«
»So urteilte Kissinger über Nixon, nicht wahr?«
»Dann schreiben Sie eben drittklassig.«
»Das wird mir ein ewiges Rätsel sein, Ron. Gesetzt, Nixon war zweitklassig, wer kann dann drittklassig sein?«
»Henry Kissinger.«
»Heißt das, Sie stufen Kissinger noch unter Nixon ein?«
»Nur, was Intelligenz und Witz angeht. Was Charakter und Glaubwürdigkeit betrifft, stehen sie etwa auf der gleichen Stufe.«
»Bleiben wir mal bei Glaubwürdigkeit, Ron. Sie erinnern sich: Richard Kleindienst wurde im Zusammenhang mit seiner Ernennung zum Justizminister des Meineides überführt. Das ist ein Verbrechen. Er wurde aber nur einer Übertretung für schuldig befunden und darf weiterhin seine Anwaltskanzlei betreiben. Können Sie uns sagen, warum man Kleindienst ebenso wie Helms so nachsichtig behandelt wie sonst keinen Verbrecher?«
»Ich weiß nicht.«
»Das stinkt doch wohl?«

»Es stinkt wie die Pest.«
»Dürfen wir Sie damit zitieren?«
»Selbstverständlich nicht. Nächste Frage, bitte.«
»Nachdem nun Jahre vergangen sind, können Sie uns vielleicht die wirklichen Gründe dafür nennen, daß Gerald Ford es für nötig hielt, Richard Nixon wegen aller im Amt begangenen Sexualverbrechen zu amnestieren?«
»Nixon hat Sexualverbrechen begangen?«
»Ich weiß nicht, doch wenn man Nixon für alle Amtsverbrechen amnestiert, können auch solche dabeigewesen sein.«
»Ich weiß nicht.«
»Die Regierung hat beschlossen, die Inflation durch Preiserhöhungen zu bekämpfen, damit die Nachfrage sinkt, und zugleich auch die Preise zu senken, um die Nachfrage zu steigern und die inflationäre Preisentwicklung zu fördern, die wir bekämpfen wollen, indem wir die Nachfrage dämpfen, um die Nachfrage zu erhöhen, wodurch die Preise wieder steigen. Darin besteht doch wohl bei Licht besehen die derzeitige Wirtschaftspolitik?«
»Ich weiß nicht.«
»Ron, wissen Sie es wirklich nicht, oder vermuten Sie nur etwas?«
»Ich weiß ganz genau, daß ich es nicht weiß.«
»Wie werden sich Ihrer Ansicht nach die Arbeitslosigkeit und der Markt in nächster Zeit entwickeln?«
»Ich weiß nicht.«
»Sie haben da keine Ansicht?«
»Das stimmt.«
»Gibt es jemand in der Regierung, der darüber was weiß?«
»Über meine Ansicht?«
»Ich ziehe die Frage zurück.«
»Wie steht es um unsere Bündnisse? Falls sie wirklich alle durch Bestechung, Zwang, Aufwiegelung und Korruption jeder Art zustande gebracht wurden, werden sie dann in einer Krise oder bei einem Wechsel der beteiligten Regierungen halten?«
»Lieber Himmel, das weiß ich doch nicht.«
»Weiß es vielleicht sonst jemand in der Regierung?«
»Was?«

»Irgendwas.«
»Wiederholen Sie Ihre Frage bitte.«
»Irgendwas?«
»Soll das die Frage sein?«
»Ist das die Antwort?«
»Ich weiß nicht.«
»Meine Frage habe ich vergessen.«
»Dann ziehe ich meine Antwort zurück.«
»Hat vielleicht der Präsident begründete Ansichten über das, was hierzulande und in der übrigen Welt vorgeht?«
»Ich weiß nicht.«
»Bitte, bitte, Ron! Darf ich das nochmal fürs Fernsehen haben? Warten Sie mit der Antwort, bis Sie die Kamera fahren sehen.«
»Gern. Ich weiß nicht.«
»Klasse war das.«
»Ron, was den Präsidenten angeht, muß ich Sie fragen: Wissen Sie es wirklich nicht oder wollen Sie nichts sagen?«
»Ich weiß nicht.«
»Heißt das, Sie wissen nicht, ob Sie wissen oder nicht wissen?«
»Das stimmt genau.«
»Herzlichen Dank, Ron«, sagte der Sprecher der Journalisten in der vordersten Reihe. »Man muß Ihnen gratulieren. Dies war die offenste und informativste Pressekonferenz, die ich je mitgemacht habe.«
»Na, ich weiß nicht.«

Als Gold am folgenden Morgen das Frühstück bereitete, rief Ralph an: Der Präsident wolle ihm persönlich seine Anerkennung aussprechen. »Er hat dich im Hotel zu erreichen versucht, doch hieß es, du nähmest keine Gespräche an.«

»Ich wohne bei Andrea«, sagte Gold. »Das Hotelzimmer war nur eine Vorsichtsmaßnahme.«

Ralph ließ einen bewundernden leisen Pfiff vernehmen. »Du hast es wirklich faustdick hinter den Ohren, Bruce. Auf genau diese Weise sollten wir alle unsere Geheimnisse hüten. Komm um elf ins Weiße Haus. Durch den Dienstboteneingang.«

Gold hielt sich an diese Weisung und wurde durch eine Pantry nach oben in ein Vorzimmer geführt. Im selben Moment trat Ralph auf Zehenspitzen herein und führte ihn schnurstracks wieder hinaus. Die Audienz war verschoben. Der Präsident schlief.

»Er macht ein Nickerchen«, flüsterte Ralph.

»Um elf am Vormittag?« rief Gold.

»Der Präsident ist ein Frühaufsteher. Um fünf wacht er schon auf. Er nimmt dann zwei Schlaftabletten und ein Beruhigungsmittel und schläft weiter, solange er nur kann.«

»Und wann arbeitet er?« fragte Gold.

»Was meinst du damit?«

»Wann arbeitet er?«

Ralph war anscheinend völlig perplex. »Ich verstehe dich immer noch nicht.«

»Wann tut er, was er soll? Ich meine, als Präsident?«

»Er arbeitet vierundzwanzig Stunden täglich«, sagte Ralph. »Wahrscheinlich sogar jetzt, wo er sein Nickerchen macht, findet der arme Mensch keine Ruhe. Übrigens bist du befördert worden, und das wollte er dir selber sagen.«

»Wozu befördert?« fragte Gold verblüfft.

»Noch ist nichts beschlossen, aber es ist eine erhebliche Verbesserung.«
»Im Vergleich womit?«
»Das haben wir nie so recht herausbekommen, stimmt's? Du kannst dir jetzt praktisch jeden Posten wählen, ausgenommen die, die du nicht haben kannst. Soweit ist alles schon ganz offiziell, muß allerdings noch bestätigt werden und geheim bleiben, bis wir es bekanntgeben, falls wir es uns nicht doch noch anders überlegen sollten. Du rangierst jetzt jedenfalls hoch über Sprecher und Quelle.«
»Verdiene ich da auch mehr?« fragte Gold.
»Soviel du ungestraft nehmen kannst, allerdings ist die Konkurrenz da immer sehr groß. Daß Lyndon Johnson und Jack Javits nicht die einzigen sind, die sich im Amt bereichert haben, brauche ich dir nicht zu sagen. Zufällig traf ich neulich Harris Rosenblatt und hörte von dem, was der Finanzminister so treibt«, fuhr Ralph fort, während die Herren es sich in Ralphs Büro bequem machten. »Leute deines Glaubensbekenntnisses versorgen sich dabei unweigerlich gut.«
Gold räusperte sich. »Ich bekenne mich zu keinem Glauben, Ralph.«
»Du weißt schon, wie ich es meine, Bruce. Ich versuche mich taktvoll auszudrücken.«
»Ich bin dir für deinen Takt außerordentlich verbunden.«
Ralph runzelte die Stirn. »Irgendwas Sonderbares geht mit Harris Rosenblatt vor. Immer, wenn ich ihn wieder einmal sehe, gleicht er mehr jemand wie mir als jemand wie dir.«
Wieder fand Gold nur schwer Worte. »Auf welche Art gleicht er mehr jemand wie dir als jemand wie mir, Ralph?«
»Er wird irgendwie größer und magerer, Bruce«, antwortete Ralph schlicht und aufrichtig und schien Golds kühlen Ton nicht zu bemerken. »Er hält sich auch sehr gerade. Du erinnerst dich, daß er früher klein war und schwammig. Auch scheint er bleicher zu sein. Neulich habe ich übrigens Andrea auf einer Party getroffen, und auch deretwegen bin ich besorgt. War die früher nicht größer?«
»Größer?« Gold suchte in Ralphs Augen nach einem Strahl gemeinsamen Verständnisses.
»Größer als was?«

»Als sie wirklich ist. Ich an deiner Stelle würde das mal nachprüfen. Du möchtest doch nicht, daß sie zu klein wird?«
»Zu klein wofür, Ralph?«
»Zu klein für dich, Bruce. Du würdest nicht gerade an Statur gewinnen, wenn deine zweite Frau ebenso klein wäre wie Belle.«
»Sobald sich Gelegenheit findet, frage ich sie, Ralph. Und was treibt nun eigentlich der Finanzminister?«
»Er beschwichtigt die Unternehmer.«
»Das könnte ich ebenfalls«, sagte Gold.
»Gewiß könntest du's«, sagte Ralph zustimmend. »Und er verspricht, das Defizit klein zu halten. Du verstehst: er hält es nicht wirklich klein, er verspricht es nur. Auch nimmt er sich seiner eigenen finanziellen Interessen und der seiner Freunde an, damit sie alle weiterhin ihren gewohnten Lebensstil beibehalten können.«
Gold verlor das Interesse. »So nahe stehen meine Freunde mir nicht«, gestand er. »Und ich möchte gerne den Lebensstil heben, an den ich gewöhnt bin.«
»Dann wärest du nicht mit ganzem Herzen bei der Sache.«
»Ich habe unterdessen überlegt, ob ich Oberkommandierender der NATO, Verteidigungsminister, Direktor der CIA oder des FBI, Marine-, Heeres- oder Luftwaffenminister werden möchte – falls es dafür nicht zu spät ist?«
»Nein, selbstverständlich nicht«, sagte Ralph, »es sei denn, es wäre bereits zu spät. Gesundheit, Bildung und Wohlfahrt hatten wir, glaube ich, schon erörtert?«
»Ich interessiere mich einzig für meine eigene.«
»Wie wäre es mit Wohnungsbau und Stadtplanung? Es kann nicht schaden, wenn man auch mal die Armut aus der Nähe sieht –«
»Arm war ich selber.«
»– und sich mit den Unterprivilegierten identifiziert.«
»Da laß mich lieber aus.«
»Wie wäre es mit Justizminister, Bruce? Der hat wirklich Einfluß.«
»Darüber ließe sich reden«, sagte Gold. »Nun, da meine eigenen Kinder nicht mehr darunter zu leiden haben, könnte ich mich für Rassenintegration und gemeinsame Schulbusse stark machen. Nur – als Justizminister müßte ich wohl Jurist sein?«

»Glaube ich nicht. Im Gesetz steht, soweit ich weiß, nichts darüber.«
»Könntest du das ausfindig machen?«
»Ich frage mal den Justizminister.«
»Nein, lassen wir das lieber.«
»Wie wäre es mit dem Außenministerium?«
»Das würde mir wohl am meisten liegen.«
»Der Präsident könnte da derselben Meinung sein.« Ralph stand auf und reckte sich behaglich. »Ich glaube, ich kann dafür garantieren, daß du jedes Amt bekommst, für das du dich entscheidest. Versprechen kann ich es aber nicht. Also leg mich bitte nicht darauf fest.«
Zwar sprach aus Ralphs Stimme nichts als pure Freundschaft, doch Gold meinte nun, er müsse etwas fester auf den Busch klopfen. »Weißt du, Ralph, ich bekomme hier Sachen zu hören, von denen ich einfach nicht glauben kann, daß es sie gibt.«
»Ich verstehe ganz genau, was du meinst.« Ralph strich seine kastanienfarbige Stirnlocke zurück. »Nachdem ich aber schon eine Weile hier lebe, bin ich bereit, fast alles und jedes zu glauben.«
Gold fragte sich, ob seine Andeutungen nicht deutlich genug seien. »Ich höre diese Sachen von dir, Ralph.«
»Von mir?« Ralph war aufrichtig erstaunt. »Was ich dir sage, darfst du ruhig glauben, Bruce, denn ich belüge dich bestimmt nie. Was ich dir versprochen habe, ist eingetroffen, oder? Erzähl mal, was du so am College machst.«
»Ich habe meinen Studenten samt und sonders für dieses Semester lange Hausarbeiten zudiktiert und sehe sie womöglich nie wieder.«
Ralph grunzte beifällig und tippte mit der Fingerspitze an seine Nase. »Wirklich, Bruce, du hast es faustdick hinter den Ohren. Ich glaube, es gibt kein Verwaltungsproblem, mit dem du nicht spielend fertig würdest. Nun brauchst du dich nur noch von Belle scheiden zu lassen und Andrea zu heiraten. Es wäre erheblich günstiger, du hättest das hinter dir, bevor deine Ernennung im Parlament diskutiert wird. Es ist dem Wohl des Staates immer abträglich, wenn jemand seine Frau abstößt und sich eine bessere sucht, *nachdem* er es im Amt zu etwas gebracht hat. Einem Abgeordneten

oder einem Senator sieht man sowas nach, aber du stehst jetzt bereits wesentlich über beiden.«

»Wirklich?«

»Ich dachte, das wüßtest du? Wenngleich du natürlich keine Möglichkeit hast, es zu erfahren. Trenn dich von Belle, Bruce, tu, was erforderlich ist.«

Gold erwiderte etwas eingeschüchtert: »Es ist gar nicht so leicht, seine Frau zu verlassen, Ralph.«

»Und das sagst du mir?«

»Woher weiß ich übrigens, daß Andrea bereit ist, mich zu heiraten?«

»Kann sie etwa ablehnen, wenn du ihr von deiner Berufung erzählst?«

»Und wie soll ich das, wenn meine Berufung geheim bleiben muß?«

»Nun, eine Andeutung darfst du schon fallen lassen. Übrigens kann es gut sein, daß sie uns jetzt abhört. Hast du Pugh Biddle schon kennengelernt? Ein einzigartiger Mann, und sein Landbesitz mit eigener Jagd ist ebenso einzigartig. Womit beschäftigst du dich übrigens dieser Tage?«

»Ich habe noch das Buch über –«

»– über die Juden zu schreiben?« Ralph zeigte sich informiert.

»Richtig, über die Juden«, sagte Gold tapfer. »Allerdings wird wohl mehr ein persönlicher Bericht daraus. Ferner sichte ich das Material zu einem humoristischen Buch über David Eisenhower und einem ernsten Buch über Henry Kissinger; es kann allerdings am Ende das Umgekehrte dabei herauskommen.«

»Und wie behandelst du Kissinger in deinem Buch?«

»Fair.«

»Ich habe ihn nie leiden mögen. Übrigens – der Präsident hat mir aufgetragen, dich zu fragen, ob Rußland Krieg anfängt, wenn wir abrüsten?«

Gold betrachtete Ralph verstohlen. »Woher soll ich das wissen?«

»Du könntest es vielleicht herausbringen?«

»Wie wohl? Hat denn hier kein Mensch darüber zutreffende Vorstellungen?«

»Oh doch, wir haben ja jede Menge Experten. Der Präsident meint

aber, deine Vermutungen könnten ebenso zutreffend sein wie die anderer Leute.«
»Ich höre mich mal um.«
»Reizend von dir, Bruce. Der Präsident wird sehr dankbar sein.«
»Ralph«, sagte Gold noch einmal, getrieben von einer Skepsis, die alle seine anderen Bedenken in den Schatten stellte, »hast du tatsächlich Zutritt beim Präsidenten?«
»Aber ja doch. Jeder hat Zutritt beim Präsidenten.«
»Ich meine jetzt, führt er persönliche Gespräche mit dir?«
»Der Präsident ist immerhin die Erste Führungskraft im Lande, Bruce.«
»Ich meine – sprichst du mit ihm persönlich?«
»Worüber, Bruce?«
»Ein beliebiges Thema, meinethalben.«
»Ach, Bruce«, tadelte Ralph, »du kannst mit dem Präsidenten nicht über x-beliebige Gegenstände reden. Er hat häufig zu arbeiten. Mag sein, er schreibt sein nächstes Buch.«
Gold klammerte sich an die Vernunft, trotz des ständig dichter werdenden Nebels der Vergeblichkeit. »Ich meine, angenommen, du hättest etwas Wichtiges vorzutragen – würde er dich dann vorlassen und anhören?«
»Was meinst du mit ›Wichtiges‹?« fragte Ralph wieder.
»Nun, irgendwas, was dir wichtig scheint – unterbrich mich nicht, bitte –, sagen wir, ein Krieg beispielsweise.«
»Das fällt nicht in meine Zuständigkeit«, sagte Ralph.
»Wofür bist du denn zuständig?«
»Für alles, womit ich mich befasse, Bruce.«
»Und womit befaßt du dich?«
»Mit allem, wofür ich zuständig bin. Das ist schließlich meine Aufgabe.«
Gold gab sich Mühe, nicht zu schreien. »Und ich versuche die ganze Zeit herauszubringen, worin deine Aufgabe besteht?«
»Nun, es hat mich wirklich gefreut, daß ich dir behilflich sein konnte«, sagte Ralph und schüttelte Gold kraftvoll die Hand. »Grüße bitte Belle herzlich und auch Andrea, oder auch Belle und Andrea herzlich, was gerade angemessen scheint.«
Gold erhob sich matt. »Und du – grüß Alma von mir.«

Ralph schaute verständnislos drein. »Welche Alma?«
»Heißt deine Frau nicht Alma?«, fragte Gold.
»Alma heißt auch meine Verlobte«, sagte Ralph. »Die ist fast ein ganzes Jahr jünger. Nimm meinen Rat an, Bruce. Falls man sich scheiden lassen und neu verheiraten will, ist es besser, die Scheidung abzuwarten, bevor man wieder heiratet. Ich habe beides selbst ausprobiert. Vor allem – stoße deine Frauen ab, bevor sie an Tumoren erkranken oder die Gebärmutter entfernen lassen. Wirklich, es ist gut, seine Frau zu verlassen, solange sie attraktiv genug ist, jemand anderen zu finden, der für ihre Arztrechnungen aufkommt und die lästigen Besuche im Krankenhaus macht. Übrigens – ich soll noch fragen, ob es in deinem Leben Vorkommnisse gibt, die peinlich wären, wenn sie bekannt würden?«
»Was wäre das zum Beispiel?« fragte Gold und schaute ihn unsicher an.
»Keine Ahnung.«
»Dann muß ich antworten: Nein.«
»Hast du je was Schlimmeres getan als andere Leute?«
»Ganz gewiß nicht.«
»Na, dann hast du nichts zu fürchten.« Aus seiner heiteren Miene und dem tiefen Atemzug, den er tat, als Ralph durch die offene Tür des Büros auf die Batterien von Schreibtischen starrte, hätte man schließen können, daß er eine üppige Wiese betrachte und den Duft von Geißblatt und Liguster einsauge, eine Wiese, auf der es jahreszeitbedingt summte von unzählbaren bukolischen Paarungen. »Ist das nicht atemberaubend?« rief er aus. »Zwei von unseren drei bekanntesten Planspielern haben errechnet, daß, wer lange genug an der Tür meines Büros steht, früher oder später den Präsidenten vorübergehen sehen kann. Möchtest du so lange warten?«
Gold schaute ihn schief an, wieder im Zweifel, ob er seinen protestantischen Freund richtig verstanden habe. »Ich will lieber Andrea einen Heiratsantrag machen«, sagte er.
»Das wird den Präsidenten freuen.«

Während des Abendessens war Gold etwas zerfahren und nervös. Äußerlich bewahrte er die Fassung und schärfte Andrea noch einmal ein, davon abzusehen, ihre Beziehung zu ihm samt der damit einhergehenden sexuellen Betätigung mit anderen Leuten zu erörtern, zum Beispiel mit Miss Plum. Andrea hörte ihm hingerissen zu, sie hing an seinen Lippen und weckte in ihm die Überzeugung, ungemein begabt zu sein, was ihn ein wenig beunruhigte. Er war nicht gewöhnt, auf eine Frau, die er anbetete, einen so hypnotischen Einfluß auszuüben.

Lachs und litauisches Schwarzbrot, beides von ihm aus New York mitgebracht, wurden gut aufgenommen, und Andrea versprach, im Handels- und im Landwirtschaftsministerium herumzufragen, ob man irgendwo in der Welt arabische Mokkabohnen auftreiben könne oder ob die Gattung ausgestorben sei. Gold zog arabischen Mokka französischem vor. Nachdem er die Kaffeetassen auf die Spüle gestellt hatte, begab er sich ins Wohnzimmer, wo Andrea ihn bereits erwartete, lässig ins Sofa gelehnt wie Madame Recamier auf dem bekannten Gemälde, oder als Marmorstatue, den Kopf leicht in die Hand gestützt, die schönen schlanken Beine auf den Polstern ausgestreckt. Wieder raubte ihm das Lavendelblau den Atem, das von den klaren, meerblauen Ringen um ihre Pupillen ausgehend die Augäpfel tönte. Ihr Gesicht war das lieblichste, das er je von nahem gesehen, und er fragte sich von neuem, warum ihn das alles gelegentlich so langweilte. Ihre Finger spielten zärtlich in seinem dunklen Nackenhaar.

»Ralph meint, wir sollten heiraten«, sagte er und küßte sie.

Ihre leicht errötenden Wangen schimmerten. »Das finde ich auch.«

»Er meint, es sei zum Wohle des Staates erforderlich«, sagte Gold übermannt von einer peinlichen Schüchternheit, die, wie er glaubte, nach dem vierzehnten Lebensjahr nicht mehr vorkommt und die

er nach Kräften bekämpfte. »Du weißt, ich werde demnächst ein Regierungsamt bekommen. Das steht jetzt fest, allerdings ist es noch nicht gewiß.«
»Ich wollte immer schon jemand heiraten, der ein hohes Regierungsamt innehat«, sagte Andrea. »Jemand, den ich bewundere und der den Wunsch hat, mich wiederzusehen.«
»Ich bin heute befördert worden.«
»Und was warst du bislang?«
»Das darf ich nicht sagen«, versetzte er geheimnisvoll.
»Und was machst du künftig?«
»Auch das darf ich dir leider nicht sagen.«
»Ich kann es aber vermuten«, neckte Andrea und kitzelte ihn zugleich. »Wirst du Regierungssprecher?«
»Oh nein«, sagte Gold unbescheiden und stimmte in ihr Kichern ein. Beide waren ausgelassen. »Darüber bin ich längst hinaus.«
»Eine Quelle vielleicht?« Sie spielte eifrig mit. »Mehr als Bewährter Mitarbeiter?«, fragte sie weiter, als Gold wieder den Kopf schüttelte. »Dann weiß ich es genau.« Und sie wurde ernst. »Vorsitzender der Vereinigten Stabschefs? Außenminister? Justizminister? Vorsitzender Richter am Obersten Bundesgericht?«
Gold legte einen Finger an die Lippen. »Du bist nahe dran, mein Schatz«, sagte er mit Überzeugung. »Noch muß es geheim bleiben. Immerhin könnten wir unsere Heirat ins Auge fassen. Mir kommt vor, wir wünschen seit je, miteinander verheiratet zu sein, jedenfalls steht fest, daß ich seit je verliebt in dich war.«
»Wie ulkig du bist.«
»Das ist der Himmel«, rief er, als er sah, wie sie seinen Heiratsantrag aufnahm. Und damit war es vollbracht. Beide hielten es für selbstverständlich, überlegte Gold später, daß er sich von Belle trennen würde, denn keiner von beiden erwähnte sie bei dieser Gelegenheit.
Im Bett sagte sie: »Du brauchst das nicht zu machen. Mir kommt es so gut wie nie.«
Sie war wirklich ideal, einerlei, welchen Maßstab man anlegte.

Daheim näherte Gold sich dem Thema behutsam. Wer seine Frau verlassen will, kann das auf die feige Tour tun, und Gold hatte überdies den Vorteil, mit einem Minimum an Aufwand in sein Studio übersiedeln zu können.
Er begann also umständlich: »Ich war wieder beim Arzt, beim Psychiater vielmehr. Weil ich mich überarbeitet fühle.«
»Und?« fragte Belle.
»Die Vorlesungen, meine Bücher und die Arbeit in Washington – alles zusammen strengt mich zu sehr an.«
»Das sagtest du schon vor einigen Tagen.«
»Da siehst du es – ich vergesse alles. Der Arzt meint, ich sollte eine Weile ganz für mich allein sein und sehen, daß ich wieder auf die Beine komme.«
»Warum nicht«, sagte Belle.
»Und weil ich jetzt keinen Urlaub nehmen kann, meint er, wenn ich in der Stadt bin, soll ich in meinem Studio übernachten, ein-, zweimal die Woche wäre das. Ich könnte drei-, viermal wöchentlich außer Hause schlafen, wenn ich in der Stadt bin, bis ich wieder auf die Beine komme.«
»Von mir aus«, sagte Belle.
»Du begreifst, Belle? Verstehst du, was ich gesagt habe?«
»Gewiß«, sagte Belle.
»Außerdem stehe ich nachts gern auf und setze mich an die Schreibmaschine, und das kann ich hier schlecht.«
»Okay.«
Angesichts dieses matten Widerstandes schwand ihm der Mut. Der Gedanke, ihr könnte es wirklich egal sein, was er tat, bereitete ihm eine melancholische Enttäuschung.
»Du siehst also«, fuhr er fort, und in seiner Kehle gurgelte es von trillerndem Weh, »wir werden hin und wieder nicht zusammen le-

ben, sondern getrennt. Eine Trennung, sozusagen.« Sie antwortete nicht. »Du begreifst?«
»Ich begreife.«
»Mindestens, bis ich wieder auf die Beine komme!«
»Und wie lange dauert es, bis du auf die Beine kommst?«
»Das weiß niemand.«
»Meinst du, du bist wieder auf den Beinen, wenn dein Vater am nächsten Freitag seinen Hochzeitstag feiert?«
»Na klar«, willigte Gold mit einer verwegenen Hilfsbereitschaft ein, die nicht im mindesten zu dem neurasthenischen Zustand passen wollte, den er eben beschrieben hatte. »Ich komme doch öfters zum Essen her, hole meine Post, lasse meine Sachen zum Reinigen da und nehme frische Wäsche mit. Für Washington brauche ich die alten dunklen Anzüge und ein paar von den alten weißen Hemden.«
»Sonst bleibt er vielleicht länger hier und hilft dir auf die Beine.«
»Ich habe künftig oft in Washington zu tun.«
»Der würde auch nach Washington fahren, um dir auf die Beine zu helfen.«
»Ich komme zum Hochzeitstag und gehe überall mit hin, bis die beiden weg sind. Dir macht es also nichts aus?«
»Warum sollte es?«
»Ich meine, daß ich künftig fast täglich abends in meinem Studio bin und über Nacht bleibe? Manchmal auch das Wochenende?«
»Um die Wahrheit zu sagen«, versetzte Belle, »ich hätte es gar nicht bemerkt, hättest du nichts davon erwähnt.«
»Nicht bemerkt?«
»Du lebst doch schon seit Jahren so.«

Golds Tochter war zwar erst zwölf, doch ließ sie sich nicht so leicht einreden, daß ihr Vater keine Nebenabsichten verfolgte.
»Du ziehst aus, stimmt's?« warf sie ihm vor, mit einem Scharfsinn, wie er selten bei so jungen Menschen anzutreffen ist.
»Nein, das tue ich nicht.« Als sie verächtlich lachte, schnitt er eine Grimasse. »Ich packe nur die Sachen, die ich zur Arbeit im Studio brauche oder nach Washington mitnehmen muß.«
»Scheiß mich nicht an«, sagte Dina. »Du willst dich scheiden lassen.«
»So redet ein Mädchen nicht.«
»Und dir ist egal, was aus mir wird?«
»Ja.«
»Weshalb setzt du mich erst in die Welt, wenn du mich dann nicht willst?«
»Wer konnte schon wissen, daß du dabei herauskommen würdest?«
»Was soll denn das heißen?«
»Frag wen anders.«
»Du bist wirklich das Letzte.«
»Mach Schularbeiten oder geh raus spielen.«
»Es gibt also eine andere Frau? Das merke ich doch. Und du denkst wohl, die willst du heiraten, was?«
»Kein Wort wahr«, beteuerte Gold.
»Blödsinn. Ich weiß doch, daß du seit Jahren fremde Weiber vögelst. Oder glaubst du, ich weiß nicht, was in der Welt vorgeht? Erzähl's mir ruhig. Ich habe ein Recht darauf, es zu erfahren. Und herausbekomme ich es sowieso.«
»Kümmere dich um deine eigenen Angelegenheiten.«
»Und was erwartest du von mir? Daß ich euch übers Wochenende besuche?«

»Du brauchst nicht mal anzurufen.«
»Du Hurenbock. Therapieren lassen sollte ich mich, bloß um dich zu ärgern. Aus der Schule lasse ich mich schmeißen, den letzten Blutstropfen sauge ich dir aus!«
Gold durchfuhr ein plötzlicher Schauder, denn im allgemeinen machte Dina ihre Drohungen war. Er warnte sie. »Dann laß ich dich ambulant in der Klinik behandeln. Einmal die Woche Gruppentherapie.«
»Ich hoffe bloß, du holst dir bei ihr den Tripper und die Syphilis.«
»Ach, leck mich am Arsch.«

Nachdem er sich von Belle getrennt und die Lage gründlich mit seiner Tochter erörtert hatte, beschloß Gold, daheim zu Abend zu essen und auch zu übernachten. Daheim war es eben doch bequemer als im Studio, wo die grelle Musik der haitischen Huren von nebenan durch die Wände drang, als wären sie aus Papier.

Gold, aufgeplustert von der zunehmenden Überzeugung, ein Würdenträger zu sein, dessen Laufbahn steil nach oben führt, schaute pedantisch auf die Armbanduhr, als er sich behutsam einen Weg durch den kargen Empfangsraum und durch einen Korridor bahnte, dessen Dielen knarrten und der fast verstopft war von gefährlich hoch aufgetürmten unverkauften Exemplaren der Zeitschrift. Das eigentliche Redaktionsbüro war das schäbigste, schmutzigste und muffigste seiner Art, das er je betreten hatte. Nichts annähernd Ähnliches war ihm je vor Augen gekommen. Ein alter Federwisch, verdreckt, als käme er vom Müllhaufen oder aus einer Wohnruine, lag auf einem Stoß vergilbter Exemplare des ›New York Times Magazine‹, aus dem Lieberman nach wie vor seine Einfälle als Redakteur schöpfte. Gold betrachtete diesen Gegenstand mit düsterem Blick.

»Damit mache ich sauber«, entschuldigte sich Lieberman.

»Sauber?« wiederholte Gold in einem reservierten Ton, der einen Abstand von mindestens Armeslänge zwischen ihm und Lieberman herstellen sollte.

»Du findest wohl schwerlich etwas sauberzumachen, das dreckiger ist als dieses Ding.«

Seit Liebermans Anträge auf ein Rhodes-Stipendium, ein Fulbright-Stipendium, einen Zuschuß der Guggenheim-Stiftung und auf Ausstellung einer Lesekarte für die Bibliothek an aufeinanderfolgenden Tagen einer weit zurückliegenden ertragreichen Frühlingswoche abgelehnt worden waren, hatte Gold sich ihm nie mehr so überlegen fühlen dürfen wie in diesem Augenblick. »Falls du wirklich willst, daß ich mich hersetze und etwas unterzeichne, dann laß dieses ekelhafte Ding da verschwinden.«

Lieberman hatte eifersüchtig auf Golds wachsenden Ruhm reagiert, indem er ein weiteres seiner bekannten Manifeste verfaßte. Gold las:

Mein Aufruf,
der kommunistischen Herrschaft über Albanien
ein Ende zu machen

»Du siehst, ich habe eine Reihe Kollegen aus der Intelligenzia aufgefordert, dieses Manifest zugleich mit mir zu unterzeichnen. Jeder Unterzeichner spendet fünfzig Dollar, und für das Geld kaufen wir Anzeigenraum in den einflußreichsten Zeitungen der Welt, einschließlich meiner Zeitschrift. Wir rechnen auf tausend namhafte Unterzeichner, und ich finde, du sollst auch dazugehören. Ich habe persönlich dafür garantiert, 500 Unterschriften beizubringen.«

»Und wie viele hast du schon?«

»Keine.« Das Manifest lautete weiter:

Wir fordern

1. Politische Demokratie für Albanien
2. Pressefreiheit in Albanien
3. Duldung aller religiösen Bekenntnisse in Albanien

Wir lassen uns mit keinem Nein abspeisen!!!!!!

Weiter las Gold nicht. »Das unterschreibe ich nicht.«

»Dann gib wenigstens fünfzig Dollar.«

»Keine fünfzig Cents. Seit ich neokonservativer pragmatischer progressiver Demokrat bin und auf eine Koalition zwischen demokratischer Mehrheit, liberalen Reaktionären und aufgeklärten Republikanern hinarbeite, denke ich nicht mehr daran, für die Verbreitung meiner politischen Anschauungen selber zu bezahlen, und das gleiche gilt für dich.«

»Warum willst du nicht unterzeichnen?«

»Ich halte es nicht für klug«, sagte Gold mit jener glühenden Zufriedenheit, die ihm häufig das Herz erwärmte, wenn er an die Mißerfolge und Frustrationen dachte, unter denen seine Zeitgenossen litten. »Ich bin im Begriff, in Washington ein wichtiges Amt anzutreten.«

»Was bist du?« Lieberman schnitt eine Grimasse, und es sah aus, als wolle er Golds Kopf mit den Backenzähnen zermalmen. »Das ist doch wohl ein Witz.«

»Es war mir nie ernster.«
»In Washington? Wie kommst ausgerechnet du dahin? Warum kriegst gerade du dort einen Posten und nicht ich? Schließlich war ich einmal zum Essen ins Weiße Haus eingeladen.«
»Zusammen mit vierhundert anderen Personen.«
»Zusammen mit meiner Frau. Du warst nie eingeladen. Und du willst wirklich den Albaniern die Demokratie vorenthalten, bloß weil du unter dieser Regierung einen Posten bekommst? Dir ist wohl ganz einerlei, was aus den Albaniern wird?«
»Ja«, sagte Gold.
»Dafür breche ich dir das Genick«, drohte Lieberman. »Ich werde ein weiteres Manifest verfassen.«
»Immer mit der Ruhe, Lieberman«, warnte Gold lässig. »Laß kühlere Köpfe entscheiden. Wenn du schon Manifeste verfaßt, warum zielst du damit nicht auf Rußland oder China, sondern ausgerechnet auf das winzige Albanien? Und warum überhaupt Manifeste verschwenden? Sobald du Chinesen und Russen in die Knie gezwungen hast, folgen die kleineren Fische wie Albanien ganz von allein.«
»Sehr komisch«, bemerkte Lieberman trübe. »Aber irgendwer muß irgendwo den Anfang machen. Was ist das für ein Posten, den du da in Washington in Aussicht hast?«
»Ich dürfte es nicht sagen, auch wenn ich wollte. Immerhin – einmal bin ich schon befördert worden.«
»So ein hoher Posten?« Lieberman war beeindruckt.
»Streng vertraulich.«
»Du kannst es nicht mal mir anvertrauen?«
»Meine Lippen sind versiegelt.«
»Wann wird man es offiziell erfahren?«
»Weiter kann ich nichts sagen.«
»Dann hast du jetzt wohl einflußreiche Freunde in Washington, wie?«
»Viele. Ich war im Weißen Haus, weil der Präsident mich kennenlernen wollte.«
»Zum Abendessen?«
»Zu einem späten Frühstück. Nur Ralph und ich. Man hat mich beauftragt, den Bericht der Kommission anzufertigen.«

»Und was wirst du in diesem Bericht über mich berichten?«
»Nichts Kränkendes jedenfalls.«
»Ich biete dir vorbehaltlos meine Unterstützung an«, sagte Lieberman und bat seinerseits Gold um Unterstützung. »Du kannst jetzt doch bestimmt eine Menge für mich tun, stimmt's?«
»Ich ahnte schon, daß es darauf hinauslaufen würde«, sagte Gold, »doch ich muß mich in diesem Falle fragen: wäre das zum Wohle des Landes?«
»Ich glaube schon«, meinte Lieberman. »Hauptsächlich aus diesem Grunde habe ich ja den politischen Kurs in meinen Leitartikeln zugunsten der derzeitigen Regierung geändert.«
»Ich bezweifle, daß die Regierung von deiner politischen Kursänderung Kenntnis hat.«
»Du könntest sie darauf aufmerksam machen.« Lieberman packte ihn am Arm. »Bruce – wie ist es in Washington?« Gold riß sich los und rieb Fettflecke und Krümel vom Ärmel, die Liebermans Finger da zurückgelassen hatten. »Was treibst du dort?«
Gold feuerte eine volle Breitseite auf ihn ab. »Ich lege Frauen aufs Kreuz, Lieberman«, platzte er heraus, denn das sadistische Entzükken, das er dabei empfand, mochte er sich nicht verkneifen. »Blondinen, Lieberman, die blondesten Blondinen, die du je gesehen hast. Jede einzelne eine Schönheit. Töchter von Millionären, Ölbaronen und Zeitungsverlegern, Holzkönigen, Fürsten, Stahlmagnaten. Die müßtest du mal sehen, Lieberman, ah, die solltest du sehen. Allesamt neunzehn oder dreiundzwanzig, und keine wird je älter. Sie sind versessen auf Juden. Hörst du mich, Lieberman? Sie sind ganz versessen auf Juden! Und es gibt in Washington nicht so viele Juden, daß jede einen haben kann. Wir erzielen Höchstpreise, verrückt sind sie nach uns, Lieberman. Hörst du zu? Verstehst du mich? Reiche Witwen. Sie finden uns brillant, dynamisch, schöpferisch, nicht bloß zappelig, nervös und neurotisch. Die haben einfach keine Ahnung, Lieberman, keine Ahnung. Du solltest dir welche zur Brust nehmen, Lieberman, ganze Arme voll, bevor es zu spät ist für dich.«
»Nimm mich mit«, platzte Lieberman tränenden Auges heraus und blickte Gold flehentlich an. »Verschaff mir einen Posten!«
»Ich bin nicht davon überzeugt«, versetzte Gold kalt, »daß der Re-

gierung zur Zeit mit einem weiteren russischen Juden aus Brooklyn gedient wäre.«

»Mährischen«, berichtigte Lieberman prompt.

»Dir fehlt alle Erfahrung«, sagte Gold. »Und jetzt muß ich leider gehen.«

»Wenigstens einen Zuschuß von der CIA!« Lieberman rannte Gold in den Korridor nach und schnaufte dabei wie jemand, der einen Anfall hat.

Gold verwies ihn mit eisigem Blick auf seinen Platz. »Du hättest also nicht das Gefühl, deine Integrität einzubüßen, wenn du heimlich Gelder vom Staat annimmst?«

Diese Frage hatte die Wirkung, in Liebermann jene moralische Autorität neu zu beleben, deren er sich so häufig rühmte. »Nicht im mindesten«, erwiderte er mit großer Charakterstrenge und Arroganz. »Ich finde nichts dabei, Geld dafür zu nehmen, daß ich Positionen beziehe, die ich ohnehin beziehen würde.«

»Und was für Positionen wären das?«

»Jede, die erwünscht ist.«

»Leben Sie recht wohl, guter Mann.«

»Bruce«, jammerte Lieberman und suchte Gold den Abgang zu verlegen. »Warum kommst du nicht mal mit Belle zu uns zum Abendbrot?«

»Weil ich dazu keine Lust habe.«

Gold, kaum auf einem der hinteren Sitze im Flugzeug nach Washington und zu Andrea mit sich allein, begann sachverständig mit Schere, Bleistift und Klebestreifen zu werkeln – dem Handwerkszeug, mit dem er hauptsächlich Forschung und Lehre betrieb. Er trug Zeitungsausschnitte bei sich, die auf Blätter geklebt und sodann in Ordnern untergebracht wurden. Minuten nach dem Start bereits betrachtete er zufrieden eine geniale Folge von Schlagzeilen aus unterschiedlichen Ausgaben der ›New York Post‹.

Richter in Utah:
Am 17. Januar Tod durch Erschießen!

Urteil im Fall Gilmore
Todesstrafe

GILMORE TOT

Da fehlte augenscheinlich eine Steigerung, und Gold dachte sich eine aus:

Anordnung des Gerichtes:

Nochmals erschießen!

Erfindungsreich kombinierte er sodann zwei alte Schlagzeilen aus den ›Daily News‹, die in keinem Zusammenhang miteinander standen:

Ford in New York

Meinethalben verreckt!

Und:

Bürgermeister zu Müllwerkern:

Kehrt den Dreck weg!

Darunter befestigte er mit Klebestreifen geschickt einen Ausschnitt aus der ›New York Times‹, den er seit undenklicher Zeit mit sich herumtrug und schon verloren zu haben fürchtete:

ZITAT DES TAGES

»Ich habe ihnen gesagt, mir paßt nicht, was sich da abspielt. Ich habe ihnen gesagt: Entweder ihr geht an die Arbeit oder ihr fliegt raus.« Major Beame vor Abteilungsleitern der Müllabfuhr, denen er sein Mißfallen wegen der Zustände auf den Straßen ausdrückte.

Gold wußte zwar noch nicht genau, ob er diese Zitate in das Buch über David Eisenhower, in das über Henry Kissinger oder in das über die jüdische Selbsterfahrung einbauen wollte, doch daß sie irgendwo hineingehörten, das sah er deutlich. Als nächstes las er zwei Scherze, die Henry Kissinger gemacht hatte, und die der Sammlung von Witzen jenes hohen Amtsträgers einverleibt werden sollten, die Gold seit Jahren lieblos zusammenstellte. Er las den ersten noch einmal:

Außenminister Henry A. Kissinger machte gestern einen kleinen Scherz, als er den erfolgreichen Fußballern ihre Preise überreichte. Der ausscheidende Minister sagte, er habe ein Angebot des New Yorker Vereins Jet ausgeschlagen, Nachfolger des Verteidigers Joe Namath zu werden. »Zwei Sex-Symbole nacheinander sind für New York einfach, zuviel.«

Der nächste Witz war vom gleichen Kaliber:

> Die Harlem Globetrotter haben dem aus dem Amt scheidenden vielgereisten Außenminister die Ehrenmitgliedschaft angetragen und ihm als Geschenk ihren Dress überreicht. Kissinger stellte befriedigt fest, daß sein Hemd die Nummer 1 zeigt: »Die Ziffer stimmt mit meiner Selbsteinschätzung genau überein. Sorge macht mir nur die Frage, wie ich wohl in kurzen Hosen aussehe.«

Gold plante gemeinerweise, beide Zitate in dem morbiden, niederschmetternden Kapitel zu verwenden, das er Kissingers Humor zu widmen gedachte. Dieser zeugte weder von dem ironisch fatalistischen Spott des Talmud noch dem des Schtetl, und was Humor anging, so zog Gold einen Witz *über* Kissinger vor, der der dänischen Nachrichtenagentur Ritzaus zu danken war:

> Es heißt, Kissinger habe erstklassigen Tweed für einen Anzug gekauft. In Washington und New York mußte er von seinen Schneidern hören, daß der Stoff für einen kompletten Anzug nicht reiche. In London, in Frankreich und Deutschland, wo er sich in diplomatischer Mission aufhielt, sagten ihm die besten Schneider das gleiche. In Jerusalem fand er einen Schneider, der ihn aufforderte, den Stoff dazulassen und nach zehn Tagen einen Anzug abzuholen. Als Kissinger von seinen Besprechungen in Ägypten, Arabien, Syrien und dem Iran zurückkehrte, fand er zu seiner Verblüffung nicht nur einen kompletten Anzug vor, sondern auch eine zweite Jacke und zwei weitere Paar Hosen, alles aus dem mitgebrachten Material gemacht. »Wie kommt es«, fragte Kissinger, »daß man mir in Washington und New York, in London, Paris und Deutschland gesagt hat, der Stoff reiche nicht für einen Anzug, während ihr hier in Israel viel mehr als nur einen kompletten Anzug daraus gemacht habt?«
> »Weil Sie in Israel kein so großer Mann sind«, sagte der jüdische Schneider ihm darauf.

Gold hatte jetzt nur noch zwei Ausschnitte, die Kissinger betrafen. Über den ersten mußte er grimmig lachen, denn die Meldung war zwar kurz, doch immerhin auf der ersten Seite der ›Times‹ erschienen und mit einem gewissen subtilen Witz geschrieben:

KISSINGER VON AMERIKANISCHEN JUDEN GEEHRT

Außenminister Henry A. Kissinger verabschiedete sich gestern bewegt von der Prominenz der amerikanischen Juden, die ihm zu Ehren ein Bankett veranstaltet hatten. »Ich habe nicht vergessen«, erklärte Mr. Kissinger vor den ehrfürchtig schweigenden Anwesenden, »daß dreizehn meiner Verwandten in Konzentrationslagern ermordet wurden.«
Vom Bankett begab er sich sodann ins Waldorf Astoria, wo ihm von der Vereinigung für Auswärtige Politik der Preis für Bedeutende Entscheidungen verliehen wurde.

Zu diesen seinen bedeutendsten Entscheidungen, überlegte Gold bösartig, gehörte wohl die, die Juden bei ihrem Bankett sitzen zu lassen und ins Waldorf zu eilen. Es verblieb der letzte Ausschnitt, auch nach Monaten noch ein quälendes Rätsel, an dessen Lösung er sich mit gerunzelten Brauen drei-, vier-, fünfmal hintereinander machte.

KISSINGER HINDERT 3 BEAMTE AN HELSINKI-UNTERSUCHUNG TEILZUNEHMEN

Außenminister Henry A. Kissinger hat heute drei Beamten seines Ministeriums verboten, sich der Parlamentarierabordnung anzuschließen, die an Ort und Stelle prüfen will, wie das Abkommen von Helsinki eingehalten wird.
Kissinger gab Weisung, die Beamten dürften die fünf Abgeordneten nur bis Brüssel begleiten und sollten sich über den Sachverhalt dort von Vertretern der NATO und des Gemeinsamen Marktes unterrichten lassen.

Gold las das resultatlos ein sechstes Mal. Warum nur hatte er die Meldung ausgeschnitten? Bekümmerung gewann die Oberhand über seine anderen Empfindungen und herrschte minutenlang, bis er den Ausschnitt umdrehte und las:

DIREKT VOM HERSTELLER
ERSTKLASSIGE SCHAFPELZMÄNTEL
BIS 40% NACHLASS
BESUCHEN SIE UNSERE VERKAUFSAUSSTELLUNG
WIR LASSEN UNS NICHT UNTERBIETEN

Gold glättete den Ausschnitt sorgsam und verwahrte ihn wieder in der Brieftasche. Damit war die Tagesarbeit getan, und er schlug die ›Times‹ auf. Hier las er:

POLIZEIBERICHT

Die Filiale der City Bank in der Park Avenue Nr. 1 wurde von einem Mann um 1.290 Dollar beraubt, der einer Kassiererin einen Zettel mit einer obszönen Notiz hinschob.

Im Wirtschaftsteil stieß er auf eine zweite obszöne Notiz, diesmal finanzieller Art, die ihm der ersten nicht ganz unverwandt zu sein schien:

SIMON GEHT ANGEBLICH WIEDER ZU DEN
GEBRÜDERN SALOMON

William E. Simon, Finanzminister, will dem Vernehmen nach in die Firma Gebrüder Salomon, Börsenmakler in New York, zurückkehren, aus der er am 1. Jan. 1973 ausschied, um in die Regierung Nixon einzutreten.
William R. Salomon, der Geschäftsführer, sagte, er hoffe zuversichtlich darauf. »Nachdem er Finanzminister gewesen ist, ist Mr. Simon heute natürlich noch wertvoller für uns.«
Als Mr. Nixon ihm das Ministerium antrug, beliefen sich die jährlichen Einkünfte von Mr. Simon bekanntlich auf zwei bis drei Millionen Dollar. Mr. Simon hat wie kein anderer verstanden, die volkswirtschaftlichen Leitgedanken von Präsident Ford zu formulieren.

GEDENKT DER BEDÜRFTIGSTEN

Golds zwiespältige Empfindungen ließen sich leicht beschwichtigen. Seinen Ekel vor dem unersättlichen Materialismus der Gesellschaft, in der er lebte, besiegte die Überlegung, daß auch er nach Beendigung seiner Amtszeit für die Gebrüder Salomon von größerem Wert sein könnte. Als die Räder der Maschine am Boden aufsetzten, wurde seine Aufmerksamkeit ganz in Anspruch genommen von einer Meldung, die ihm so passend schien, daß er sie selber auch in seinen kühnsten Phantasien nicht zu erfinden gewagt hätte. Er las:

DER MÄHRISCHE PUTZ

Gold blickte einen Moment zur Seite und kniff die Wangen ein. Seine Augen hatten ihn aber nicht, wie er zunächst angenommen, getäuscht. Er las weiter:

DER MÄHRISCHE PUTZ

Berichtigung

In dem Artikel »Weihnachten – das andere Bethlehem« (Reiseteil vom 7. Nov.) sind einige Unrichtigkeiten enthalten, die hiermit berichtigt werden. Die Darbietung der Weihnachtsgeschichte, bekannt als ›Der mährische Putz‹, wird am 5. Dezember im Haus für Christliche Erziehung hinter der alten mährischen Kirche in der Church Street von Bethlehem im Bundesstaat Pennsylvania eröffnet.

Gold kaufte auf dem Flughafen eine Briefmarke, erbettelte einen Umschlag und schickte den Artikel mit der Überschrift DER MÄHRISCHE PUTZ an Lieberman, versehen mit der nicht unterzeichneten Bemerkung: »Bist du damit gemeint?« Er eilte zum Taxi, erfüllt von einer Beschwingtheit, die, wie er meinte, durch nichts zu bremsen sei. Und dann langte er bei Andrea an und sah, daß er sich geirrt hatte.

Andrea wollte über das Wochenende verreisen, und zwar mit dem Mann, mit dem sie vor ihrer heimlichen Verlobung Umgang gehabt hatte. Gold blieb die Sprache weg, als sie mit Packen fortfuhr, nachdem sie ihn geküßt, ein Dutzend Mal gekniffen und ihm gelobt hatte, ihn ewig lieben zu wollen, weil er so prompt zu ihr zurückgekehrt sei. Gold suchte am Grunde seiner Seele nach Verständnis und Geduld. Außerhalb ihres eigentlichen Gebietes, der Hauswirtschaft, war sie, wie er wußte, häufig ungemein naiv, und das auf eine Weise, die Menschen, die sie nicht kannten, dumm vorkommen mochte.

»Wir wollen doch heiraten, Schatz«, erklärte er ihr.

Daran erinnerte sie sich. »Eben drum fand ich es angebracht, mit ihm zu verreisen. Ich will ihm Adieu sagen.«

»Ihm Adieu sagen?« wiederholte Gold mit gespieltem Phlegma. »Geht das nicht auch am Telefon?«

»Telefoniert haben wir doch schon, Dummchen«, erwiderte Andrea und kicherte munter, offenbar ohne zu merken, wie Gold zusammenzuckte.

»Wir haben uns doch am Telefon verabredet.«

»Warum hast du ihm nicht am Telefon Adieu gesagt?«

»Das wäre mir herzlos vorgekommen.«

»Es muß also herzlich geschehen?«

»Es handelt sich doch bloß ums Wochenende«, hielt sie ihm vor.

»Und zu mir sagtest du, du möchtest gern, daß ich dieses Wochenende wiederkomme.«

»So ist es ja auch!« rief sie. »Es macht mich ganz glücklich, dich hier zu wissen. Du darfst nicht so engherzig sein, Brucie.«

»Bitte, nenn mich nicht Brucie«, tadelte er und fragte sich, ob ihr bewußt war, daß sie seine empfindlichsten Gefühle verletzte. Gold war nicht gewöhnt, von seiner Frau oder seinen Freundinnen so an-

geredet zu werden, darum verbot er sich ein Lächeln. »Und wo werdet ihr übernachten?«
»Bei ihm. Vielleicht auch in einem Motel. Früher ging er am liebsten in Motels.«
»Gehört er zu den Männern, die dich nicht wiedersehen wollen?« Er sah, wie sie nickte. »Und warum hat er es sich nun anders überlegt?«
»Er bewundert deine Arbeiten außerordentlich.«
Um Golds Zurückhaltung war es getan. »Ach, Scheiße, Andrea«, klagte er und schüttelte ungläubig und bekümmert den Kopf. »Hast du auch ihm von unserer sexuellen Beziehung erzählt? Das sollte doch unbedingt geheim bleiben!«
In der beklemmenden Stille, die nun eintrat, erinnerte Gold sich an seine Mitbringsel und ging mürrisch in die Küche, um die zwei schweren Einkaufstüten zu leeren. Andrea folgte stumm.
»Ich gebe ihm doch bloß meinen Körper«, suchte sie ihn nach einer Minute zu beschwichtigen. »Und was ist das schon groß?«
Gold spürte seinen Blick glasig werden. »Bloß?«
»Ja, weiter nichts.« Sie wirkte jetzt tyrannisch und leicht amüsiert. »Kann es uns kümmern, was er mit meinem Körper vorhat? Meine Gedanken sind allemal bei dir.«
»Ich habe da meine eigenen Gedanken«, sagte Gold und fühlte sich zum ersten Mal befremdet angesichts der Moral einer Generation, zu der er nicht gehörte.
»Nicht nur Gedanken – auch einen Körper.« Sie verlegte sich auf sanftes Zureden und vernünftige Argumente.
»Aber einen anderen als du.«
»Soll er ihn haben, wenn er unbedingt will«, drang sie in ihn, »was ist das schon, nichts als Knochen und Fleisch, Organe und – Stellen.«
»Dein Körper gehört zu den Dingen, an denen ich meine Freude haben möchte.«
»Das kannst du auch, jederzeit. Jetzt, wenn du willst, aber beeil dich.« Sie schaute auf die Uhr.
»Und zwar ohne ihn mit anderen zu teilen«, sagte Gold laut und mit unverhülltem Mißfallen. »Ich will, daß er einzig mir gehört.«
»Ach, Brucie –«

»Nenn mich nicht so.«

Andrea umklammerte die Lehne eines Sessels und lachte laut. »Ich finde, du nimmst das alles viel zu wichtig. Du verhältst dich offenbar sexuell wie ein Mann mittleren Alters.«

Ihr Ton zeugte nicht mehr ausschließlich von der Anbetung und Fügsamkeit, die er nun bereits als ihm zukommend betrachtete.

»Ich *bin* ein Mann mittleren Alters«, sagte er kalt. »Wie soll ich mich deiner Meinung nach verhalten?«

»Du mußt aber nicht unbedingt so pingelig und altmodisch sein. Warum soll er nicht meinen Körper haben, wenn er unbedingt will? Viele Männer wünschen, meinen Körper zu besitzen.«

Gold krümmte sich jedesmal, wenn sie das Wort Körper aussprach, als wäre der Gegenstand zu schmerzlich für eine Erörterung. Für so etwas, sagte er sich, verlasse ich nicht meine Frau, mache mir die Kinder zu Feinden, kränke die Verwandten und verzichte vorerst auf weitere erotische Beziehungen, sondern ich tue es der Schönheit, des Geldes, der gesellschaftlichen Stellung, der politischen Prinzipien und einer ungeheueren Anhebung meines Sexualprestiges wegen, und als ihm das eingefallen war, besänftigten sich seine verletzten Gefühle, wurde sein gekränkter Stolz geheilt, und nun ging es nur noch darum, sein Übergewicht über sie zu sichern, oder es ein für allemal zu verlieren. Er begann daher seine Gegenrede einigermaßen steif.

»Als wir einander bei der Senator Russell B. Long-Stiftung kennenlernten, war ich für dich Dr. Gold«, rief er ihr in Erinnerung. »Als wir miteinander zum Essen gingen, gelegentlich einen Cocktail zusammen tranken, war ich stets Dr. Gold. Als wir vor nicht langer Zeit zum ersten Mal miteinander schliefen, war ich immer noch Dr. Gold für dich, und auch noch tags darauf, als ich dir am Telefon sagte, wie glücklich ich sei und wie dringend es mich verlange, dich wiederzusehen, war ich Dr. Gold. Jetzt, da wir heimlich verlobt sind, bin ich pingelig und töricht und altmodisch. Wann habe ich aufgehört, Dr. Gold zu sein und wurde engherzig und kleinlich? Warum ist dir das nicht früher schon aufgefallen?«

»Früher spielte das keine Rolle.«

»Was spielte keine Rolle?«

»Daß du Dr. Gold warst. Und du warst immer so schlagfertig und unheimlich und ein gewandter Formulierer. Ich war so stark beeindruckt von dir, wie alle jungen Frauen damals. Es macht mir immer noch Eindruck, daß du für alle Welt hier Dr. Gold bist. Dabei bist du nicht mal ein richtiger Doktor.«

Gold fragte mißtrauisch: »Was soll denn das heißen?«

»Ein richtiger Doktor eben.«

»Ich habe den Doktor der Philosophie.«

»Ach, Bruce.« Wieder lachte sie. »Jeder, den wir kennen, hat den. Ich habe ihn auch, und doch bist du der einzige, den wir kennen, der Doktor genannt wird. Es ist richtig aufregend, in einen Doktor verliebt zu sein, der kein Arzt ist. Ich kann dir gar nicht sagen, wie glücklich ich sein werde, wenn wir erst verheiratet sind.«

Gold ging ein kalkuliertes Risiko ein. »Ich bin gar nicht mehr so gewiß, daß wir heiraten werden«, sagte er und beobachtete, wie das Lächeln von ihrem Gesicht verschwand.

»Du bist doch nicht etwa verärgert?« fragte sie unsicher, und ihre Augen füllten sich mit Tränen. »Ich habe nicht geglaubt, daß es dir etwas ausmachen könnte. Ach, Schatz, ich mag mit dir nicht über meinen großen dummen Körper streiten. Ich wollte, ich hätte keinen, nichts als Ärger hat man davon. Wenn du deshalb eifersüchtig wirst, dann gebe ich ihn eben nicht mehr weg, wenn wir verheiratet sind.«

»Hattest du etwa die Absicht?« fragte Gold neugierig und überrascht.

»Ich nahm an, wir würden einander jede Freiheit lassen.« Nun war sie bereit zu kapitulieren. »Wenn dir wirklich so viel daran liegt, sage ich ab. Soll ich?«

Gold suchte in dem Schatz seiner Erfahrungen nach den wirkungsvollsten Worten. »Ich will nicht, daß du ihn je wiedersiehst.«

Das war nicht zu übertreffen. Sie lächelte das denkbar lieblichste Lächeln zufriedener Unterwerfung, preßte seine Hand an die Wange und strahlte ihn voller Liebe an. Es war klar: solcher Galanterie war sie nie zuvor begegnet.

»Ich sage ab.«

In dieser ersten Kraftprobe siegreich geblieben und mit neu befestigter Überlegenheit, war Gold nachgiebig gestimmt. »Ich hatte

mich so darauf gefreut, dich das ganze Wochenende für mich zu haben«, gestand er zärtlich und küßte ihr die Hand.
Andrea zuckte heftig zusammen. »Das ganze Wochenende? Aber wie sollen wir uns ein ganzes Wochenende miteinander die Zeit vertreiben?«
Gold beherrschte sich vortrefflich. »Sind wir erst verheiratet, Andrea«, sagte er in dem Ton, in dem eine Mutter ihrer zurückgebliebenen Tochter etwas klarmacht, »werden wir nicht nur ganze Wochenenden miteinander verbringen.«
»Aber dann sind wir mit tausend Dingen beschäftigt. Man muß ein passendes Haus suchen, muß es einrichten, Gesellschaften geben, man verreist. Aber jetzt? Was könnten wir an diesem Wochenende schon unternehmen?«
Wieder fand Gold eine geradezu geniale Antwort. »Wir könnten morgen deinen Vater besuchen. Du reitest, und ich unterhalte mich mit ihm.«
»Ich sage ihm Bescheid, daß wir kommen.«

»Ich höre von meiner Tochter«, sagte Pugh Biddle Conover, »daß Sie sich sexuell wie ein Mann mittleren Alters verhalten.« Er saß in seinem motorisierten Rollstuhl in der großen, getäfelten Bibliothek, von wo aus er viele seiner Gärten und Gärtner unter Beobachtung halten konnte.

Auf diese Bemerkung war Gold nicht vorbereitet, obschon er sich auf alles mögliche gefaßt gemacht hatte. Das erste Trauma hatte er an diesem Nachmittag erlitten, als er nach zweistündiger Fahrt mit Andrea durch die Jagdgebiete Virginias vor dem prächtigen gepflegten Herrenhaus anlangte, das ihn an das berühmte Schloß von Versailles erinnerte – wenn vielleicht auch nicht in jeder Hinsicht –, und unübersehbare Anhaltspunkte ihm sagten, daß keiner der zahlreichen vornehmen und vermögenden Wochenendgäste, die üblicherweise sich hier einfanden, schon angekommen war. Statt des von ihm erwarteten festlichen Gewimmels herrschte geisterhafte, totenstille Trägheit. Man sah überall livriertes Personal von unterschiedlichstem Rang und Aufgabenbereich, doch die langen Auffahrten und die zahllosen Garagen waren leer, und Gold konnte kein Anzeichen dafür entdecken, daß außer ihm und Andrea noch jemand erwartet wurde. Das Haus war das größte, das er je betreten hatte. Das Hauptgebäude umfaßte, wie Andrea ihm eröffnete, als sie in ihrem gelben Porsche vorfuhren, mehr als dreißigtausend Quadratmeter überdachte Grundfläche.

»Ich bedauere, daß Sie darüber mit Ihnen gesprochen hat«, vermochte er endlich zu murmeln.

»Der Himmel weiß, aufgefordert habe ich sie nicht dazu«, erwiderte Conover leise und angenehm lachend, und Gold betrachtete wohlgefällig seinen mageren, sorgfältig gekleideten Gastgeber. »Obschon es Ihnen alle Ehre macht, wie ich finde.« Conover war eine blühende, bezwingende Erscheinung unbestimmbaren Alters, nicht groß, aber drahtig, und trug sichtlich abgenutzte Reitkleidung. Sein weißes Haar war gewellt, der Schnurrbart gestutzt wie der eines Reiteroffiziers. Um den Hals hatte er verwegen einen knallroten Kaschmirschal geschlungen. Er wirkte selbstzufrieden und prahlerisch wie ein Fürst, der seiner Herrschaft und seiner Einkünfte sicher ist. Gold fand, Pugh Biddle Conover sei der gesündeste und ansehnlichste Todkranke, der ihm je vor Augen gekommen war. Der kräftige, beißende Geruch von Pferdesalbe haftete an ihm wie eine Aura von Virilität, und das rosige, faltenlose Gesicht war das eines Menschen, der niemals Schicksalsschlägen ausgesetzt worden ist und sie auch nicht erwartet. Gold hungerte geradezu danach, ihn bewundern zu dürfen. »Ich gestehe«, sagte Conover leise lachend, »ich weiß nicht, was sie damit meint. Ahnen Sie es?«

»Nein, ich ahne es ebenfalls nicht«, antwortete Gold, »und daß das Thema überhaupt zur Sprache gekommen ist, empfinde ich als peinlich. Andrea hat sich früher nicht so drastisch ausgedrückt.« Gold vermerkte dankbar, daß man bereits mühelos miteinander konversierte. »Als ich Ihre Tochter vor Jahren bei der Senator Russell B. Long-Stiftung kennenlernte, nahm sie bereits ein gewisses Interesse an mir, doch sie sagt, damals sei sie viel zu schüchtern gewesen, sich das anmerken zu lassen.«

»Da hat sie gelogen«, sagte Conover mit herzhafter Gutmütigkeit. »Andrea war nie zu schüchtern, ihre Wünsche auszusprechen, auch nicht, wenn sie sich Millionen Dollars wünschte. Ich fürchte, ihr Urteil ist nicht auf allen Gebieten ausgewogen, auch ist sie für meinen Geschmack zu groß, aber diese Mängel sind jetzt nicht mehr zu beheben. Ich glaubte schon, auch Sie wollten sich mit mir über Sex unterhalten. Oder über Marihuana oder andere Drogen, die Ihr beide nehmt.«

»Ihre Befürchtung war grundlos«, prahlte Gold, »und ich persönlich nehme niemals Drogen.«

»Das beruhigt mich sehr, und auch für diesen Charakterzug gebührt Ihnen hohes Lob, Mr. Goldberg. Man hat beinahe den Eindruck, Sie hätten keine Fehler.«

»Gold, Sir.«

»Sir?«

»Mein Name ist Gold, Sir. Sie nannten mich soeben Goldberg.«
»Was Sie nicht sagen«, bemerkte Conover versonnen. »Mein Junge, merken Sie sich eines, bevor Sie alt werden: Gelehrsamkeit ist mehr wert als Silber und Gold. Silber und Gold mögen vergehen, doch gute Bildung bleibt ewig bestehen.«
Anderen gegenüber hätte Gold eine streitlustigere Antwort versucht als die, die zu geben er sich jetzt gestattete.
»Ich will es mir gern merken, Sir. Sie wissen vielleicht, daß ich viel in meine Bildung investiert und überdies mehrere Bücher und zahlreiche Aufsätze über diesen Gegenstand verfaßt habe.« Conover nahm das schweigend zur Kenntnis, und Gold schaute auf die Uhr.
»Ihnen ist unbehaglich«, bemerkte Conover, nachdem er an dem Bourbon genippt hatte, den Gold ihm aus einem der Kristallgefäße eingeschenkt hatte, die hier umherstanden. »Ich sehe es Ihnen an.«
»Andrea riet mir, ich solle zu Ihnen immer ganz offen sein«, sagte Gold, und Conover nickte ihm auffordernd und ermunternd zu. »Sie sagte, falls ich so täte, als bemerke ich Ihre Krankheit und Ihre Behinderung nicht, würden Sie mir das keinesfalls zugute halten. Darf ich also fragen, woran Sie leiden, Sir?«
»Von welcher Krankheit oder Behinderung sprechen Sie?« fragte Conover überrascht.
»Ihre körperliche Beeinträchtigung meine ich, Sir.«
»Mir fehlt nichts«, versetzte Conover gereizt. »Ich verstehe nicht, wovon Sie reden.«
»Sie benutzen immerhin einen Rollstuhl«, suchte Gold sich zu rechtfertigen.
»Weil es bequemer ist als zu gehen. Sie sind im Automobil hergerollt, oder?«
»Sie sind in ärztlicher Obhut?«
»Nur im Krankheitsfall, Mr. Goldfarb. Den Mechaniker, der diesen elenden Rollstuhl wartet, habe ich öfters im Haus als einen Arzt. Möchten Sie auch mal in diesem Rollstuhl umherflitzen, während wir auf Andrea waren? Nun, Sie haben Bedenken, man sieht es Ihnen an.«
»Mein Name ist Gold, Sir, nicht Goldfarb.«

»Es gibt Leidenschaft und Barschaft, aber das beste ist Freundschaft.«
»Wie bitte?« quiekte Gold und schnellte mehrere Zentimeter in die Höhe, wie aus intensiven Betrachtungen gerissen. »Nein, nein, nein, nein, Sir.« Er erholte sich rasch genug, als er sah, daß Conover im Begriffe stand, seinen Ausspruch bereitwillig zu wiederholen. »Ich war nur erstaunt über die Weisheit Ihrer Worte, Sir.«
»Überkommene Weisheiten sind stets die besten, Mr. Feingold. Das werden Sie immer wieder feststellen können.«
»Mein Name ist Gold, Sir«, berichtigte Gold etwas weniger duldsam.
»Fein.« Conover nickte gewichtig und blickte lächelnd zu Gold auf. Sodann fuhr er fort und verband dabei wohlklingend die Vokale des Südstaatlers mit einer Aussprache der Konsonanten, wie sie nur der ausgezeichnetste Englisch-Unterricht vermittelt. »Ich hoffe, Sie nehmen keinen Anstoß daran, daß ein alternder Mann gelegentlich eine Silbe zuviel verliert und lassen deshalb zwischen uns keine Mißstimmung aufkommen.«
»Gewiß nicht, Sir!« versicherte Gold offenherzig und eifrig, trat einen Schritt zurück und genoß den Anblick seines Gastgebers. Mehr denn je schien Pugh Biddle Conover ihm die Quintessenz seiner sentimentalen Idealvorstellung vom aristokratischen Politiker zu verkörpern. Nicht die Spur aufgeblasen war er. Sein scharfer, hochgebildeter Geist hatte die Oberhand. Er war gut wie Gold.
Conover fragte: »Hätten Sie Lust, Hengste zu kastrieren?«
Zu einer derartigen Entscheidung war Gold zeitlebens nie aufgefordert worden, und er ächzte: »Warum sollte ich wohl dazu Lust haben?«
»Nur so zum Spaß«, erwiderte Conover aufmunternd. »Eine sexuell erregende Beschäftigung. Falls Sie wollen, stelle ich Ihnen einige quicklebendige Hengstfohlen zur Verfügung. Meine Nigger sterilisieren das Messer für Sie.«
»Lieber nicht«, sagte Gold mit sinkendem Selbstvertrauen. »Das heißt, falls Sie die Ablehnung nicht kränkt.«
»Sie haben die Wahl«, sagte Conover enttäuscht. »Ich finde, Sie verpassen da eine seltene Gelegenheit. Manche dieser Fohlen haben enorme Hoden. Das überrascht Sie, ich merke es Ihnen an.«

»Ich nehme vielleicht doch ein Glas Whisky, Sir.«

»Dann schenken Sie auch mir liebenswürdigerweise nach. O nein, sehr viel mehr bitte, Mr. Goldstaub. Sie schenken wirklich recht sparsam ein, Mr. Goldschmidt, man könnte ja beinahe meinen, es sei Ihr eigener Schnaps. Leute wie Sie trinken nicht viel, was?«

»Leute wie ich?« fragte Gold mit gerunzelter Stirne. Eine furchtbare Ahnung, die Gold so gut wie keinen Tag seines Erwachsenendaseins verließ, reckte ihr scheußliches Haupt.

»Was meinen Sie mit ›Leute wie Sie‹, Sir?«

Conover entgegnete liebenswürdig und ohne seinen Gleichmut zu verlieren, als sei ihm eine möglicherweise abfällige Nuance entgangen: »Ich meine damit Leute wie Sie, die nicht viel trinken. Manche Leute trinken, Goldstein, andere wieder nicht.«

»Gold, Sir.«

»– und die, die nicht trinken, trinken eben nicht. Ich schwöre bei meinem Leben, daß nichts Harmloseres als dies gemeint war. Ihr Wohl, Sie Hund«, prostete Conover ihm mit aufwallender Vitalität zu. »Sie haben Fragen an mich, ich merke es an Ihrem Gezappel.«

Golds Unbehagen wurde noch gesteigert von dem wissenden Funkeln in den kleinen, scharfblickenden Augen Conovers, und er spürte den Boden unter sich wanken, wie man das gelegentlich in Träumen tut. Wieder wünschte er sehnlichst, Andrea möge endlich zurückkommen. »Ich war der Meinung, daß Sie an den Wochenenden stets viele Freunde zu Gast haben«, sagte er nervös, doch mit einer gekünstelten Lässigkeit, die, wie er hoffte, als Unbekümmertheit durchgehen mochte.

»Freunde sind das nicht, aber Besseres läßt sich nicht auftreiben«, sagte Conover charmant. »Sie kommen, wenn ich sie sehen will, und wenn nicht, bleiben sie weg.«

»Hätte ich geahnt, daß Sie dieses Wochenende allein bleiben wollten, wären wir nicht gekommen«, bot Gold liebenswürdig an.

»Wären Sie nicht gekommen«, bemerkte Conover und fixierte ihn dabei scharf, »hätte ich nicht den Wunsch, allein zu sein. Ich bewundere Ihre Arbeiten sehr, Mr. Gold«, fuhr Conover auf seine unberechenbare Weise fort und verhinderte damit, daß Gold sein inneres Gleichgewicht fand, »wenn ich auch viel zu hinfällig bin, um sie selber lesen zu können. Doch höre ich nur Lob.«

»Reizend, daß Sie das sagen, Sir«, sagte Gold beschwingt und herzlich, befreit von einem Druck, der, wie er jetzt erkannte, hin und wieder von der bedauerlichen Instabilität des geistigen Zustandes seines künftigen Schwiegervaters herrührte. Daher setzte er bereitwillig hinzu: »Und ich, Sir, habe für Sie nie etwas anderes als Bewunderung gehegt.«
»Ich sagte, ich schätze Ihre Arbeiten«, stichelte der geckenhaft gekleidete alte Herr, »nicht Sie. Die Wahrheit ist, Sie gefallen mir kein bißchen. Falls Sie es hören wollen: ich finde Sie aufdringlich.«
»Aufdringlich?« fragte Gold mit brechender Stimme.
»Ja.«
Raum für Auslegungen ließ das nicht. »Sagen Sie das«, fragte Gold, und ihm war übel dabei, »weil ich Jude bin?«
»Ich sage es«, versetzte Conover, »weil Sie mir aufdringlich wirken. Da Sie das Thema nun aber angeschnitten haben: ja, ich mag Juden nicht, habe sie nie gemocht. Ich hoffe, das kränkt Sie nicht.«
»Nicht im mindesten«, sagte Gold und fühlte sich erbärmlich. »Es ist gut, offen über diese Dinge zu reden.«
»Insbesondere wenn sie sich nicht verheimlichen lassen«, sagte Conover. »Sie heiraten in weit höhere Kreise ein als die, aus denen Sie stammen.«
Auf diesen Anwurf war Gold gefaßt und hatte sich vorbereitet. »Viele Menschen verbessern durch Heirat ihre gesellschaftliche Stellung«, sagte er beredt. »Auch wenn sie nicht unbedingt nur aus diesem Grunde die Ehe eingehen. Oft genug heiraten sie aus...«
»Nun?«
»Aus Liebe.« Das Wort blieb ihm im Halse stecken wie ein Widerhaken und suchte sich Ausgang durch die Nase, wobei es das Timbre eines hohen Klarinettentones gewann.
»Heiraten Sie aus Liebe?« fragte Conover beißend, »oder suchen Sie eine Frau, die zu der Karriere in Washington paßt, die Sie vor sich zu haben glauben?«
»Eine Frau, die nicht paßt, könnte ich nie liebgewinnen.«
»Liebe ist also in Ihrem Fall nicht gerade blind?«
»Das kann sie in meinem Alter nicht sein, finden Sie nicht?«
»Im Grunde ist mir das einerlei«, gestand Conover seufzend ein.

»Andrea paßt schon auf sich auf, das hat sie immer gekonnt. Vor zehn, fünfzehn Jahren hätte ich darauf nicht weiter geachtet, denn da war ich mit meinen eigenen Vergnügungen zu sehr beschäftigt. Dreißig Jahre früher hätte ich es nicht erlaubt. Vor vierzig oder fünfzig Jahren, als ich noch keine Tochter hatte, dafür aber gewisse demokratische Ideale vertrat, hätte ich ihre Heirat mit einem Unebenbürtigen sogar begrüßt. Jetzt habe ich alle Vorurteile abgelegt, und das alles ist mir nur noch lästig. Ein alternder Jude ist wohl immer noch einem Nigger vorzuziehen und nicht schlimmer als ein Froschfresser oder Maccaroni. Oder jemand mit Glatze. Ach«, fuhr Conover mit schriller, schier manischer Beredsamkeit fort, die Gold den Atem verschlug, »nichts habe ich zeitlebens so gefürchtet! Ich glaube, ich ertrüge es nicht, wenn Andrea mir einen Gatten mit Glatze präsentierte. Mir wird übel. Übel, hören Sie nicht? Übel, Sie Idiot!« Während Gold ihn vor Verblüffung mit Stummheit geschlagen hilflos anglotzte, gestattete Conover sich ein Husten und betrachtete alsdann Gold, als erwarte er, etwas Besonderes von ihm zu erfahren. »Ah Gott!« schrie er in angeekeltem Ton und beklopfte leicht seinen Brustkasten mit der Faust. »Meine Medizin! Ich brauche unbedingt meine Medizin. Rasch, Sie glotzender Tölpel, Sie jüdische Null, können Sie mir nicht endlich meine Medizin geben?« Gold ließ seinen Blick wild umherschweifen, ganz auf Erleuchtung erpicht. »Suchen Sie nicht«, schrie Conover. »Bringen Sie Whisky, hier, machen Sie das Glas voll, Sie Geizkragen, voll, voll, verdammt nochmal, ich zahle für den Schnaps, nicht Sie. Bis zum Rand, bis zum Rand. He, he, Itzig, Itzig, warum bist du nicht witzig? Na, ich werde wohl überleben. Sie haben mir das Leben gerettet«, erklärte er, wieder ganz der Gastgeber, »und ich trinke auf Ihre Gesundheit. Setzen Sie sich auf den Reißnagel des Ehrgeizes, und Sie kommen rasch in die Höhe. Sie möchten gern etwas sagen? Ich sehe es Ihnen an, Sie sind so bleich.«

»Sehr höflich behandeln Sie mich nicht«, sagte Gold und versuchte sich weltgewandt zu geben. »Nicht so höflich, wie man von Ihresgleichen erwartet. Schließlich bin ich hier zu Gast.«

»Aber nicht bei mir, Goldfein«, entgegnete Conover wohlgelaunt. »Und ich bin nicht Ihr Gastgeber. Heute sind Sie einer Formalität wegen hier, und ich bin's ebenfalls. Andrea tut, was sie will, einer-

lei, wie ich darüber denke. Sie hat eigenes Vermögen und wird noch erheblich mehr Geld erben, als sie schon besitzt, hat also keinen Grund, meine Mißbilligung zu fürchten.«
»Geld habe ich auch«, sagte Gold.
»Mit dem, was wir haben, dürfte es kaum zu vergleichen sein«, sagte Conover mit spöttischer Höflichkeit.
»Andreas Geld ist mir wirklich nicht so wichtig«, behauptete Gold. »Auch wenn Sie das nicht glauben werden.«
»Mir ist es überhaupt nicht wichtig, es ist ja nicht meines«, lachte Conover. »Sie hat ihres von Großeltern und Urgroßeltern. Ich gebe zu, es hat Zeiten gegeben, da hoffte ich, auch Andreas Vermögen zu erben, sollte sie vor mir sterben, aber nun, da ich älter geworden bin, mag sie meinethalben am Leben bleiben. Das schockiert Sie, was? Ich lese es in Ihrem angewiderten Gesicht. Doch ich liebe das Geld, Mr. Feinstein, liebe es über alles. Niemand liebt das Geld mehr als ich. Ich giere nicht gerade danach, denn ich habe immer reichlich gehabt, doch Geld ist mir wichtiger als meine Gesundheit. Ich kränkele und bin alt, einerlei, ob ich das nun zugebe oder bestreite. Stellte man mich vor die Wahl, noch viele Jahre arm, aber gesund zu sein, würde ich glatt ablehnen. Und wenn an meinem Sterbebett ein Engel erschiene und mich anflehte: ›Verzichte auf dein Vermögen, solange noch Zeit ist, und du wirst viele Jahre als armer, aber gesunder Mensch weiterleben und anschließend ins Paradies eingehen‹, ich antwortete ihm: ›Troll dich, du gefiederter Tropf. Ich gebe mindestens eine Million für eine Gruft aus und für jedes Denkmal, das mir errichtet wird.‹ Lieber sterbe ich mit Glanz und Glorie. Sagen Sie selbst, Mr. Goldfeder: für Gesundheit bekommt man kein Geld, stimmt's? Dieses Philosophieren kostet mich zuviel Kraft«, schloß er und sammelte neue, indem er sein Glas leerte. »Immerhin schätze ich die Gesellschaft eines Menschen wie Sie, mit dem ich mich als Ebenbürtiger gebildet unterhalten kann.«
Nichts als der Spott in seinem Blick deutete darauf hin, daß Conover die letzte Äußerung nicht als Kompliment gemeint hatte.
»Mein Name ist Gold, Sir«, erinnerte Gold ihn noch einmal und seufzte verärgert. »Es wäre mir lieb, Sie könnten sich das merken.«
»Pah, ich habe mir das wohl gemerkt«, entgegnete Conover und strich seinen gestutzten Schnurrbart mit dem kleinen Finger; seine

glatten Wangen glühten rosiger, und seine boshafte Befriedigung schien daran ablesbar wie an einem Thermometer. »Wenn ich nicht gerade einen Anfall habe, ist mein Geist so klar, wie man nur wünschen kann. Gegen Ihre Heirat mit Andrea habe ich keine Einwände, denn die würden nichts nützen, und Ihrer Laufbahn werde ich auch nichts in den Weg legen, obschon ich ums Verrecken nicht einsehen kann, was ein Jude im Regierungsdienst zu suchen hat, es sei denn, größeres Sozialprestige. Bewährt hat sich keiner, soweit ich weiß. Schon für uns Protestanten ist das nicht einfach, und wir haben dafür schließlich eine Begabung.«
Gold wollte sich nicht in einen Streit über Religionsfragen einlassen. »Ich bin der Meinung, Sir, daß ich als Diener des Staates dem öffentlichen Wohl ebenso nützlich sein kann, wie andere Personen meiner – äh – Abstammung auf anderen Gebieten dem Wohl der Menschheit genützt haben.«
Darauf erwiderte Conover liebenswürdig: »Ich habe unzählige Pferde, Mr. Goldfinger, aber alle zusammen produzieren nicht annähernd soviel Mist wie Sie. Ich bemerke übrigens, daß Sie schwarzes, ziemlich dünnes Haar haben, ein weiterer Mangel neben vielen anderen, doch wenn meine immense Kenntnis menschlichen Haarwuchses mich nicht täuscht, dürften diese Haare Ihnen bis an Ihr Ende verbleiben. Wenn Andrea sich schon darauf versteift, einen Ausländer zu heiraten, wäre es mir lieber, sie nähme Albert Einstein oder Arthur Rubinstein, ja sogar jemanden wie Arturo Toscanini. Beim Himmel, die hatten eine Tolle! Joe Louis hingegen nicht und auch Paderewski nicht. Da sind dann Sie schon vorzuziehen, scheint mir. Einen Polen als Schwiegersohn fände ich wohl unerträglich. Schwiegersohn? Ah, was für ein übelkeiterregender Ausdruck, widerwärtig. Begreifen Sie nicht? Widerwärtig!« Gold schenkte ihm neu ein. Das Abenteuer war vorüber, alle Romantik weggeblasen. Der belebende Geruch von Pferdesalbe, den Conover ausstrahlte, war nichts als verdunsteter Alkohol, das Funkeln des Scharfsinns in seinem durchdringenden Blick nur der Funke talentierten Wahnsinns. Gold hatte es wieder einmal mit einem verdrehten Greis zu tun. »Deine Gesundheit, du Frettchen«, brüllte Conover kraftvoll und tat einen tiefen Schluck. »Mögen deine Plagen dir leicht sein. Ich habe immer gewußt, daß mit Dean Rusk nichts los

ist und mit Benito Mussolini schon überhaupt nichts. Schade. Ah, Andrea, Kind, du kommst gerade im rechten Moment. Es fällt mir immer schwer, mich mit deinen Freunden zu unterhalten, aber dieser hier ist ja geradezu ein Stein.«

Andrea sah nach dem Ritt und einem Bad strahlend und frisch aus, beinahe blendend schön. Sie küßte jeden der Herren flüchtig und sagte dabei: »Ich finde, du benimmst dich ziemlich rüpelhaft, Papa.«

»Ach, ich fühle mich gar nicht gut, geliebte Tochter«, jammerte Conover. »Ich brauchte dringend meine Medizin, und er wollte mir keine geben, nicht einen einzigen Tropfen. Darf ich vielleicht jetzt etwas davon haben? Nein, laß ihn das machen. Etwas rascher, wenn ich bitten darf, Itzig Fohlenficker. Randvoll, verdammt nochmal. Ich zahle selber, nicht Sie. Ah, das tut gut, meine Gesundheit ist wiederhergestellt. Gott segne dich, mein Junge. Einen Autobus darf man nicht beschneiden, der ist kein Jude. Die Araber waschen ihre Füße, McGeorge Bundy ist der liebenswerteste Mensch, dem ich je begegnet bin.«

»Du redest Schwachsinn, liebster Papa.«

»Mag sein, es geht jetzt schnell bergab mit mir. Auf Ihr Wohl, Sir, und auf dauernde Freundschaft. Sie sind der erste, den ich auf Anhieb nicht leiden kann. Ihr Leben möge so sonnig sein wie Edisons Glühbirne.«

»Trink dein Glas leer, Papa.« Andrea führte seine Hand. »Du bist immer noch nicht ganz bei dir.«

»Hipp Hipp Hurrah, das Ende ist da. Die Rosen sind gelb und gelb ist der Käse, und was ist ein Kuß ohne Patsch aufs Gesäße? Ich sehe, Sie sind gerührt, Mr. Gold. Sie erröten ja.«

»Ich bedenke Ihre Worte, Sir.«

»Wie klug Sie sind, wie nachdenklich, ich sehe schon, Sie übertreffen mich. Verdammt nochmal, es war für uns alle ein scheußlicher Tag. Meine Nigger setzen Ihnen was zu essen vor. Simon soll sie auspeitschen, wenn sie nicht gehorchen.« Conover stellte den Motor seines Rollstuhls an, beschrieb schwungvoll einen Halbkreis und rollte, ohne weitere Umstände zu machen, davon.

Gold und Andrea verzehrten schweigend ihr Abendessen in einem riesigen, von Kandelabern erleuchteten Speisezimmer, fast erdrückt von ebenholzschwarzen Bediensteten mit kreisrunden Augen, die sich geräuschlos bewegten. Ihre jeweiligen Schlafzimmer waren nicht auf demselben Stockwerk und eine halbe Meile voneinander entfernt. Andrea geleitete Gold in seines. Am Türrahmen war eine Mesusah befestigt.

»Bitte, vögele mich nicht hier«, flehte sie.

»Falls du je wieder vor meinen Ohren dieses Wort benutzt, werde ich dich überhaupt nicht mehr vögeln«, entgegnete er.

Das war der einzige Sieg des Tages. Das Zimmer war geräumig, das Bett gut. Es tröstete ihn zu wissen, daß er das Schlimmste durchlitten hatte. Am nächsten Tag konnte es eigentlich nur besser werden.

Gold erwachte mit Tagesanbruch und lauschte auf Geräusche, die ihm sagen sollten, daß auch andere bereits wach waren. Nach neun hielt er es nicht mehr allein aus und schlich behutsam und niedergeschlagen in den anbrechenden Tag. Er schritt die herrlich geschwungene Eichentreppe mit der kummervollen Miene des auserwählten Opfers hinunter, das weiß, sein Auftritt steht bevor. Das Haus war in eine Stille getaucht, die ewig zu währen schien. Conovers Pferde wieherten nicht, seine Hunde bellten nicht. Sollte es auf diesem fürstlichen Anwesen Kühe oder Hähne geben, so muhten sie nicht und krähten nicht. Weder hörte man Türen gehen noch die Wasserspülung rauschen, das Parkett knarrte nicht, nirgendwo raschelte Laub, kein Schritt war vernehmbar. Am Fuße der Treppe stand in der schwarz-silbernen Livree aller Bediensteten Conovers ein beleibter alter Neger mit wolligem Kopf und deutete mit leichter Verbeugung die Richtung an, die Gold einzuschlagen hatte.

Mägde mit Federwischen und Hausdiener mit Lederlappen putzten lautlos Holz, Messing, Zinn, Glas und Porzellan. Gold durchquerte ungläubig und ehrfurchtsvoll die riesige Halle und gelangte endlich in ein immens großes Frühstückszimmer, in dem ein Buffet stand, das der Phantasie eines einfallsreichen Schriftstellers mit außerordentlicher Darstellungsgabe entsprungen schien. Legionen von Dienern, allesamt schwarz, standen auf genau bezeichneten Posten und wurden von einer altjüngferlichen, umsichtigen Weißen beaufsichtigt, die ihrerseits wieder einem bösartig aussehenden weißen

Oberaufseher unterstand, der grausam funkelnde Blicke umherwarf, auch auf Gold. Die Hierarchie der Plantage war unversehrt. Der Serviertisch war über zwanzig Meter lang. Als Gold eintrat, fand er außer dem Personal niemanden vor. Sein Kurs lag fest, und er bewegte sich am Serviertisch entlang wie in Trance. Als Vorgericht gab es Puter, Rebhuhn, Fasan, Taube und Gans. Mächtige Schinken lagen auf Platten. Zuviel, zuviel, schrie seine Seele. Seine Hände zitterten, und er war fast blind. Stumme Gestalten mit hohen Wangenknochen warteten darauf, ihm dienstbar zu sein. Gold sah Schüsseln voller Pfannkuchen, Körbe voller Eier, rösch gebratenen Spreck, Gefäße mit Fischen, randvolle Sahnekännchen und Kompottschalen und dampfende Kasserolen, Getreideflocken büschelweise, Haferbrei in Kummen, Platten mit heißen Würsten und kaltem Braten, Butterfässer und Käsetröge, heiße frische Milch und heißen Kaffee in Kannen, Gewürze, Essig, Öl, Flaschen und Flakons. Auf einer wappengeschmückten Silberplatte präsentierte sich der augenlose Kopf eines Schweines. Obst und frische Gemüse lagen zuhauf, Wildpasteten dampften in Terrinen. Am Ende des Serviertisches leuchteten wie ein Julfeuer frische Walderdbeeren in einem oder zwei Fäßchen, jede einzelne vollkommen wie ein Rubin. Gold nahm nur Kaffee, etwas Orangensaft aus einem Krug, auch eine Scheibe Melone. Es war für fünfhundert Personen gedeckt, und er der einzige Gast. Er setzte sich mit dem Gesicht zur Tür und betete still, Andrea möge erscheinen. Wie lange mochte sie schlafen? Nie zuvor hatte er sich so inständig nach menschlicher Gesellschaft gesehnt. Einzig er machte Geräusche, sei es mit dem Mund, sei es durch seine Bewegungen, und sie schienen ihm ohrenbetäubend. Nahm er zimperlich Schlückchen von seinem Kaffee oder Saft, hörte er Orkane und Wasserfälle. Jede Kaubewegung, auch die zierlichste, war wie die Eruption eines Vulkans. Er fürchtete bereits zu ertauben. Setzte er die Tasse ab, klang das wie das Scheppern von Becken, und er glaubte fest, daß ihn alle achtunddreißig Bediensteten deshalb tadelnd anglotzten, obschon sie weder zu ihm noch miteinander sprachen. Das Unbehagen, das er anfangs empfunden hatte, war nichts verglichen mit dem Gefühl, ihrer einhelligen grenzenlosen Mißbilligung ausgesetzt zu sein, das ihn nun niederdrückte. Blickte er auf, es sei wohin auch immer, erschien wie

durch Zauberei sogleich eine düstere Gestalt neben ihm und schenkte Kaffee nach. Schließlich sprach Gold den zunächst stehenden Diener an, so leise er nur konnte, ohne geradezu zu flüstern.
»Wissen Sie, wann Miss Conover zum Frühstück kommt?«
»Miss Conover war bereits um fünf Uhr zum Frühstück da. Ich glaube, sie ist ausgeritten, Sir.«
»Und Mr. Conover?«
»Mr. Conover kommt nie zum Frühstück, Sir, wenn er Hausgäste hat. Er kann am nächsten Tag ihren Anblick nicht ertragen. Noch etwas Kaffee, Sir?«
Gold hatte bereits siebzehn Tassen geleert. Nun trat er durch die Glastüren hinaus in den Garten und schlenderte ziellos am Haus entlang. Bald stieß er in einem Patio auf Pugh Biddle Conover, herrscherlich in seinem Rollstuhl thronend. Er trug eine flotte Jagdbluse aus Handschuhleder von taubengrauer Farbe, und der Schal war heute von lebhaftem Blau. Er hielt eine Karaffe Whisky zärtlich prüfend ins Morgenlicht, und als er Gold erblickte, strahlte er.
»Ah, einen schönen guten Morgen, mein Lieber«, begrüßte er ihn herzlich. »Haben Sie gut geschlafen?«
»Ja, ausgezeichnet, danke«, reagierte Gold eifrig auf die unerwartet verbindliche Anrede seines Gastgebers. »Das Schlafzimmer war geradezu ein Schloß, und das Bett superb.«
»Das höre ich mit Bedauern«, sagte Conover munter. »Und haben Sie ihr Frühstück genossen?«
»Außerordentlich.«
»Auch das tut mir leid«, sagte Conover, und neuer Kummer überkam Gold.
»Sie entbehren meine Tochter, wie? Das entnehme ich Ihren Tränen. Vermutlich ist sie ausgeritten. Reiten tun Sie wohl nicht? Leute wie Sie reiten gewöhnlich nicht.«
»Leute wie ich?« Gold sog die Luft tief ein und folgte seinem Gastgeber in ein kleines Arbeitszimmer. »Wen bitte, Sir, meinen Sie mit Leute wie mich?«
»Na, Sie wissen schon, Goldstaub«, sagte Conover mit fröhlicher Gutartigkeit, die ganz im Gegensatz stand zu der krankhaften Abneigung, mit der er Gold betrachtete und die zu verheimlichen er keinerlei Anstalten machte.

»Manche Leute reiten, andere nicht, und die es nicht tun, tun's nun mal nicht, wie?«
»Juden? Reden Sie von Juden?«
»Juden?« Conover neigte ganz beseligt den Kopf. »Auch Italiener und irische Katholiken. Sie reden von Juden immer so, als hätten wir die unablässig im Sinn. Haben Sie je was anderes im Sinn?«
»Sie erwecken den Eindruck, als dächten Sie an nichts anderes.«
»Nun, das mag an diesem Wochenende wirklich der Fall sein«, entgegnete Conover mit der Treffsicherheit des Scharfschützen und der aalglatten Geschmeidigkeit einer wohlerzogenen Aspisviper. Nun aber ließ er jede Rücksicht fahren und beugte sich schadenfroh glotzend vor. »Falls Sie genügend Geld verdienen oder erheiraten, reiten eines Tages vielleicht Ihre Enkel, Ihre Kinder aber nicht, denn noch haben Sie keine. Annenbergs und Guggenheims und Rothschilds können ihren Kindern alles bieten, aber Sie? Nichts. Wie fühlt man sich, Dr. Gold, wenn man weiß, man hat bei den Kindern schon versagt und versagt vermutlich auch bei den Enkeln? Wenn man sich sagen muß, man hat diesen unschuldigen Abkömmlingen bereits jede Aussicht darauf geraubt, je in die gute Gesellschaft aufgenommen zu werden?«
Gold wiederholte ebenso herablassend: »Gute Gesellschaft?«
»Ganz recht, Shapiro, Sie wissen schon, was ich meine. Ich gehöre dazu und Sie nicht. Meine gesamte Verwandtschaft gehört dazu. Ihre aber nicht. Sie haben Ehrgeiz und Schuldgefühle. Sie kommen sich minderwertig vor, ich aber nicht. Was haben Sie überhaupt hier bei mir zu suchen?« Er blickte überrascht und erzürnt auf seinen Gast. »Soviel haben wir uns doch wohl nicht zu sagen? Was wollen Sie eigentlich von mir, zum Teufel?«
»Ich möchte Ihre Tochter heiraten«, sagte Gold. »Ich bin gekommen, Sie um die Hand Ihrer Tochter zu bitten.«
»Nehmen Sie sie und verschwinden Sie«, sagte Conover. »Lesen Sie meinethalben die Sonntagszeitung, bis Andrea zurückkommt. Lösen Sie das Kreuzworträtsel.«
»Ich habe also Ihren Segen?«
»Vorausgesetzt, Sie reisen so schnell wie möglich ab.«
Gold schlug von der Tür her zurück: »Ich hege die Hoffnung, Sir, daß Sie mich im Laufe der Zeit liebgewinnen.«

»Daddy hat dich gern«, sagte Andrea auf der Rückfahrt nach Washington in dem kleinen goldfarbenen Sportwagen, den sie mit Blitzgeschwindigkeit durch die hügelige Landschaft steuerte, und Gold war überzeugt, sie sei endgültig übergeschnappt. »Ich kenne ihn. Du kannst dir gar nicht vorstellen, wie kalt und spöttisch er Leute behandelt, die er nicht mag.«
»O doch«, sagte Gold matt.
»Und die wollen dann mit mir nichts mehr zu tun haben. Sei bitte nicht ärgerlich.« Sein mürrisches Betragen verstörte sie merklich.
»Ich tue, was du willst.«
»Dann fahr nicht schneller als hundertfünfzig.« Sie bremste spürbar ab, und die Tachometernadel kam erst bei weniger als hundertsechzig zur Ruhe. »Er war grob und gemein zu mir, Andrea. Warum konnte er nicht höflich sein? Warum nicht zuvorkommend? Weiß er nicht, daß ich demnächst ein Regierungsamt übernehme?«
»Er liegt im Sterben, Schatz, und das ist doch viel besser.«
»Nein!« schrie Gold schuldbewußt und rief sich mit Ekel ins Bewußtsein, wie unvorstellbar nüchtern und gleichmütig manche Christen seit je dem Tode gegenüberstehen. Die alten Griechen zündeten Scheiterhaufen an, sobald sie nur genügend Holz beisammen und den Leichnam gesalbt hatten. Juden brachten die Toten innerhalb von achtundvierzig Stunden unter die Erde. Manche Nichtjuden standen mit ihren Verstorbenen auf so vertrautem Fuße, daß sie sie eine Woche daheim zur Schau stellten, meist im Wohnzimmer, gleich neben der Küche oder dem Eßzimmer. »Was, um Himmels willen«, stellte er Andrea vor, »was hat das damit zu tun, wie er mich behandelt?«
»Es ist doch aber wahr«, rechtfertigte Andrea sich eifrig. »Ist er tot, haben wir es leichter.«
»Sowas sagt man aber nicht.« Andrea wurde ganz niedergeschlagen, und Gold begann allmählich den Zorn zu genießen, der in ihm wallte. »Warum, zum Teufel, ist er nicht vor mir gekrochen? Ich werde demnächst zum Stab des Präsidenten gehören, und er muß wissen, was das bedeutet.«
»Mehr Arbeit?«
»Weniger Arbeit. Aber dafür Macht. Rohe, brutale, ungesetzliche Macht. Ich werde sie mißbrauchen, um ihn zu ruinieren, ihm das

Leben zur Qual zu machen. Ich werde seine Telefone abhören lassen. Das FBI soll ihn überprüfen. Ich mag ja ein kleiner Ausländer sein, dem die Haare ausfallen, aber –«

»Gerade deine Haare gefallen ihm.«

»Nicht so wie die von Toscanini. Mit Abhöranlagen und Geheimagenten in seinen Stallungen werde ich ihn beim Kastrieren der Fohlen erwischen. Die Steuerbehörden werden jede einzelne Sonderausgabe prüfen. Ich drehe seinem Rollstuhl den Strom ab, dann kann er draußen in der Sonne schmoren. Ich werde als ungenannter Informant der Presse andeuten, er leide an Syphilis. Ha! Der künftige Schwiegervater des berühmten Dr. Bruce Gold stirbt keineswegs an den von ihm genannten Krankheiten, sondern an der Syphilis. Was werden alle seine pferdezüchtenden Freunde dazu sagen, wenn sie erfahren, daß er die Syphilis hat? Dein Arschloch von Vater hat mich von der ersten bis zur letzten Minute unentwegt beleidigt. Und«, er lächelte bereits im Vorgenuß seines Scherzes, »und ich werde mich an ihm rächen, wenn er mir zu dem Posten verhilft, auf dem ich mich rächen kann. Er hat mich nicht achtungsvoll behandelt, Andrea, er hat keinen Respekt vor mir.«

»Dein eigener Vater doch auch nicht.«

»Mein Vater kennt mich, aber deiner nicht. Zu unserer Hochzeit will er nicht kommen.«

»Das hat er mir auch gesagt.«

»Meiner kommt auch nicht, und auch keine von meinen Schwestern.« Gold stützte das Kinn in die Hände und lachte dumpf. »Wir werden im kleinsten Kreis feiern. Falls wir überhaupt je heiraten.« Andreas liebreizendes Gesicht bebte. »Bitte, sag sowas nicht, Bruce«, flehte sie, was seine Laune erheblich besserte. »Es wäre wirklich schlimm für mich, wenn du mich bloß meines Vaters wegen nicht heiraten würdest. Die Hornhaut schabe ich mir schon jetzt nur noch von den Füßen, wenn ich allein bin.«

»Achte auf die Straße!« kreischte Gold, als sie beide Arme flehend um ihn warf. »Du fährst schon wieder zweihundertfünfzig.« Andrea ging auf zweihundert herunter, und sein Puls verlangsamte sich entsprechend. »Ich muß dir eine Frage stellen, Andrea, und ich weiß nicht recht, wie ich sie formulieren soll. Aber – warst du früher vielleicht größer?«

»Größer als was?«
»Größer als jetzt. Ralph hat dich neulich auf einer Party getroffen und hatte den Eindruck, du seiest kleiner geworden.«
»Kleiner als was?«
»Kleiner als du sonst warst, nehme ich an.«
»Mir ist das nicht aufgefallen. Aber vielleicht wirke ich jetzt kleiner, weil du größer wirkst.«
»Ich war doch nicht dabei.«
»Und wäre das denn schlimm?«
»Ich fände es nicht schlimm«, die Antwort rutschte Gold so rasch heraus, daß er an ihrer Richtigkeit zweifelte. »Ralph allerdings macht sich Sorgen deshalb. Wenn es zutrifft, daß du kleiner wirst, müßten wir vor der Hochzeit was dagegen unternehmen, meinst du nicht? Denn«, Gold empfand jetzt so etwas wie Größenwahn – »denn zu klein möchtest du doch nicht werden, wie?«
»Auf keinen Fall. Nicht zu klein. Falls du willst, prüfe ich das nach, messe mich, gehe zum Spezialisten. Alles was du willst.«
»Es macht mich sehr froh, daß wir darüber einer Meinung sind«, sagte Gold. »Deinem Vater hast du gesagt, in sexuellen Dingen verhalte ich mich wie ein Mann von mittleren Jahren. Warum nur mußt du allen Leuten erzählen, daß wir miteinander schlafen?«
»Ich lobe dich dabei immer.«
»Darum geht es nicht.« Er kicherte verdrossen.
»Zu Miss Plum hast du gesagt, ich sei großartig, und deinem Vater erzählst du, ich hätte das sexuelle Verhalten eines ältlichen Mannes. Ich wäre also ein großartiger Kerl von ältlichem Sexualverhalten, wie?«
»Ich kann mir nicht helfen, ich muß mit dir protzen«, sagte Andrea. »Bitte, sei mir nicht böse deshalb. Ich tue alles, um dich glücklich zu machen. Ich will deine Sklavin sein. Du kannst tun, als wärest du mein Herr und Meister, kannst mich mit Ketten und Stricken an Stühle und Bettpfosten fesseln.«
»Andrea, wie redest du nur?« schrie Gold, instinktiv entsetzt, und stemmte sich aus dem tiefen Beifahrersitz, als habe er Feuer unterm Hintern. Er drehte sich in den Hüften und stierte offenen Mundes jemand an, der so wenig der jungen Frau glich, die sie angeblich war, und seine Phantasie reichte nicht hin, sie darin zu erkennen.

Andrea mißdeutete seine Reaktion und fuhr angeregt fort: »Ich kann auch so tun, als lebten wir im victorianischen Zeitalter, ich wäre ein junges Ding frisch vom Lande und du mein verworfener Arbeitgeber in London, der mich zu allen erdenklichen Perversitäten zwingt, so mit Peitschen und verkleidet und Reitgerte. Du darfst mir die Hände fesseln und auch die Schenkel.«
Gold stierte sie total benommen an. »Warum sollte ich mir sowas ausdenken?«
»Weil du mich mißbrauchen willst. Ich könnte dir die Füße lekken.«
»Danke für das Angebot!« wehrte Gold erschrocken mit Vehemenz ab, bereute aber sogleich seine entschiedenen Worte. Im Nachhinein kam ihm das, was sie gesagt hatte, weniger verworfen vor, und er widmete sich den Bildern, die sie vor ihn hingezaubert hatte. Andrea als Sklavin oder gefesseltes victorianisches Dienstmädchen? Gar nicht übel.
»Ich möchte dich doch nur glücklich machen«, rechtfertigte sie sich. »Ich war mal mit einem Studenten von der Georgetown Universität befreundet und der –«
»Ich will nichts davon hören«, unterbrach Gold sie mit einer Handbewegung, als schüttele er Wasser ab. »Warum mußt du mir unbedingt solche Sachen erzählen, Andrea?«
»Ich habe es immer mit der Wahrheit gehalten.«
»Dann hör damit auf. Was ist so besonderes an der Wahrheit?«
»Liebst du mich?«, fragte sie.
»Von ganzem Herzen«, log er.
»Dann laß mich dir eine Freude machen. Irgendwas wirst du dir doch wünschen?«
Gold überlegte schmollend. »Ich möchte zur Abwechslung mal ins Restaurant essen gehen«, sagte er dann. »Ich habe es satt, jeden Tag selber zu kochen.«
Andrea übergab vor dem Restaurant ihren Wagen dem Türsteher.
»Guten Abend, Miss Conover.« Der ungemein große Oberkellner wandte sich direkt über Golds Kopf an Andrea. »Möchten Sie gesehen werden, oder möchten Sie lieber einen versteckten Tisch, an dem Sie miteinander treiben können, was Sie wollen?«

»Beides«, sagte Gold.

Sie wurden zu einem Tisch an der Hinterwand des Lokals geleitet, wo phallische Wandarme nur ihre Stirn und Augen beleuchteten. Gold überfiel ein klammer Angstschauer, als Harris Rosenblatt sich im nächsten Augenblick zu ihnen setzte und unverhohlen spekulierend von Andrea zu Gold blickte.

»Mr. Rosenblatt, Miss Conover«, stellte er vor. »Wir waren vor Jahren gemeinsam bei der Rusell B. Long-Stiftung tätig und sind uns zufällig in Washington begegnet.«

»Ich kenne Ihren Vater gut«, sagte Rosenblatt, kaum daß Gold zu Ende war. »Wie geht es Pugh?«

»Immer unverändert«, sagte Andrea.

»Das tut mir leid.« Harris Rosenblatt senkte die Stimme mitfühlend um eine Oktave, fuhr dann aber im üblichen Ton und so eilig fort, als hätten alle miteinander keine Zeit zu verlieren. »Waren übers Wochenende viele Gäste draußen?«

»Fast keine.«

»Richten Sie ihm doch bitte aus, ich will ihn besuchen, wenn ich wieder in Washington bin. Was fehlt ihm übrigens?«

»Das hat noch niemand herausgebracht.«

Daß Harris Rosenblatt so vertrauten Umgang mit Pugh Biddle Conover pflog, stürzte Gold in Verwirrung und Ärger. Eben erst hatte er die ungemütliche Erfahrung hinter sich, Harris Rosenblatt zwar auf Anhieb erkannt zu haben, ohne doch gleich sagen zu können, wer das sei. Trotz Ralphs beunruhigenden Bemerkungen war Gold nicht darauf vorbereitet, daß sein ehemaliger Mitschüler sich auf eine biologisch unwahrscheinlich anmutende Weise körperlich verändert hatte. Rosenblatt war groß und hager geworden, hielt sich bolzengerade vor lauter aufrechter Gesinnung und strahlte die unverkennbare puritanische Selbstgerechtigkeit aus, der man in der Welt der Hochfinanz häufig begegnet. Irgendwie hatte er auch eine hohe Stirn bekommen. Seine Nase schien die eines Norwegers. Von den Brauen zum Kinn spalteten senkrechte tiefe Furchen seine Wangen, und die hageren Wangenmuskeln erstickten wie ein Würgegriff jeden Ansatz eines Lächelns oder gar Lachens. Er redete strikt zur Sache und blickte drein wie jemand, der sich drauf versteht, Menschen zu entlarven, die seinem Maßstab nicht gerecht wurden. Bevor er die akademische Laufbahn unter dem Eindruck des unvermeidlichen Fehlschlages aufgab, war Harris Rosenblatt ein eher fettleibiger, geschlechtsloser Typ gewesen, kleiner als der Durchschnitt, mit rundlichen, fleischigen Zügen, ungeformter Taillenpartie und Hühnerbrust. Doch die Hochfinanz verändert den Menschen nun einmal in dieser Weise. Humor war an ihn verschwendet, und Gold vermutete, daß Harris noch langweiliger und dickfelliger geworden war.

»Wie geht es Belle?« dröhnte Rosenblatt denn auch sogleich und bestätigte die Richtigkeit von Golds Urteil.

»Gut«, sagte Gold und ließ das Thema fallen wie ein glühendes Stück Kohle. »Du siehst ja glänzend aus, Harris. Groß und schlank bist du geworden. Hältst du Diät? Du mußt doch eine Menge abgenommen haben?«

»Nicht die Spur.«

»Du hältst also keine Diät?«

»Nein.«

Gold wunderte sich immer mehr. »Bist du gewachsen?«

»Oh ja, ich bin wesentlich größer geworden.« Rosenblatt ließ irgendwie durchblicken, daß ihn das freute. »Seit wir uns zuletzt gesehen haben, bin ich sogar erheblich gewachsen. Ich bin jetzt größer als ich je war, habe viel gelernt und befinde mich auf alle mögliche Weise besser.«

»Was hast du gelernt?« fragte Gold neugierig.

»Genau kann ich das nicht sagen«, erwiderte Harris Rosenblatt. »Früher war ich eher eingebildet, das bin ich nicht mehr. Ich habe Demut gelernt, und darauf bilde ich mir etwas ein.« In der Stille, die dieser Verlautbarung folgte, ließ Harris den Blick wieder rastlos zwischen Gold und Andrea wandern. »Ich habe irgendwo gehört, daß du dich von Belle getrennt hast?«

»Daran ist kein Wort wahr«, versicherte Gold.

»Es hat mich auch sehr enttäuscht, das hören zu müssen. Ich glaube, ich verdanke diese Neuigkeit einem verläßlichen, aber ungenannten Informanten.«

»Ich bin hier als ungenannter Informant sehr tätig gewesen«, bemerkte Gold nervös und hastig. »Möglich, daß die Nachricht von mir stammt. Es ist kein wahres Wort daran.«

»Es freut mich zu hören, daß nichts daran ist. Für meinen Geschmack kommen diese Dinge viel zu häufig vor. Sie sind schädlich fürs Familienleben, schädlich für die Kinder, schädlich für unser Land. Für die Wirtschaft mögen sie gut sein, doch mir gefallen sie weder auf kurze noch auf lange Sicht, und für den Staatshaushalt sind sie jedenfalls von Übel. Es freut mich zu hören, daß du auch weiterhin mit Belle zusammenbleibst, und Selma wird sich ebenfalls freuen.«
Als er endlich Gelegenheit fand, fragte Gold: »Wie steht es um die Geldwertstabilität, Harris? Werten wir den Dollar auf oder ab, und wie wirkt sich das auf Einkommen und Kaufkraft aus?«
»Das ahne ich nicht. In der Firma beschäftigen sich andere Leute mit diesen Fragen. Mein Gebiet sind Wertpapiere der Kommunen und der Staatshaushalt.«
»Und wie sieht es da aus?«
»Ich weiß nicht«, sagte Rosenblatt forsch, als bringe er ein besonders passendes Zitat, und schenkte Gold einen Blick voll Anerkennung, der offensichtlich Seltenheitswert hatte. »Du hast übrigens ein bemerkenswertes Wort geprägt, Bruce, und Wirtschaft wie Verwaltung werden es dir danken. Mir sträubt sich das Hirn, wenn ich bedenke, daß Hirne wie meines sich früher vor hirnsträubenden Fragen sträubten, bevor du uns mit diesen wunderbaren drei Worten beschenkt hast: Ich weiß nicht. Ich begreife durchaus, daß der Präsident deine Dienste in Anspruch nehmen möchte. Und dein Bericht für die Kommission soll ja auch hervorragend sein.«
Gold verbarg seine Überraschung. »Ich arbeite ihn erst aus.«
»Gute Neuigkeiten sickern durch. Wann wird er fertig? Ich bin recht gespannt darauf.«
Gold beschloß, einen Versuch zu wagen. »Ich weiß nicht.«
»Großartig«, lobte Harris Rosenblatt. »Ich muß jetzt gehen, denn morgen bin ich im Schatzamt, im Haushaltsausschuß und bei der Notenbank. Ich verrate dir, was ich dort sagen werde, was ich gestern und auch heute im Weißen Haus gesagt habe. Es ist der beste Rat, den ich der Öffentlichkeit und dem Privatmann geben kann.« Harris Rosenblatt machte seine Ankündigung, während er sich erhob, und stand dann aufrecht und starr wie eine Tempelsäule: »Gleicht den Haushalt aus, oder ihr werdet es bereuen. Wer tanzen

will, muß die Musik bezahlen, und wer die Musik bezahlt, gibt den Ton an.«

»Harris«, brach es aus Gold hervor, der sich an die Tischkante klammerte wie ein Ertrinkender, »sagst du das wirklich?«

»Mit eben diesen Worten«, Rosenblatts Stimme tönte wie Triumphgesang, und Gold fiel auf, daß er das R nicht mehr wie ehedem aussprach, sondern so, als wären seine Vorfahren seit zehn Generationen im Mittelwesten ansässig gewesen. »Und alle sind klug genug zuzuhören. Soviel darf ich dir im Vertrauen sagen: man wird mit allen Kräften versuchen, den Staatshaushalt auszugleichen, und die Aussichten dafür sind recht gut.«

»Was bedeutet das?«

»Wie meinst du?« Golds Frage zauberte auf Rosenblatts Züge einen Ausdruck totaler Verständnislosigkeit.

»Wie wirkt sich das aus auf Steuern, Preise, Einkommen und Arbeitslosigkeit? Welche Konsequenzen hat ein ausgeglichener Haushalt für die Wirtschaft und die Sozialleistungen?«

»Ich weiß nicht.« Rosenblatt war stolz auf seine Antwort und wartete noch einen Moment, um ihre Wirkung zu beobachten. »Wir haben Leute in der Firma, die auf diese Fragen die Antwort wissen. Mein Gebiet ist der Haushaltsausgleich. Guten Abend, Miss Conover. Grüßen Sie Pugh Biddle herzlich von mir, und sagen Sie, ich freue mich schon auf die nächste Fuchsjagd. Erinnern Sie ihn daran, daß er mir einen Hund versprochen hat. Er sagte, er würde mich einen sehr guten Hund schießen lassen. Übrigens, Bruce, du bist ja jetzt eine Person des öffentlichen Lebens, warum gehen wir nicht mal gemeinsam Essen, Selma und ich und Belle und du? Wir haben eure Gesellschaft immer sehr genossen. Vergiß nicht, Belle von mir zu grüßen«, schmetterte er heraus, scheppernd wie die alte Straßenbahn von Coney Island, und trollte sich, von vielfachem Echo begleitet.

»Wer ist Belle?«

Gold stand schon im Startloch. »Meine ehemalige Frau«, sagte er und sprintete hurtig davon. »Noch sind gewisse Kleinigkeiten zu regeln, bevor die Scheidung rechtskräftig wird. Was meinte Rosenblatt, als er sagte, dein Vater hat ihm einen Hund versprochen, den er schießen darf?«

»Vermutlich einer von Papas Witzen. Du weißt, er kann sehr komisch sein. Wie lange dauert es noch, bis du geschieden bist?«
»Ralph meint, in Haiti dauert es eine Stunde, sobald die Unterhaltsfrage geregelt ist.«
»Ich wollte, wir wären schon verheiratet und du könntest hierbleiben.«
»Ich wünschte, ich hätte endlich meinen Posten und könnte hierbleiben«, erklärte Gold, und seine Stimme bebte vor Erbitterung. »Ich hatte gehofft, dein Vater böte mir seine Unterstützung an.« Andrea blickte gekränkt drein, und Gold machte sich schwere Selbstvorwürfe. »Ich wünschte, wir beiden könnten uns heimlich auf eine Hochzeitsreise machen. Mehr als alles andere wünsche ich mir, mit dir zu verreisen, aber im Moment kann ich es mir nicht leisten.«
»Wir können doch von meinem Geld nehmen«, erbot Andrea sich prompt.
»Das lasse ich nicht zu«, hörte Gold sich noch prompter ablehnen. Sein spontanes Bestehen auf diesem Grundsatz klang erheblich entschiedener als beabsichtigt, und ihn überkam denn auch gleich eine Verstimmung. »Verdammt, warum nur laden uns nicht irgendwelche reichen Leute nach Acapulco ein? Ich wette, Kissinger hat für seinen Urlaub nie selber bezahlt.«
»Du mußt berühmt sein, bevor man dich einlädt«, klärte Andrea ihn lachend auf. »Es macht mich aber glücklich, daß du überhaupt daran gedacht hast. Meist fürchte ich, du wirst mich nicht mehr sehen wollen, auch wenn wir mal verheiratet sind.«
»Warum sollte ich dich heiraten wollen, wenn ich dich nicht sehen will?«
»Damit du deinen Posten bekommst. Und darum wollen wir mit der Heirat warten, bis du ihn hast. Wir würden nämlich nicht glücklich, wenn du schließlich nur Landwirtschaftsminister bist oder die Reden des Präsidenten vorbereitest. Aber der Gedanke zu verreisen als solcher ist herrlich. Ich wollte, du könntest dir's leisten.« Sie preßte seine Hand mit beiden Händen. Seine Hand lag im Schoß.
»Ich borge mir das Geld«, versicherte er kühn mit steigender Freude, denn ihm fiel ein, daß Fleckie Weinrock Schulden bei ihm hatte

und daß Sid den Rest hergeben würde. »Wir fahren heimlich nach Acapulco und sagen niemand ein Wort. Das wird gefährlich sein, aber deshalb nur um so aufregender!«
»Welche Wonne, mit dir beisammen zu sein!«
»Ich mache gleich einen Plan, und sobald mein Vater wieder in Florida ist, fahren wir los.«

Gold konnte nicht einschlafen. Andrea hätte auch den Weltuntergang verschlafen. Neidisch und schmollend horchte er auf ihre Atemzüge und beklagte jenen Charakterzug an sich, der ihn der Möglichkeit beraubte, die Welt nur durch einen schmalen Ausschnitt zu sehen und engstirnig zu urteilen, denn einzig bei solchen Gegebenheiten können ideologische Überzeugungen gedeihen. Daß ein Tropf wie Harris Rosenblatt in Washington Leute fand, die ihn ernst nahmen, ließ die Dauerhaftigkeit und Unfehlbarkeit von Regierung und Gesellschaft in zweifelhaftem Licht erscheinen, und keinerlei patriotische Rechtfertigung wollte seine Zweifel beschwichtigen. Andrea seufzte im Schlaf und blieb unruhig, bis sie mit seinem Körper Berührung hatte. Beide schliefen nackt. Ihre gebräunte Haut, bedeckt von seidigem, blondem Flaum, sah in dem Spiel von Dunkel und gedämpftem Licht prachtvoll aus. Ihm wurde plötzlich klar, daß sie in ihrem tiefen Schlummer unmöglich wissen konnte, daß er es war, der da neben ihr lag. Traurigkeit befiel ihn, und er verlor den Kontakt zur Gegenwart. Sid hatte ihn zurückgestoßen. Ohnedies im Familienkreis sehr wortkarg, enthielten seine an den kleinen Bruder gerichteten Äußerungen im wesentlichen abfällige Kritik und Herabsetzung. Der sehr viel ältere Sid war für Gold wie ein zweiter Vater, und beide Väter empfanden es als Schande, daß Gold schon so früh eine Brille brauchte. Er mochte sich in der Grundschule hervortun, wie er wollte, Ida stachelte ihn unausgesetzt an, noch mehr zu leisten, was die Mutter völlig verblüffte, die arme Einwanderin, die nicht glauben mochte, ihr Sohn verdiene diese Ermahnungen wirklich. Auch wenn er die bestmöglichen Noten heimbrachte, enthielt das Lob noch Tadel. Doch, er ist ein sehr guter Schüler, hörte Gold seine Schwester Ida zu der verständnislosen, unseligen alten Frau sagen, aber er könnte perfekt sein, eher als Muriel.

Sid pflegte zu sagen: »He, Kleiner, werd endlich dicker, sonst kommst du in keine Schulmannschaft.« Sid war auf der Hauptschule ein Jahr Ersatzmann gewesen. Dann gab er den Sport auf und arbeitete in der Wäscherei. »Wenn du auf die Hauptschule kommst, geh in die Fechtmannschaft, du bist so dürr, daß keiner dich trifft. Du kannst ja unter der Brause stehen, ohne naß zu werden.«

Im Musikunterricht verwandelte man ihn in einen Zuhörer; mitsingen durfte er nicht. Als seine Lehrerin die Klasse zum ersten Mal singen ließ, taumelte sie angewidert zurück, als Töne von unbeschreiblicher Scheußlichkeit mitleidlos an ihr empfindliches, nichts Böses ahnendes Gehör drangen. Sie wurde von einer wilden Aktivität ergriffen, als wäre soeben der Notstand verkündet worden, sortierte in rasender Eile die Sänger und reduzierte die Quelle der beleidigenden Geräusche auf acht Schüler, dann auf vier, dann auf drei. Endlich deutete der anklagende Finger auf ihn. Mit dem Rest des ihr verbliebenen Atems verkündete sie: »Und du, Bruce, machst den Zuhörer. Zuhörer brauchen wir schließlich auch, nicht wahr, Kinder?« Und ihr Busen erbebte von ungeheurer Erleichterung.

Fortan saß er zwei- bis dreimal wöchentlich dabei und hörte zu, wie die übrigen das Lied einübten, das sie freitags bei der Schulversammlung vortragen wollten. Einmal ließ Miss Lamb, die Lehrerin, nach erfolgreichem Probesingen alle Sänger kehrtmachen und Gold dafür applaudieren, daß er ein so guter, getreuer Zuhörer war, und von da ab schloß die Musikstunde in dieser Weise. Gold war danach immer beinahe taub, und sein Kopf war ihm schwer. Sogar das Arschloch Lieberman konnte singen.

Und mit sehnsuchtsvoller Trauer, die ihm von Herzen kam und im Halse einen Kloß formte, erinnerte Gold sich daran, daß sein total verrückter Vater auch noch stolz darauf gewesen war und vor den Kunden im Laden und den Nachbarn damit in unerträglicher Weise prahlte. »In der ganzen Klasse gibt es nur einen einzigen Zuhörer«, verkündete er zu Golds stummer Demütigung und reckte einen Finger in die Luft, »und dieser Zuhörer ist mein Sohn.« Ohne vorherige Warnung sang sein Vater sodann höchst melodisch die bekanntesten fünf Noten aus ›Pagliacci‹ und brach ebenso plötzlich mittendrin ab. »Sehen Sie, wie gut er zuhört?«

Fleckie Weinrock humpelte eines Tages auf ihn zu, ein Bein auf dem

Bürgersteig, das andere in der Gosse, und redete ihn an: »Ich und Fishy Siegel, wir singen Alt in der Schule. Was singst du?«
Irgendwo schlug es drei. Ein Kind weinte. Unzählige traurigstimmende Erinnerungen dieser Art zogen Gold durch den Sinn, als er so neben Andrea im Bett lag und ihre Anwesenheit vergaß, und Bruce Gold, Doktor der Philosophie und Professor für Englisch und verwandte Gebiete, designierter künftiger Berater des Präsidenten, ein halbes Jahrhundert seines Lebens fast hinter sich, suchte bei Nacht Zuflucht in dem phantastischen Märchen, das er sich als Kind eingeredet hatte: Er war nicht wirklich Bruce Gold, und seine Verwandten waren nicht seine Verwandten, seine Herkunft war nicht seine Herkunft, sein Platz im Leben nicht sein wirklicher Platz, sondern er war von edler Abkunft, was niemand außer ihm ahnte, und zu seinem Unglück sein Lebtag am falschen Platz infolge einer unbegreiflichen Serie von Irrtümern und Mißverständnissen, die im Begriffe waren, endlich korrigiert zu werden. Schon war ein Computer am Werk, die Lösung zu errechnen. Gerechtigkeit würde siegen. Ihm würde sein Recht werden. Alles mußte sich bessern. Schöne Männer und Frauen edelster Abkunft in Sandalen und seidenen Gewändern würden erscheinen und ihn erlösen. Im ganzen Lande würde Jubel herrschen. Ein Kind war gefunden. Er mochte ein Fürst sein. Die Personen, die ihn da so liebevoll umstanden, waren sämtlich Multimillionäre.
»Sie sind nicht Bruce Gold«, versicherten sie ihm besänftigend. »Sie gehören nicht zu denen da, diese Verwandten und Freunde sind nicht wirklich Freunde und Verwandte. Sie sind ein van Cleef und Arpels«, sagten sie. »Sie sind ein glitzernder, atemberaubender Schmuckladen auf der 5. Avenue, und alles, alles gehört Ihnen. Aus aller Welt kommen die Reichsten, um bei Ihnen einzukaufen.« Gold klammerte sich an seinen Traum, und in den Jahrzehnten seiner Reifung hatte sein Vertrauen in das unfehlbar glückliche Ende nur geringfügig nachgelassen. »Bitte, treten Sie ein, Mr. van Cleef und Arpels«, lockten sie, »fühlen Sie sich ganz zu Hause, denn all dies gehört Ihnen. Sie unterhalten elegante, prachtvolle Filialen in Beverly Hills, Palm Beach, Paris und anderen lieblichen Städten und haben geheime Verbindungen nach Antwerpen. Die wenigen Überlebenden königlichen Geblüts kommen ehrfurchtsvoll auf lei-

sen Sohlen und zahlen Ihnen viel Geld. Die vornehmsten, schönsten Menschen in aller Welt sind Ihre Untertanen und Anbeter. Sie sind nicht mehr Zuhörer«, flüsterte es, »Sie sind nicht einmal mehr Jude«, sang es ihn in den Schlaf.

Gold bewegte antwortend die Lippen, doch kamen keine Worte. Er war eingeschlafen.

Bitte einen Juden ins Weiße Haus, und du machst ihn dir zum Sklaven

Bruce Gold begriff immer noch nicht, wie ein geistig gesunder Jude von einiger Charakterfestigkeit in den Dienst von Richard Nixon hatte treten können, und ihm wollte auch keiner einfallen. Jene Juden, die tatsächlich unter Nixon Ämter bekleideten, waren vermutlich die einzigen erwachsenen Augenzeugen in der gesamten Schöpfung, die in Spiro Agnews bösartigen Angriffen auf die Presse nicht eine tückisch verschleierte antisemitische Kampagne erkannten. Oder sie stellten sich dumm.

›Bitte einen Juden ins Weiße Haus, und du machst ihn dir zum Sklaven‹ war der trotzige Titel eines giftigen Pamphlets, das Gold in einem Anfall glühenden Neides verfaßt hatte, als Lieberman zur Belohnung für seine Rechtfertigung des amerikanischen Eingreifens in Vietnam ins Weiße Haus geladen wurde. In einem Ausbruch schöpferischer Tätigkeit, hervorgerufen von feindseligen Gefühlen wie von grundsätzlichen Überlegungen, brachte Gold in Rekordgeschwindigkeit einen ersten, machtvollen Entwurf zu Papier. Unerschrocken tauchte er in die Vergangenheit, suchte in der Ära Eisenhower und des Prozesses gegen das Ehepaar Rosenberg nach frühesten Beispielen jener fügsamen Unterwürfigkeit, welche das Gezücht knieweicher, wachsamer Opportunisten kennzeichnete, die er mit beherzter Rachsucht und beißender Verachtung ausführlich unter die Lupe nahm. Jetzt brannte Gold nicht mehr darauf, sein: ›Bitte einen Juden ins Weiße Haus – und du machst ihn dir zum Sklaven‹ gedruckt zu sehen, es könnte ja sein, daß er dann auch nicht mehr gebeten wurde.

»Hättest du Interesse an einem Posten im Landwirtschaftsministerium, falls sich dort als erstes eine Chance für dich böte?« fragte Ralph, als Gold wieder einmal hereinschaute, um sich dann enttäuscht zu verabschieden.

»Nein.«
»Das kann ich dir nicht verdenken.« Ralph warf seine Jacke über und begleitete Gold ein Stück nach draußen. »Was ist das auch für eine wahnwitzige Gesellschaftsordnung, in der die Überproduktion von Nahrungsmitteln zur wirtschaftlichen Katastrophe führt. Wieviel einfacher wäre alles, wenn die Grundindustrien verstaatlicht würden. Und wir können nur von Glück sagen, daß die meisten unserer Bürger das nicht wissen.«
Mit wachsam zusammengekniffenen Lidern erwiderte Gold: »Du redest ja beinahe, als glaubtest du an den Sozialismus.«
»Das tue ich doch auch, aus ganzer Seele. Und jeden Tag, den Gott werden läßt, danke ich ihm dafür, daß andere nicht daran glauben und unseresgleichen erlauben, ein so ungewöhnlich privilegiertes Leben zu führen. Das hier kennst du doch?«
Gold blickte über die Allee hinweg auf den Rasen, der allmählich zum Denkmal Washingtons anstieg. »Ich war einmal bei einem Friedensmarsch hier«, gab er zu. »Das war aber schon recht spät, als sehr viele Menschen Stellung gegen den Krieg in Vietnam bezogen hatten. Du bist doch auch bei einem solchen Marsch dabeigewesen, wenn ich mich recht erinnere?«
»Ich habe an allen Märschen teilgenommen«, sagte Ralph, und Gold hatte das beklemmende Gefühl, einer Prüfung unterworfen zu werden. Er glaubte Ralph keinen Moment. »Diesen Krieg habe ich von Herzen verabscheut, Bruce«, fuhr Ralph fort, ohne daß seine Munterkeit davon beeinträchtigt wurde. »Ebenso wie ich fast alle Regierungsmitglieder verabscheut habe, die unter Johnson, Nixon und Ford dienten und sich verschworen hatten, den Krieg fortzusetzen, mindestens keinerlei Anstrengungen machten, uns herauszuhalten. Was für Schweinehunde! Vietnam ist so ungefähr das einzige, was ich wirklich ernst nehme. Vietnam und die Ehe. Diese Lügen, Bruce, ah, diese Lügen! Das Grauen kann man vergessen, wenn man will, fünfzigtausend Amerikaner gefallen, Hunderttausende verkrüppelt, ungerechnet Millionen Asiaten –, aber die Lügen? Wer kann die vergessen? Sie haben sich allesamt barbarischer Kriegsverbrechen schuldig gemacht, und meiner Meinung nach gehören sie am Halse aufgehängt, bis sie tot sind. Man sollte ihnen nicht so schnell vergeben, ihre Namen nicht so bald verges-

sen.« Gold wahrte hartnäckig sein Schweigen und dankte Gott dafür, daß Ralph dieses strenge Urteil aussprach, nicht er selber. »Und ich meine jetzt nicht nur die Juden damit, Walt Whitman Rostow zum Beispiel und Henry A. Kissinger«, nahm Ralph den Faden auf, nachdem er Gold Zeit gelassen hatte, seiner Meinung beizupflichten oder zu widersprechen, falls er Lust dazu hatte, »ich rede von Leuten mit Namen wie Ball, Brown, Bundy, Bunker, Clifford, Eagleburger, Haig, Humphrey, Kleindienst, Laird, Lodge, Lord, Martin, McNamara, Mitchell, Moynihan, Richardson, Rockefeller, Rusk, Valenti, Vance, Warnke, Ziegler und Javits.«

»Javits?« brach es unwillkürlich aus Gold hervor, »Javits war Jude, Ralph.«

»Jack?«

»In Wirklichkeit hieß er Jacob.«

»Warum wurde er dann nicht Jake genannt?«

»Weil manche Leute eben so sind.«

»Ein Republikaner?« Ein spöttisches Lächeln huschte über Ralphs liebenswerte, makellose Züge, und Gold krümmte sich innerlich. »Ich muß schon sagen, jüdische Republikaner sind mir seit je verdächtig, ich finde sie ulkig.« Gold konnte da nicht wohl widersprechen. In seine Sammlung von Widersinnigkeiten schloß er ferner Juden auf Skiern, Tennisplätzen und zu Pferde ein; und wer getupfte Schleifen trug, kam ihm abstoßend, verlogen und lasterhaft vor. Er sah in solchen Männern Blender, die ihn nicht überzeugten, seien sie nun Juden oder Christen. Trunksucht, Ehebruch und Scheidungslust waren weitere Vergehen gegen die Kultur, die er noch hätte anfügen können, doch wollte er Ralph nicht zu nahe treten. »Das war auch einer der Gründe, weshalb ich Kissinger von Anbeginn mißtraute und immer eine Art Clown in ihm sah.« Ralph lachte lautlos. »Du weißt, Bruce, ich bin kein Antisemit, doch ich gebe zu, es hat mich richtig gefreut, als bekannt wurde, daß Kissinger im ovalen Arbeitszimmer des Präsidenten neben Nixon hinkniete, um mit ihm zu beten. Ich wußte gar nicht, daß Juden beim Beten knien, Bruce?«

»So genau bin ich da nicht informiert«, sagte Gold.

»Vielleicht tragen sie deshalb in der Kirche um die Schultern einen Gebetsteppich.« Ralph blieb unbeeindruckt bei seinem Thema.

»Dann können sie gegebenenfalls unverzüglich darauf niederknien und ihr Gebet verrichten.«
»Das sind keine Teppiche, Ralph, sondern Umschlagtücher«, berichtigte ihn Gold und wünschte inständig, Ralph möge von anderem sprechen, »und es heißt nicht Kirche, sondern Synagoge, und beim Beten knien wir nicht und schon gar nicht auf Teppichen. Das tun die Araber.«
»Aber Kissinger ist doch kein Araber?«
»Nein, er ist Kissinger. Das ist die Erklärung«, entgegnete Gold beißend. »Wahrscheinlich fand er es einfacher so. Das ist wohl der Grund gewesen.«
»Ich gebe zu«, sagte Ralph, »ich verabscheute ihn. Ich gestehe, daß Kissinger mir immer vorgekommen ist wie ein schmieriger, ordinärer, unverschämter, widerlicher, verächtlicher, eigennütziger, kleiner jüdischer Scheißdreck mit gesellschaftlichen Ambitionen.«
Gold, der sklavisch zu dieser Aufzählung von Eigenschaftswörtern genickt hatte wie ein treuer Hund, blieb plötzlich stehen.
»Ralph«, erkundigte er sich äußerst behutsam, »du weißt wirklich genau, daß du kein Antisemit bist?«
»Etwa, weil ich Kissinger hasse?« Ralph wies diese lachhafte Unterstellung mit gutmütigem Kopfschütteln zurück. »Aber ja, Bruce. Ich könnte kein Antisemit sein, selbst nicht, wenn ich es versuchte. Übrigens, Bruce, ein Wort unter uns – wenn du Kissinger so loyal verteidigst, könnte man hier glauben, es geschehe aus Zusammengehörigkeitsgefühl.«
»Ich habe ihn nicht verteidigt!« schrie Gold wild, als er den phantastischen Vorwurf vernahm, er habe für eben jene Person etwas übrig, die er auf der ganzen Welt am wenigsten schätzte. »Ich fragte mich nur«, sagte er, mühsam die Fassung bewahrend, »ob du von Kissinger so redest, weil er Kissinger ist oder Jude.«
»Weil er Kissinger ist, Bruce«, antwortete Ralph arglos und mit einem tiefen Ernst, der auch den letzten Zweifel an der Reinheit seiner Gedanken beheben mußte. »Wie sollte ich wohl Antisemit sein können? Ich schulde dir so viel. Nur weil du mich abschreiben ließest, habe ich die Examen bestanden.«
»Und bessere Noten bekommen als ich«, erinnerte sich Gold.

»Zum Beispiel für deinen Aufsatz über Tristram Shandy.«
»Und dann wurde deine Arbeit ohne Quellenangabe gedruckt.«
»Aber wie sollte ich das machen, Bruce? Wir wären beide geflogen. Ich benutze übrigens das Hotelzimmer, das du jedesmal mietest, wenn du herkommst.«
»Und amüsierst dich da wahrscheinlich besser als ich.«
»Du findest dort einen Zettel vor, auf dem steht, daß Lieberman angerufen hat – du sollst seinetwegen mit mir sprechen. Und Belle erinnert dich daran, daß dein Vater Freitag Hochzeitstag hat. Ich dachte, du hättest dich von Belle getrennt?«
»Das habe ich auch«, sagte Gold bestürzt, aber schlagfertig. »Nur, es kann sein, daß sie es noch nicht begriffen hat.«
Man hätte die Miene, mit der Ralph ihn anstierte, kaum anders als ehrfurchtsvoll nennen können. »Du hast es wirklich faustdick hinter den Ohren, Bruce«, stieß er schließlich hingerissen flüsternd hervor und tippte aufgeregt an seine Nase. »Wäre ich auch nur annähernd so raffiniert, ich könnte noch mit allen meinen Frauen herumspielen. Doch nein, lieber will ich sie los sein, bevor sie an Rükkenschmerzen und Myomen leiden. Bitte, grüße deinen Vater herzlich von mir. Und mach dir endlich mal klar, daß es so etwas wie Antisemitismus nicht mehr gibt. Sogar im FBI haben wir jetzt einen Juden. Möchtest du ihn kennenlernen?« Das wollte Gold nicht.
»Du wirst aber müssen, Bruce, er bearbeitet deinen Fall.«
»Meinen Fall?«
»Und zwar glänzend. Er ist derjenige, der deine höchst treffende Bemerkung ausgegraben hat, Harvard und Westpoint hätten der zivilisierten Welt mehr unverbesserliche Tröpfe beschert als sämtliche anderen Institute auf Erden zusammen.«
Gold blickte ihn entsetzt an. »Das war doch ein Scherz, Ralph!« protestierte er erschrocken, und dann fühlte er sich sehr niedergeschlagen. »Scheiße verdammte. Das FBI hat also schon jemand mit meiner Überprüfung beauftragt?«
»Und zwar unseren besten Mann. Bulldog nennen wir ihn.«
»Der müßte aber wissen, daß ich das nicht ernst gemeint habe. Dieses Zitat ist zehn Jahre alt. Es fiel in einer Frage- und Antwortstunde, anschließend an einen Vortrag, den ich an der Universität von Oklahoma hielt.«

»Jedenfalls ist es wörtlich genau«, sagte Ralph. »Und es gehört jetzt zu unseren bestgehüteten Geheimnissen. Ich weiß, du hattest dabei hauptsächlich Verwaltungsbeamte im Sinn, aber wenn du sämtliche Absolventen von Yale noch dazurechnest, kommt es so ungefähr hin. Du wirst doch gewußt haben, daß du überprüft werden und dich gründlich ärztlich untersuchen lassen mußt. Derzeit gilt, daß du dich entweder von einem jüdischen Spezialisten untersuchen lassen kannst oder gratis im Walter Reed Hospital.«
»Da ziehe ich schon Murshie Weinrock vor.«
»Das FBI wird dich kontaktieren. Und von jetzt an leg uns bitte alles erst vor, was du schreibst, bevor es im Druck erscheint.«
»Wollt ihr es vorher prüfen?«
»Wir wollen es auf Einfälle abklopfen. Heutzutage predigen so viele Leute über alles mögliche, daß man kaum etwas sagen kann, was nicht abgedroschen und verlogen klingt. Auf diesem Gebiet kannst du dem Staat von größtem Nutzen sein, Bruce. Bald benötigen wir was Brauchbares über Verseuchung.«
»Verseuchung?«
»Verseuchung der Städte.«
»Sind wir dafür oder dagegen?«
»Keins von beiden«, sagte Ralph, »aber wir müssen tun, als bezögen wir Stellung, und da braucht der Präsident neue Einfälle.«
Gold zeigte sich spontan der Lage gewachsen dank jener Befähigung, das Zweckdienliche zu sagen, die oft für Genie gehalten wurde. »Ich habe da vielleicht was Passendes«, erbot er sich. »Ich bereite für Pomoroy und Lieberman ein Buch vor, in dem ich unter anderem den Verfall von Coney Island beschreibe. Da benutze ich Karussells, Geisterbahnen und Lachkabinette als Symbole für gesellschaftliche Zyklen. Das ließe sich mühelos erweitern und könnte den Verfall der Innenstädte einschließen. Ich könnte dem sogar einen komischen Anstrich geben.«
»Genau was wir brauchen«, jubelte Ralph. »Schick uns eine Abschrift. Und anschließend kannst du mir beim Denkmal Washingtons behilflich sein.«
Gold ertappte sich dabei, daß er Ralph wieder prüfend von der Seite her ansah. »In welcher Weise, Ralph?«
Ralph kratzte sich bekümmert am Kopf. »Seit ich hier bin, will mir

das nicht aus dem Sinn, Bruce. Das Denkmal erinnert mich an was, aber ich weiß nicht, woran. Nicht an ein Phallussymbol. An was anderes.«

»An einen ägyptischen Obelisken vielleicht?«

»Ah, Bruce, was hast du doch für ein Köpfchen! Ein wahrlich hirnsträubendes Köpfchen!« Ralph war einfach platt. »Du weißt alles, was man wissen muß. Es sträubt mir das Hirn, wie du mir unentwegt das Hirn sträubst. Übrigens, Bruce, was genau versteht man unter hirnsträubend? Ich habe schon überall nachgeschlagen, doch finde ich das Wort in keinem Lexikon, und wen ich auch frage, niemand weiß es genau.«

»Ein solches Wort gibt es auch nicht.«

»Was du nicht sagst.« Ralph fand dies kurios. »Wieso können wir es denn benutzen, wenn es das als Wort gar nicht gibt?«

»Weil«, sagte Gold, »die Menschen nun mal sind, wie sie sind.«

Die Überprüfung fand eine Stunde später in Golds Hotelzimmer statt. Der jüdische FBI-Agent hatte Haare wie aus Schmiedeeisen, Hals und Gesicht schienen in einer Gießerei hergestellt.

»Mein Name ist Greenspan, Dr. Gold«, stellte er sich ohne weitere Umschweife vor. »Lionel Greenspan. Darf ich frank und frei sein?«

»Nur zu. Seien Sie ruhig Frank & Frey.«

»Sie machen Ihrer Rasse Schande.«

»Wie bitte?« Niemals zuvor war ein einleitendes Kompliment von seiten Golds so verpufft.

»Sie machen Ihrer Rasse Schande«, wiederholte Greenspan. »Und ich sage das weniger im Zorn als bekümmert.«

»Darf ich wissen, worauf Sie hinauswollen?«

»Ich muß Frank & Frey sein«, sagte Greenspan grimmig. »Dr. Gold, ist Ihre Frau Belle Kommunistin?«

»Nein. Warum?«

»Wie kommt es dann, daß Sie lauter andere Weiber vögeln?«

Gold ließ sich in einen Sessel sinken. Er wußte gut, wie man anderen im Scherz einen Streich spielt. Dies war kein scherzhafter Streich. »Weil es mir Spaß macht.« In den folgenden Augenblicken

war nichts zu hören als das erregte Atmen der beiden Herren. »Und so viele sind es nun auch wieder nicht.«
Greenspan konsultierte ein in Leder gebundenes Notizbuch. »Sie sind heimlich mit einer Goite verlobt. Eine Frau aus Westchester besucht Sie einmal im Monat heimlich in der Stadt, angeblich macht sie Einkäufe. Am Sarah Lawrence College studiert eine belgische Austauschstudentin, die –«
»Das war letztes Jahr!«
»Und schließlich noch Felicity Plum.«
»Miss Plum?« Greenspan nickte, Tadel im Blick, und Gold gab den Tadel entrüstet zurück. »Miss Plum habe ich nie gevögelt.«
»Sie behauptet es aber. Sie erzählt aller Welt, Sie seien großartig im Bett.«
»Das bin ich keineswegs, Greenspan, das ist eine Lüge. Ich habe sie nie angerührt.«
»Zweimal haben Sie Miss Plum gegen Ihr Geschlechtsteil gepreßt.«
»Einmal.«
»Hier steht zweimal.«
»Dann steht da was Falsches. Greenspan, können Sie ihr nicht das Maul stopfen? So ein Gerücht kann mich ruinieren.«
»Versuchen kann man es«, sagte Greenspan versonnen. »Uns obliegt es nicht nur, Ihre Person zu schützen, sondern auch Ihren Ruf. Aber ich will frank und frei sagen, Professor Gold, sollte sie auf die Idee kommen, Sie in einem Buch zu erwähnen, für das sie gewiß ein lohnendes Angebot bekommt, können wir nichts machen.«
»Dann verklage ich sie auf Schadenersatz«, schwor sich Gold, »und das wird sie ihr letztes Hemd kosten.«
»Sie ernten den Sturm«, philosophierte Greenspan und ging sodann mit erhobenen Händen auf den erschreckten Gold zu. »Bessern Sie sich, bevor es zu spät ist, ich flehe Sie an!« sagte er mit bebender Stimme, »wenn schon nicht um Ihrer selbst willen, dann wenigstens mir zuliebe! Oh, Dr. Gold, ich kann Ihnen gar nicht sagen, wie oft mir wegen dieses Mamser Kissinger das Herz gebrochen ist. Bitte, tun Sie mir nicht auch so etwas an. Übel ist mir geworden, als er Golda Meir angeschrien hat. Geweint habe ich, Dr. Gold, richtig geweint, als ich erfuhr, daß er auf die Knie gegangen ist und mit die-

sem Schejgez Nixon gebetet hat – noch dazu bestimmt ohne Hut auf dem Kopf, da möchte ich wetten.« Jetzt schwenkte der gepeinigte Greenspan sogar die Faust. »Mit seinen eigenen Leuten geht er nicht zur Synagoge, aber auf die Knie geht er, um mit dieser Wanze zu beten. Dr. Gold, ich habe furchtbar gelitten, ich scherze nicht, ich muß frank und frei sein.«

»Bin ich nun unverdächtig oder nicht?« unterbrach ihn Gold matt. »Greenspan, kommen Sie gefälligst zur Sache.«

»Ich weiß es nicht genau. Deshalb sage ich ja, Sie machen Ihrer Rasse Schande.«

»Stelle ich ein Sicherheitsrisiko dar, bloß weil ich herumhure? Da wäre ich wohl nicht der erste.«

»Nicht bloß, weil Sie herumhuren, Dr. Gold«, rechtfertigte Greenspan sich in aller Form. »Werden die Tatsachen bekannt, könnten Sie von einer fremden Macht erpreßt werden.«

»Und wer kennt die Tatsachen?«

»Das FBI kennt sie alle.«

»Und würde das FBI mich zugunsten einer fremden Macht erpressen?«

»Sie haben bestanden«, sagte Greenspan widerwillig und klappte sein Büchlein zu. »Da Sie fast schon im Amt sind, ist es fast schon unsere Pflicht, Ihr Leben zu schützen. Rufen Sie mich um Hilfe, falls Sie sich bedroht fühlen.«

»Und wie mache ich das?«

»Reden Sie gegen die Wand.« Angesichts der erzürnten Miene seines Gesprächspartners langte Greenspan nach der Waffe.

»Wiederholen Sie das gefälligst«, forderte Gold ihn heraus.

»Reden Sie gegen die Wand. Hier. Ich zeig's Ihnen.« Greenspan trat mit hängendem Kopf unsicheren Schrittes zur Wand und rief: »Achtung, Probelauf. Eins, zwei, drei, vier. Hören Sie mich?«

»Ich höre Sie deutlich, Bulldog«, sagte eine Stimme aus Greenspans Bauch.

»Ich habe eine Wanze im Nabel«, erklärte Greenspan. »Die sieht genau aus wie ein Stück Haut. Leah findet, es ist nett von Ihnen, Ihrem Vater und Ihrer Stiefmutter einen zehnten Hochzeitstag auszurichten, wo die beiden doch erst sechs Jahre, fünf Monate und neunzehn Tage verheiratet sind. Ich bin jetzt zwanzig Jahre, vier Monate

und elf Tage mit Leah verheiratet, und in all diesen Jahren – ich prahle nicht, Dr. Gold, sondern stelle nur eine Tatsache fest –, in all diesen Jahren hat mich nie nach einer anderen Frau gelüstet. Ich erinnere mich gut an meinen eigenen hingeschiedenen Vater.« Die Erinnerung löste in Greenspan eine weitere Explosion von Rührseligkeit aus, und er näherte sich Gold schluchzend, das Gesicht ganz von einem Ausdruck abstoßender Frömmelei und guten Willens gezeichnet. »Wenn Sie es schon nicht mir zu Gefallen lassen wollen, tun Sie es um Ihres lieben alten Vaters willen. Stehen Sie ab von Ihrer Lüsternheit!« flehte er mit weit ausgestreckten, zitternden Armen, »und kehren Sie zu Ihrem Weib zurück. Ehebruch mag zu *denen* passen, nicht aber zu uns.«
»Lesen Sie mal ein bißchen in der Bibel«, riet Gold. »Wir haben den Ehebruch erfunden. Und wenn wir keine Kanaaniterinnen oder Philisterinnen zu fassen bekamen, haben wir es mit Schafen getrieben.«
Greenspan erwiderte kalt: »Sie machen Ihrer Rasse Schande.«
»Und Sie machen Ihrer Rasse Ehre.«
»Unserer, Dr. Gold, unserer.«
»Raus mit Ihnen, Bulldog«, befahl Gold und redete die Wand an, kaum daß er allein war. »Newsome bitte. Sagen Sie, es ist dringend.« Keine Minute, und Ralph hing am Telefon. »Ralph, dieser Lumpenhund Greenspan hat mir nachgeschnüffelt. Er weiß alles von mir.«
»Hast du bestanden? Was hat er gesagt?«
»Frank und frei wollte er sein. Lieber Himmel, warum hast du mich nicht gewarnt? Wenn ich schon den Entwürdigungen des öffentlichen Amtes ausgesetzt werde, will ich wenigstens das Amt haben. Andernfalls kriegt ihr einen Dreck von mir zur Frage der Verseuchung, du und der Präsident. Ralph, ich warne dich.«
»Laß uns jetzt nicht im Stich«, flehte Ralph. »Der Präsident hat gerade genug um die Ohren, Inflation, Arbeitslosigkeit, Abrüstung und die Russen – du weißt schon.«
»Nicht mal eingestellt worden bin ich bislang.«
»Dafür aber schon befördert worden.«
»Wozu? Gib mir ein Zeichen, Ralph. Es muß etwas an die Öffentlichkeit, andernfalls sehe ich mich genötigt, meine beschissenen

Vorlesungen wieder aufzunehmen. Ich verabscheue das Lehramt. Aber kein Mensch weiß, welch wichtige Rolle ich in der Verwaltung schon spiele. Nicht mal Andrea glaubt das, und sie wird mich erst heiraten, wenn sie es glaubt.«

»Möchtest du einen Ballon?«

»Lieber einen Dauerlutscher.«

»Einen Versuchsballon, meine ich«, erläuterte Ralph. »Heute nachmittag lassen wir einen los und warten ab, ob das Auge der Öffentlichkeit darauf fällt.«

Belle entdeckte als erste Golds Namen in der Morgenzeitung und machte ihn darauf aufmerksam, während sie ihm das Frühstück vorsetzte. Gold fand es nicht opportun, Belle noch einmal darauf hinzuweisen, daß er sich von ihr getrennt hatte, bevor er sich tatsächlich von ihr trennte. Andrea konnte weder nähen noch bügeln, und ihm selber fehlte es an Zeit dafür. Unter »Personalien«, der Gerüchteküche der ›Times‹, die von mehr seiner gebildeten Zeitgenossen gelesen wurde als irgendein anderer Teil der Zeitung, las Gold, daß unbestätigten Verlautbarungen unbekannter Informanten zufolge seine Berufung auf einen wichtigen Posten unmittelbar bevorstehe; ein Regierungssprecher habe jeden Kommentar dazu abgelehnt, und ein hoher Beamter im Weißen Haus hatte erklärt, er besitze davon keine Kenntnis, die er publik machen könne. »Ich weiß es einfach nicht«, hatte dieser Herr gesagt, als Journalisten Näheres von ihm wissen wollten.

Gold hatte über Nacht außerordentlich an Status gewonnen. Er langte mit königlicher Gebärde nach der Zeitung und sah:

> Alle kostümieren sich – oder versuchen es wenigstens. Maggie und Clyde Newhouse haben die geladenen Damen gebeten, Blumen im Haar zu tragen, vorzugsweise frische. Das Cooper-Hewitt-Museum fordert die Teilnehmer am Regency-Ball auf, möglichst mit Backenbart und Weste zu erscheinen.

Unwirsch legte Gold die Zeitung weg. Das war zuviel. Das Ehepaar Newhouse mochte sich seinetwegen ins Knie ficken, und das Cooper-Hewitt-Museum konnte ihn am Arsch lecken. Gold würde sich keinen Backenbart stehen lassen, und keine Frau mit Blumen im Haar würde es weit bei ihm bringen.

»Wenn du mal tot bist«, fragte Golds Stiefmutter Golds Vater in dem ermatteten Schweigen gegen Ende des Festmahls anläßlich des sechseinhalbten Hochzeitstages, »wo soll ich dich dann hintun?«
Das erwähnte Schweigen war nichts im Vergleich zu der Stille, die sich nunmehr der übrigen bemächtigte. Selbst Muriels gedankenlose halbwüchsige Tochter stellte ihr anmaßliches, hirnloses Plappern ein und wartete angstvoll. Endlich fand Julius Gold die Kraft zu einer Antwort.
»Wie bitte?« knurrte er ungläubig mit stark hervorquellenden Augen. Jede Ader in seinem Gesicht schien bis zum Platzen geschwollen, und Gold glaubte fest, nun werde es geschehen, ein Schlaganfall, gleich jetzt in Muriels Eßzimmer, statt des schmerzlosen Todes in Florida, wo Sid mit einem einzigen Besuch die ganze Generation ausverkaufen konnte, ohne die übrigen zu belästigen.
»Wenn du mal tot bist«, wiederholte Gussie Gold, ohne von ihrem Strickzeug aufzublicken, »was soll ich dann mit dir machen? Wo möchtest du beigesetzt werden?«
Der alte Mann brauchte nur noch einen kurzen Moment, um sich zu überzeugen, daß er richtig gehört hatte. »In der Küche unter dem Tisch!« donnerte er und wandte sich mit gerunzelter Stirn und einem gigantischen Kraftaufwand zornbebend in seinem Sessel von ihr weg wie von dem gräßlichsten Unheil, das je ein übelwollendes Schicksal vor eines Menschen Blick heraufbeschworen hat.
»Ich meine es ernst, Julius«, sagte Golds Stiefmutter. »Was soll mit deinen sterblichen Resten geschehen?«
»Was gehen dich meine Reste an, du schielende Gans!« brüllte der Alte mit gebleckten Zähnen. »Woher willst du übrigens wissen«, krähte er mit kaum verhohlenem Triumph in der Stimme, »daß du mich überlebst?«
»Ich bin jünger als du«, erwiderte sie unerschüttert, »und wenn ich

gestorben bin, ist alles ganz einfach. Ich habe in Richmond eine eigene Grabstelle und könnte überdies zur Not auch in unserem Erbbegräbnis auf dem jüdischen Friedhof von Charleston Platz finden, allerdings ist es dort feucht – das Land liegt nur wenig über dem Meeresspiegel –, obschon meine Verwandten in Charleston den Verkehr mit mir abgebrochen haben« – Gold tröstete sich bereits, denn ein sechster Sinn sagte ihm, daß nicht nur er die Fassung verloren hatte –, »seit ich euren Vater geheiratet habe.«
Man hörte förmlich, wie alle den Atem anhielten und dann wieder zum Leben erwachten, als sie ihre kleine Rede beendete, ohne auf skandalösere Vorkommnisse anzuspielen als ihre Heirat mit Golds Vater, den die Verwandten in Charleston offenbar nicht schätzten.
»Ich habe selber eine Grabstelle«, entgegnete Golds Vater prompt. »Ich brauche deine nicht.«
»Ich wollte ja auch nur wissen, ob du lieber auf deiner oder auf meiner beigesetzt werden willst, Julius.«
»In meiner. Die ist besser.«
»Ist da Platz genug?«
»Selbstverständlich ist Platz. Ich habe für alle gekauft.«
Sid beugte sich besorgt vor: »Wann hast du denn das gemacht?«
»Als ich herkam und Arbeit fand. Für die ganze Familie habe ich gekauft. Ich habe für Mama und mich gekauft« – seine Stimme verlor mit abnehmendem Selbstvertrauen hörbar an Kraft –, »und für Rosie... und dich. Das waren damals alle.«
»Das sind aber erst vier«, zählte Ida, die gern alles wörtlich nahm. »Auf einem Platz liegt Mama, also sind noch drei übrig.«
»Das reicht nicht – wir müssen mehr kaufen«, rief eine Stimme, die Gold nicht identifizieren konnte. Er saß da, innerlich unter Qualen ächzend, die jeder Beschreibung spotteten.
»Keine Widerrede«, befahl sein Vater. »Ich weiß schon, was ich gemacht habe und was ich sage. Ich habe für alle gekauft, und dort geht ihr gefälligst alle hin, ob der Platz reicht oder nicht. Erledigt. Fertig.«
»Ich habe selber für uns eine Grabstelle gekauft«, bemerkte Sid entschuldigend.
»Meine ist dir nicht gut genug?«
»Ich habe Familie, Papa.«

»Und unsere Kinder sollen einmal neben uns begraben werden«, warf Harriet entschieden und bösartig ein. »Und unsere Enkel auch. Reicht es für alle, Sid? Schließlich haben wir nicht mit vier Kindern gerechnet. Und es kann sein, daß wir für meine Mutter und meine Schwester Platz brauchen.«
»Ihr könnt von uns was abkriegen, Max hat reichlich.«
»Ich habe keine. Mendy liegt bei seinen Verwandten.«
»Vielleicht halten die auch für dich einen Platz frei«, bemerkte Milt. »Und falls nicht, wäre es mir ein Vergnügen, wenn du neben mir bestattet würdest.«
»Sie kommt auf meinen Platz«, giftete der alte Karamasow. »Alle meine Kinder sollen neben mir liegen und alle meine Enkel. Das will ich nun mal.«
»Unsere sollen neben uns liegen«, widersprach Lady Chatterley, »einschließlich aller Enkel.«
»Dafür reicht der Platz womöglich nicht«, suchte der bedauernswerte Twemlow zu vermitteln. »Und die Kinder haben vielleicht ganz andere Vorstellungen.«
»Ihr addiert nicht richtig«, sagte der ehrwürdige Schatzkanzler mit der prahlerischen Eitelkeit eines Liebhabers, der vor Esther seine Qualitäten als scharfsinnige Führernatur herauskehrte. »Wie viele habt Ihr?«
Aschenputtel hob die Schultern.
»Wir haben Plätze übrig«, sagte Irv und lächelte unterwürfig, bis die winzige Clytemnestra ihm einen Blick zuwarf, in dem deutlich zu lesen stand: ich wünsche nicht, daß unbedeutende Personen wie Max oder Victor neben mir in Frieden ruhen. »Ein Irrtum, ich habe meinen Bruder ganz vergessen. Er ist jetzt geschieden, und es könnte sein, daß wir ihn aufnehmen müssen.«
»Hat seine Frau das Sorgerecht für die Kinder?«
»Er kann auf meine Grabstelle kommen.«
»Nein, kann er nicht, Herr Schlaumeier«, widersprach Muriel, und ihre Tochter kicherte hinter der Hand, als sie diese grobe Herabsetzung ihres Vaters vernahm.
»Die eigenen Kinder haben Vorrang vor Fremden. Und überdies gehört die Grabstelle nicht mal uns, sondern deinem Bruder. Dem gehört überhaupt alles, sogar der größte Teil vom Geschäft,

stimmt's etwa nicht?« Victor war das peinlich, dunkle Röte schoß in sein Gesicht und färbte es kastanienbraun.

»Wieviel Grabstellen hast du?« wollte Quilp zum zweiten Mal von Gold wissen und verwandelte sich in Max.

Gold besaß keine einzige.

»Ich werde bald eine für meine Mutter brauchen«, fiel Sophronia höflich ein, die bislang kaum den Mund aufgemacht hatte, und bekam eine unheimliche Ähnlichkeit mit Belle. »Neben meinem Vater wäre noch Platz, aber ich weiß nicht mehr, wo er bestattet worden ist.«

»Wir brauchen mehr Platz!« schrillte jemand.

»Es wäre verrückt, gerade jetzt zu kaufen.«

»Grundstücke steigen aber im Wert!«

»Es ist nicht der richtige Zeitpunkt.«

»Machen wir's wie im Fleischhandel«, schlug Victor vor, der sich erholt hatte. Dazu kicherte er albern. »Wer zuerst kommt, kriegt das beste Stück.«

»Vernünftiger wäre es zu kaufen«, beharrten Jarndyce & Jarndyce, und etwa an dieser Stelle drängte sich Gold die Einsicht auf, daß zwischen ›unglaubhaft‹ und ›unvorstellbar‹ ein niedlicher Unterschied besteht, den er sein Lebtag nicht wahrgenommen hatte. Unglaubhaft ist das Überraschende, das nicht Vorhergesehene, während unvorstellbar alles ist, was auch die wendigste Phantasie, die innigste Glaubensbereitschaft sich nicht auszumalen vermag. Dies hier war unvorstellbar.

In anderen Familien stritt man um Geld oder Nippes; hier zankte man um Grabstellen. Alle seine Instinkte sagten ihm, er könne nicht einen seiner Verwandten, auch Joannie nicht, mit Andrea bekannt machen, geschweige denn den glänzenden Kreisen vorführen, zu denen er bald Zutritt haben würde, in Georgetown, Bethesda, Alexandria, Chevy Chase, McLean und den virginischen Jagdrevieren eines Pugh Biddle Conover. Keinen würde er zu seiner Amtseinführung einladen – soviel stand fest. Er würde lügen, würde behaupten, keine Eintrittskarten bekommen zu können. Über Ralph wollte er das Gerücht ausstreuen, er sei ein Findling. Die Kinder würden das begreifen und erklären. Die Kinder würden weder begreifen noch erklären, diese kritteligen Arschlöcher. Die wollten doch bloß... Gold wurde aus seinen melancholischen Grübeleien gerissen, als sein Vater einen fürchterlichen Ausbruch vorbereitete, an seiner Wut fast erstickte, empört brüllte und dabei zugleich keuchend nach Atem rang.

»Ich will von Tod und Begräbnis nichts mehr hören, verstanden?« schrie er. Dann verstummte er beleidigt schmollend und übertrat sogleich sein eigenes Gebot, indem er sich mit flammendem, fleckenübersätem Gesicht hauptsächlich Sid zuwandte: »Willst du von Tod und Begräbnis hören? Ich sage dir, was das ist, Tod und Begräbnis. Zu meiner Zeit –«, er verstummte neuerlich unter Zischlauten, streckte in schmerzlicher Vergeblichkeit einen zitternden Zeigefinger aus und rang um Luft, weil er weiterreden wollte; statt dessen wurden ihm auf der Stelle von allen Seiten Platten mit Gebäck zugeschoben, Kaffee und Tee offeriert, was alles er mit beiden Händen von sich schob, wobei er wilde und unverständliche Zischlaute des Widerspruches von sich gab und die Arme aufgeregt schwenkte – »zu meiner Zeit wurden die Alten von ihren Kindern und Kindeskindern nicht abgeschoben. Sie starben daheim, bei ihren Verwandten. Wie eure Mutter. Und deren Mutter. Die starb daheim bei mir, und meine eigene Mutter, bei meinem Bruder Meyer ist sie gestorben, da haben wir sie hingebracht. Heutzutage würdet ihr mich nicht zu euch nehmen. Sie war fast neunzig, konnte nicht mehr sehen und zitterte unentwegt an Händen und Füßen wie Wackelpudding, aber wir behielten sie bis ans Ende bei uns. Alle kamen mit Bündeln und schliefen auf dem Fußboden, bis sie anderswo was fanden, genau wie wir bei meinem Bruder Meyer. Du und Rosie, ihr müßtet euch erinnern, wenn ihr wolltet, und Esther vielleicht auch noch. Die Geschwister eurer Mutter habe ich aufgenommen, wenn ich sie auch nicht leiden konnte. Und als sie krank wurden und zum Sterben kamen, schickten wir sie nicht fort in Eigentumswohnungen oder Altersheime. Wir blieben zusammen, auch wenn wir uns gegenseitig nicht leiden konnten. Was habe ich doch für Söhne. Früher einmal hätte ich euch das Kreuz mit Riemen oder dem Kleiderbügel brechen können, wenn ich gewollt hätte, aber das habe ich nicht. Ich bedauere das jetzt. Ihr schiebt mich rum wie ein blödes Kind, das nicht merkt, was ihr vorhabt, aber ich weiß gut, was ihr vorhabt, hier oben ist noch einiges drin.

Ich habe selber Geld und kann wohnen, wo ich will. Nur meine Tochter Joannie in Kalifornien behandelt mich liebevoll und mit Achtung, solange ich am Leben bin. Einmal jeden Monat ruft sie an, zuverlässig. Dann!« lachte er plötzlich laut heraus, rachsüchtig und harsch, »dann, wenn ich tot bin und gestorben, dann könnt ihr mich nach Florida schicken, mir eine Eigentumswohnung kaufen, wenn ich tot bin, fertig für das Grab, da könnt ihr mich dann beisetzen, in der Küche unterm Tisch.«

Tränen entquollen den Augen des alten Mannes, als er verstummte, und Gold meinte, niemals eine elendere Gruppe von Zuhörern in einem Raum versammelt gesehen zu haben. Gold wehrte Gefühle wie Scham oder Reue ab, vermutlich empfand sein Vater nicht die Spur jener Gefühle, die er den anderen verursachte, und der Beweis für die Richtigkeit dieses Verdachtes ließ denn auch nicht auf sich warten.

Sid rechtfertigte sich matt: »Du hast immer gesagt, du möchtest deinen Lebensabend in Florida verbringen.«

»Nun nicht mehr, für nichts.« Der alte Mann ließ trotzig und verdrossen seine Blicke über die Gesichter wandern. »Ich fahre erst nach Florida, wenn es mir paßt, und das ist vielleicht nie.«

»Du hast es aber versprochen«, mahnte ihn Harriet. »Dein Wort hast du gegeben.«

»Na und?« Golds Vater neigte den Kopf seitwärts und stieß ein triumphierendes Gelächter aus, das unvermittelt abbrach, und Gold konnte sich nicht vorstellen, daß irgendwo auf der Welt ein durchtriebenerer, verderbterer Mensch lebte. »Warum muß ich diese billigen Zigarren rauchen?« winselte er zänkisch. »Warum bekomme ich zum Hochzeitstag nicht eine gute Zigarre von euch, wenn ihr mich wirklich liebt? Und von Grabstellen will ich nichts mehr hören, das Thema ist erledigt.«

»Mein Vater«, ließ Golds Stiefmutter sich mit königlicher Würde vernehmen, holte tief Luft und fuhr beim Sprechen fort zu stricken, »schenkte mir zur Hochzeit eine große, sehr schöne Grabstelle. Was für eine hübsche Masche, seht doch alle mal her, wie diese Masche gelungen ist. Acht Personen hatten darin Platz, und in meiner kindlichen Unwissenheit meinte ich, das sei ausreichend für ein ganzes Leben. Ach, wie jung und unerfahren war ich doch. Ich war nämlich auch mal Jungfrau, müßt ihr wissen. Als mein erster Mann starb, mein richtiger Mann heißt das, nicht der da, habe ich ihn dort begraben lassen, auf dem Ehrenplatz, versteht sich, und ich freute mich richtig auf das Glück, später neben ihm zu liegen. Manchmal konnte ich es kaum abwarten. Bald darauf starb der Vater meines Mannes, mein Schwiegervater also, und anständigerweise mußte ich der Bitte meiner Schwiegermutter nachkommen und ihn neben seinem Erstgeborenen beisetzen, als sie sagte, es bedeute ihm so viel, wenn die beiden sich auch nie vertragen haben. Kaum war er beigesetzt, da starb auch sie, und ich fand es nur passend, daß sie neben meinem Mann und ihrem Mann ruhen sollte. Ich hätte das an ihrer Stelle auch gewollt. Da war ich also im Handumdrehen drei von meinen Plätzen los, und kaum war ich zu Atem gekommen, fiel mein Schwager tot um. Der war ein Verschwender, ein Tunichtgut, der es unterlassen hatte, für sich und die Seinen eine Grabstelle zu kaufen, und weil so viele seiner Verwandten dort schon lagen, kam es mir grausam vor, ihn abzuweisen. Er hätte dann den Rest seiner Tage in Gesellschaft von Fremden verbringen müssen. Den nahm ich also auch auf. Danach starb seine Frau, angeblich aus Kummer oder an einer Nierenkrankheit, und kurz darauf verschied eine Frau, zu der er lebenslang ein heimliches Verhältnis unterhalten hatte, an gebrochenem Herzen oder an der Trunksucht oder an Einsamkeit – ihr Arzt eröffnete uns vertraulich, es sei oft nicht möglich zu unterscheiden, ob wichtige Organe von Liebeskummer oder vom Alkohol zerstört werden –, und die hatte ebenfalls keine Grabstelle. Die nahm ich auch auf, wenngleich ich bis heute noch nicht sicher bin, ob es schicklich ist, alle drei sozusagen ins selbe Bett zu legen, wenn man das auch nicht gerade auf Rosen gebettet nennen würde. Das waren also sechs. Wie der siebente dort hingekommen ist, ahne ich nicht, ich weiß nicht mal, wer er ist, doch liegt dort jemand – daran ist kein Zweifel –, folglich ist nur noch ein Platz frei, Julius, für mich oder dich, und darum möchte ich wissen, was du dir wünschst. Falls du lieber neben mir als neben deiner ersten Frau liegen willst, kann ich dir ganz in der Nähe einen schönen Platz besorgen, ein paar Schritte entfernt nur, wenn wir uns bald danach umsehen. Mir wäre das sehr recht, denn ich weiß nicht, wie ich mich zwischen lauter angeheirateten Verwandten und einem Unbekannten fühlen würde. Sag mir also Bescheid, solange noch Zeit ist. Würde eines der lieben Kinder mir freundlicherweise ein Glas Wasser bringen? Ich habe vom Reden einen ganz trockenen Mund, und wenn ich weitersprechen soll, muß ich einen Schluck Wasser haben.«

Die Massenflucht zur Eßzimmertür hätte ein weniger solide gebautes Haus zerstört. Gold jagte an der Küche vorbei und kam vor der Bar zum Stehen, neben Max, der die Lider zusammenkneifen mußte, um ihn zu erkennen. Der zuckerkranke Max hätte überhaupt nicht trinken sollen. Die Säcke unter den Augen des Kranken waren bläulich angelaufen, und er zeigte die lustlose, leichenhafte Haltung eines Menschen, der aufgegeben hat.

»Wie geht's, wie steht's, Max?« erkundigte sich Gold leicht angeekelt.

»Fein, Bruce, fein, sehr gut, gut«, sagte Max. »Genau genommen nicht so gut. Norma hat sich in San Franzisko von diesem Burschen getrennt und will erst mal ein halbes Jahr ausspannen. Dann möchte sie ihr Examen nachholen. Vorige Woche oder vergangenen Monat hat sie Joannie in Los Angeles besucht. Offenbar hat es dabei Krach gegeben. Jedenfalls behauptet sie, Joannie habe sie gemein behandelt.«

»Joannie ist nicht gemein.«

»Kann sein, Norma ist überempfindlich.« Max scharrte nervös mit den Füßen. »Du stehst übrigens wieder in der Zeitung, Bruce. Rose hat es allen in ihrem Büro gezeigt. Könnte es sein, daß wir eine ordentliche Gehaltsaufbesserung kriegen, wenn das Porto erhöht wird?« fragte der blasse, stille, kränkelnde Mensch, der vor vielen Jahren als Zweitbester die Prüfung für die Zulassung zum Postdienst bestanden und einen Tag lang den Ruhm genossen hatte, den ein Foto und ein Absatz in der Personalienspalte der ›Sunday News‹ einbringen. »Das wäre doch nicht mehr als recht und billig.« Früher einmal hatte er Gold kleine Geldstücke geschenkt. »Eine hübsche Feier, nicht?«

Es war eine trübselige Feier – Muriel war eine despotische Gastgeberin und zankte sich den ganzen Abend mit Ida –, und Gold flüchtete in eines der kleinen Fernsehzimmer, die es in diesem Hause gab. Seine Stimmung verschlimmerte sich noch, als Muriels Tochter ihm nachging und verlangte, er solle an ihrer Schule einen Vortrag halten.

»Meine Lehrerin weiß nicht genau, welchen Posten du eigentlich hast, meint aber, es würde alle interessieren.«
»Richte ihr bitte aus, daß ich derzeit keine Vorträge halte«, sagte Gold taktvoll.
Die ältere der Schwestern, Simone, hatte sich mächtig herausgeputzt und war schon vor dem Essen verschwunden, um bei einer gegenüber wohnenden Freundin, mit der sie gemeinsam eine Diät machte, fernzusehen.
»Gefällt dir meine neue Tasche, Onkel Bruce?« fragte die jüngere nun nervös kichernd. »Die hat Mama mir gekauft, aber Daddy darf es nicht wissen, sag also bitte nichts. Oder paßt die andere besser zu meinen Schuhen?«
Nach längerem Nachdenken sagte er: »Warum zeigst du sie nicht Tante Rose und Tante Esther?« Es machte Gold Kummer zu sehen, daß Muriel ihre Töchter so sehr gegen ihren Vater eingenommen hatte, und er empfand Mitleid mit Victor. Ebenso wie Muriel waren beide Töchter stark geschminkt, trugen klotzige Ringe und viele dünne Armreifen an beiden Handgelenken. »Die verstehen sich besser darauf als ich, und beide werden sich gewiß freuen.«
»Die sind aber beide so alt«, und die Kleine zog eine abstoßende Grimasse. »Lieber setze ich mich zu dir und lerne was. Du bist noch jung. Mammi mag Tante Joannie nicht. Wir haben sie jahrelang nicht besucht.«
»Trotzdem solltest du mit deinen Tanten reden«, drängte Gold. »Und auch mit Großpapa. Alle haben dich mächtig lieb. Und über deinen Vater darfst du dich nicht lustig machen, schon gar nicht vor anderen. Er ist ein sehr großzügiger Mensch.«
Das Mädchen tat ihm mit einer weiteren angeekelten Geste Einhalt. »Das merkt der doch nicht. Findest du, der Rock paßt zu meiner Bluse und den Schuhen, oder gefällt dir der blaue besser, Onkel Bruce? Mammi will immer, daß wir hübsch aussehen, wenn wir mit ihren Bekannten ausgehen.« Das Mädchen hatte die nervös machende Angewohnheit, eine Hand vor den Mund zu halten und zu kichern, bevor sie etwas äußerte, das sie ungewöhnlich fesselnd fand. »Ich gehe jetzt oft Sonnabends mit ihr und Simone aus, manchmal sogar auf die Rennbahn, aber Daddy soll davon nichts wissen, sag also nichts. Mammi kennt haufenweise Herren und

Damen, die viel lustiger sind als Daddy, aber er soll es nicht wissen, erwähne es bitte nicht. Wo gehst du denn hin?«
Gold sagte, er müsse zurück zu den anderen und ging schwankenden Schrittes und starr lächelnd hinaus, überkommen von der trüben Eingebung, daß der Tag nicht ferne sei, da er, auf Victors tränenreiche Vorhaltungen hin, Muriel den Unterschied zwischen einem Flittchen und einer Hure erklären und ihr würde beibringen müssen, wie man es anstellt, zwar das eine, nicht aber zugleich auch das andere zu sein. Und ein verständnisloser, begriffsstutziger Victor würde ihn bitten, ihr weiter zuzureden und seine Ehe zu retten, die Kinder, das Heim. Gold erkannte, daß Muriel mit zweiundfünfzig Jahren die achtzehnjährige Joannie nachzuäffen suchte, und daß die unversöhnliche Feindschaft gegen die ungeratene jüngste Schwester im Grunde nicht auf Mißbilligung beruhte, sondern auf Neid.
Was Gold im Wohnzimmer erwartete, war ein recht trostloser Anblick. Ida und Muriel zankten heftig wegen der Verleihung der Akademiepreise, und sein Vater kauerte über dem Bedienungsknopf des Fernsehers wie ein verhinderter leichenfressender Dämon. Er stieß barbarische Verwünschungen gegen die riesige Mattscheibe aus, während er einen Kanal nach dem anderen vergeblich nach alten Filmen und ihm vertrauten, lange verstorbenen Darstellern absuchte.
»Wo steckst du?«
Die grobe Frage ärgerte Gold sehr. »Ich habe leichte Kopfschmerzen.«
»Wo?«
»Gut gegeben«, sagte Golds Stiefmutter.
Gold verfluchte die zarte, wohlerzogene Dame aufs scheußlichste, ohne die Lippen zu bewegen. In einer anderen Ecke des Zimmers ging eine etwas gewagtere Entwicklung vonstatten, und Gold traf beinahe der Schlag, als er hörte, daß Esther, Rose und Harriet auf Belle einredeten, sie solle ihn unbedingt auf jeder seiner Reisen nach Washington begleiten.
Da begriff Gold, vielleicht nur für einen Augenblick, was mit dem Wort hirnsträubend gemeint war, und er hätte Ralph eine genaue Definition geben können.

»Die Frau gehört immer und überall zum Mann«, sagte Esther mit bebender Stimme.
»Und sei es nur, um ein Auge auf ihn zu halten«, ergänzte Harriet tückisch.
Belle wich aus. »Ich hätte keine Lust dazu. Mir würde es in Washington nicht gefallen. Dort geschehen so viele Verbrechen.«
»In New York doch auch.«
»Hier bin ich daran gewöhnt. Und ich kenne dort niemand.«
»Bruce wird dich allen seinen Bekannten vorstellen.«
Gold fand es an der Zeit, diskret einzuschreiten. »Ihr solltet Belle nicht drängen, wenn sie nicht mag.«
»Da seht ihr, wie sehr ihm daran liegt, daß ich mitkomme«, gab Belle bitter zurück, eine bei ihr seltene Äußerung mangelnden Einvernehmens. Die anderen Frauen seufzten allesamt, und Belle wandte sich ab, peinlich berührt von dem Mitleid, das sie in allen Blicken sah.
»Außerdem«, sagte Gold gekünstelt lachend und überraschend findig, »muß ich vorher noch nach Mexiko. Ganz recht. In geheimer Kulturmission.«
»Nach Mexiko?« Sid schienen Schuppen von den Augen zu fallen, und er richtete sich mit einem gespannten, scharfen Blick auf. »Nach Mexiko City?«
»Nach Acapulco.«
»Nach Acapulco?« Harriet stieß den Namen heraus wie einen Urschrei. »Was gibt's in Acapulco?«
»Acapulco«, antwortete Gold mit pedantischem Bariton, »wird sehr schnell zum kulturellen Zentrum Mexikos. Mein Auftrag ist amtlich und geheim, und ich kann nicht mehr sagen.«
»Dann reden wir von was anderem«, schlug Sid vor, als käme er Gold zu Hilfe, und der fühlte sich mächtig erleichtert. »Reden wir über Geologie. Sind Geier nun blind oder nicht?«
Ein Tiefschlag hätte Gold den Tränen nicht näher bringen können, und er legte sich bei seiner Antwort kaum Zurückhaltung auf. »Sid«, begann er mit fliegendem Start, und nichts konnte ihn bremsen, »es sind nur noch wenige Feiertage übrig, und sechs Familien raufen sich um die Ehre, die beiden zu Gast zu haben, es fehlt also an Mahlzeiten. Weihnachten und Erntedank, zwei Pejsachabende, viel-

leicht noch Rosch Haschone und Purim, manchmal Ostern, manchmal der Neujahrstag, hin und wieder ein Geburtstag oder Jubiläum, und das ist schon alles, abgesehen von Hochzeiten und Begräbnissen und den paar Bar Mizwas, die zum Glück nur noch ausstehen. Du kannst es nicht lassen, Sid, nicht wahr? Aber tust du es auch nur noch ein einziges Mal, du fetter, stumpf dahinvegetierender, überfütterter, träger, grinsender Schweinehund –«

»Victor, mach ihn tot! er ruiniert das ganze Fest!«

»– und die Familie –«

»Laßt ihn in Frieden«, kreischte Belle.

»– und die Familie, du schwachsinniger alter Trottel, wird sich nie wieder vollständig am Tisch versammeln, du schleimiger, tückischer, hinterhältiger Hurenbock!«

»*Ich* mache ihn tot«, verkündete Golds Vater mit dem Vorrecht des Patriarchen, erhob sich zu flink und massierte ein Hüftgelenk, das nachgab. »Los, zwei stützen mich, damit ich ihn packen kann.«

»Muriel, Muriel«, rief Gold und verschränkte fromm die Hände, »wie tut es mir leid, daß ich dein Fest störe! Aber merkst du denn nicht, was er beabsichtigt? Dich kann er auch nicht ausstehen. Er tut das, seit ich denken kann. Neidisch ist er, deshalb. Ida – erklär es ihr«, bat er sie und annullierte den Auftrag sogleich mit säuerlicher Miene, denn ihm wurde klar, daß er, vom diplomatischen Standpunkt aus gesehen, die Ungeeignetste der Anwesenden zur Verbündeten gewählt hatte. »Das ist doch nicht Geologie, Muriel, und Geier sind nicht blind. Bald schon präsentiert er mir dreierlei Fehlinformationen, und ich komme nicht mehr hinterher«, endete Gold mit einem Schluchzen.

»Also dann eben nicht Geologie«, sagte Sid. »Ich wollte nur das Thema wechseln und meinem kleinen Bruder einen Gefallen tun.«

»Und hör auf, mit mir zu reden, wie mit einem kleinen Kind!« explodierte Gold und ging nun brutal zum Angriff über. Er wollte Sid die Haut abziehen und ihn endlich vor der versammelten Verwandtschaft als Ignoranten entlarven. »Also gut, du Schlauberger, sehen wird doch mal, was du weißt. Leichenbestatter!« hörte er sich wie irre deklamieren. So hatte er nicht anfangen wollen. »Wo sind die? Warum kennen wir keine? Warum kennen wir niemand,

der welche kennt? Fisch. Werden Lachs und Thunfisch gekocht, bevor sie in die Dose kommen, oder erst nachher? Na?«
»Gekocht sind sie?« fragte sein Vater.
»Sind sie roh?« erwiderte Gold und nahm sich ein Beispiel an dem Alten.
»Na, sag schon. Schließlich haben wir dich aufs College geschickt.«
»Das ist nicht wissenschaftlich«, informierte Harriet ihn verächtlich.
»Stimmt.« Golds Vater wickelte seelenruhig eine Zigarre aus der Hülle. »Frag ihn nach heiß und kalt.«
»Was ist Wärme?« bellte Gold seinen Bruder an.
»Die Abwesenheit von Kälte.«
»Was ist Kälte?«
»Die Abwesenheit von Wärme.«
»Das ergibt keinen Sinn. Eines ist falsch.«
»Welches?«
»Ich finde es ganz klar«, sagte Irv, und die anderen nickten.
»Ich unterhalte mich gern gebildet«, sagte Golds Vater und riß ein Streichholz an.
Gold ließ sich nicht beirren. »Warum geht das Streichholz aus, wenn man bläst?«
Sid antwortete: »Man bläst die heißen Gase weg, die die Temperatur hoch und die Flamme am Brennen halten.«
»Warum brennt dann Holz heftiger, wenn man in die Glut bläst?«
»Die Hitze ist in der Glut, Junge, nicht in den Gasen. Du erzeugst erst heiße Gase, wenn du Sauerstoff draufbläst.«
»Warum dehnt Wasser sich aus, wenn es gefriert, während alles übrige sich in der Kälte zusammenzieht?«
»Tut es ja nicht«, grinste Sid.
»Nein?«
»Nein.«
»Du elender Tropf«, sagte Gold verächtlich. »Du hast doch wohl schon Eiswürfel im Behälter gesehen? Das Wasser dehnt sich doch aus, oder?«
»Das ist dann kein Wasser mehr, Kleiner, es ist Eis.«
»Und warum dehnt das Eis sich aus?«

»Tut es ja nicht. Der Behälter zieht sich zusammen. Metall schrumpft bei Kälte, das solltest du wissen.«
»Und warum schrumpft Wasser nicht, wenn es gefriert?« Gold schrie schon fast.
»Weil es Eis ist.«
»Und warum wird das Eis nicht kleiner?«
»Kleiner als was?«
»Als vorher.«
»Aber es war ja vorher kein Eis, Bruce, es war Wasser.«
»Ah, du platzt ja vor Blödheit. Warum verdaut der Magen des Menschen sich nicht selber?«
»Tut er«, sagte Sid, ohne einen Takt auszulassen.
»So?«
»Aber wenn er damit anfängt, ist er kein ganzer Magen mehr und muß aufhören und wieder heil werden, bevor er von neuem anfängt, sich zu verdauen.«
»Warum fickst du dir nicht ins Knie?« fragte Gold und lud Sid allsogleich für Montag zum Essen in die Stadt ein. »Ich schulde dir eine Einladung.«
»Lieber am Mittwoch.« Sid faßte Gold am Arm und führte ihn weg von den anderen, zur Bar, und sein Griff duldete keinen Widerstand. »Montag treffe ich mich mit Joannie.«
Auf der Rückfahrt nach Manhattan sagte Belle in das endlose Schweigen: »Das ist das letzte Mal, daß du mich vor deinen Verwandten blamiert hast.«
»Immer, wenn ich dich blamiere, sagst du, dies war das letzte Mal. Womit habe ich dich diesmal blamiert?« fragte Gold gelassen.
»Mit deinen widerwärtig schmutzigen Ausdrücken. Du weißt, ich kann das nicht leiden. Und warum mußt du unentwegt mit Sid streiten?«
»Der Arschkriecher fängt immer an, das weißt du sehr gut, Belle. Du ärgerst dich bloß, weil ich möglicherweise nach Washington übersiedle, stimmt's?«
»Mit Washington kannst du es halten, wie du willst. Ich könnte meine Arbeit ohnehin nicht mitten im Schuljahr aufgeben.«
Darauf hatte Gold sich ohnehin verlassen. »Am Wochenende kann ich ja immer herfliegen. Das tun viele Senatoren und Abgeordnete.

Was meinst du?«
»Mir soll es recht sein, wenn es dir recht ist«, sagte Belle. »Wie alles.«
»Nicht wie alles«, widersprach Gold. »Du bildest dir gern ein, daß alles immer so geht, wie es mir paßt, nicht wahr?«
»Also dann nicht wie alles«, Belle zuckte die Achseln. »Ganz wie du möchtest.«
»Du merkst gar nicht, daß ich weg bin.«
»Und ich merke auch nicht, daß du hier bist.«
»Falls du in dieser Laune bist, schlafe ich lieber bei mir im Studio. Denk dir für Dina eine Entschuldigung aus.«
»Weshalb sollte ich?«
»Damit sie nicht meint, wir zanken uns. Das könnte sie verunsichern.«
»Dina sagt, du hast dich seit Wochen von mir getrennt und bist bloß zu faul, endlich auszuziehen, und zu feige, es deutlich auszusprechen. Und daß du dich wahrscheinlich insgeheim schon mit einem Anwalt besprichst wegen der Scheidung.«
Gold blieb über Nacht daheim und erwog, ob er sich bei Sid wegen seiner Reise mit Andrea nach Acapulco Rat holen sollte.

Zuvor fand aber noch bei einigen Drinks ein etwas unbehagliches Gespräch mit Joannie statt, die zugab, die Tochter von Rose und Max in Los Angeles wenig nett behandelt zu haben. »Sie schnupft Kokain und schluckt Glückspillen und denkt sich nichts dabei, auf anderer Leute Kosten zu leben. Norma ist schließlich über dreißig, aber sie denkt, sie darf sich benehmen wie ein Teenager. Süchtige verabscheue ich – egal von welcher Sorte. Immer verlangen sie was von einem.« Sie schwieg geistesabwesend und besorgniserregend und offenbarte sodann, sie und Jerry seien im Begriff, sich zu trennen. »Jahrelang habe ich geglaubt, ich tue ihm einen Gefallen, wenn ich bei ihm bleibe – eine aufgeblasene Null ist er! –, und nun will er mich los sein. Er weigert sich, mir so viel Geld zu geben, daß ich anständig davon leben kann, und anders kann ich nun mal nicht.«
Gold wußte, zum Tröster taugte er nicht. Daß Joannie keine Schönheit mehr war, bekümmerte ihn tief. Zwar hielt sie sich noch wie eine schlanke, große, anmutige Frau, doch die sonnengebräunte

Haut wirkte jetzt trocken wie Sandpapier, die Lippen waren schmal, die Augen blickten rastlos wie seine eigenen, im Gesicht hatte sie tiefe, dunkle Falten. Gold nahm noch einen Whisky, Joannie ging zu Kaffee über. Tags darauf wollte sie nach Palm Beach fliegen, einen alten Freund besuchen, der früher einmal, als sie von daheim fortgelaufen war, um Schönheitskönigin zu werden oder Filmstar, gut zu ihr gewesen, jetzt aber ans Bett gefesselt war. In Key Biscayne lebte die Schuhmacherstochter, mit der sie damals durchgegangen war, irgendwie einem reichen Manne verbunden, der auf seinem Wohnschiff schwelgerische, höchst verdächtige Parties veranstaltete, und Gold kam der Verdacht, Joannie könne ihm womöglich nicht immer die Wahrheit erzählt haben.

»Und was sagt Sid dazu?«

»Der will mir Geld für den besten Anwalt geben, den ich kriegen kann, und mehr darf ich schließlich nicht von ihm verlangen, oder? Und was ist mit dir?«

»Was soll sein mit mir?« Gold scheute jedes Risiko und schaute sie angstbebend an, ungewiß, was mit dieser Frage gemeint war.

»Wie geht das Buch voran, und was tut sich in Washington?« Und grimassierend setzte sie hinzu: »Wenn du einen guten Posten bekommst, behält Jerry mich vielleicht.«

»Mit beidem geht es nicht voran«, gestand Gold düster. Ihr Charme verflüchtigte sich vor seinen sehenden Augen, und die abstoßenden Spuren des Verfalls in ihrem Gesicht und in ihrer Denkweise wirkten auf ihn sehr desillusionierend. »Bekomme ich den Posten, schreibe ich bestimmt kein Buch, und bekomme ich ihn nicht, muß ich es schreiben.«

»Hast du Lust?«

Gold antwortete mit einem unbeholfenen Heben der Schulter. »Ich sollte welche haben, brauche aber von irgendwoher anregende Informationen. Mir fällt ums Verrecken nichts ein. Hat Mama je mit dir über Sex gesprochen?« Damit hatte er einen Lacherfolg. »Es ist mir ernst. Was sagt eine Russin, die niemals Englisch gelernt hat, ihren heranwachsenden Töchtern über Lüsternheit, Petting, Geschlechtsverkehr und Moral? Was hat sie dir gesagt?«

»Bruce, ich bin jünger als du und erinnere mich kaum an sie. Frag doch die andern.«

Nun war Gold an der Reihe, gequält zu lachen. »Kann ich etwa Rose oder Esther so was fragen? Oder Ida? Muriel treibt sich rum, als hätte sie eben erst den Ehebruch erfunden, und ihr scheint es egal zu sein, ob Victor was merkt. Da steht uns noch Ärger bevor.«

»Belle wirkt deprimiert«, bemerkte Joannie uninteressiert. Gold erwiderte, ohne zu erröten: »Sie macht sich Sorgen ihrer Mutter wegen«, und glaubte sich bereits aus der Gefahrenzone, als er geschickt fortfuhr: »Ich kann einfach nicht begreifen, was das für Menschen sind, Joannie, Mom und Pop –«

»Toni.«

»Können wir mit dem Blödsinn jetzt nicht aufhören?«

Sie widerstrebte, kapitulierte aber gleich darauf mit einem bekümmerten Nicken. »Joannie also.«

»Stell dir doch nur diese alten Leute vor –«

»So alt waren die damals nicht.«

»– vor mehr als sechzig Jahren sind die mit den Kindern hergekommen, aus einer russischen Kleinstadt. Wie haben sie das überhaupt angestellt? Sie wußten doch, zurück können sie nicht mehr. Ohne vorbestellte Hotelzimmer wüßte ich nicht, was ich machen sollte, und wenn ich auf zwei Tage verreise, verliere ich mein Gepäck, lasse schmutzige Wäsche liegen, verpasse mein Flugzeug. Du bist doch auch viel unterwegs. Nun stell dir mal die vor.«

»Immer auf Kreditkarte«, sagte Joannie. »Über das Reisebüro von Jerry.«

»Ich traute mich auch nicht ohne«, bemerkte Gold, selber verblüfft über das Interessse, das er plötzlich empfand. »Die hatten aber keine. Wer hat ihnen Bescheid gesagt? Woher wußten sie, wo sie hinmußten? Wo haben sie übernachtet? Sie waren bestimmt länger unterwegs als Kolumbus. Woran haben sie gedacht, worüber geredet, was gegessen? Sie waren doch blutjung. Sid konnte schon gehen, Rose lag noch in den Windeln.«

»Frag Pop«, drängte Joannie.

»Pop«, wiederholte Gold verzweifelt, »der gibt mir doch keine Antwort. Der kann sich beim besten Willen an nichts erinnern, und täte er es, ich glaubte ihm kein Wort. Erst letzte Woche hat er sich einen bodenständigen Amerikaner genannt, ohne zu wissen, was das ist. Nächstens wird er behaupten, er sei kein Jude.«

»Pop? Nie. Du und ich vielleicht, aber er, – nie.«
»Warum nur habe ich nicht öfter mit Mom geredet?« Seine eigene Neugier stimmte ihn nachdenklich, und er lehnte sich eifrig vor, den Kopf in die Hand gestützt. »Ich weiß noch heute nicht, woran sie gestorben ist, Joannie, und ich fürchte mich davor, es zu erfahren.« Er wurde rührselig, fuhr aber gleichwohl fort: »Jetzt weiß ich, was das zu bedeuten hat. Daß ich die Todesursache nicht kannte, wurde mir erst bewußt, als ich meine eigene Lebensversicherung abschloß und danach gefragt wurde. Ich sagte damals Schilddrüsenkrebs, weil sie doch immer einen Wickel um den Hals trug, aber ob das stimmt, ahne ich nicht. Ich denke darüber nur nach, wenn ich mit dir beisammen bin, und du willst von alledem auch nichts wissen.«
»Frag Sid«, riet Joannie. »Ich wette, der weiß eine Menge.«
»Sid«, wiederholte Gold mit der gleichen Grimasse, die er auch zuvor schon geschnitten hatte, und starrte an ihr vorbei. »Sid hält eisern den Mund. Bloß wenn wir alle miteinander am Eßtisch sitzen, dann macht er mich lächerlich. Umbringen könnte ich ihn. Wenn er doch bloß aufhören wollte.«
»Er hält das für witzig«, sagte Joannie, »und meint, du findest es ebenfalls komisch.«
»Dann sag ihm, ich finde es nicht im mindesten komisch, und wir sind beide zu alt für so was.«
»Dabei ist Sid richtig stolz auf dich, Bruce. Und er sorgt genau genommen immer noch für uns alle, obschon Harriet vor Wut zerplatzt, wenn er uns Geld gibt. Er fühlt sich uns sehr nahe. Alle fühlen sich uns sehr nahe.«
»Aber wir fühlen uns ihnen nicht nahe.«
»Das ist ja gerade das Ulkige«, sagte Joannie mit einem unentzifferbar melancholischen Ausdruck. »Die halten sich für eine richtige Familie, und hörten sie uns jetzt reden, sie wären alle gekränkt. Dabei fühlen nicht einmal du und ich uns mehr nahe, oder? Ach, Scheiße. Was soll ich nur machen, Bruce? Ich finde bestimmt keinen Mann mehr, aber ohne Mann mag ich nicht leben. Lieber noch mit Jerry zanken als allein sein. Ich will keine alternde Matrone werden, die Tennis spielt, weil sie weiter nichts zu tun hat.« Ihre Lider verengten sich wachsam, sie schluckte und verstummte. Gold machte

keine Anstalten, sie zu trösten. Als sie schließlich imstande war weiterzureden, sagte sie zynisch belustigt: »Ah, ich sehe mich schon – und das kannst du meiner jüdischen Selbsterfahrung ankreiden. Ich weiß genau, ich ende mit irgendeinem Burschen, der Banjo spielt und Motorrad fährt und denkt, aus ihm wird ein Schauspieler. Herr im Himmel, ich werde wieder Hasch rauchen mit Hosenmätzen –«

Gold hatte sich unterdessen in jene Zitadelle der Nichteinmischung gestohlen, in die er sich stets flüchtete, wenn andere ihm ihre persönlichen Probleme unterbreiteten. Er nahm von seiner Schwester mit einem flüchtigen Kuß Abschied und dachte dabei: damit soll Sid sich befassen. Sid wurde mit allem fertig, mit Joannie, Muriel und Victor, dem Tode seines Vaters samt den Arrangements für die Beisetzung. Grauenhaft, falls Sid vor ihm stürbe und alles dies auf seine Schultern fiele. Die Weiterungen, die sich aus einem bislang noch nicht bedachten Sachverhalt ergeben konnten, waren zu zahlreich, als daß Gold sie gleichmütig hätte überblicken können. Statt dessen packte ihn Schwindel. Er lehnte sich ein Weilchen an einen Briefkasten, um aus seinem Kopf alle Spuren dieses grausigen Gedankens zu tilgen, ehe er den Weg in sein Studio antrat und den Anrufbeantworter abhörte.

Er fühlte sich alles andere als wohl und wußte, es war vergeblich, darauf zu hoffen, daß sein besseres Selbst sich durchsetzte. Als Mendy zwei Jahre zuvor Esther zur Witwe machte, verwandelte die Gleichgültigkeit, die Gold gegenüber der älteren Schwester empfand, sich augenblicks in gesträubte Wachsamkeit, Argwohn und Abneigung. Er witterte die Gefahr, irgendwie mit Esther behaftet zu werden. Dazu kam es dann nicht, und Reue packte ihn, als er bald darauf eine ähnliche Änderung an Harriet bemerkte, die sich aus der teilnehmenden Schwester, die sie dreißig Jahre lang gewesen war, in einen abweisenden Geizkragen verwandelte und alle Verwandten Sids mißgünstig behandelte. Auch sie fürchtete, behaftet zu werden und traf Maßnahmen, ihre Verluste möglichst gering zu halten.

Mendys Beerdigung war die letzte, an der Gold teilgenommen hatte. Nur wenige der Leidtragenden, die sich in der jüdischen Grabkapelle von Brooklyn drängten, fuhren dann auch zur Beisetzung hinaus nach Long Island. Als Gold zwischen den Grabsteinen stand und seinen Gedanken erlaubte abzuschweifen, wurde ihm klar, daß zu seiner eigenen Beisetzung noch weniger Leute erscheinen würden. Dann fiel ihm ein, daß er letztwillig seine Verbrennung ohne alles Zeremoniell verfügt hatte. Sodann erinnerte er sich, sämtliche Organe und Gewebe für medizinische Zwecke gespendet zu haben. Auf Mendys Beerdigung faßte er den Vorsatz, sein Testament zu ändern. Das hatte er anschließend vergessen, wie ihm jetzt einfiel. Auch wurde ihm klar, daß all dies ohne jede Bedeutung war, denn zum jüdischen Selbstverständnis gehörte auch, ihn so blitzartig unter die Erde zu bringen, daß niemand Zeit hätte, sein Testament zu suchen oder gar zu lesen.

Sid wartete bereits an der Bar und hieß Gold mit der rosig überhauchten Großmütigkeit des Angeheiterten willkommen. »Tolles Lokal ist das ja, Kleiner. Ich glaube, zwei Fernsehdarsteller und einen Journalisten hab ich schon identifiziert. Und was für Weiber!«

Gold sah weiter niemand als Pomoroy und Lieberman im Abgehen. Pomoroy wandte sich taktvoll beiseite, als Gold sich ostentativ mit Sid unterhielt, Lieberman jedoch schwenkte herum wie ein *bulvon*, brach sich mit den Ellenbogen Bahn bis zur Bar, fegte einen Aschenbecher zu Boden und patschte mit der flachen Hand in einen Behälter voller Nüsse, ein hungriger, vom Glück begünstigter Neandertaler.

»Man hat mich angegriffen.« Lieberman spie zerkaute Nußkerne von sich und stopfte neue in den Mund, als er eine Pause machte. »Wegen deines Artikels. Ich hielt ihn der Tendenz nach für konventionell, ungefährlich, gescheit, orthodox und neokonservativ, aber nun heißt es, er ist nihilistisch und negativ.«

Gold drückte Lieberman die flache Hand auf die Nase und schob ihn gewaltsam von der Bar weg. »Mein Bruder Sid. Maxwell Lieberman. Ihr kennt euch vielleicht noch aus Coney Island.«

»Nennen Sie mich Skipper. Willst du wirklich sagen, nichts, was wer auch immer unternimmt, gelingt wie geplant?«

»Klar doch«, antwortete Sid, während Gold noch an einer Antwort bastelte, die ihn als gebildeten Menschen ausweisen sollte.

»Na ja, aber weshalb das solches Aufsehen macht, verstehe ich nicht«, sagte Lieberman. »Ist das nun liberal oder konservativ?«

»Beides«, sagte Sid.

»Warum läßt du nicht mich antworten, Sid?« fragte Gold.

»Weil du dich nie entscheiden kannst, Kleiner«, erwiderte Sid nekkisch. »Auch als Kind konnte er sich für nichts entscheiden, das mußte immer ich für ihn tun.«

»Soll das heißen«, verlangte Lieberman von beiden vergrätzt und knickerig zu wissen, »daß alle Versuche, die politischen und sozialen Verhältnisse zu bessern, fehlgeschlagen sind?«

»Blödsinn«, sagte Sid.

»Sid!«

»Das hat er damit nicht gemeint«, versetzte Sid unbeeindruckt mit spöttischer Munterkeit. »Er sagt nur, nichts derartiges ist je gelungen.«

»Und die Industrialisierung? Die Rassenintegration? Die Gewerkschaftsbewegung? Die Verfassung? Demokratie, Kommunismus? Faschismus? Das öffentliche Bildungswesen? Das freie Unternehmertum?« Lieberman wandte sich jetzt ausschließlich an Sid. »Wollen Sie sagen, daß nichts davon gelungen ist?«

»Nicht wie geplant«, schränkte Sid ein.

»In keiner Weise?«

»Fragen Sie doch ihn«, und Sid deutete nachlässig auf Gold. »Schließlich hat er das ja behauptet.«

»Aber Sie haben es doch wohl gelesen?«

»Keine Spur«, sagte Sid. »Mich können Sie außer Betracht lassen.«

»Also, wie ist das nun?« fragte Lieberman, ganz darauf erpicht, Widerspruch zu wecken. »Behauptest du, alles, was irgendwer in der Absicht unternimmt, die Zustände zu bessern, sei von vornherein aussichtslos?«

»Ganz so habe ich mich nicht ausgedrückt.«

»Er hat nur gesagt, nichts gelingt wie geplant.«

»Sid!«

»Wo ist denn da der Unterschied, bitte?«

»Das ist ein himmelweiter Unterschied.«

»Himmelweit?«

»Himmelweit.«

Gold fiel ein, daß er Lieberman nicht leiden konnte, und er war plötzlich ganz entzückt von der Leichtigkeit, mit der sein großer Bruder ihn abfertigte. Pomoroy zeigte derweil die bekannte kummervoll pessimistische Miene, und Gold fragte ihn teilnehmend:

»Wie geht's denn bei dir?«
»Ich prosperiere«, gestand Pomoroy mit Leichenbittermiene, so als gäbe er sich als das Opfer eines bösartigen Herztumors zu erkennen.
»Das höre ich mit Bedauern«, bemitleidete Gold ihn.
»Allerdings könnte es auch schlimmer sein.«
»Es könnte geradezu tödlich sein«, meinte Gold. »Du könntest ja auch Direktor werden und müßtest dann den Rest deines Lebens dem Unternehmen widmen.«
»Beiß dir doch auf die Zunge.«
»Wo wärest du denn lieber?«
»Beiß sie ganz ab.«
»Eines kann ich Ihnen mit Bestimmtheit sagen«, erklärte Sid gebieterisch und zahlte die Rechnung an der Bar, bevor Gold noch Pomoroy eine Antwort geben konnte. »Jede auf soziale Verbesserung gerichtete Maßnahme, die in eine bestimmte Richtung zielt, erzeugt aus der Gegenrichtung einen ebenso starken Widerstand. Stimmt's, Kleiner?« Lieberman erstarrte, als er dieses Diktum vernahm, und war unglaublicherweise sprachlos. »Jetzt laß uns essen. Du fährst also nach Acapulco?« eröffnete Sid die Unterhaltung am Tisch, als Gold weitere Drinks bestellt hatte.
»Darüber mag ich jetzt nicht reden.« Gold wollte das Thema keineswegs erörtern. »Was soll nun mit unserem Alten geschehen?«
Sid erwiderte leise: »Du wirst es nicht glauben, doch er fängt an, mich zu amüsieren.«
»Das kommt mir auch so vor. Aber Harriet will ihn nicht mehr in der Nähe haben.«
»Was Harriet will oder nicht will, interessiert mich nur noch wenig«, vertraute Sid dem Bruder milde an. »Ich mag den Alten recht gern, Bruce, und lange haben wir ihn nicht mehr.«
»Wie kannst du ihn gern haben? Er ist ein Ekel. Er hat dich niederträchtig behandelt. Ihr beide habt immer nur gestritten.«
»Niederträchtig hat er mich nie behandelt«, widersprach Sid beinahe flüsternd. »Und gestritten haben wir auch nicht.«
»Aber Sid, ihr beide habt ewig gezankt. Einmal hat er dich aus dem Haus gejagt, einen ganzen Sommer über warst du fort. Ausgerissen bist du, bis nach Kalifornien.«

»Aber nicht deshalb.«
»Oh ja«, beharrte Gold. »Rose und Esther behaupten es beide und Ida ebenfalls. Selbst er prahlt doch vor anderen damit, daß er dich weggejagt hat.«
»Und doch war alles in Wirklichkeit ganz anders.« Sid vermied es, Gold anzusehen. »Ich benutzte die Gelegenheit, mich mal im Lande umzusehen. Gemein war er nie zu mir.«
»Sid, du bist ausgerissen«, erinnerte Gold ihn sanft und spürte das Verlangen, Sids Hand zu nehmen. »Wie alt warst du damals?«
»Vierzehn oder fünfzehn, vielleicht auch sechzehn. Jedenfalls noch in der Schule.«
»Warum hast du nie davon erzählt?« wunderte Gold sich. »Es muß doch sehr aufregend gewesen sein.«
»Ja, das war es wohl.«
»Und gefährlich.«
Sid dachte einen Moment nach. »Nein, gefährlich war es nicht.«
»Du hattest doch überhaupt kein Geld, oder?«
»Ein paar Dollar schon. Damals waren eine Masse Menschen unterwegs. Eine Weile habe ich mich an richtige Landstreicher gehalten, und die waren nett zu mir. Gearbeitet habe ich auch. In Arizona bot mir ein Rancher feste Arbeit an, in Kalifornien hätte ich auf einer Farm bleiben können. Ich war auch in Hollywood. Aber als der Sommer vorüber war, bin ich sehr gerne heimgefahren. Ich wollte unbedingt wieder zur Schule gehen.« Sids Augen waren feucht, doch schien er nicht zu bemerken, wie locker ihm die Tränen saßen. Seine Miene indessen war höchst sonderbar, er lächelte stumpf, wie abwesend, und ganz in Gedanken versunken.
Gold wollte nicht lockerlassen. »Vorher hattet ihr Streit, deshalb bist du ausgerückt. Mom machte sich große Sorgen.«
»Ich schrieb ihr zweimal wöchentlich Postkarten. Sie wußte, daß ich gesund war. Poppa war ein gütiger, sanfter Mensch und nie gemein. Der hatte selber einen Haufen Sorgen.«
Wieder traten ihm Tränen in die Augen, sein Lächeln wurde breiter, und er verstummte einen Moment. »So viele Kinder hatte er zu versorgen, und das während der Depression. Momma war meist krank, er hatte ihretwegen Kummer, und deshalb war er wohl häufig so gemein.«

»Aber eben sagtest du, er sei nie gemein gewesen.«
»Nicht eigentlich gemein. Spendierst du mir noch ein Glas?«
»Nein, Sid«, sagte Gold entschieden. »Du und Rose und Esther, ihr habt meinetwegen alle möglichen Opfer gebracht, nicht wahr?«
Sid schüttelte nach einigem Überlegen den Kopf. »Nein, so war es nicht, Kleiner. Wir hätten kaum was anderes machen können, auch wenn du nicht gewesen wärest.«
Gold suchte den Blick seines Bruders zu erhaschen und festzuhalten: »Ein Jammer, daß du nicht aufs College gehen konntest. Hat dich das nicht sehr gewurmt?«
»Fürs College war ich nicht gescheit genug«, antwortete Sid. »Darüber herrschte, glaube ich, schon Einigkeit, bevor du geboren wurdest.«
»Aber auch wenn du gewollt hättest, es wäre nicht gegangen.«
»Ich sage doch, ich war nicht gescheit genug dafür.«
»Und weil du in der Wäscherei arbeiten mußtest, konntest du nicht in der Fußballmannschaft bleiben.«
»Nein, das stimmt so auch nicht, Kleiner. Ich war nur ein Jahr in der Unterliga. Für einen Fußballer war ich zu leicht, und die Wäschereipferde waren für mich weniger gefährlich als das Fußballspiel. Wir könnten wirklich noch was trinken.«
»Ein Glas Wein vielleicht.«
»Wein mag ich nicht.«
Gold bestellte Wein für sich und einen weiteren Bourbon für Sid.
»Wie alt warst du, als ihr nach Amerika kamt, und was weißt du noch davon?«
»Sechs dürfte ich gewesen sein, und ich erinnere mich ziemlich gut. Ich weiß noch –« Sid unterbrach sich, lachte mit halbgeschlossenen Lidern still vor sich hin und räusperte sich dann, als wolle er ein aufsteigendes Schluchzen zurückdrängen »– ich weiß noch, daß Pop eines Tages aus Versehen mit uns in das christliche Viertel von Bensonhurst umzog. Solche Fehler beging er dauernd. Wir waren, glaube ich, dort die einzigen Juden, und keiner von uns konnte Englisch.«
»Das muß ja fürchterlich gewesen sein, Sid!«
»So fürchterlich nun auch nicht«, sagte Sid nach kurzem Besinnen. »Die Kinder riefen mich Judenbengel, ließen mich aber mitspielen.

Meist stammten sie aus irischen oder norwegischen Familien. Immer mal wieder packten sie mich und schmissen mich auf den Boden, ich mußte meinen Penis vorzeigen, sie spuckten drauf, aber ich tat, was sie verlangten, und verpetzte keinen und durfte dann wieder mit ihnen spielen, also hat es mir damals wohl nicht viel ausgemacht.«

»Wie grauenhaft!« rief Gold.

»Wir haben dort bloß ein Jahr gewohnt, es ist also sicher nicht so oft passiert. Mom und Pop hatten es bestimmt schwerer, damals in Bensonhurst und später anderswo, oft genug waren es unsere eigenen Leute, die sie gekränkt haben. Viele, die schon vor uns eingewandert waren, wollten mit uns überhaupt nichts zu tun haben. Ich weiß noch, daß wir jedes Jahr in eine andere Wohnung zogen, das taten übrigens alle. Der neue Vermieter richtete die Wohnung her und erließ uns die Miete für den ersten Monat. Warum die Vermieter das nicht alljährlich den alten Mietern zugutekommen ließen, weiß ich nicht, aber so war es nun mal. Neue Mieter bekamen diese Vergünstigung, also zogen wir jedes Jahr um. Immer in ein von Juden bewohntes Viertel. Und ich ging zur Schule. Ich sprach damals wohl mit einem komischen Akzent und merkte das erst, als die anderen Kinder mich nachäfften. Und auch da war mir nicht gleich klar, daß sie sich über mich lustig machen wollten. Ich merkte es erst, als sie mit meinem Akzent mit mir sprachen und als ich versuchte, meinerseits ihren Akzent nachzuahmen, während sie ja mich nachahmten.«

Golds Mitleid nahm noch zu, und er fühlte seine Augen feucht werden. »Ja, war denn das nicht schrecklich für dich, als du das gemerkt hast, Sid? Als du es richtig begriffen hast?«

»Das glaube ich nicht. Viele Kinder hatten einen komischen Akzent. Ich weiß noch, daß ich anfangs nicht begreifen konnte, wie die Frühstückspause in der Schule ablaufen sollte. Mom gab mir eine Tüte mit Schnitten und einen Apfel mit, aber ich glaubte, ich müßte während der Pause heimgehen wie in der Schule, auf der ich vorher war. Wir wohnten aber zu weit weg, und ich ahnte nicht, wo ich mein Brot essen durfte. Also rannte ich jeden Tag in der Pause aus der Schule, als ginge ich nach Hause, versteckte mich aber in der Nähe auf einem unbebauten Grundstück, aß meine Brote und sah mir die U-Bahnzüge an, die zwischen Coney Island und Manhattan verkehrten.«

»Ganz allein? Konntest du denn deine Freunde nicht fragen? Hat dir niemand gesagt, daß du in der Schule essen durftest?«

»Freunde hatte ich nicht«, sagte Sid. »Freunde hatte ich erst, als wir nach Coney Island zogen und dort blieben. Eines Tages, es war wohl sehr kalt oder regnete heftig, konnte ich nicht weglaufen, und da merkte ich denn, daß die anderen Kinder ihr Pausenbrot in der Schule aßen und den Rest der Stunde auf dem Hof oder in der Turnhalle spielten.«

Golds Herz blutete. »Wie gräßlich, Sid, du mußt doch völlig vereinsamt gewesen sein.«

»Nein, einsam fühlte ich mich nicht.«

»Es muß dir aber doch peinlich gewesen sein, als du endlich dahintergekommen bist. Jämmerlich mußt du dir doch vorgekommen sein.«

»Weder peinlich noch jämmerlich«, behauptete Sid verstockt und suchte dann in seiner Erinnerung nach einer Bestätigung der Behauptung, die ihm da so leicht vom Munde gegangen war. »Nein, einsam habe ich mich nicht gefühlt, Kleiner. Es war doch alles neu für mich und interessant. Was richtig war oder falsch, konnte ich nicht unterscheiden. Ich mochte wohl beides – in der Schule bleiben und mit den anderen spielen, oder mit meinem Brot ins Freie gehen und den Zügen zusehen. Ich kann dir aber was Komisches von der Überfahrt erzählen. Das Schiff war brechend voll, ziemlich dreckig, es herrschte ein furchtbarer Lärm, und meist ängstigte ich mich. Zu den Mahlzeiten gab es an den ersten beiden Tagen Apfelsinen. Wir hatten nie welche gesehen, wahrscheinlich gab es bei uns auf den Dörfern nie welche, und ich mochte sie nicht anrühren.«

»Ihr hattet noch nie Apfelsinen gesehen?« unterbrach Gold ihn.

»Nein, nicht, wo wir herkamen. Mom drängte mir aber ein Stück auf, und das schmeckte mir so gut, daß ich gern mehr davon gehabt hätte, aber am dritten Tag gab es schon keine mehr.«

»Es gab keine mehr?« wiederholte Gold kummervoll. »Ach, Sid, was warst du doch für ein armes, unglückliches Kind. Du konntest keine Apfelsinen mehr bekommen? Und hattest bis dahin nie welche gesehen?«

»Wo denn wohl? Keiner von uns hatte je welche gesehen. Auch keine Bananen oder Ananas oder so was.«
Gold konnte ihm immer noch nicht glauben. »Gibt es ein jüdisches Wort für Apfelsinen?«
»Jiddisch sagt man Ahrange.«
»Und Ananas?«
»Peinäppel.«
»Banane?«
»Benena. Wir kannten diese Wörter aber nicht, Bruce. Begreifst du nicht? Diese Früchte kommen aus den Tropen, und die arme Mama mußte erst nach New York auswandern, bevor sie eine Mandarine zu sehen bekam. Die mochte sie für ihr Leben gern –«
»Was Pop angeht, habe ich noch eine Frage.«
»Ich weiß schon«, sagte Sid und blickte ihn voll an. »Aber darüber würde ich an deiner Stelle nichts schreiben.«
»Pop wollte Sänger werden. Er war überzeugt, er könnte es, stimmt's?«
»Stimmt. Von einem Tag zum anderen.« Schwer mit dem Kopf nickend, als leide er immer noch an den Folgen dieser Prüfung, fuhr Sid amüsiert seufzend fort: »Damit hat er Mom beinahe unter die Erde gebracht. Sie hat deshalb mit ihm gezankt – das einzige Mal, soweit ich mich erinnere. Er wollte in Brooklyn bei Hochzeiten und auf Amateurwettbewerben auftreten. Über Nacht war er eben Sänger. Den ganzen Tag lang sang er den Leuten was vor und behauptete, er sei berühmt.«
»In seiner Schneiderwerkstatt?«
»In seiner Schneiderwerkstatt.«
»Und ist er wirklich jemals technischer Zeichner gewesen und Schrotthändler und Importeur und Börsenmakler?«
»Pop hat alles mögliche gemacht«, antwortete Sid ausweichend und rieb sein Ohrläppchen. »Kann sein, er war mal Importeur und technischer Zeichner. Ich erinnere mich nicht daran. Aber bevor er mit Maschinen und Leder angefangen hat, war er in Brot und Textilien und Kaffeebohnen und Pelzen.«
»Du mußtest ihn aber vor dem Bankerott bewahren, nicht wahr?«
Diese Frage stimmte Sid noch unbehaglicher. »Nein, Kleiner, ganz

so war es nun auch nicht. Von Leder verstand er was, aber von Geschäften nichts. Ich habe das für ihn organisiert.«

»Quatsch, Sid. Du hast ihm alles bezahlt.«

»Wirklich nicht, ich schwöre es. Seine Firma war ziemlich viel wert, und ich habe die Aktiva zusammengesucht und einen Käufer gefunden, und dann riet ich ihm, für einen Teil des Geldes eine Leibrente zu kaufen, damit er unabhängig und auskömmlich leben kann.«

»Und seine Singerei?«

»Tja, Bruce, er war eben ganz plötzlich Sänger.« Wieder nickte Sid mehrmals nacheinander mit wehmütiger Miene. »Ohne vorherige Warnung. Ohne alle Vorbereitung. Plötzlich war er Mr. Enrico Caruso. Er nahm sogar die Pose ein, Brust raus, Kopf zurück, eine Hand aufs Herz. Er wollte durchaus in den Kinos auf Coney Island singen und im Kabarett. Richtig von Anfang bis Ende kannte er aber nur zwei jiddische Lieder. Er schrieb an alle Rundfunksender, sogar an die Metropolitan Opera, weil er unbedingt vorsingen wollte. Am liebsten hätte er sich überall persönlich vorgestellt. Dann kam ihm der Einfall, in der Sendung Gute Ratschläge für alle Lebenslagen aufzutreten, er wollte mittendrin einfach lossingen. Jetzt ist es komisch, wenn man davon spricht, aber damals war es durchaus nicht lustig. Wir hatten allesamt Angst, denn wir meinten, er sei vielleicht wirklich verrückt, und wir hätten uns keinen Rat gewußt. Man mußte ihn gewaltsam im Hause halten, seine Post abfangen und zerreißen, das Fahrgeld verstecken. Mom und die Mädchen waren außer sich. Er erzählte den Verwandten in Washington Heights und New Jersey und allen Nachbarn, er sei ein berühmter Sänger, und sang jedem vor, der zuhören wollte. In der Aula meiner Schule wollte er auftreten. Einiges davon mußt du doch auch noch wissen? Vielleicht hat der Dampf von der Bügelmaschine sein Hirn aufgeweicht. Wie diese Phase vorüberging, weiß ich nicht mehr, aber vorüber ging sie jedenfalls, wohl, weil der Krieg ausbrach, der Zweite Weltkrieg, und er in seiner Maschinenfabrik ganz aufging und vergaß, daß er Sänger war. Fällt dir nicht auf, daß er nie etwas davon erwähnt? Es ist nett, so mit dir zu reden, Bruce, wir haben seit Ewigkeiten nicht mehr geredet oder allein miteinander gegessen.«

»Meine Schuld ist das nicht, Sid«, sagte Gold. »Du bist kaum je zum Reden aufgelegt. Früher hast du mich gewiß gelegentlich verabscheut, oder?«
»Verabscheut?« Sid blickte rasch auf und sog hörbar die Luft ein. Dabei wurde er blaß. »Warum sollte ich? Oh, nein, Bruce, ich war immer stolz auf dich.«
»Einmal hast du mich absichtlich ›verloren‹, du Lump«, erinnerte Gold ihn lachend. »Wie kann man ein kleines Kind, wie ich es damals war, verlieren?«
Sid errötete beschämt. »Ich wußte wohl, daß man dich finden würde. Ich ließ dich nahe bei einem Polizisten stehen und sagte, du solltest zu ihm gehen. Dann ging ich zu dem Polizisten hin und sagte, du sähest aus, als hättest du dich verirrt. Weißt du, du solltest Esther öfter mal besuchen. Sie nimmt das Leben sehr schwer, auch wenn sie sich nie beklagt.«
»Ich tue mein Bestes«, log Gold scheinheilig. »Du mußt mich früher einfach verabscheut haben, Sid.«
»Keineswegs, Bruce, weshalb sollte ich? Ich war immer sehr stolz auf dich.«
»Mir wurde alles leicht gemacht, während du es schwer gehabt hattest. In der Schule bekam ich lauter gute Zensuren, und dann durfte ich aufs College.«
»Ich war froh darüber, daß wir uns das leisten konnten. Oh, nein, daran habe ich mich nie gestoßen.«
»Und wenn du auf mich aufpassen mußtest?« fragte Gold leise. »Ich war der Jüngste, und alle machten unmäßig viel her mit mir. Gib es doch ruhig zu, Sid, Geschwister können sich aus viel nichtigeren Gründen oft nicht leiden.«
»Nein, davon kann keine Rede sein.« Sid wich Golds forschendem Blick mit einer halben Drehung des Kopfes aus.
»Und jetzt? Bist du nicht eifersüchtig auf mich? Manchmal wenigstens?«
»Ich bin sehr stolz auf dich.«
Gold hörte auf zu drängen. »Wie hast du dich mit Pop versöhnt, als du aus Kalifornien zurückkamst?«
»Daran erinnere ich mich genau.« Sid empfand bei der Erinnerung daran wehmütiges Vergnügen, und seine Augen umwölkten sich

wieder. »Ich stieg an der Railroad Avenue aus der Straßenbahn, du erinnerst dich, die gab es damals noch. Niemand erwartete mich, aber Mom schaute aus dem Fenster, sie beobachtete dich und Pop auf der Straße und entdeckte mich als erste. Pa spielte vor dem Haus mit dir, er hatte dir ein neues Spielzeug gekauft, ein Flugzeug zum Aufziehen, glaube ich, das dann richtig flog. Er sah mich an, und ich sagte guten Tag. Ich muß ziemlich abgerissen gewesen sein. Er sagte, geh rauf, in die Badewanne, und das war so ziemlich alles.«

»Kein Händeschütteln?« fragte Gold mit plötzlichem Herzweh, »kein Kuß? Keine Umarmung?«

»Keine Küsse und Umarmungen.« Sid schüttelte den Kopf. »Mom machte darüber noch jahrelang einen Scherz: Als du aus Kalifornien kamst, mußtest du gleich baden.« Sid kicherte im Nachhinein. »Die hat sich wirklich darüber gefreut, daß ich wieder da war.«

Golds Aufmerksamkeit allerdings galt ganz und gar einer anderen Einzelheit. »Ein Spielzeug hat er mir gekauft?« rief er. »Und gespielt hat er vor dem Haus mit mir?«

»Aber gewiß doch«, erwiderte Sid, ohne zu zögern. Er räusperte sich verstohlen. »Als du klein warst, konnte Pop sich mit dir gar nicht genug tun. Zu uns anderen war er gemein. Und deshalb konnten wir dich alle nicht leiden.«

»Du hast mich also doch verabscheut.« Gold kehrte zu seiner Frage zurück. »Eben hast du es zugegeben.«

»Oh nein«, widersprach Sid leise, »nie habe ich dich verabscheut. Ich war immer sehr stolz auf dich.«

Mitleid bewog Gold dazu, sich zu bremsen, und er hörte auf, Sids wiederholten Ausweichmanövern nachzuspüren. Er fühlte die fünfzehn Jahre, die ihn von dem Bruder trennten, und kam sich um tausend Jahre weiser vor als dieser. Und vielleicht ebenso verklemmt, wenigstens momentan. Ohne Zweifel steckte in Sid alles mögliche, aber was da verborgen lag, würde auf ewig von einem Schild der Ableugnung behütet bleiben, den zu durchbrechen Gold nicht mehr versuchen wollte.

»Woran ist Mom eigentlich gestorben, Sid?«

»An einem Kunstfehler«, sagte Sid und lächelte ein herzzerbrechendes, gar nicht herpassendes Lächeln, das auf dem Gesicht keinen Platz hatte, das ganz in wehmütige Reue getaucht schien. »Mit ihrem Kropf hatte das gar nichts zu tun. Sie starb im Krankenhaus von Coney Island. Eine einfache Gallenblasenoperation. Nur ging in der Nacht die Naht auf, und sie ist verblutet.«

»Warum erinnere ich mich an nichts davon? Es muß im Haus doch fürchterlich gejammert und geheult worden sein, als ihr alle Schiwa gesessen seid. Wir hatten doch zahllose Onkel und Tanten und jede Menge Nachbarn.«

»Du warst nicht da«, sagte Sid. »Bevor Mom ins Krankenhaus ging, mußten wir ihr versprechen, dich und Joannie fortzuschicken, falls ihr was zustieße. Sie wollte nicht, daß die Kleinen dabei waren, weil sie meinte, ihr würdet euch fürchten. Mom war so, du weißt schon.«

»Und war ich auf der Beerdigung? Das weiß ich nicht mehr.«

»Ich auch nicht.«

»Gehst du je auf den Friedhof?« fragte Gold, »an ihr Grab? Das ist mir nie eingefallen.«

»Ach wo, das tun wir längst nicht mehr.« Über Sids Gesicht huschte eine Andeutung von Schuldgefühl. Er spielte mit dem geleerten Whiskyglas. »Früher schon, mindestens am Muttertag, aber ich weiß nicht, wann zuletzt ich da war. Jetzt brächte ich weder Harriet noch die Kinder dazu, auch wenn ich wollte. Nicht mal Pop. Früher mal habe ich es versucht. Es gibt da so einen Brauch, weißt du, man läßt einen Kieselstein auf dem Grab zurück, zum Zeichen dafür, daß jemand da war und sich erinnert. Die arme Mama hat seit dreißig, fünfunddreißig Jahren keinen Kieselstein mehr auf ihr Grab bekommen. Gehst du Freitagabend zu Esther zum Essen? Sie freut sich immer so sehr, wenn du sie besuchst.«

»Versuchen will ich es. Oder ja, wir kommen bestimmt. Und versprichst du, mich nicht zu frozzeln?«

»Frozzeln?« Sid zeigte Verblüffung. »Ich frozzele dich doch nie.«

Gold lächelte ihn nachsichtig an wie jemanden, der zwar unverbesserlich, doch harmlos ist. »Rede nichts Wissenschaftliches und philosophiere nicht. Das wäre schon alles. Abgemacht?«

»Abgemacht.« Sid war einverstanden. »Ich wußte ja nicht, daß dich das ärgert. Manchmal fällt mir kein Gesprächsstoff ein, und dann albere ich eben ein bißchen. Habe ich dich vorhin vor dem Redakteur blamiert? Das sollte mir leid tun.«

»Vor Lieberman? Der zählt doch nicht.«
»Es hätte mir leid getan.«
»Braucht es nicht. Im Gegenteil, du hast ihn glänzend abgefertigt. Der andere wußte schon, daß du gealbert hast, und wahrscheinlich hat es ihn amüsiert.«
»Manchmal vergesse ich, daß du ein bedeutender Mann bist und daß ich mich ordentlich aufführen muß, wenn ich deine Bekannten treffe.«
Gold lachte liebevoll. »Mach dir nichts draus, Sid, so bedeutend bin ich nun auch wieder nicht.«
»Doch, das bist du. Wir lesen deinen Namen in der Zeitung, eine wichtigere Persönlichkeit als dich kennen wir nicht näher. Das war ein nettes Essen, Kleiner.«
»Das war es, und wir wollen es bald wiederholen«, sagte Gold in der unumstößlichen Überzeugung, es werde nie dazu kommen.
»Ich sehe dich also am Freitag bei Esther?« fragte Sid im Aufstehen. Offenbar lag ihm sehr daran.
»Nur wenn du versprichst, mich nicht zu frozzeln. Versprichst du es?«
»Bestimmt ziehe ich dich nicht auf, ich schwöre es.«
»Dann komme ich.«

»Die Lilien«, sagte Sid bei Esther, nur zu Gold gewendet.
»Welche Lilien?«
»Die Lilien auf dem Felde.«
»Was hat es mit denen auf sich?«
»Sie graben nicht, sie spinnen nicht.«
»Na und?«
»Überlegt doch mal«, dröhnte Sid plötzlich, so daß alle es hörten, mit dem gebieterischen Jammerton eines Elias. Eben noch hatte er geraunt; Gold schwante bereits eine Krise. »Die Lilien auf dem Felde.« Gold schwirrte der Kopf. »Sie graben nicht, sie spinnen nicht, und doch sorgen Natur oder Gott dafür, daß sie ausreichend zu essen haben, daß sie Jahr um Jahr wachsen und blühen.«
»Sid, du hast mir versprochen, geschworen hast du!« schrie Gold. Erst jetzt, so meinte er, begriff er wirklich, wie tief der Mensch sinken kann.

»Es war ja nur ein Einfall«, wehklagte Sid hinterlistig in dem bescheiden um Verzeihung bittenden Ton eines Menschen, dem soeben eine unverdiente Kränkung widerfahren ist.
»Ein reizender Einfall«, freute Golds Vater sich. »Noch dazu von meinem liebsten Sohn.«
»Und von der Bibel«, murrte Gold. »Und stimmen tut es auch nicht.«
»Wie kann es nicht stimmen, wenn es in der Bibel steht?«
»Sid zitiert falsch, in der Bibel steht es richtig.«
»Dabei glaubt er nicht mal an Gott«, schoß Golds Vater zurück und wandte sich an die anderen mit einem Schnaufen, das anzeigte, wie lächerlich er seinen Sohn fand. »He, du supergescheiter Dummkopf, du gerissener Politiker, wie kann es eine Bibel geben, wenn es keinen Gott gibt?«
Golds Stiefmutter riet ihm: »Du solltest mehr auf deinen Vater hören. Dann wirst du vielleicht auch mal sein Lieblingssohn.«
»Warum soll ich auf ihn hören, wenn er mich unentwegt nur beschimpft?« fragte Gold. »Er kann mich nicht ausstehen, er hat mich noch nie ausstehen können.«
»Ich kann dich auch nicht ausstehen«, gab sie ihm höflich zu wissen. »Du betest das Geld an und vergötterst Menschen, die reich sind. Du gierst nach Erfolg. Es wäre doch komisch«, fuhr sie krächzend lachend fort, und ihre Augen funkelten teuflisch, »wenn er gar nicht dein richtiger Vater wäre, und du dir für nichts und wieder nichts jahrelang seine abfällige Kritik hättest gefallen lassen? Es wäre doch komisch, wenn du gar kein Jude wärest. Du kannst nicht mal Jiddisch und kennst die Feiertage nicht, oder?«
Gold verlegte sich aufs Schweigen.
»Pyrenäsisch«, begann Sid, als es schien, als wolle niemand etwas sagen, »ist die einzige Sprache, in der es für rechts und links keine Wörter gibt.«
Gold, anfänglich konsterniert, reagierte auf diese eselhafte Behauptung nur in Gedanken und lächelte, matt aber überzeugt, Sid niemals mehr böse sein zu können, einerlei aus welchem Grund. Womöglich hatte er gar recht. Womöglich war das der reinste Blödsinn. Gold wußte so gut wie jeder andere, daß die Pyrenäen ein Gebirge sind, das Frankreich mit Spanien verbindet, doch mochte

es dort immerhin abgelegene Weiler geben, deren Bewohner wirklich, wie Sid behauptete, für diese Begriffe keine Wörter kannten. Auch mochte es auf fernen Inseln im Pazifik oder im Indischen Ozean Völker geben, die Pyrenäsen oder Pirenesen hießen – wie sich das schrieb, ahnte Gold ja nicht –, schließlich lebten anderswo Balinesen und Chinesen. Mochte doch jemand anderer den Handschuh aufnehmen, entschied Gold und bedachte dabei verdrossen, daß man ihn in Washington weit höher schätzte als hier, wo seine Reputation augenscheinlich zum niedrigsten Kurs gehandelt wurde.
»Woher wissen sie dann, in welche Richtung sie gehen müssen?« fragte Esther nach einer Pause, in der Gold solche Betrachtungen anstellen konnte.
»Die wissen es eben«, sagte Golds Vater.
»Und wie weisen sie jemandem den Weg?« fragte Ida.
»Sie weisen eben«, sagte Gold trocken in dem Bemühen, sich angenehm zu machen, und sein Vater schaute ihn höchst überrascht, ja bewundernd an, als habe er nicht solche Weisheit in diesem seichten Bronn vermutet.
»Dann müssen sie aber sehr gescheit sein«, meinte Ida.
»Sehr gescheit«, sagte Milt.
»Wie kommt es aber, daß sie für links und rechts keine Wörter haben, wenn sie so gescheit sind?« wollte Muriel, die Zigarette zwischen den Lippen, herablassend von Ida hören.
»Weil«, belehrte Ida sie giftig, »weil sie so gescheit sind, daß sie keine brauchen. Und wir alle könnten uns an den Pyrenäsen ein Beispiel nehmen.«
»Und an den Lilien auf dem Felde«, sagte Gold.
»Und an meinem verstorbenen Mann«, sagte Golds Stiefmutter, wobei sie einige Maschen aufnahm, »der einen guten Witz ebenfalls zu schätzen wußte. Ich stamme aus dem Süden, wie ihr wißt, habe Verwandtschaft in Richmond und Charleston, und meine Familie gehört zu den angesehensten im ganzen Süden – angesehen wohlgemerkt in jüdischen Kreisen. Indem ich euren Vater heiratete, heiratete ich weit unter meinem Stand, und er hat sich durch die Heirat weit über seinen Stand erhoben.« Julius Gold nickte erhaben zustimmend, und sein Gesicht glühte vor Stolz wie ein Ofen. »Wir be-

saßen Sklaven und große Plantagen. Deshalb verstehen wir uns auch so gut auf Wolle.«

»Baumwolle«, berichtigte Gold sie, bevor er sich bremsen konnte, und hätte sich am liebsten für diese vorwitzige Torheit vor die Stirn geschlagen.

»Wolle, mein Kind«, nahm Gussie Gold ihn denn auch sogleich mit einem majestätischen Blick von oben herab beim Wort. »Wir verdienten an Baumwolle so viel, daß wir uns Wolle leisten konnten. Schon als Kind durfte ich meine eigenen Flockenmuster machen.«

»Und ich wette, was ihr wollt, sie verstand sich glänzend darauf, besser jedenfalls als du«, sagte Golds Vater.

Flockenmuster? überlegte Gold bei sich und wich feige vor dem Angriff seines Vaters zurück. Von Flockenmustern wußte er so gut wie nichts und wünschte auch nicht, auf einem Terrain mit anderen zu konkurrieren, die sich da besser auskannten als er.

»Ich erinnere mich auch des Lieblingswitzes meines Mannes«, fuhr Golds Stiefmutter fort. »Wer je vergessen sollte, daß er Jude ist, wird bestimmt von einem Christen daran erinnert. Das sagte er uns allen wieder und wieder, bis er starb. Und an diesen Witz solltest du gelegentlich denken, mein Süßer.«

»Solange du meine Stiefmutter bist«, versetzte Gold starr lächelnd, »brauche ich keinen Christen, der mich erinnert.«

»Deshalb kommst du ja auch mit deinem Buch nicht voran«, sagte sie und beugte sich bei diesen angriffslustigen Worten vor.

»Wer kommt nicht voran?«

»Ohne mich wirst du dieses Buch nie zustandebringen«, behauptete sie gräßlich frohlockend. »Wie willst du über jüdische Selbsterfahrung schreiben, wenn du nicht mal weißt, ob du welche hast? Du weißt nicht mal genau, ob du Jude bist oder nicht, stimmt's? Warte nur, bis das rauskommt. Du hast dir nie die Mühe gemacht, es nachzuprüfen, nicht wahr?«

»Wo nachzuprüfen?« fragte Gold drängend. »Was meinst du überhaupt?«

»Ich meine die Agentur, die Adoptivkinder vermittelt«, sagte seine Stiefmutter grausig lachend. »Die müssen das heutzutage alles aufschreiben und einem sagen. Das steht in der Zeitung.«

»Von welcher Agentur redest du nur? Ich bin doch kein Adoptivkind.«
»Woher willst du das wissen?« höhnte seine Stiefmutter schadenfroh, und Gold wagte nicht, in ihr blasses Gesicht und die brennenden Augen zu blicken. »Du bist nie hingegangen und hast dich erkundigt, aber das könntest du. Nimm dir einen Anwalt und laß das nachprüfen. Du weißt nicht mal, wer deine Eltern in Wirklichkeit sind. Vielleicht bin ja ich deine wirkliche Mutter und der da ist bloß dein Stiefvater? Du hast in Wahrheit überhaupt keine Ahnung, wie?«
Gold, der neben ihr auf dem Sofa saß, stand auf und brachte sich einige Schritte entfernt in Sicherheit; seine Gedanken jagten sich. »Pop, was meint sie eigentlich? Bin ich etwa adoptiert?«
»Scher dich raus, wenn du so blöde Fragen stellen willst«, erwiderte sein Vater kurz angebunden. »Wenn wir schon jemand adoptieren wollten, warum ausgerechnet dich?«
»Du weißt nicht mal, ob deine Mutter wirklich deine Mutter war«, setzte seine Stiefmutter ihm unermüdlich mit teuflischer Belustigung zu. »Vielleicht gibt es sie gar nicht? Du verschwendest dein Geld an ein Phantom! Immer wenn du auf den Friedhof gehst –«
»Ich gehe überhaupt nie auf den Friedhof!« brüllte Gold sie an in der Hoffnung, ihren schrillen Redefluß zu bremsen; die Frau aber lachte nur desto lauter.
»– stehst du vor dem Grab einer Fremden. Du zahlst für die Grabpflege und legst Blumen auf einem fremden Grab nieder.«
»Gewalt!« schrie Julius Gold, wieder einmal der Mann der unberechenbaren Wutausbrüche. »Sind wir wieder beim Friedhof? Es ist ja schlimmer als an meinem Hochzeitstag. Ich will nicht von Friedhof reden, und keiner soll meinen Hochzeitstag im nächsten Jahr vergessen.«
»Deinen zehnten«, stieß Gold wild hervor.
»Und mein Hochzeitstag wird nie mehr gefeiert«, plärrte Esther los. Gold ächzte fast vor Gereiztheit.
Rose führte Esther ins Badezimmer, und Milt erhob sich umständlich als der Mensch von methodischen Gewohnheiten, der er war, und fragte:
»Darf ich jemandem eine Stärkung anbieten?«

Esther kam einigermaßen gefaßt wieder herein und fing an, von Mendys Tod zu erzählen, wobei die flatternde Erregung, die ebenso Bestandteil ihrer Erscheinung geworden war wie die weißen Haare und die tränenfeuchten Augen, kaum spürbarer war als sonst. Es war eine rührende Geschichte, doch wollte Gold sie nicht noch einmal anhören. Er dachte inständig an das Grab seiner Mutter und empfand es als schimpflich, nie dort gewesen zu sein. Die Vernunft sagte ihm, er werde nichts vorfinden als einen Grabstein.

»Er war so gesund und tätig und konnte es mit allen aufnehmen, die im Lagerhaus arbeiteten und die Lastwagen beluden.« Esther berichtete von dem stämmigen, störrischen, erregbaren Menschen mit der zurückweichenden Stirne und dem schweren Minderwertigkeitskomplex, dessen Anwesenheit einzig Max und Rose ertragen hatten, ohne daß es ihnen das Herz abdrückte. »Er hat dich richtig lieb gehabt, Bruce«, fügte Esther noch eigens an, ohne rechte Überzeugungskraft allerdings. »Bloß war er eben immer befangen in deiner Gegenwart, weil du auf dem College gewesen und so gescheit bist.«

»So gescheit finde ich ihn nicht«, ließ Muriel sich grob mit ihrer rauhen Stimme vernehmen und blies giftigen Zigarettenrauch ins Zimmer. »Wenn er gescheit wäre, brauchte er nicht Lehrer zu sein. Ich wette, sogar Victor verdient besser als er.«

Gold fiel dazu sogleich eine Antwort ein, für die Victor ihn zermalmt hätte, hätte Gold sie ausgesprochen.

Mendy Moscowitz war ein dickköpfiger, kenntnisloser Mensch gewesen, trank zu jeder Mahlzeit Bier und spielte bei mildem Wetter am Strande von Brighton immer noch recht aggressiv Handball. Eines Abends erwachte er aus seinem Verdauungsschläfchen in übler Verfassung und legte sich gleich wieder hin. Am folgenden Morgen fühlte er sich schlapp, und eine Woche darauf lag er mit Leukämie im Krankenhaus. Er las genau, was ihm verordnet wurde und bestand lärmend darauf, daß er alle Medikamente pünktlich bekam. Er ließ sich Bücher bringen und sammelte genügend Informationen über seine Krankheit, um zu wissen, daß er sterben mußte.

»So mag es denn sein«, sagte er eines Tages unter Tränen. »Ich will mich nicht mehr wehren.«

Esthers Haare wurden weiß. Behandlungen oder Vergünstigungen, die nicht von der Versicherung bezahlt wurden, lehnte er ab.
»Ich will euch Geld hinterlassen«, sagte er. »Also sterbe ich zu Hause. Und wenn ihr mich nicht haben wollt, miete ich ein möbliertes Zimmer.«
So starb er denn zu Hause. Als die Symptome vorübergehend nachließen, ging er aus dem Krankenhaus weg, und als sie wiederkehrten, weigerte er sich, zurückzugehen. Als er zu schwach wurde, um auf den Füßen zu stehen, stand er auf. Esther rief Sid an. Gold sagte seine Vorlesungen ab. Nur Esther hielt Mendy am Arm, als sie im Lift nach unten fuhren. Er trug einen guten Anzug, Schlips und Kragen, und den Mantel bis oben zugeknöpft. Geredet wurde nichts mehr. Sids Cadillac brachte sie ins Spital. Mendy wäre stolz gewesen, hätte er erfahren, daß er bloß noch anderthalb Tage lebte. Sid und Esther weinten unterwegs.
»Es war ein so sonniger Tag«, erinnerte Esther sich jetzt, »und draußen sah alles so wunderhübsch aus.«
»Darf ich jemandem eine Stärkung anbieten?« fragte Milt.

Gold ertappte sich neuerlich dabei, daß er eine Verabredung zum Essen traf – mit Spotty Weinrock –, und mir kam der Gedanke, daß er in diesem Buch reichlich viel aß und redete. Was wollte man aber groß mit ihm anfangen? Ich habe ihn häufig mit Andrea zu Bette gehen lassen und seine Frau und die Kinder praktischerweise im Hintergrund gehalten. Was Acapulco anging, erwog ich einen hektischen Wirbel mit einer sinnlichen mexikanischen Fernsehdarstellerin, einer riskanten Flucht splitternackt durch ein Fenster im ersten Stock, das nicht aufgehen wollte, während ein eifersüchtiger Liebhaber, vollgepumpt mit amerikanischen Drogen, die Tür einschlägt und entweder Belle oder ein Rudel bissiger Hunde Gold unten erwartet. Gewiß würde er demnächst eine Lehrerin mit vier Kindern kennenlernen und sich sterblich in sie verlieben, auch gedachte ich, ihm den Posten des ersten jüdischen Außenministers als Köder hinzuwerfen und den Köder im letzten Moment wegzuziehen. Bevor seine Geschichte zu Ende ging, sollte er noch einmal mit Andreas Vater, Pugh Biddle Conover, zusammentreffen und zweimal mit Harris Rosenblatt.

Golds telefonische Frage nach dem Verbleib des geliehenen Geldes, des ganzen oder eines Teilbetrages, traf auf mehr Entgegenkommen, als er vermutet hatte. »Soviel du willst«, wiederholte Weinrock auch in seinem Laden und starrte Gold amüsiert an, dazu kicherte er ekelhaft aufdringlich und liebedienerisch. »Wieviel schulde ich dir – fünfzehnhundert?«
»Elfhundert.«
»Sagen wir zweitausend«, bot Weinrock großmütig an. »Ich arbeite gerne mit runden Beträgen. Gefällt dir der Laden?«
Die gewölbten Wände führten den Besucher unmerklich in einen mit sparsamer Eleganz dekorierten Empfangsraum, von wo man

hinter Glas in einem orangefarben gehaltenen weiteren Raum hübsche Designerinnen erblickte. Sie webten mit der Hand die neuen Muster, die Weinrocks Fabrik in New Jersey herstellen sollte.

»Wie gehen die Geschäfte – gut?«

»Großartig«, sagte Weinrock. »Wären meine Bareinkünfte größer, könnte ich den Laden jederzeit schließen und mit einer glatten Million verduften.«

»Was meinst du damit?« fragte Gold, der von Geschäften nichts verstand.

»Ich meine, daß ich bis an den Hals im Schlamassel stecke«, sagte Weinrock. »Ich muß kurzfristige Darlehen zurückzahlen und habe noch nie gewußt, wie man so was macht. Entweder muß ich Teilhaber aufnehmen oder unter Wert verkaufen. Ich brauche ein paar Tausend Dollar für neue Wintersachen, doch betrifft das dich nicht. Ich kann dir zahlen, was du willst. In welcher Steuerklasse bist du?«

»Was geht das dich an?« Bei dieser geheimnisvollen Frage rührte sich in Gold zum ersten Mal der häßliche Argwohn, er sehe einer Enttäuschung entgegen.

»Das muß ich für meine Buchführung wissen.« Weinrocks herzliche Munterkeit ließ keinen Moment nach. »Wir können jeden beliebigen Betrag einsetzen, falls du mehr Geld brauchst.«

»Ich verstehe kein Wort.«

»Ich mache mich zahlungsunfähig«, erklärte Weinrock, »und zwar einzig dir zuliebe und tue damit zugleich vielen alten Freunden einen Gefallen. Stelle deine Forderungen, einerlei wie hoch. Ich mache Bankerott. Tausend? Zehntausend? Eine Million? Zehn Millionen? Du brauchst es nur zu sagen, ich bin so großzügig, wie du willst.«

»Wovon redest du bloß, Fleckie?«

»Das fragst du immer noch? Ich erkläre es dir beim Essen, aber nur, wenn du mich zahlen läßt. Um die Ecke ist eine Milchbar, da ißt man gelegentlich recht gut. Für den Anfang«, sagte er zu der stämmigen Kellnerin, die eine Speisekarte vor ihn legte, »nehme ich ein Glas saure Milch.«

»Saure Milch haben wir nicht«, versetzte die Kellnerin. »Bei uns ist alles frisch.«

»Holen Sie Lupewitz.«
»Der bedient hier nicht.«
»Jankel!« rief Weinrock einem mageren, schlaff an der Wand lehnenden Kellner zu, der recht trübselig dreinblickte. »Sie will mir keine saure Milch geben, und auf der Karte steht auch keine.«
»Klar, die Karte«, sagte Jankel Lupewitz mit der geschlagenen Miene eines hadernden Philosophen der schopenhauerschen Schule. »Ich sag ja immer, die Speisekarte, aber keiner hört auf mich. Ich bringe Ihnen die Milch.«
»Und dann«, schrie Weinrock, »ein Glas durchgetriebenen Borscht, eine große Schüssel Obstsalat mit Quark und einer Pflaume obendrauf, aber nur, wenn es eine frische aus Oregon ist.« Der Kellner schüttelte den Kopf. »Dann sollen sie in der Küche eine frische Feige drauftun. Und dazu Schwarzbrot mit möglichst vielen Randstücken. Ich mache Bankerott, und du wirst einer meiner Gläubiger«, erklärte er Gold mit normaler Lautstärke. »Zahlst du dreißig Prozent Steuern, führe ich dich mit fünftausend in den Büchern, und du kommst plus minus null raus. Willst du mehr, bitte sehr. Willst du eine Million, schreiben wir eine Million. Aber unsere Zahlen müssen die gleichen sein, wegen der Verlustabschreibung.«
Gold kaute ernst an seinem Hering. »Das klingt anrüchig, Fleckie.«
»Ist es auch.«
»Und wie funktioniert das?«
»Ich gebe dir rückdatierte Schuldscheine. Du setzt den Betrag ein, der dir vorschwebt. Wirst du von der Steuerprüfung gefragt, weshalb du mir eine Million in bar geliehen hast, statt mir einen Scheck zu geben, sagst du, deine Frau kann mich nicht leiden und sollte nicht erfahren, daß du mir Geld geliehen hast. Fragen sie dich, wieso du soviel Bargeld hast, sagst du, du hast immer Bargeld in der Matratze oder im Schließfach, weil die Banken ja wieder mal pleitemachen können.«
»Eine Million.«
»Es ist schließlich dein eigenes Geld.«
»Und wo habe ich es her?«
»Da mußt du ausweichend antworten. Es braucht ja auch keine

Million zu sein. Ich verstehe mich darauf. So erhalte ich mir im Gewerbe Kredit. Indem ich regelmäßig bankerott mache.«
»Und falls man mir nicht glaubt?«
»Kommst du ins Kittchen.«
»Ins Kittchen.«
»Das ist das Risiko. Der Profit«, sagte Weinrock heiter und bestrich eine Scheibe Pumpernickel dick mit Butter, »zeigt sich im kommenden April, wenn du eine dicke Steuerrückzahlung bekommst.«
»Nächstes Jahr im April?« Gold kam buchstäblich ins Schlingern. »Fleckie, ich brauche das Geld gleich, ich will verreisen, nach Mexiko.«
»Ich würde selber gern das Reisegeld nach Mexiko haben«, sagte Weinrock, »auch brauche ich neue Wintersachen. Leihst du mir noch mal tausend für einen anständigen Anzug und einen Mantel?«
»Du machst wahr und wahrhaftig Bankerott, Fleckie?«
»Ich muß«, grinste Weinrock wiederum in einer Art, die Gold schlecht vertrug: er fühlte, daß jemand, der tief unter ihm stand, sich respektlos über ihn lustig machte, »falls ich dir die elfhundert zurückzahlen soll.«
Gold zeigte sich von dieser Unterstellung gekränkt und entgegnete: »Bin ich dein einziger Gläubiger?«
»Der einzige, der mich bedrängt.«
»Bedrängt?« Gold war empört. »Du Arschloch, einmal innerhalb von drei Jahren frage ich telefonisch nach meinem Geld, und du nennst das bedrängen?«
»Du rufst jedenfalls nie an, um mir was abzukaufen«, scherzte Fleckie.
»Weinrock«, tönte der trübselige Kellner, »sagen Sie dem Herrn, daß er hier nicht solche Ausdrücke gebrauchen darf.«
»Er weiß es nicht besser«, klagte Weinrock. »Er kriegt einen hohen Posten in Washington und denkt, es ist modern, sich so auszudrükken. Die Feige war übrigens gut, Jankel. Aber das Brot...« Weinrock schüttelte vorwurfsvoll und mit tragisch gerunzelter Stirne den Kopf.
»Klar, das Brot«, gab Jankel Lupewitz schuldbewußt zu. »Ich sag ja immer, das Brot, aber keiner hört auf mich.«

»Fleckie«, sagte Gold reumütig, »ich will nicht, daß du meinetwegen bankerott machst. Ich leihe mir das Geld von Sid. Wenn du's nicht hast, hast du's eben nicht.«
»Von Mursh kriege ich keinen Pfennig«, sagte Fleckie. »Diese Scheißärzte werden samt und sonders Konservative.«
»Ich muß mich demnächst von ihm untersuchen lassen.«
»Dann sag ihm, ich brauche Mäuse«, befahl Weinrock leichtfertig. »Außer meinen Kleidern, meinem Geschäft, meinem Wagen, meiner Wohnung, meinem Ferienhaus und meinen Freundinnen besitze ich nichts. Danach kommt gleich der Bankerott.«
»Aussehen tust du nicht wie ein Bankerotteur«, sagte Gold.
»Das kann ich mir auch nicht leisten. Gingen meine Geschäfte gut, könnte ich aussehen wie du.«
Gold riß die Augen auf. »Was meinst du denn damit?«
»Schäbig und mager. Wie ein Strolch. Wie ein Straßenhändler, mit 'ner Karre. Alte Jacke, alter Pullover, alte Hosen, und keins paßt zum anderen. Für den Hörsaal mag das ja reichen, aber in meiner Branche kommst du damit nicht durch. Kein Bankerotteur könnte sich leisten, so aufzutreten. In deinen Lumpen dürftest du eigentlich überhaupt nicht in dieses Viertel kommen, und auch nicht in die Milchbar hier.«
»Tut mir leid, wenn ich dir Verlegenheiten mache«, sagte Gold kalt.
»Etwa nicht?« erwiderte Weinrock. »Erst blamierst du mich vor meinem Personal, jetzt hier vor meinen Gläubigern. Ich muß mich bei ihnen deinetwegen entschuldigen.«
»Du widerliches Stinktier«, sagte Gold gedämpft und verlor den Rest seiner Geduld. »Ich hab's mir anders überlegt. Gib mir das elende Geld, das du mir schuldest, und dann verschwinde ich. Ich mag nicht mehr mit dir am Tisch sitzen.«
»Bleib nur sitzen«, sagte Weinrock ungerührt und zauberte Lachfalten auf sein Gesicht. Gold vermutete jetzt, daß die gesunde Sonnenbräune von der Höhensonne im CVJM kam. »Ich lade dich zum Essen ein, falls du die Zeche auslegst und noch fünfhundert für einen anständigen Innenpelz obendrauf.«
»Einen Dreck leihe ich dir.«
Kein Zweifel, Weinrock machte ihm Vorwürfe. »Widerliches

Stinktier? Dreck? Hast du das etwa als Rhodes-Stipendiat in Oxford gelernt? In Coney Island jedenfalls nicht.«
»Und von Rhodes-Stipendium nicht die Spur«, gab Gold ihm in gleicher Münze, aber freundlicher zurück. »Ich war in Cambridge, aber nur während eines Semesters. Damals bekamen Juden so leicht kein Rhodes-Stipendium. Und Sportler war ich auch keiner.«
»Du meinst, wie der am Obersten Bundesgericht? Wie heißt das Arschloch am Obersten Bundesgericht?«
»Rehnquist?«
»Der andere.«
»Burger?«
»Flitzer.«
»Flitzer?«
»Weiß.« Weinrocks mächtiger, dicklicher Leib bebte von trägem Lachen. »Stell dir vor, sein Spitzname war Flitzer, und den fand er sogar schön! Und ein Narr, der Flitzer heißt, wird zum Bundesrichter gemacht.«
»Da klingt Fleckie schon ganz anders.«
»Was ist denn so verkehrt an Fleckie?« fragte Weinrock ganz arglos.
»Fleckig ist er eben, Fleck.« Gold suhlte sich förmlich in dem Gefühl, endlich die Oberhand zu haben.
»Den hab ich redlich verdient, oder? Bei deinem Vater in der Werkstatt habe ich eine ganze Woche lang Flecke weggemacht. Dann schmiß er mich raus.«
»Du warst zu lahm«, höhnte Gold. »Er sagt auch heute noch, daß du nichts getaugt hast.«
»Und von dir sagt meine Mutter«, erwiderte Weinrock, »eine Kuh bleibt immer eine Kuh, auch wenn man mit ihr eine Weltreise macht. Wer flitzt überhaupt, sag mir das bitte. Zeig mir jemanden, der wirklich flitzt. Wäre ich je groß und schwer genug gewesen, um professionell Fußball zu spielen und hätte mich jemand Flitzer genannt, ich hätte ihm den Schädel eingeschlagen. Du willst dein Geld also doch haben, was?«
»Ach was, vergiß das Geld, der Ärger, den du mir machst, wenn ich es von dir verlange, steht mir nicht dafür.« Gold brütete finster vor sich hin. »Ich werde wohl doch das Buch schreiben müssen. Wenn

du mir ein paar Informationen gibst, zahle ich dir dein Essen. Ich arbeite nämlich an einem Buch, einem wichtigen Buch.« Gold suchte nach Kräften Weinrocks zweifelndes Grinsen und sein ekelhaftes Kichern zu ignorieren. »In gewisser Weise eröffnen sich mir damit bedeutende Aussichten. Kriege ich es hin, wird es ein durchschlagender Erfolg. Eine abstrakte Autobiographie.«
»Was ist das denn?«
»Das weiß ich noch nicht. Aber wenn ich damit fertig bin, werde ich es wissen. Es behandelt unsere Jugend in Coney Island und wie wir die Jahre dort genossen haben.«
»Genossen?« Weinrock betrachtete Gold mit einer Miene, von der sich schwer hätte sagen lassen, ob darin Verachtung oder Ungläubigkeit die Oberhand hatten. »Du hast diese Jahre genossen? Du, du Brillenschlange?«
Gold zuckte unter dieser verächtlichen Bezeichnung zusammen. »Das gehört zu den Schwierigkeiten, mit denen ich mich herumschlage. Ich selber war ja wenig aktiv als Kind. Mein Thema ist das jüdische Selbstverständnis, und ich weiß nicht genau, ob ich überhaupt eins besitze. Also muß ich mir alles mögliche ausdenken und brauche dazu Informationen von dir und anderen. Was habt ihr eigentlich getrieben, wenn ich nicht mit euch kommen durfte?«
»Manchmal nichts Besonderes.«
»Nichts Besonderes? Warum durfte ich dann nicht mitmachen?«
»Weil wir dich nicht dabeihaben wollten.«
Auch diese Information schluckte Gold wie eine bittere Pille. »Genau diese Dinge muß ich wissen. Ich kann mich auf weiter nichts stützen als auf meine eigenen Erinnerungen und Erfahrungen, und das reicht nicht. Kriege ich die richtigen Auskünfte, könnte aus meinem Buch ein umwerfender Bestseller werden. Wie haben die anderen Kinder aus der Nachbarschaft diese Jahre erlebt? Du zum Beispiel, und Fishy Siegel und Sheiky aus der Neptune Avenue? Du triffst Fishy doch häufig. An die alten Siegels erinnere ich mich gar nicht mehr. Was hat Fishys Vater gemacht?«
»Radgefahren ist er.«
»Radgefahren?«
»Klar. Mit einem weißen Bart und einem komischen Hut mit

Knöpfen dran, in den er Löcher geschnitten hatte. Genau wie Sharkys Vater. Die waren beide verrückt.«

Gold war ganz aufgeregt von dieser unerwarteten Entdeckung. »Da siehst du es, Sharky und seinen Vater hatte ich ganz vergessen.«

Fleckie lachte. »Du erinnerst dich nicht mehr daran, wie Sharkys Vater samt dem Fahrrad eine Weile verschwunden war? Alle Nachbarn haben nach ihm gesucht, sogar die Polizei. Jemand hatte ihm gesagt, gleich hinter der Brücke fängt New Jersey an, und er setzte sich aufs Rad, um seinen Bruder in Metuchen zu besuchen. Er fuhr über die Manhattanbrücke, und dann zurück über die Williamsburgbrücke nach Brooklyn in dem Glauben, er käme so nach New Jersey. Auf der Brücke ging ihm die Puste aus, und er legte sich schlafen, mit einer jüdischen Zeitung überm Gesicht zum Schutz gegen die Sonne. Als die Polizei ihn da fand, mußte Sharky ihn holen, mit Sheiky und dem Auto, das Beansie von Smokey und Louie gekauft hatte, ohne zu wissen, daß es gestohlen war. Keiner von beiden hatte einen Führerschein, und ausgerechnet vor der Polizeiwache ging ihnen das Benzin aus.«

Dieses wohltuende Kramen in alten Erinnerungen erzeugte den Funken, der in Gold eine Explosion von loyaler und fröhlicher Anhänglichkeit an die Vergangenheit auslöste, wie er sie in Jahren nicht verspürt hatte. »Fleckie, du Lump«, brach es aus ihm hervor, »ich brauche dich dringend. An die älteren Jungen erinnere ich mich so gut wie gar nicht mehr. Wenn du wieder mal mit Fishy oder den anderen zusammenkommst, nimm mich mit. Das wird ein Heidenspaß.«

»Heidenspaß?« Wieder musterte Fleckie Weinrock ihn eindringlich prüfend. »Früher hast du jedenfalls keinen Spaß daran gehabt, und jetzt wird bei solchen Gelegenheiten viel getrunken. In einer italienischen Bar.«

»Ich trinke derzeit auch eine Menge«, behauptete Gold.

»Leih mir vorübergehend fünfhundert für neue Sachen«, sagte Weinrock, »andernfalls könnte ich keine Zeit haben.«

»Gibst du sie mir zurück? In vierzehn Tagen brauche ich das Geld selber.«

»Jederzeit, jederzeit«, verschwor sich Weinrock. »Wenn du es ver-

langst, erkläre ich meinen Bankerott noch heute nachmittag.«
»Ach, laß das doch. Aber jetzt sag mir: wie war ich als Junge? Was habt ihr von mir gehalten und warum?«
»Bruce«, Weinrock, der Golds Scheck eben in die Brieftasche stekken wollte, hielt inne. »Du wirst doch den Scheck nicht sperren lassen, wenn dir nicht paßt, was du zu hören bekommst?«
Gold war beleidigt. »Wie kommst du darauf? Ich will keine Schmeicheleien hören. Ich will brauchbare Informationen haben. Sag die Wahrheit. Wie war es für euch, gemeinsam mit mir aufzuwachsen?«
»Nun, offen gesagt«, versetzte Weinrock wiederum mit trägem und zugleich dreistem Grinsen, »so haben wir das nie gesehen.«
Gold, in dem Gefühl, nicht richtig verstanden zu werden, drängte: »Konntest du und konnten die anderen mich damals in Coney Island, als wir noch Kinder waren, nicht leiden, weil ich so viel gescheiter war als alle anderen?«
Die liebenswürdige Antwort wurde von einem Kichern begleitet, das die Worte hervorhob wie ein *basso ostinato*: »Für gescheit hat dich, ehrlich gesagt, keiner von uns gehalten.«
»Wie?« Gold konnte nicht glauben, daß er recht gehört hatte.
»Wir hielten dich allesamt für einen Schmock.«
Golds Munterkeit verließ ihn mit einem Schlage. »Und jetzt?«
»Jetzt?« fragte Weinrock gedehnt, »jetzt? Ho, ho, jetzt sind wir natürlich immer ganz stolz auf dich, wenn dein Name in der Zeitung steht. Aber für einen Schmock halten wir dich immer noch.«
»Ist das wahr?« Gold verübelte ihm das schwer. »Möchtest du hören, was wir von dir gesagt haben?«
»Ich ahne nicht, wen du mit ›wir‹ meinen kannst«, entgegnete Weinrock lässig. »Wer sind diese ›wir‹, von denen du redest?«
»Ich und die anderen. Unsere Bande«, sagte Gold.
»Bruce, die anderen, von denen du redest, die waren ich. Und die Bande auch. Du gehörtest nicht dazu.«
»Ich war also nicht beliebt?«
»Das weißt du doch.«
»Kein bißchen?« fragte Gold mit belegter Stimme.
»Nicht das kleinste bißchen. Du warst ein Außenseiter, hast du das vergessen? Und deshalb warst du auch in der Schule so gut. Du

konntest weder Ball spielen noch warst du eine Persönlichkeit.«
»Nein?«
»Nicht die Spur. Angegeben hast du reichlich, und manchmal wurdest du uns sogar richtig lästig.«
Bald schon, sann Gold und empfand dabei eine *tristesse*, die bereits den *cafard* ankündigte, bin ich die bekannteste Persönlichkeit, die Coney Island je hervorgebracht hat. Ich bin schon eine, und bald bin ich eine noch bedeutendere. Als Kind aber war ich nicht beliebt und überhaupt keine.
»War ich ebenso schlimm«, fragte er schüchtern, »wie Lieberman?«
Auf diese Frage wenigstens bekam er eine zufriedenstellende Antwort. »Lieberman war der Schlimmste. Lieberman war ein richtiger Schlob. Nicht mal Kissinger dürfte so schlimm gewesen sein wie Lieberman, da möchte ich wetten. Übrigens –« Weinrock unterbrach sich und lief von unterdrücktem Lachen rot an »– wie lange hätte ein Jid wie Kissinger sich wohl bei der Bande im Billardsalon auf der Mermaid Avenue halten können?«
»Kissinger«, sah Gold sich fairerweise genötigt einzuwenden, »hat immerhin einen Haufen Geld gemacht.«
»Aber bei Juden ist er nie angekommen«, berichtigte Weinrock. »Er hat Schwein gehabt, daß die Gojim ihm geholfen haben.« Gold, der gewohnheitsmäßig Ideen stahl, machte im Geiste eine Notiz: Kraemer, Elliott, Rockefeller, Nixon, Ford – keiner von Kissingers Förderern war Jude. »Noch dazu hast du eine Brille getragen«, fuhr Weinrock fort.
»Na hör mal, jeder trägt eine Brille, du selber doch auch.«
»Aber damals?« Weinrock schüttelte streng den Kopf.
»Ohne Brille konnte ich nichts sehen.«
»Ist das etwa eine Entschuldigung?«
»Ich konnte nicht lesen, was an der Tafel stand, und den Ball nicht fangen, wenn ich mal mitspielen durfte.«
»Und mit Brille konntest du ihn auch nicht fangen.«
»Manchmal schon.«
Fleckie Weinrock lachte. »Wenn deine Eltern Geld genug gehabt hätten, hätten sie dir sogar noch die Zähne regulieren lassen. Du hattest schon früh Haarausfall, während wir jetzt noch dichtes, lok-

kiges Haar haben. Junge, Junge, Brucie, du warst wirklich eine Jammergestalt, und es ist ein wahres Glück, daß du wenigstens jetzt berühmt wirst, denn sonst hättest du überhaupt nichts aufzuweisen.«

»Du gibst dir wirklich die größte Mühe, mich bei Laune zu halten«, sagte Gold. »Trotzdem – nächstens, wenn du dich mit Fishy Siegel und den übrigen in Coney Island triffst, will ich mitkommen.«

»Du kannst uns Mittwochabend besuchen.«

»Da wollte ich eigentlich wieder nach Washington. Ich habe eine Besprechung mit einem wichtigen Gehilfen des Präsidenten und bin mit einer sehr schönen Frau verabredet.«

»Mach, was du willst.«

Gold entschied sich für Coney Island und drängte sich höflich durch das Gewimmel in der spärlich erleuchteten italienischen Bar an der Mermaid Avenue zu Fleckie Weinrock, Fishy Siegel und dessen Sohn Eugene durch, einem wißbegierigen Vierundzwanzigjährigen mit hellen Augen, der unentwegt liebenswürdig lächelte. Fishy war überrascht von Golds Erscheinen.

»Hast du ihm nicht gesagt, daß ich kommen würde?«

»Das hab ich ganz vergessen«, sagte Weinrock.

Fishy Siegel reagierte auf Gold mit dem gleichen herausfordernden Blick dreister Distanziertheit, mit dem er Lehrer und alle mit seiner Aufsicht betrauten Erwachsenen zum Wahnsinn getrieben hatte, seit er gehen konnte. In Nachahmung einer Geste seines älteren Bruders Sheiky, der ihm eine Reihe illegal miteinander verflochtener Automobilagenturen verschafft hatte, die recht einträglich waren, streckte er Gold zur Begrüßung nicht die Hand entgegen, sondern versenkte beide Hände in den Taschen. Es sah nicht so aus, als sollte es zu einem sentimentalen Austausch von Kindheitserinnerungen kommen.

»Sid läßt Sheiky schön grüßen«, log Gold forsch, um das Eis etwas aufzutauen. »Wo hat Sheiky eigentlich gelernt, wie man haufenweise Geld verdient?«

»Ich heiße Fetzer, nicht Petzer.«

Eugene wurde knallrot. »Wenn er daheim so redet, dreht meine Mutter durch«, entschuldigte er seinen Vater.

»Ich will doch nicht bohren«, machte Gold einen Rückzieher. »Mich interessiert bloß, woher jemand, der nicht mal die Volksschule geschafft hat, seine Kenntnisse von Fusionen, Rückversicherung, beschleunigter Abschreibung, ausstehenden Forderungen und all diesem Scheiß bezieht.«

»Dein Name ist nicht Bruce, sondern Schmus«, sagte Fishy Siegel, »und wenn du glaubst, ich täte einem Abschaum wie dir, der demnächst in den Staatsdienst geht, irgendwas verraten, mußt du noch bescheuerter sein als ich dachte.«

»Abschaum?« Gold kam sich entgrätet vor.

»Abschaum«, wiederholte Fishy Siegel mit unerschrockenem Selbstvertrauen. »Oder fällt dir eine bessere Bezeichnung ein? Ich heiße Hopf, nicht Tropf.«

»Ach, leck mich«, sagte Gold mit einem Seufzer größter Ermattung. »Ich habe Leute satt, die immer und ewig auf die Regierung schimpfen.«

»Ich gehöre nicht dazu«, ließ Fleckie Weinrock sich vernehmen.

»Und ich auch nicht«, versicherte Fishy Siegel. »He, Eugene, wirst du etwa schon müde? Wie ist es denn so in Washington, Goldy? Ich schmeiße eine Runde, wenn du uns das erzählst, aber red keinen Quatsch.«

»Ich heiße Rügner, nicht Lügner«, sagte Gold und wartete auf die vollen Gläser. Diesen Leuten konnte er keinen Sand in die Augen streuen. »Offen gestanden, ich weiß es nicht, Fishy. Es fällt mir schwer, mich zurechtzufinden. In Washington hört man Sachen, die man nirgendwo anders zu hören bekommt. Jemand sagt etwas Komisches, aber niemand lacht darüber. Wenn ich was Ernstgemeintes sage, wird es als Scherz aufgefaßt. Und wundern tun die sich über nichts.«

»Sie wissen doch wohl, daß sie allesamt bestechlich sind?«

»Sie finden aber nichts dabei.«

»Das tun die Leute auch nicht, die hier Frauen vergewaltigen und Passanten berauben«, sagte Fishy rachsüchtig. Einige nahebei stehende Italiener murmelten beifällig. In einer anderen Ecke der Bar beschwerte sich eine Frau laut über Plünderer und Einbrecher. Gold kam es so vor, als wären er und der junge Siegel die einzigen, die nicht rauchten. »Widersprich nicht, Eugene. So viele Gewaltverbrecher, wie jetzt rumlaufen, hat es früher nicht gegeben, und ob uns das paßt oder nicht, keiner hindert sie. Glaubst du, ich komme mir wie ein Verbrecher vor, wenn ich die Bücher fälsche, Gold? Warum also sollten die anderen sich wie Verbrecher fühlen? Hast du es früher für ein Verbrechen gehalten, zu klauen, was wir klauen konnten, wenn wir im Lagerraum der Schule arbeiten mußten? Weißt du noch, daß dir mal eine volle Schachtel Federn aus dem Pullover fiel, als die Lehrerin vorbeikam? Ein richtiger Klotz warst du.« Endlich lächelte Fishy.

»Was sind Federn?« fragte Eugene.

»Die kleinen spitzen Stahldinger, die man unten am hölzernen Federhalter befestigte, an dem wir immer kauten. Wer damit schreiben wollte, mußte sie in ein Tintenfaß am Pult eintauchen.«

»Was sind Tintenfässer?«

»Die Welt hat sich wirklich verändert, wenn Eugene nicht mal weiß, was ein Tintenfaß ist«, bemerkte Fleckie Weinrock.

»Den kannst du nicht zum Maßstab nehmen«, sagte Fishy zugleich verächtlich und im Ton grenzenloser Liebe. »Der ist ja blöd. Mit zweiundzwanzig hat er geheiratet.«

»Weil du nicht wolltest, daß wir so zusammenleben. Das Geld für ein Haus wolltest du auch erst nach der Heirat hergeben.«

»Einmal hatte ich ein Jahr lang Warzen an allen Fingern«, erinnerte sich Gold. »Siebzehn Stück. Die gingen erst weg, als ich in der Schule Tinte draufgetan habe.«

»Trotzdem ist alles anders«, beharrte Weinrock. »Die kleinen Läden sind geschlossen und vernagelt. Wo kaufen die Leute ein?«

»Klar ist alles anders«, brummelte Fishy Siegel mit der unverschämten Verdrossenheit des ältlichen Mannes, der nicht einen Fingerbreit nachgibt. »Früher, als wir noch klein waren, hatten die Italiener es auf uns abgesehen, aber jetzt müssen wir uns in eine italienische Bar flüchten, wenn wir nicht belästigt werden wollen. Wenn die Italiener wegziehen, schützt uns keiner mehr. Raymie Rubins alte Mutter ist voriges Jahr auch umgebracht worden.«

Gold sagte: »In unserem Block wohnte ein Junge, der war kein Jude. Dessen Vater besorgte uns Freikarten für Steeplechase, und dann bettelten wir alte Leute, die Angst hatten, auf dem Karussell zu fahren, um ihre Eintrittskarten an.«

»Jimmy Heinlein hieß er«, erinnerte sich Fishy Siegel. »Die Eltern hielten Hühner. Der erzählte mir einen Witz: Erst hieß es Coney Island, jetzt ist es Cohn's Island, und nächstens wird es Coon's Island. Die Portorikaner hätte er auch gleich noch nennen können, die sind ebenso schlimm, aber damals war von denen noch nicht die Rede. Ich drohte, ihm die Nase einzuschlagen, sollte er diesen Wiitz weitererzählen, und das hat ihn wohl erschreckt, denn er hat es nicht getan.«

»Mir hat er ihn erzählt«, sagte Gold.

»Dann habe ich ihm also doch keine Angst gemacht.«

»Was ist Steeplechase?« fragte Eugene.

»Das war ein Rummelplatz. In der Mitte stand der Turm, von dem man mit dem Fallschirm sprang«, erklärte ihm Fleckie. »Es gab übrigens noch einen besseren Rummelplatz, den Lunapark. Da stand die höchste Achterbahn der Welt. Den Turm hätte ich in erstklassigem Zustand für ein paar Tausend Dollar bekommen, und für wenig mehr hätte ich wohl ganz Steeplechase aufkaufen können.«

»Und weshalb hast du's nicht getan?«

»Das weiß ich nicht mehr.«

Mit betonter Nachdenklichkeit sagte Gold: »Zu Steeplechase fällt mir noch was ein.«

»So großartig amüsieren konnte man sich da nicht.«

»Da war der Lunapark besser.«

»Der Höhepunkt der Wirtschaftskrise«, Gold tat, als gäbe er eine große Weisheit von sich (und mit dem Instinkt des Sammlers wußte er auch schon, daß er diese seinem Buch einverleiben wollte, ob sie nun vertretbar war oder nicht), »der Höhepunkt der Wirtschaftskrise war unsere beste Zeit.«

»Für mich keineswegs«, widersprach Weinrock lebhaft. »Je älter ich werde, desto lustiger wird das Leben.«

»Mir geht's ebenso«, bestätigte Fishy Siegel. »Als junger Mensch versteht man nicht zu genießen.«

»Ich genieße mein Leben durchaus«, warf Eugene ein.

»Was weißt denn du davon?« sagte sein Vater. »Du bist noch ein grüner Junge. Warum hast du bloß geheiratet, du Blödian? Heutzutage heiratet kein Mensch mehr.«

»Das ist doch schon zwei Jahre her, Pop«, lächelte Eugene.

»Und was wird aus dem Kind, wenn du dich scheiden läßt?«
»Wir haben kein Kind, und von Scheidung ist nicht die Rede.«
»Heutzutage lassen alle sich scheiden, du dummer Bengel, aber wehe, du behältst nicht das Kind für uns, sonst schmeiße ich dich aus der Firma, und du siehst keinen lausigen Penny mehr. Sie soll ruhig das Haus nehmen und den Wagen und all den übrigen Scheiß, aber das Kind kriegen wir!«
»Heda, Leute!« Smokey der Boxer, jetzt fast sechzig, drängte sein Gesicht mit den grauen Stoppeln durch die Umstehenden; die Nasenspitze war bei einer historischen Messerstecherei mit Gangstern schon in seiner Jugend auf der Strecke geblieben. Gold erkannte er nicht. »Ich weiß, ich werde alt«, gestand er den andern mit tiefer, rauher Stimme, zwinkerte dabei, und seine Wangen glühten. »Solange ich nicht in den Spiegel sehe und mich selber überrasche, denke ich, ich bin neunzehn. Als ich letzten Sommer am Strand Eis verkaufte, hat doch so ein italienischer Bengel mich bedroht – ich soll mich aus seinem Revier scheren, sonst passiert was. Ich denke, ich höre nicht recht und sage: ›Paß bloß auf, daß dir nicht selber was passiert, Kleiner.‹ Warnen wollte ich ihn. ›Du weißt wohl nicht, wen du vor dir hast?‹ Schließlich bin ich mit den Fäusten immer noch ganz gut. Da haben wir uns unter dem Steg geprügelt, und er hat mich zusammengeschlagen – mühelos.« Smokey legte den Kopf zurück und genoß die Erinnerung daran. »Keinen einzigen Schlag sah ich kommen. Da wußte ich: du bist alt. Früher habe nämlich ich die Konkurrenz verprügelt.«
»Aber nicht meinen Bruder Sheiky«, widersprach Fishy Siegel scharf. »Den konntest du nie verprügeln.«
»Ich hätte ihn verprügelt, wenn ich ihn je erwischt hätte, aber der flitzte weg wie ein Wiesel.«
»Erwischt hast du ihn aber nie, oder?«
»Euch scheint's allen ziemlich gut zu gehen, was?«
Fishy wollte ihn nicht freihalten, also spendierte Gold ihm ein Glas. Smokey wußte immer noch nicht, wer Gold war. Weinrock schenkte ihm eine Zigarre.
Neben ihnen sagte ein bleicher Mann mit scharfem Profil: »Jetzt quartieren sie die Fürsorgeempfänger schon in die neuen Wohnblocks ein. Es sind zu viele, man weiß nicht, wohin mit ihnen.«

Neben Gold knurrte ein riesiger dicker Mensch mit gutturaler Stimme, die direkt aus seinem Bauch zu dringen schien: »Ich wüßte schon, wohin mit ihnen.« Er quoll nach allen Seiten über seinen Hocker. »In Konzentrationslager. *Die* meine ich«, erklärte er Gold und dessen Gruppe geziert und mit leichter Änderung im Ton.
Der Barmann beugte sich zu ihm vor. »Antonio, sei brav und mach hier keinen Ärger.«
»Es sind doch Weiße, Antonio, du Arschloch«, sagte ein magerer Freund des Dicken. »Du kannst das anscheinend nicht begreifen. Gerade die Fürsorgeempfänger haben haufenweise kleine Kinder und wissen nicht, wo ihnen der Kopf steht.«
»Machen wir, daß wir hier rauskommen«, sagte Fishy Siegel unvermittelt ohne jede Spur von Freundlichkeit oder auch nur Höflichkeit, und Gold war davon beeindruckt, wie er seine menschenfeindliche Attitüde so konsequent durchhalten konnte: seit er ihn kannte, hatte Fishy Siegel nicht die Spur von Anteilnahme an seinen Mitmenschen gezeigt, ausgenommen die eigene Verwandtschaft. »Ich will nach Hause.«
»Falls es recht ist, zahle ich«, sagte Gold rasch.
Die triste, unheilschwangere Dunkelheit draußen ließ Gold innehalten, als er allein aus dem Lokal kam. Der Geruch von alten Kohlefeuern hing in der Luft, dick wie Nebel, und die anderen waren schon einen halben Häuserblock voraus bei ihren Wagen. Vier dunkelhäutige kühne Jünglinge näherten sich ihm federnd auf Gummisohlen, und er wußte mit lähmender Gewißheit, daß sein Ende gekommen sei: ein Messerstich ins Herz. Er sah die Überschrift vor sich, die ein interessierter Leser aus der Zeitung schnitt:

Sympathischer Präsidentenberater
stirbt an Stich ins Herz
bei sentimentalem Besuch
an der Stätte seiner Jugend.

Braut aus ersten Kreisen trauert.
Siehe ausführlichen Bericht auf
Seite 6

Helft den Ärmsten der Armen

Die vier gingen an ihm vorbei, ohne ihn zu belästigen, offenbar wollten sie ihn am Leben lassen. Seine Stunde hatte noch nicht geschlagen. Worin besteht der Fortschritt? überlegte er. In seiner Jugend gab es zahllose Arme, und die Reichen waren seine Feinde. Reiche gab es immer noch, und jetzt waren auch die Armen seine Feinde.

Gold war schon zuvor aufgefallen, daß die Läden auf den drei breiten Querstraßen von Coney Island entweder verfallen oder mit Brettern vernagelt waren, und er fragte sich, wo die Bewohner derzeit einkauften, ihre Kleider reinigen oder instandsetzen, Schuhe und Radios reparieren ließen, Medikamente erhielten. In seinem Mietwagen fuhr er allein die trostlose Mermaid Avenue hinauf bis zu dem hohen Kettenzaun, der die Villen von Sea Gate schützte, in denen nun Fürsorgeempfänger untergebracht wurden, bog dann nach links zum Strand ein und rollte gemächlich zur Surf Avenue. Er sah keinen einzigen Drugstore. Hinter der bewachten Einfahrt nach Sea Gate, wo ehemals ein exklusiver Yachtclub gewesen war und nur wohlhabende Christen wohnten, hatten jetzt jüngere jüdische Ehepaare Schutz gesucht, die ihre Kinder auf Privatschulen schickten. Er vermutete, daß alte Leute immer noch jeden Morgen aus ihren Schlupfwinkeln krochen und auf der Strandpromenade oder in Seitenstraßen ein sonniges Plätzchen suchten, wo sie ungestört jiddisch miteinander redeten. Raymie Rubins Mutter war hier eines Tages auf dem Heimweg umgebracht worden. Gold sah ein einziges jüdisches Delikatessengeschäft, auch gab es in ganz Coney Island kein Kino mehr; die letzten protzigen Filmtheater waren schon vor Jahren geschlossen worden, was auf das Konto von Zerstörungswütigen und Süchtigen ging. Der Wohnblock, in dem er als Kind und Heranwachsender gelebt hatte, war abgerissen worden, und jetzt stand dort ein noch scheußlicheres Bauwerk, dessen portorikanische Bewohner sich unmöglich darin wohlfühlen konnten.

Gold erinnerte sich des Sommers, als die Stadtverwaltung den Strand verbreitern ließ; vom Frühjahr an rollten unablässig mit Sand beladene Lastwagen die Surf Avenue entlang. An heißen Sommertagen warnte die Mutter jedes Kind in ihrem gemischten Vokabular: »Straße ist wie Feuer«, und jeden Herbst mahnte sie sie,

an Jom Kippur in die Synagoge zu gehen, einerlei, wo sie sich gerade befinden mochten, später, wenn sie erwachsen waren; andernfalls würde man sie für »Komministen« halten. Meist saß sie am Fenster und nickte anderen Frauen zu, die ebenfalls an ihren Fenstern saßen, hielt auch Ausschau nach Luftschiffen und erzählte von jüngst vergangenen Zeiten, als man noch auf die Straße rannte, um ein Flugzeug zu sehen. Sie kannte die ersten Verse zweier Liedchen, die sie in Amerika gehört hatte: »Sitz nicht nach Sonnenuntergang / auf einer einsamen Anlagenbank« und »Mein Sohn soll nicht zu den Soldaten«. Beides wäre heutzutage noch passender gewesen. Die zarte mütterliche Frau mit dem Halswickel konnte Englisch weder lesen noch besonders gut verstehen, doch erkannte sie die Arien aus ›Carmen‹, ›Tosca‹, ›Faust‹, ›Aida‹ und ›Madame Butterfly‹, die aus dem großen alten Atwater-Kent-Radio im Wohnzimmer tönten. Sid hatte es für sie mit dem Geld gekauft, das er, wie Gold sich jetzt erinnerte, heimlich von seinem Lohn sparte, den er in der Wäscherei bekam und mit Sonntagsarbeit als Aushilfskellner verdiente. Woher, zum Kuckuck, mochte sie diese Arien gekannt haben?
Mit den ersten lauen Lüften im März oder April stellten sich Straßenhändler ein und verkauften den ganzen Sommer hindurch ihre frische reife Ware. Ein Viertelzentner heimische Kartoffeln kosteten einen Vierteldollar. Die Hökerer, samt und sonders kraftstrotzende, sonnverbrannte Italiener, deren viele nach Zigeunerart Schweißbänder um Stirne und Hals trugen, priesen ihre Ware mit heiserem, rauhem Geschrei an und fügten wie zum Hohn ein Verslein an, das so lautete:

Habt ihr Geld, dann kauft und freut euch,
habt ihr keins, bleibt weg und schämt euch.

Seither hatte Gold dieses Verslein unablässig zu hören bekommen, von Börsenmaklern, Fabrikanten und auch vom Staat.

Habt ihr Geld, dann kauft und freut euch,
habt ihr keins, bleibt weg und schämt euch.

Auf dem Heimweg von Long Island schossen ihm ketzerische Gedanken in Fülle durch den Kopf, Gedanken, die er weder jemals aussprechen noch zu Papier bringen würde, wie er wohl wußte, doch arbeitete er im stillen fieberhaft an einem aufrüttelnden Artikel über Verpestung und Müll. Sozialisiert die Rockefellers, rottet das Haus Morgan aus. Müll. Müll häufte sich entlang allen Straßen des Landes, und jedermann, mit Ausnahme ganz verrückter Exzentriker, warf seinen Müll mit größter Seelenruhe hin, wo es sich gerade anbot. Das Half Moon Hotel auf Coney Island war jetzt ein Altersheim im Wolkenkratzerformat, und unternehmungslustige Teenager ermordeten bei ihrer jugendlichen Zerstörungswut alte Leute, ohne sich was dabei zu denken. Das konnte Gold anhand seiner Zeitungsausschnitte beweisen. Die Nation wußte mit ihren abgeschriebenen Alten und den für nichts zu begeisternden Jugendlichen nichts anzufangen. Gold war etwas bekannt, was außer ihm niemandem bekannt war, doch gedachte er nicht, es zu offenbaren: das amerikanische System war nicht imstande, gegen das Verbrechen, die wachsende Armut, die zerrüttete Wirtschaft, den zunehmenden Verfall mit legalen Mitteln vorzugehen, und er selber würde nichts dergleichen vorschlagen, sollte er nach Washington berufen werden. Mußte etwa gerade er die Ausnahme sein? Und als Beobachter der gesellschaftlichen Entwicklung wußte er noch etwas, das er eines Tages, fände sich die Zeit dafür, in ›Veränderung = Verschlechterung‹ besonders herausarbeiten wollte: daß nämlich das als Ordnung maskierte Chaos die fortgeschrittenste und vorletzte Phase einer Zivilisation kennzeichnet, und er wußte ferner, daß Amerika diese Phase erreicht hatte. Wo bereiN Überfluß an Büroräumen herrschte, wuchsen immer neue spektakuläre Bürotürme in den Himmel. Organisationen mit phantastisch anmutenden Namen wucherten wie Unkraut, breiteten sich pestartig aus und boten Personen von beschränktem Horizont und zweifelhaften Motiven Sinekuren und Privilegien. Dank seinen Zeitungsausschnitten konnte Gold einige Meldungen auswendig hersagen:

> Irving Kristol wurde vom Unternehmerverband zum Ständigen Wissenschaftlichen Berater ans Institut für die Erforschung der Innenpolitik des Unternehmerverbandes berufen.

Sidney Hook, emeritierter Professor für Philosophie an der Universität von New York, gehört dem Forschungsbeirat des Hoover-Instituts für Krieg, Revolution und Frieden an.

Aus Kollegenkreisen verlautet, daß der ehemalige Direktor des State College von San Francisko und Kandidat für den Senat, S. I. Hayakawa, während der Seminare schläft, welche gemeinsam vom Harvard-Institut für Politik und der Forschungsabteilung der Kongreßbibliothek veranstaltet werden.

Der vormalige Außenminister Henry A. Kissinger hat sich bereiterklärt, als Berater des neuen Instituts für die Erforschung des amerikanischen Selbstverständnisses an der Universität von Südkalifornien zu wirken. Es ist nicht bekannt, welches Honorar er dafür bezieht.

Alles, was einmal gut war, verkam, und was schlecht war, wurde noch schlechter. Stadtviertel, Anlagen, Strände, Straßenzüge, Schulen verfielen, ganze Innenstädte verrotteten. Schon wurden Fürsorgeempfänger in Sea Gate einquartiert. Es gab einfach zu viele Menschen. Italiener, Juden, Schwarze, Portorikaner – die reinste Völkerwanderung, nur eben daß es keinen Platz mehr gab für die Wanderer. Assimilation war reine Utopie, sozialer Aufstieg eine Phantasterei. Unzählige wurden Zeugen des sich überstürzenden Verfalls. Gold belebte sich mächtig, als ihm alle diese Wörter durch den Sinn gingen, die Ruin und Zerfall bezeichneten. Es war wie eine Rutschbahn in Nacht und Auflösung, eine Achterbahn, die ins Chaos und Elend sauste. Jemand sollte dagegen etwas unternehmen, doch niemand war dazu imstande. Keine Gesellschaft, die etwas taugte, konnte dem eigenen Untergang zusehen, ohne sich ernsthaft dagegen zur Wehr zu setzen, und darum, so folgerte Gold, sind wir keine Gesellschaft. Oder wir taugen nichts. Oder beides. Damit hatte er bereits seinen neuen Artikel.
Tags darauf zog er sich gegen Abend in sein Studio zurück mit Papier und Schreibmaschine und den Ausschnitten aus Zeitungen und Zeitschriften, die ihm dienlich sein konnten.
Als man den Lügner Richard Helms, ehemals Direktor der Central Intelligence Agency, endlich unter der Anschuldigung, einen Mein-

eid geschworen zu haben, zur Rechenschaft zog, durfte er sich aus der Klemme ziehen, indem er sich etwelcher läppischer Übertretungen für schuldig bekannte. Entgegen einer langjährigen Tradition wurde die Presse vor der Verhandlung nicht unterrichtet. Der Justizminister der Vereinigten Staaten bestritt wütend, daß sein Ministerium und der Anwalt von Helms einträchtig die Presse aus dem Gerichtssaal ferngehalten hätten.

»Soweit mir bekannt, kommt eine Haftstrafe für mich nicht in Frage, die Strafverfolgung soll eingestellt werden, und ich beziehe meine Pension als Beamter«, sagte Mr. Helms laut Verhandlungsprotokoll zum Richter.
»Das Gericht fühlt sich nicht an Abmachungen irgendwelcher Art zwischen Mr. Helms und dem Justizministerium gebunden«, sagte Bezirksrichter Barrington D. Parker bei der Verhandlung, zu der ausschließlich Mr. Helms, seine Anwälte, Beamte des Justizministeriums und Gerichtspersonal erschienen waren.

Und verdonnerte Mr. Helms zu zweitausend Dollar Geldstrafe wegen falscher eidlicher Aussage im Zusammenhang mit den geheimen Zuwendungen des CIA an die Gegner der demokratischen, verfassungstreuen Regierung von Chile, welche beabsichtigten, diese zu stürzen. Dem Recht war Genüge getan.

Vor der Urteilsverkündung sagte Bezirksrichter Barrington D. Parker zu Mr. Helms: »Sie haben Ihren Amtseid gebrochen und stehen entehrt und mit Schande überhäuft vor diesem Gericht.«
»Entehrt fühle ich mich nicht die Spur«, erklärte Mr. Helms nach der Verhandlung den draußen wartenden Journalisten.

Sein Anwalt, Edward Bennett Williams, gab ein vorbildliches Beispiel der besonderen Integrität und des unerschütterlichen Rechtsdenkens, für die Personen seines Berufsstandes seit je berühmt gewesen sind:

Mr. Williams sagte während der Verhandlung, Mr. Helms »wird eine Verurteilung zeitlebens als unheilbaren Makel empfinden«. Vor dem Gerichtssaal allerdings sagte er zu Reportern, der Richter möge sagen, was er wolle, Mr. Helms »empfindet seine Verurteilung als Auszeichnung«.

Der politische Leitartikler der in New York erscheinenden ›Daily News‹ nannte die Handhabung des Falles »schlicht und einfach ein abgekartetes Spiel des Establishments«.
Begreiflicherweise hörte der Justizminister das nicht gern und entgegnete, so gut er es eben vermochte. Gold konnte nicht glauben, daß zu seinen Lebzeiten noch einmal ein Mensch mit dem Hirn eines Ochsen und dem psychologischen Feingefühl eines Korkenziehers Justizminister werden könnte, doch der Beweis, der ihm vorlag, war beklagenswert überzeugend:

BELL BESTREITET ZWEIERLEI MASS
IM FALLE HELMS

Justizminister Griffin Bell bestritt gestern zornig, daß sein Ministerium im Falle des ehemaligen Direktors des CIA mit zweierlei Maß gemessen habe, vielmehr beharrte er darauf, seine Empfehlung, Helms nicht zu einer Haftstrafe zu verurteilen und ihm seine volle Pension zu belassen, sei »gerecht und fair«. Von zweierlei Maß bei der Strafverfolgung Armer und Reicher könne die Rede nicht sein, »ins Gefängnis kommen nur die Begüterten«, sagte er.

Das war Gold neu. Eine Neuigkeit, vor der er angeekelt zurückwich, um mehr über diesen Diener des öffentlichen Wohles zu lesen, der seine Pension behielt und auf zauberhafte Weise einer Haftstrafe entging, wie die Gerichte sie so umsichtig und systematisch einzig über die Begüterten verhängten.

Richard McGarrah Helms (seinen zweiten Vornamen benutzt er nicht gern) ist ein typischer Vertreter des Establishments. Sein Vater war leitender Angestellter eines Großunternehmens, und sein Großvater mütterlicherseits, Gates McGarrah, Bankier mit weltweiten Verbindungen. Zwei Jahre besuchte er Schulen in der

Schweiz und in Deutschland, lernte Deutsch und Französisch und feine Manieren.

Da wäre Gold fast lieber Jude gewesen.
Er legte Richard McGarrah Helms zunächst beiseite zwecks späterer Verwendung in seinem Buch über Kissinger oder die jüdische Selbsterfahrung und machte sich an die vordringlichste Arbeit, allerdings war sein Eifer durch den Wunsch gebremst, lieber schon jetzt ein Buch in Angriff nehmen zu dürfen. Auch David Eisenhower schrieb an einem Buch:

DAVID EISENHOWER SCHREIBT EINE CHARAKTERSTUDIE SEINES GROSSVATERS

David Eisenhower schreibt an einer intimen Charakterstudie seines Großvaters. »Ich werde auch meine eigenen Eindrücke von ihm aufzeichnen«, sagte Mr. Eisenhower, »doch je weniger ich in diesem Buch erscheine, desto besser.«
Mr. Eisenhower fuhr fort, jetzt sei der passende Zeitpunkt für ein derartiges Buch. »Ich habe eben meine juristischen Prüfungen abgelegt und fühle seit je den Drang, mich schriftstellerisch zu betätigen. Der Einfall kam sozusagen aus heiterem Himmel.«

John Ehrlichman, Spiro Agnew und H. R. Haldeman hatten bereits Bücher geschrieben, und Gerald Ford war soeben dabei:

TALENTSUCHER

Noch hat Präsident Ford siebzehn Tage im Amt vor sich, doch hat er bereits in aller Stille mit der Agentur William Morris vereinbart, daß diese ihn vertritt, sobald er ins Privatleben zurückkehrt. Er wird vom selben Agenten betreut wie Mark Spitz und das Rennsekretariat.
Die Agentur behält zehn Prozent aller Einnahmen aus den Büchern, die der Präsident schreibt, von allen Vorträgen, die er hält, und von allen Abschlüssen mit dem Fernsehen.

Wenn Gerald Ford imstande war, ein Buch zu schreiben, dürfte das auch dem Rennsekretariat nicht schwer fallen. Eine sympathische

Drehbuchautorin namens Nancy Dowd hingegen schrieb kein Buch:

> Zwar hat eine ehemalige Mitschülerin Nancy Dowds aus dem Smith College vorhergesagt, »sie wird einmal der James Joyce unserer Generation«, doch begnügt Miß Dowd sich weiterhin damit, Drehbücher für Hollywood zu schreiben. »Ich würde auch einen Roman schreiben«, sagte sie, »aber es ist viel aufregender, menschliches Verhalten auf die Leinwand zu bringen.«

Gold erwärmte sich für Miß Dowd und erwog, ihr dazu zu gratulieren, daß sie kein Buch schrieb.
Richard Nixons Buch war bereits fertig.
Der derzeitige Präsident der USA hatte schon ein Buch über sein erstes Amtsjahr verfaßt und schrieb womöglich bereits heimlich an dem Buch über sein zweites Jahr im Amt.
Ein bekanntes Mannequin namens Cheryl Tiegs hatte trotz erheblicher Bedenken ebenfalls beschlossen, ein Buch zu schreiben:

> Überdies hat Tiegs soeben mit Simon & Schuster über ihre Mitarbeit an einem Buch abgeschlossen. Sie erhält 70.000 Dollar und eine Auflagenbeteiligung. »Das schlimme bei dieser Schriftstellerei«, seufzte sie, »ist, daß sie kein Geld einbringt.«

Sogar der feiste kleine Armleuchter Kissinger schrieb an einem Buch! Er schrieb seine Memoiren, nachdem Gold den größten Teil der Arbeit bereits getan hatte, und wenn man der ›New York Times‹ glauben wollte, verhandelte er wegen der Rechte an seinem Buch mit der gleichen hektischen Subtilität und dem Sinn für Intrige, die er auch im Amt in so bemerkenswerter Weise gezeigt hatte. Der erste Bericht der Times lautete:

> KISSINGER ERNEUT AUF REISEN
> DIESMAL MIT SEINEN MEMOIREN VON
> VERLEGER ZU VERLEGER
>
> Außenminister Henry A. Kissinger tritt eine seiner bislang schwierigsten Reisen an – er sucht einen Verleger für seine Me-

moiren. Es hängt von seinem Verhandlungsgeschick ab, ob er dafür nur einen erheblichen Vorschuß bekommt oder den größten Vorschuß, der jemals im Buchgeschäft gezahlt wurde. Man spricht derzeit von 1 bis 3 Millionen Dollar plus Nebeneinkünften.

Mr. Kissinger, der gewohnt ist, selber zu verhandeln, hat keinen Agenten damit beauftragt und wird, wie aus gut unterrichteter Quelle im Außenministerium verlautet, auch keinen in Dienst nehmen.

Der zweite Bericht lautete:

KISSINGER BEAUFTRAGT AGENTEN

Um den Wert seiner Memoiren in Verlegerkreisen richtig zur Geltung zu bringen, hat Außenminister Kissinger eine einflußreiche Agentur mit der Wahrnehmung seiner Interessen beauftragt, und zwar International Creative Management.

Zu den Klienten von ICM gehören Barbara Streisand, Steve McQueen, Isaac Stern, Peter Benchley, Arthur Miller, Tennessee Williams, Harry Reasoner, Joseph Heller und Sir Laurence Olivier.

2 bis 3 Millionen im Gespräch

Aus Verlegerkreisen verlautet, daß Kissinger überdies einen Posten als redaktioneller Berater verlangt, ferner ständige Mitarbeit an Zeitschriften und Zeitungen, als Berater beim Fernsehen sowie unbegrenzte Hilfskräfte, Dienstwagen samt Chauffeur und ähnliches.

Gold vermutete, daß unter »ähnliches« auch die sechs Leibwächter fungierten, von denen drei sich jeweils ablösten, und die Kissinger, wie es hieß, später auf eigene Kosten einstellte.

Gold überflog die erwähnten Summen mit einer giftigen Menschenfeindlichkeit, die weit über den gewöhnlichen Neid hinausging, den man in jedem Leser vermuten durfte. Sein ursprünglicher Plan, die Memoiren Kissingers selber zu schreiben, war bereits geplatzt. Er sichtete nun sein Material für einen noch beißenderen Angriff auf Kissinger in der Meinung, es werde ihm leicht fallen, Kissingers Manuskript in die Hände zu bekommen, sobald Photokopien an Buchklubs und Taschenbuchverleger verteilt wurden. Er würde dann sechs Monate vor Erscheinen des Buches Behauptungen und Standpunkte widerlegen können, bevor diese noch im Druck erschienen waren und mit einem wahren Feuerhagel von entlarvenden Artikeln den Handelswert von Kissingers Buch mindern und zugleich den des eigenen erheblich steigern. Mochte der reisefreudige kleine Lump doch als erster publizieren, wenn er es wagte! Jeder einzelne von Golds Artikeln sollte selbstverständlich in das Buch aufgenommen werden. Das große Geld allerdings würde bedauerlicherweise gleichwohl dem geriebenen ehemaligen Harvard-Professor und Außenminister zufließen, der unter anderem schon Berater des Instituts für das Studium der amerikanischen Selbsterfahrung an der Universität von Südkalifornien war und nicht der Hauptverdächtige in einem gerichtlichen Untersuchungsverfahren.

Gold fand es schändlich und entmutigend, daß dieser niedrige Mensch, dem Untaten angelastet wurden, zu grauenhaft, um ermessen, und zu zahlreich, um verzeichnet zu werden, mit Wagen und Chauffeur munter durchs Land reiste, statt neben Rudolf Heß im Hof von Spandau zu spazieren, während Gold sich einen Wagen mieten mußte.

Gold, der alles von und über Kissinger gesammelt hatte, was je gedruckt worden war, konnte gewiß ein besseres Buch über Kissinger schreiben als Kissinger. Zum ersten hatte er eine objektive Abneigung gegen seinen Helden, die Kissinger vermutlich fehlte, jedenfalls in dieser Stärke. Gold bezweifelte sehr, daß dieser heimtückische Mensch, der seit acht Jahren seine Telefongespräche aufzeichnen ließ und Beihilfe zur Anzapfung der Privattelefone von Journalisten und seinen eigenen Beamten leistete, über den Humor, die Generosität und die Flexibilität des Charakters verfügte, die ihn befähigt hätten, sich selbst als die lächerliche und widerwärtige Gestalt zu sehen, als die andere ihn sahen, oder daß er anders als verstockt reagierte, wenn man ihm vorhielt, wie niederträchtig seine unbedeutenden Handlungen waren und welch blutige Katastrophen seine bedeutenderen zur Folge hatten. In der ›New York Times‹ hatte Anthony C. Lewis das Urteil über ihn gesprochen:

> Er litt auf Distanz; und nichts spricht dafür, daß das Leid, das Vietnam so vielen Menschen verursachte, ihn innerlich im geringsten anrührte.

Zum zweiten fehlte es ihm an Phantasie, und allein das mußte den Wert einer Studie über Kissinger, verfaßt von Kissinger, mindern. Auf die Frage, welche Rolle er beim Krieg in Kambodscha gespielt habe, in dem schätzungsweise eine halbe Million Menschen ums Leben kamen, erwiderte er:

> Es mag sein, daß es mir an Phantasie mangelt, doch sehe ich einfach nicht, daß es sich dabei um eine moralische Frage handelt.

Während ein William C. Sullivan, ebenfalls im Außenministerium, folgende Aussage machte:

> Der Krieg ist insofern gerechtfertigt, als es dabei um die Wiederwahl des Präsidenten geht.

Soweit Gold wußte, hatte Kissinger nicht ein einziges Mal gegen die faschistischen Methoden der Polizei protestiert, mit denen jedes Aufbegehren gegen den Krieg in Südostasien unterdrückt wurde. Wie aufrichtig würde er sich mit unfreundlichen Beurteilungen auseinandersetzen, die Gold ausgeschnitten hatte: 1) »Er ist ebenso schäbig wie die überführten Verbrecher in der Regierung Nixon«; 2) »Seine Politik und seine Leistungen sind von Unkenntnis und Unfähigkeit gekennzeichnet und dürften von der Geschichte dermaleinst diplomatisch dürftig und menschlich beschämend genannt werden«, hieß es von seinem Friedensschluß in Vietnam. »Kissinger hat Vietnam befriedet wie Napoleon Europa befriedete: durch seine Niederlage.« Und ferner: »Ginge es nach ihm, wir bombardierten Vietnam immer noch.« Wie würde er auf den Jubelruf des Leitartiklers der ›New Republic‹ reagieren, der, auf die Meldung, Kissinger werde sich demnächst am Fernsehen, aber nicht mehr in der Regierung betätigen, Gott öffentlich dafür dankte, »daß er seine Zauberkunststücke nunmehr auf der Mattscheibe vollführen wird, wo sie keinen Schaden mehr stiften«? Hatte Kissinger wirklich, wie behauptet wurde, »eine brutale Schlacht« herbeigesehnt, die mit einer überzeugenden militärischen Niederlage Israels enden sollte? Hatte er wirklich versucht, während des Jom Kippur-Krieges Waffenlieferungen nach Israel zu verhindern? Ließ er wirklich alle Hoffnung fahren, als die Israelis sich endlich ermannten, den Nil überschritten und die ägyptischen Armeen am jenseitigen Ufer einschlossen? An Beweisen für die schlichte Blödheit dieses Mieslings fehlte es Gold durchaus nicht:

KISSINGER NENNT NIXON »UNERFREULICH«

KISSINGER ENTSCHULDIGT SICH DAFÜR,
NIXON ABGEHÖRT ZU HABEN

KISSINGER WEINT IN SALZBURG,
WEIL ER IN SACHEN CHILE EIN LÜGNER GENANNT
WURDE

»Macht ist ein starkes Aphrodisiakum«, hatte dieser angeblich so brillante Mensch öfter als einmal mit solcher Arroganz und Naivität gesagt, daß er nach Golds Meinung dafür nur Verachtung verdiente. Aus Erfahrung wußte Gold, daß Frauen ein stärkeres Aphrodisiakum sind. Nur ein Hirnversehrter, meinte Gold, konnte im Kriege zu einem Reporter sagen, nachdem seine Friedensbemühungen jämmerlich gescheitert waren: »Wenn ich mit Le Duc Tho spreche, weiß ich, wie ich mit ihm zu sprechen habe, und wenn ich mit einer Frau zusammen bin, weiß ich, wie man mit Frauen spricht.« Gold kam es vor, daß Kissinger nicht die Spur einer Ahnung davon hatte, wie er mit Oriana Fallaci umzugehen habe, die ihn interviewte.

»Nein, über dieses Thema möchte ich nicht diskutieren.«

»Genug, kein Wort mehr über Vietnam.«

»Ah nein, dem antworte ich nicht. Dessen Einladung nehme ich nicht an.«

»Fragen Sie mich das nicht.«

»Auf diese Frage kann ich nicht antworten.«

»Ich kann nicht, kann nicht, will auf diese Frage nicht antworten.«
»Versuchen Sie nicht mehr, mich über Vietnam auszufragen.«
»Jetzt aber genug von Vietnam. Reden wir von Machiavelli, Cicero, wovon Sie wollen, aber nicht mehr von Vietnam.«
»Nein, gegen den Krieg in Vietnam war ich nie.«
»Reden wir etwa immer noch über Vietnam?«
»Macht als solche fasziniert mich überhaupt nicht.«
»Zählen tut nur, was Frauen in meinem Leben bedeuten, ob sie im Mittelpunkt stehen. Nun, das tun sie nicht. Frauen sind für mich ein Zeitvertreib, eine Liebhaberei. Und auf Liebhabereien verschwendet man nicht zuviel Zeit. Man kann auch an meinem Terminkalender ablesen, daß ich ihnen wenig Zeit widme.«
»... immer habe ich auf eigene Faust gehandelt. Das bewundern die Amerikaner sehr. Die Amerikaner bewundern den Cowboy, der ganz allein auf seinem Pferd den Wagenzug anführt, den Cowboy, der allein auf seinem Pferd in die Stadt reitet.«
»Diese romantische Rolle voller Überraschungen liegt mir sehr, denn allein handeln war seit je Teil meines Stils, meiner Technik, wenn Sie wollen. Unabhängigkeit ebenfalls. Ja, das ist für mich sehr wichtig, innerlich und äußerlich. Und dann, daß ich aus Überzeugung handele. Ich bin immer davon überzeugt, daß notwendig ist, was ich tue. Und das fühlen die Leute, sie glauben mir. Und daß man mir glaubt, ist sehr wichtig für mich.«
»Um Popularität ist mir nicht zu tun, die suche ich nicht. Falls Sie es genau wissen wollen, mir liegt nichts daran. Ich kann mir leisten zu sagen, was ich denke. Ich beziehe mich auf das Echte in mir. Denken Sie an Schauspieler; die wirklich guten verlassen sich nicht auf ihre Technik. Wenn sie eine Rolle übernehmen, folgen sie auch ihrem Gefühl. Sie sind echt, genau wie ich.«
»Ah, der steckt bis zum Hals voll Scheiße, der egoistische Schmock«, sagte Gold laut.
»Warum ich mich darauf eingelassen habe«, äußerte Mr. Kissinger hinterher über das Interview, »ist mir unerfindlich.«
Mr. Lewis von der ›New York Times‹ bemerkte dazu:

> Bei seinen Witzen überläuft es einen kalt. Daß wir einem Menschen wie diesem Ehre erweisen, fällt auf uns selber zurück.

Der Übergang von Kissinger zu Verpestung, Abfall, Müll und moralischer Verkommenheit ergab sich ganz zwanglos, und als Golds Tochter hereinkam, ließ er sich nicht stören.
»Willst du zum Essen kommen?«
Gold scheuchte sie weg, ohne von der Arbeit aufzublicken, in die er ganz vertieft war, und entschied sich eine Stunde später für die Überschrift

WIR SIND KEINE GESELLSCHAFT
oder
WIR SIND UNSER SALZ NICHT WERT

Ein Titel gut wie Gold. Das göttliche Feuer loderte.

Wir sind keine Gesellschaft
oder
Wir sind unser Salz nicht wert

»Der erste Teil des Titels gefällt mir, der zweite nicht.« Gold sah kalt und voller Abneigung zu, wie Lieberman einen Stift in die Faust nahm und mit dicken schwarzen Strichen die Wörter, an denen er Anstoß nahm, unlesbar machte, als stampfe er sie mit einem primitiven Steinwerkzeug ins Papier. »Das klingt schon besser, was? ›Wir sind keine Gesellschaft‹.«

»Da sitzt doch kein Mumm dahinter.«

»Das kommt schon noch. Ich erwäge übrigens, getupfte Fliegen zu tragen. Würden mir die stehen?«

Gold wußte, Lieberman würde grauenhaft damit aussehen. »Ich glaube, sie stünden dir sehr gut.«

»Ja, das meine ich auch.« Lieberman rutschte tiefer in seinen Sessel. Er wirkte unerlaubt selbstgefällig und respektlos. »Nun kommen wir zu all diesem Blödsinn mit dem Salz. Was heißt, wir sind unser Salz nicht wert? Hat das was Bestimmtes zu bedeuten?«

Gold erwog, einfach aufzustehen und hinauszugehen. »Es ist eine Art Wortspiel«, rechtfertigte er sich sodann. »Abgesehen von dem idiomatischen Wert der Metapher ist es meine Überzeugung, daß Salz eine elementare, von allen benötigte nützliche Substanz ist, die einem Aggregat von Familien in einem genau umrissenen Gebiet, üblicherweise Gesellschaft genannt, die erforderliche Kohäsion gibt.«

»Und warum sagst du es dann nicht mit so einfachen Worten?« unterwies ihn Lieberman unerträglich autoritär. »Kohäsion ist viel besser. Salz ist zu komplex.«

»Salz? Komplex?«

»Schon gar ›Wir sind unser Salz nicht wert‹. Schreiben wir statt dessen Kohäsion. Vergiß bitte nicht, Bruce, unsere Leser sind hochgebildet, sehr intelligent, politisch engagiert und stets bestens informiert. Die können mit deinem Salz nichts anfangen. Was soll das überhaupt? Ich verstehe das Bild selber nicht. Wieviel ist Salz wert? Und warum sind wir ausgerechnet unser Salz nicht wert? Warum beispielsweise nicht unser Beefsteak?«

»Nur weiter«, sagte Gold.

»Wir nehmen als Überschrift ›Wir sind keine Gesellschaft, oder Ermangeln wir der elementaren, von allen benötigten Substanz, die einem Aggregat von Familien in einem genau umrissenen geographischen Gebiet jene Kohäsion verleiht, welche uns berechtigt, von Gesellschaft zu sprechen?‹ Kohäsion ist ein magisches Wort. Als Zutat eine Prise Sex, und das Salz lassen wir weg. Vergiß nicht, Bruce, ich bin ein erfahrener Redakteur, und du bist es nicht«, schloß Lieberman aufgeblasen und herablassend. »Sophie und ich waren immerhin zum Diner im Weißen Haus. Das danke ich meinen Verdiensten und nicht der Tatsache, daß ich mich an einen Antisemiten wie Ralph rangeschmissen habe.«

Gold verlor die Beherrschung; der Zorn, den er hinter einem friedfertigen Äußeren zu verstecken gesucht hatte, gewann endlich die Oberhand. »Du wurdest eingeladen, weil du gemeinsam mit einer Bande Arschlöcher, die zu korrupt waren, Johnson und Nixon die Meinung zu sagen, deren Krieg gerechtfertigt hast. Wäre mein Sohn in diesem Krieg verwundet worden oder gefallen, ich schnitte dir die Gurgel ab, du mieser Heuchler. Hast du dich etwa freiwillig gemeldet? Und deine Kinder wären ebenso wie meine zurückgestellt worden, wären sie im dienstfähigen Alter gewesen. Das ist übrigens ein guter Stoff für meinen nächsten Artikel.«

»Zeig ihn zuerst mir«, bettelte Lieberman. »Das bist du mir schuldig.«

»Du würdest ihn nicht bringen«, spottete Gold und schnitt eine höhnische Grimasse. »Die Überschrift heißt nämlich: Ein Mahl im Weißen Haus, von Skip und Sophie Lieberman.«

»Überliefert von Bruce Gold«, sagte Lieberman und barst schier vor Haß, »der nie eingeladen wurde.«

»Und sich weiter darum bemüht. Einen guten Tag wünsche ich, du Stinktier.«

»Auch dir einen guten Tag, Bruce.« Sie standen reglos und funkelten einander an. Vielleicht gab es nirgendwo auf der Welt zwei alte Freunde, die einen so starken Gegensatz bildeten, einander so wenig leiden konnten und in beinahe jeder Frage verschiedener Meinung waren.

»Überleg dir einen besseren Titel, während ich schon immer mal den Text umschreibe. Vielleicht zeichnen wir beide als Verfasser.«

»Wenn du auch nur ein einziges Wort änderst«, drohte Gold, »nehme ich ihn dir weg und verkaufe ihn anderswo.«

»Das ist ja wunderbar«, rief Ralph über seinen heißen Draht aus Washington, während Gold wie ein Eichhörnchen in seiner Wohnung heimlich die Sparbücher der Familie und andere Eigentumsurkunden zusammentrug zwecks Vorbereitung seiner Flucht in ein neues Domizil, denn die Stunde der Wahrheit ließ sich nicht mehr lange hinauszögern. »Darin sind sich hier alle einig.«

»Ach nein«, Golds Lebensgeister kehrten mächtig zurück.

»Sogar der Präsident. Der Präsident läßt dir sagen, er sei begeistert. Er möchte wissen, ob du ihm seine Reden schreiben willst.«

»Nein«, sagte Gold.

»Das sagte ich auch gleich. Du bist eine zu bedeutende Persönlichkeit, und als unabhängiger Kommentator, den wir fest unter Kontrolle haben, wärest du viel wertvoller für uns.«

»Das würde meine moralische Autorität untergraben.« Gold überlief ein leichtes Schaudern.

»Ich werde darauf hinweisen. Der Präsident findet deinen Artikel so glänzend, daß er ihn nicht veröffentlicht sehen möchte, Bruce.«

»Sondern?«

»Er möchte Abschnitte daraus in seinen eigenen Reden, auf seinen Pressekonferenzen, in seinem nächsten Bericht zur Lage der Nation als sein geistiges Eigentum bringen. Er findet deine Formulierungen unübertrefflich, Bruce, und du bist auch wieder befördert worden.«

»Wozu?«

»Das klären wir definitiv vor deinem Rückflug, es sei denn, es fehlt uns an Zeit. Besonders sein Salz hat es ihm angetan. Was hast du doch für eine geniale Begabung! Wie bist du nur auf dieses Bild verfallen? Da sträubt sich einem ja das Hirn.«

»Unser Salz, Ralph«, berichtigte Gold.
»Mag sein, er möchte das ändern, Bruce«, warnte Ralph.
»Das ist bereits geschehen. Das Salz ist raus aus dem Artikel. Gestrichen.«
»Von wem?«
»Von Lieberman. Der mag kein Salz. Es soll alles raus.«
»Das Salz?«
»Er macht daraus Kohäsion. Jene Art Kohäsion –«
»Kohäsion?« rief Ralph erstaunt und betroffen. »Was ist denn Kohäsion für ein Wort? Der ist doch verrückt, Bruce. Das darfst du nicht zulassen.«
»Salz findet er zu komplex.«
»Der weiß ja nicht, was er da anrichtet. Kohäsion taugt nichts. Der Kerl ist sein Salz nicht wert.«
»Willst du selber mit ihm darüber reden?«
»Mit Lieberman rede ich über nichts«, lehnte Ralph ab. »Und solange ich hier noch was zu sagen habe, wird er nicht ins Weiße Haus eingeladen. Statt dessen laden wir dich ein. Und dann gibt es auch Salz, wie? Du benutzt es ja ohnehin nicht.«
Golds angeborener Sinn fürs Taktieren regte sich. »Lieberman hat nicht die einzige Zeitschrift«, begann er die Verhandlungen, »und im übrigen reserviere ich mir das Material vielleicht für mein Buch. Pomoroy ist stark beeindruckt. Unser Salz nicht wert – das würde ich nur sehr ungern hergeben, Ralph.«
»Das verstehe ich gut, aber du solltest es dem Präsidenten lassen. Schließlich ist er der einzige Präsident, den wir haben.«
»Dem kann doch daran nicht so viel gelegen sein«, klopfte Gold auf den Busch.
»Und ein Präsident überdies, der sich dankbar erweisen würde. Vielleicht mit dem Botschafterposten am Hofe von St. James. Oder mit dem Außenministerium. Das wäre nicht übel, Bruce. Du kannst auf Staatskosten reisen und jeden Abend ausgehen, wenn du Lust hast. Möchtest du Außenminister werden?«
»Darüber müßte ich erst mal gründlich nachdenken«, versetzte Gold so kaltblütig, daß es ihn selber überraschte; er hatte nicht gewußt, daß er dazu imstande war. »Hast du nicht irgendwann den Posten des Direktors des CIA erwähnt?«

»Der wäre auch drin.«
»Auch? Wäre überhaupt irgendeiner dieser Posten drin, Ralph?«
»Warum nicht, wenn du dein Salz wert bist? Könntest du vielleicht beide Ämter gleichzeitig übernehmen?«
»Dagegen spricht eigentlich nichts«, sagte Gold. »Ich nehme Lieberman den Artikel wieder weg. Stillschweigen ist die Parole, wie?«
»Salz ist die Parole«, berichtigte Ralph lachend. »Und vergiß nicht, die Wände haben Ohren.«
»Ich weiß, ich habe schon zu ihnen gesprochen.«
»Und ich steige jetzt sofort für dich in den Ring. Falls ich vorgelassen werde. Wir probieren es mit dem Außenministerium, dem Botschafterposten, dem Chef der NATO –«
»Ob ich das möchte, bezweifle ich.«
»– oder Direktor des CIA. Höchste Zeit, daß du bekommst, was du verdienst, Bruce. Es kann allerdings auch noch zu früh sein.«
»Ich danke dir, Ralph. Du bist das Salz der Erde.«
»Könntest du das bitte wiederholen, Bruce?«

»Lieberman, Kohäsion gefällt mir nicht.«
»Und Salz nehme ich nicht.«
»Dann ziehe ich den Artikel zurück.«
»Du hast anderswo abgeschlossen.«
»Gott soll mich strafen«, sagte Gold und war höchst zufrieden mit dem Pakt, den er der Gottheit anbot, »falls du diesen Artikel je in einer anderen Zeitschrift gedruckt siehst.«
»Mir hat er ohnehin nicht besonders gefallen«, erwiderte Lieberman häßlich schmollend, und Gold fiel mit Genugtuung ein, daß Liebermans mürrische, rachsüchtige Verdrossenheit noch einen anderen Grund haben dürfte. Vor vierzehn Tagen hatte Lieberman sich mit viel Getöse um Aufnahme in eine fade, längst veraltete, konservative Organisation namens ›Junge Amerikaner für die Freiheit‹ bemüht und war als zu alt abgewiesen worden. Er trug eine getupfte Schleife mit farblich passenden Krümeln und Fettflecken – noch ein wandernder Jude, der sich zur Schleife bekehrt hatte, entschied Gold ablehnend und bedauernd. Liebermans abgewetzte Lederjacke machte ihn der schlitzäugigen Bestie ähnlich, deren Fell

sie vordem gewesen war. »Ich habe Wichtigeres im Kopf als dich und dein Salz. China zum Beispiel, die Kommunisten und den Weinbau in Kalifornien.«

»Was ist denn wieder in China los?«

»Da gibt es keine Demokratie«, maulte Lieberman, »und keine Pressefreiheit.«

»Was du nicht sagst.« Gold täuschte Verblüffung vor. »Und woran denkst du?«

»Selbstverständlich an ein von mir verfaßtes Manifest in Form einer Petition mit unabdingbaren Forderungen nach Veränderung. Ich sammle Unterschriften dafür.«

»Auf mich darfst zu zählen.«

»Ferner eine Sonderausgabe meiner Zeitschrift, in der du und andere meine Ansichten in jeweils zweitausend Wörtern zum Ausdruck bringen.«

»Und was zahlst du dafür?«

»Nichts.«

»Dann zähle lieber nicht auf mich.«

Lieberman entgegnete mit dem wilden Eifer des irren Fanatikers: »Bloß weil dir ein paar lausige Dollar entgehen, beraubst du neunhundert Millionen Chinesen ihrer demokratischen Freiheiten? Das ist immerhin ein Drittel der Menschheit.«

»Ein Viertel, du Dummkopf. Und was ist mit den Kommunisten?«

»Ich fordere, der Verbreitung des Kommunismus sofort an den Grenzen aller Länder Einhalt zu tun, falls nötig mit Gewalt.«

»Mit wessen Gewalt, bitte?«

»Das weiß ich noch nicht«, gestand Lieberman, »ich bin aber willens, den Menschen in aller Welt ein Angebot zu machen, das sie nicht ablehnen können. Ich biete ihnen einen anderen Weg, den sie einfach vorziehen müssen.«

»Und der wäre?«

»Das weiß ich auch noch nicht genau.«

»Und der Weinbau?«

»Die Pflücker streiken. Die Tradition ist bedroht. Man hat keinen Respekt mehr vor dem Funktionieren der Freien Marktwirtschaft.«

»Und was schlägst du dagegen vor?«
Darauf antwortete Lieberman wie aus der Pistole geschossen: »Staatliche Subventionen.«
»Was denn – für die Arbeiter?«
»Für die Unternehmer. Damit sie den Streik überstehen, einerlei, wie lange er dauert, Preisabsprachen in beliebiger Höhe treffen und den freien Markt stabilisieren.«
»Ich werde mich auch für diesen Vorschlag verwenden.«
»Genau das mißfällt mir so an dir«, schimpfte Lieberman und bleckte die Zähne. »Wie soll ich es nur gleich nennen? Na, du findest das alles in meiner neuesten Autobiographie. Du scheust dich notorisch, für den Status quo Partei zu nehmen. Und deshalb bringst du es auch zu nichts.«
»Ach nein.« Gold machte die Unterhaltung Spaß. »Nur bin ich zufällig eben wieder befördert worden.«
»Wozu?« fragte Lieberman neidisch.
»Das kommt nicht über meine Lippen.«
»Warst du etwa all die Zeit in Washington beschäftigt?«
»Ich war damit beschäftigt, Frauen aufs Kreuz zu legen.« Gold lächelte geheimnisvoll. »Mehr kann ich nicht sagen.«
»Na, das habe ich auch getan«, brach es aus Lieberman hervor. Danach ließ er eine Pause eintreten, die das wachsende Gewicht eines Geheimnisses ahnen ließ, das endlich ans Licht wollte. »Wenn ich dir ein Geheimnis anvertraue«, begann er mit ungewohnter Zurückhaltung, »vertraust du dann auch mir eins an?« Und er fuhr mit seinem Geständnis fort, obwohl Gold nein gesagt hatte: »Versprichst du, keiner Seele was davon zu erzählen?«
»Ich nehme es mit ins Grab«, versicherte Gold.
Lieberman rutschte beklommen auf seinem Sessel herum. »Ich habe mir ebenfalls Frauen verschafft. Durch die Kleinanzeigen auf der letzten Seite. Die besten suche ich mir raus, bevor sie erscheinen, und du glaubst nicht, wie viele es gibt und wie einfach es ist. Jetzt weiß ich erst, daß auch Frauen an Sex Spaß haben. Selbstverständlich«, Liebermans Stimme sank vertraulich und zeugte von einer Mischung aus Enttäuschung und Rechtfertigung, »sind es nicht immer die schönsten.«
»Was du nicht sagst«, staunte Gold.

»Was du nicht sagst«, antwortete Gold in Washington, als Ralph ihn vor die Wahl stellte, Außenminister, Botschafter am englischen Hof, Justizminister oder Direktor des CIA zu werden – im Austausch gegen ›Wir sind keine Gesellschaft oder Wir sind unser Salz nicht wert‹.

»Ich an deiner Stelle nähme das Außenministerium.«

»Aber davon verstehe ich nichts«, zögerte Gold, »mir fehlt da alle Erfahrung.«

»Daran ist noch keiner gescheitert.«

Das klang einleuchtend. »Werde ich wirklich bald zum Außenminister ernannt, wenn ich mich um das Amt bewerbe, Ralph?«

»Oh ja, dafür kann ich so gut wie garantieren«, sagte Ralph, »ganz sicher allerdings weiß ich es nicht. Mehr kann ich im Moment nicht versprechen.«

»Und der Senat würde die Ernennung bestätigen? Die meisten Senatoren wissen überhaupt nicht, wer ich bin.«

»Das wäre dir sehr nützlich. Du sagst doch selber so anschaulich in deinem Artikel: Je mehr wir über einen Kandidaten für ein öffentliches Amt wissen, desto weniger verdient er unsere Unterstützung, und der ideale Bewerber um die Präsidentschaft wäre jemand, von dem niemand etwas weiß.«

»Aber das war reinster Sarkasmus, Ralph«, rief Gold, »eine satirische Bemerkung.«

Ralph schaute ihn ernst tadelnd an. »Wir nehmen das Wort für Wort ernst und gründen bereits unsere Berechnungen darauf. Schade, daß dein Name schon in der Presse erschienen ist, sonst wärest du unser nächster Präsidentschaftskandidat. Also begnüge dich vorerst einmal mit dem Außenministerium, dann hast du schon mal einen Fuß in der Tür.«

»Und was wären meine Pflichten?«

»Keinerlei Pflichten. Dein großer Mitarbeiterstab erledigt alles. Dein Stellvertreter hat eine Weltkarte, auf der alle Hauptstädte eingetragen sind, und eine zweite, wo alle Namen der Regierungschefs draufstehen, du brauchst also nicht mal bei den Journalisten um Auskunft zu bitten. Es sei denn, du möchtest dich gern beschäftigen, und falls das so ist, könntest du deine Nase in unendlich viele Dinge stecken.«

»Ich dürfte also Politik machen?«
»Nach Herzenslust.«
»Nur Außenpolitik?«
»Auch Innenpolitik. Falls du flink genug bist.«
»Flink genug?«
»Aber Bruce«, sagte Ralph. »Du kennst den Präsidenten so gut wie ich –«
»Ich bin ihm nie begegnet, Ralph«, berichtigte Gold steif.
Ralph schwieg verdutzt. »Er war doch bei der Geburtstagsfeier deiner ältesten Schwester?«
»Da war ich. Er war in China.«
»Ich habe dich doch aber ins Weiße Haus kommen lassen, nachdem du dich in der Kommission so glänzend bewährt hattest, nicht wahr?«
»Da schlief er gerade.«
»Na, einmal mindestens mußt du ihn sprechen, bevor er deine Ernennung bekanntgeben kann«, riet Ralph. »Ich hoffe, es macht dir nichts aus?«
»Das glaube ich kaum.«
»Die beste Zeit ist, genau genommen, wenn er müde ist und schlafen möchte. Da drängeln sich dann alle, und deshalb muß man flink sein. Unser Präsident ist viel zu beschäftigt, um sich lebenswichtigen Fragen zu widmen, an denen er jedes Interesse verloren hat. Allerdings«, Ralph senkte die Stimme vertraulich, nachdem er besorgt zur Wand geblickt hatte, »allerdings argwöhnen wir, daß er häufig gar nicht schläft, sondern schon an seinem nächsten Buch arbeitet. Trägst du deine Gedanken vor, wenn er hellwach ist, darfst du auf seine Aufmerksamkeit rechnen. Dann halte durch, bis er einen gläsernen Blick bekommt und gähnt. Bist du zur Stelle, wenn er kurz davor ist einzuschlafen, bekommst du seine Zustimmung zu so gut wie allem, was du vorschlägst.«
»Angenommen, ich mache einen falschen Vorschlag«, fragte Gold, »ich begehe einen Irrtum?«
»So etwas wie einen Irrtum gibt es auf Regierungsebene nicht«, beruhigte ihn Ralph, »denn da weiß niemand genau, was geschehen wird. Schließlich gelingt nichts wie geplant, Bruce. Und wenn ich das nicht wüßte, wäre ich mein Salz nicht wert.«

»Angenommen, meine Politik schlägt fehl?«
»Dann schlägt sie eben fehl. Kein Mensch ist vollkommen.«
»So einfach ist das?«
»Und es schadet nichts. Das ist auch früher schon passiert und hat niemandem wehgetan.«
»Niemandem wehgetan?«
»Wir sind doch noch hier, oder?« fragte Ralph.
Die milde Sorglosigkeit dieser Antwort versetzte Gold einen üblen Schock und erweckte in ihm eine erste Regung des Widerwillens und die Neigung, sich zurückzuziehen. Nachdem er eine gewisse Hemmung überwunden hatte, sagte er: »Ralph, hier liegt etwas Zynisches und Egozentrisches in der Luft, an das mich zu gewöhnen ich Mühe habe.«
»Ich kenne diese Gewissensregung«, erwiderte Ralph freundlich und gönnerhaft, »kann dir aber versichern, daß sie sich spurlos verliert, wenn du nur ein paar Minuten hier tätig bist.« Gold atmete erleichtert auf. »Du darfst dir nur nicht einbilden, du könntest etwas bessern. Als dein Freund Henry Kissinger hier –«
»Der ist nicht mein Freund, Ralph.«
»Das freut mich zu hören, denn eigentlich wollte ich sagen, als dieser aufdringliche Speichellecker Kissinger hier anfing, sagte er zu seinen Freunden, der Krieg werde in einem halben Jahr zu Ende sein, und als man ihm nach fünf Jahren endlich den Krieg aus der Hand nahm, hat er geschmollt wie ein verzogenes Kind, weil man ihm nicht erlaubte, in Afrika noch einmal Krieg zu spielen. Bitte, Bruce, übernimm das Außenministerium, denn wenn du es nicht nimmst, könnten wir gezwungen sein, es einem deiner Religionsbrüder zu übertragen.«
»Ich bekenne mich zu keiner Religion, Ralph.«
»Also einem Glaubensgenossen von dir, der –«
»Ich habe keinen Glauben.«
»Also dann eben einem Juden, der nicht besser ist als Kissinger.«
Gold bedurfte weiter keiner Ermunterung. Er gab stumm seine Zustimmung. Es war ein bedeutender Moment, der keine Worte zuließ. Ralph war sehr erleichtert, als Gold ihm feierlich die Hand drückte.
»Nun wollen wir versuchen, dir das Amt zu verschaffen.«

Gold stierte ihn neuerlich schockiert an. »Aber du hast es versprochen, Ralph, hast es garantiert.«
»Schon, ich habe aber auch gesagt, ganz sicher bin ich meiner Sache nicht.«
»Oh doch, genau das hast du«, widersprach Gold tadelnd und hoffte, Ralph höre ihm an, wie gekränkt er war. »Du sagtest, du seiest gewiß, meine Ernennung zum Außenminister bewirken zu können.«
»Es sei denn, ich bin dazu außerstande, Bruce – das füge ich immer hinzu, weil ich niemand täuschen will. In deinem Fall stehe ich nicht an zu sagen, die Sache ist so gut wie sicher, es sei denn, sie ist es nicht, selbstverständlich. Ich sehe nicht, wie du das noch verpatzen kannst, sobald du mit Andrea Conover verheiratet bist und die medizinische Untersuchung hinter dich bringst, es sei denn, du verpatzt es doch, aber das dürfte dir schwerfallen, es sei denn, es fiele dir leicht.«
Gold wußte nicht mehr, wo ihm der Kopf stand. »Ich bin noch nicht geschieden, Ralph.«
Unter dem vorwurfsvollen Blick, mit dem Ralph ihn bedachte, errötete Gold stark. »Ich dachte, das wäre erledigt, Bruce?«
»Nächste Woche spreche ich mit meinem Anwalt.«
»Und die Untersuchung?«
»Noch am selben Nachmittag. Belle argwöhnt nicht, daß ich an Scheidung denke.«
»So ist es richtig«, sagte Ralph beifällig. »Immerhin dürfte ihr doch etwas dämmern, wenn du Andrea heiratest?«
»Sie scheint nicht mal begriffen zu haben, daß ich praktisch schon ausgezogen bin«, sagte Gold, selber verblüfft, denn ihm wurde klar, daß er nicht ausgezogen war, und er fühlte sich schuldbewußt. »Ich muß ins Amt berufen werden, bevor ich irgendwas unternehme, Ralph. Ich weiß, Andrea liebt mich, aber heiraten will sie mich erst, wenn ich ein hohes Regierungsamt bekomme.«
»So schnell wird das kaum gehen, Bruce, nicht bevor du mit ihr verheiratet bist«, sagte Ralph aufrichtig. »Die Verbindung mit Conovers ist für dich ausschlaggebend.«
Falls dies sich so verhielt, sah Gold keine Alternative. »Dann muß ich wohl meine Hemden und Socken einpacken und muß vor Belle

auspacken.« Die beiden Herren musterten einander schweigend.
»Leicht wird mir das nicht.«
»Wem wird das schon leicht«, seufzte Ralph melodisch. »Doch das Wohl des Landes geht allem vor. Falls du möchtest, kann ich den Vizepräsidenten bitten, Belle die Umstände zu erklären, vielleicht tut es sogar der amtierende Senatsvorsitzende oder auch der Sprecher der Minderheit im Senat. Du mußt nur sagen, wer dir lieber ist.«
Gold antwortete mit träger Seelenstärke: »Ich werde es wohl selber tun müssen.«
»Das ist edel gedacht«, sagte Ralph ohne jede Spur von Tücke im Ton und stand auf. »Du wirst es auch nicht bereuen. Du könntest der erste jüdische Außenminister des Landes werden, ja, du könntest deiner Rasse Ehre machen.«
»Kissinger ist schließlich auch Jude«, sagte Gold mürrisch und senkte eine Schulter, als wolle er einer beleidigenden Äußerung ausweichen wie einem Wurfspieß. »Jedenfalls behauptet er das.«
»Dann könntest du immerhin der jüngste jüdische Außenminister sein. Und deine Verwandten wären auch darauf gewiß stolz.«
Gold grimassierte düster. »Kissinger war jünger«, murrte er, und in seinem Ton schwang etwas Aggressives. »Aber es kann sein, daß er auch sein Alter falsch angegeben hat.«
»Was meinst du damit?«
Gold erkannte einen verleumderischen Einfall als solchen, wenn ihm einer kam, und er gedachte nicht, sich darüber weiter auszulassen.
»Das ist kein Jude!« hatte Golds geistig zerrütteter alter Vater gekreischt wie ein außer Rand und Band geratener leichenfressender Dämon und mitleidlos mit dem gekrümmten Finger gegen die Mattscheibe gestoßen, auf der man den korpulenten, clownesken Kissinger selbstzufrieden lächelnd einem Flugzeug entsteigen sah, nachdem er auf übelste Weise versucht hatte, Israel die Schuld am Zusammenbruch der Friedensverhandlungen im Nahen Osten zuzuschieben, der einzig seiner eigenen Unfähigkeit zuzuschreiben war. (Leslie Gelb schrieb dazu in ›Time Magazine‹: »Kissinger hatte mit den Israelis vereinbart, niemandem öffentlich die Schuld am Scheitern seiner Reisediplomatie zu geben, aber kaum war er an

Bord seiner Maschine und auf dem Rückflug, bezeichnete er die Israelis als die Schuldigen.«) »Es gibt keine jüdischen Cowboys! Ich hab ihm in der Erde!«
Und Gold beabsichtigte, die These, Kissinger sei kein Jude, in einem Buch der »Erinnerungen an Kissinger« herauszuarbeiten, das bestimmt Aufsehen erregen und ihm, wie er hoffte, wenigstens einen spürbaren Bruchteil der Pennunse einbringen sollte, die Kissinger seine eigenen Memoiren samt all jenen ihm von überallher angetragenen Freizeitbeschäftigungen einbrachten, und in die er so selbstverständlich einsickerte wie Schmierfett. Bei der Untermauerung von Golds Theorie kam es ihm nicht entscheidend auf die pure Wahrheit an, vielmehr meinte er, mindestens ebensoviele Lügen, Vorurteile und Entstellungen in seine Erinnerungen an Kissinger einfließen lassen zu dürfen, wie Kissinger in Kissingers Memoiren und seine Amtstätigkeit. Gold vertrat die konservative Meinung, Kissinger werde einmal nicht mit Bismarck, Metternich oder Castlereagh verglichen, sondern als übelriechender Schlump verschrien werden, der aus Übermut Krieg führte und nur selten etwas von jenem legendären Mitgefühl für die Schwachen und Leidenden merken ließ, das man den Juden im allgemeinen zuerkannte. Wer mit dem *Schmendrik* Nixon auf dem Teppich knien und zu Jaweh beten konnte, war ebensowenig ein schöner Jid, wie jemand *a hejmischer Mentsch* sein konnte, der gegenüber dem freien Volk der Chilenen eine so brutale Haltung einnahm:

> Ich sehe nicht ein, warum wir untätig zusehen sollten, wenn in einem Land die Kommunisten an die Macht kommen, bloß weil die Bevölkerung unverantwortlich handelt.

Zu solcher Chuzpe gehörte allemal *a Schnauze fun a Pisser.* Und schon zettelte er mit jener tückischen Arglist, für die man ihn später mit den schimpflichsten Ausdrücken belegte, den Sturz dieser arglosen Demokratie an. Sodann stritt er unter Eid seine Beteiligung, ja sein Mitwissen ab. Gold erschnupperte den ranzigen Gestank des renommierenden Faschisten in solch arroganten Taten, die dem feisten Bürger schlecht anstanden, der sie vollführte und auch mit den bösartigst voreingenommenen überlieferten Beschreibungen typisch jüdischen Verhaltens nicht übereinstimmten. Noch im Nachhinein schauderte es Gold, wenn er der Formulierungen gedachte, die sich in Kissingers Buch aus dem Jahre 1957 finden, wo er kühn von der »lähmenden Furcht vor den Waffen« spricht und vorwitzig eine einzigartige Diplomatie fordert:

> ... mit dem Ziel, den besonderen Schrecken zu brechen, der derzeit vor der Anwendung atomarer Waffen herrscht.

Das Rezept, das dieser blöde Putz verschrieb, lautete begrenzter Atomkrieg. Ein Klugscheißer, ein Narr war er, mit seinen Sondermissionen und seinem begrenzten Atomkrieg. Bei seinem Besuch in Israel kam es zu Gegendemonstrationen, und Moshe Dayan meinte es durchaus nicht freundlich, als er im französischen Fernsehen über Kissingers Ausscheiden aus dem Amt sagte:

> Von diesem Menschen hatten wir alles zu befürchten, denn am Ende verschacherte er die Sicherheit Israels für das Wohlwollen der Ölgesellschaften. Daß Kissinger geht, ist für uns Israelis eine große Erleichterung.

Einer übelwollenden Phantasie, wie der von Gold, zauberte das Gespenst des Öls denn auch gleich den Bazillus der Rockefellerei vor Augen; er sah Kissinger eingehüllt in Dollarnoten wie in eine Wolke aus Korruption; Wangen und Lippen zeigten den Fettglanz des gut geschmierten Schnorrers. Gold erschauerte wiederum beim Gedanken an die infantilen Verrücktheiten und den lachhaften Anspruch dieses lärmenden *Baluboss,* für einen Intellektuellen zu gelten. Der krasse Militarismus dieses beleibten *Trombenik* war mehr deutsch als jüdisch, und wenigstens ein Journalist hatte zufällig an Kissinger den kindischen Drang bemerkt, »das eigene Horn zu tuten«. Die flapsige Stellungnahme zum Weihnachtsbombardement von Nordvietnam, die ihm zugeschrieben wurde, roch nach brutaler Verkommenheit; es fand sich in jüngster Zeit kein Beispiel einer so barbarischen Kriegshandlung, und Kissinger nahm dafür oder dagegen Stellung, je nachdem, wen dieser gschaftlhuberische Bandit hinters Licht zu führen wünschte:

Mit unseren Bomben haben wir sie gezwungen, uns ihre Bedingungen aufzunötigen.

Ums Verrecken konnte Gold sich nicht erinnern, daß jemand mit solch bübischer Verachtung Witze über die Opfer des Bombenkrieges machte – kein Jude jedenfalls, und kaum ein Christ seit den Zeiten Hitlers, Himmlers, Goebbels', Görings, Schachts und Ribbentrops.
Gold war so mit seinen Erinnerungen an Kissinger beschäftigt, daß ihm die Heimreise wie im Fluge verging. Noch selbigen Tages hockte er beim Schein der sinkenden Sonne über seinen Akten. Belle brachte ihm sein Essen auf dem Tablett, gerade als er danach rufen wollte. Der Braten war saftig, der Kaffee dampfend und stark. Kissinger, dieser Klotz, so nahm Gold still triumphierend zur Kenntnis, während er schlang wie ein Wolf, hatte in Salzburg Tränen vergossen wie ein *Nebbich*, als man ihn auf seinen Meineid ansprach, und später, in Washington, als der Verdacht sich als begründet erwies, gegrinst wie ein gerissener *Schejgez*. Gold konnte es kaum erwarten, nachdrücklich und überzeugend darzulegen, daß sein Gegenstand Henry Kissinger – sah man einmal von engen Definitionen anthropologischer oder bigotter Art ab – ebensowenig Jude war wie Nelson Rockefeller, jener schillernde, erdfernste Punkt in einer Kette von Gönnern, die Kissinger sich jeweils zu verschaffen gewußt hatte, wenn seine Laufbahn eine Wendung nahm. Der erste, Fritz Kraemer, eingewandert aus Deutschland, ohne dazu gezwungen zu sein, saß einem gewitzten Brief des jungen Kissinger auf, der dazumal, während des Zweiten Weltkrieges, als Gemeiner bei der Infanterie in Louisiana diente; seine Biographen Marvin und Bernard Kalb erfuhren von einem Verwandten, daß Henry sowohl wegen seines Ranges als wegen des Truppenteils »unglücklich« war und »sich sehr bemitleidete«, wie er selber gesagt hatte. Gold wollte diesen Brief in sein Buch aufnehmen, um zu zeigen, welche schriftstellerischen Qualitäten sich schon früh in Kissinger regten. Gold fand es weiter nicht bemerkenswert, daß dieser ehrgeizige Mensch von übelstem Ruf, der die Welt so häufig belogen hatte, Nelson Rockefeller und anderen offen gestand, er sei Jude, bloß um Eindruck zu schinden.

Er log, wenn er vom Frieden redete, wie er log, wenn er vom Krieg sprach. Er log, als er in Paris sagte, »der Friede ist ganz nahe«, denn das war kurz vor den Präsidentschaftswahlen, und er log wiederum, als er den Nordvietnamesen mangelnden guten Willen vorwarf, weil seine Manipulationen schiefgingen.

VERTRETER HANOIS IN PARIS SAGT,
KISSINGERS BEHAUPTUNGEN SIND ERLOGEN.

Hanoi hatte recht, Kissinger log.

Frage: Welche Zugeständnisse haben die USA gemacht, um diese Übereinkunft schließen zu können?
Antwort: Welche Zugeständnisse wir gemacht haben? Die Zugeständnisse, die in der Übereinkunft festgelegt sind. Geheime Nebenabreden irgendwelcher Art gibt es nicht.

Es gab aber welche. (Juden sagt man nach, sie schließen einen vorteilhafteren Handel ab.) Der einsame Cowboy war wieder mal bekackt, und seine Verbündeten in Südvietnam wollten den verdrehten Mischmasch nicht akzeptieren, den er als Waffenstillstandsvereinbarung ausgab. Also wurde der Norden bombardiert, *Mojsche Kapoyer,* um den Süden zu beschwichtigen und die verletzten Gefühle des *Meskejt* und seines *Ungliks* zu besänftigen, nicht aber, wie Kissinger lügnerisch andeutete, um neue Zugeständnisse zu erhalten. Dafür bürgte wieder einmal die Aussage von Anthony Lewis von der ›New York Times‹, eine wahrlich lauterere Quelle der Information über Kissinger als Kissinger:

> Wir wissen heute, daß das Weihnachtsbombardement den Zweck hatte, Südvietnam zu bewegen, den Waffenstillstand anzunehmen. General Haig, damals Gehilfe von Mr. Kissinger, reiste selber nach Saigon, um zu zeigen, daß, wie der General es so elegant ausdrückte, die USA bereit seien, den Norden »zu brutalisieren«.

Aijaijai, noch eine *Mezije,* dieser General Alexander Haig mit dem Hirn eines Golem, ein ganzer *K'nocker* unter Nixon und Kissinger, dessen *goischer* Kopf »unheimliche Mächte« verdächtigte, die achtzehneinhalb Minuten aus den belastenden Watergate-Tonbändern geschnitten zu haben. Kissinger war ein undankbarer Schützling (»Kissinger redet abfällig von praktisch allen Personen, die er kennt, einschließlich der Präsidenten«), und wenn man ihn drängte, die Wahrheit zu sagen, konnte er schwindeln wie ein *Gannif*:

> Während man im Weißen Haus glaubte, er stehe voll und ganz hinter dem Weihnachtsbombardement von Nordvietnam, suchte er bei Journalisten, Abgeordneten und Senatoren den Eindruck zu erwecken, er sei strikt dagegen – durch Gesten und Grimassen, durch Sticheleien gegen Nixon und durch die Behauptung, er finde den menschlichen Aspekt des Unternehmens verabscheuungswürdig.

Diese Wanze, die sich wand wie ein Wurm oder eine Schlange, scheute sich nicht, in höchst umstrittenen Fragen widerliche Ausweichmanöver zu machen. Der *Chochem* hat gesprochen:

> Ich war seit je der Meinung, das Eingreifen der USA in Indochina sei eine Katastrophe gewesen.
> Und er hat gesprochen:
> Nein. Gegen den Krieg in Vietnam habe ich niemals Einwände gehabt.

Als die Biographen Kalb ihn auf jene Gerüchte hinwiesen, die, wie es seine Gewohnheit war, von ihm selber ausgestreut wurden und die besagten, er sei, was die Bombardierungen angehe, mit Nixon keineswegs einer Meinung, gestand er:

> Ich habe den Angriff auf Nordvietnam befürwortet. Das war mir furchtbar...

Oh, dieser *Schlemihl*, für ihn also war das schmerzlich, diesen *Chaim Jankel*. Mit dem Kongreß konnte er nie was anfangen, und es hieß, er bevorzuge eine Diktatur, in der keinerlei parlamentarische Körperschaft ihm dreinreden könnte.

Der Abgeordnete John Brademas, stellvertretender Mehrheitsführer, sagte: »Ich habe mich immer wieder bemüht, ihm klarzumachen, daß Außenpolitik nicht ungesetzlich sein darf, doch hat er das, glaube ich, nie begriffen.«

Gold wollte kein Jude einfallen, der unter solcher Begriffsstutzigkeit litt. Er fand, der diplomatische Trümmerhaufen, den jener von sich selber so überzeugte *Behejme* hinterlassen hatte, stehe in befremdlichstem Gegensatz zu der lächerlichen Aura von Erfolg und Sachverstand, mit welcher Kissinger sich umgab. Für Gold war die vielgerühmte Brillanz und Klugheit ebenso rätselhaft und ungreifbar wie Nixons angeblicher Scharfblick und Spiro Agnews hoher Intelligenzquotient: nichts davon ließ sich beweisen. Für einen Biographen wie Gold war der nachtragende Kissinger eine nie endende *Mechaje*. Jeden Montag und Donnerstag verlautbarte dieser umherhastende Pfuscher neuen Unsinn, wie ein *Schmegegge* aus Chelm. Am Montag sah man in der ›New York Post‹ Kissinger angetan mit dem deutschen Bundesverdienstkreuz am Band, ein affektiert lächelnder *Schlimassel,* während Gold schon am Dienstag folgende Meldung las:

NAZISKANDAL IN BUNDESWEHR

Leutnants der Bundeswehr veranstalteten an der Bundeswehrhochschule in München eine symbolische »Judenverbrennung«. Unter Sieg Heil-Rufen und mit dem Hitlergruß setzten die jungen Offiziere Papierfetzen in Brand, auf denen »Jude« geschrieben stand und verbrannten sie in Abfallbehältern. Aus dem Verteidigungsministerium verlautet, »die Beteiligten kann man nicht grundsätzlich einer antisemitischen Haltung bezichtigen.«

So gewiß war das Gold nun nicht. Als gerecht denkender Mann begriff er durchaus, daß es verabscheuungswürdig war, solche rein zufällig zusammentreffenden Meldungen einander im Druck gegenüberzustellen, eine Handlung, die nur jemand begehen konnte, dem aller Anstand und jedes Mitgefühl mit oberflächlichen, in der besten Gesellschaft verkehrenden Kriegstreibern wie Kissinger fehlte. Doch hatte dieser Tropf sich die schnelle Folge jener Meldungen mindestens teilweise selber zuzuschreiben – mußte er denn die grinsende, gierige Visage vor jede Kamera halten, eine Visage, die einzig eine arische *Mechitejmeste* liebenswert finden konnte? Und Gold besaß Schlagzeilen, die bewiesen, daß Kissinger schon früher ein williger Speichellecker von Antisemiten gewesen war:

WOODWARD & BERNSTEIN

KISSINGERS URTEIL ÜBER NIXON:
Antisemit, zweitklassig,
Befürworter eines Atomkrieges.

Gold besaß noch unzählige weitere negative Informationen, wollte aber vermeiden, in seinem Buch den geringsten Anschein persönlicher Animosität zu erwecken. Falls seine These sich als zutreffend erwies, würde er der erste jüdische Außenminister Amerikas werden – falls er es wurde. Er wollte sogar die ein oder zwei lobenden Äußerungen in sein Buch aufnehmen, die er über Kissinger je gefunden hatte. Die Biographie der Brüder Kalb enthielt beispielsweise die Aussage eines Kommilitonen Kissingers aus Harvard, der ihn »außergewöhnlich befähigt« nannte.

> Aber dabei ein rechter Armleuchter. Eine Primadonna, ein blutiger Egoist, absolut egozentrisch. Gemeinhin stand man bei Elliott in Gunst oder bei Carl Friedrich. Kissinger gelang es, sich mit beiden gut zu stellen.

Kissinger fand, wie er selber sagte, in Professor William Yandel Elliott, einem weiteren *Chochem* in Harvard, nicht nur einen akademischen Gönner, sondern einen Freund und Inspirator.

> An manch einem Sonntag machten wir ausgedehnte Spaziergänge. Er sprach von der Macht der Liebe und sagte, die einzig unverzeihliche Sünde sei, Menschen zu benutzen wie Gegenstände.

Kissinger drang darauf, Kambodscha mit B-52-Bombern anzugreifen, er unterstützte die Diktaturen in Chile, Griechenland und auf den Philippinen, war vorbehaltlos für die Fortsetzung der rassistischen Minderheitsregierung in Afrika und spendete Geld für Nixons Wahlfonds. Er ließ sich von einem Araber, der die Juden haßte, auf die Wange küssen und nahm eine Blume vom deutschen Bundeskanzler an. Nun fiel Gold auch ein hübscher Titel ein: DER KLEINE PREUSSE wollte er sein Buch nennen.

Kissinger, so meinte Gold, könnte nichts dagegen haben. Als feiner Mann mit einer unbestreitbaren Gier nach Geld und Ansehen konnte er nicht gut verlangen, daß man gegen andere einschritt, weil sie das gleiche wünschten. Auch war bekannt, daß er einen guten Witz zu schätzen wußte, denn er versuchte dauernd, selber welche zu machen:

> Kissinger, der einen gewissen Ruf als Swinger genießt, wurde gebeten zu erklären, wie er die ihm mehrfach zugeschriebene Äußerung meint, »Macht ist das stärkste Aphrodisiakum«.

»Das war doch ein Witz«, antwortete er.
Es kam einem Witz wohl schon näher, als er auf Fragen von Journalisten, die wissen wollten, wie er angeredet zu werden wünsche, antwortete:

> »Von Förmlichkeiten halte ich nichts... es reicht, wenn Sie mich mit Exzellenz anreden.«
> Allgemeines Gelächter.
> »Eure Exzellenz«, begann der kurdische Rebellenführer General Mustafa Barsani seine letzte herzergreifende Botschaft an Henry Kissinger, als jegliche Hilfe für den Aufstand gegen die von den USA auf den Schild gehobene und finanzierte Regierung des Irak abrupt endete, »unsere Bewegung und unser Volk werden auf unbeschreibliche Weise vernichtet, und alle Welt schweigt dazu. Blutenden Herzens sehen wir mit an, wie unsere wehrlosen Brüder auf nie dagewesene Weise ausgerottet werden. Wir sind der

Meinung, Exzellenz, daß die USA moralische und politische Verpflichtungen gegen Menschen haben, die sich auf die Politik Ihres Landes festlegen ließen. Wir erwarten, Herr Minister, ungeduldig Ihre rasche Antwort.«

Die einzige Antwort auf den Verrat an diesem Stamm bestand in tiefstem Schweigen, hingegen rechtfertigte Seine Exzellenz – eine feinfühlige Seele, die bewies, daß die *kwetsch* und *krechts* konnte wie ein *kronker Bubele,* wenn ihre zarten Gefühle verletzt wurden –, sich später sehr beredt, als ihm in London vorgeworfen wurde, er mache seine vormalige Amtstätigkeit auf eine widerliche, schmutzige und raffgierige Weise zu Geld.

Henry A. Kissinger meinte, seiner Ansicht nach sei nichts dagegen einzuwenden, wenn er Millionen verdiene. »Man muß auch mal bedenken, daß ich beim Verlassen des Amtes infolge meiner Arbeit für das Öffentliche Wohl tief verschuldet war.«

Oi, oi, oi summte Gold vor sich hin, denn koscher roch diese Antwort nicht gerade. Die Öffentlichkeit benötigte die Dienste eines solchen *Meschiach* so dringend wie ein Loch im Kopf. Gold bezweifelte, daß diese *Kurve* als Professor in Harvard so gut gelebt hatte wie seither. Und doch empfand er zugleich eine geheime Sympathie für die Raffgier dieses *Chaser.*
»Geld regiert die Welt!« hörte er seinen Vater wie einen Irren schreien, solange er zurückdenken konnte. »Das ist das einzige, was ich je von den Christen gelernt habe.«
Kissinger hatte schon was, ebenso wie seine Spießgesellen und Schmarotzer, wie man ›Newsweek‹ entnehmen konnte:

Mit ihm gehen einige seiner nächsten Mitarbeiter. Robinson, Rogers und Lord – allesamt in hohen Ämtern – sind vermögende Männer. Andere, wie Eagleburger, sehen sich nach einträglichen Posten in der Industrie um.

Das konnte Gold gut nachempfinden, und es tröstete ihn sehr, daß die Nähe des Geldes nicht nur sein eigenes Herz höher schlagen ließ, daß dieses wonnige Wort nicht nur in seinen eigenen Ohren wunderbar klang wie nur eines. Seine Sympathie für Unter-Eagleburger war wohlbegründet (er selber hätte Stellvertretender Unterstaatssekretär sein können, wäre er nur damit zufrieden gewesen):

> Es heißt, Lawrence Eagleburger, ein enger Mitarbeiter Kissingers, sei fähig zu sagen: »Henry, was du sagst, ist lauter Scheiße.«

Ferner war Gold den Journalisten Woodward und Bernstein dafür zu Dank verpflichtet, daß sie ihn mit William Watts bekannt gemacht hatten, ein Mitarbeiter Kissingers, der den Kram hinschmiß aus Protest gegen den Einmarsch nach Kambodscha:

> Watts führte sodann eine Aussprache mit General Alexander Haig herbei. Haig sagte: »Sie haben einen Befehl Ihres Oberkommandierenden erhalten, Sie können jetzt nicht zurücktreten.« Worauf Watts sagte: »Lecken Sie mich am Arsch, Al, ich gehe.«

Gold war hingerissen.
»Lecken Sie mich am Arsch, Al«?
»Henry, was du sagst, ist lauter Scheiße«?
Spricht man so zu Machern wie Ministern und Generalen? Die Jungens aus Brooklyn hätten es fertiggebracht. Schon mit der Muttermilch hatten sie die Fähigkeit eingesogen, solche *Mamserim* auf höchsten Posten richtig einzuschätzen – sei es nun Zar Nikolaus in St. Petersburg, die *Chaserim* in der Stadtverwaltung oder die *Scutzim* in der feinsten Gesellschaft von Washington, D.C. Gold fragte sich, an welcher Stelle seines Buches er den Brief des jungen Henry an jenen gewichtigen Einwanderer Fritz Kraemer abdrucken sollte, der, gehüllt in eine blendende Aura von Autorität, den Rekruten in Louisiana einhämmerte, wie dringlich es sei, den Faschismus zu bekämpfen:

Ich hörte Sie gestern sprechen. Genau auf diese Art muß man es machen. Kann ich Ihnen irgendwie behilflich sein? Gemeiner Kissinger.

Behilflich war dann Kraemer, und der plattfüßige *Mamser* wurde vom gemeinen Infanteristen in den Stand eines Dolmetschers beim Kommandierenden General erhoben. Als die Division gegen Kriegsende nach Übersee verschifft wurde, fühlte er sich in den reizvollen Privilegien und Obliegenheiten eines Angehörigen der Militärregierung ganz zu Hause, und man vertraute ihm die Aufsicht über den Kreis Bergstraße in Hessen an. Da hatte er denn große Befugnisse – unter anderem die, willkürlich Verhaftungen vorzunehmen.

Kraemer erinnert sich: »Wenn es sich um Nazis handelte, zeigte Kissinger menschliches Verständnis.«

Auch der Schlimmste hat noch seine guten Seiten. Außerhalb des Dienstes fuhr er fort, »sein eigenes Horn zu tuten«. Als man ihm »Doppelzüngigkeit«, »Unmoral« und sogar »Kriegsverbrechen« in Vietnam vorwarf, rechtfertigte er sich lahm:

»Ich habe die Truppen und die Kriegsgefangenen heimgeschafft.«

A nechtiger Tog! Selbst Gold durfte das noch eher für sich in Anspruch nehmen, denn er hatte an wenigstens einem Friedensmarsch teilgenommen. Auch drängte Henry sich nicht danach, die Verantwortung für den Tod von 20 492 Amerikanern und Hunderttausender Vietnamesen auf sich zu nehmen, die in jenen Jahren umkamen, als er forsch das diplomatische Wunderkind spielte und als neureicher Aufsteiger von einer Party zur anderen eilte. Da gesteht er doch wirklich eine Schwäche ein!

KISSINGER GESTEHT SCHWÄCHE EIN

»Auf dem Gebiet der Weltwirtschaft war ich am wenigsten beschlagen. Da lag meine Schwäche«, vertraute Kissinger kürzlich einem Journalisten an, mit dem er in Acapulco speiste. »Die USA haben auf eben diesem Gebiet ihre schlimmsten Fehler gegenüber den nordatlantischen Verbündeten und den unterentwickelten Ländern begangen.«

Was Finanzen und Wirtschaft anging, war Mojsche Pupik also nicht besser beschlagen als Gold. Doch siehe:

KISSINGER GEHT ZUR CHASE MANHATTAN BANK

Henry A. Kissinger wird zunächst Stellvertretender Vorsitzender des Beirates für Auslandsanlagen und soll später den Vorsitz selber übernehmen.
Ein Sprecher der Bank weigerte sich, Kissingers Honorar zu nennen. Der Aufsichtsratsvorsitzende der Bank zeigte sich höchst erfreut darüber, daß jemand vom Ansehen und der Leistungsfähigkeit Kissingers bereit ist, seine erheblichen Fachkenntnisse der Bank künftig zur Verfügung zu stellen.

Gold staunte darüber, daß jemand vom geringen Ansehen und den verabscheuungswerten Leistungen Kissingers Zutritt zu einem respektablen Unternehmen haben sollte – und nenne es sich das Weiße Haus. Aber ausgerechnet zu einem Unternehmen der Hochfinanz? Offenbar wurde es Zeit, Geld in der Matratze zu verstecken oder auf italienischen Banken anzulegen. Es müßte sich ein großes Geschrei erheben, falls er sich der *Pischke* auch nur näherte, doch nein:

GOLDMAN & SACHS STELLEN KISSINGER ALS BERATER FÜR AUSLANDSGESCHÄFTE EIN

Goldman, Sachs & Co., führende Investmentfirma und Börsenmakler, geben bekannt, daß Henry A. Kissinger als nebenamtlicher Berater in ihre Dienste tritt. Es wurde nicht gesagt, wie dieser Posten dotiert ist.

Und noch viel mehr:

> In einem ersten Vertrag dieser Art hat ein ehemaliger Außenminister sich bereit erklärt, für die kommenden fünf Jahre einer Fernsehanstalt als Berater zur Verfügung zu stehen. Angeblich erhält er dafür eine Million Dollar.

Und was noch? Unter anderem war dieser schlüpfrige Schleimscheißer bereits »wegen seiner bekannten Verdienste um den kulturellen Austausch« in den Stiftungsbeirat des Metropolitan Museums gewählt worden. Und das versorgte Gold denn auch gleich mit einem weiteren Witz:

> Als Henry Kissinger 1974 den Gouverneur von Georgia, Mr. Jimmy Carter, in dessen Arbeitszimmer besuchte, schaute er voll Bewunderung auf ein Gemälde von Butler Brown und bemerkte: »Ich wußte gar nicht, daß Sie Bilder von Andrew Wyeth sammeln.«

Sajer Klig, der *grubba* Narr, doch verdiente er an nicht bekannten Nebeneinkünften vermutlich mehr als Golds Jahresgehalt betrug, ganz abgesehen von den Summen, die ihm womöglich von den Rockefellers immer noch unter dem Ladentisch zugesteckt wurden. Bekannt war, daß Kissinger von Rockefellers bares Geld, Protektion und Posten erhalten hatte, abgesehen davon, daß sie die Unkosten für Hochzeitsfeste, Wohnungen und Privatflugzeuge trugen, daß er seinen schlappohrigen Jagdhund namens Tyler im großen Schwimmbecken des Rockefellerschen Landgutes baden lassen durfte, daß er amtliche Akten in privaten Schließfächern aufbewahrte und sie damit dem Einblick von Historikern und konkurrierenden Schriftstellern entzog.

> KISSINGERS TONBÄNDER
> NICHT MEHR AUF DEM LANDGUT ROCKEFELLERS
>
> Aus dem Außenministerium verlautete heute, daß Henry A. Kissinger die Bandaufnahmen seiner Telefongespräche auf dem Pri-

vatgrundstück von Vizepräsident Rockefeller in New York aufbewahrte. Nachdem mehrere Journalisten gedroht hatten, auf Herausgabe der Bänder zu klagen, hat Mr. Kissinger die Abschriften der Bänder der Stiftung seiner Aufzeichnungen und amtlichen Dokumente beigefügt, welche er der Kongreßbibliothek zugedacht hat.
Wie es weiter heißt, wurden die Abschriften der Tonbänder »mit Billigung der Regierung in Pocantico Hills, N. Y. gelagert«. Auf Fragen von Journalisten gab der Sprecher zu, es handele sich dabei um das Besitztum der Rockefellers. Mr. Kissinger und Mr. Rockefeller sind eng befreundet.

GEDENKT DER ÄRMSTEN!

Was aber bekamen eigentlich Rockefellers dafür von Kissinger? Harvard-Professoren waren billiger zu haben, wenngleich ein geborener Verlierer wie Nelson Rockefeller dies vielleicht nicht wußte. Kissinger angelte in bezahlten Annoncen nach Geld:

> Henry Kissinger ist der Schöpfer einer einzigartigen Reihe von Porträts amerikanischer Persönlichkeiten in Edelmetall...
>
> PORTRÄTS GROSSER MÄNNER

Dazu ein Photo von Kissinger in Weste und Hemdsärmeln mit der Bildunterschrift:

> Nachdem Dr. Kissinger die in Frage kommenden Persönlichkeiten bezeichnet hat (oben), werden die Formen sorgfältig hergestellt (links) und die Münzen alsdann Stück für Stück mit der Hand geprägt.

Auf einem abtrennbaren Coupon hieß es:

> Ich bestelle hiermit die Porträts Großer Männer, bestehend aus fünfzig geprägten Münzen, die das Porträt bedeutender Amerikaner zeigen, welche der Nation zu ihrer Weltvormachtstellung verhalfen und persönlich von Dr. Kissinger ausgewählt wurden. Senden Sie kein Geld mit Ihrer Bestellung ein.

Das fand sogar Belle verächtlich. Eine Gesellschaft, die diesen durch und durch schwachköpfigen Heuchler über den grünen Klee lobte, statt ihn auszustoßen und der Verachtung preiszugeben, war ihr Salz nicht wert, und Gold versprach denn auch, darauf hinzuweisen, wenn er Pomoroy seine Pläne für ›Der Kleine Preuße‹ vorlegte. Er könne nicht begreifen, so verschwor er sich, wie irgendwer, abgesehen von Buchrezensenten, den Wunsch habe, die weißgewaschenen Memoiren eines Menschen zu lesen, dessen bedeutende Handlungen bereits als krasse Übeltaten zu Buche standen, oder warum irgendwer auch nur einen Cent für dieses Machwerk bezahlen wollte, es sei denn, er wäre ein kriechender Wurm. Sollte hingegen nur jeder Zehnte, der Kissinger nicht leiden konnte, ein Exemplar von Golds Buch kaufen, würde dessen Absatz den der Memoiren seines Rivalen millionenfach übertreffen.

Pomoroy beurteilte die Verkaufschancen von Golds Darstellungen skeptischer, war aber bereit, ein Buch über Kissinger anstelle des Buches über die Selbsterfahrung amerikanischer Juden zu akzeptieren, denn Gold war mit den Recherchen fast fertig. Als Gold Bedenken kamen, weil er mit einem Manuskript hausieren ging, während er doch auf seine Berufung in ein hohes Staatsamt wartete, fiel ihm ein, daß Kissinger geradeso handelte. In einem Roman hätte das unglaubhaft gewirkt.

»Wenn Kissinger das liest, trifft ihn der Schlag«, bemerkte Pomoroy und sah nicht trüber drein als gewöhnlich.

Gold meinte, der Absatz des Buches könnte darunter leiden. Am meisten wurmte ihn, daß dieser Schmock nicht nur den von Gold begehrten Ruhm genoß, sondern über eine Unmenge Posten verfügte, an denen er sich nach Herzenslust mästen konnte, während Gold immer noch im Ungewissen war und nach einem einzigen hungerte.

»Warum läßt du dir nicht von Pugh Biddle Conover helfen?« schlug Ralph vor. »Der hat großen Einfluß. Alles ginge leichter.«

»Warum bringst du deinen Vater nicht endlich dazu, seinen Einfluß geltend zu machen?« beklagte sich Gold bei Andrea, als er wieder in Washington war, um sie zu vögeln und zugleich Ralphs Rat zu befolgen.

Andrea erwiderte eifrig: »Gleich morgen besuchen wir ihn.

Irgendwer schuldet ihm bestimmt eine Gefälligkeit.«
Wie Gold noch am Abend des folgenden Tages erfuhr, schuldete man Pugh Biddle Conover unzählige Gefälligkeiten, denn der hochgeachtete Berufsdiplomat hatte unter fünf aufeinanderfolgenden Regierungen siebzehn Meineide geschworen und stand seiner unparteiischen Menschenfreundlichkeit wegen bei allen politischen Gruppierungen Washingtons in höchstem Ansehen.

»Nur immer herein, mein Junge, nur herein«, rief Pugh Biddle Conover erstaunlich lebhaft aus seinem mit einem hochgezüchteten Motor ausgerüsteten Rollstuhl, als sein Blick auf Gold fiel. »Ich bedauere aufrichtig, Sie hier zu sehen. Ich habe fast jeden Tag gebetet, der eine oder andere von uns möge sterben, bevor eine neue Begegnung notwendig wird. Meine Gefühle rühren an Ihr Herz. Ich erkenne es an Ihren Tränen.«

Golds Hoffnungen wurden von der übelkeiterregenden Ahnung zunichte gemacht, daß neue Erniedrigungen bevorstanden. Er blickte hilfesuchend zu Andrea hin.

»Du mußt sehr viel liebenswürdiger sein, Papa«, sagte sie denn auch und legte, hinter seinem Rollstuhl stehend, ihre Hände einen Moment um sein Gesicht.

»Ich fühle mich nicht gut«, antwortete Conover teuflisch lächelnd und vor Lebenskraft und Gesundheit schier berstend. »Bevor der da reinkam, ging es mir glänzend.«

»Das ist genau die Art Scherz«, sagte Andrea, »die er womöglich mißversteht.«

»Geh reiten, amüsier dich und fürchte nichts. Ich verspreche dir, wir werden während deiner Abwesenheit turteln wie die Tauben. Bei Jupiter, ich schwöre, mein Glas einhundertmal bis zur Neige auf sein Wohl zu leeren, falls er die Medizin bis zum Rande eingießt und selber ein Schlückchen trinkt.« Und Conover entließ sie mit einer freundlichen Gebärde.

Gold war froh darüber, daß sie ging. Fast einen halben Meter größer als er, verkörperte sie mit Reitgerte, Reitstiefeln, Reithosen, scharlachrotem Jagdrock und schwarzer Samtkappe eine entnervende Sexualität, die er schwer zu ertragen fand. Ihm kam der Gedanke, noch diese Nacht ihren Hintern mit einer Reitgerte zu bearbeiten, sollte ihr Vater sich nicht entgegenkommend zeigen. Während er Whisky aus der Karaffe einschenkte, ließ Gold die Blicke durch die Glastüren in die üppige Umgebung schweifen und sah sich bereits als Herr über all diese Gärten, Auffahrten, Ställe, Wiesen und Wälder dank ordnungsgemäßer Erbfolge. Seine Kinder würden womöglich von der kulturgesättigten Atmosphäre profitieren, wenn er sie hier zu gelegentlichen Besuchen empfing. Doch wovon wollte er eigentlich die Steuern und die Gehälter für das unzählige Personal bezahlen?

»Genug?« fragte er verstohlen lächelnd, als das große Glas in seiner Hand bis zum Rande gefüllt war.

»Noch einen oder zwei Millimeter, und ich wäre Ihnen zu größtem Dank verpflichtet«, entgegnete Conover höflich und amüsiert, und sein Blick war listig. »Auch wenn das Glas überläuft. Ich kann mir Whisky leisten, soviel ich will. Auf dein Wohl, du Ferkel«, rief er, als Gold ihm das gefüllte Glas brachte. Er schmatzte genießerisch, nachdem er drei, vier mächtige Schlucke unverdünnten Whisky genommen und Gold in äußerste Verblüffung versetzt hatte. »Du hast mir das Leben gerettet, Stinktier verdammtes. Wieder einmal haben Sie mir Grund gegeben zu jubeln, Goldstein –«

»Gold, Sir.«

»Bitte tausendmal um Entschuldigung für mein fahrlässiges Versehen, guter Freund. Nicht um die Welt möchte ich Sie kränken. Heute, lieber Dr. Gold, verspüre ich einzig den aufrichtigen Wunsch, Sie ganz und gar zufriedenzustellen.« Conovers bohrender Blick hätte auch einen leichtgläubigeren Menschen als Gold argwöhnisch gemacht, jemanden, der weniger Grund hatte als er, böse Absichten zu fürchten. »Heute wollen Sie was von mir, stimmt's?«

»Andernfalls hätte ich mir nicht erlaubt, Ihnen lästig zu werden«, erwiderte Gold zugleich einschmeichelnd und wohlerzogen.

»So sprechen Sie nur frei heraus, mein Freund. Was soll ich für dich tun, Samuel?«

Gold seufzte tief, denn wieder schien ein neues Debakel unvermeidlich bevorzustehen. »Samuel Adams«, sagte er. »Samuel Clemens. Samuel Morse. Uncle Sam. Samuel Johnson.«

»Zum ersten Mal tritt aber einer im Buch Samuel im Alten Testament auf«, entgegnete Conover und lachte dabei zugleich honigsüß und verschlagen. »Und jener Samuel war alles andere als ein Johnson, nicht wahr?« Conover wurde von leichtem Husten befallen, und Gold füllte sein Glas nach. »Ihr habt euch einige unserer besten Namen angeeignet«, fuhr Conover fort. »Sammy allerdings zählt nicht dazu. Sidney, Irving, Harold, Morris, Seymour, Milton, Stanley, Norman – lauter edle Namen, aber nicht mehr die unseren.«

»Abraham Lincoln«, gab Gold geistesgegenwärtig zurück. »Aaron Burr, Joseph Conrad und Daniel Boone. Isaac Newton, Benjamin Harrison, Jonathan Swift und Jesse James.«

»Henry«, sagte Conover, »war der Name englischer Könige. William war ein Eroberer, Harold der Herrscher, den er in Hastings besiegte. Jetzt nennt sich jeder Itzig, Mosche und Sammy entweder Henry, Bill oder Bernard. Dabei hatten wir mal einen Heiligen namens Bernard. Heute nennt man Hunde so. Ich war ein Weilchen Mitarbeiter eures Henry Morgenthau und eures Bernard Baruch. Euer Bernie Baruch war Berater von Präsidenten, doch hat keiner auf ihn gehört. Ich bin vielen solchen aus allen Schichten im Laufe der Zeit begegnet und stellte fest, daß nicht ein einziger an mich heranreichte oder sich das auch nur einbildete. Ich an deiner Stelle, Goldhamster, ich würde nicht versuchen, jemand wie mich nachzuahmen, sondern mich immer für einen Juden ausgeben, denn für was anderes wird dich kein Mensch je halten.«

Gold fühlte, wie ihm das Blut zu Kopfe stieg. »Ich brauche mir das von Ihnen nicht bieten zu lassen«, empörte er sich mit stiller Wut und reckte sich prahlerisch.

»Oh doch, Sie müssen«, sagte Pugh Biddle Conover, »jedenfalls wenn Sie heute überhaupt etwas von mir bekommen wollen, einschließlich Ihr Essen. Ich könnte auch Andrea den Porsche wegnehmen, dann müßten Sie zu Fuß nach Hause gehen. Ich frage mich oft, warum ein gescheiter Mensch mit Selbstachtung wie ich so oberflächlich und unproduktiv sein kann. Warum kümmert es Sie eigentlich, daß ich Sie verabscheuungswürdig finde, Neiman Marcus? Doch ich merke schon, Sie langweilen sich. Ich sehe es Ihren Augen an.«

»Nicht die Spur«, widersprach Gold matt. »Kümmern tut mich das einzig, weil ich Ihre Tochter heiraten möchte«, log er. »Und weil Sie womöglich Einfluß genug haben, uns bei meiner Laufbahn im Staatsdienst von Nutzen zu sein.«

Sein Gastgeber nickte wohlwollend, und die gescheiten Augen funkelten. »Das erste ist mir einerlei, denn, wie Sie bemerkt haben werden, habe ich keinerlei Vorurteile. Sie werden niemals hier eingeladen, und ich hoffe doch, ich darf mir die Freiheit nehmen, Sie meinerseits nie zu besuchen. Auf meine Hilfe dürfen Sie ohne weiteres zählen, allein schon um die Schande möglichst zu verringern, die Sie für die Familie darstellen, sobald Sie dazugehören. Nicht weil Sie Jude sind, Kaminsky, kann ich Sie nicht ausstehen, sondern weil Sie ein Mensch sind. Die Menschheit stinkt, Heimie, und im Westen nicht weniger als anderswo. Ich stelle mit Bedauern fest, daß Sie nicht zu den Individuen zählen, die ich für Ausnahmen halte. Ich weiß von begabten Juden, die ich bewundere, doch persönlich kenne ich keinen davon, was ihnen zur Ehre gereicht. Wen ich nicht leiden kann, das sind die Leute, die sich mir aufdrängen, denn ich weiß, sie wollen was von mir. Allerdings gestehe ich, mein lieber Manischewitz, daß ich außer reichen Protestanten niemals Leute kennengelernt habe, die mir gefallen.«

»Harris Rosenblatt?« gab Gold zuversichtlich zu bedenken.

»Diesen Juden?«

Gold geriet aus dem Takt. »Er hält sich für einen Deutschen.«

»Und wo liegt der Unterschied, bitte schön?«

»Vor nicht allzuvielen Jahren war da ein riesengroßer und tragischer Unterschied«, sagte Gold aufrichtig.

»Jetzt sehe ich persönlich keinem mehr«, entgegnete Conover. »Harris Rosenblatt ist ein aufgeblasener Tropf.« Ein amüsiertes Lächeln spielte um seine Lippen, er schloß die rosigen Lider einen Moment und lachte leise und giftig, als führe er seinem Bewußtsein eine brutale und belebende Erinnerung zu. »Er erzieht seine Tochter wie eine Protestantin. Sie bekommt Reitstunden und ähnliches, weil er irrigerweise glaubt, sie gewinne dadurch an Attraktivität und Klasse. Auch erwägt er, sie umtaufen zu lassen. In Blatt.« Wieder verstummte er, erstickte fast an einem lautlosen Lachanfall und hielt sein Glas zum Nachschenken hin. Dann trank er ausgiebig, bis seine Heiterkeit sich legte und seine Stimme wieder normal klang. »Ich sagte zu ihm, es wäre mir eine Ehre, wenn er seine Tochter nach mir nennen wolle, und das versprach er. Der Idiot. Glaubt er wirklich, es wäre mir eine Ehre, wenn er das kleine Judenmädchen nach mir nennt? Doch bitte, verstehen Sie mich nicht falsch. Ich wünsche ihm Glück und alles Schöne und hoffe, er zeugt hundert Söhne.«

Gold stierte ihn an wie behext. Dann sagte er eisig: »Es freut mich zu hören, Sir, daß Ihr Vergnügen an infantilen Reimen seit unserem letzten Beisammensein nicht nachgelassen hat.«

Conover schaute Gold aus seinem Rollstuhl total verblüfft an. »Wovon ist die Rede, junger Mann?«

»Sie sprachen in Reimen.«

»Wann?«

»Gerade eben.« Gold beschlich das Gefühl, er sei unfreiwillig Bestandteil einer bedrohlichen Halluzination.

Conover fand das augenscheinlich nicht mehr unterhaltsam. »Sind Sie übergeschnappt?«

Gold rechtfertigte sich unbeholfen: »Noch vor einer Minute. Sie tun es übrigens oft, wissen Sie das nicht?«

»Ich tue nichts dergleichen, Sir«, verwies ihn Conover. »Ich sprach von einem gemeinsamen Bekannten, nämlich Harris Rosenblatt, und gab der Hoffnung Ausdruck, er möge noch hundert Söhne zeugen. Und hat er erst mal hundert Knaben, soll er noch zwei Mädchen haben. Letzte Woche hat er einen meiner Hunde erschossen«, erinnerte sich Conover plötzlich und strahlte.

»Einen Hund hat er erschossen?« fragte Gold beklommen.

»Ganz recht.« Conover schüttelte sich erneut vor Lachen und krümmte sich beinahe. »Einen meiner Lieblingshunde, einen phantastischen Jagdhund. Ich sagte, es sei Jägerbrauch, nach der Jagd den Hund, der sich am besten bewährt hat, zu erschießen. Als eine Art Opfergabe. Und dann ließ ich ihn einen auswählen.«

Gold starrte ihn fasziniert und voller Grauen an. Es hatte Zeiten gegeben, da meinte er, gewisse Menschen ohne Skrupel an Ort und Stelle mit bloßen Händen töten zu können – zum Beispiel die ersten zehn Modeschöpfer, deren Namen er in der Zeitung fand, oder die nächsten sechs Innenarchitekten –, doch bislang hatte er sich, soweit er wußte, niemals in Reichweite eines Menschen befunden, der ihn so sehr zum Mord reizte.

»Und er hat den Hund erschossen?«

Conover nickte fröhlich. »In den Kopf, hat ihn mit der Schrotflinte zu Brei geschossen. So ein alberner Tropf. Wenn es sich um seine Kommunalobligationen handelt, kann er dreißig Jahre vorausschauen, aber wenn es um die Kaste geht, sieht er keinen Meter weit. Mindestens drei Generationen müssen vergehen, und dann muß er noch Glück haben, wenn seine Nachkommen je die Probe bestehen sollen. Wie sieht eigentlich seine Frau aus?« Conover legte den Kopf etwas auf die Seite. »Sieht sie wie eine Hebrässe aus?«

»Solch ein beschissenes Wort gibt es nicht«, antwortete Gold gefaßt in der Überzeugung, nichts zu verlieren zu haben, wenn er den fortgesetzten Sticheleien seines Quälgeistes mit der Äußerung seiner wahren Gefühle begegnete. »Sie sieht aus wie eine Jüdin, falls Sie darauf hinauswollen.«

»Dann braucht es mindestens vier Generationen. Sie wissen, Dr. Gold – darf ich Sie Doktor nennen? Ihr Glaubensbruder Henry Kissinger hatte nichts dagegen, der war allerdings Deutscher, nicht wahr? –, doch ich schweife ab. Man brachte mir von Jugend auf die Überzeugung bei, ich sei besser als andere, und nichts, was ich seither erlebt habe, läßt mich daran zweifeln. Sagen Sie mir also, Lehman und Co., warum soll ich eigentlich so tun, als finde ich an einem Menschen wie Ihnen Gefallen, wenn ich es nicht tue?«

Gold sah, daß er mit Conover allein war und erwiderte: »Um Ihr Leben zu retten.« Dabei legte er die Hände um den Hals des alten Mannes und drückte zu.

Nachdem Gold ihn freigegeben hatte, sagte Pugh Biddle Conover recht heiser und massierte dabei die Haut seiner Kehle, die ihm wehtat: »Das ist der einzig zwingende Grund, den man mir je genannt hat. Doch sagen Sie, guter Freund, mögen Sie Nigger? Drei- oder vierhundert sind hier bei mir beschäftigt, und ich habe keine Lust, mir auch nur einen einzigen bei Namen zu merken. Wieviele Mohren haben Sie unter Ihren engsten Freunden?«

Die Antwort lautete: keinen. »Was aber nicht bedeutet, daß ich finde, sie sollten diskriminiert werden.«

»Und ich finde, ich sollte nicht diskriminiert werden«, erwiderte Conover. »Sie beanspruchen für sich das Recht, der näheren Bekanntschaft mit Negern aus dem Wege zu gehen, warum also darf ich mich nicht von Leuten wie Sie fernhalten, falls ich die ebenso minderwertig und ekelhaft finde, wie Sie die Neger finden? Und eben das tue ich, Goldman, Sachs, Bache, Halsey, Stuart und alle übrigen. Tatsache ist nun mal, daß ich außer meinem Arzt, meinem Anwalt, Zahnarzt, Steuerberater, Buchhalter, Sekretär, Makler, Fleischer, Schneider, Geschäftspartner, Grundstücksmakler, Bankier, Finanzberater, bestem Freund und geistlichem Berater keinen Juden zu kennen wünsche. Was mir an euch Juden, abgesehen von Kissinger, ausnahmslos gefällt, ist, daß ihr euch von der Außenpolitik fernhaltet, weil wir euch da nicht ranlassen. Ist er wirklich mit diesem Nixon auf die Knie gegangen und hat gebetet? Welch eine lachhafte Vorstellung. Kissinger auf den Knien, den Kopf gesenkt, die Hände fromm gefaltet. Monatelang haben wir hier darüber gelacht. Knien alle Juden beim Beten? Ich dachte immer, sie zetern bloß?«

»Ich kann Ihnen da keine Auskunft geben«, sagte Gold verstockt, »ich bete nie.«

»Aber heute beten Sie doch, nicht wahr«, höhnte Conover. »Um welchen Posten beten Sie denn?«

»Um den des Außenministers.«

»Ach, den könnte ich Ihnen mühelos beschaffen.« Conover lachte leise. »Aber ob ich auch will? Beim Essen können wir uns ausgiebig darüber unterhalten. Die Mittagsmahlzeit ist recht anregend, die nehme ich immer allein.«

Gold also speiste ebenfalls allein, total benommen. Diesmal traktierte man ihn recht spärlich: ein Sandwich mit Salatblatt und Pastrami, darüber Mayonnaise, ferner Salz, etwas Butter und eine Tüte Milch samt Strohhalm. Gold zweifelte nicht einen Moment daran, daß ein teuflischer Geist von unbegrenzten Fähigkeiten mit ihm sein Spiel trieb.

Nachdem er dieses erniedrigende Mahl eingenommen hatte, versteckte Gold sich in einem Winkel des Gartens, den Kopf in die Hände gestützt und wartete, bis Andrea erschien, nach ihrem Ausritt geduscht und mit Kleid und Schuhen angetan, sehr weiblich vertraut, strahlend schön und langweilig. Sie ahnte offenbar nicht, daß es mit den Ausritten bald vorbei sein würde. Gold war nämlich entschlossen, dieser Freizeitbeschäftigung am Tage ihrer Heirat ein Ende zu setzen, und zweifelte nicht an seiner Fähigkeit, ihren Widerstand, falls nötig, zu brechen und sie innerhalb von Monaten

Unsinn brabbelnd auf die Couch eines Psychiaters zu befördern. Andrea bewegte sich häufig ungraziös, sie stieß an Möbel, weil sie gedankenlos und tolpatschig war, und hatte meist blaue Flecke an den Knien.

»Ich bin Schütze«, entschuldigte sie sich.

Gold reagierte auf diese Enthüllung wie ein Heiliger: er stellte sich taub wie ein Türpfosten. Auch hatte sie die Angewohnheit, ihre Sachen gedankenlos herumliegen zu lassen, was ihm kein Gefühl der Virilität und Überlegenheit mehr verschaffte, sondern nur die Befürchtung weckte, es nicht mehr lange ertragen zu können.

Sie sah auf den ersten Blick, daß er verbittert war.

»Er mag mich nicht leiden, Andrea, ich passe ihm nicht, einfach weil ich Jude bin.«

»Woher weiß er das denn?«

»Jemand muß es ihm verraten haben«, sagte Gold, und seine Stimme klang trockener denn je.

»Wir machen uns zu zweit an ihn heran«, versprach Andrea. »Sobald er genügend Wein getrunken hat, ist er wie ein Engel.«

Falls man nach der Farbe urteilen wollte, hatte Conover bereits in einem Weinfaß gebadet; Gesicht und Stirn waren mehr gerötet denn je, als er ohrenbetäubend hupend auf seinem motorisierten Rollstuhl in den Salon einbog und quietschend anhielt, eine sichtbare Bremsspur auf dem Parkett hinterlassend. Er wirkte forsch, die Augen sprühten förmlich von Lebenslust und Irrsinn. Gold bemerkte neiderfüllt, daß dieser perfekte Genußmensch den maßgeschneiderten Tweedanzug mit einem Blazer aus braunem Samt vertauscht hatte und das Halstuch mit einem blauseidenen Schal, der förmlich schimmerte. Gold konnte sich nicht verhehlen, daß er davon träumte, eines Tages ganz so auszusehen und sich zu kleiden.

»Ahoi, meine Kinder, hallo, hallo, hallo«, rief er bereits, ehe er noch in ihr Blickfeld zoomte, ein geleertes bauchiges Cognacglas bedrohlich auf der Handfläche balancierend. »Wie sehne ich mich nach dem Anblick meiner Lieben! Bei Zeus, recht bedauerlich, daß sie nicht da sind. Andrea, mein Herzblatt, du darfst mich mit diesem schwitzenden Stummen nie mehr allein lassen. Hören kann er, glaube ich, das sehe ich seinem bekümmerten Gesicht an. Doch ist es eine schwere Tagesarbeit, ihm auch nur ein einziges Wort zu entlocken. Und meine Medizin will er mir auch nicht geben.« Conovers Stimme klang nicht mehr munter und ermahnend, sondern matt jammernd, und Gold wußte, es stand wieder eine schwierige Phase bevor.

Andrea nahm ihn weiter nicht ernst. »Ich gebe dir welche.«

»Überlaß das Schwartz. Der möchte einen guten Eindruck machen. Sagt mir noch mal, weshalb ihr gekommen seid und was ihr von mir wollt.«

Andrea spielte neckisch mit einer Strähne seines Haares, bevor sie antwortete: »Wir warten darauf, daß er in ein Regierungsamt berufen wird, und Bruce meinte –«

»Bruce!« lachte Conover.

»Bruce meinte«, fuhr Andrea tapfer fort, »über deine Verbindungen könntest du diese Berufung beschleunigen.«

»Sehr schlau von Ihnen, das zu mutmaßen, Mr. Weis«, sagte Conover, als Gold sich mit der Medizin näherte.

»Mein Name ist Gold, Sir. Bruce Gold. Einerlei ob Ihnen das nun paßt oder nicht. Und ich wäre Ihnen ungeheuer dankbar, wenn Sie sich die Mühe machen wollten, das nicht zu vergessen. Ein Minimum an Höflichkeit sollte selbst zwischen Personen gewahrt werden, die einander nicht leiden mögen.«

Conover blickte Gold ein Weilchen sinnend an, als überlege er, ob diese Aufforderung hier angebracht sei, und sagte dann: »Es gibt Leidenschaft, und es gibt Barschaft, doch Freundschaft ist das Beste. Auf dein Wohl, Froschfresser. Laß uns Gott auf Knien dafür danken, daß wir nie gemeinsam in See stechen werden. Ah, ich fühle, wie die bösen Geister von mir weichen. Bitte mich, worum du willst, Bürschchen, meine Großherzigkeit kennt keine Grenzen, ich kann dir nichts abschlagen. Nur weiter, ehrlicher Abraham.«

Gold war plötzlich zu stolz, um weiterzusprechen.

Andrea strich ihrem Vater durchs Haar und tätschelte seine Wange. »Du hast doch allen möglichen Leuten Gefälligkeiten erwiesen, Daddy, und bestimmt sitzen derzeit auch welche in der Regierung, die dir einen Gegendienst schulden?«

»Oh ja, ich erinnere mich, mindestens siebzehn Meineide geschworen zu haben«, sagte Conover und betonte jedes einzelne Wort so genüßlich, als schmecke er den Duft einer köstlichen Zigarre. »Und das sind nicht etwa Prahlereien eines Greises. Ich bin bereit, einen Eid darauf zu leisten. Ich kann auch Beweise dafür vorzeigen – Urkunden, Zeugnisse, Kränze, Ordensbänder, Medaillen, allesamt zum Lohn für meine Verdienste um das Gemeinwohl und meine aufrechte, selbstlose Haltung. Ich habe die Öffentlichkeit belogen, um den Präsidenten zu schützen, und den Präsidenten belogen, um mich und meine Kollegen zu schützen. Ich habe viermal im Jahr das Parlament angelogen, um nicht aus der Übung zu kommen, und weißt du was? Ich habe deshalb nicht ein Gran Respekt bei meinen Ebenbürtigen verloren und keinen einzigen Freund eingebüßt. Der Unterschied zwischen einem Verbrechen und dem Verdienst um das Gemeinwohl, mein lieber Goodgold, liegt häufig weniger in der Substanz als im Status des Meineidigen. Oh ja, man schuldet mir viel. Zunächst einmal selbstverständlich vier Kabinettsposten unter Regierungen beider Parteien. Botschafterposten? Mindestens einen in Europa, vier in Lateinamerika, sechzehn in Asien und vierhundertdreiunddreißig in Afrika. Ferner kann ich beanspruchen, sechs Richter zu nominieren, wenn auch nur an Gerichten im Süden oder in Chicago. Ferner darf ich in vier aufeinanderfolgenden Präsidentschaftswahlen acht Kandidaten für die Vizepräsidentschaft benennen, von denen mindestens sechs durch die Parteien der Öffentlichkeit vorgestellt werden müssen. Ich werde wohl nicht lange genug leben, um alle diese Optionen zu nutzen, und ich habe vergessen, ob mein Anspruch vererbbar ist. Das muß ich erst noch mit meinen jüdischen Anwälten klären – meine christlichen Advokaten verstehen ihre Sache nur schlecht. Wenn du willst, Abie, kannst du das für mich besorgen, aber verschone meine Irische Rose, ha, ha. ›Die Nigger sitzen froh auf ihrem schwarzen Popo‹. Solche Liedchen werden heutzutage nicht mehr gedichtet, oder? Unter uns, die Postenverteilung kümmert mich wenig, mich schert im Grunde auch nicht, was aus Amerika wird, solange nur mein Geld in Sicherheit ist. Zwei Nominierungen für die Vizepräsidentschaft habe ich überdies schon günstig verkauft, eine an den Konkursverwalter einer Ölgesellschaft. Würden Sie als Abschiedsgeschenk die Versicherung entgegennehmen, daß man Sie vor der kommenden Präsidentschaftswahl sechsmal als ernsthaften Anwärter auf die Vizepräsidentschaft in der Presse erwähnt, Rappaport, und dann wirklich endgültig verschwinden? Gott ist mein Zeuge, es wäre mir wirklich lieb, Sie ließen sich nicht dadurch beirren, daß Sie ein kleiner Jid sind, Itzig. Nach allem, was man hört, werden schon Nigger, Griechen, Portorikaner und Weiber für die Vizepräsidentschaft benannt. Möchten Sie mit dem Hut in der Hand vor die Öffentlichkeit treten und darum betteln, als möglicher Kandidat genannt zu werden, im gleichen Atem mit anderen demütigen Bittstellern, oder zieht es Sie mehr zu einem Kabinettsposten, von dem Sie in zwei Jahren mit Schande überhäuft verjagt werden oder den Sie aus eigenem Antrieb aufgeben, weil er Ihnen widerwärtig ist? Ich lehne so was ab. Ich erniedrige mich nicht vor Menschen, denen ich mich überlegen fühle. Euren Abe Ribicoff habe ich aus diesem, wenn schon aus keinem anderen Grunde geschätzt. Möchten Sie also bei den nächsten Wahlen als Kandidat für die Vizepräsidentschaft genannt werden? Das können Sie gratis haben. Wenn Sie schon sonst nichts davon haben, so werden Sie mindestens bei Leuten eingeladen, die sich über Ihre Anwesenheit mehr freuen als ich. Sei ein guter Junge, Felix Mendelssohn, und schenk mir noch ein einziges Mal meine Medizin ein. Mein Gott, wie satt habe ich unterdessen alle diese Guggenheims und Annenbergs und Gebrüder Salomon. Wer *einen* Schlesinger kennt, kennt sie alle. Schneller, wenn ich bitten darf, rühren Sie sich gefälligst, verflucht noch mal! Meine Deltaneger sind ja flinker bei der Hand als Sie! ›Oh, Darling, wie mein Herz doch ächzt‹. Aaaah, danke dir, mein Retter. Angeblich war Jesus Jude, doch da habe ich, offen gestanden, Zweifel. Ich wünsche Ihnen eine nicht abreißende Kette von Erfolgen. Möge Ihr Leben makellos sein wie Schnee. Achten Sie darauf, wo Sie Ihre Schritte hinsetzen, denn jeder Abdruck wird zu sehen sein. Auf dein Wohl, Brendan.«

»Mein Name«, sagte Gold, »lautet Bruce.«

»Ein alter gälischer Name, wenn ich nicht irre.«

»Sie irren«, berichtigte ihn Gold. »Immerhin wird die Ansicht vertreten, die Kelten seien einer der verirrten Stämme Israels.«

»Aber nicht überzeugend genug vertreten«, gab der giftige alte Mann zurück. »Zu Ihrer Hochzeit komme ich nicht, wenngleich mir klar ist, daß kleine Vorfeiern stattfinden müssen. Ihre Verwandten sollen hier speisen, selbstverständlich auch Ihre Frau. Die wäre mir höchst willkommen. Ich meinerseits werde wohl oder übel eine Mahlzeit bei Ihren Verwandten irgendwo in Brooklyn einnehmen müssen. Einmal sollte ich Vizepräsident werden, aber ich hätte zu diesem Zweck Nelson Rockefeller auf seinem Wahlkampf an einen Ort namens Coney Island begleiten und vor den Photoreportern mit ihm eine heiße Wurst essen müssen. Doch nichts könnte mich bewegen, mit Rockefeller zu essen, ganz gleich wo. Er hat Leuten Geld geliehen, die nie zurückgezahlt haben. Täte sein Bruder David das auch, ich legte auf seiner Bank keinen Pfennig an. Fünfzigtausend Dollars hat er heimlich an Kissinger gegeben. Stellen Sie sich vor – damals hätte man für diese Summe einen kleinen Klee oder Bonnard bekommen, auch ein großes Bild von Jackson Pollock, er aber nimmt für sein Geld einen Kissinger mittlerer Größe. Sie kennen den Typ!? Na, selbstverständlich kennen Sie ihn – sehen Sie sich doch selber an. Ein geschwätziger Bursche, der sich aufdringlich darum bemüht, unterhaltsam zu sein und Krieg führt wie ein Nazi.«

Nun war Golds Sinn für Gerechtigkeit getroffen. »Sir!« konnte er sich nicht enthalten zu widersprechen, »soweit mir bekannt, wurden seine Verwandten von den Nazis ermordet.«

»Er aber nicht, oder?« entgegnete Conover beißend. »Und Sie auch nicht. Was glauben Sie wohl, wie weit er es als Student der Geschichtswissenschaften in Deutschland gebracht hätte, wenn Hitler ihm erlaubt hätte zu bleiben? Sie verwenden sich für ihn, Silber? Schande über Sie.«

»Gold, Sir, und ich bitte Sie inständig – versetzen Sie mich nicht in die Lage, den Menschen verteidigen zu müssen, der mir von allen am meisten zuwider ist.«

»Was, meinen Sie, hat Rockefeller wohl an ihm so anziehend gefunden, Blech?« fragte Conover nachdenklich. »Weshalb Nixon und dieser Schimpanse Ford ihn mochten, wissen wir, aber ich habe immer gemeint, Nelson hätte einen Rest von Verstand. Schließlich hat er das College absolviert. War er nicht in Brown?«

»In Dartmouth.«

»Ah. Übrigens wurde ich nicht für die Vizepräsidentschaft aufgestellt und Nelson Rockefeller ebenfalls nicht. Erinnere ich mich recht, wurde Cabot Lodge nominiert, der wirklich auf Coney Island eine Wurst aß, dann aber doch unterlag. Henry Cabot Lodge hat es nie recht zu was gebracht, ebensowenig wie die Ellsworth Bunkers oder die Graham Martins in Vietnam. Nehmen Sie meinen Rat an, Jungchen, halten Sie sich von den Berufsdiplomaten fern, die bilden eine verschworene Gemeinschaft von gescheiterten, aber nach Ehrungen gierenden Studenten. Sollten Sie mich jemals Papa oder Vater nennen, Goldstaub, schieße ich Ihnen eine Kugel zwischen die Augen – ich warne Sie.«

»Du redest wirr, Papa«, sagte Andrea.

»Das ist meine Krankheit, Kindchen. Zum Glück muß ich nicht täglich einen Menschen wie diesen ertragen. Sollten Sie je schiffbrüchig werden, mein Junge, springen Sie über Bord und denken Sie an mich, wenn Sie ersaufen.«

»Wir werden heiraten, Papa«, sagte Andrea so ernst und sachlich, daß Gold sie dafür bewunderte, »einerlei, ob dir das nun paßt oder nicht.«

»Und dann heißt du fortan Gold? Nun, mein Junge, darauf leere ich mein Glas und gebe Ihnen den besten Rat, der mir zur Verfügung steht. Nennen Sie mich nie Vater, Papa, Gouverneur, Squire oder m'Lord. Und lernen Sie, bevor Sie alt werden: Wissen ist mehr wert als Silber und Goldschmidt. Ja, zum Donner – so hat sie geheißen! Gussie Goldschmidt, meine erste Liebe!« Bei diesem überraschten Ausruf nahm Conovers Gesicht einen total veränderten Ausdruck an, und er fuhr fort, als gebe er sich der süßesten Schwärmerei hin: »Füll mir den Becher, mein Sohn. Mein Herz strömt über von Gefühlen. Tränen treten mir auf die Wimpern. Wonnige Erinnerungen überfluten mich. Sie war eine junge Jüdin, eine reizende junge Jüdin aus einer alteingesessenen jüdischen Familie in Richmond, Virginia, hatte nahe Verwandte in Charleston, South Carolina. Gussie Goldschmidt. Ein bißchen eigenartig, das fand ich damals schon, doch ich war ihr verfallen. Wie sehr, sehr jung waren wir doch beide. Stricken und Nähen waren ihre Lieblingsbeschäftigungen.« Gold traute seinen Ohren nicht, als er diese Abschweifungen anhörte. »Auf Andrea und mich würde das kaum passen, Sir«, sagte er. »Ich wage zu sagen, wir sind beide alt und gereift genug, um zu wissen, was wir tun.«

»Ich könnte nicht einmal behaupten, daß sie ihrerseits mich liebte«, fuhr Conover fort, »aber ich war heftig in sie verliebt, viel mehr als je wieder in eine andere Frau, auch in deine Mutter nicht, meine Liebe. Obwohl sie unentwegt strickte und nähte und ein ungesundes Interesse an Begräbnissen und Grabstellen hatte, wäre ich bereit gewesen, ihretwegen alles aufzugeben. Wie zitterte ich bei dem Gedanken, der Familie eröffnen zu müssen, daß meine Auserwählte eine Jüdin sei, ja, ich wußte nicht, ob ich den Mut dazu haben würde.«

»Gewiß eine schwere Prüfung für Sie, Sir«, bemerkte Gold.

Pugh Biddle Conover kicherte bedauernd. »Sie blieb mir erspart. Ihre Verwandten fanden, sie sei zu gut für *mich*. Ich weinte beim Abschied, ich vergoß Tränen. Und wie ihr seht, habe ich sie nicht vergessen. Ah, die süße, verrückte Gussie Goldschmidt mit ihrem ewigen Strickzeug! Beim letzten Mal bat ich sie, mir ein paar Worte aufzuschreiben, die ich stets beherzigen wolle, und ich erinnere mich dieser Worte, als wären sie gestern geschrieben. ›In jeder Sprache gibt's ein Wort, dem Herzen lieb und teuer. Auf deutsch heißt es Vergißmeinnicht, französisch Souveneuer.‹ Ich sehe sie noch strikken. Was wohl aus ihr geworden ist?«

Die peinliche Pause, welche auf diese sentimentalen Erinnerungen folgte, reizte Gold, und er rechnete darauf, daß Andrea dem Gespräch die zweckdienliche Wendung gebe.

»Bruce –« begann Andrea, nachdem sie taktvoll ein Weilchen geschwiegen hatte.

»Bruce«, knurrte Conover verächtlich.

»– soll in ein Regierungsamt berufen werden.« Andrea blieb hartnäckig. »Womöglich ins Außenministerium. Wir möchten, daß du deinen Einfluß aufbietest, um die Berufung zu beschleunigen, damit wir nach hergebrachter Weise heiraten können und fortan wohlgelitten sind. Ich weiß, du möchtest, daß ich glücklich werde.«

»Ich will deine Bitte unverzüglich erfüllen«, versprach Conover liebenswürdig, »falls er dann nur endgültig aus meinem Dasein verschwindet. Eines allerdings mußt du mir deinerseits versprechen: Hast du jemals Kinder von ihm, die ihm auch nur im entferntesten ähneln, dürfen sie keine christliche Erziehung erhalten. Geh einfach

mit ihm durch, dann lege ich noch zehn Millionen auf dein Hochzeitsgeschenk drauf. Moment, ich habe noch einen besseren Einfall. Geh nicht mit ihm durch. Gold, mein Sohn, schreiben Sie mir umgehend Namen und Anschriften aller Ihrer Verwandten auf, damit ich mich mit denen in Verbindung setzen kann.« Er lachte voller Entzücken. »Wenn ich mir vorstelle, was ich da für Namen zu sehen kriegen werde!« Wäre ein Brotmesser zur Hand gewesen, Gold hätte es dem höhnenden alten Bösewicht in die Brust gestoßen. Vielleicht. Statt dessen stieß Conover seinerseits ihm einen weiteren Dolch zwischen die Rippen. »Und dann, wenn sie Arm in Arm die Treppe heraufkommen, soll Sambo laut ihre Namen verlesen!«
Gold sah das skizzierte Bild so deutlich vor sich – »Mr. und Mrs. Julius Gold,« »Dr. und Mrs. Irving Zuckerman«, »Mrs. Emanuel Moscowitz«, »Mr. und Mrs. Victor Vogel« –, daß ihm auf der Stelle klar war, daraus konnte nichts werden. Und er hörte kaum noch zu, als Conover sagte:
»Bleib zum Essen hier, Andrea, er mag allein heimfahren. Morgen zum Frühstück können wir Hengstfohlen kastrieren. Ich habe ein paar prächtige Exemplare. Soll er den Volkswagen nehmen. Oder auf einem Kamel reiten.«
Gold bevorzugte den VW und näherte sich Washington benommen und einem moralischen Zusammenbruch nahe. Wie tief würde er noch sinken, um endlich hochzukommen? fragte er sich mit kläglichem Selbstvorwurf. Viel, viel tiefer noch, antwortete er sich, und sogleich hoben sich seine Lebensgeister. Als es Zeit wurde fürs Abendessen, war ihm, als habe er sich von aller Heuchelei gereinigt.
Geduscht und umgekleidet betrat er kühn das Hotel Madison, sah, was hier die Schnecken *forestier* kosteten und kam sich selber auf der Stelle vor wie eine. Er war hier fehl am Platze und begriff mit unwiderleglichem Vorwissen, daß er es auch bleiben werde. Zwischen all den Menschen, die sich da im Speisesaal drängten, fühlte er sich »einsam wie eine Auster«, wie Charles Dickens so treffend sagt, nach Golds Meinung ein weitschweifiger Erzähler, dessen gewichtige Bücher unweigerlich zu lang waren, viele exzentrische, übertrieben gezeichnete Charaktere enthielten, die man sich nicht merken konnte, ferner eine Fülle unglaubhafter Zufälle und unvor-

stellbarer Ereignisse. Gold hatte sich von den Qualen, denen er ausgesetzt war, noch nicht ganz erholt und achtete kaum darauf, als der womöglich längste Schatten der Welt auf seinen Tisch fiel und fast anderthalb Minuten das Tischtuch verdunkelte, bevor der, der ihn warf, herantrat und stehen blieb. Gold hatte flüchtig den Eindruck, Harris Rosenblatt sei der größte, schlankste, aufrechteste Mensch geworden, der auf Erden wandelt. Seine Gesichtsfarbe zeigte die Blässe der Angelsachsen, das Antlitz, das sich zu Gold herunterbeugte, war zerfurcht, und die Stimme, die ihn anredete, klang hart und abgehackt.

»Ich habe nur Zeit für einen einzigen Drink«, sagte Rosenblatt streng und gebarte sich so geschäftsmäßig, daß Gold sich als Eindringling empfand. Bevor Rosenblatt Platz nahm, hielt er mit gerunzelter Stirne Umschau wie ein stets auf der Hut befindlicher Mensch, der in den Knochen spürt, daß Fürchterliches sich zutragen wird. »Im Schatzamt wird sehr gut von dir gesprochen, Bruce. Man lobt deinen Bericht über die Arbeit der Kommission.«

»Man lobt meinen Bericht?«

»Ich finde ihn ebenfalls gut, habe ihn allerdings nicht gelesen. Gratuliere. Alle halten viel von dir.«

»Ich habe keinen Bericht vorgelegt, Harris«, sagte Gold.

»Genau das Richtige«, sagte Harris Rosenblatt. »So muß ein Bericht sein. Keine Verschwendung.«

»Auch wenn es gar keinen gibt?«

»Dann kann dich auch niemand angreifen. Hättest du einen geschrieben, er wäre gelungen, und das allein spricht schon für dich.«

»Harris, ich war eben bei Pugh Biddle Conover. Hast du letztes Wochenende wirklich einen seiner Hunde totgeschossen?«

»Oh ja, das habe ich.« Harris Rosenblatt grinste stolz, als er dies Geständnis machte. »Wir Reiter und Jäger sehen auf alte Bräuche, und nach einer erfolgreichen Jagd wird der tüchtigste Jagdhund erschossen. Das ist ein Mittel gegen den Hochmut und gemahnt uns daran, weniger Wert auf materiellen Besitz zu legen.«

»Inwiefern?« erkundigte sich Gold.

Harris Rosenblatt überlegte seine Antwort eingehend. »Ich weiß nicht«, sagte er dann.

»Kannst du mir einen Tip geben, wie ich in kurzer Zeit zu einem Haufen Geld komme, ohne dafür zu arbeiten?«

»Es wäre unethisch, wenn ich dir das sagte.«

»Unethisch, es mir zu verraten, oder unethisch zu sagen, daß du Mittel kennst? Was von beiden ist unethisch?«

»Ich weiß nicht. Immerhin habe ich Kenntnisse, aus denen man Profit schlagen könnte. Die Regierung muß den Haushalt ausgleichen, oder sie wird es bitter bereuen.«

Gold war verwirrt. »Wie kann ich persönlich davon profitieren?«

»Ich weiß nicht.«

»Harris, du kennst dich mit Anleihen aus. Bis vor kurzem hatten wir einen Finanzminister – William E. Simon hieß er –, der im Jahr zwischen zwei und drei Millionen als Makler mit Anleihen verdiente, bevor er sein Amt übernahm. Wie um Himmels willen kann man beim Handel mit Wertpapieren zwei bis drei Millionen jährlich verdienen?«

»Ich weiß es wirklich nicht.«

»Was verdienst denn du?«

»Gegen zwei bis drei Millionen *per annum*.« Rosenblatt stand auf. »Ich muß weiter. Wie geht's eigentlich Lieberman derzeit?«

»Immer noch ein *Grubba,* immer noch ein *Schlob*.«

»Jiddisch verstehe ich nicht«, versetzte Rosenblatt prompt. »Und was ich als Kind gewußt haben mag, habe ich vergessen. Obwohl«, schloß Rosenblatt leiser und in zutraulich freundlichem Ton, »obwohl ich selber mal Jude war.«

»Ich war mal bucklig.«

»Wie wunderbar«, rief Rosenblatt überglücklich, »daß wir uns alle beide so verändern konnten!«

Gold fühlte sich am Familientisch im Kreise der Verwandten einsam wie eine Auster; zwar hatte er sich vorgenommen, zum letzten Mal zu erscheinen, auch ohne daß Sid ihn durch das schlichte Zitieren eines harmlosen physikalischen Gesetzes mit Isaac Newton in Konflikt brachte:

»Eine Kraft, die in einer bestimmten Richtung wirkt, erzeugt eine ebenso große Kraft in der Gegenrichtung.«

»Behauptet wer?«

»Sir Isaac Newton«, antwortete Sid arglos.

»Klar«, sagte Victor.

»Das ist eines seiner Gesetze der Bewegung«, sagte Ida.

»Das dritte«, sagte Belle.

»Das weiß sogar ich«, sagte Muriel.

Gold war in Gedanken mit dem bevorstehenden Alptraum der Scheidung beschäftigt und merkte erst, als ringsum alle verächtlich kicherten, daß er Sids Köder geschluckt hatte.

»Moment, Moment«, sagte er mäßig verwirrt, »was behauptetest du da eben, Sid? Bitte wiederhole es Wort für Wort.«

»Eine Kraft, die in einer bestimmten Richtung wirkt, erzeugt eine ebenso große Kraft in der Gegenrichtung. Ah, Harriet, die Leber ist wirklich ausgezeichnet, du hast dich selber übertroffen.«

»Ich bin wieder zu unserem alten Fleischer gegangen.«

Gold wog Sids Worte sorgsam und fühlte sich zutiefst niedergeschlagen. »Hast du das vorhin genauso gesagt? Hast du nichts geändert, Sid?«

»Warum sollte ich am Newton'schen Gesetz etwas ändern?« Sid war die Unschuld in Person und wischte den Teller mit einer Brotkruste blank. »Das ist so klar wie $E = MC^2$.«

Gold gab ungraziös auf. »Ich möchte lieber nichts mehr von Newton hören.«

»Das war Albert Einstein.« Nun mußte Sid lachen.
»Klar«, sagte Victor.
Gold dankte Gott dafür, daß sein Vater noch nicht eingetroffen war. Was Belle anging, so war er in einer Zwickmühle: Er wußte nicht, wie er ihr seinen Entschluß beibringen sollte und nahm sich vor, erst, wenn er sie schon verlassen hatte, solle der Anwalt ihr mitteilen, daß er sie verlasse. Sodann mußte er sich mit Milt befassen, der von Esther geheiratet zu werden wünschte. Nachdem er Milt beiseite genommen und eine Minute eingehend verhört hatte, ließ er durch Harriet über Ida ausrichten, Milt hege keine Erwartungen fleischlicher Art und sei ein ebenso sittsamer Mensch wie Esther.
Milt stammelte: »Ich werde bald siebzig, Bruce. Und ich war immer Junggeselle. Ich will bloß nicht mehr allein leben, und ich meine, Esther will das ebenfalls nicht.«
Dann traf sein Vater mit Gussie ein und lud die Atmosphäre sogleich mit elektrischer Spannung auf. Sein Vater stand noch unter der Nachwirkung der einwöchigen Depression, von der Gold bereits wußte. Sein wütendes Schmollen war von Gold verursacht worden, wie der egozentrische alte Streithahn scharfblickend erkannte – »er ist schuld, wer sonst?« knurrte er bösartig, als man ihn nach seinem Befinden fragte –, und verschlimmert wurde alles durch die Langeweile und die unbestimmten Schmerzen, die sich mit der einsetzenden Kälte des nahenden Winters fühlbar machten. Schon hatte er an zwei aufeinanderfolgenden Tagen mit Sid gegrollt, weil er keine passende Wohnung in Florida besaß; er fand sich also, wenn auch ungern, mit seiner Niederlage ab. In gewisser Weise tat es Gold leid zu sehen, wie der kampflustige alte Stier seinem Ende näher kam. Gold ließ die Knöchel knacken, gespannt darauf, welche Gefühle in dem Alten kochten und demnächst hervorbrechen mochten.
Julius Gold hatte wie Pugh Biddle Conover eine Abneigung gegen Juden in öffentlichen Ämtern. »Warum muß ausgerechnet ein Jude den Kopf hinhalten, wenn die Kerle erwischt werden oder Fehler machen?« Ferner war er unerhört wütend auf Gold, seit er Kenntnis von dessen Besuch auf Conovers Gut besaß. »Ein Faschist war er, und ein geschworener Feind Israels ist er. Nenn mir einen!« Golds

Vater erhob sich in seiner Wut mühsam aus dem Sessel; er war nun vorgewärmt und attackierte feurig wie glühender Koks. »Los, Herr Naseweis, trau dich nur.«
»Was soll ich nennen?« fragte Gold ängstlich.
»Einen Millionär, der was taugt. Sag wann.«
»Wann was?«
»Gib mir nicht was – ich geb dir schon was, du Dummkopf. Sag mir, seit wann der Name Rockefeller Respekt genießt. Oder auch Morgan. Dieser J. P. Morgan mit der roten Nase auf den Knien, ein Zwerg war das. Ich weiß noch, wie die Leute ausspuckten und beiseite gingen, wenn der Name fiel. Sogar Senatoren aus dem Westen. Und du gehst jetzt auf Pferden reiten mit einem wie Conover. He, Jude, wie kommst du zu einem Gaul? Seit wann reiten Juden? Wann hast du gelernt, mit einem Pferd zu reiten?«
»Ich reite nicht.«
»Wer hat dich da hingebracht?«
»Ich war eingeladen.« Gold sprach in reuigem Ton, denn seine Rachsucht ließ ihn jedesmal im Stich, wenn er antworten mußte. »Jemand, der ihn kennt, hat mich mitgenommen. Er kann mir nützlich sein.«
»Womit?« schrie Julius Gold, blies die Backen auf und ließ sodann die Luft heraus. »Vergiß nicht, Junge, wer bei Hunden schläft, holt sich Flöhe.«
»Solltest du je vergessen, daß du Jude bist«, warnte Gussie Gold gemessen, »wird ein Christ wie Conover dich daran erinnern.«
»Alle wissen es«, erwiderte Gold ihr, »und man nimmt mich als den, der ich bin.«
»So?« höhnte sein Vater, »und wer bist du? Willst du mit denen etwa den Staat regieren? Als was, bitte?«
»Als Außenminister«, sagte Gold, und seine Stimme erstarb beinahe, so peinlich war ihm das.
Der alte Mann verzerrte sein Gesicht zu einer angewiderten Grimasse. »Ist das etwa was für einen Judenjungen? Sid hat mit Pferden in der Wäscherei angefangen, aber aufgehört, sobald er konnte. Geritten ist er nicht darauf. Sag mir, was ein Jude hierzulande in der Regierung zu suchen hat? Nenn mir einen Juden, der was taugt und in der Regierung gesessen hat.«

Golds Gedächtnis wurde, als er diese Frage vernahm, von vorübergehender Lähmung befallen. »Brandeis und Cardozo.« Mehr fiel ihm nicht ein. »Und Felix Frankfurter.«
»Das ist vierzig Jahre her«, spottete sein Vater. »Und alle drei waren Richter. Ich rede von der Regierung.«
»Herbert Lehman?«
»Hundert Jahre her. Und der war erst Gouverneur und dann Senator, du Tropf, und so viel war mit dem auch nicht los. Nenn mir einen Juden, der einen Präsidenten beraten hat, ohne dem Staat Schande zu machen und den Juden dazu.« Gold fiel nicht gleich einer ein. »Und mit den Christen ist auch nicht viel los. Nicht mal mit diesem Lumpen Roosevelt. Zehntausend jüdische Babies hat er nicht ins Land gelassen, also mußten sie ins Feuer. Ein Krüppel war er. Gehumpelt ist er und wollte nicht, daß man es merkt. Lügner der.« Als der Alte verstummte, um Luft zu holen, huschte ein befremdliches Lächeln über seine Lippen, und er kicherte gurgelnd. »Ein Krüppel«, wiederholte er, und seine Stimme klang etwas menschlicher. »Über einen Krüppel kann man immer Witze machen.«
Gold durfte annehmen, daß diese Worte nicht nur ihn mit Abscheu erfüllten. Er kannte seine eigenen Fähigkeiten zum Bösen, doch wurde ihm jetzt klar, daß es grausame Gedanken von einer Abgründigkeit gab, die er auch in seinen rachsüchtigsten Phantasien nicht ausloten konnte.
»Ach, Pop«, sagte er und schüttelte verstört und bekümmert den Kopf, »so etwas zu sagen ist häßlich.«
»Und war er etwa schön, dein Roosevelt mit den krummen Beinen?« erwiderte sein Vater mit neubelebtem Groll, der Gold in Angst versetzte. »War es schön, was er den Juden auf dem Schiff angetan hat, die nicht an Land durften, sondern umkehren mußten nach Deutschland? Ablegen und vergessen, hat er an den Rand geschrieben und verboten, die Bahnlinien zu bombardieren, wo die Transporte in die Todeslager fuhren. Das alles weiß ich von meinen Freunden in Florida, und denen glaube ich mehr als dir. Du gibst jetzt an mit einem Kerl wie Conover. Ein Nazi! Ein Antisemit! Wie Lindbergh einer war«, fuhr Julius Gold fort, »schlimmer vielleicht als Henry Ford.«

»Jetzt ist er das jedenfalls nicht«, log Gold, keinen Moment unentschlossen. »Die Dinge haben sich geändert. Ich habe in Washington einen Freund auf einem hohen Posten, und der sagt, Antisemitismus gibt es nicht mehr. Mir kommt vor, wir werden vorurteilslos akzeptiert und assimiliert.«

»Ja?« schnaufte sein Vater verachtungsvoll. »Und wer akzeptiert? Und wer assimiliert sich? Ich nicht. Ein *Goi* bleibt ein *Goi*, so sehe ich das, und außer Israel schützt uns keiner, denn wir verstehen uns nicht auf Krieg, aber Israel – ja. Du assimilierst dich. Aber das sage ich dir – bringst du jemals einen deiner Conovers hier ins Haus, dann sind wir geschiedene Leute. Ich gehe dann zurück nach Florida. Für immer.«

»Dann lad ihn nur gleich ein«, sagte Harriet zu Gold. Der Sinn ihrer Worte war unmißverständlich, sie hatten eine betäubende Wirkung.

»Such mir eine Wohnung, Sid«, sagte der alte Mann kummervoll heiser flüsternd nach einem langen Blick voll Widerwillens auf Harriet und humpelte mühsam zum Sessel. »Und wenn du meinst, es soll eine Eigentumswohnung sein, nimm eine.« In der Art, wie er den Satz ausklingen ließ, lag etwas schrecklich Endgültiges. »Und redet über was anderes. Von seinem wirren Gehirn habe ich genug.«

»Ich glaube fast«, sagte Golds Stiefmutter, »eine weitere Schraube hat sich gelockert.«

Der Anblick seiner Stiefmutter mit dem Strickzeug erweckte in Gold eine unklare, verstörende Assoziation, die flüchtig aufflackerte, um Haaresbreite ans Erkennen grenzte und für immer versank, als er Sid sagen hörte:

»Ich habe heute in der Zeitung gelesen, daß auch die rechte Hirnhälfte ein Sprachzentrum hat.«

»Hat denn das Hirn zwei Seiten?« fragte eine der Schwestern.

»Selbstverständlich«, erwiderte Sid mit jenem herablassenden Wohlwollen, das Gold so unausstehlich fand. »Jede Frage hat zwei Seiten.«

»Das Hirn ist keine Frage«, verwies ihn Gold übellaunig, ohne aufzublicken.

»Etwa eine Antwort?« sagte sein Vater.

»Alles hat zwei Seiten«, erklärte Sid leutselig, unmittelbar an Gold gewandt.
»Alles?« Gold überkam ein köstliches Zittern der Erwartung, denn nun wußte er: endlich habe ich ihn. »Diese Apfelsine auch?«
»Selbstverständlich«, sagte Sid.
»Welches sind denn die beiden Seiten der Apfelsine?«
»Unten und oben. Alles hat zwei Seiten«, dozierte Sid.
»Und ein Dreieck?«
»Innen und außen.«
Gold tat nunmehr kund, daß er das Haus seines Bruders verlasse und nie im Leben mehr an einem Familienmahl teilnehmen wolle. Er werde hinfort nur noch besuchen, wen er wolle – wie Joannie. Einen zur Zeit. Vielleicht.
Höflich gratulierte er Milt und Esther zu ihrer Verlobung.
Ohne das geringste Bedauern beschloß er, Belle Tags darauf zu verlassen. Andrea würde ihn für den Verlust schon entschädigen. Er zweifelte nicht daran, von Vater, Bruder und Schwestern verstoßen, von seinen Kindern abgewiesen zu werden. Die Zukunft sah endlich einmal rosig aus.

Am Vormittag beriet er sich mit seinem Anwalt.
»Wieviel Geld soll sie von Ihnen bekommen?«
»Keins.«
»Dafür bin ich auch.«
»Andererseits möchte ich, daß sie und die Kinder leben wie bisher und keine Sorgen haben.«
»Da muß ich mir was einfallen lassen.«
Am Nachmittag ging er zur Untersuchung. Mursh Weinrock, von dem Qualmwolken aufstiegen wie von einer glosenden Matratze und der unter den Blicken des Betrachters sichtlich runder und feister wurde, verwies ihn an den Assistenten, den er nun schon beschäftigte, einen sehr ernsten, humorlosen jungen Menschen, der hartnäckig schwieg wie das Grab und Gold durch sein unheimlich nüchternes Gebaren, das das Schlimmste anzudeuten schien, vor Schreck erstarren ließ. Üble Vorahnungen von fatalen Diagnosen mit Todesfolge schossen Gold durch den Kopf und nahmen hunderterlei Gestalt an.

»Wann haben Sie zum letzten Mal gebadet?« erkundigte sich der junge Arzt mit dem schmalen Gesicht, gerade als Gold glaubte, das unheilschwangere Schweigen nicht mehr ertragen zu können.

Gold erhob sich aus der unwürdigen Stellung, in die er genötigt worden war, nämlich auf Knie und Hände, zog die Unterhose hoch, stieg vom Untersuchungstisch, schlüpfte in die Hosen und marschierte, ohne anzuklopfen, in das geräumige, düstere Sprechzimmer von Dr. Murray Weinrock.

»Hast du ihm aufgetragen, mir diese Frage zu stellen?«

»Welche?«

»Wann ich zuletzt gebadet habe.«

»Nicht übel.« Weinrock lachte lautlos, als spare er seine Energie für lohnendere Betätigungen auf. »Er hat ein helles Köpfchen.«

»Um Himmels willen, Murshie«, jammerte Gold, »daß du immer noch Zeit findest für diese dummen Witze! Können wir nicht endlich zur Sache kommen?«

Weinrock schickte ihn zu Lucille. Die hübsche Schwarze schien übler Laune.

»Sie sind schon wieder hinter der Frau vom Doktor her«, murrte sie mit gerunzelter Stirne. »In diesem Urin ist massenhaft Zucker.«

Gold starrte über ihre Schulter. Lucille schrieb: »Zucker normal.«

»Im Labor hat man haufenweise Cholesterol in Ihrem Blut gefunden.« Und auf das Krankenblatt schrieb sie: »Cholesterol normal.« Sie erhob sich kichernd und warf ihm einen tödlich boshaften Blick zu. »Na, da geht wieder einer hin.«

»Was heißt das?«

»Wieder ein Jude, natürlich. Rüber jetzt zum EKG. Ziehen Sie das Hemd aus, bevor ich es Ihnen abreiße. Und rauf auf den Tisch mit Ihnen, ehe ich Sie raufhebe und erschlage. Es ist mein Ernst. Los jetzt, runter mit Ihnen. Sie haben wieder die Frau vom Doktor gevögelt, stimmt's?« Und dabei befestigte sie die Kontakte. »Ich weiß, es stimmt, also lügen Sie nicht.«

»Reden Sie doch nicht so, Lucille, Sie sind eine gebildete Person.«

»Scheiß mich nicht an, weißer Mutterficker. Ich hab lauter dreckige Hormone in deinem Urin gesehen. Lieg still und rühr dich nicht, oder ich steche dich ab. Ah-oh, da haben wir's. Haben Sie je einen Herzanfall gehabt?«

»Nein«, sagte Gold zusammenfahrend.
»Lügner. Sie hatten einen Herzanfall, sind aber damit bei einem anderen Arzt gewesen. Stimmt's?«
»Nein.«
»Ehrlich?«
»Wieso?«
»Runter mit dem Kopf. Lieg still, oder ich steche dich ab. Haben Sie jemals einen Schlaganfall gehabt? Also hatten Sie einen. Und damit sind Sie zur Konkurrenz gegangen.«
»Was soll denn das heißen!« brüllte Gold.
»Sehen Sie sich doch diese elenden Kurven da an!« brüllte Dr. Weinrocks Helferin ebenso erregt zurück. »Wollen Sie wirklich behaupten, Sie hätten weder einen Herzanfall noch einen Schlaganfall gehabt?«
Murshie Weinrock steckte besorgt den Kopf herein. »Was ist denn los hier?«
»Er will nicht stille liegen. Er richtet sich immer wieder auf, weil er die Kurven sehen will. Anscheinend hat er Angst, er könnte einen Herzanfall oder einen Schlag bekommen.«
Weinrock, ganz der Hausarzt, sagte mit einer Mischung aus Irritation und gutem Zureden: »Nun, nun, Brucie, benimm dich nicht kindisch. Laß die Untersuchung über dich ergehen, wir sehen dann schon weiter. Du sollst jetzt ein großer Mann werden, da muß ich dafür sorgen, daß du gesund bist.«
»Und was hast du all die Jahre her getan, als ich kein großer Mann war?« stellte Gold ihn zur Rede, als er endlich bekleidet im Sprechzimmer saß. »Hast du da nicht dafür gesorgt?«
»Ich habe wirklich keine überflüssige Zeit. Sieh selbst, wie beschäftigt ich bin.«
»Und wenn ich ernstlich krank wäre?«
»Nähme ich dich nicht als Patienten, Bruce«, antwortete Dr. Weinrock frei heraus. »Ich würde niemals einen Patienten nehmen, der wirklich Hilfe braucht. Kranke Leute mag ich nicht. Also sehen wir uns das mal an.« Er schwieg und studierte eingehend die Werte auf Golds Karteikarte. »Ich tue es zwar nicht gern, doch muß ich der medizinischen Auffassung meines Nichtstuers von Bruder zustimmen. Fleckie sagt, du bist ein Arschloch.«

»Das sagt er auch von dir.«

»Damit meint er aber bloß meine engstirnigen politischen Ansichten.«

»Kann ich –«

»Du kannst die Ängste und die Agonie der Macht ertragen und die Bürde des Amtes unbedenklich auf dich nehmen. Cholesterol und Harnsäure sind über normal, aber unbedenklich. Der Stickstoffgehalt im Blut ist hoch, das macht mir aber keine Sorgen, zumal es dein Blut ist und nicht meins. Das Lungenkarzinom ist auf dem Röntgenbild immer noch nicht sichtbar. Deine Prostata ist etwas vergrößert, meine aber auch. Und dem Elektrokardiogramm entnehme ich«, – er schaut tadelnd auf –, »daß du immer noch meine Frau vögelst.«

»Ich kann mir nicht helfen, Herr Doktor.«

»Kurzum, du gehst in gesundem Tempo auf ganz normale Weise zugrunde. Wie steht's zu Hause bei dir?«

»Gut.« Gold war erleichtert. »Belle geht es glänzend, mit Noah komme ich jetzt –«

»Noah?« fragte Mursh Weinrock verdutzt.

»Ja, mein Ältester. Und –«

»Wie kann man ein Kind nur Noah nennen, Bruce!«

»Was?« Gold spitzte die Ohren, er glaubte, nicht recht gehört zu haben.

»Das ist ja furchtbar.«

Gold betrachtete eindringlich den großen Eulenkopf des Arztes, bevor er antwortete. »Wir finden es nicht furchtbar. Er heißt nach seinem Großvater mütterlicherseits.«

»Das ist nicht mal ein jüdischer Name.«

»Nein?«

»Selbstverständlich nicht. Noah lebte vor Abraham, und Abraham war der Erste. Noah war ein Trunkenbold. Wie kannst du dein Kind nach einem heidnischen Trunkenbold nennen?«

»Er nimmt keinen Anstoß daran«, sagte Gold scharf. »Und was geht dich das überhaupt an?«

»Das tut er doch.«

»Woher weißt du das?«

»Woher weißt du das?«

»Mursh«, flehte Gold inständig und einer plötzlichen Eingebung folgend, »du kannst mir womöglich helfen. Habe ich was an mir, irgendwas, was andere Leute reizt, sich über mich lustig zu machen? Etwas, das die Leute zum Lachen bringt, ihnen Lust macht, mich zu hänseln?«
Weinrock lehnte sich zurück und faltete die Hände über dem Bauch. Er senkte die Lider und schaute weise drein. »Ja, Bruce, ich fürchte, es gibt so etwas.«
»Was ist es?«
»Ich weiß nicht.«

Es wurde Zeit für die Trennung. Belle erbleichte, als er die Wohnung mit der Miene eines Menschen betrat, der noch ganz benommen ist von einer kürzlich durchlebten unbeschreiblichen Tragödie.
»Mir fehlt nichts«, beruhigte er sie mit schwacher Stimme. »Ich darf nur nicht alles essen. Was gibt's zum Abendbrot?«
»Kalbsleber mit Speck, Pilze, Kartoffelbrei und gedünstete Zwiebeln.«
»Sehr verlockend. Aber die Kalbsleber lasse ich lieber weg. Ich muß auf meinen Cholesterolspiegel achten.«
»Ist in Speck auch Cholesterol?«
»Fett ist drin. Ich darf nicht zunehmen. Und auf die Pilze verzichte ich auch lieber. Wegen der Harnsäure.«
»Bist du krank?« Belle musterte ihn mit schlecht verhohlener Besorgnis.
»Nein, kerngesund. Auf meinen Blutdruck muß ich ebenfalls achten.«
»Wie machst du das?«
»Das hat er nicht gesagt. Vermutlich salzlos essen.«
»Mir scheint«, sagte Belle, »du wärest besser dran, wenn du richtig krank wärest. Dann brauchtest du nicht auf alles mögliche zu achten.«
Das klang nicht gut in Golds Ohren; immerhin legte er die Sparbücher an ihren Platz zurück und beschloß, noch ein Weilchen mit ihr zusammenzubleiben.

Gold gestand sich nur höchst ungern ein, daß er mehr und mehr von Zweifeln geplagt wurde, je näher die Heirat mit Andrea und seine Berufung zum Außenminister rückten. Andrea half ihm nie beim Abwaschen. Auch erwies sie sich weniger formbar, als er anfangs gehofft hatte, und es gab gewisse Züge in ihrem Charakter, die jedem noch so väterlich strengen Versuch, sie zu ändern, widerstanden. Daraus, wie sie sich mit ihrem Vater benahm, konnte Gold schließen, daß sie nie etwas tat, wozu sie keine Lust hatte, und daß ihr alles gelang, was sie unternahm. Bislang war sie stets entgegenkommend und umgänglich gewesen, wenn auch mit einer passiven, emotionellen Zurückhaltung, die häufig ein lächerliches Gefühl der Vergeblichkeit und Langeweile hervorrief. Der Geschlechtsverkehr mit Belle war für Gold mittlerweile reine Routine geworden. Das gleiche galt inzwischen auch für den Verkehr mit Andrea, obschon sich hier unvergleichlich mehr Möglichkeiten boten zu experimentieren. Andrea sprach über diese Dinge mit einer Erfahrenheit und einer angeborenen Offenheit, die Gold oft genug schockierten, und stimmte Vorschlägen zu, die er nicht ernst meinte und auch nicht in die Wirklichkeit umzusetzen gedachte.
Er sagte zu ihr: »Dein Vater und du, ihr habt einen ziemlich engen körperlichen Kontakt, nicht wahr?«
»Das geht mehr von mir aus als von ihm«, erwiderte sie unbefangen. »Schon als kleines Mädchen merkte ich, daß Männer mir viel mehr Aufmerksamkeit widmeten, wenn ich mich ihnen auf die Knie setzte und da unentwegt herumrutschte. Und das habe ich seither immer gern getan.«
»Was denn – du tust das immer noch?«
»Ja, so.« Schon setzte sie sich Gold auf den Schoß, und er staunte über den Mangel an Gefühl, mit dem sie das demonstrierte. »Seit ich klein war, mochte ich jeden, der einen Schwanz hat, denn ich

begriff schon früh, daß dort Macht und Aktion ihren Sitz haben. Ich ging fast ausschließlich mit Jungen, und wenn ich sie tätschelte und ihnen auf dem Schoß rumrutschte, hatten sie nichts dagegen.«

Gold brachte es irgendwie fertig, aufzustehen und sich von ihr zu entfernen, ohne merken zu lassen, wie sehr ihn Vorstellungen beunruhigten, die er nur als befremdlich und abartig empfinden konnte.

»So etwas darfst du nicht vor den Leuten sagen«, warnte er sie und verdeckte durch väterlich freundliches Gebaren den Widerwillen, den sie in ihm erweckte.

»Auch zu dir nicht?«

»Nun, das schon«, gab er nach, wobei ihm bewußt war, daß er andernfalls eine Quelle höchst erfrischender neuer Reize verschütten könnte. »Aber nur zu mir.«

»In diesen Dingen weiß ich so wenig Bescheid«, bekannte sie dankbar. »Ich bin ein Produkt des Sarah Lawrence College, wenn ich auch dort nicht mein Diplom gemacht habe. Da brachten sie einem bei, immer die Wahrheit zu sagen. Im Bennington College hatten wir einen Kunsterzieher, über den wir Buch führten. In den zwei Jahren, die er dort war, hat er dreihundertvierundzwanzig Mädchen gevögelt. Du vögelst doch bestimmt auch deine Studentinnen?«

»Nein«, widersprach Gold mit Nachdruck. »Keinesfalls.«

»Nie?«

»Die jüngeren oder die älteren Semester?«

»Beide.«

»Manchmal«, gab er zu. »Aber schon seit längerer Zeit nicht mehr. Eigentlich so gut wie nie.«

»Im Smith College trieben wir es mit unseren Vätern«, sagte sie ganz gelassen.

Gold mußte schlucken. »Mit euren Vätern?«

»Und das war viel lustiger.«

Gold fragte sich wieder einmal, mit wem er sich da eigentlich verheiraten wollte. »Ich glaube, ich habe nicht richtig verstanden, Liebste. Mit euren Vätern?«

»Ja.«

»Lieber Gott.« Er griff sich an den Kopf. »Wer ist denn auf diesen Einfall gekommen?«

»Ich gehörte zu den ersten«, sagte sie. »Beinahe hätte ich dafür eine Auszeichnung bekommen.«

»Und dein Vater?«

»Der war auch gleich anfangs dabei und einer von den Besten.«

Andrea las seine Gedanken und stieß einen fröhlichen Juchzer aus. »Nicht mit unseren eigenen Vätern, du Dummerchen«, tadelte sie ihn mit grellem Lachen, ebenfalls eine Eigenheit von ihr, die er jetzt weniger erträglich fand als früher. »Das wäre ja schrecklich gewesen.«

»So kommt es mir auch vor«, sagte Gold trocken.

»Nein doch, mit den Vätern der anderen Mädchen«, erklärte sie fröhlich herablassend. »Wir haben Bäumchen wechsel dich gespielt. Mein Vater war einer von den Bereitwilligsten und hat sich am meisten amüsiert. Ich brauchte bloß eine Freundin zum Übernachten mit nach Hause zu bringen und ihm anzudeuten, sie finde ihn aufregend. Dann ging alles von allein. Alle Mädchen fanden, er sei ein prima Ficker. Und er ist es bestimmt auch heute noch. Probieren die Freundinnen deiner Tochter nicht auch, sich an dich ranzumachen?«

»Nein!« rief Gold entsetzt.

»Na, na. Bestimmt tun sie es, du merkst es nur nicht.«

»Die Freundinnen meiner Tochter«, klärte er sie schroff auf, »sind zwölfeinhalb Jahre alt, Andrea. Auf manchen Gebieten ist ein gewisses Maß von Zurückhaltung höchst wünschenswert, und mir scheint, daß du deine einschlägigen Geheimnisse ganz unnötigerweise enthüllst.«

»Da bin ich anderer Meinung, Bruce«, versetzte sie gelassen und mit jener nicht zu bremsenden Direktheit, die er nun schon kannte und fürchtete. »Ich weiß, wenn wir erst verheiratet sind, werden wir alle beide jede Menge Affären haben –«

»Ach nein!« Seine Verblüffung ließ deutlich erkennen, daß diese Vorstellung ihm nicht angenehm war.

»Was wäre denn das für eine Ehe, wenn wir keine Affären hätten?«

»Und was wäre das für eine Ehe, wenn wir welche hätten?«

»Eine offene, aufrichtige Ehe«, erwiderte sie ganz ernsthaft und hingerissen, als male sie ihm die rosigste und erfüllteste aller Beziehungen aus. »Und dann können wir einander die interessantesten, lustigsten Erlebnisse erzählen.«

Der bloße Gedanke an eine derart offene, aufrichtige Ehe samt täglichen Unterhaltungen darüber, wer was mit wem getrieben hatte und heute treiben würde, widerstand ihm aufs äußerste, doch antwortete er, wie er meinte, mit vorbildlichem Takt: »Darüber müssen wir vor der Hochzeit noch ausführlicher sprechen, Liebling.«

»Keine Geheimnisse, Bruce, kein Verschweigen. Ich werde dir immer alles erzählen und erwarte, daß auch du mir alles erzählst.«

»Ich werde dir gewiß alles erzählen«, versprach er und nahm sie in die Arme. »Und wenn du möchtest, daß ich aufrichtig bin, sage ich dir gleich, daß ich nicht alles hören will.«

Es war aber nicht so sehr das Schlafzimmer als vielmehr die Küche, wo sich am deutlichsten die kommenden Unvereinbarkeiten ankündigten. Gold konnte einer frigiden Frau fast ebenso leicht verzeihen wie einer feurigen, doch wie lange würde er mit Anstand eine Frau ertragen, die in der Küche praktisch blind war? Mit der Zeit würde man eine Köchin und ein Küchenmädchen einstellen, doch wer sollte die beaufsichtigen? Von Woche zu Woche verdichtete sich in seinem Bewußtsein wie eine sich ballende Wolke der Argwohn, daß Andrea im Haushalt nicht bloß uninteressiert und nachlässig war, sondern auch unwissend. Schon dreimal hatte er sich genötigt gesehen, ihr einen Vortrag über Schinkenspeck zu halten – einmal, als er Speckscheiben mit Eiern briet, einmal, als er französischen Toast zubereitete, und noch einmal, als er Speckwürfel schnitt, die er mit Zwiebeln und Krabben dem nach chinesischer Art gebratenen Reis beimischte, zu dem er eine absolut perfekte Soße aus schwarzen Bohnen herstellte –, und jedesmal hörte sie ihm wie hypnotisiert zu, als habe er nicht auch früher schon ausführlich die Vorzüge vom Schinkenspeck gepriesen. Beim dritten Mal fand er das nicht mehr amüsant, es machte ihn vielmehr gereizt, daß ausgerechnet er als Jude vor ihr das Hohe Lied vom Schinkenspeck anstimmen mußte. Auch nach jener Mahlzeit half sie ihm nicht abwaschen, und er erniedrigte sich nicht so weit, sie darum zu bitten.

Doch es war der Zwischenfall mit dem estnischen Schwarzbrot, der ihm fast den Mut nahm.

»Sag mal, mein Schatz, wo ist denn der Laib Brot, den ich letztes

Mal mitgebracht habe? Das estnische Schwarzbrot? Ich kann es nirgendwo finden.«

»Das habe ich weggeschmissen«, sagte sie seelenruhig.

Gold schaute bestürzt drein. »Weggeschmissen?«

»Es wurde hart.«

»Es wurde hart?« Er lauschte wie in Trance und lachte hohl. »Aber es soll ja gerade hart werden, mein Schatz. Was du gefühlt hast, war nur der Kanten.«

»Die Kruste war auch hart.«

»Die Kruste, mein Herzblatt, ist immer hart.«

»Das wußte ich nicht, Schatz.«

»Man bäckt große Laibe mit harter Kruste, damit sie wochenlang frisch bleiben. Hast du geglaubt, wir könnten ein fünf Pfund schweres Schwarzbrot an einem Tage essen?«

Andrea bereute aufrichtig. »Es tut mir ja so leid, aber du weißt, osteuropäische Hauswirtschaft ist meine schwache Seite.« Gold nahm sich stoisch vor, diesem Mißgeschick die beste Seite abzugewinnen; er langte nach einem Paket Toastscheiben und stellte dann ahnungslos jene Frage, auf die er eine Antwort erhielt, welche seinen schönsten Zukunftshoffnungen den Todesstoß versetzte und die bevorstehende Eheschließung aus einer Liebesheirat in eine Vernunftehe verwandelte.

»Hast du zufällig Erdbeerkonfitüre von Tiptree da?«

Andrea hatte weiter nichts zu bieten als süßen Matsch aus dem Supermarkt. Gold war außer sich. Ich bringe ihr Schwarzwälder Schinken und Senf aus Pommery, den saftigsten Lachs, und sie? Sie gibt mir Dreck. Was ist bloß los mit diesen Menschen? Denken die an weiter nichts als ans Reiten und an Geld? Sie aßen Apfelsinen aus Kalifornien, obschon es welche aus Florida gab, und ahnten überhaupt nicht, daß Pfirsiche aus Comice denen aus Seckel und Anjou vorzuziehen sind. Entnervende Hoffnungslosigkeit senkte sich auf ihn wie Nebel, als er einsehen mußte, wie unmöglich es war, ihr klarzumachen, daß zwischen dem süßen Matsch aus dem Supermarkt und Tiptrees Erdbeerkonfitüre ein Unterschied bestand, der wesentlich darüber bestimmen würde, ob ihre Verbindung eine glückliche sein würde.

Belle verstand so was. »Er ist ein Gourmet, ohne es zu wissen«, lachte sie vor vielen Monaten, als beide noch fähig waren, miteinander zu scherzen. »Er hält sich bloß für ein bißchen anspruchsvoll, aber ich möchte das junge Mädchen sehen, das ihn auch nur eine Woche lang zufriedenstellen kann. Zehn Jahre müßte sie in die Lehre gehen. Ich möchte mal zusehen, wenn er es mit einer versucht. Sagt er, das Ei soll zwei Minuten kochen, meint er drei. Seine Unterwäsche soll immer gebügelt sein, obschon er sagt, er will das nicht. Wenn wir mal ausgehen, steht er länger vorm Spiegel als ich. Und ich möchte die Studentin sehen, die weiß, ob er Mohnbrötchen meint, wenn er Brötchen mit was drauf verlangt, oder Sesambrötchen. Bestellt er sich zum Abendessen Fisch, meint er damit Leber, und wenn er sagt, er möchte Leber, will er ins Restaurant gehen. Und wehe, man setzt ihm Grapefruit aus Kalifornien vor. Das junge Mädchen, das ihn mir wegnehmen möchte, tut mir jetzt schon leid.«

Gold erinnerte sich an diese kleine Rede Belles und lächelte. Den einzigen Fehler, den er in dieser Charakterisierung fand, war ihre arglose Vermutung, er würde sich von einem blutjungen Ding einfangen lassen. Seine Freundin war etwa ebenso alt wie Belle, also fast gleichaltrig mit ihm. Andrea, die da neben ihm schlief, hatte die Fünfunddreißig überschritten, und er bezweifelte sehr, daß ein junges Mädchen ihn je reizen könnte. Ihm fiel ein, daß Belle jetzt die Andeutung eines Schnurrbartes hatte, und auch darüber mußte er lächeln.

Eine Stunde lag er so schlaflos und beklagte sein Geschick. Das Gute, das er vor sich sah, war zwangsläufig mit Plagen verbunden: er stand im Begriff, eine schmerzliche Trennung von Belle herbeizuführen, und sah eine ebenso peinsame Ehe mit Andrea vor sich, einer Frau, die zugleich unterwürfig und auf gespenstische Weise unabhängig war, ihn sowohl ängstigte als langweilte. Und er war auf dem Wege, eine höchst gefährdete Laufbahn im Staatsdienst einzuschlagen, deren Erfolg, mindestens anfangs, von der Förderung und dem Entgegenkommen eines unmenschlich egoistischen und boshaften Schwiegervaters abhing, der ihn geradezu sadistisch verabscheute. Und als wäre das Leben mit alledem nicht schon ausreichend kompliziert, verliebte er sich tags darauf Hals über Kopf in eine Gleichaltrige, die ihren brutalen Klotz von Ehemann verlassen hatte, von dem sie vier Kinder besaß, der älteste Sohn groß genug, Gold mit den Fäusten zu Brei zu schlagen, sollte ihm das einfallen, die Zweitälteste eine niedliche, weltgewandte junge Dame, die ihn jederzeit verführen konnte, falls sie es darauf anlegte, und die Jüngsten, ein Zwillingspärchen, Junge und Mädchen, klein genug, um jene Anfälle von Bockigkeit, Fieber und Magenverstimmungen zu produzieren, die das Dasein von Eltern in einen unzivilisierten Alptraum verwandeln.

Es begann mit einem Anruf von Belle aus New York, die wenigstens den Versuch hätte machen können, allein mit der Krise fertig zu werden. Als er, von Andreas Bett aus im Hotel anrufend, erfuhr, es sei eine dringende Nachricht von Belle da, war er wie vor den Kopf geschlagen. Seine Tochter Dina war von der Schule verwiesen worden. Diese kleine Füchsin hatte ihn also doch ins Bein gebissen, und das im denkbar ungeeignetsten Moment.

Gold stürmte wütend ins Büro der Direktorin, bewaffnet mit Zeitungsartikeln, die beweisen sollten, daß er demnächst als Mann von großem politischen Einfluß in Erscheinung treten würde. Er erlegte sich überhaupt keinen Zwang auf, denn die regierende Herrscherin war nicht nur eine Frau, sondern noch dazu eine Schwarze.
»Sie«, so begann er stotternd und spuckend, gewann aber an Tempo, als er weitersprach, »Sie müssen alles zurücknehmen, was Sie gesagt haben. Lesen Sie keine Zeitungen? Ich kann mir keine Tochter leisten, die jetzt in der Schule Ärger macht. Nehmen Sie sie wieder auf, oder ändern Sie Ihre Beurteilung so, daß nichts an ihr auszusetzen ist. Fertig. Andernfalls sorge ich dafür, daß Sie ruiniert werden. Ich lasse Ihnen die Subventionen sperren. Ich lasse alle Welt wissen, daß Ihr Institut in Wahrheit eine selektive, auf Rassentrennung bedachte Privatschule ist, die fälschlich vorgibt, integriert und jedermann zugänglich zu sein.«
Die bedauernswerte Frau war von diesen Anwürfen ganz überwältigt. »Aber das alles stimmt doch nicht, Dr. Gold. Es ist bekannt, daß wir selektiv und auf Rassentrennung bedacht sind, wenngleich wir in Wirklichkeit voll integriert sind.«
»Dann sollen die Eltern erfahren, daß Sie integriert sind, und damit sind Sie dann alle weißen Kinder los. Aber in Wahrheit möchten Sie in die Presse, nicht wahr? Deshalb tun Sie mir das an.«
»Ihre Tochter weigert sich, Hausaufgaben zu machen. Und wir können ihretwegen nicht gut das gesamte Niveau senken.«
»Das versteht man unter progressiver Erziehung«, entgegnete Gold. »Sie können das Niveau sehr wohl nach Belieben heben oder senken, ohne den Schülern zu schaden. Lesen Sie meinen Aufsatz ›Bildung und Wahrheit oder Wahrheit in der Bildung‹.«
Die Ärmste suchte ihm vergeblich verständlich zu machen: »Behalten wir sie und lassen sie sitzenbleiben, verliert sie ein ganzes Jahr,

und Sie haben die Kosten dafür zu tragen. Geht sie jetzt ab, kriegt sie ein Zeugnis, das sich sehen lassen kann, und Sie bekommen einen Teil des Schulgeldes zurück.«
»Wieviel?«
»Einen Bruchteil des Ganzen.«
»Behalten Sie Dina.«
»Sie können nicht im Ernst erwarten, Dr. Gold, daß wir unsere eigenen Regeln übertreten, bloß um eine Ausnahme für Ihre Tochter zu machen.«
»Warum nicht?«
Die Frau hätte kaum überraschter dreinschauen können. »Sie erwarten das tatsächlich?«
»Ja. Sie ist doch ein exzeptionelles Kind?«
»Exzeptionell auf eine verbockte, unproduktive Weise.«
»Gut«, sagte Gold. »Dann machen Sie eben eine Ausnahme für Dina und deklarieren sie als schulisches Experiment. Wenn Sie wirklich so großen Wert auf Hausarbeiten legen, erledige ich die für sie.«
Darauf konnte man sich einigen. Im Vorzimmer, zu dem die Tür offenstand, wartete eine hübsche Frau mit leicht geöffnetem Mund und aschblondem, zerzaustem Haar auf ihn, lief ihm nach und ergriff atemlos seinen Arm, als er den Korridor hinunterging.
»Bitte, Dr. Gold«, sagte sie und brachte ihn zum Stehen. »Ich finde das alles höchst ungerecht. Ihre Tochter ist keineswegs eine Ausnahme. Und daß die Schulverwaltung ihretwegen eine machen will, finde ich im höchsten Grade unfair.«
»Und wer, bitte, sind Sie eigentlich?«
»Linda Book, eine von Dinas Lehrerinnen.«
»Also Sie beklagen sich über meine Tochter!«
»Keineswegs, Dr. Gold, mich hat sie am liebsten. Wir sind richtig gute Freundinnen, und es schmerzt mich, daß man sie als Ausnahmefall behandeln will. Sie ist ein wirklich exzeptionelles Kind.«
Gold blickte in die gefühlvollen grauen Augen mit der wissenden Aufmerksamkeit desjenigen, der einen neuen Fisch in sein Bassin schwimmen sieht. Er stieß ein kaum vernehmbares Ächzen aus, als ihm klar wurde, daß sie das schönste Gesicht aller ihm bekannten Frauen seiner Generation besaß. Bluse und Rock waren eine Spur abgewetzt, was durchaus seinem Geschmack entsprach, und der

lockere Büstenhalter umspannte einen üppigen Busen. Gleich darauf wußte er, daß er im Begriff stand, sich in sie zu verlieben, und er blickte auf die Uhr, um zu sehen, ob ihm Zeit dafür blieb.
»Kommen Sie mit mir in die Stadt, in mein Studio«, forderte er sie auf. »Ich möchte ausführlich mit Ihnen sprechen.«
»In fünf Minuten beginnt mein Unterricht.«
»Dann lassen Sie den eben ausfallen.«
Sein herrscherliches Gebaren setzte sie in Verwirrung. »Mindestens zurechtmachen muß ich mich erst noch.«
Er erwartete sie vor der Schule in einer Taxe, und sogleich begann eine Orgie feuchter Küsse, die immer feuriger und auch schmatzender wurden, bis die Taxe endlich vor Golds Gebäude hielt. Im Nachhinein wurde es ihm zur Gewißheit, daß sie während der Fahrt mindestens eine Minute lang einen Fuß auf seine Schulter gestellt hatte. In der Halle und im Fahrstuhl betrugen sie sich so formell und steif wie Betrunkene, doch schon an der Tür überfiel sie ihn wieder mit wilder ausgehungerter Gier, und man setzte die Leibesübungen unvermindert feurig fort. Bäuche und Hüftknochen rieben lustvoll, Schenkel und Knie stießen gegeneinander. Er umklammerte ihr Hinterteil. Sie riß an seinen Haaren. Er vergaß fast, die Tür zu schließen.
»Vögeln können wir heute nicht«, sagte sie, kaum daß sie in der Wohnung waren, »aber lecken kann ich dich gut.«
In Wahrheit konnte sie es nur recht durchschnittlich. Gold übte jedoch keine Kritik, und es kümmerte ihn auch nicht. Bevor die Sonne dieses Tages unterging, wußte er, daß er nie eine Frau kennengelernt hatte, der sein Herz zu schenken ihm so leicht fiel wie Linda Book. Gold neigte dazu, sich zu verlieben. Hatte er Muße, verliebte er sich. Manchmal dauerte das vier Monate, meist nur sechs oder acht Wochen. Etliche Male hatte es nur Minuten gewährt. Im Vertrauen darauf, daß diese neue Bindung nicht länger halten würde als alle anderen, überließ er sich ihr vorbehaltlos. Von seinen romantischen Entdeckungen hingerissen, erzählte er alles von Andrea und viel von Belle. Von neuer Abenteuerlust gepackt, die ihn erfrischte und belebte, bat er sie, ihn auf seiner heimlichen Reise mit Andrea nach Acapulco zu begleiten; er setzte dafür ihre Weihnachtsferien fest, und sie war auch gleich einverstanden.

»Zwei Kinder muß ich vielleicht mitbringen.«
»Ausgeschlossen.«
»Dann lasse ich sie bei meinem Mann.«
»Möglich, daß man uns beschattet«, warnte er sie, weil er das für nötig hielt, und dachte dabei an Greenspan.
»So weit geht mein Mann nicht«, meinte Linda Book, »obschon er mit allen Kräften auf eine Versöhnung hinarbeitet. Er findet es schrecklich, von mir getrennt zu sein.«
»Sehr verständlich«, meinte Gold. »Er wäre ja närrisch, dich aufzugeben.«
Linda blühte auf wie eine Rose. »Du verstehst es, eine Frau glücklich zu machen, aber eines sage ich dir gleich: heiraten will ich dich nicht.«
Einen Moment lang suchte Gold vergeblich nach Worten. »Die Form!« rief er endlich. »Man hat sie zerbrochen! Die Form, in der du gegossen wurdest, ist zerbrochen!«

Im kalten Licht des Morgens saß er ermattet am Frühstückstisch, den Kopf in die Hände gestützt, und fragte sich, was zum Teufel er da wieder angestellt hatte.
Sid gab Gold einen Scheck über dreitausendfünfhundert Dollar, und Gold steckte ihn ein.
»Ich brauche auch noch deinen Rat, Sid, wegen Acapulco. Ich fahre dort nicht dienstlich hin und nicht allein.«
Sid verzog erstaunt das Gesicht. »Die Hotels, die ich kenne, sind für Belle vielleicht nicht das Passende.«
»Nicht mit Belle, Sid. Mit Belle und mir ist es aus. Wir leben in Wirklichkeit nicht mehr zusammen.«
Falls Sid bestürzt war, ließ er es nicht merken. »Warum habe ich davon noch nichts gehört?« sagte er nur milde überrascht. »Sie steht doch mit unseren Schwestern noch gut?«
»Sie weiß es womöglich selber noch nicht.« Es wurde nachgerade peinlich, dieses Geständnis machen zu müssen. »Ich hoffe, sie kommt mit der Zeit von allein dahinter. In Washington bin ich heimlich verlobt und will heiraten.«
»Du bist also richtig verliebt, Kleiner?«
»Ja, Sid, aber in eine andere.«

»Heißt das, es sind insgesamt drei?« Sid richtete sich auf und strahlte vor Freude.
Gold nickte beklommen. »Und der vierte ist ein jüdischer Agent vom FBI, der mich womöglich immer noch beschattet.«
Nachdem Sid noch eine Runde bestellt hatte, fragte er: »Nun sag mir doch bitte, weshalb du nicht die heiratest, in die du verliebt bist?«
»Weil ihr Mann das nicht erlaubt. Er nimmt sogar Anstoß daran, von seiner Frau getrennt zu leben. Er ist riesengroß und jähzornig, und er darf nichts davon erfahren.«
»Wie ulkig.«
»Sie hat vier Kinder.«
»Das ist noch ulkiger.« Sid kicherte innig. »Läßt sie sich vielleicht Jacketkronen machen?«
Gold antwortete verblüfft: »Wie hast du das erraten?«
Sid lächelte väterlich und erklärte: »Immer, wenn ich mich verliebt habe, wollte die Betreffende sich Jacketkronen machen lassen.«
»Linda braucht bloß zwei. Ich habe mich erboten, die zu bezahlen.«
»Laß dich nicht auf mehr ein.«
Wieder wurde Gold verlegen. »Zwei von den Kindern müssen die Zähne reguliert bekommen, und ich habe Linda versprochen, ihr auch da was zuzugeben.«
»Und warum heiratest du die in Washington?«
»Die ist schön, Sid«, sagte Gold eindringlich, »richtig nett und hat einen einflußreichen Vater. Außerdem hat sie Geld, und das könnte mir sehr zupaß kommen, wenn ich Lindas Zahnarztrechnungen bezahlen muß.«
»Und was hat die für Zähne?«
»Gesunde, gute Zähne, Sid.«
»Ist sie groß?«
»Sehr. Lange Beine, schwere Knochen. Gesund und eine richtige Schönheit.«
»Dann fahr mit ihr nach Acapulco«, drängte Sid freundschaftlich. »Es klingt doch, als könntest du dich mit der amüsieren.«
»Das will ich ja auch, Sid, aber es gibt ein Problem: Ich will mich nicht so lange von Linda trennen. Sie soll mitkommen.«

»Inwiefern ist das ein Problem?« fragte Sid.
»Du meinst, es wäre möglich? Ich könnte es wagen, ohne fürchten zu müssen, erwischt zu werden?«
»Selbstverständlich ist es möglich«, versicherte Sid eifrig und bestellte nochmal zwei Drinks. »Ich habe in Houston einen Geschäftsfreund, der mit einer mexikanischen Fernsehdarstellerin befreundet ist, die ihrerseits einen Freund hat, der Pilot ist. Dessen Frau arbeitet in einem mexikanischen Reisebüro, und die dreht das schon mit den Hotelzimmern.«
»Es kann sein, daß Linda zwei von den Kindern mitbringt.«
»Je mehr, desto lustiger«, gurgelte Sid erfreut. »Solange du es bezahlen kannst. Und auch ein Kindermädchen, damit Linda abends frei ist.«
»Daran habe ich überhaupt noch nicht gedacht. Wo soll ich aber so viele Leute verstecken, Sid? In zwei Hotels? In drei?«
»In einem«, sagte Sid bestimmt.
»In einem?«
»Selbstverständlich. Du bist dann immer da, wo du hingehörst, und verlierst keine Zeit mit unnötigen Wegen. Sei bitte nicht gekränkt, Bruce, aber ich glaube, zum ersten Mal in meinem Leben bin ich stolz auf meinen kleinen Bruder.«
Gold genoß das Kompliment. »Und das alles unter den Augen des FBI-Agenten, der vielleicht alles herausbekommt und zum Platzen bringt? Übrigens, wie sieht sie aus?«
»Wer?«
»Die mexikanische Fernsehdarstellerin.«
»Soweit ich höre, recht ordentlich, wenn man eine Schwäche für Kleine, Dunkle, Griffige mit Feuer hat. Angeblich geht sie los wie eine Packung Knallfrösche. Und da habe ich dich immer für einen seriösen, respektablen Bürger gehalten. Daß du den Nerv hast, so was zu planen, hätte ich nie geglaubt.«
»Ich habe ihn auch nicht«, Gold welkte sichtlich dahin, »ich blase das Ganze ab.«
»Nur über meine Leiche«, sagte Sid so gekränkt und laut, daß andere Gäste sich umdrehten. »Seit fünfzehn Jahren habe ich nicht mehr so viel Spaß gehabt. Was soll da schiefgehen? Junge, Junge, wenn ich doch nur mitfahren könnte! Aber das erlauben mir weder

mein Herz noch Harriet. Also hör zu: Wir mieten für dich in der Villa Vera zwei kleine Bungalows, die mit der Rückseite zueinander stehen. Jeder hat eine eigene Küche und ein Schwimmbassin. Die übrigen Hotelgäste bekommen dich nicht zu sehen. Ich kümmere mich um die Details. Und wenn ich mich nicht täusche, brauchst du dich wegen des FBI und dieses Greenspan keinen Moment zu ängstigen.«

»Entschuldigen Sie meine Zudringlichkeit«, sagte Greenspan vom FBI, »aber ich möchte einen Vorschlag machen. Er braucht ein weiteres Zimmer, wo er ungestört mit den jeweiligen Damen telefonieren kann. Er sagt einfach, er muß Gespräche aus Washington entgegennehmen können. Ich empfehle also drei miteinander verbundene Suiten. Er bekommt die mittlere.«

»Sie verstehen sich offenbar recht gut auf solche Sachen«, bemerkte Sid, nachdem Gold den Agenten vorgestellt hatte.

»Ich stehe im Dienst von Präsidenten«, sagte Greenspan bescheiden. Als er mit Gold dessen Studio betrat, schimpfte er: »Hier sieht es aus wie in einem Schweinestall. Ich sage das mehr bekümmert als entrüstet. Ich wollte Sie schon seit Wochen darauf aufmerksam machen.«

»Mischen Sie sich nicht ein, Greenspan«, sagte Gold, und es war deutlich zu merken, daß er sich fürchtete und verdrossen war. »Belle soll von alledem nichts wissen.«

»Sie weiß, sie weiß«, leierte Greenspan ächzend. »Alles, nur nicht die Namen. Seit wann wäre Belle jemals Dummheit vorzuwerfen gewesen?«

»Warum sagt sie dann nichts?«

»Was kann sie schon sagen?« Greenspan war das Inbild des Jammers. »Wenn Sie ahnten, wie mir das Herz jedesmal blutet, wenn ich sie mit ihrer Mutter telefonieren höre und wenn sie gegenüber ihren Schwägerinnen tut, als wäre nichts. Was ist sie doch für eine großartige Frau und Mutter, sie –«

»Schluß jetzt, Greenspan, hören Sie auf!«

»Warum soll ausgerechnet sie was sagen und Ihnen alles erleichtern? Wenn Sie sich über nichts zu beklagen haben, warum sollte Belle das an Ihrer Stelle tun? Oh ja, sie ist mit der Scheidung einverstanden, aber darum bitten müssen schon Sie selber. Warum soll sie diejenige sein, die sagt, mein Mann will sich scheiden lassen, wenn er selber nichts davon erwähnt? Ach Gold, Gold, ich muß Sie was fragen, zu meiner ganz privaten Information. Ich schwöre, es kommt nicht in die Akten. Es handelt sich um diese Lehrerin, Linda Book.«

»Was ist mit der?«

»Bei der haben Sie viele Orgasmen, stimmt's?«

»Geht das etwa Sie was an?« fragte Gold eisig.

»Aber bei der, die Sie heiraten wollen, haben Sie so gut wie nie einen.«

»Na und?«

Greenspan setzte den Hut auf und schaute Gold bekümmert und vielsagend an. »Sie machen Ihrer Rasse Schande.«

»Sie hingegen machen Ihrer Rasse Ehre, Greenspan. Sie kommen doch bestimmt mit nach Acapulco? Was mache ich, wenn ich in die Klemme gerate?«

»Sprechen Sie gegen die Wand.«

Kaum war Gold allein, verfiel er in melancholische Selbstbetrachtungen. Für einen vorsichtigen Mann benahm er sich tollkühn. Für einen geistig Gesunden benahm er sich irre. Keine innere Stimme mußte ihm sagen, daß er sich in Gefahr begab. Gefahren war er sein Lebtag aus dem Wege gegangen, stets hatte er gefürchtet, zu versagen. Nun jedoch hatte es ganz den Anschein, als bedrücke ihn der Gedanke, Erfolg zu haben.

Was soll schon schiefgehen? hatte Sid gefragt. Das hätte Gold leicht beantworten können, als er aus dem Fahrstuhl kommend den Umkleideraum im CVJM aufsuchte. Zunächst einmal kam es zwischen ihm und der mexikanischen Fernsehdarstellerin zu einem coup de foudre, noch auf dem Rollfeld von Mexiko City, wo sie mit Andrea auf den Anschlußflug warteten, der Linda aus Houston bringen sollte. Der sinnliche Kurzschluß zwischen den beiden löste einen Brand aus wie Phosphor, von den Umstehenden nicht zu übersehen, die von einer duftenden, blendenden Hitzewelle getroffen wurden. Die elementare, unverhüllte Kraft des wechselseitigen tierischen Begehrens war unwiderstehlich und duldete keinen Aufschub. Mit angeborener Geistesgegenwart, für die Gold nicht dankbar genug sein konnte, erklärte sie sich kehlig flüsternd zu einem heimlichen Stelldichein in Acapulco bereit, in dem Raum zwischen den anderen Zimmern, während ihr dunkelhäutiger Liebhaber, der Pilot, Gold bösartig und unheilvoll aus gelben Augen beobachtete und etwas Bedrohliches murmelte, das Gold nur wie im Koma hörte und das zu wiederholen er diesen Herrn höflich ersuchte.

»Heute ist der Todesengel im Turnsaal«, sagte Karp der Pedikeur zum zweiten Mal. Er saß wie ein Orakel im Gang zwischen den Schränken auf einem Hocker, und Gold mußte an ihm vorüber.

Gold blieb stehen und blinzelte. »Was soll das heißen?«

»Oben im Turnsaal hat jemand einen Herzanfall. Der Krankenwagen ist unterwegs.«

Gold setzte seinen Weg grimmig fort, wie üblich entschlossen, den rätselhaften Gezeiten des Schicksals zu widerstehen und allen unheilvollen Vorzeichen Paroli zu bieten. Er tröstete sich damit, daß die Wahrscheinlichkeitsrechnung ihn begünstigte; daß zwei Männer am selben Tag im selben Turnsaal einen Herzanfall erlitten, stand nicht zu erwarten. Dann dämmerte ihm die harte Wahrheit, nämlich daß die Wahrscheinlichkeit unverändert bliebe, wäre der eine von beiden schon tot und ergäben sich Transportschwierigkeiten, die weder er noch Sid vorhergesehen hatten. Weil Linda nun doch die beiden Jüngsten mitnehmen mußte, flog sie von New York direkt nach Acapulco und traf dort vier Stunden vor Gold und Andrea ein, die ihren Flug von Washington in Houston und Mexiko City unterbrechen mußten. Oder aber sie brauchte die Kinder nicht mitzunehmen und buchte aus Übermut in derselben Maschine wie er einen Platz, was bedeutete, daß Gold den Flug mit beiden zugleich zurücklegen mußte. Daß die Damen einander nicht erkennen würden, machte es ihm keineswegs leichter. Oder aber, nachdem Linda in dieser Maschine einen Platz gebucht hatte, kam sie, einer Meinungsänderung des unwilligen und streitsüchtigen Gatten wegen, in letzter Minute nun doch von beiden Kindern begleitet, die sogleich, nachdem sie Gold niederschmetternd enttäuscht erblickt hatten, in einen unerfreulichen Zustand von Bokkigkeit gerieten. Schon fühlte er sich entmannt, weil er genötigt war, seine Bekanntschaft mit ihnen als flüchtig und nur aus Berufspflichten resultierend hinzustellen und zu behaupten, daß beide Reisegesellschaften dasselbe Flugzeug zum selben Reiseziel benutzten, sei denn doch ein höchst bemerkenswerter Zufall. Mit sinkendem Mut beobachtete er, wie Andreas Zweifel mit jedem Wort, das da gewechselt wurde, wuchsen. Eine weitere Feuerprobe erwartete ihn an der Rezeption des Hotels in Mexiko, wo – augenscheinlich durch ein Versehen des Personals – sämtliche Zimmer auf seinen Namen gebucht waren, und gerade als er sich mit viel Delikatesse aus dieser Klemme gewunden hatte, stand ausgerechnet Fleckie Weinrock vor ihm, in leuchtend goldenem Dress, und wollte ihn unbedingt auf die gedeckte Bahn im zweiten Stock begleiten und mit ihm laufen.

»Wir können uns mal ausgiebig unterhalten, während du mir Jogging beibringst«, sagte er.

»Ich komme um diese Stunde, weil ich allein sein will.« Gold hätte wissen müssen, daß es ihm nie gelingen würde, diesen trägen, durch nichts zu erschütternden Jugendfreund aus der Fassung zu bringen. »Überhaupt solltest du das Jogging lassen, bevor du beim

Arzt warst und weißt, ob du die Anstrengung aushältst. Es ist nämlich gefährlich. Meinethalben komm mit, versuch aber nicht, mein Tempo mitzuhalten, du hast Übergewicht und bist nicht im Training. Ich meine das ernst – du wärest nicht der erste, der tot umfällt dabei.«

»Gerade jetzt liegt da oben einer mit Herzinfarkt.«

»Was geht der mich an!«

»Das also macht dir Spaß?« fragte Fleckie Weinrock und lächelte auf eine Art, die Gold abscheulich fand, als er in der zweiten Runde aufholte und ohne ersichtliche Anstrengung mit Gold Schritt hielt.

Gold warnte: »Nicht so schnell, du Trottel, sonst kannst du bald nicht mehr weiter. Ich habe keine Lust, mich zu unterhalten. Es ist auch verboten, nebeneinander zu laufen. Bleib gefälligst hinter mir.«

»Läufst du immer so langsam?« fragte Fleckie hinter ihm.

Das hatte eine peinigende Wirkung auf Gold. »Quatsch mich nicht an!« Der Schrei, der sich seiner Kehle entrang, klang gequetscht, denn Wut ließ seine Halsmuskeln starr werden. Alle Blutgefäße waren zum Bersten gefüllt. Sein Herz machte mehr Lärm als die Füße, mit denen er schwerfällig den Belag der Laufbahn stampfte. Diese groteske Zerreißprobe hatte sehr rasch eine enervierende Willensschwäche zur Folge, und er ließ sich ermattet in einen Sessel sinken, kaum daß er allein in seiner Suite war und die Frauen ohne weitere Anstände zu beiden Seiten installiert hatte. Beide meinten, er führe geheime Dienstgespräche mit Washington. Lindas Kinder waren nicht mehr anwesend. Nachdem er einigermaßen zu sich gekommen war, nahm er zunächst allein einen Bananendaiquiri zu sich, und nachdem er eine weitere Runde hinter sich hatte, einen Bananendaiquiri mit Andrea. Um freie Bahn zu haben, vögelte er zunächst einmal Andrea, war bei Linda jedoch impotent, als die ihn von nebenan zu eben demselben Zweck telefonisch herbeizitierte.

»Tunte!« rief Fleckie Weinrock und wetzte in seinem goldenen Sportdreß an Gold vorüber wie ein Sonnenstrahl, und Gold war, als stünde er still.

Von dieser Demonstration blitzhafter Geschwindigkeit schwer erschüttert, hielt Gold gleichwohl sein eigenes Tempo verbissen bei, das Gesicht zu einer kaum mehr menschlichen Grimasse verzerrt. Der Schmerz, den er jedesmal zu Beginn seines Trainings in der Brust spürte, legte sich diesmal nicht, sondern wurde schlimmer; er wußte nicht mehr, wieviele Runden er bereits gedreht hatte und mußte noch einmal von vorne beginnen, als er zu seiner Überraschung das Telefon in seiner Suite klingeln hörte.

»Das Weiße Haus!« log er und hüpfte aus dem Bett.

Es war aber Andrea, mit der er nun draußen im überdachten Speiseraum eine leichte Mahlzeit nahm. Anschließend nahm er eine schwere Mahlzeit mit Linda im Schlafzimmer ein, allerdings ohne Appetit. Der Bund seiner Wandershorts kniff bereits wie ein Bandeisen. In knapp zwei Stunden hatte er sich eine hinderliche Wampe angefressen. Die machte den nachmittäglichen Dauerlauf zur Qual, statt zu der anstrengenden, doch bekömmlichen Übung, als die er sie sonst empfand. Er keuchte schwerer als üblich, und sein Puls ging schneller als gut war.

»Tunte!« rief Fleckie Weinrock neckisch, als er ihn erneut überrundete.

Gold hielt den Blick gesenkt und tat, als merke er nicht, daß Linda empört, von ihm versteckt gehalten zu werden, immer unruhiger wurde. Auch Andrea war es leid, versteckt gehalten zu werden und hing bereits am Telefon; sie plauderte mit Bekannten, die hier in der Gegend Ferienhäuser besaßen. Linda wollte am Schwimmbecken Zärtlichkeiten tauschen, und Andrea wollte mit ihm in die Stadt fahren. Als der Wagen davonrollte, sah Gold rückwärts blickend am Rande des Schwimmbeckens Linda im vertraulichen Gespräch mit einem schlanken, geschmeidigen, beleidigend gut aussehenden Mexikaner, der noch dazu blitzend weiße Zähne hatte, und er verspürte zu seinem Kummer jenen eifersüchtigen, entkräftenden Stich, der gemeinhin Herzeleid genannt wird.

»Tunte!« denunzierte Weinrock ihn, als er Gold noch einmal überrundete, gewichtlos wie ein Gespenst, die Füße über dem Boden schwebend.

Golds Beine waren schwer wie Blei; er kehrte den Blick noch mehr nach innen, niedergeschmettert, aber verbissen konzentriert, als Fleckie ihm aus den Augen geriet und er Linda nach einem gemeinsamen Abendessen in einer Diskothek absetzte und ein zweites

Abendessen mit Andrea einnahm, bevor er mit ihr zu einer Party in ein Ferienhaus von Freunden ihres Vaters fuhr, unweit des Hauses, das Kissinger gehörte. Beide Frauen beklagten sich darüber, daß er dauernd mit Washington telefonierte.

»Tunte!« schrie Weinrock und flog wieder an ihm vorüber.

»Tot umfallen wirst du!« schrie Gold seinerseits zurück, wenn auch ohne Überzeugung, und sein Ruf wurde auch nicht mehr vernommen, folglich stahl er sich bedrückt von der Party weg zu Linda in die Diskothek. Linda war bereits von vier tanzwütigen jungen Männern eingekreist, die ihr rhythmisch mit jener verführerischen, besitzergreifenden Grazie den Hof machten, die man einzig an den selbstsicheren Abkömmlingen sehr reicher Lateinamerikaner findet. Alle vier gaben ihm zu verstehen, daß er sich nicht die Mühe machen möge, sie ins Hotel zu begleiten.

»Tunte!«

Und als Gold mit äußerster Geschwindigkeit zurück zu der Party raste, fand er Andrea von mehreren lärmenden, stämmigen Trunkenbolden aus dem Südwesten umringt, die sie aufforderten, an einem kombinierten Gruppensex-Tanz-Diner zusammen mit einigen atemberaubend schönen Mannequins teilzunehmen, mit denen sie in Golds Abwesenheit eingetroffen waren.

Als Gold sich racheschnaubend näherte, suchte Andrea sich höflich zu wehren: »Ich bin mit meinem Verlobten hier, der könnte etwas dagegen haben.«

»Ach, mach dir seinethalben keine Gedanken«, sagte der größte und muskulöseste dieser Kerle und legte den Arm mit der wollüstigen Selbstgewißheit des unerschütterlich Extravertierten um ihre Schulter, »mit dem werden wir schon fertig.«

»Wie?« fragte Gold schroff und ballte die Hände zu Fäusten. »Wie werden Sie mit mir fertig?«

»Wie es uns gerade einfällt, kleiner Mann«, sagte einer der anderen und lachte dumpf.

»Du denkst wohl, du kannst uns Angst machen?«

»Für einen kleinen Kerl wie dich ist das eine ganz schöne Portion Weib.«

Eine Prügelei schien aussichtslos, er packte also Andrea am Arm und floh.

»Tunte!« schrie Fleckie, und es war etwa Mitternacht, als Linda in ihr Zimmer kam und Manolito wegschickte, ohne ihn auch nur auf die Wange zu küssen, weil sie sah, daß Gold anwesend war, noch dazu in übelster Stimmung. Sie umarmten einander auf der Stelle mit beiderseits als befriedigend empfundenem, himmlischem Resultat. Als Gold zu Andreas Bette schwankte, glitt Fleckie seitlich durch beide Schlafzimmer und wiederholte seine provozierende, auf Golds homosexuelle Veranlagung zielende Bemerkung. Ganz seinen schlimmsten Ahnungen entsprechend, brodelte Andrea vor Sinnenlust. Als sie sich ihm näherte, entrang sich ein matter Klageton seinen Lippen. Er log nicht, als er sagte, er habe grausame Kopfschmerzen, ihm sei schlecht und er fühle sich zerschlagen. Um drei Uhr früh wurde er vom Telefon in seinem Zimmer aus unruhigem Schlummer gerissen.
»Wieder dieses verfluchte Weiße Haus.«
Murrend schleppte er sich durch die Zimmer und eröffnete Linda verstört, er müsse jede Nacht mit Andrea verbringen, weil er mit ihr verlobt sei.
»Tunte!« rief Fleckie Weinrock und flitzte an Gold vorüber, diesmal mit den federnden Sprüngen und in dem schwarzen Trikot des Balletänzers, der ebenfalls auf der Bahn war. Ein Idiot mit Schnurrbart rannte zu Golds maßlosem Verdruß rückwärts; Gold geriet immer in Zorn, wenn auf der Bahn irgendwas Ausgefallenes vor sich ging. Die Korbballspieler ein Stockwerk tiefer brüllten einander grobe Beschimpfungen zu.
Gold hielt eisern an seinem Entschluß fest, den kommenden Vormittag mit keiner von beiden zu verbringen, und legte sich zutiefst deprimiert schlafen, nachdem er in seinem eigenen Zimmer zweimal gefrühstückt hatte. Seine Knöchel schmerzten erbärmlich, und er schwitzte wie eine Sau im Pelzsack. Seine Zukunft war nie düsterer gewesen. Nun aber traf die feurige mexikanische Fernsehdarstellerin ein, gefolgt von dem heißblütigen mexikanischen Piloten, der rastlos vor dem Hotel hin und her ging, entschlossen, seine verletzte Ehre an Gold auf primitivste und ganz unbeschreibliche Weise zu rächen. Gerade als die Mexikanerin im Begriffe war, wie ein Paket Knallfrösche loszugehen, brachte der eifersüchtige Liebhaber Golds Zimmernummer heraus und kam die Treppe herauf-

gestürmt. Als Gold zum Fenster rannte und hinaushüpfen wollte, sah er zu seinem Entsetzen, daß soeben ein Taxi vorfuhr, in dem höchst sonderbarerweise Belle saß, die ihm nachgereist war in der Vorstellung, eine Versöhnung herbeiführen zu können, wenn sie mit ihm allein in ungewohnter Umgebung sei. Der irrsinnig gewordene Liebhaber trommelte mit beiden Fäusten an die Tür. Ein Skandal mußte für Gold verderblich sein. Er machte sich unbarmherzig Selbstvorwürfe seiner nicht zu rechtfertigenden Torheit wegen. Was sollte er tun?

»Was soll ich nur tun?« heulte er ratlos gegen die Wände.

»Gehen Sie in die Synagoge beten«, befahl Greenspan kühl, »und nehmen Sie sodann das erste Flugzeug, einerlei wohin.« Er trat aus einer Seitentür herein, gekleidet wie ein sportiver Einheimischer.

»Ich denke nicht daran.«

»Dann fahren Sie eben an der Synagoge vorbei zum Flugplatz und nehmen die erste Maschine. Fliegen Sie nach Washington, so schnell es geht. Ich sage den Frauen, Sie seien dringend abgerufen worden, und schicke sie weg, ohne daß sie einander begegnen. Ah, Gold, Gold, was sind Sie doch für eine Schande.«

»Und Sie, Greenspan, machen uns allen Ehre.« Gold fiel ihm nach russischer Art um den Hals und zog ihn gerührt an seine Brust.

»Tunte!« zirpte Fleckie und flitzte ein weiteres Mal an ihm vorüber.

Dieses Arschloch, schrie Gold stumm und aufs äußerste umdüstert, als die Wirklichkeit sich ihm enthüllte und er blitzartig erkennen mußte, daß Fleckie zwei, drei, manchmal auch vier Runden gelaufen war, wenn Gold seine eine Runde drehte. Ah, dieser elende Schwanzlutscher – kein lebender Mensch konnte so schnell rennen!

Er biß die Zähne zusammen, schnob wütend durch die Nase und blieb bei seinem gewohnten Tempo, hielt aber scharf Umschau, Mordlust im Herzen. Die Laufbahn beschrieb vier Kurven, und von jeder Kurve zweigte ein Korridor ab, sei es zu einer Treppe, sei es zu einer Kammer mit Sportgeräten. Fleckie nun verließ die Bahn in einer Kurve, versteckte sich im Korridor, wartete bis Gold vorbeikam, rannte hinter ihm her und überholte ihn wie der Blitz. Dieser Bosnickel hatte sich also all die Zeit über versteckt, ausgeruht, abgewartet und Gold damit den grausamsten, fühllosesten Streich gespielt, der sich denken ließ.

»Tunte!«

Gold verfehlte mit der Linken Fleckies Kehle, auf die er gezielt hatte, kam aus dem Schritt und stolperte. Die Wut explodierte in seiner Brust mit ungeheurem, krampfartigem Schmerz, der alles verdunkelte. Die Bahn drehte sich um Gold, das Licht wurde schummrig. Er spürte seine Knie schwach werden, fühlte, wie er taumelte, und sah, daß die Bahn ihm schwankend entgegenkam. Wie ein verwundeter Krieger, beherzt bis ans Ende, kroch er noch fast fünf Meter auf den Knien, bevor er vornüber fiel, stieren Blickes, unbeweglich wie ein Stein, als sei er vor Schreck gestorben.

»Fehlt Ihnen was?« fragte jemand.

Hören konnte er also noch.

»Machen Sie Mund-zu-Mund-Beatmung.«

»Ich denke nicht daran, das finde ich widerlich.«

»Junge, du hast aber Schwein gehabt«, sagte Fleckie in seinem goldfarbigen Dreß. »Der Krankenwagen, um den sie für den anderen geschickt haben, ist gerade angekommen.«

Auch sehen konnte er noch.

»Kann man ihn hier nicht wegbringen, Doktor«, beschwerte sich jemand. »Wir wollen schließlich weiterlaufen.«

»Geben Sie ihm ein Einzelzimmer«, sagte Fleckie Weinrock. »Er ist eine bedeutende Persönlichkeit.«

Gold spürte, wie sich sein Herzschlag erneut bedenklich beschleunigte. »Das bin ich nicht, Fleckie! Kein Wort! Zu niemand!«

Also konnte er auch sprechen, und als er am folgenden Morgen im Roosevelt-Krankenhaus erwachte und feststellte, daß er nicht unter einem Sauerstoffzelt lag, schrie er Mord und Brand.

Der phlegmatische schwarze Krankenpfleger, der ihm sein Frühstück brachte, sagte bloß: »Die Ärzte halten das für überflüssig.«

Was Gold auf dem Tablett präsentiert wurde, stieß ihn entschieden ab: Rührei, das fettig glänzte; Speck, weit entfernt davon, rösch zu sein; vier Stückchen Butter – Cholesterol also in Massen, die eine Generation von Marineinfanteristen kampfunfähig gemacht hätten. »Das muß ein Versehen sein, glauben Sie mir. So was esse ich nicht.«

Der Pfleger leckte sich die Lippen, nachdem er alles heruntergeschlungen hatte. Als eine weibliche Person ihn um Auskünfte anging, wollte Gold nicht einmal seinen Namen nennen. Mit den Ärzten mochte er sich nicht einlassen, sondern verlangte, seinen eigenen Arzt zuziehen zu dürfen. Der Münzfernsprecher befand sich auf dem Korridor.
Nun brauchte er ein Zehncentstück. Man gab ihm einen Dollar.
Gegen Mittag traf Mursh Weinrock ein und beriet murmelnd mit anderen Ärzten, während Golds Verlegung auf ein Einzelzimmer vorbereitet wurde.
Als die beiden miteinander allein waren, fragte Weinrock: »Wozu willst du ein Sauerstoffzelt haben? Das Einzelzimmer ist billiger. Bist du gestolpert und gestürzt oder richtig zusammengebrochen? Und was hast du dabei empfunden?«
»Ich habe den Wunsch empfunden, ihn umzubringen, Mursh, mit bloßen Händen. Ich wurde immer wütender, dann hielt ich es nicht mehr aus, und dann ist irgendwas in meinem Kopf und in der Brust explodiert. Ich fürchtete mich. Dann plötzlich fühlte ich mich ganz schlapp und mir wurde schwarz vor Augen. Gestolpert bin ich nicht. Es war dein Bruder Fleckie, dieses Arschloch. Und eines Tages bringe ich ihn auch noch um, den Lumpenhund.«
Weinrock nickte. »Er bricht meiner Mutter tausendmal in der Woche das Herz. Übrigens deutet nichts auf einen Herzschaden hin. Wir vermuten einen akuten Angstzustand. Noch wissen wir es nicht genau. Viele meiner Patienten sind tot umgefallen, nachdem sie kurz zuvor noch ein tadelloses Elektrokardiogramm abgeliefert hatten. Das ist einer der Gründe, weshalb ich Kranke nicht behandeln mag.« Er empfahl Gold, zehn Tage zur Beobachtung zu bleiben. Wenig Besucher, möglichst wenig Telefongespräche. »Kein Mensch erfährt, daß du hier liegst, es sei denn, du verrätst es selber.«
Keine Besucher, keine Anrufe, keine Briefe, keine Blumen, keine Genesungswünsche, keine Obstkörbe mit Bananen drin – die folgenden zehn Tage gehörten zu den erbärmlichsten seines Lebens. Wieviele Menschen fragten wohl nach ihm? Auch suchte er reumütig der Moral auf die Spur zu kommen, die in seiner letzten Bitte an Fleckie Weinrock liegen mußte: »Kein Wort, zu niemandem.«

Schon in Reichweite des Todes galt sein Hauptanliegen also nicht dem Leben, sondern der verderblichen Illusion von Triumph und Erfolg in der Öffentlichkeit.
Und daran hatte sich nichts geändert.
Gold setzte sich erst mit der Außenwelt in Verbindung, als er bescheinigt bekam, daß er bei bester Gesundheit war. Zuerst rief er Belle an.
»In welchem Krankenhaus?«
»Ich war krank, Belle. Morgen werde ich entlassen.«
»Was fehlte dir denn?«
»Nichts. Ich bin fast zwei Wochen weg – hast du dich gefragt, wo ich sein könnte?«
Belle antwortete: »Du hattest doch gesagt, du wolltest eine Weile verreisen, bis du wieder auf die Beine kommst, und da dachte ich eben, du seiest ganz damit beschäftigt.«
»Es geht mir glänzend«, beruhigte er Andrea rasch. »Die Ärzte sind überzeugt, daß es nichts zu bedeuten hatte.«
»Welche Ärzte? Wo steckst du überhaupt?«
»Im Krankenhaus, Liebling, in New York. Hast du mich nicht vermißt?«
»Und was fehlt dir?«
»Nichts, Liebling, das sagte ich doch schon. Nur zur Beobachtung.«
»Und warum hast du mir nichts davon gesagt?«
»Ich durfte keine Besuche bekommen.«
»Obschon dir nichts fehlte?«
»Unterdessen sind zehn Tage vergangen, Andrea. Hast du dich nicht gefragt, wo ich bin?«
»Ich wußte doch, daß du noch einmal mit deiner Frau über die Scheidung sprechen mußt, und ich dachte, du bist ganz damit beschäftigt.«
Der Anruf bei Ralph war der entscheidende. »Ich mußte ganz überraschend in dringenden Privatangelegenheiten verreisen, und es tut mir leid, daß ich keine Verbindung mit dir halten konnte.«
»Weshalb solltest du?« fragte Ralph.
»Nun, es hätte doch notwendig werden können. Du sagtest zuletzt, die Dinge kämen in Gang.«

»Das tun sie auch, Bruce. Conover macht sich mächtig stark für dich. Der Präsident wollte dich kennenlernen.«
»Ich könnte morgen kommen.«
»Morgen ist er, glaube ich, schon ganz besetzt. Aber auf dem Diplomatenball könntest du ihm vorgestellt werden.«
»Auf dem Diplomatenball?«
»Ich hoffe, du kommst, wenn du eingeladen wirst. Ich sagte dem Präsidenten, du arbeitest wichtige Stellungnahmen aus. Bring also etliche mit.«
»Stellungnahmen wozu?«
»Nun, das kannst du dir aussuchen. Ich glaube nicht, daß irgendwer die lesen möchte. Wo steckst du jetzt?«
»In meinem Studio«, log Gold. »Habe ich dir nicht gefehlt, Ralph? Ist dir nicht aufgefallen, daß der Kontakt abgerissen war?«
»Gefehlt hat mir hauptsächlich dein Hotelzimmer, soviel kann ich mit Bestimmtheit sagen. Fast zwei Wochen bloß mit meiner Frau, mit Misty, Candy, Christie und Tandy schlafen zu müssen, ist mir bitter schwer geworden. Versuch es mal selber, dann wirst du gleich sehen, wie ich's meine. Wir sollten uns bald einmal wegen des Diplomatenballes beraten und absprechen, was du ihm sagst, falls du eingeladen wirst.«
»Vielleicht morgen?«
»Da bin ich schon besetzt.«
»Wie bekomme ich eine Einladung zum Ball?«
»Die ist so gut wie unmöglich zu bekommen.«
»Soll er mich doch am Arsch lecken«, sagte Gold zum ersten Mal verärgert, als er eine weitere Nummer wählte. Vernachlässigung, dachte er trübselig, schlägt von allen Seiten über mir zusammen, eine giftige Flut, in der ich ertrinke, sie geht mir schon über den Kopf, füllt meine Nase mit stinkendem –
»Fleckie-Moden«, meldete sich eine strahlende Stimme. »Was darf ich für Sie tun?«
»Verbinden Sie mich mit Mr. Weinrock. Hier spricht Bruce Gold.«
»Mr. Weinrock ist einkaufen gegangen.«
»Was heißt denn das, verdammt noch mal?«
Die junge Dame legte auf. Gold erreichte ihn im CVJM.

»Fleckie, du Gockel, kein Mensch weiß, daß ich im Krankenhaus liege. Bloß weil ich sage, kein Wort zu niemandem, sagst du nicht mal meiner Frau Bescheid und auch sonst keiner Menschenseele!«

»Ich kann ein Geheimnis hüten.«

»Kein Mensch weiß, was ich durchmachen mußte. Hat was in der Zeitung gestanden?«

»Ich lese keine Zeitungen.«

»Da kannst du mal sehen, wie wenig Anteil die Leute nehmen. Wenn ich morgen tot umfiele, würde es keinem auffallen.«

»Ich kann mich sehr wohl an meine Anweisungen halten, wenn es sein muß.«

»Und mußte es sein, du Widerling? Nicht mal besucht hast du mich hier. Wenn ich nun gestorben wäre, du Lump, hättest du dann jemand benachrichtigt? Meine Brieftasche und alle meine Sachen wären immer noch im Klub, und niemand wüßte, wer ich bin. Oh ja, du kannst ein Geheimnis wahren. Wie kannst du, um Himmels willen, solch ein Geheimnis wahren?«

»Um die Wahrheit zu sagen«, entgegnete Fleckie Weinrock, »ich hab's vergessen.«

»Du hast es vergessen?« Dieser peinigende Satz sank ganz allmählich in Gold ein.

»Ich habe alle Hände voll zu tun, Bruce, und da hab ich ganz vergessen, daß du einen Herzanfall hattest.«

»Es war kein Herzanfall!«

»Jedenfalls hast du mir Angst gemacht, ich habe immerzu mit größter Sorge an dich gedacht.«

»Wie lange?« höhnte Gold bitter lachend.

»Bis ich's vergessen habe.«

Gold näherte mit einem Ruck sein Gesicht dem Hörer, als sei der die Verkörperung jenes verhaßten Menschen, mit dem er da redete. »Du hast's vergessen?« wiederholte er mit zusammengepreßten Kiefern, und seine Stimme bebte, denn schwarze Wut tobte in seinem gesamten Nervensystem und ließ jeden Muskel zittern. »Geld, Geld, Weinrock, du Schwanzlutscher. Wieviel schuldest du mir?«

»Ungefähr zweitausend.«

»Dann zahl endlich, du Mistvieh!«
»Okay.«
»Auf der Stelle, du Schwein. Oder ich lasse dich einsperren. Zahlungsbefehle lasse ich gegen dich los, pfänden lasse ich dich. Ach, Fleckie, Fleckie«, und Golds Stimme brach, während Tränen aus seinen Augen tropften, »wie konntest du nur so fühllos sein? Warum hast du mich nicht wenigstens besucht, dich überzeugt, daß ich noch lebe?«
»Ich hab's ja gewollt, Bruce. Dreimal hatte ich mir vorgenommen, dich zu besuchen und mich durch nichts abhalten zu lassen.«
»Und was passierte?«
»Ich hab's vergessen.«
»Ahnst du, wie das ist«, schluchzte Gold, »Tag für Tag im Krankenhaus zu liegen, ohne daß einen jemand besucht oder wenigstens anruft? Wenn man einen Herzanfall erlitten hat, der tödlich sein kann, und sich niemand um einen kümmert? Beschissen ist einem zumute. Wenn ich nun gestorben wäre?«
»Ich habe mich sehr um dich gesorgt.«
»Vergessen hast du's.«
»Jemand hätte mich gewiß erinnert.«
»Es wußte aber niemand was«, machte Gold ihm weitere Vorwürfe. »Im Armengrab hätte man mich beigesetzt. Selbst ich hätte mir in solch einem Fall Gedanken gemacht.«
»Ich muß jetzt joggen gehen. Ich laufe mit einer Gruppe.«
Gold wusch und trocknete sein Gesicht, bevor er den Menschen anrief, der ihn vielleicht am schmerzlichsten vermißt hatte.
»Erst gestern habe ich bei dir im Studio angerufen und auf deinen Anrufbeantworter gesprochen«, sagte Linda.
»Gestern erst? Und was dachtest du, wo ich bin? Zehn Tage sind unterdessen vergangen.«
»Ich dachte, du hast mit deiner Frau und deiner Braut zu tun.«
»Nimmt Dina wieder am Unterricht teil?«
»Ja, und sie macht sich glänzend. Ich erledige die Hausaufgaben für sie. Sag mir, in welchem Krankenhaus du bist. Ich habe eine Zahnarztrechnung bekommen, die ich dir schicken will.«
»Morgen werde ich entlassen«, sagte Gold. »Ich möchte dich vorher sprechen.«

Er überließ sich schwülen Vorstellungen, er schlug alle Vorsicht in den Wind, er malte sich aus, wie alle seine Pläne scheiterten, weil er sich der Wollust hingab und mit Schande bedeckte, und es war ihm einerlei. Er wollte sie in den Armen halten, ihren Leib unter dem seinen spüren, sie ganz zudecken. Was wohl Conover dazu sagen würde, falls es herauskam? Wie viele Menschen, die ihn nur aus der Zeitung kannten, konnten sich wohl vorstellen, daß ein denkender Erwachsener wie er eine Ehe gefährdete – nein, zwei Ehen! –, dazu eine vielversprechende politische Laufbahn aufs Spiel setzte, einzig um seiner Wollust mit einer verheirateten Frau zu frönen, die vier Kinder hatte und mit der, wie mit Andrea, ihn nie etwas anderes als die gemeinsame Gier verbinden würde? Doch das alles schien keine Rolle mehr zu spielen.

»Ich liebe dich so sehr, mein Schatz, und ich wünschte nur, ich täte es nicht.« Gold konnte sich den Luxus solch verschwenderischer Worte und Gefühle leisten, denn er wußte, die zugrundeliegenden Emotionen waren nicht von Dauer. Allerdings ahnte er nicht, daß das Absterben seiner zarten Empfindungen nicht weiter entfernt war als die Zahnarztrechnung, die sie ihm überreichte. Er machte für sie beide je einen Gin mit Tonic zurecht. Seine Erregung war nun abgeklungen. »Wieso zahlt eigentlich dein Mann keinen Pfennig dafür? Ich denke, er sorgt so gut für dich?«
»Seit er herausbekommen hat, daß wir ein Paar sind und richtig zusammen, zahlt er nichts mehr.«
Gold schossen gleichzeitig mehrere Fragen durch den Kopf und karambolierten miteinander, so sehr verlangten sie danach, ausgesprochen zu werden.
»Ein Paar? Herausbekommen? Wie? Was heißt ein Paar? Und was heißt herausbekommen? Was heißt zusammen? Wie zusammen?«
»So. Er weiß alles von uns.«
»Weiß alles von uns? Wie hat er es herausbekommen?«
»Durch die Kinder.«
»Und woher wissen es die Kinder?«
»Denen hab ich's gesagt.«
Gold starrte sie besorgt an. »Du hast es ihnen gesagt? Deinen Kindern? Was hast du ihnen gesagt?«

»Daß wir Liebende sind.«
»Liebende?«
»Du wiederholst alles, was ich sage.«
Gold fehlte die Gelassenheit, eine passende Antwort zu geben. »Ich wäre also dein Liebhaber?« fragte er leichtgläubig.
»Aber ja doch.« Linda lächelte. »Du bist mein Liebhaber, und ich bin deine Geliebte. Was hast denn du gedacht?«
»Daß wir vögeln.«
»Lieben klingt so viel netter«, sagte Linda Book mit der vergeistigten Gefühligkeit der Dichterin. »Ein Wort, reich an Wert und Bedeutung, findest du nicht?«
»Muß man dazu nicht sehr verliebt sein?«
»Keineswegs«, berichtigte sie ihn. »Man muß bloß vögeln wollen.«
Gold hatte sich selber nie als Liebenden betrachtet, und er bezweifelte, daß er sich in dieser Rolle gefiel. »Das also bin ich – ein Liebender?«
»Aber gewiß doch, du Ficker«, sagte Linda Book. »Noch dazu ein ganz reizender. Von mir bekommst du eine Eins minus.« Gold fühlte sich von diesem Lob mit Vorbehalt nur flüchtig verletzt, denn die nun folgenden Worte kündigten die Katastrophe an. »Und ich bin sehr stolz darauf, daß ein so kluger Mann wie du mich sexy und attraktiv findet. Sogar mein Mann ist beeindruckt.«
»Gütiger Gott!« Gold sprang aus dem Bett. »Er kennt meinen Namen?«
»Gold ist ein ganz reizender Name, und ich würde mich nicht schämen, ihn zu tragen.«
»Herr im Himmel, Linda, darum geht es doch nicht.« Gold nahm ein Kissen vom Bett, einzig, um etwas in Händen zu haben, das er hinschmettern konnte. »Wo hast du bloß deinen Verstand? Ich bin eine bekannte Persönlichkeit, nächste Woche werde ich vielleicht zum Diplomatenball eingeladen. Weshalb mußt du überhaupt irgendwem gegenüber meinen Namen erwähnen?«
»Weil ich es mit der Ehrlichkeit halte.«
»Weshalb nur?« beharrte er.
»Weshalb?«
»Weshalb kannst du es in diesem Fall nicht mit der Lüge halten?

Warum mußt du deinen Kindern überhaupt was erzählen?«
»Bei uns daheim«, erwiderte Linda Book ohne die geringste Spur von Entgegenkommen, »halten wir nichts voreinander geheim.«
»Und sie haben also gleich verstanden, was man unter Liebenden versteht? Ich nämlich nicht«, schnaubte Gold verächtlich.
»O doch, jedenfalls die Älteren.«
»Und was meinten die dazu?«
»Mein Sohn meinte, er würde dich gern umbringen, und meine Tochter wollte wissen, ob du im Bett gut bist. Ich sagte, du bekommst von mir eine Eins minus, womöglich eine glatte Eins, falls du es überstehst. Die beiden Jüngeren haben sich leichter damit abgefunden.«
»Was du nicht sagst.« Gold schüttelte wild den Kopf. »Und wie hast du denen erklärt, was Liebende sind? Das möchte ich doch hören.«
Linda Book stellte sich prompt dieser Herausforderung. »Wir haben ein Aufklärungsbuch mit Bildern. Aus Deutschland. Für Kinder. Es zeigt einen Knaben mit erigiertem Penis und ein Mädchen mit entblößter Vagina, und dann wird mit Worten, die jedes Kind verstehen kann, gesagt, daß er ihn reinschiebt.«
»Reinschiebt?« Gold versagte die Stimme.
»Richtig. Ich sagte dann, du und ich machen es auch so und daß wir deshalb Liebende sind.«
»Und das begriffen sie?«
»Mühelos. Ficken tut ihr, sagten sie.«
Gold stierte sie aus vorquellenden Augen an und stapfte dann sekundenlang wortlos im Zimmer umher, denn es hatte ihm die Sprache verschlagen. »Linda, du bist doch Lehrerin?« redete er sie an, die Kiefer verkrampft und die Lippen so weit verzerrt, wie es menschenmöglich ist. Er sah ganz plötzlich aus, als wäre er mit Raffzähnen geboren. »Du warst auf dem College, hast alle Prüfungen bestanden? Du hast dich fortgebildet? Du hast eine Lehrerlaubnis, ein nettes Diplom auf Glanzpapier?«
»Gewiß«, sagte Linda, unbeirrt lächelnd. »Mit Kindern kann ich mich sehr gut verständigen. Das wird deine Tochter dir bestätigen.«
»Meine Tochter!« schrie Gold hysterisch. »Heiliger Bimbam! Die

ist mit deinen Bälgern befreundet, sie übernachtet bei dir zu Hause. Dina. Meinst du, der haben sie es auch erzählt?«
»Das will ich doch hoffen. Unsere Kinder sprechen über Sex sehr offen miteinander.«
Gold ächzte, und ein Schreckensschauer überlief ihn. »Sie soll es aber nicht erfahren!«
»Das bringt sie dir nur näher.«
»So nahe, daß wir einer dem anderen das Messer an die Kehle setzen! Verflucht nochmal, sie wird auch meiner Frau davon erzählen.«
»Dann bringt es dich auch deiner Frau näher.«
»Ich will meine Frau verlassen und Andrea heiraten. Vielleicht kannst du die auch noch informieren? Hör zu, Linda, du und ich, wir heiraten nicht, das kommt nicht in Frage.«
»Aber darüber waren wir uns doch immer einig«, stimmte Linda zu, ohne beleidigt zu sein. »Ich könnte mir nicht leisten, auf meine Unterhaltszahlungen zu verzichten.«
»Die du aber derzeit nicht bekommst«, sagte Gold, der rastlos hin und her ging, mit einem wenig herzlichen Funkeln des Triumphes im Auge. »Weil du es mit der Wahrheit hältst. Wie kommt es eigentlich, daß ihr Frauen heutzutage alle von dem Drang nach Aufrichtigkeit förmlich besessen seid? Was ist die Ursache dafür? Verflixt noch mal, ich kann demnächst schon Außenminister werden. Glaubst du, es ist für eine Dreizehnjährige von Nutzen zu wissen, daß der Außenminister ihre Lehrerin vögelt? Kannst du dir nicht vorstellen, was aus meinem häuslichen Leben und meiner Scheidung wird, falls meine Frau dahinterkommt?«
»Das reinigt die Luft. Als mein Mann dahintergekommen war, klärte das unheimlich die Atmosphäre.«
»Und seither gibt er dir kein Geld mehr. Was, glaubst du, sagt meine Frau, wenn sie erfährt, daß ich die Zahnarztrechnungen für deine Kinder bezahle?«
Endlich begriff sie den Ernst der Lage. »Du meinst, wir hätten es vor ihm geheimhalten sollen?«
»Was hat dein Mann gesagt, als du es ihm gestanden hast?«
»Er sagte, er bringt dich um.«
»Du hättest es nicht sagen dürfen. Greenspan, Sie Armleuchter!«

schrie er, von heftigster Angst befallen, kaum daß er mit einer Wand allein war, gegen die er sprechen konnte. »Wo stecken Sie?«

»Weiß ich, weiß ich alles«, sagte Greenspan, als Gold anfing, seine Plagen aufzuzählen. »Ich sage ja, Sie machen unserer Rasse Schande.«

»Ihr Mann will mich umbringen.«

»Kapitalverbrechen an Amtspersonen werden bundesweit verfolgt, doch eine Amtsperson sind Sie noch nicht.«

»Dann sagen Sie ihm gefälligst, daß ich demnächst eine werde«, bettelte Gold. »Tun Sie das mir zu Gefallen. Nehmen Sie einen Revolver mit.«

»Er behauptet, Sie vögeln seine Frau«, meldete Greenspan.

»Sagen Sie ihm, ich höre sofort damit auf, wenn er verspricht, daß er mir nichts antut.«

»Er will, daß Sie Linda heiraten und für sie und die Kinder finanziell aufkommen«, meldete Greenspan.

»Der ist ja irre! Ich denke, er ist verknallt in sie und will sie nicht freigeben?«

»Freigeben tut er sie bestimmt«, sagte Greenspan.

»Kommt nicht in Frage. Ich habe schon eine Frau und heirate demnächst eine andere, und wir Juden nehmen die Ehe ernst.«

»Das habe ich ihm gesagt.«

»Bestellen Sie ihm, ich übernehme die Zahnarztkosten für alle Kinder, aber weiter auch nichts.«

»Er sagt, er ist einverstanden«, meldete Greenspan. »Allerdings mußte ich ihn mit der Waffe bedrohen.« Wortlos lehnte er den Drink ab, den Gold ihm zur Feier seines Erfolges anbot. »Und nun zu Ihnen, Dr. Gold. Glauben Sie wirklich, Sie sind charakterlich geeignet für den Posten des Außenministers oder ein anderes hohes Staatsamt?«

Gold überlegte. »Was meinen denn Sie?«

»Werden Sie wirklich aufhören, seine Frau zu vögeln?«

»Nein.«

Greenspan betrachtete ihn mit einem Blick, in dem generationenlange Enttäuschung lag. »Sie sind nicht schlimmer als die anderen«, entschied er, »besser aber auch nicht. Er glaubt übrigens ebenfalls nicht daran.«

»Greenspan, wir könnten einen günstigeren Handel abschließen. Sagen Sie ihm, falls er alle Zahnarztkosten übernimmt, höre ich wirklich damit auf.«

»Der Handel ist besiegelt«, meldete Greenspan. »Einen Tropfen Wein, wenn ich bitten darf. *»Le chajim.«*

»Le chajim«, erwiderte Gold.

»Ich stehe aber nach wie vor zu dem, was ich gesagt habe«, betonte Greenspan im Abgehen.

»Was war das doch gleich?«

»Ich hab's vergessen. Ach ja, Sie machen Ihrer Rasse Schande.«

»Und Sie machen ihr Ehre.«

Nun lag der Weg für seine triumphale Rückkehr nach Washington offen, soweit Gold sah.

Ralph, wieder in einem mit Monogramm verzierten Hemd, was Golds Scharfblick nicht entging, sagte: »Seit Conover versprochen hat, sich für dich ins Zeug zu legen, sobald du mit Andrea verheiratet bist, kann nichts mehr deine Ernennung aufhalten, es sei denn, es käme was dazwischen. Ich sage das mit der gleichen Zuversicht, mit der ich dir schon bisher deine Aussichten dargelegt habe.«

»Und Andrea heiratet mich erst, wenn ich den Posten habe«, murrte Gold. »Die beiden spielen sich die Bälle zu. Könnte ich denn nicht endlich dem Präsidenten vorgestellt werden? Ich bin überzeugt, eine einzige Begegnung reicht aus.«

Ralph schüttelte schon den Kopf, bevor Gold zu Ende war. »Auf dem Diplomatenball, falls du dir eine Einladung besorgen kannst. Ich glaube, er hat noch alle Hände voll zu tun mit Rußland. Er will dich auf dem Ball ansprechen, vor den Photoreportern. Komm doch nach Möglichkeit hin, falls du eingeladen wirst.«

»Falls der Präsident mich dort kennenlernen will, bin ich wohl wichtig genug, eingeladen zu werden«, sagte Gold.

»Falls du aber nicht wichtig genug bist, eingeladen zu werden, will er dich dort bestimmt nicht vorgestellt bekommen«, gab Ralph zurück.

»Was ist denn schon dran an diesem Diplomatenball? Bin ich etwa schlechter als andere Gäste, die eingeladen sind?«

»Besser«, sagte Ralph. »Aber so ist die Gesellschaft, Bruce, Sachkenntnis zählt da nicht. Du bist weder reich noch hast du einen bedeutenden Posten. Vergiß nicht, wer du bist. Sehen wir doch den Dingen ins Auge, Bruce – in Amerika haben Juden im allgemeinen keine Aussichten, haben auch nie welche gehabt. Ich hoffe, meine offenen Worte kränken dich nicht.«

»Echte Aufrichtigkeit bedarf nie einer Entschuldigung«, sagte Gold und erholte sich nur sehr allmählich von seiner Verstimmung. »Ist es wahr, was du sagst, Ralph?«

»Ich meine schon, Bruce. Ausgenommen Juden, die sehr reich und keine Staatsbürger sind. Gesellschaftlich können Juden es hier nicht weit bringen und haben es auch nie weit gebracht. Schon für Christen ist es nicht einfach, doch für Juden ist es praktisch unmöglich. Ausnahmen fallen mir nicht ein.«

Eine ihm unverständliche Faszination trieb Gold, sich in diesen Gegenstand zu vertiefen. »Kissinger?« fragte er.

»Ah nein«, kicherte Ralph spöttisch. »Der geht zu Sportveranstaltungen und ist zu häufig auf Parties zu sehen, wo bezahlte Unterhalter auftreten. Jetzt ist er bloß einer von zahllosen Schriftstellern, die nach Tantiemen und Publicity haschen. Ich hoffe, du hältst mich nicht für einen Snob, Bruce?«

»Nicht im geringsten, Ralph. Walter Annenberg und Lillian Farkas waren immerhin Botschafter.«

»Unter Nixon!« Weitere Widerlegungen wurden durch spöttisches Kichern, das ein Kopfschütteln begleitete, überflüssig. »Annenbergs Nachfolger als Botschafter in England war Elliot Richardson, und da hast du einen Menschen von minderstem Charakter, den ich nicht ausstehen kann, und dem ich keinen Moment traue. Der war ein Mitläufer von Nixon, aber als es an die Dreckarbeit ging, hat er sich rausgehalten. Wozu aber hätte man ihn sonst mitlaufen lassen – seiner besonderen Fähigkeiten wegen oder weil er aus einer alten neuenglischen Familie stammt?« Ralph hatte immer noch den höhnischen Ausdruck im Gesicht, als er die Bügelfalten hochzog, bevor er die Beine überschlug. »Der wollte sich als besonderes Verdienst anrechnen lassen, daß er sich weigerte, den Sonderstaatsanwalt im Falle Watergate rauszuschmeißen. Aber was meinst du, wie lange er von der Öffentlichkeit geduldet worden wäre, hätte er das getan? Elliot Richardson nimmt am Diplomatenball teil, Bruce, aber du wirst nicht eingeladen. Das ist ungerecht, aber ich wäre ein Heuchler, wollte ich sagen, ich mache mir was daraus.«

»Bist du eingeladen?«

»Ich werde immer eingeladen.«

»Und was ist mit Guggenheims?« fragte Gold weiter. Ralph deutete eine verneinende Antwort an. »Mit Warburgs, Schiffs, Belmonts, Kahns?«

»Nein, Bruce, mir fällt nicht ein einziger ein, der jemals von der Guten Gesellschaft akzeptiert worden wäre, ausgenommen höchstens die eine oder andere Tochter, die über ihrem Stand geheiratet hat und spurlos absorbiert werden konnte. Und schon gar nicht Menschen von Genie und Begabung. Die sind in jedem Fall das rote Tuch, einerlei von welcher Herkunft, obschon wir nicht viele aufzuweisen haben. Die amerikanische Demokratie ist die starrste Aristokratie der Welt, Bruce, und wer gesellschaftlich aufsteigen will, muß wenigstens *eine* gewissenlose Heirat machen.«

»Und Eisenhower, Nixon, Lyndon Johnson und Gerald Ford – was ist mit denen?«

»Das waren Präsidenten«, schniefte Ralph verächtlich. »Präsidenten steigen nie in die Gute Gesellschaft auf. Sie sind nützlich, aber ungeschliffen. Und wenn sie nicht mehr nützlich sind, sind sie eben bloß noch ungeschliffen. Sieh dir nur an, mit wem sie während der Amtszeit und nach der Amtszeit engen Umgang haben.«

»Kennedy?« fragte Gold.

»Oh nein«, tadelte Ralph sanft. »Kennedys waren immer schon *déclassé*. Das machte einen Teil ihres Charmes aus, und sie haben es sehr genossen. Ein irischer Katholik schafft es ohne Hilfe nicht, Bruce. Nicht hierzulande. Die Iren schaffen es nie, auch nicht die im Lande geborenen Abkömmlinge eingewanderter Italiener. Vermögende Araber allerdings schaffen es gelegentlich, wenn sie sich gut benehmen. Du siehst also, nicht nur Juden sind ausgeschlossen und geächtet. Ich glaube, ich sagte schon, daß es keinen Antisemitismus mehr gibt, Bruce. Und es freut mich, so offen sprechen zu können, weil ich überzeugt bin, du kennst meine Gefühle genau.«

»Ich weiß nicht recht, ob ich das wirklich tue, Ralph«, entgegnete Gold eine Spur verkrampft, denn er wollte endlich einen düsteren Argwohn aussprechen, unter dem er in letzter Zeit immer wieder zu leiden gehabt hatte. »Mir fällt auf, daß du mich nicht zu dir nach Hause einlädst.«

Darauf erhielt er die milde Antwort. »Du lädst mich ja auch nie ein, Bruce.«

»Du bist doch nie in New York, aber ich bin oft in Washington.«

»Ich bin häufig in New York, Bruce.«
»Davon hast du nie was gesagt.«
»Du hast auch nie danach gefragt«, lachte Ralph freundschaftlich, und was konnte Gold darauf entgegnen? »Wir sollten darüber nicht rechten. Möchtest du wirklich, daß ich dich in deiner Wohnung auf der Westseite von Manhattan besuche, Bruce? Schließlich bewohnst du nicht gerade eine Suite im Pierre oder im Ritz.«
Gold konnte sich nicht verhehlen, daß er Ralph nicht in seine Wohnung auf der Westseite von Manhattan einladen wollte. »Du hast wohl recht, Ralph. Nicht unsere gesellschaftliche Stellung sollte bestimmend sein, sondern unsere Freundschaft. Mein schwedischer Verleger hat einmal Freundschaft für mich definiert. Der ist Jude, Ralph, und als Kind hat er unter Hitler in Deutschland gelebt, bis die Familie flüchten konnte. Der sagte mir, er kenne nur eine Art, einen Freund zu prüfen: ›Würde er mich verstecken?‹ lautet die Frage, die er sich stellt. Auch ich würde meine Freunde auf diese Art prüfen, wenn es sein müßte. Also, Ralph, würdest du mich verstekken, falls ein Hitler käme?«
Diese Frage setzte Ralph in Verwirrung, und er stand auf. Sein helles Gesicht färbte sich rosig. »Junge, Junge, Bruce«, sagte er hastig, »wir sind doch keine Freunde. Ich dachte, das weißt du?«
Gold war ebenso verwirrt. »Wir sind keine?«
»Aber nein, Bruce«, sagte Ralph betreten, aber nachdrücklich. »Und es wäre mir entsetzlich, müßte ich denken, ich hätte dir je Anlaß gegeben, das zu glauben.«
Gold mochte nicht zeigen, wie sehr ihn das traf. »Früher hast du bei mir abgeschrieben, Ralph, da standen wir uns recht nahe.«
»Das war auf dem College, Bruce, und mir lag sehr daran, die Prüfungen zu bestehen. Jetzt aber handelt es sich bloß um Regierungsämter, und da hat man keine Freunde, nur Interessen und Ehrgeiz. Sieh nicht so niedergeschlagen drein. Würdest du etwa mich verstecken und meinetwegen ein Risiko eingehen?« Golds teilnahmsloses Schweigen ließ erkennen, daß er es nicht tun würde. »Tätest du es, würde Lieberman uns beide denunzieren und sich obendrein einen Patrioten nennen.«
»Mir ist fast, als glaube Lieberman jetzt selber schon an diesen ganzen elitären, repressiven, rassistischen, neokonservativen Scheiß-

dreck und kriecht den Leuten nicht mehr bloß in den Arsch, weil er Geld will oder Einladungen.«
»Das verabscheue ich ja gerade so an ihm, Bruce. Er hat kein Recht auf unsere Ideen. Er hat nicht mal genügend Geld gemacht. Soll er erst mal ein Vermögen zusammenscharren, bevor er so tut, als wäre er einer von uns.«
»Eines muß ich aber nun wirklich wissen, Ralph«, sagte Gold. »Auf dem College habe ich mehr geleistet, ich war fleißiger und auch intelligenter als du, aber du bekamst die besseren Zensuren, und meine Arbeit über ›Tristram Shandy‹ wurde als deine auch veröffentlicht. Wie hast du das fertiggebracht?«
»Ich war gewitzter, Bruce.«
»Du warst gewitzter?«
»Du hast die Arbeit für mich gemacht, stimmt's?«
Ralph gab seine Antwort mit argloser Offenheit, und nachdem Gold sie eine Weile bei sich erwogen hatte, stellte er fest, daß er schier besessen war von Ralphs Kopf und Ralphs Hosen. Ralph sah immer noch nicht so aus, als müsse er zum Friseur oder wäre je bei einem gewesen, seine Hosen waren stets scharf gebügelt und wunderbar faltenlos, und Gold fragte sich, ob er seine Anzüge nur ein einziges Mal trüge.
»Nicht mal ein einziges Mal«, befriedigte Ralph ganz offen Golds Neugier. Er öffnete die Doppeltüren eines Schrankes, in dem Dutzende von Anzügen ordentlich auf ihren Bügeln hingen. »Vor jeder Besprechung ziehe ich mich um. Bügelfalten haben mich schon gerettet, wenn mein Diplom und meine ererbten Reichtümer nichts mehr fruchteten.«
»Wie kann man einen Anzug weniger als einmal tragen?« fragte Gold.
»Was hast du doch für einen durchdringenden, profunden Geist!« rief Ralph bewundernd. »Und da hielten die Leute einen Kissinger für brillant! Nun, was wissen die schon. Ach, Bruce, wenn du doch nur ein Rezept gegen Inflation und Arbeitslosigkeit wüßtest. Niemand macht auch bloß den Versuch, eines zu finden.«
»Du würdest es mir doch stehlen.«
»Das brauchte ich gar nicht. Es reicht, daß man weiß, du bist mein Protegé. Oder du könntest dir einfallen lassen, wie man diesen end-

losen Konflikt mit Rußland beilegt. Das mindestens könntest du tun. Warst du nicht mal Kommunist?«

»Ich war nie Kommunist«, erwiderte Gold kraftvoll.

»Aber fällt dir denn gar nichts dazu ein?«

Gold fühlte sich versucht, es zu probieren. »Nun, Ralph«, sagte er und legte, Ralph nachahmend, die Füße auf die polierte, unzerkratzte Platte des Tischchens, das zwischen den einander gegenüberliegenden Sesseln stand, »eines fällt doch ins Auge: Rußland ist für arme Leute ein recht angenehmes Land, aber für vermögende Personen ist es ein höchst unangenehmer Aufenthaltsort, während die Verhältnisse hier genau umgekehrt liegen. Warum versuchen wir es nicht mit einem Austauschprogramm?«

Dies hatte auf Ralph eine stupende Wirkung. Zunächst fiel ihm die Kaffeetasse aus der Hand, und er stierte Gold wie vom Donner gerührt an. Sodann fiel krachend eine Stehlampe um, denn er sprang auf die Füße, einen Ausdruck höchster Verblüffung im Gesicht, perplexer, als man ihn je an einem Menschen wahrgenommen hat.

»Du sollst ihn allein haben!« rief er in einem Ausbruch von Hochachtung, vor dem Gold ganz instinktiv ängstlich zurückschrak. »Der ganze Ruhm gebührt dir allein! Ich schwöre es!« Er rannte zu dem glänzenden roten Telefon auf seinem Schreibtisch, hämmerte wie ein Irrer auf die Sprechtaste und stieß dabei wie im Delirium unzusammenhängende Worte hervor, ein Gefühlsausbruch, wie Gold ihn nie zuvor an Ralph wahrgenommen hatte. »Reich wirst du, steinreich! Der Nobelpreis – steuerfrei noch dazu! Den Präsidenten«, brüllte er in den Apparat, »den Präsidenten, sofort! Nein, es duldet keinen Aufschub! Ah, warum nur ist das mir nicht selber eingefallen. Warum fällt mir überhaupt nie was ein? Ah, Scheiße! Er hat sich wieder im Arbeitszimmer eingeschlossen. Ich laufe sofort selber hinüber, das ist zu heiß für den heißen Draht.« Ralph rannte zum Schrank und wählte einen anderen Anzug. »Ich verspreche dir – niemand erfährt davon. Mein Gott, was für ein Plan, welch ein genialer Einfall! Die Russen schicken uns ihre Akademiker, ihre Schieber, ihre besten Bürokraten, und von uns kriegen sie alle Armen, Obdachlosen, alle Erniedrigten und Beleidigten. Mögen doch die Russen für eine Weile das Land der Freien sein, wir können statt dessen die Rolle von Monaco, St. Moritz und Palm Beach übernehmen, und nie wieder wird es zwischen uns zum Kriege kommen.« Ralph wählte eine passende Jacke zu frisch gebügelten Hosen und besah sich aufmerksam im Spiegel. »Du bist gemacht, Bruce, ich garantiere es. Von jetzt an brauchst du weder Conover noch sonstwen. Und eines Tages werde ich dich mit Stolz meinen Freund nennen.«

Von diesen letzten Worten wurde Gold seinerseits in einen Freudentaumel versetzt. »Heißt das, ich muß Andrea nicht heiraten?«

»Nicht mal für einen Monat«, versicherte Ralph. »Wenn du sie nicht heiraten magst, laß es. Willst du bei Belle bleiben? Bitte sehr, bleib mit ihr verheiratet.«

»Das habe ich nicht gesagt.«

»Allerdings ist Conover ein unversöhnlicher Gegner«, warnte Ralph, »wenn man ihn enttäuscht. Wenn deine Berufung ins Amt im Kongreß debattiert wird, kann es stürmische Auseinandersetzungen geben, übelste Gerüchte, eine Welle von Antisemitismus. Doch das überstehst du schon. Dein Plan hat mehr Gewicht als Kissingers Entspannungspolitik oder die Monroe-Doktrin. Sieh zu, daß du jederzeit telefonisch erreichbar bleibst. Und ich wette, was du willst, du wirst sogar zum Diplomatenball eingeladen.«

Als Ralph ihm dann am Telefon mitteilte, es sei nun leider doch unmöglich, ihm eine Einladung zu beschaffen, hatte Gold bereits eine in der Tasche dank einer glücklichen, zugleich aber auch schreckenerregenden Begegnung in der Halle seines Hotels. Er stieß hier auf den ehemaligen Gouverneur von Texas, der ebenfalls der Kommission angehört hatte. Manche Männer legen einem die Hand auf die Schulter in einer freundlichen Geste der Begrüßung, andere hinwiederum tun es, als ergriffen sie Besitz von der Person oder Sache, die in ihre Reichweite kommt. Gold spürte schon bei der ersten Berührung, daß er es mit einer von letzterer Art zu tun hatte, und er wandte sich angstbebend um, um zu sehen, wer ihn da gefangennahm. Der blendend aussehende Gouverneur, wie eh und je alle überragend, eine dominierende Gestalt mit silbernem Haar, durchdringenden blauen Augen, Kerbe am Kinn und energischem Unterkiefer, sah auf Gold herab, besitzergreifend und kühl auf befehlshaberische Weise lächelnd.

»Schon zum Essen verabredet, Gold?«
»Ich wollte mit meiner Braut einen leichten Lunch nehmen.«
»Kommen Sie mit uns zum Essen ins Hay-Adams. Sie bestellen Steak und Eier und Bratkartoffeln nach Hausmacherart. Das Steak wird scharf gebraten. Geben Sie mal die Chilisoße rüber, Homer. Ihm auch was. Ihr Bericht hat mir sehr gefallen, Gold. Ich habe mich lobend geäußert.«
»Ich habe nie einen geschrieben.«
»Das gefällt mir ja gerade daran. Machen Sie was Neues?«
»Ich plane ein Buch über Henry Kissinger.«
»Wozu Zeit damit verschwenden? Kein Mensch interessiert sich mehr für den. Hören Sie, Gold, Sie gefallen mir. Sie erinnern mich an einen Schnulzensänger aus Texas, den ich besonders schätze, Kinky Friedman nennt er sich, texanischer Originaljude. Kinky ist gewitzter als Sie, aber Sie gefallen mir besser. Anfangs fürchtete ich, Sie könnten sich zu persönlichen Bemerkungen hinreißen lassen, weil Sie offenbar entschlossen waren, mit dem Unvermeidlichen herumzufurzen.«
»Dieser Versuchung habe ich seither entschieden widerstanden, Sir«, sagte Gold pflichtschuldigst ehrerbietig. »Ich habe Ihren Rat befolgt, Gouverneur, ich gehe nie gewaltsam mit Maschinen um und trete nie einen Leichnam.«
Der Gouverneur betupfte die Lippen mit der Serviette und lehnte sich zurück. »Was treiben Sie denn jetzt in Washington, Goldy? Wer mehr als einmal herkommt, hat doch was Bestimmtes im Auge.«
Gold bat mit seiner Antwort bereits um Unterstützung. »Man hat mir ein Regierungsamt versprochen, Gouverneur. Leider bin ich dem Präsidenten bislang nicht vorgestellt worden.«
»Den können Sie heute abend beim Diplomatenball kennenlernen.«
»Ich bekomme aber keine Einladung.«
»Homer, eine Einladung für Gold zum Diplomatenball«, befahl der Gouverneur. »Und rufen Sie die Kommissionsmitglieder an, sagen Sie allen, daß Gold kommt.« Homer hatte sämtliche Taschen voller Einladungen zum Diplomatenball. Gold spürte wieder die schwere Hand des Gouverneurs auf seiner Schulter. »Gold – jeder Jude muß einen machtvollen christlichen Freund haben, und jeder erfolgrei-

che Amerikaner sollte einen Juden sein eigen nennen. Ich bin ein mächtiger Mann, Gold, und bereit, Ihr Freund zu sein.«
»Und ich, Gouverneur«, sagte Gold, »bin bereit, mich hinter Sie zu stellen, einerlei auf welchen Standpunkt.«
»Ausgezeichnet«, sagte der Gouverneur. »Ihr Leute seid schnell von Begriff. Vor kurzem hatte ich mit einem Ihrer Glaubensbrüder eine kleine Auseinandersetzung.«
»Ich bekenne mich zu keinem Glauben«, sagte Gold.
Ohne auf Golds abwehrenden Protest zu achten, fuhr der Gouverneur fort: »Henry Kissinger – ein höchst ulkig aussehender Mensch mit dieser Nase und dem Schmollmündchen. Haare hat er wie Kinky, aber Kinky ist gewitzter. Er steht auch im Rufe, ein Verleumder zu sein und abfällige Bemerkungen über andere zu machen.« Der Gouverneur unterbrach sich, um gedankenverloren zu lachen, bevor er lässig fortfuhr: »Sie wissen, das ist der, der mit Nixon auf dem Teppich kniete und betete. Als ich davon hörte, habe ich mich fast totgelacht und siebzehntausend Gäste zum Barbecue auf meine Ranch eingeladen, um das zu feiern. Mach Krieg, sagte Nixon zu ihm, und er machte Krieg. Bete, sagte Nixon, und er betete. Mir scheint, Nixon war sein Gott. Gold, sagen Sie mal, knien Juden immer –«
»Nein, Sir, das tun sie nicht.«
»Hab ich mir schon gedacht. Einen einzigen Juden hab ich auf den Knien gesehen, das war aber eine Jüdin, und die kniete, wenn sie den Studenten in unserem Verbindungshaus einen ablutschte – andernfalls hätten wir sie nicht reingelassen. Und dann hat er sich doch wirklich über diese netten jungen Leute beschwert, die über ihn geschrieben haben. Was sagte er doch gleich, Homer?«
»Er sagte, denen fehlt jeder Takt und alles Mitgefühl, Gouverneur«, meldete Homer.
»Also diesen beiden netten jungen Leuten, Bernstein und Woodward, warf er Mangel an Takt und Mitgefühl vor. Dabei war er selber derjenige, der am liebsten alles ausgeplaudert hätte. Ich geriet mit ihm aneinander, als er vor Journalisten den Fehler machte zu behaupten, er fühle sich wie der einsame Cowboy, der ins Städtchen reitet, um eigenhändig Ordnung zu schaffen. Na, Sie können sich denken, daß die Cowboys in meinem Heimatstaat das nicht gut

aufnahmen; fast die Hälfte meiner Wähler wollte mit dem Lasso auf ihn losgehen. Ich stellte ihn deshalb im Nationalen Sicherheitsrat zur Rede. Damals hatte ich ein Ministerium, ich weiß nicht mehr welches, und ich sagte zu ihm: Gold, sagte ich –«

»Gold bin ich, Sir«, korrigierte Gold.

»Na, so groß ist der Unterschied nun wieder nicht. In meinen Augen seht ihr Burschen einer wie der andere aus. Ich sagte also, er versteht einen Scheißdreck von Cowboys, falls er sich wirklich für einen hält. Cowboys sind nicht klein und feist und jüdeln nicht, sagte ich zu ihm. Und er darauf: ›ich jüdele nicht, Sir, ich spreche mit deutschem Akzent.‹«

Gold suchte verzweifelt, seine Erregung zu bemeistern. »Das hat er gesagt, Sir? Hat er wirklich gesagt, er jüdelt nicht?«

»Und ich sagte, falls er je als Cowboy in meinen Heimatstaat geritten käme, würde er wirklich sehr einsam sein, denn es gäbe da jede Menge Cowboys, die ihm nur allzugern zeigen würden, wo der Unterschied zwischen ihm und ihnen liegt. Da sagte er: ›Es tut mir schrecklich leid, Sir, und ich will es auch gewiß nicht wieder tun.‹«

Der Gouverneur lachte von neuem, offenbar genoß er die Erinnerung. »Dann sagte ich, falls er sich dem Staate Texas als echter Pferdearsch präsentieren wolle, hätte niemand was dagegen. Wir standen uns Auge in Auge gegenüber, und er blinzelte. Und seither weiß ich, ich habe seinen Piephahn im Portemonnaie.«

Gold schwieg nur lange genug, um tief Luft zu holen. »War der beschnitten?« fragte er mit starkem Herzklopfen.

»Keine Ahnung«, sagte der Gouverneur. »Sobald ich die Piephähne im Portemonnaie habe, sieht einer aus wie der andere. Kommen Sie heute abend zum Ball, Gold. Wenn der Präsident eingetroffen ist und die Band ›Hail to the Chief‹ gespielt hat und dieses elende ›Ruffles and Flourishes‹, drängen Sie sich zu ihm durch und tragen Ihre Sache vor. Will jemand Sie aufhalten, sagen Sie einfach, Sie gehören mir, und ich habe es erlaubt.«

»Der Präsident hat nichts dagegen, meinen Sie?«

»Den habe ich in der Tasche.« Die seeblauen Augen des Gouverneurs funkelten. »Für heute abend leihen Sie die passende Garderobe bei dieser Firma hier. Homer, geben Sie ihm eine von unseren Geschäftskarten. Wir kriegen da Prozente.«

Gold sah in Frack und Zylinder recht gut aus: mager, scharfblikkend, dynamisch und sinnlich. Er fand selber, er sehe recht gut aus, bis er als einziger mit dem Taxi in einem Schwarm von kastanienfarbigen, schwarzen und silberfarbenen Limousinen zum Stehen kam, die allesamt von livrierten Chauffeuren bewacht wurden. Ralph hielt vom Eingang her nervös Ausschau nach ihm und zeigte eine sichtlich verstörte Miene. Gold wurde von außerhalb am Telefon verlangt; er durfte von einem Vorzimmer aus sprechen.

Ida sagte schluchzend: »Es ist wegen Sid. Er hat einen Herzanfall gehabt.«

»Es sieht ernst aus, Bruce«, stammelte Max, der den Hörer übernommen hatte. »Ich glaube, er ist schwer krank.«

»Er ist tot«, sagte Belle.

»Oh, Scheiße«, sagte Gold, und brennende Tränen traten ihm in die Augen. Er kann es doch nicht lassen. Den ganzen Abend wird er mir verderben, das ganze Wochenende.

»Was Schlimmes?« fragte Ralph.

»Mein Bruder. Gestorben ist er.«

»Das tut mir sehr leid, Bruce. Du willst bestimmt gleich fliegen, nicht wahr?«

Gold war auf diesen Gedanken überhaupt nicht gekommen, bevor Ralph ihm den Vorschlag machte, und ihm wollte nicht einfallen, wie er ihn zurückweisen könnte, ohne zu riskieren, daß man ihn nicht mehr für gut wie Gold hielt und seines Salzes für unwert befand.

»Schrecklich, schrecklich«, sagte er.

»Ich glaube, ich weiß, wie dir zumute ist«, sagte Ralph. »Ich besorge dir gleich einen Dienstwagen.«

Sekunden später begleiteten Männer des Secret Service ihn hinaus zu einem wartenden Wagen. Als Gold abfuhr, sah er noch die Limousine des Präsidenten ankommen. Mir bleibt auch nichts erspart, jammerte er still bei sich. Und er machte von neuem die Erfahrung, die ihm seit je vertraut war und über die er demnächst schreiben wollte, daß nämlich jede Veränderung eine Verschlechterung bedeutet.

Bei Sids Begräbnis war Bitterkeit ebenso vorherrschend wie bei seiner Hochzeit. Leidtragende, die mit einer der rivalisierenden Familien verwandt waren, teilten sich in feindliche Lager. Gold machte widerstrebend den Verbindungsmann. Harriet war völlig vernichtet, anfangs durch echte Trauer, die aber nur kurz währte und sich bald mit rachsüchtig aufbegehrenden Gefühlen mischte, denn jedermann wußte, daß Sids Neigung zu ihr im Laufe der Jahre immer mehr abgenommen hatte und schließlich in ein gelangweiltes Hinnehmen des Unvermeidlichen übergegangen war. Ihre Gefühle waren in Aufruhr, und die gemeinsten drängten in den Vordergrund. Die furchterregende Gewißheit, allein und einsam zurückgelassen zu sein, schien sich in einer fanatischen Besitzgier zu äußern. Ihre Trauerenergie verwandelte sich so gut wie ganz in Wachsamkeit; wie eine Wilde wehrte sie sich gegen Plünderer und raffgierige Neider, die nur in ihrer Phantasie vorhanden waren. Immer unverhüllter und bösartiger schoß sie vergiftete Pfeile auf die anderen Golds ab, an die Sid sein Geld verschwendet hatte, und keiner besaß die Willensstärke, ihr zu entgegnen.
Die gesamte Last der Verantwortung für die Besetzung der üblichen Rollen fiel auf Gold. Nur der alte Milt, beglückt, endlich einmal sachverständige Dienste leisten zu können, half ihm dabei. Harriets Söhne waren beide aufdringlich und arrogant und so gut wie unbrauchbar, was die praktischen Vorbereitungen der Bestattung und das Zeremoniell anging und erwiesen sich überdies als bar jeder Höflichkeit. Ein Schwiegersohn hatte sich von der Tochter getrennt und erschien überhaupt nicht. Der andere wirkte gelangweilt und schlenderte durch den teppichbelegten Korridor der Leichenhalle wie auf der Suche nach einem vertrauten Kumpan, mit dem er in einem Winkel der Kapelle faule Witze reißen könnte.
Sheiky aus der Neptune Avenue machte am Abend vor der Trauer-

feier einen Kondolenzbesuch, rotwangig und glatzköpfig, im dunklen Anzug mit ausgebeulten Hosen. Er hielt die Hände in den Taschen, solange es notwendig war, jemanden zu begrüßen. Sodann übergab er Gold einen Umschlag, der drei über je fünftausend Dollar lautende Schecks enthielt.

»Geld brauchen wir nicht, Sheiky.«

»Behalt es derweil. Brauchst du es nicht, zerreiß die Schecks. Oder schick sie nach Israel. Mir ist es recht, wenn mein Geld Israel zugute kommt.«

»Wie bist du nur zu all dem vielen Geld gekommen, Sheiky«, fragte Gold perplex wie stets, wenn er an Sheiky und sein Vermögen dachte. »Wie hast du es fertiggebracht, an Computern, Grundstükken, Einkaufszentren und Rückversicherungen einen Haufen Geld zu verdienen, wo du doch bloß Eis verkauft und kunstgewerblichen Schmuck verhökert hast?«

Sheiky aus der Neptune Avenue betrachtete Gold längere Zeit prüfend mit der vertrauten abschätzigen Miene, bevor er sich zu einer Antwort herabließ: »Computer und Grundstücke sind für mich nie was anderes gewesen als Lücken im Gesetz und gerissene Abschlüsse«, sagte er dann mit der Frechheit, die ihn schon als Kind ausgezeichnet hatte und die auch in der seine Unabhängigkeit betonenden Grobheit des jüngeren Bruders Fishy zum Ausdruck kam. »So machen es alle, die zu was gekommen sind. Und schnell war ich immer schon. Ist das da drüben dein Vater? Ob der sich an mich erinnert?«

»Pa, dies hier ist Sids Freund Sheiky aus der Neptune Avenue. Der Millionär.«

Julius Gold saß so starr in einem kleinen Sessel, als könne er weder aufstehen noch in sich zusammenrutschen. In den trüben Augen, die leer blickten, als sei er blind, dämmerte allmählich das Erkennen, und es dauerte lange, bis er den Gedanken fand, dem er Worte geben wollte.

»Sid sagte immer, du bist gewitzter. Ich habe ihm nie geglaubt. Bist du gewitzter?«

Sheiky aus der Neptune Avenue antwortete teilnehmend lächelnd: »Es stimmt schon, Mr. Gold. Ich war gewitzter.«

Julius Gold nickte knapp. »Nein, das warst du nicht«, widersprach

er dann. »Er war gewitzter. Was weiß der schon, der Dummkopf?«
Hinter Gold schluchzte jemand. Harriet hatte ausrichten lassen, sie wünsche Gussie weder auf der Beerdigung zu sehen noch in ihrem Hause. Jetzt ließ sie bestellen, sie wolle, nur von Gold begleitet, einen letzten Blick auf Sid in seinem Sarg tun. Daß der Sarg geöffnet blieb, hatte sie ebenfalls angeordnet. Sie umklammerte Golds Arm mit beiden Händen. Gold vermied es, das leblose Gesicht im Sarg anzuschauen und empfand Übelkeit erregenden Schmerz. Harriet stöhnte leise.
»Warum hat er mir das angetan? Er wußte genau, daß ich es allein nicht aushalte. Deshalb ist er auch nicht mehr verreist.«
Gold spürte ihre Fingernägel durch den Ärmel und begriff, daß er sich nie klargemacht hatte, wie sehr er sie verabscheute. Dann überkam es ihn, und er schrie: »Sid, du Lump – warum mußtest du sterben? Wer sorgt jetzt für uns?«
Doch verstand ihn niemand. Seine Worte gingen in Schluchzern unter.

Schiwa wurde in Harriets Haus gesessen, das für diejenigen, die in Brooklyn wohnten, höchst unbequem zu erreichen war. Zwar gab es hier unbenutzte Schlafzimmer, doch wurde keins angeboten. Als es am Tage der Bestattung Zeit für das Abendgebet war, wußten alle, daß Sheikys Geld gebraucht wurde, wollte man dem Alten und Gussie in Florida zu einer Wohnung und zu Möbeln verhelfen und für seinen Unterhalt aufkommen. Außer seiner Leibrente und dem Geld von der Sozialversicherung besaß er nichts. Für alles andere war immer Sid aufgekommen. Und Sid hatte Harriet alles hinterlassen. Sogar die Leibrente hatte Sid selber gezahlt. Die Konsolidierung und der profitable Verkauf der Lederfabrik waren reine Erfindung, eigens erdacht, um dem alten Mann das Gefühl zu vermitteln, er sei wohlhabend genug, seinen Lebensabend sorglos zu verbringen. Golds Vater war nun also eine Last, in die nur diejenigen sich teilten, die dazu bereit waren.
Irvs Sorgenfalten vertieften sich, als Ida ihren Bruder anwies, sich zu vergewissern, daß Julius Gold in Zukunft wirklich nicht mehr über sein gewohntes Einkommen verfügen würde. Esther und

Rose erboten sich, mit Max' Zustimmung, alles ihnen nur mögliche zu tun, doch war das nicht viel. Beide Schwestern weinten herzzerbrechend – sie waren gelegentlich außerstande, ohne Hilfe zu gehen – und taten sich nur hin und wieder Einhalt in der Absicht, den Eindruck zu vermeiden, sie wollten Harriet und deren Mutter übertreffen. Victor erbot sich verstohlen, Gold bei den monatlichen Zahlungen zu helfen, nur dürfe Muriel nichts davon erfahren. Muriel forderte, Joannie müsse für alles aufkommen.

»Die hat jetzt das meiste Geld, oder etwa nicht? Aber nicht mal zum Begräbnis kann sie kommen!«

Einzig Gold war bekannt, daß Joannie nach ihrer Scheidung vielleicht mittellos dastehen würde und daß sie unmöglich vor dem folgenden Abend aus Kalifornien hätte einfliegen können. Als es dann am nächsten Tag Zeit wurde, Julius Gold seine finanzielle Bedrängnis zu eröffnen, war dieser nicht sehr überrascht davon.

»Ich habe ihn von Kind an großgezogen«, sagte Julius Gold distanziert, als spreche er zu Fremden. Milt, Gold und Belle waren anwesend, Milt und Gold, um die notwendige Aufklärung zu geben, Belle, um stabilisierend zu wirken. »Mein Sohn Sid. Und jetzt ist er tot. Wie ein Vater war er zu mir. Ihr wißt nichts davon.«

»Ich wußte es«, sagte Gold.

»Er hat besser für mich gesorgt als jeder andere. Immer hat er mich sein lassen, was ich wollte.«

»Ich weiß«, sagte Gold. »Sid war ein wunderbarer Mensch.«

»Nichts weißt du«, sagte der alte Mann. »Er war nicht wie du.«

»Warum hackst du nur immer auf mir rum, Pop?« Sein Vater stieß angewidert die Hand weg, die Gold ausstreckte, um ihn zu berühren. »Bloß weil ich eine Brille brauchte und ein guter Schüler war?«

»Klar«, sagte Julius Gold. »Genau deswegen.«

»Hast du mich denn nie leiden mögen?«

»Oh doch – als du klein warst, mochte ich dich. Aber später nicht mehr.« Es folgte melancholisches Schweigen, und die geschwollenen Augen des Alten füllten sich mit Tränen. »Es paßt mir nicht, daß Gussie nicht herkommen und hingehen darf.« Plötzlich blickte er ungemein neugierig auf Gold. »Hast du Kinder?«

Gold beugte sich herab, bis er Auge in Auge mit dem Vater war, und betrachtete ihn aufmerksam. Es rann ihm kalt durch die Adern. »Drei, Pop. Erinnerst du dich nicht? Dina ist deine Lieblingsenkelin, das ist meine Tochter. Weißt du das nicht mehr?«

Der alte Mann begann zu sprechen, als habe er Golds Frage nicht gehört. »Wenn du Kinder hast, laß dich nicht von ihnen nach Florida verschicken. Alte Leute gehören nicht zu anderen alten Leuten. Alte Leute müssen mit den Jungen zusammenleben, aber keiner will uns haben. Als meine Frau krank war, habe ich sie nicht zum Haus rausgejagt, ehe sie ins Krankenhaus mußte und dort starb. Meine Mutter starb bei meinem Bruder Meyer, und ich saß dabei und sprach zu ihr, auch als sie nichts mehr verstand. Da kannst du Sid fragen, aber Sid ist auch nicht mehr da, und das ist das. Fertig. Es ist dort warm und gut für alte Leute.«

»Pop.« Gold zögerte; er schwieg erbebend, maßlos demütig angesichts von Gedächtnisschwäche und seniler Gedankenflucht. »Du bist alt.«

»Als du jung warst«, versetzte sein Vater reglos und mit fast fühlloser Stimme, »habe ich dich nie geschlagen, das weiß ich genau. Es war auch nicht notwendig. Ich brauchte dich nur anzusehen und zu brüllen, dann verwandeltest du dich in ein verschrecktes Kind. Ich brachte dir Manieren bei. Einmal habe ich Sid für den ganzen Sommer aus dem Haus gejagt, bloß indem ich ihn ansah und brüllte. Jetzt bin ich das Kind. Ihr redet mit mir, als verstünde ich nichts. Tut nicht so, als wäre ich ein Baby. Wenn ich greine, dann, weil ich nicht genug Schlaf kriege und weil mir die Hüfte wehtut. Nicht, weil ich dumm bin. Jetzt läßt sie mir durch ihre Enkelin bestellen, sie will nicht, daß ich in ihrem Haus Zigarren rauche. Das Haus gehört aber Sid, nicht ihr. Ich weiß genau, was ich sage.«

»Nicht immer, Pa«, sagte Gold zärtlich und mit dem angsterregenden Gefühl, er rede zu einem Geist, der nicht ganz bei sich ist.

»Dann könnt ihr mich meinethalben behandeln wie ein Kind.« Der Alte jammerte herzergreifend mutlos. »Aber nicht jetzt, wenn ich bei mir bin. Ich gebe euch ein Rätsel auf. Wie kommt es, daß ein Vater für sieben Kinder sorgen kann, sieben Kinder aber nicht für einen Vater? Auch wenn es nur noch sechs sind?«

Gold, dem die Geduld ausging, sagte nicht, daß dieses alte jiddische Sprichwort normalerweise die Mutter meinte, nicht aber den Vater,

daß der melodramatische alte Windbeutel nie auch nur annähernd sieben Kinder zugleich hatte ernähren können und daß seine Kinder in der Tat für ihn gesorgt hatten. »Wir nehmen uns deiner schon an, Pop«, sagte er mit gedämpfter Stimme. »Darüber beraten wir ja gerade.«
»Schickt mich nicht zurück nach Florida.«
»Nicht, bis du selber willst. Ich verspreche es. Gussie will allerdings gleich.«
»Was Gussie will, ist mir egal.«
»Du kannst in New York bleiben.«
»Ich möchte mit meinen Freunden zusammensein«, klagte er.
»Wie willst du beides zugleich machen? Du kannst jederzeit zu deinen Freunden nach Florida fliegen, wenn du sie sehen willst.«
»Wo kann ich hier wohnen?«
»Wo du willst.«
»Ich will bei meinen Kindern wohnen.«
»Das kannst du auch«, versicherte Gold aus Herzensgrund. »Wenn du willst, kannst du gleich zu uns ziehen.«
»Das geht nicht«, sagte Belle draußen entschlossen. »Bei uns kann er nicht wohnen.«
»Das weiß ich selber«, murrte Gold. »Ein wahres Glück, daß du nicht ganz vollkommen bist.«
»Und was machst du, wenn er sagt, er will zu uns ziehen?«
»Dann sage ich, es geht nicht; mag er doch sehen, wo er bleibt.«
Gold setzte sich ermattet. »Unverbesserlich.« Gold holte ratlos Luft, fühlte sich unaussprechlich erschöpft und erblaßte vor Verwunderung. »Und seinen Mitmenschen ein Greuel. Vor vielen Jahren hat er mir einmal ein Spielzeug gekauft. Und dafür soll ich nun helfen, ihn am Leben zu halten.«
»Das wäre nicht so schlimm«, sagte Belle. »Für meine Mutter hast du ja auch immer bereitwillig gezahlt.«
Nun kam der erste Anruf von Ralph. Er drückte das Beileid von Alma, Amy, Honey, Misty, Christy und dem Präsidenten aus. Unter den Augen von Belle hörte Gold noch eine weitere Minute zu und sagte dann, er denke nicht daran, einen Posten in der Regierung zu übernehmen und werde es wohl auch in Zukunft nicht tun.

Ralph reagierte darauf mit einer Art ungerührter, väterlicher Nachsicht, die Gold Angst machte.
»Du mußt aber, Bruce. Einem Präsidenten schlägt man nichts ab.«
»Weshalb nicht?«
»Weil niemand es tut. Wenn dein Präsident dich braucht, mußt du zusagen.«
»Und wer tut das?«
»Alle, Bruce. Du kannst nicht nein sagen, wenn dein Präsident dich um etwas bittet.«
»Ralph, ich fühle mich heute abend ganz gräßlich. Mein Bruder ist tot, und mein Vater ist alt.«
»Das verstehe ich«, sagte Ralph mitfühlend. »Ich gebe dir Zeit, dich zu fassen und rufe später zurück.«
Gold sah Belle an; er konnte nicht stillsitzen. »Unter reichen Leuten fühle ich mich nicht wohl«, erklärte er. »Das war schon immer so.«
Belle nickte nichtssagend. »Wir müssen Harriets wegen was unternehmen. Eine ganze Woche halten wir das unmöglich aus.«
Mursh Weinrock erschien als Kondolenzbesucher und machte keine Witze. Seine Zähne waren braun von Nikotin, Fingerspitzen und Haut von passender Farbe. Gold wurde klar, daß es auch noch entfernte Verwandte und Bekannte gab, an die er in Jahren nicht gedacht hatte und um die er jederzeit mit Wonne einen großen Bogen gemacht hätte.
Es war unklar, wer den größten Anspruch darauf hatte, sich als Hinterbliebener zu fühlen, sein Vater oder Harriet, doch letztere war durch ihr Waffenarsenal taktisch im Vorteil. Ihr paranoides Mißtrauen und ihre Rachsucht waren ansteckend und erzeugten eine Atmosphäre einseitiger, stets fühlbarer Feindseligkeit, was weder sie noch ihre Kinder, ihre Mutter und ihre Schwester zu verbergen trachteten.
»Hilf mir auf«, sagte Golds Vater endlich. »Ich will nach Hause. Sie mag uns hier nicht, und ich möchte nicht bleiben.« Schwer auf Golds Arm gestützt, verließ er das Haus, ohne die Andeutung eines Abschieds von den Verwandten seines verstorbenen Sohnes. »Ich wollte nie eines von meinen Kindern begraben«, murmelte er bekümmert auf dem Weg zum Auto, »nicht mal dich.«

Nach einem Moment der Verblüffung machte Gold diesen Worten Platz inmitten der anderen frischen Erinnerungen an ätzende Bemerkungen, die in seinem Hirn mit so niederschmetternder und aufreizender Wirkung quirlten; Ralph wollte ihn nicht verstecken; Conover bedrohte ihn; der Ex-Gouverneur von Texas betrachtete ihn als sein Eigentum. Wer würde ihm zeigen, wie er sich wehren könnte? Als Ralph nach einer Stunde anrief, lehnte er das angebotene Amt ab.
Seine Zeit im Weißen Haus war vorüber.

Am Morgen des dritten Tages hatte Gold die Verwandtschaft so weit organisiert, daß man bei Esther die restliche Schiwa für Sid sitzen konnte; Rose und Ida halfen in der Küche, und aus den benachbarten Wohnungen kamen so viele erwachsene Männer, daß es für *Minjan* reichte und die vorgeschriebenen Gebete morgens und abends von zehn Gläubigen gesprochen werden konnten. Die Männer trafen sich nach dem Frühstück, bevor sie zur Arbeit gingen, und stellten sich vor Sonnenuntergang noch einmal ein. Gold veranlaßte über das Sekretariat des Colleges, daß seine Studenten sich von der folgenden Woche an wieder regelmäßig zu seinen Vorlesungen einfanden. Als er an jenem dritten Tag gerade von Esthers Wohnung aus in die Stadt fahren wollte, klingelte es an der Haustür, und jemand wollte ihn sprechen. Gold konnte sich nicht denken, wer das sein könnte.

»Greenspan hier, Dr. Gold«, ertönte es heiser über die Sprechanlage. »Lionel Greenspan.«

»Was wollen Sie von mir, Bulldog?« fragte Gold unwirsch. »Wir sind fertig miteinander.«

»Das Weiße Haus wünscht, daß Sie es sich anders überlegen.«

»Ich denke nicht daran.«

»Man will Sie anrufen. Wie ist die Telefonnummer Ihrer Schwester? Machen Sie vielleicht mal auf und lassen mich rein?«

»Nein. Die Nummer finden Sie im Telefonbuch, und hören Sie endlich auf, mich zu belästigen.«

»Unter welchem Namen?« bettelte Greenspan.

Gold bedachte das Gitter vor der Sprechanlage mit einem mitleidigen Blick. »Wie lautet der Name über der Klingel, die Sie eben gedrückt haben, Bulldog?«

Es dauerte fast eine halbe Minute, bevor Greenspan antwortete: »Moscowitz.«

»So heißt meine Schwester, Lionel. Oder wie, glauben Sie, haben Sie mich eben erreicht?« Als Gold die Klinke drückte, läutete auch schon das Telefon.
»Tut mir leid, dich nochmals zu belästigen«, sagte Ralph, »aber es sieht so aus, als hätten wir im Außenministerium einen Posten für dich, einen hohen Posten.«
»Ich will keinen, Ralph«, sagte Gold.
»Selbstverständlich möchtest du«, sagte Ralph ganz überzeugt. »Dein Präsident braucht dich. Er sagt oft, du bist im ganzen Land der einzige Mensch, in dessen Gegenwart ihm wohl ist. Oder hältst du dich nicht für gut genug?«
Das ärgerte Gold. »Selbstverständlich bin ich gut genug.«
»Vielleicht, weil du Jude bist?«
»Das hat nichts damit zu tun.«
»Vielleicht, weil ich gesagt habe, ich würde dich nicht verstecken?« vermutete Ralph erstaunlich zutreffend. »Falls du es verlangst, verspreche ich, dich zu verstecken.«
»Lebwohl, Ralph«, sagte Gold und wurde fast von Harris Rosenblatt umgerannt, der soeben den Harvard Club in der 44. Straße West verließ. »Was hast du da drinnen zu suchen, Harris?«
Harris Rosenblatt wirkte womöglich nur deshalb noch zwei Handbreit größer als sonst und auch noch bleicher, weil er noch etwas magerer geworden war. »Ich bin dort Mitglied«, verkündete er mit stark gehobenem Selbstvertrauen und strich über seine schlanken Hüften, wie um sich dazu zu gratulieren, daß er keinen Bauch mehr hatte. »Ich gehöre dem Club an.«
Gold fragte mit argloser Naivität: »Wie kannst du Mitglied sein, schließlich waren wir beide nicht in Harvard, sondern auf der Columbia-Universität, noch dazu bist du vorzeitig abgegangen, weil du wußtest, du würdest durchs Examen fallen.«
»Ich bin jetzt Millionär«, klärte Harris Rosenblatt ihn auf. »Und alle Millionäre sind Absolventen von Harvard. Obschon selbstverständlich nicht jeder Harvard-Absolvent auch Millionär ist. Es gibt im ganzen Land nur eine wirklich gute Universität, Bruce, und ich bedauere nicht, daß ich heute meinen Lunch im Harvard Club eingenommen habe.« Bevor sie sich trennten, blieben sie noch an der Straßenecke stehen. »Wir müssen Belle und dich bald einmal

zum Essen einladen, sobald du zum Stabe des Präsidenten gehörst.«

»Ich habe den Posten abgelehnt«, sagte Gold etwas betreten.

»Dann sehen wir uns also nicht zum Essen«, entgegnete Harris Rosenblatt schroff. »Was hast du statt dessen vor?«

»Etwas überaus Wichtiges. Ich schreibe Kissingers Biographie.«

»Wessen Biographie?«

»Kissingers.«

»Wer ist das?«

»Henry Kissinger. Ehemals Außenminister der Vereinigten Staaten. Der Mann, der einmal neben Metternich und Castlereagh in den Geschichtsbüchern stehen wollte.«

»Und wer sind die?«

Gold gab sein Projekt auf. Er überzeugte sich zu Hause davon, daß Dina allein fertig wurde, wenigstens bis er abends mit Belle zurückkam. Nun er Kissinger los war, mußte er nur noch das Buch über die Selbsterfahrung der amerikanischen Juden schreiben, das er Lieberman und Pomoroy schuldete.

Am vierten Tage konnte er Joannie darüber beruhigen, daß ihre umstrittene Scheidung seiner Karriere nicht die Spur schaden würde, was sie anscheinend befürchtet hatte. Joannie brachte von einem Kondolenzbesuch bei Harriet den Bescheid mit, Harriet wünsche recht bald mit Esther und Rose über vergangene Zeiten und Sid zu plaudern; sie erwarte deren Besuch. Daß Muriel starrsinnig jede Versöhnung mit Joannie ablehnte, ärgerte Gold sehr. Dann meldete sich Greenspan erneut aus dem Treppenhaus, um auszurichten, das Weiße Haus versuche ihn telefonisch zu erreichen, doch sei der Anschluß dauernd besetzt.

»Bruce, er hat mich beauftragt, dich noch einmal zu fragen«, sagte Ralph. »Diesmal könnte es sein, daß er dir tatsächlich das Außenministerium anbietet.«

»Ich will aber nicht, Ralph.«

»Vielleicht wegen unseres Kurses in der UNO? Oder weil wir im Begriff sind, Israel etwas anzutun?«

»Nein.«

»Bruce, der Präsident wird sehr enttäuscht sein. Er rechnet fest darauf, daß du seine Zeichensetzung korrigierst.«

»Kommt nicht in Frage.«

»Und wie steht es mit dem Artikel, den du ihm überlassen hast: ›Wir sind keine Gesellschaft oder Wir sind unser Salz nicht wert‹?«

»Soll er ihn behalten.«

»Mit Nachdrucksrechten? Dürfen wir den unter seinem Namen erscheinen lassen?«

»Alles, nur laß mich in Frieden«, bat Gold matt. »Bitte hör auf, mir zuzusetzen, Ralph. Und pfeif diesen Greenspan endlich zurück.«

»Ich will's versuchen«, versprach Ralph, »aber es ist, als spräche man gegen die Wand.«

»Hauen Sie ab, Greenspan!« schrie Gold am fünften Tag über die Straße hinweg der verstohlen hinter einem Telefonmast lungernden unrasierten Gestalt zu, als er sich auf den Weg ins College machte, um die ihn dort erwartenden, sich ständig häufenden Hausarbeiten seiner Studenten abzuholen. Als er in der Dämmerung zurückkam, saß Greenspan in Esthers Wohnung, einen Gebetsschal umgelegt, eine Jarmulke auf dem Kopf.

»Uns fehlte noch einer zum *Minjan*«, sagte Victor, »und der saß vor der Tür in einem Auto.«

Rose hatte wieder ein Geschwür an der Brust und wollte zu einer Biopsie ins Krankenhaus. Sie mußte zwölf Tage auf ein Bett warten.

»Jis gaddal we Jis kaddasch«, begann Gold das Totengebet. Er las die hebräischen Worte in phonetischer Umschreibung aus einem Buch ab, nachdem Greenspan das Abendgebet beendet hatte.

Greenspan konnte als einziger der Anwesenden Hebräisch im Original lesen. Greenspan war immer noch unrasiert. Gold war es peinlich, daß alle männlichen Verwandten sich nicht an das Gebot gehalten hatten, während der sieben Trauertage unrasiert zu bleiben. Man lud Greenspan zum Abendbrot ein und forderte ihn auf, seine Frau herbeizutelefonieren.

»Bitte gehen Sie, Greenspan«, flüsterte Gold.

»Und brauchen Sie uns morgen wieder?« fragte Greenspan. »Meine Frau versteht sich vorzüglich aufs Backen.«

»Schämen Sie sich, Greenspan, schämen Sie sich, Sie sind eine Schande.«

»Soll ich denn mein ganzes Leben in Cafés und Giftküchen verbringen?« wollte Greenspan wissen. »Glauben Sie, bei meiner Tätigkeit bietet sich oft Gelegenheit, anständig zu essen?«

»Sie nehmen unsere Gespräche aber doch auf Band«, warf Gold ihm vor.

»Meine Wanze ist betäubt.«

»Warum hält er immer die Hand vor den Bauch?« wollte Julius Gold wissen. Er runzelte die Stirn, und zum ersten Mal seit nahezu einer Woche hörte man Interesse und Gereiztheit in seiner Stimme.

»Weil er eine Wanze im *Pupik* hat«, sagte Gold zu seinem Vater. »Verdecken Sie die Wanze, Greenspan. Hier kommt meine Stiefmutter. Die gibt Weisheiten von sich, die man nie vergessen darf.«

»Kräcks, kräcks«, sagte Gussie Gold.

Die Zahl der Besucher ging von Abend zu Abend zurück. Muriel behandelte Joannie ganz plötzlich mit einer nahezu wollüstigen Höflichkeit und begann statt dessen wie ehedem mit Ida zu zanken. Joannie wollte an diesem Abend zeitig fort, sie flog am folgenden Morgen nach Kalifornien. Im Fahrstuhl sagte sie zu Gold: »Wie steht es nun mit dir und Belle?«

»So gut wie immer.«

»Weiß sie das?«

Gold verabschiedete sich mit einem zärtlichen Kuß von ihr und nahm sich vor, sich bei erster Gelegenheit mit Belle zu versöhnen.

Am sechsten Tage begann er damit und wäre beinahe gleich an den ersten Worten gescheitert. »Belle, wie geht es deiner Mutter? Weiß sie, daß wir uns nicht scheiden lassen?«

Belle nickte, dann sagte sie: »Ja, das weiß sie.«

»Sie weiß es?« fragte Gold. »Wie hast du es ihr beigebracht?«

»Überhaupt nicht.«

Gold fragte erstaunt: »Woher kann deine Mutter wissen, daß wir uns nicht scheiden lassen, wenn du es ihr nicht gesagt hast?«

»Ich habe ihr nichts davon gesagt, daß du dich von mir trennen wolltest.« Belle lächelte. Sodann bat sie um eine Gefälligkeit für die Kinder. »Die Jungen haben angerufen, beide möchten übers Wochenende nach Hause kommen.«

»Na, sollen Sie«, sagte Gold, während Belle den Hörer abnahm. Es war wieder Ralph.

»Ich mag nicht mit ihm sprechen.«

»Was soll ich sagen?« fragte Belle.

»Daß er mich am Arsch lecken kann.«

»Das tue ich nicht.«

»Ralph«, meldete sich Gold.

»Ich muß dich leider stören«, entschuldigte sich Ralph. »Wenn der Präsident mir befiehlt, noch einen Versuch zu machen, muß ich wenigstens ans Telefon gehen, das siehst du ein? Diesmal geht es nicht um das Außenministerium.«

»Sondern?«

»Er hat ein Drehbuch geschrieben.«

»Ich ebenfalls.«

»Und ich auch«, sagte Ralph.

»Ich kann ihm dafür aber keinen Abnehmer vermitteln«, sagte Gold. »Sag ihm, er soll einen tüchtigen Agenten beauftragen und sehen, daß jemand eine bezahlte Option nimmt.«

»Er hält sich seine Optionen aber immer gern offen«, sagte Ralph. »War das eben übrigens Belle am Telefon? Falls ja, grüße sie herzlich von mir.«

»Und du, grüß Alma von mir.«

»Welche Alma?«

Gold verzog angeekelt das Gesicht. »Deine Frau Alma und deine Verlobte Alma. Oder heißen deine Frau und deine Braut nicht Alma?«

»Ach nein, Bruce, die habe ich beide längst hinter mir«, sagte Ralph so leutselig, daß es jeder Beschreibung spottete. »Und es freut mich, daß du offenbar noch nichts über mich und Andrea gehört hast. Ich hoffe nur, du nimmst es uns nicht übel.«

»Andrea?« Gold stand wie angeleimt und konnte nicht einmal das Gesicht verziehen. Da hatte er doch momentan ganz vergessen, daß er mit Andrea verlobt war! »Was denn gehört?«

»Daß wir zusammen sind«, sagte Ralph. »Andrea und ich.«

»Zusammen? Was heißt zusammen? Was meinst du damit? Auf welche Weise zusammen?«
»Als Liebende.«
»Heißt das, ihr vögelt miteinander?«
»Ach, das tun wir schon seit Jahren.«
»Auch, als ich mit Andrea verlobt war?«
»Aber befreundet waren wir nie«, lenkte Ralph rasch ab. »Aber dann gerieten wir eines Abends mal ganz zufällig miteinander ins Gespräch und kamen uns richtig nahe. Ich glaube, sie hat uns ein Kompliment gemacht, Bruce, dir und mir, wenn ich auch nicht genau weiß, worin es besteht und ob es eins ist. Sie sagte: du bist gut wie Gold.«

Als Gold nach den letzten Gebeten am letzten Trauertag endlich das Grab seiner Mutter entdeckte, kam er sich vor wie ein Schmock, denn auf dem Grabstein standen nur hebräische Schriftzeichen, und er konnte nicht ein einziges entziffern. Die Erde sagte ihm nichts. Er umarmte flüchtig den verwitterten Stein, eine befremdliche Geste, und es kam ihm vor, als werde ihm warm und als spüre er eine Nähe. Er hinterließ ein Steinchen auf dem Grabe.
Als er den Rückweg über die Coney Island Avenue nahm, um Belle abzuholen, sah er Schulknaben auf einem betonierten Hof Schlagball spielen. Sie trugen Jarmulkes. Sportler mit Jarmulkes? Er hielt an, stieg aus und sah zu. Es war eine Jeschiwa, eine orthodoxe Schule. Manche der Halbwüchsigen trugen Pejes, und manche dieser Pejes waren blond. Gold lächelte. Gott hatte recht, die Juden halsstarrig und widerborstig zu nennen. *Mojsche Kapoyer* – jetzt, im Winter, wo alle Welt Korbball und Football spielte, verlegten die sich ausgerechnet auf Schlagball.
Und dabei zankten sie unentwegt. Der Junge am Mal kehrte den anderen den Rücken zu und drückte damit schlaffen Ekel aus. Der, der den Ball werfen sollte, hielt ihn fest und wollte nicht werfen. Der Junge mit dem Schläger saß resigniert in der Hocke, die Ellenbogen auf den Knien, den Kopf teilnahmslos in die Hand gestützt. Als Gold den Spieler mit dem gepolsterten Handschuh betrachtete, einen Rothaarigen mit Sommersprossen und Pejes und einem Ge-

sicht, das das eines Iren, Schotten oder Polen hätte sein können, hörte er ihn zornig brüllen: »Werf endlich, werf schon den beschissenen Ball!« Und er traute eine Minute lang seinen Ohren nicht. Gold holte Belle in Esthers Wohnung ab und fuhr nach Hause. Er schuldete Pomoroy ein Buch. Doch womit den Anfang machen?

Ein paar hebräische und jiddische Wendungen

Balaboss: Familienvorstand, Hausherr
Behejme: Vieh, Rindvieh, Ochse
Chaim Jankel: Null, Nichts, Nulpe
Chaser: Schwein, Geizhals, Knauser
Chelm: das jüdische Schilda
Chochem: Schlaumeier
Ganev: Ganove, Gauner, Dieb
Goite: Nichtjüdin
Knocker: Angeber, Gockel
Kurve: Hure
kwetsch und krechts: sich beklagen, lamentieren
Mamser: Bastard
Mechaje: Vergnügen, Spaß
Mechutejneste: Schwiegermutter
Meschiach: Messias
Minjan: Mindestzahl von zehn männlichen Betern, vorgeschrieben für den Gottesdienst
Mojsche Kapojer: umgekehrt, »dafke«
Pejes: Schläfenlocken nach orthodoxem Brauch
Pischke: Opferbüchse, Sammelbüchse
Pupik: Nabel
Saher klig: sehr klug
Schabbes Berejschis: Sabbat, an dem die Toralesung von neuem beginnt
Schejgez: nichtjüdischer Junge, durchtriebener Bursche
Schemini Azeret: der achte Tag des Laubhüttenfestes
Schiwa: die sieben Trauertage. Sie werden im Trauerhaus gemeinsam mit Verwandten und Freunden verbracht. Die Versammelten sitzen auf der Erde: »Schiwa sitzen«.
Schlob: ordinärer Flegel
Schlump: schlampiger Kerl
Schmegegge: Tölpel, Trottel
Schmendrik: Trottel
Schmock: Seckel, Schwanz
Simchas Tojre: Simchat Tora, Fest der Gesetzesfreude zum Abschluß des Laubhüttenfestes
Trombenik: einer, der das eigene Horn bläst
Wahr geharget: tatsächlich kaputt